GEORGE R. R. MARTIN

Der Thron der Sieben Königreiche

Buch

Die Zeiten sind aus den Fugen geraten. Der Sommer des Friedens und der Fülle, der zehn Jahre währte, neigt sich dem Ende zu, und der harte, kalte Winter hält Einzug wie ein grimmiges Tier. Die zwei großen Anführer, Lord Eddard Stark und Robert Baratheon, die lange Jahre den Frieden aufrechterhielten, sind tot – Opfer königlichen Verrats. Von der alten Zitadelle Dragonstone bis hin zu den rauhen Küsten Winterfells herrscht Chaos, denn die Anwärter auf den Eisernen Thron der Sieben Königreiche bereiten sich darauf vor, ihre Ansprüche mit Krieg und Aufruhr durchzusetzen. Joffrey, der grausame Sohn von Königin Cersei, besteigt den Thron, auf dem vor ihm Robert Baratheon saß. Dessen Brüder, Stannis und Renly Baratheon, erheben ebenfalls ihre Ansprüche. Robb Stark, der zum König des Nordens ausgerufen wurde, will den Mord an seinem Vater rächen. Während sechs verschiedene Clans um die Macht im geteilten Land streiten, erscheint ein verhängnisvolles Omen am Himmel – ein Komet in den Farben von Blut und Feuer. Und auf einem fernen Kontinent riskiert eine vertriebene Königin alles, um die Krone, die rechtmäßig ihr zusteht, zurückzuerobern ...

Autor

Georg R. R. Martin, 1948 in Bayonne/New Jersey geboren, veröffentlichte seine ersten Kurzgeschichten im Jahr 1971 und gelangte damit in der Science-Fiction-Szene zu frühem Ruhm. Gleich mehrfach wurde ihm der renommierte Hugo Award verliehen. Danach arbeitete er in der Produktion von Fernsehserien, etwa als Dramaturg der TV-Serie „Twilight Zone". 1996 kehrte er mit einem Sensationserfolg auf die Bühne der Fantasy-Literatur zurück: Sein mehrteiliges Epos „Das Lied von Feuer und Eis" wird einhellig als bahnbrechendes Meisterwerk gepriesen. George R. R. Martin lebt in Santa Fe, New Mexico.
Weitere Infos unter www.georgerrmartin.com.

Von George R. R. Martin bereits erschienen:

DAS LIED VON EIS UND FEUER: 1. Die Herren von Winterfell (24729), 2. Das Erbe von Winterfell (24730), 3. Der Thron der Sieben Königreiche (24923), 4. Die Saat des goldenen Löwen (24934), 5. Sturm der Schwerter (24733), 6. Die Königin der Drachen (24734), 7. Zeit der Krähen (24350), 8. Die dunkle Königin (24416)

Außerdem von George R. R. Martin gemeinsam mit Lisa Tuttle:
Sturm über Windhaven. Roman (24304)

Weitere Bände sind in Vorbereitung.

George R. R. Martin

Der Thron der Sieben Königreiche

Das Lied
von Eis und Feuer 3

Aus dem Amerikanischen
von Andreas Helweg

BLANVALET

Die amerikanische Originalausgabe erschien 1999
unter dem Titel »A Clash of Kings« (Pages 1–332)
bei Bantam Books, New York.

Verlagsgruppe Random House FSC-DEU-0100
Das für dieses Buch verwendete FSC-zertifizierte Papier
Super Snowbright liefert Hellefoss AS, Hokksund, Norwegen.

8. Auflage
Deutsche Erstveröffentlichung April 2000
bei Blanvalet, einem Unternehmen der Verlagsgruppe
Random House GmbH, München.

Umschlaggestaltung: Design Team München
Umschlagillustration: Agt. Schlück/Maitz
Redaktion: Marie-Luise Bezzenberger
V.B.·Herstellung: Peter Papenbrok
Satz: DTP-Service Apel, Hannover
Druck und Einband: GGP Media GmbH, Pößneck
Printed in Germany
ISBN 978-3-442-24923-7

www.blanvalet.de

Für John und Gail,
in Erinnerung an das Fleisch und den Met,
den wir teilten ...

Der Norden
DIE EISIGE
KÜSTE
DIE EISIGE BUCHT
Bear Island
Der Verwunschene Wald
DIE MAUER
Shadow Tower
Castle Black
Eastwatch by the Sea
DIE SEE-HUNDS-BUCHT
Last River
Karhold
Wolfswald
Dreadfort
N
Winterfell
White Knife
Kingsroad
Torrhen's Square
HÜGELLAND
White Harbor
Widow's Watch
Moat Cailin
NECK
BITE
Three Sisters
Fingers
Greywater Watch
Twins
Iron Islands
Seagard
Die Eyrie
Bluttor
DAS GRÜNE TAL VON ARRYN
Grüner Arm
Blauer Arm
Roter Arm
Riverrun
Karte: James Sinclair

Der Süden
Three Sisters
Fingers
Kingsroad
Grüner Arm
Blauer Arm
Iron Islands
Seagard
Pyke
Das Grüne Tal von Arryn
Die Eyrie
Der Trident
Bluttor
Gulltown
Roter Arm
Tumblestone
Riverrun
Bay of Crabs
Harrenhal
God's Eye
Golden Tooth
Kingsroad
Casterly Rock
Lannisport
Dragonstone
Goldroad
Blackwater Rush
King's Landing
DIE WEITE
N
Kingswood
Searoad
Roseroad
Tarth
Mander
Storm's End
SHIPBREAKER BAY
Die Dornischen Marschen
Highgarden
Rainwood
Cape Wrath
DAS DORNISCHE MEER
Oldtown
Starfall
DORNE
Broken Arm
Sunspear
Arbor
Karte: James Sinclair

Prolog

Der Kometenschweif zog sich, einer blutroten Wunde gleich, durch den purpur- und rosafarbenen Morgenhimmel über den zerklüfteten Felsen von Dragonstone.

Der Maester stand auf dem windgepeitschten Balkon vor seinem Zimmer. Hierher kehrten die Raben nach ihren langen Flügen zurück. Die dämonischen Steinfiguren, die sich rechts und links von ihm drei Meter in die Höhe erhoben, ein Zerberus und ein geflügelter Drache, zwei der tausend Figuren auf den Mauern der betagten Festung, waren mit dem Kot der Vögel gesprenkelt. Bei seiner Ankunft in Dragonstone hatten ihm die grotesken Steine ein unbehagliches Gefühl bereitet, doch über die Jahre hinweg hatte er sich an sie gewöhnt. Mittlerweile betrachtete er sie als alte Freunde. Von Vorahnungen erfüllt, beobachteten die drei gemeinsam den Himmel.

An Omen glaubte der Maester nicht. Dennoch hatte Cressen in seinem langen Leben noch keinen Kometen gesehen, der nur halb so hell oder in dieser Farbe geleuchtet hätte, dieser entsetzlichen Farbe des Blutes, der Flamme und des Sonnenunterganges. Er fragte sich, ob seine granitenen Gefährten je einen derartigen Anblick zu Gesicht bekommen hatten. Schließlich harrten sie schon seit Ewigkeiten hier aus und würden noch da sein, wenn er selbst längst von dieser Welt Abschied genommen hatte. Wenn ihre Zungen sprechen könnten ...

Was für eine Torheit. Er lehnte sich an die Zinne, das Meer toste unter ihm, der schwarze Stein fühlte sich rauh an. *Sprechende Figuren und Prophezeiungen am Himmel. Ich bin ein alter Mann, und doch wieder so töricht wie ein Kind.* Verließ ihn seine hart erarbeitete

Weisheit zusammen mit Gesundheit und Körperkraft? Er war ein Maester, der seine Ausbildung in der großen Citadel in Oldtown genossen hatte und durch Gelübde an diese gebunden war. Was war bloß aus ihm geworden, wenn er dem Aberglauben anhing wie ein unwissender Feldarbeiter?

Und doch ... und doch ... der Komet erstrahlte jetzt sogar bei Tag, während grauer Dampf aus den heißen Schloten des Dragonmonts hinter der Burg aufstieg, und gestern morgen hatte ein weißer Rabe Nachrichten aus der Citadel gebracht, Neuigkeiten, die er lange erwartet und dennoch gefürchtet hatte, die Botschaft vom Ende des Sommers. Allesamt Omen. Zu viele, um sich darüber hinwegzusetzen. *Was hat das alles zu bedeuten?* hätte er am liebsten in den Morgen hinausgeschrien.

»Maester Cressen, wir haben Besuch.« Pylos sprach leise, als wolle er Cressen in seinen ernsten Gedanken nicht stören. Hätte er gewußt, welcher Unsinn dem Maester im Kopf herumging, hätte er sich wohl kaum zurückgehalten. »Die Prinzessin wünscht den weißen Raben zu sehen.« Korrekt wie stets nannte Pylos sie Prinzessin, da ihr Hoher Vater ein König war. König eines rauchenden Felsen im großen Salzmeer, jedoch nichtsdestotrotz ein König. »Ja, sie wünscht den weißen Raben zu sehen. Ihr Narr ist bei ihr.«

Der alte Mann kehrte der Dämmerung den Rücken zu und stützte sich mit der Hand auf seinen geflügelten Drachen. »Helft mir zu meinem Stuhl und bittet sie herein.«

Pylos ergriff seinen Arm und führte ihn ins Innere. In seiner Jugend hatte Cressen einen forschen Schritt vorgelegt, doch inzwischen war er nicht mehr weit von seinem achtzigsten Namenstag entfernt und wankte leicht auf seinen gebrechlichen Beinen. Vor zwei Jahren war er gestürzt und hatte sich die Hüfte gebrochen, und diese Verletzung war nie vollständig ausgeheilt. Im vergangenen Jahr war er erkrankt, und die Citadel hatte – nur wenige Tage, bevor Lord Stannis die Insel abriegeln ließ – Pylos aus Oldtown geschickt. Damit er ihn bei der Arbeit unterstützte, hieß es, aber Cressen wußte um die Wahrheit. Pylos war gekommen, um nach seinem Tod den Platz des Maesters einzunehmen. Er verübelte es ihm nicht. Jemand mußte an seine Stelle treten, und zwar vermutlich früher, als es ihm gefiel . . .

Er ließ sich von dem jüngeren Mann zu seinen Büchern und Schriftrollen geleiten. »Geht und führt sie herein. Eine Dame läßt man nicht warten.« Sein Winken war eine schwache Aufforderung zur Eile, der Mann selbst hingegen war zu Hast nicht mehr imstande. Das Fleisch war runzlig, die Haut dünn wie Papier und mit Altersflecken übersät, und darunter zeichneten sich das Netz der Venen und die Schatten der Knochen ab. Und wie sie zitterten, diese einst so gewandten Hände . . .

Pylos kehrte mit dem schüchternen Mädchen zurück. Hinter ihr folgte in seinem hüpfenden, schlurfenden seitlichen Gang der Narr. Auf dem Kopf trug er diesen lächerlichen Helm aus einem alten Blecheimer, an dem ein mit Kuhglöckchen behängtes Hirschgeweih angebracht war. Bei jedem seiner torkelnden Schritte klingelten die Schellen, jede in einem anderen Ton, *klingeling, ding, dong, klingeling.*

»Wer kommt uns da so früh besuchen, Pylos?« fragte Cressen.

»Ich bin es, und bei mir ist Flick, Maester.« Sie blinzelte mit arglosen blauen Augen. Ihr Gesicht konnte man beim besten Willen nicht hübsch nennen. Das Kind hatte das kantige Gesicht ihres Vaters und die häßlichen Ohren ihrer Mutter geerbt, dazu war sie von einem Anfall Grauschuppen entstellt, der ihr noch in der Wiege beinahe das Leben geraubt hätte. Von der einen Wange bis hinunter zum Hals war das Fleisch steif und tot, die Haut war trocken und schuppig, mit schwarzen und grauen Flecken gesprenkelt und fühlte sich an wie Stein. »Pylos meinte, wir dürften den weißen Raben sehen.«

»Aber natürlich«, antwortete Cressen. Als könnte er ihr je etwas abschlagen. Zu oft war ihr bereits etwas versagt worden. Ihr Name lautete Shireen. Am nächsten Namenstag würde sie zehn Jahre alt sein, und sie war das traurigste Kind, das Maester Cressen in seinem ganzen Leben kennengelernt hatte. *Ihre Traurigkeit ist eine Schande,* dachte der greise Mann, *ein weiterer Beweis meiner Unfähig-*

keit. »Maester Pylos, seid so freundlich und holt für Lady Shireen den Vogel aus dem Schlag.«

»Es ist mir ein Vergnügen.« Pylos war ein höflicher junger Mann von fünfundzwanzig Jahren, der so ernst war wie ein Sechzigjähriger. Wenn er doch nur ein wenig mehr Humor besäße, wenn nur ein bißchen mehr *Leben* in ihm steckte; genau das fehlte hier. Trostlose Orte brauchten Licht, keine Ernsthaftigkeit, und Dragonstone war ohne Zweifel düster, diese einsame Zitadelle inmitten nasser Ödnis, von Stürmen und Salz umgeben und stets im Schatten des rauchenden Berges. Ein Maester mußte dorthin gehen, wohin er geschickt wurde, und so war Cressen vor zwölf Jahren mit seinem Lord hier eingetroffen und hatte gedient, ja, gut gedient. Geliebt hatte er Dragonstone nicht, und auch zu Hause hatte er sich an diesem Ort nicht gefühlt. Noch heute, wenn er aus seinen unruhigen Träumen erwachte, in denen ihn die rote Frau verfolgte, wußte er oftmals nicht, wo er sich befand.

Der Narr wandte das mit der geflickten und gescheckten Kopfbedeckung gekrönte Haupt und beobachtete Pylos, der die steile Eisenstiege zum Schlag hinaufstieg. Bei der Bewegung klingelten die Glöckchen. »Im Meer haben die Vögel Schuppen statt Federn«, sagte er, *klingelingeling.* »Ja, ja, ja, ha, ha, ha.«

Selbst für einen Narren war Flickenfratz ein bedauernswertes Geschöpf. Einst hatte er mit seinen Scherzen vielleicht Lachsalven ausgelöst, doch das Meer hatte ihn dieser Kraft und dazu der Hälfte seines Verstandes und seiner Erinnerungen beraubt. Er war weichlich und fettleibig, wurde von Zuckungen und Zittern heimgesucht, und redete häufig zusammenhanglos daher. Das Mädchen war der einzige Mensch, der jetzt noch über ihn lachte und den es kümmerte, ob er lebte oder nicht.

Wir sind schon drei: ein häßliches kleines Mädchen, ein trauriger Narr und ein Maester ... das bringt doch den härtesten Mann zum Weinen. »Setzt Euch zu mir, Kind.« Cressen winkte sie zu sich. »Das ist aber ein früher Besuch, so kurz nach dem Morgengrauen. Ihr solltet in Eurem Bett liegen und friedlich schlummern.«

»Ich habe schlecht geträumt«, erzählte ihm Shireen. »Über die Drachen. Sie sind gekommen und wollten mich fressen.«

Solange Maester Cressen zurückdenken konnte, wurde das Mädchen von Alpträumen geplagt. »Wir haben ja schon darüber gesprochen«, erwiderte er sanft. »Die Drachen können nicht zum Leben erwachen. Sie sind aus Stein gemeißelt, Kind. In den alten Tagen war unsere Insel der westlichste Vorposten des großen Allods von Valyria. Die Valyrer haben diese Festung gebaut, und sie verstanden sich auf eine Kunst der Steinbearbeitung, die uns verlorengegangen ist. Eine Burg braucht an der Stelle, wo zwei Mauern im rechten Winkel aufeinandertreffen, einen Turm zur Verteidigung. Die Valyrer haben diesen Türmen die Gestalt von Drachen gegeben, damit sie abschreckender wirkten, und außerdem krönten sie die Mauern mit Tausenden Steinfiguren anstelle einfacher Zinnen.« Er drückte ihre kleine rosige Hand sanft mit seiner eigenen, gebrechlichen. »Ihr braucht Euch nicht vor ihnen zu fürchten.«

Shireen überzeugte das nicht. »Und dieses Ding am Himmel? Dalla und Matrice haben sich am Brunnen darüber unterhalten, und Dalla hat gesagt, sie habe gehört, wie die rote Frau Mutter erklärte, es sei Drachenatem. Wenn die Drachen schon atmen, werden sie dann nicht auch zum Leben erwachen?«

Die rote Frau, dachte Maester Cressen verärgert. *Genügt es nicht, den Kopf der Mutter mit Wahnsinn zu füllen, muß sie auch die Träume der Tochter vergiften?* Er würde ein ernstes Wort mit Dalla reden und sie warnen, nicht solche Geschichten in Umlauf zu bringen. »Dieses Ding am Himmel ist ein Komet, liebes Kind. Ein Stern mit einem Schweif, der sich am Himmel verirrt hat. Bald wird er wieder verschwunden sein, und in Eurem ganzen Leben werdet Ihr ihn nicht wiedersehen. Daher schaut ihn Euch gut an.«

Shireen nickte artig. »Mutter sagt, die weißen Raben bedeuten, daß der Sommer vorbei ist.«

»Das stimmt, Mylady. Die weißen Raben werden nur von der Citadel ausgesandt.« Cressens Hand fuhr zu seiner Halskette, deren Glieder jeweils aus einem anderen Metall geschmiedet waren und die Meisterschaft in den verschiedenen Disziplinen der Gelehrsamkeit symbolisierten; die Kette des Maesters war das Zeichen seines Ordens. Im Stolz der Jugend hatte er ihr Gewicht kaum gespürt, heute jedoch lastete das kalte Metall schwer in seinem Nacken. »Sie sind größer als andere Raben und klüger, und sie werden nur für die wichtigsten Nachrichten verwendet. Dieser hat uns die Botschaft überbracht, daß die Konklave zusammengetreten ist, die Berichte der Maester im ganzen Reich begutachtet und das Ende des großen Sommers verkündet hat. Zehn Jahre, zwei Drehungen, und sechzehn Tage hat er gedauert, der längste Sommer seit Menschengedenken.«

»Wird es jetzt kalt werden?« Shireen war ein Sommerkind, wahre Kälte hatte sie noch nie erlebt.

»Bald«, antwortete Cressen. »Wenn die Götter uns wohlgesonnen sind, gewähren sie uns einen warmen Herbst und eine reiche Ernte, damit wir uns auf den bevorstehenden Winter vorbereiten können.« Das gemeine Volk erzählte sich, ein langer Sommer ziehe einen um so längeren Winter nach sich, aber der Maester sah keinen Anlaß, das Kind mit solchen Geschichten noch mehr zu verängstigen.

Flickenfratz klingelte mit seinen Glöckchen. »Unter dem Meer ist immer Sommer«, sagte er mit hoher Stimme. »Die Nixen tragen Aktinien im Haar und weben Gewänder aus silbernem Seegras. Ja, ja, ja, ha, ha, ha.«

Shireen kicherte. »Ein Gewand aus silbernem Seegras hätte ich auch gern.«

»Unter dem Meer schneit es nach oben«, fuhr der Narr fort, »und der Regen ist knochentrocken. Ja, ja, ja, ha, ha, ha.«

»Schneit es auch bestimmt?« wollte das Kind wissen.

»Sicherlich«, erwiderte Cressen. *Aber in den nächsten Jahren noch nicht, dafür bete ich, und dann hoffentlich nur für kurze Zeit.* »Ach, da kommt Pylos mit dem Vogel.«

Shireen juchzte entzückt. Sogar Cressen mußte eingestehen, welch beeindruckenden Anblick dieser Vogel bot. Er war schneeweiß und größer als ein Falke, wobei seine schwarzen Augen verrieten, daß es sich nicht um einen Albino, sondern um ein reinrassiges Tier aus der Citadel handelte. »Hier«, rief er. Der Rabe breitete die Flügel aus, sprang in die Luft, flatterte lärmend durch den Raum und landete auf dem Tisch neben dem Maester.

»Ich werde mich jetzt um Euer Frühstück kümmern«, verkündete Pylos. Cressen nickte. »Das ist die Lady Shireen«, erklärte er dem Raben. Der Vogel zuckte mit dem blassen Kopf auf und ab, als würde er sich verneigen. *»Lady«*, krächzte er, *»Lady.«*

»Er spricht ja.« Dem Mädchen stand der Mund offen.

»Nur wenige Worte. Wie schon erwähnt, diese Vögel sind sehr klug.«

»Kluger Vogel, kluger Mann, kluger, kluger Narr«, krähte Flikkenfratz schrill. »Oh, kluger, kluger, kluger Narr.« Er begann zu singen. *»Die Schatten kommen zum Tanzen, Mylord, zum Tanzen, Mylord, zum Tanzen, Mylord.«* Dabei hüpfte er von einem Fuß auf den anderen. *»Die Schatten kommen und bleiben, Mylord, sie bleiben, Mylord, sie bleiben, Mylord.«* Bei jedem Wort zuckte er mit dem Kopf, und die Glöckchen in seinem Geweih klingelten.

Der weiße Rabe kreischte, flog auf und hockte sich auf das Geländer der Eisenstiege. Shireen schien den Kopf einzuziehen. »Das singt er andauernd. Ich habe ihm gesagt, er soll damit aufhören, aber er gehorcht nicht. Er macht mir angst. Könnt Ihr ihm nicht sagen, daß er aufhören soll?«

Und wie soll ich das anstellen? fragte sich der alte Mann. *Einst hätte ich ihn für immer zum Schweigen bringen können, aber heute ...*

Flickenfratz war als Kind zu ihnen gekommen. Lord Steffon, Ehre seinem Andenken, hatte ihn in Volantis jenseits der Meerenge aufgetrieben. Der König – der alte König, Aerys Targaryen II. –, der in jenen Tagen noch nicht ganz so stark vom Irrsinn gezeichnet war, hatte den Lord ausgesandt, um eine Braut für Prinz Rhaegar zu suchen, der keine Schwester hatte, die er ehelichen konnte. »Wir haben den herrlichsten Narren gefunden«, schrieb Steffon Cressen und stach vierzehn Tage später nach einer ansonsten erfolglosen

Reise wieder gen Heimat in See. »Noch ein Knabe, aber trotzdem flink wie ein Affe und geistreich wie ein Dutzend Höflinge. Er kann jonglieren, gibt die wunderbarsten Rätsel auf, zaubert und singt in vier Sprachen. Wir haben ihn freigekauft und hoffen, ihn mit uns nach Hause zu nehmen. Robert wird erfreut sein, und vielleicht wird er sogar Stannis das Lachen lehren.«

Die Erinnerung an diesen Brief stimmte Cressen traurig. Niemand hatte Stannis je das Lachen gelehrt, und der kleine Flickenfratz erst recht nicht. Plötzlich war ein heftiger Sturm aufgekommen, und die Shipbreaker Bay hatte ihrem Namen alle Ehre gemacht. Die Zweimastgaleere des Lords, die *Windstolz*, war in Sichtweite der Burg zerschellt. Von den Zinnen hatten seine beiden ältesten Söhne mit angesehen, wie das Schiff ihres Vaters gegen den Felsen geworfen und vom Wasser verschlungen wurde. Mit Lord Steffon und seiner Gemahlin wurden hundert Ruderer und Seeleute in die Tiefe gerissen, und viele Tage später noch spülte die Flut aufgedunsene Leichen an den Strand unterhalb von Storm's End.

Der Junge wurde am dritten Tag angetrieben. Maester Cressen war mit den anderen nach unten gegangen, um die Toten zu identifizieren. Als sie den Narren fanden, war seine Haut weiß und runzlig und mit feuchtem Sand gesprenkelt. Cressen hielt ihn für eine Leiche, doch in dem Moment, da Jommy ihn an den Knöcheln packte und ihn zum Leichenkarren zerren wollte, hustete der Junge, spuckte Wasser und setzte sich auf. Bis zu seinem Sterbetag schwor Jommy, Flickenfratz' Fleisch sei kalt gewesen.

Niemand konnte jemals erklären, wie der Narr die zwei Tage im Meer überlebt hatte. Die Fischer behaupteten gern, eine Meerjungfrau habe ihm im Tausch gegen seinen Samen beigebracht, wie man im Wasser atmet. Flickenfratz selbst äußerte sich gar nicht dazu. Der geistreiche, kluge Kerl, von dem Lord Steffon berichtet hatte, traf niemals in Storm's End ein; der Junge, den sie am Strand fanden, war körperlich und seelisch gebrochen, kaum in der Lage zu sprechen und fast nicht mehr bei Sinnen. Dennoch ließ das Gesicht des Narren keinen Zweifel daran, wer er war. In den Freien

Städten von Volantis war es Sitte, die Gesichter der Sklaven und Diener zu tätowieren; und so hatte man die Kopfhaut des Jungen vom Hals bis zum Scheitel mit den roten und grünen Rauten des Narrenkostüms verziert. Daher rührte auch sein Name.

»Das arme Geschöpf ist wahnsinnig, leidet Schmerzen und nutzt niemandem mehr, am wenigsten sich selbst«, verkündete der alte Ser Harbert, der Kastellan von Storm's End in jenen Jahren mehrmals. »Man würde ihm eine Gnade erweisen, wenn man seinen Kelch mit der Milch des Mohns füllte. Ein schmerzloser Schlaf, und dann hat's ein Ende. Er würde Euch segnen, besäße er nur ausreichend Verstand.« Aber Cressen weigerte sich ,und am Ende trug er den Sieg davon. Ob Flickenfratz dieser Sieg Freude bereitete, konnte er nicht einmal heute, so viele Jahre später, mit Gewißheit sagen.

»Die Schatten kommen zum Tanzen, Mylord, zum Tanzen, Mylord, zum Tanzen, Mylord«, sang der Narr, schwenkte den Kopf und ließ die Glocken schallen und bimmeln. *Ding dong, klingelingeling, dong dong.*

»Lord«, krächzte der weiße Rabe. *»Lord, Lord, Lord.«*

»Ein Narr singt, was er will«, erklärte der Maester seiner besorgten Prinzessin. »Ihr dürft Euch seine Worte nicht zu Herzen nehmen. Morgen wird ihm vermutlich ein anderes Lied einfallen, und dieses hört man womöglich niemals wieder.«

Pylos trat durch die Tür. »Maester, verzeiht.«

»Ihr habt den Haferbrei vergessen«, erwiderte Cressen vergnügt. Das sah Pylos gar nicht ähnlich.

»Maester, Ser Davos ist gestern nacht zurückgekehrt. In der Küche hat man darüber gesprochen. Ich dachte, Ihr würdet es so schnell wie möglich erfahren wollen.

»Davos . . . gestern nacht, sagt Ihr? Wo steckt er?«

»Beim König. Schon fast die ganze Nacht.«

Es hatte eine Zeit gegeben, in der Lord Stannis ihn geweckt hätte, gleich zu welcher Stunde, damit er ihm mit Rat zur Seite stünde. »Man hätte es mir mitteilen sollen«, beschwerte sich Cressen. »Man hätte mich wecken sollen.« Er befreite seine Finger aus Shireens

Griff. »Verzeiht, Mylady, aber ich muß mit Eurem Hohen Vater sprechen. Pylos, gebt mir Euren Arm. In dieser Burg gibt es so viele Stufen, und mir scheint es, jede Nacht würden ein paar hinzugefügt, nur um mich zu ärgern.«

Shireen und Flickenfratz folgten ihnen hinaus, aber das Mädchen wurde bald ungeduldig, weil der alte Mann so langsam dahinschlurfte, und so lief sie voraus, und der Narr wieselte hinter ihr her, wobei seine Kuhglocken laut klingelten.

Burgen sind keine angenehmen Aufenthaltsorte für den Gebrechlichen, erinnerte sich Cressen, während er die Wendeltreppe des Meeresdrachenturms hinabstieg. Er würde Lord Stannis im Saal mit der Bemalten Tafel vorfinden, oben in der Steintrommel, dem zentralen Bergfried, der seinen Namen trug, weil seine uralten Mauern bei Stürmen dröhnten und grollten. Um ihn zu erreichen, mußte er die Galerie überqueren, die mittlere und innere Mauer mit ihren wachenden Steinfiguren und den schwarzen Eisentoren passieren, und dann mehr Stufen wieder hinaufsteigen, als Cressen sich vorstellen mochte. Junge Männer nahmen stets zwei Stufen mit einem Schritt; mit den schmerzenden Hüften war jedoch jede einzelne für einen alten Mann eine Folter. Aber Lord Stannis würde es nicht einfallen, zu Cressen zu kommen, und daher fügte er sich der Tortur. Wenigstens stützte Pylos ihn, und dafür war er dankbar.

So schlurften sie über die Galerie und gingen an einer Reihe hoher, gewölbter Fenster entlang, die einen Blick auf den äußeren Bergfried und das Fischerdorf darunter boten. Im Hof übten die Bogenschützen ihre Kunst zu den Befehlen »Auflegen, spannen, Schuß«. Auf den Wehrgängen patrouillierten Wachen und spähten zwischen den dämonischen Steinfiguren hinaus auf das Heer, das draußen lagerte. In der Morgenluft hing der Rauch der Feuer, an denen das Frühstück bereitet wurde, auf das dreitausend Männer unter den Bannern ihrer Lords warteten. Jenseits davon war der Ankerplatz auf dem Meer mit Schiffen überfüllt. Keines der Schiffe, die im letzten halben Jahre in Sichtweite von Dragonstone gelangt waren, hatte die Erlaubnis erhalten, wieder abzulegen. Lord Stannis' *Zorn*, eine Kriegsgaleere mit drei Decks und dreihundert Rudern, wirkte fast klein zwischen den großbäuchigen Galeonen und Koggen um sie herum.

Die Wachen von der Steintrommel erkannten den Maester und ließen die kleine Gesellschaft ein. Drinnen sagte Cressen zu Pylos: »Wartet hier. Am besten gehe ich allein zu ihm.«

»Es sind viele Stufen, Maester.«

Cressen lächelte. »Glaubt Ihr, das hätte ich vergessen? Diese Treppe bin ich schon so oft hinaufgestiegen, daß ich den Namen jeder einzelnen Stufe kenne.«

Auf halbem Wege bedauerte er seine Entscheidung. Er mußte anhalten, um Atem zu schöpfen und den Schmerz seiner Hüfte zu lindern. Da hörte er Stiefeltritte, und Ser Davos Seaworth kam ihm von oben entgegen.

Davos war ein schmächtiger Mann, dem die niedere Geburt deutlich ins einfache Gesicht geschrieben stand. Er hatte einen zerschlissenen grünen Umhang, der von Salz und Gischt befleckt und von der Sonne ausgeblichen war, um die schmalen Schultern geworfen, darunter trug er ein braunes Wams und eine braune Hose, die der Farbe seiner Augen und seiner Haare entsprachen. An einem Riemen um seinen Hals hing ein abgewetzter Lederbeutel. Sein kleiner Bart war von Grau durchzogen, und die verstümmelte linke Hand hatte er in einem Lederhandschuh verborgen. Als er Cressen bemerkte, blieb er stehen.

»Ser Davos«, grüßte der Maester. »Wann seid Ihr zurückgekehrt?«

»In der Finsternis vor dem Morgengrauen. Meiner Lieblingszeit.« Es hieß, niemand könnte ein Schiff bei Nacht auch nur annähernd so gut steuern wie Davos Kurzhand. Ehe Lord Stannis ihn zum Ritter geschlagen hatte, war er der berüchtigtste Schmuggler der Sieben Königslande gewesen und niemand hatte ihn je fassen können.

»Und?«

Der Mann schüttelte den Kopf. »Genau wie Ihr ihn gewarnt habt.

Sie werden sich nicht erheben, Maester. Nicht für ihn. Sie lieben ihn nicht.«

Nein, dachte Cressen. *Und sie werden ihn niemals lieben. Er ist stark, fähig, ja, übermäßig weise ... und dennoch genügt es nicht. Es hat nie genügt.* »Habt Ihr mit allen gesprochen?«

»Mit allen? Nein. Nur mit denen, die mich empfangen wollten. Mich mögen sie ebenfalls nicht, diese Hochgeborenen. Für sie werde ich immer nur der Zwiebelritter sein.« Er schloß die linke Hand, und die Stummel der Finger ballten sich zur Faust; Stannis hatte bei allen außer dem Daumen das letzte Glied abgehackt. »Ich habe mit Gulian Swann und dem alten Penrose das Brot gebrochen, und die Tarths haben einem mitternächtlichen Treffen in einem Wäldchen zugestimmt. Die anderen – also, Beric Dondarrion wird vermißt, manche behaupten, er sei tot, und Lord Caron ist zu Renly gegangen. Bryce der Orange von der Regenbogengarde.«

»Die Regenbogengarde?«

»Renly hat eine eigene Königsgarde aufgestellt«, erklärte der einstige Schmuggler, »aber diese sieben tragen kein Weiß. Jeder hat seine eigene Farbe. Loras Tyrell ist ihr Lord Commander.«

So etwas sah Renly Baratheon ähnlich; ein neuer Ritterorden mit prächtigen neuen Gewändern, um dies zu verkünden. Schon als Junge hatte Renly leuchtende Farben und teure Stoffe gemocht, und auch seine Spielchen hatte er bereits gern getrieben. »Seht mich an!« rief er, während er durch die Gänge von Storm's End lief. »Seht mich an, ich bin ein Drache.« Oder: »Seht mich an, ich bin ein Zauberer, seht mich an, ich bin der Regengott.«

Der verwegene Junge mit dem wilden schwarzen Haar und den lachenden Augen war inzwischen ein erwachsener Mann, einundzwanzig, und noch immer trieb er seine Spielchen. *Seht mich an, ich bin ein König,* dachte Cressen traurig. *Oh, Renly, mein liebes süßes Kind, weißt du eigentlich, was du tust? Und würde es dir etwas ausmachen, wenn du es wüßtest? Sorgt sich außer mir überhaupt jemand um ihn?* »Welche Gründe haben die Lords für ihre Weigerung vorgebracht?« fragte er Ser Davos.

»Nun, was das angeht, so haben sich manche herausgeredet, andere waren ganz offen, einige haben sich entschuldigt, und ein paar haben schlicht gelogen.« Er zuckte mit den Schultern. »Am Ende sind Worte doch nur Wind.«

»Konntet Ihr ihm keine Hoffnung bringen?«

»Nur von der trügerischen Art, und das wollte ich nicht«, erwiderte Davos. »Ich habe ihm die Wahrheit gesagt.«

Maester Cressen erinnerte sich an den Tag, an dem Davos zum Ritter geschlagen worden war, nach der Belagerung von Storm's End. Lord Stannis und eine kleine Besatzung hatten die Burg fast ein Jahr gegen das große Heer der Lords Tyrell und Redwyne gehalten. Selbst das Meer bot keinen Ausweg, da es Tag und Nacht von Redwynes Galeeren unter dem burgunderroten Banner von Arbor überwacht wurde. In Storm's End hatte man längst die Pferde geschlachtet und gegessen, die Hunde und Katzen waren verschwunden, geblieben waren lediglich Wurzeln und Ratten. Schließlich kam jene Neumondnacht, in der sich die Sterne hinter schwarzen Wolken verbargen. In dieser Finsternis hatte Davos, der Schmuggler, es gewagt, dem Kordon Redwynes und den Klippen der Shipbreaker Bay zu trotzen. Sein kleines Schiff hatte einen schwarzen Rumpf, schwarze Segel und schwarze Ruder, und der Frachtraum war gefüllt mit Zwiebeln und in Salz gepökeltem Fisch. Obwohl es sehr klein war, hatte es die Besatzung der Burg lange genug am Leben halten können, bis Eddard Stark Storm's End erreichte und der Belagerung ein Ende setzte.

Lord Stannis hatte Davos mit Ländereien am Cape Wrath, einer kleinen Burg und den Ehren eines Ritters entlohnt ... doch gleichzeitig hatte er bestimmt, daß der Schmuggler für seine Jahre als Verbrecher mit einem Glied jedes Fingers der linken Hand bezahlen sollte. Davos hatte sich diesem Entscheid mit der Bedingung unterworfen, Stannis persönlich müsse das Messer führen; niemand von niedrigerem Range dürfe das Urteil vollstrecken. Der Lord hatte das Hackbeil eines Metzgers verwendet, um eines sauberen Schnittes willen. Danach hatte Davos für sein neues Haus den Namen Seaworth gewählt, und sein Banner bestand aus einem schwarzen Schiff in blaßgrauem Feld – mit einer Zwiebel auf dem Segel. Der einstige Schmuggler behauptete stets, Lord Stannis habe ihm einen Gefallen getan, denn jetzt müßte er vier Fingernägel weniger säubern und schneiden.

Nein, dachte Cressen, ein solcher Mann würde keine falschen Hoffnungen wecken, und er würde eine harte Wahrheit auch nicht abmildern. »Ser Davos, die Wahrheit kann ein bitterer Schluck sein, selbst für einen Mann wie Lord Stannis. Er denkt nur daran, mit seiner ganzen Macht nach King's Landing zurückzukehren, seine Feinde zu besiegen und das für sich zu beanspruchen, was ihm dem Rechte nach zusteht. Aber jetzt . . .«

»Wenn er dieses winzige Heer nach King's Landing führt, wird er dabei den Tod finden. Er hat nicht genug Männer. Das habe ich ihm bereits gesagt, doch Ihr kennt seinen Stolz.« Davos hob die Hand, die in dem Handschuh steckte. »Eher wachsen meine Finger nach, als daß Stannis zur Vernunft gelangt.«

Der alte Mann seufzte. »Ihr habt getan, was an Euch war zu tun. Nun bleibt mir nur, mit meiner Stimme die Eure zu unterstützen.« Erschöpft setzte er seinen Aufstieg fort.

Lord Stannis' Refugium war ein großer runder Raum mit nackten Steinwänden und vier hohen Fenstern in allen vier Himmelsrichtungen. In der Mitte des Raums stand der Tisch, der dem Saal zu seinem Namen verholfen hatte, eine massive Holzplatte, die noch in den Zeiten vor der Eroberung auf Befehl von Aegon Targaryen angefertigt worden war. Die bemalte Tafel war fast zwanzig Meter lang, dabei an der breitesten Stelle acht, an der schmalsten nur anderthalb Meter breit. Aegons Tischler hatten sie wie das Land Westeros gestaltet, hatten jede Bucht und jede Halbinsel ausgesägt, bis der Tisch keine einzige gerade Kante mehr aufwies. Die Sieben Königslande, wie sie zu Aegons Tagen ausgesehen hatten – Flüsse und Berge, Burgen und Städte, Seen und Wälder –, waren auf die Fläche gemalt, die nach wiederholten Firnisanstrichen im Laufe von dreihundert Jahren stark nachgedunkelt war.

In dem Saal gab es nur einen einzigen Stuhl, den man genau dorthin gestellt hatte, wo sich Dragonstone jenseits der Küste Westeros befand, und von dessen leicht erhöhter Position man einen guten Überblick über den Tisch hatte. In diesem Stuhl saß ein Mann mit enggeschnürtem Lederwams und grober brauner Wollhose. Als Maester Cressen eintrat, sah er auf. »Ich wußte, Ihr würdet kommen, alter Mann, ob ich Euch nun rufe oder nicht.« Seiner Stimme fehlte wie meist jegliche Herzlichkeit.

Stannis Baratheon, Lord von Dragonstone, und von der Götter Gnaden rechtmäßiger Erbe des Eisernen Throns der Sieben Königslande von Westeros, hatte breite Schultern und sehnige Glieder. Das strenge Gesicht und das straffe Fleisch erinnerten an Leder, welches man in der Sonne hatte trocknen lassen, bis es widerstandsfähig wie Stahl war. *Hart* hieß das Wort, das Männer benutzten, wenn sie von Stannis sprachen, und hart war er in der Tat. Obwohl er noch nicht das fünfunddreißigste Lebensjahr erreicht hatte, war von seinem schwarzen Haar nur noch ein dünner Kranz geblieben, der sich dem Schatten einer Krone gleich hinter den Ohren um den Kopf zog. Sein Bruder, der verstorbene König Robert, hatte sich in den letzten Jahren seines Lebens den Bart stehen lassen. Maester Cressen hatte diese Gesichtszierde niemals gesehen, doch wie man hörte, sollte es sich um wildes, dichtes Gestrüpp gehandelt haben. Ganz im Gegensatz dazu trug Stannis seinen Bart sehr kurz. Er lag über seinem kantigen Kinn und den eingefallenen, knochigen Wangen wie ein blauschwarzer Schatten. Die Augen, die unter den kräftigen Brauen wie offene Wunden klafften, leuchteten wie das dunkle Blau des nächtlichen Meeres. Sein Mund mochte selbst den komischsten Narren zur Verzweiflung treiben; dieser Mund gehörte zu einer gefurchten Stirn, finsteren Blicken und scharf gebellten Befehlen, und diese starren, dünnen und blassen Lippen hatten vergessen, wie man lächelte, hatten zu lachen niemals verstanden. In manchen Nächten, wenn die Welt still und leise wurde, glaubte Maester Cressen, Lord Stannis' Zähnekirschen durch die halbe Burg zu hören.

»Früher einmal hättet Ihr mich wecken lassen«, erwiderte der alte Mann.

»Früher einmal wart Ihr jung. Jetzt seid Ihr alt und krank und braucht Euren Schlaf.« Seine Worte abzumildern, jemandem zu schmeicheln oder gar zu heucheln, hatte Stannis nie gelernt; er sagte freiheraus, was er dachte, und sollten jene, denen das nicht gefiel, doch verdammt sein. »Ich dachte mir, Ihr würdet bald genug erfahren, was Davos zu berichten hatte. So verhält es sich doch stets, nicht wahr?«

»Ich wäre Euch kaum von Hilfe, wenn es nicht so wäre«, gab Cressen zurück. »Davos habe ich auf der Treppe getroffen.«

»Und er hat Euch alles erzählt, vermute ich? Ich hätte diesem Mann die Zunge gleich mit den Fingern abschneiden sollen.«

»Dann wäre er kaum mehr als Gesandter zu gebrauchen gewesen.«

»Als solcher ist er mir sowieso wenig von Nutzen. Die Sturmlords werden sich nicht für mich erheben. Offenbar mögen sie mich nicht, und die Gerechtigkeit meiner Sache bedeutet ihnen nichts. Die Feiglinge werden in den Mauern ihrer Burgen abwarten, in welche Richtung sich der Wind dreht und wer wahrscheinlich den Sieg davontragen wird. Die Verwegenen haben sich bereits für Renly erklärt. Für *Renly*!« Er spuckte den Namen aus, als hätte er Gift und Galle auf der Zunge.

»Euer Bruder war in den vergangenen dreizehn Jahren der Herr von Storm's End. Diese Lords haben ihm die Treue geschworen ...«

»*Ihm*«, unterbrach Stannis ihn, »obwohl es von Rechts wegen mir zugestanden hätte. Ich habe nie um Dragonstone gebeten. Ich wollte es gar nicht. Diese Burg habe ich nur genommen, weil Roberts Feinde hier saßen und er mir befahl, sie auszurotten. Ich habe seine Flotte aufgebaut und seine Arbeit getan, so gehorsam, wie es einem jüngeren Bruder geziemt, und so sollte sich Renly nun auch mir gegenüber verhalten. Und womit hat Robert es mir gedankt? Er ernennt mich zum Lord von Dragonstone und überläßt mir Storm's End mitsamt allen Einkünften. Seit dreihundert

Jahren gehört Storm's End dem Haus Baratheon; allein von Rechts wegen hätte es an mich übergehen sollen, nachdem Robert den Eisernen Thron bestiegen hatte.«

Diesen tiefen Groll hegte Stannis seit langem, und in letzter Zeit hatte er eher zugenommen. Hier lag der Kern der Schwäche seines Lords; denn Dragonstone, mochte es auch alt und stark sein, verfügte nur über einige wenige niedere Lehnsmänner, deren steinige Inseln so dünn besiedelt waren, daß dort die von Stannis benötigten Krieger kaum auszuheben waren. Selbst mit den Söldnern, die er von jenseits der Meerenge aus den Freien Städten Myr und Lys mitgebracht hatte, war das Heer, das vor den Mauern lagerte, zu klein, um dem Hause Lannister eine ernsthafte Streitmacht entgegenzusetzen.

»Robert hat Euch Unrecht angetan«, erwiderte Maester Cressen vorsichtig, »doch er hatte gute Gründe dafür. Dragonstone ist seit langem der Sitz des Hauses Targaryen. Er brauchte einen starken Mann hier, und Renly war damals noch ein Kind.«

»Und dabei ist es geblieben«, verkündete Stannis voll Ärger mit dröhnender Stimme, die durch den Saal hallte, »ein diebisches Kind ist er, das glaubt, es könne mir die Krone vom Kopf schnappen. Was hat Renly je vollbracht, um einen Thron zu verdienen? Er sitzt im Rat und scherzt mit Littlefinger, bei Turnieren legt er seine prachtvolle Rüstung an und läßt sich von Besseren aus dem Sattel stoßen. Damit hat man alles über meinen Bruder Renly gesagt, der tatsächlich glaubt, er solle König sein. Ich frage Euch, warum haben mich die Götter mit solchen *Brüdern* gestraft?«

»Leider kann auch ich Euch die Antwort der Götter nicht mitteilen.«

»In letzter Zeit bleibt Ihr viele Antworten schuldig, scheint es mir. Wer ist Renlys Maester? Möglicherweise sollte ich ihn um Antwort bitten, vielleicht gefällt mir sein Rat besser? Was denkt Ihr, hat dieser Maester gesagt, als mein Bruder beschloß, mir die Krone zu stehlen? Welchen Rat hat Euer Amtsbruder diesem Verräter gegeben, in dessen Adern das gleiche Blut fließt wie in meinen?«

»Es würde mich erstaunen, wenn Lord Renly Rat gesucht hätte, Euer Gnaden.« Der jüngste der drei Söhne Lord Steffons war zu einem verwegenen, aber auch ungestümen Mann herangewachsen, der eher einem plötzlichen Impuls folgte als kalter Berechnung. In dieser und auch in vielerlei anderer Hinsicht ähnelte Renly seinem Bruder Robert und unterschied sich deutlich von Stannis.

»Euer Gnaden«, wiederholte Stannis verbittert. »Ihr verspottet mich mit der Anrede eines Königs, und nun, wovon bin ich König? Dragonstone und ein paar Felsen in der Meerenge sind mein ganzes Reich.« Er stieg die Stufen von seinem Stuhl hinunter, stellte sich vor den Tisch, und sein Schatten fiel auf die Mündung des Blackwater Rush und die gemalten Wälder, wo heute King's Landing stand. Brütend betrachtete er das Königreich, welches er für sich beanspruchte, das so nah vor ihm und dennoch in so weiter Ferne lag. »Heute abend werde ich mit meinen Gefolgsleuten speisen. Celtigar, Velaryon, Bar Emmon; ein armseliger Haufen, aber um die Wahrheit zu sagen, sind sie alles, was mir meine Brüder gelassen haben. Dieser Pirat aus Lys, Salladhor Saan, wird ebenfalls erscheinen und mir vorrechnen, was ich ihm schulde, und Morosh, der Mann aus Myr, wird mich vor den Gezeiten und den Herbststürmen warnen, während Lord Sunglass mir fromm vom Willen der Sieben erzählen wird. Celtigar wird wissen wollen, welche Sturmlords zu uns stoßen. Velaryon wird drohen, seine Truppe nach Hause zu führen, wenn wir nicht sofort angreifen. Was soll ich ihnen sagen? Was soll ich jetzt tun?«

»Eure wahren Feinde sind die Lannisters, Mylord«, antwortete Maester Cressen. »Daher müßtet Ihr und Euer Bruder Euch um der Sache willen zusammenschließen –«

»Mit Renly werde ich nicht verhandeln«, entgegnete Stannis in einem Ton, der keinen Widerspruch duldete. »Nicht, solange er sich König nennt.«

»Also nicht mit Renly«, räumte der Maester ein. Sein Lord war starrköpfig und stolz; hatte er erst einen Entschluß gefaßt, ließ er sich davon nicht mehr abbringen. »Andere könnten Euch ebensogut zu Diensten sein. Eddard Starks Sohn wurde zum König des Nordens ausgerufen, und hinter ihm steht die Macht von Winterfell und Riverrun.«

»Der Junge ist noch nicht trocken hinter den Ohren«, sagte Stannis, »und zudem ein weiterer falscher König. Soll ich das Auseinanderbrechen des Reiches etwa anerkennen?«

»Gewiß ist ein halbes Königreich besser als gar keines«, gab Cressen zu bedenken, »und wenn Ihr dem Jungen helft, den Tod seines Vaters zu rächen –«

»Aus welchem Grund sollte ich Eddard Stark rächen? Der Mann hat mir nichts bedeutet. Oh, *Robert* hat ihn geliebt, sicherlich. Liebte ihn wie einen Bruder, ach, wie oft mußte ich mir das anhören? *Ich* war sein Bruder, nicht Ned Stark, aber er hat mich stets so behandelt, daß das niemand bemerken konnte. Ich habe Storm's End für ihn gehalten und mußte den Hungertod guter Männer mit ansehen, während Mace Tyrell und Paxter Redwyne in Sichtweite der Mauer ihre Festgelage abhielten. Hat mir Robert das gedankt? Nein. Er dankte Stark, weil er die Belagerung beendet hat, als wir nur noch Ratten und Rettich zu fressen hatten. Auf Roberts Befehl hin habe ich eine Flotte gebaut, in seinem Namen habe ich meinen Platz in Dragonstone eingenommen. Hat er je meine Hand ergriffen und gesagt: »Gut gemacht, Bruder, was sollte ich bloß ohne dich anfangen?« Nein, er hat mir die Schuld zugeschrieben, weil ich es zugelassen habe, daß Willem Darry sich mit Viserys und dem Säugling fortstahl, als hätte ich es verhindern können. Fünfzehn Jahre habe ich in seinem Rat gesessen, Jon Arryn geholfen, das Reich zu regieren, derweil Robert soff und hurte, und hat mich mein Bruder nach Jons Tod zu seiner Hand ernannt? Nein, er ist zu seinem teuren Freund Ned Stark in den Norden galoppiert und hat ihm diese Ehre angeboten. Und keinem von beiden hat es zum Heile gereicht.«

»Mag es sein, wie es will, Mylord«, antwortete Maester Cressen behutsam. »Euch wurde großes Unrecht zugefügt, aber von der

Vergangenheit bleibt bloß Staub. Die Zukunft könnt Ihr jedoch nur für Euch gewinnen, wenn Ihr Euch mit den Starks verbündet. Und auch andere kommen in Betracht. Was ist mit Lady Arryn? Wenn die Königin ihren Gemahl ermorden ließ, wird sie gewiß nach Gerechtigkeit für ihn dürsten. Sie hat einen Sohn, Jon Arryns Erben. Wenn Ihr ihm Shireen versprechen würdet –«

»Der Junge ist schwach und krank«, widersprach Lord Stannis. »Selbst sein Vater hat das gewußt, als er mich bat, ihn als Mündel nach Dragonstone zu holen. Der Pagendienst hätte ihm vielleicht gut getan, aber diese gräßliche Lannister hat Lord Arryn vergiftet, bevor es soweit war, und nun versteckt Lysa Arryn ihn in der Eyrie. Niemals wird sie sich von dem Jungen trennen, das könnt Ihr mir glauben.«

»Dann müßt Ihr Shireen zur Eyrie schicken«, drängte der Maester. »Dragonstone ist ein freudloses Heim für ein Kind. Mag der Narr sie begleiten, damit sie ein vertrautes Gesicht um sich hat.«

»Vertraut und ebenso schrecklich anzusehen.« Stannis legte nachdenklich die Stirn in Falten. »Und doch ... vielleicht ist es den Versuch wert ...«

»Muß der rechtmäßige Herrscher der Sieben Königslande bei Witwen und Usurpatoren um Hilfe betteln?« fragte die Stimme einer Frau in scharfem Ton.

Maester Cressen drehte sich um und neigte den Kopf. »Mylady«, sagte er, bekümmert, weil er ihren Eintritt nicht bemerkt hatte.

Lord Stannis zog ein mürrisches Gesicht. »Ich bettle nicht. Diese Tatsache solltet Ihr niemals vergessen, Weib.«

»Das höre ich nur allzu gern, Mylord.« Lady Selyse war so groß wie ihr Gemahl, hatte einen schlanken Körper und ein schmales Gesicht, abstehende Ohren, eine ausgeprägte Nase und die schwache Andeutung eines Bartes auf den Oberlippen. Täglich zupfte sie die Haare aus und verfluchte sie, und dennoch wuchsen sie immer wieder nach. Ihre Augen waren blaß, ihr Mund streng, ihre Stimme eine Peitsche. Im Augenblick ließ sie diese knallen. »Lady Arryn schuldet Euch ihre Treue, und die Starks ebenso, genau wie Euer

Bruder Renly und alle anderen. Ihr seid der einzige wahre König. Es würde Euch nicht gut anstehen, sie um das, was Euch von Gottes Gnaden gewährt wurde, anzuflehen oder mit ihnen darüber zu verhandeln.«

Von *Gottes* Gnaden, sagte sie, nicht von *der Götter* Gnaden. Die rote Frau hatte sie für sich eingenommen, ihr Herz und ihre Seele. Sie hatte sie zur Abkehr sowohl von den alten als auch den neuen Göttern der Sieben Königslande bewogen, und sie dazu gebracht jenen einen zu verehren, den sie den Herrn des Lichts nannten.

»Euer Gott kann seine Gnade behalten«, erwiderte Lord Stannis, der die Leidenschaft seiner Gemahlin für den neuen Glauben nicht teilte. »Ich brauche Schwerter, keinen Segen. Haltet Ihr vielleicht irgendwo eine Armee versteckt, von der Ihr mir noch nichts erzählt habt?« Sein Tonfall verriet keinerlei Zuneigung. Stannis hatte sich in der Gegenwart von Frauen immer unbehaglich gefühlt, sogar in der seiner eigenen. Als er nach King's Landing aufgebrochen war und seinen Sitz in Roberts Rat eingenommen hatte, hatte er Selyse mit ihrer Tochter auf Dragonstone zurückgelassen. Briefe hatte er nur selten geschrieben, Besuche waren noch rarer; die ehelichen Pflichten hatte er nach der Heirat ein oder zwei Jahre lang ohne Freude erfüllt, aber die ersehnten Söhne waren ihm versagt geblieben.

»Meine Brüder und Onkel und Vettern haben eine Armee«, erklärte sie ihm. »Das Haus Florent wird sich um Euer Banner scharen.«

»Haus Florent kann bestenfalls zweitausend Schwerter ins Feld schicken.« Es hieß, Stannis wisse über die Stärke eines jeden Hauses in den Sieben Königslanden genau Bescheid. »Und Ihr setzt erheblich mehr Vertrauen in Eure Brüder und Onkel als ich, Mylady. Das Land der Florents liegt viel zu nahe an Highgarden, als daß Euer Hoher Onkel den Zorn von Mace Tyrell riskieren würde.«

»Es gibt noch eine andere Möglichkeit.« Lady Selyse trat an ihn heran. »Seht nur zum Fenster hinaus, Mylord. Dort am Himmel findet Ihr das Zeichen, auf welches Ihr gewartet habt. Rot ist es, rot wie die Flamme, rot wie das lodernde Herz des wahren Gottes. Es ist *sein* Banner – und das Eure! Schaut nur, auf welche Weise es sich, dem heißen Atem eines Drachen gleich, über das Firmament erstreckt, und seid Ihr nicht der Lord von Dragonstone? Es will verkünden, daß Eure Zeit gekommen ist, Euer Gnaden. Dessen dürft Ihr Euch sicher sein. Euch ist vorbestimmt, von diesem öden Felsen in See zu stechen, wie es einst Aegon, der Eroberer, tat, um so wie er den vollkommenen Sieg zu erringen. Sagt nur das eine Wort und ergebt Euch der Macht, die der Herr des Lichts verkörpert.«

»Wie viele Schwerter wird der Herr des Lichts mir zur Verfügung stellen?« verlange Stannis abermals zu wissen.

»So viele Ihr braucht«, versprach ihm seine Frau. »Die Schwerter von Storm's End und Highgarden zunächst, und mit ihnen all ihre Gefolgsleute.«

»Davos behauptet das Gegenteil«, entgegnete Stannis. »Diese Schwerter haben Renly den Treueid geleistet. Sie lieben meinen bezaubernden jungen Bruder wie einst Robert ... und wie sie mich niemals geliebt haben.«

»Ja«, antwortete sie, »doch sollte Renly sterben ...«

Stannis starrte seine Gemahlin mit zusammengekniffenen Augen an, und schließlich konnte Cressen nicht mehr schweigen. »Das dürft Ihr nicht einmal denken, Euer Gnaden, gleichgültig, welcher Torheiten Renly sich schuldig gemacht hat.«

»Torheiten? Ich nenne es Hochverrat.« Stannis kehrte seiner Frau den Rücken zu. »Mein Bruder ist jung und kräftig, und er hat ein riesiges Heer und zudem diese Regenbogenritter um sich versammelt.«

»Melisandre hat in die Flammen geschaut und seinen Tod gesehen.«

Cressen packte das Entsetzen. »Brudermord ... Mylord, das ist die Ausgeburt des *Bösen*, des Unsäglichen ... bitte, hört mich an.«

Lady Selyse richtete den Blick auf ihn. »Und was wollt Ihr ihm sagen, Maester? Wie er ein halbes Königreich erobern kann, wenn er vor den Starks auf die Knie fällt und seine Tochter an Lysa Arryn verkauft?«

»Ich habe Euren Rat zur Kenntnis genommen, Cressen«, sagte Lord Stannis. »Jetzt werde ich dem ihren lauschen. Ihr seid entlassen.«

Maester Cressen beugte eines seiner steifen Knie. Er spürte Lady Selyses Blick im Rücken, während er durch den großen Saal schlurfte. Am Fuße der Treppe angekommen, konnte er sich nur noch mit Mühe aufrecht halten. »Helft mir«, bat er Pylos.

Nachdem Cressen seine Gemächer sicher erreicht hatte, schickte er den jüngeren Mann fort und humpelte erneut auf seinen Balkon hinaus. Er stellte sich zwischen seine steinernen Freunde und starrte hinaus aufs Meer. Eins von Salladhor Saans Kriegsschiffen schoß an der Burg vorbei, und der in fröhlichen Farben gestreifte Rumpf schnitt durch das graugrüne Wasser, während die Ruder sich hoben und senkten. Er beobachtete das Schiff, bis es hinter einer Landspitze verschwunden war. *Wenn meine Befürchtungen doch nur genauso leicht verschwinden könnten.* Hatte er solange gelebt, um nun dies zu erdulden?

Wenn ein Maester seine Kette anlegte, begrub er jede Hoffnung auf Kinder, und dennoch hatte sich Cressen oft wie ein Vater gefühlt. Robert, Stannis, Renly ... drei Söhne hatte er aufgezogen, nachdem das erzürnte Meer Lord Steffon für sich gefordert hatte. Hatte er seine Aufgabe so schlecht bewältigt, daß er jetzt mitansehen mußte, wie einer den anderen mordete? Das durfte er nicht zulassen, und er *würde* es nicht zulassen.

Diese Frau war die Ursache. Nicht Lady Selyse, sondern die andere. Die rote Frau, so nannten die Diener sie, da sie ihren wahren Namen nicht auszusprechen wagten. »Ich spreche ihren Namen aus«, erklärte Cressen seinem steinernen Höllenhund. »Melisandre.« Melisandre von Asshai, Zauberin, Schattenbinderin und Priesterin des R'hllor, Herrn des Lichts, Herz des Feuers, Gottes der Flamme und des Schattens. Melisandre. Es durfte nicht erlaubt werden, daß sich ihr Wahnsinn über Dragonstone hinaus verbreitete.

Nach der Helligkeit des Morgens draußen erschien ihm seine Kammer düster und dunkel. Mit unsicheren Händen entzündete der alte Mann eine Kerze und trug sie zu seinem Arbeitszimmer unter dem Rabenschlag, wo seine Salben, Tränke und Arzneien ordentlich in ihren Regalen standen. Auf dem untersten Brett fand er hinter einer Reihe runder Tongefäße mit Balsam eine Phiole aus indigoblauem Glas, die kaum größer war als sein kleiner Finger. Darin raschelte es, als er sie schüttelte. Cressen blies den Staub fort und trug sie zum Tisch. Er sank in seinen Stuhl, zog den Stöpsel heraus und schüttete den Inhalt aus. Ein Dutzend Kristalle, so groß wie Samenkörner, landete auf dem Pergament, das er zuletzt gelesen hatte. Im Licht der Kerze funkelten sie wie Juwelen, so purpurn, daß der Maester dachte, er habe ihre wirkliche Farbe nie zuvor gesehen.

Die Kette um seinen Hals fühlte sich schwer an. Er tippte einen der Kristalle behutsam mit der Fingerspitze an. *Solch ein kleines Ding enthält die Macht über Leben und Tod.* Der Kristall wurde aus einer bestimmten Pflanze hergestellt, die auf den Inseln der Jadesee wuchs, auf der anderen Seite der Welt. Die Blätter mußten getrocknet werden und dann in einem Sud aus Limonen, Zuckerwasser und gewissen seltenen Kräutern von den Summer Isles eingeweicht werden. Anschließend konnte man die Blätter wegwerfen, und der Sud wurde mit Asche angedickt und kristallisierte aus. Die Prozedur ging langsam vonstatten und war schwierig, die Zutaten waren teuer und schwer zu erlangen. Trotzdem kannten die Alchimisten aus Lys und Braavos sie ... und auch die Maester seines Ordens, wenngleich man außerhalb der Mauer der Citadel nicht darüber sprach. Die ganze Welt wußte, daß ein Maester sein silbernes Kettenglied schmiedete, wenn er die Kunst des Heilens erlernte – doch gern vergaß man, daß Männer, die sich aufs Heilen verstanden, ebenfalls zu töten wußten.

Cressen erinnerte sich nicht mehr an den Namen, mit dem man das Kraut in Asshai bedacht hatte, oder daran, wie die Giftmischer aus Lys den Kristall nannten. In der Citadel hieß er einfach nur der

Würger. Man löste ihn in Wein auf, und die Wirkung bestand darin, daß er die Halsmuskeln enger zusammenzog, als jede fremde Hand es vermocht hätte und so die Luftröhre zudrückte. Man sagte, das Gesicht des Opfers laufe ebenso purpurrot an wie der kleine Kristall, der den Tod herbeiführte, aber das gleiche galt natürlich auch für einen Mann, der an einem Stück Essen würgte, an dem er sich verschluckt hatte.

Heute abend würde Lord Stannis mit seinen Gefolgsleuten speisen, mit seiner Hohen Gemahlin ... und der roten Frau, dieser Melisandre von Asshai.

Ich muß ein wenig ausruhen, sagte sich Maester Cressen. *Bei Einbruch der Dunkelheit werde ich meine ganze Kraft brauchen. Meine Hände dürfen nicht zittern, und mein Mut darf nicht wanken. Es ist eine schreckliche Tat, die ich begehe, und dennoch muß sie vollbracht werden. Falls es wirklich Götter gibt, werden sie mir verzeihen.* In letzter Zeit hatte er so schlecht geschlafen. Ein kleiner Schlummer würde ihn für das bevorstehende Gottesurteil wappnen. Müde stolperte er zu seinem Bett. Als er die Augen schloß, konnte er noch immer das Licht des Kometen sehen, der in der Dunkelheit seiner Träume rot und feurig und lebendig leuchtete. *Vielleicht ist es ja mein Komet*, dachte er benommen, bevor der Schlaf ihn übermannte. *Ein Omen, welches Blutvergießen und Mord voraussagt ... ja ...*

Beim Erwachen war es dunkel, seine Schlafkammer war finster, und jedes Gelenk in seinem Körper schmerzte. Cressen stemmte sich hoch, in seinem Kopf pochte es. Er umklammerte seinen Stock und erhob sich unsicher. *So spät ist es schon*, dachte er. *Sie haben mich nicht gerufen.* Für gewöhnlich wurde er stets zu den Festen gerufen und nahe bei Lord Stannis am Tisch plaziert. Das Gesicht seines Lords tauchte verschwommen vor seinem inneren Auge auf, nicht der Mann, der er heute war, sondern der Junge, der im kalten Schatten stand, derweil die Sonne auf seinen älteren Bruder schien. Was auch immer er tat, Robert kam ihm zuvor und machte es besser. Der arme Junge ... er mußte eilen, um *seiner* Willen.

Der Maester fand die Kristalle, wo er sie hatte liegenlassen, und sammelte sie von dem Pergament auf. Cressen besaß keinen hohlen Ring, wie man es den Giftmischern von Lys nachsagte, doch in den weiten Ärmel seiner Robe waren unzählige große und kleine Taschen eingenäht. Er versteckte die Würger in einer davon, riß die Tür auf und rief: »Pylos? Wo seid Ihr?« Da er keine Antwort erhielt, rief er abermals und lauter diesmal: »Pylos, ich brauche Hilfe.« Erneut bekam er keine Antwort. Das war eigentümlich; die Zelle des jungen Maesters befand sich nur eine halbe Wendel der Treppe tiefer, ganz gewiß in Rufweite.

Am Ende schrie Cressen nach den Dienern. »Beeilt euch«, trug er ihnen auf. »Ich habe zu lange geschlafen. Das Festmahl wird inzwischen begonnen haben . . . und sie trinken schon . . . Man hätte mich wecken sollen.« Was war bloß Maester Pylos widerfahren? Es war ihm ein Rätsel.

Wieder mußte er die lange Galerie überqueren. Der Nachtwind wisperte durch die großen Fenster und trug den scharfen Geruch des Meeres heran. Überall auf den Mauern von Dragonstone flakkerten Fackeln, auch unten im Lager; an Hunderten Feuern wurde gekocht, und es sah aus, als wäre ein Sternenfeld auf die Erde gefallen. Über ihnen leuchtete der Komet rot und bösartig. *Ich bin zu alt und zu weise, um mich vor solchen Dingen zu fürchten*, redete sich der Maester ein.

Die Doppeltür zur Großen Halle war in das Maul eines riesigen Steindrachen eingearbeitet. Hier ließ er die Diener zurück. Es wäre besser, wenn er allein eintrat; auf keinen Fall durfte er gebrechlich wirken. So lehnte er sich schwer auf seinen Stock, stieg die letzten Stufen hinauf und trat durch die Zähne des Drachenmaules. Zwei Wachen öffneten ihm die schweren roten Türflügel, und sofort verschluckten Cressen Lärm und Licht. Er trat hinein in den Schlund des Drachen.

Über das Geklapper von Messern und Tellern und die leisen Tischgespräche hinweg hörte er Flickenfratz singen: ». . . *zum Tanzen, Mylord, zum Tanzen, Mylord*«, wozu er mit seinen Kuhglocken klingelte. Das gleiche schreckliche Lied hatte er heute morgen gesungen. »*Die Schatten kommen und bleiben, Mylord, und bleiben, Mylord.*« An den unteren Tischen drängten sich Ritter, Bogenschützen und Söldnerhauptmänner, die Schwarzbrot in Fischeintopf tränkten. Hier hörte man kein lautes Lachen, keine wüsten Rufe, wie sie die Feste anderer Lords herabwürdigten; Lord Stannis erlaubte derlei Spektakel nicht.

Cressen ging weiter auf das erhöhte Podest zu, wo die Lords bei ihrem König saßen. Um Flickenfratz machte er einen weiten Bogen. Der Narr tänzelte und ließ die Schellen klingen und sah und hörte die Ankunft des Maesters nicht. Während Flickenfratz von einem Bein aufs andere hüpfte, stieß er mit Cressen zusammen und schlug dem alten Mann den Stock aus der Hand. Beide suchten fuchtelnd nach Halt und fielen gemeinsam zu Boden, woraufhin sich stürmisches Gelächter erhob. Ohne Zweifel boten sie einen komischen Anblick.

Flickenfratz landete halb auf ihm, und das gescheckte Gesicht drückte sich dicht an Cressens. Beinahe hätte der Narr seinen Blechhelm mit dem Geweih und den Schellen verloren. »Unter dem Meer, fällt man nach oben«, verkündete er. »Ja, ja, ja, ha, ha, ha.« Kichernd wälzte sich Flickenfratz von ihm herunter, sprang auf die Füße und setzte seinen Tanz fort.

Der Maester versuchte zu retten, was zu retten war, lächelte schwach und wollte aufstehen, doch ein heftiger Schmerz schoß durch seine Hüfte, und halb fürchtete er bereits, er habe sich den Knochen abermals gebrochen. Starke Hände griffen ihm unter die Arme und zogen ihn auf die Beine. »Danke, Ser«, murmelte er und drehte sich um, weil er wissen wollte, welcher Ritter ihm zu Hilfe geeilt war . . .

»Maester«, sagte Lady Melisandre, in deren tiefer Stimme die Musik der Jadesee mitklang. »Ihr solltet besser auf Euch achtgeben.« Wie stets hatte sie sich von Kopf bis Fuß in Rot gewandet, ein langes, lockeres Kleid aus fließender Seide, das hell wie Feuer leuchtete und dessen Ärmel mit Bogenkanten gesäumt waren; durch Schlitze im Mieder schien dunkler, blutroter Stoff hindurch.

Um den Hals trug sie ein rotgoldenes Band, welches enger saß als selbst die Kette eines Maesters und das mit einem einzigen roten Rubin verziert war. Ihr Haar war nicht orange und auch nicht erdbeerfarben wie das gewöhnlicher Rothaariger, sondern glänzte im Licht der Fackeln wie poliertes Kupfer. Sogar ihre Augen waren rot . . . doch die Haut war zart und blaß, ohne Makel und weiß wie Sahne. Schlank war sie, anmutig, größer als die meisten Ritter, ihre Brüste voll, ihre Taille schmal, ihr Gesicht einem Herzen gleich geformt. Der Blick eines Mannes, der auf sie fiel, würde dort verweilen, selbst der eines Maesters. Viele nannten sie eine Schönheit. Doch sie war nicht schön. Sie war rot, furchtbar und rot.

»Ich . . . danke Euch, Mylady.«

»Ein Mann Eures Alters sollte aufpassen, wohin er die Füße setzt«, sagte Melisandre höflich. »Die Nacht ist dunkel und voller Schrecken.«

Er kannte diesen Satz, der aus einem Gebet ihres Glaubens stammte. *Das ist unwichtig, ich habe einen eigenen Glauben.* »Nur Kinder fürchten die Nacht«, erwiderte er. In diesem Moment hörte er Flickenfratz, der sein Lied aufs neue anstimmte. *»Die Schatten kommen zum Tanzen, Mylord, zum Tanzen, Mylord, zum Tanzen, Mylord.«*

»Was für ein hübsches Rätsel«, sagte Melisandre. »Ein kluger Narr und ein närrischer Weiser.« Sie bückte sich, hob Flickenfratz' Helm auf und setzte ihn Cressen auf den Kopf. Die Kuhschellen klingelten leise, während ihm der Blecheimer über die Ohren rutschte. »Eine Krone, die zu Eurer Kette paßt, Lord Maester«, verkündete sie. Um ihn herum erhob sich lautes Gelächter.

Cressen preßte die Lippen aufeinander und rang seinen Zorn nieder. Sie hielt ihn für schwächlich und hilflos, aber er würde sie eines Besseren belehren, ehe die Nacht vorüber war. Mochte er auch alt sein, so war er dennoch ein Maester der Citadel. »Ich brauche keine Krone außer der Wahrheit«, entgegnete er und nahm sich den Narrenhelm vom Kopf.

»In dieser Welt gibt es Wahrheiten, die in Oldtown nicht gelehrt werden.« Melisandre drehte sich um, die rote Seide ihres Kleides wirbelte wie ein Strudel, und sie trat an den hohen Tisch zurück, wo König Stannis und seine Königin saßen. Cressen reichte Flikkenfratz den gehörnten Blecheimer und wollte ihr folgen.

Maester Pylos saß auf seinem Platz.

Der alte Mann blieb stehen und starrte ihn an. »Maester Pylos«, sagte er schließlich, »Ihr . . . habt mich nicht geweckt.«

»Seine Gnaden befahl mir, Euch ruhen zu lassen.« Pylos hatte wenigstens den Anstand zu erröten. »Er sagte mir, Ihr würdet hier nicht gebraucht.«

Cressen ließ den Blick über die schweigenden Ritter und Hauptmänner und Lords schweifen. Lord Celtigar, alt und griesgrämig, trug einen Umhang, der mit roten Krebsen verziert war, die mit Granaten aufgestickt waren. Der stattliche Lord Velaryon hatte meergrüne Seide gewählt, und das weißgoldene Seepferdchen an seinem Hals paßte zu seinem langen blonden Haar. Lord Bar Emmon, der plumpe Vierzehnjährige, hatte sich in purpurnen Samt gehüllt, der mit weißem Seehundfell abgesetzt war, Ser Axell Florent wirkte eher bescheiden in Rotbraun und Fuchsfell, der fromme Lord Sunglass trug Mondsteine um Hals und Handgelenk und Finger, und der Kapitän aus Lys, Salladhor Saan, leuchtete wie ein Sonnenaufgang aus scharlachrotem Satin, Gold und Edelsteinen. Nur Ser Davos hatte ein einfaches Gewand angelegt, ein braunes Wams und einen grünen Wollmantel, und nur Ser Davos hielt seinem Blick voller Mitleid stand.

»Ihr seid zu gebrechlich und verwirrt, um mir noch länger von Nutzen zu sein, alter Mann.« Es klang nach Lord Stannis' Stimme, doch konnte das nicht sein, nein, das konnte einfach nicht sein. »Pylos wird mir von nun an mit seinem Rat zur Seite stehen. Er betreut die Raben ja bereits, da Ihr nicht mehr in den Schlag hinaufklettern könnt. Ich will schließlich nicht, daß Ihr in meinen Diensten zu Tode stürzt.«

Maester Cressen blinzelte. *Stannis, mein Lord, mein trauriger, verdrossener Junge, du mein Sohn, den ich niemals hatte, das kannst du nicht tun, weißt du denn nicht, wie ich stets für dich gesorgt habe, für dich gelebt habe, dich allem zum Trotz geliebt habe? Ja, ich habe dich geliebt, mehr als Robert und Renly, denn du warst der Ungeliebte, derjenige, welche der Liebe am meisten bedurfte.* Dennoch erwiderte er lediglich: »Wie Ihr befehlt, Mylord, aber . . . aber ich bin hungrig. Dürfte ich mich an Euerer Tafel niederlassen?« *An deiner Seite, ich gehöre an deine Seite . . .*

Ser Davos erhob sich von der Bank. »Ich würde mich geehrt fühlen, wenn der Maester neben mir säße, Euer Gnaden.«

»Wie Ihr wünscht.« Lord Stannis wandte sich ab und sagte etwas zu Melisandre, die sich an seiner rechten Seite niedergelassen hatte, auf dem Platz, der die größte Ehre bedeutete. Lady Selyse saß zu seiner Linken und hatte ein grelles Lächeln aufgesetzt, das blitzte wie ihre Edelsteine.

Zu weit entfernt, dachte Cressen benommen und sah hinüber zu Ser Davos. Zwischen dem vormaligen Schmuggler und der hohen Tafel saß ein halbes Dutzend Vasallen. *Ich muß näher an sie herangelangen, wenn ich den Würger in ihren Kelch geben will, doch wie bloß?*

Flickenfratz tollte herum, während der Maester um den Tisch herum zu Davos Seaworth schlurfte. »Hier essen wir Fisch«, verkündete der Narr glücklich und winkte mit einem Barsch wie mit einem Zepter. »Unter dem Meer frißt der Fisch uns. Ja, ja, ja, ha, ha, ha.«

Ser Davos machte Platz auf der Bank. »Heute nacht sollten wir alle das Narrenkostüm tragen«, sagte er düster, als Cressen sich neben ihm niederließ, »denn unser Unternehmen ist töricht. Die rote Frau hat in ihren Flammen Siege gesehen, daher will Stannis auf seiner Forderung nach der Krone beharren, gleichgültig, wie viele Soldaten ihm folgen. Ehe sie fertig ist, werden wir wohl alle mit eigenen Augen gesehen haben, was Flickenfratz erschaut hat: den Grund des Meeres.«

Cressen schob die Hände in die Ärmel, als fröstele er. Mit den Fingern ertastete er die harten Kristalle in der Wolle. »Lord Stannis.«

Stannis wandte sich von der roten Frau ab, doch es war Lady Selyse, die antwortete. »*König* Stanis. Ihr vergeßt Euch, Maester.«

»Er ist alt, seine Gedanken schweifen umher«, fuhr der König sie schroff an. »Was gibt es, Cressen? Sprecht nur.«

»Da Ihr entschlossen seid, in See zu stechen, ist es wichtig, daß Ihr mit Lord Stark und Lady Arryn zu einer Übereinkunft gelangt . . .«

»Ich werde mit niemandem eine Übereinkunft treffen«, entgegnete Stannis Baratheon.

»Auch das Licht schließt kein Bündnis mit der Dunkelheit.« Lady Selyse ergriff seine Hand.

Lord Stannis nickte. »Die Starks wollen mich meines halben Königreichs berauben, so wie die Lannisters mir meinen Thron und mein eigener Bruder mir die Männer und die Festungen gestohlen haben, die rechtmäßig mir gehören. Sie alle sind Usurpatoren und damit meine Feinde.«

Ich habe ihn verloren, dachte Cressen verzweifelt. Wenn er sich nur auf irgendeine Weise unbemerkt Melisandre nähern könnte . . . er brauchte lediglich einen kurzen Augenblick bei ihrem Kelch. »Ihr seid der rechtmäßige Erbe Eures Bruders Robert, der wahre Lord der Sieben Königslande und König der Andalen, der Rhoynar und der Ersten Menschen«, sagte er, »und dennoch dürft Ihr ohne Verbündete nicht hoffen zu obsiegen.«

»Er hat einen Verbündeten«, hielt Lady Selyse dagegen. »R'hllor, den Herrn des Lichts, das Herz des Feuers, den Gott der Flamme und des Schattens.«

»Götter geben allenfalls unsichere Verbündete ab«, beharrte der alte Mann, »und dieser hat hier keine Macht.«

»Glaubt Ihr?« Der Rubin an Melisandres Hals glühte im Licht auf, als sie den Kopf wandte, und einen Moment lang schien er so hell zu leuchten wie der Komet. »Wenn Ihr solche Torheiten sprecht, solltet Ihr Eure Krone wieder aufsetzen.«

»Ja«, stimmte Lady Selyse zu, »Flickenfratz' Helm. Er steht Euch gut, alter Mann. Setzt ihn wieder auf, ich befehle es.«

»Unter dem Meer trägt niemand Hüte«, sagte Flickenfratz, »Ja, ja, ja, ha, ha, ha.«

Lord Stannis' Augen lagen im Schatten seiner schweren Brauen, er hatte die Lippen fest aufeinandergepreßt, und sein Unterkiefer mahlte stumm. Er knirschte stets mit den Zähnen, wenn sich der Zorn seiner bemächtigt hatte. »Narr«, knurrte er schließlich, »meine Gemahlin hat es befohlen. Gib Cressen deinen Helm.«

Nein, dachte der alte Maester, *das bist nicht du, nein, wahrlich nicht, du warst stets gerecht, stets hart, doch niemals grausam, und nie hast du dich auf Spott verstanden, genausowenig wie aufs Lachen.*

Flickenfratz tanzte heran, seine Kuhglöckchen klingelten, *klingeling, ding ding, klingeling, ding dong*. Der Maester saß schweigend da, während der Narr ihm den gehörnten Eimer aufsetzte. Cressen neigte den Kopf ob des Gewichts. Die Glöckchen läuteten. »Vielleicht sollte er seine Ratschläge von nun an singend vortragen«, höhnte Lady Selyse.

»Ihr geht zu weit, Weib«, widersprach Lord Stannis. »Er ist ein alter Mann, und er hat mir gute Dienste geleistet.«

Ich werde Euch bis zum letzten Atemzug dienen, mein geliebter Lord, mein armer, einsamer Sohn, dachte Cressen, denn plötzlich sah er seine Chance. Ser Davos' Kelch stand vor ihm und war halb mit rotem Wein gefüllt. Cressen suchte einen Kristall in seinem Ärmel, hielt ihn zwischen Daumen und Zeigefinger und griff nach dem Kelch. *Sicher und geschickt, ich darf es nicht verderben*, betete er, und die Götter erbarmten sich seiner. Einen Herzschlag später war seine Hand leer. Seit Jahren hatte er sie nicht mehr so ruhig gehalten, so fließend bewegen können. Davos hatte es bemerkt, aber sonst niemand, dessen war er gewiß. Mit dem Becher in der Hand erhob er sich. »Womöglich war ich in der Tat ein Narr. Lady Melisandre, würdet Ihr einen Kelch Wein mit mir teilen? Einen Kelch zu Ehren Eures Gottes, Eures Herrn des Lichts? Einen Becher, um seine Macht zu preisen?«

Die rote Frau musterte ihn. »Wenn Ihr es wünscht.«

Er fühlte, daß alle ihn beobachteten. Als er aufstand, packte

Davos seinen Ärmel mit den Fingern, die Lord Stannis verstümmelt hatte. »Was tut Ihr?« flüsterte er.

»Etwas, das ich tun muß«, antwortete Maester Cressen, »zum Wohle des Reichs und der Seele meines Lords.« Er schüttelte Davos' Hand ab und verschüttete dabei einen Tropfen Wein auf die Binsen.

Sie trat ihm unterhalb der hohen Tafel entgegen. Jeder hatte die Augen auf die beiden gerichtet. Aber Cressen sah nur sie. Rote Seide, rote Augen, und der rote Rubin an ihrem Hals, rote Lippen, die sich zu einem schwachen Lächeln verzogen, während sie die Hand auf die seine legte und den Kelch umfaßte. Ihre Haut fühlte sich heiß und fiebrig an. »Es ist noch nicht zu spät, den Wein zu verschütten, Maester.«

»Nein«, flüsterte er heiser. »Nein.«

»Wie Ihr wünscht.« Melisandre von Asshai nahm den Kelch und trank einen tiefen Schluck. Sie ließ nur einen halben Schluck zurück, den sie nun ihm anbot. »Und jetzt Ihr.«

Seine Hände zitterten, aber er wappnete sich. Ein Maester der Citadel durfte keine Angst haben. Der Wein schmeckte sauer auf der Zunge. Er ließ den leeren Kelch aus den Händen zu Boden fallen, wo er zerbrach. »Er hat doch Macht hier, Mylord«, sagte die Frau. »Und das Feuer reinigt.« An ihrem Hals schimmerte der Rubin rötlich.

Cressen wollte etwas erwidern, aber die Worte blieben ihm in der Kehle stecken. Sein Husten wurde ein erschreckend dünnes Rasseln, als er verzweifelt nach Luft schnappte. Eiserne Finger schlossen sich um seinen Hals. Er sank auf die Knie, schüttelte den Kopf, wies sie zurück, ihre Macht, ihre Magie, ihren Gott. Die Kuhglöckchen klingelten in dem Geweih auf seinem Kopf und sangen *Narr! Narr! Narr!*, derweil die rote Frau mitleidig auf ihn herabblickte und die Flammen der Kerzen in ihren roten, roten Augen tanzten.

ARYA

Auf Winterfell war sie »Arya Pferdegesicht« genannt worden, und etwas Schlimmeres hatte sie sich kaum vorstellen können, aber da hatte dieser Waisenjunge Lommy Grünhand sie auch noch nicht »Klumpkopf« getauft.

Tatsächlich fühlte sich ihr Kopf klumpig an. Als Yoren sie in die Gasse gezerrt hatte, glaubte sie, der alte Mann wolle sie umbringen, hingegen hatte er sie lediglich festgehalten und ihr die verfilzte Mähne mit dem Dolch abgesäbelt. Sie erinnerte sich an das verdreckte braune Haar, das der Wind über die Pflastersteine auf die Septe zutrieb, auf deren Stufen ihr Vater den Tod gefunden hatte. »Ich bringe Männer und Jungen aus der Stadt«, knurrte Yoren, während sein scharfer Stahl über ihren Schädel schabte. »Und jetzt halt still, *Junge*!« Nachdem er fertig war, hatte sie nur noch Büschel und Stoppeln auf dem Kopf.

Später erklärte er ihr, von nun an bis nach Winterfell sei sie Arry, der Waisenjunge. »Am Tor sollte es nicht weiter schwierig sein, unterwegs auf der Straße sieht die Sache allerdings anders aus. Vor dir liegt eine lange Reise in schlechter Gesellschaft. Diesmal habe ich dreißig Männer und Knaben, die für die Mauer bestimmt sind, und denk bloß nicht, die wären nur annähernd so nett wie dein Bastardbruder.« Er schüttelte sie. »Lord Eddard hat mir erlaubt, die Kerker zu durchforsten, und auf Lords bin ich dort gewiß nicht gestoßen. Die Hälfte dieses Haufens würde dich so rasch an die Königin verraten, wie Spucke im Feuer verdampft, für eine Begnadigung und vielleicht ein paar Silberstücke. Und die andere Hälfte würde das gleiche tun, sich allerdings vorher an dir vergehen. Deshalb mußt du dich stets abseits halten, und Wasser wirst du nur allein im Wald lassen. Das ist das Schwierigste, das Pissen, darum trink nicht zu viel.«

Aus King's Landing herauszukommen, war in der Tat so leicht, wie er behauptet hatte. Die Wachen der Lannisters am Tor überprüften einen jeden, aber Yoren rief einen der Männer beim Namen an, und der winkte die Wagen durch. Niemand würdigte Arya auch nur eines Blicks. Man suchte nach einem hochgeborenen Mädchen, der Tochter der Hand des Königs, nicht nach einem mageren Jungen mit kahlgeschorenem Schädel. Arya drehte sich nicht ein einziges Mal um. Sie wünschte sich bloß, der Blackwater Rush möge anschwellen und die ganze Stadt fortschwemmen, den Red Keep und die Große Septe und *alles* und *jeden* dazu, insbesondere Prinz Joffrey und seine Mutter. Gewiß, das würde nicht geschehen, und außerdem war auch Sansa noch in der Stadt und könnte ebenfalls davongespült werden. Als ihr dies einfiel, wünschte sie sich statt dessen, Winterfell zu erreichen.

Was das Pissen anging, so hatte sich Yoren getäuscht. Das war durchaus nicht das Schwierigste; Lommy Grünhand und Heiße Pastete waren das Schlimmste. Waisenjungen. Yoren hatte sie in den Straßen aufgelesen und ihnen einen vollen Bauch und Schuhe für die nackten Füße versprochen. Den Rest seiner Truppe hatte er aus den Ketten des Kerkers befreit. »Die Wache braucht gute Männer«, erklärte er ihnen beim Aufbruch, »leider wird sie sich mit euch begnügen müssen.«

Er hatte sich auch erwachsene Männer aus den Verliesen geholt, Diebe, Wilderer, Frauenschänder und dergleichen. Die übelsten drei hatte er in den schwarzen Zellen aufgetrieben, und sie mußten sogar ihm angst gemacht haben, denn er ließ ihre Hände und Füße hinten in einem der Wagen anketten und schwor, sie würden den ganzen Weg bis zur Mauer in Eisen bleiben. Einer der Kerle hatte keine Nase mehr, nur noch das Loch an der Stelle, wo sie abgeschnitten worden war, und in den Augen des großen Fetten mit der Glatze und den nässenden Wundstellen auf den Wangen ließen sich keinerlei menschliche Regungen erkennen.

Fünf Wagen fuhren aus King's Landing heraus, die mit Vorräten für die Mauer beladen waren: Felle und Stoffballen, Roheisenbarren, ein Käfig voller Raben, Bücher, Papier und Tinte, einen Ballen Bitterblatt, Gefäße mit Öl und Truhen voller Arzneien und Gewürze. Die Wagen wurde von jeweils zwei Pferden gezogen, und für die Jungen hatte Yoren zwei Schlachtrosse und ein halbes Dutzend Esel mitgebracht. Arya wäre lieber auf einem der Pferde geritten, aber auf dem Rücken eines Esels gefiel es ihr immer noch besser als auf den Karren.

Die Männer zollten ihr keinerlei Beachtung, mit den Jungen dagegen war ihr solches Glück nicht beschieden. Sie zählte zwei Namenstage weniger als der jüngste Waisenjunge, war dazu kleiner und dünner, und Lommy und Heiße Pastete schlossen aus ihrem Schweigen, daß sie entweder Angst hatte, dumm war oder taub. »Schau dir nur das Schwert von Klumpkopf an«, sagte Lommy eines Morgens, während sie durch die Obsthaine und Weizenfelder trotteten. Bevor man ihn beim Stehlen erwischt hatte, war er Lehrling eines Färbers gewesen, und seine Arme waren bis zum Ellbogen grün gesprenkelt. Wenn er lachte, grölte er wie die Esel, auf denen sie saßen. »Wo hat eine Kanalratte wie Klumpkopf ein Schwert her?«

Arya kaute verdrießlich auf ihrer Unterlippe herum. Vor den Wagen konnte sie Yorens ausgeblichenen schwarzen Mantel erkennen, dennoch war sie fest entschlossen, nicht heulend bei ihm Hilfe zu suchen.

»Vielleicht ist er ein kleiner Knappe«, warf Heiße Pastete ein. Seine verstorbene Mutter war Bäckerin gewesen, und er hatte tagein, tagaus ihren Karren durch die Straßen geschoben und *»Heiße Pasteten! Heiße Pasteten!«* gerufen. »Der kleine Knappe von irgendeinem edlen Adligen bestimmt.«

»Der ist kein Knappe, sieh ihn dir doch an. Ich wette, das ist nicht mal ein echtes Schwert. Vermutlich nur ein Spielzeugding aus Blech.«

Arya haßte sie, weil sie sich über Needle lustig machten. »Der

Stahl wurde auf einer Burg geschmiedet, ihr Dummköpfe!« fauchte sie die beiden an. Sie drehte sich im Sattel um und warf ihnen finstere Blicke zu. »Und ihr solltet besser Euer Maul halten.«

Die Waisenjungen johlten. »Woher hast du denn eine solche Klinge, Klumpgesicht?« wollte Heiße Pastete wissen.

»Klump*kopf*«, verbesserte ihn Lommy. »Wahrscheinlich gestohlen.«

»Hab ich nicht!« schrie sie. Jon Snow hatte ihr Neddle geschenkt. Ihretwegen mochten die beiden sie Klumpkopf nennen, aber Jon durften sie nicht als Dieb bezeichnen.

»Wenn er es gestohlen hat, können wir es ihm auch abnehmen«, meinte Heiße Pastete. »Ihm gehört es sowieso nicht. So ein Schwert kann ich gut gebrauchen.

Lommy stachelte ihn an. »Na los, schnapp es dir.«

Heiße Pastete trat seinem Esel in die Flanken und ritt heran. »Hey, Klumpgesicht, gib mir das Schwert.« Sein Haar war strohfarben, sein fettes, sonnenverbranntes Gesicht pellte sich. »Du weißt ja sowieso nicht, wie man damit umgeht.«

Oh, das weiß ich sehr wohl, hätte Arya erwidern können. *Ich habe schon einen Jungen getötet, einen Fettwanst wie dich, ja, ich habe ihm den Bauch durchbohrt, und er ist gestorben, und dich töte ich auch, wenn du mich nicht in Ruhe läßt.* Doch sie traute sich nicht, dies auszusprechen. Yoren kannte die Geschichte mit dem Stalljungen nicht, und sie fürchtete sich vor dem, was er tun würde, wenn er es herausfand. Einige der anderen Männer hier waren bestimmt ebenfalls Mörder, gewiß die drei in Fesseln, nur ließ die Königin nicht nach ihnen suchen, und deshalb lag die Sache bei ihnen anders.

»Schau ihn dir nur an«, wieherte Lommy Grünhand. »Ich wette, gleich heult er. Möchtest du weinen, Klumpkopf?«

Vergangene Nacht hatte sie im Schlaf geweint, als sie von ihrem Vater geträumt hatte. Am Morgen war sie aufgewacht und hätte sich, selbst wenn es um ihr Leben gegangen wäre, nicht eine einzige weitere Träne aus den Augen quetschen können.

»Und er macht sich in die Hose«, fügte Heiße Pastete hinzu.

»Laßt ihn in Ruhe«, sagte der Junge mit dem zotteligen schwarzen Haar, der hinter ihnen ritt. Lommy hatte ihn den Bullen getauft, wegen des gehörnten Helms, den er ständig polierte, jedoch niemals aufsetzte. Den Bullen zu verspotten, wagte Lommy nicht. Er war älter, dazu sehr groß, und hatte eine breite Brust und kräftige Arme.

»Du solltest Heiße Pastete lieber das Schwert geben, Arry«, drängte Lommy. »Heiße Pastete möchte es unbedingt haben. Er hat schon mal einen Jungen totgeschlagen. Mit dir macht er bestimmt das gleiche.«

»Ich habe ihn niedergeschlagen und ihm in die Eier getreten, immer weiter, bis er tot war«, prahlte Heiße Pastete. »Regelrecht in Stücke habe ich ihn gehauen. Seine Eier sind aufgeplatzt und haben geblutet, und sein Pimmel ist ganz schwarz geworden. Wäre besser, wenn du mir das Schwert gibst.«

Arya zog ihr Übungsschwert aus dem Gürtel. »Du kannst dieses haben«, bot sie Heiße Pastete an, um einen Kampf zu vermeiden.

»Das ist doch bloß ein Stock.« Er ritt näher an sie heran und wollte das Heft von Neddle packen.

Der Stock pfiff durch die Luft, und Arya ließ ihn auf das Hinterteil des Esels von Heiße Pastete niedergehen. Das Grautier schrie, machte einen Satz und warf Heiße Pastete ab. Arya schwang sich von ihrem Reittier und stieß dem Jungen das Übungsschwert in den Bauch, als er wieder aufstehen wollte, so daß er grunzend zurücksank. Dann schlug sie ihm ins Gesicht, und seine Nase krachte wie ein brechender Ast. Blut tropfte aus den Löchern. Heiße Pastete begann zu heulen, und Arya drehte sich zu Lommy Grünhand herum, der mit offenem Mund auf seinem Tier saß. »Na, willst du das Schwert vielleicht auch haben?« schrie sie. Aber er wollte nicht. Er hob nur die grün gefärbten Hände vors Gesicht und kreischte, sie solle weggehen.

Der Bulle rief: »Hinter dir!«, und Arya fuhr herum. Heiße Pastete hatte sich auf die Knie hochgerappelt und hielt einen großen Stein mit scharfen Kanten in der Hand. Sie ließ ihn werfen, duckte sich, und der Stein flog vorbei. Dann stürzte sie sich auf ihn. Er hob die Hand, doch sie landete einen Hieb darauf, danach auf seiner Wange und schließlich auf seinem Knie. Er griff nach ihr, sie tänzelte leichtfüßig zur Seite und hieb ihm den Stock auf den Hinterkopf. Er fiel zu Boden, erhob sich und taumelte auf sie zu. Sein Gesicht war über und über mit Dreck und Blut verschmiert. Arya nahm die Haltung einer Wassertänzerin ein und wartete. Als er nahe genug war, stach sie ihm zwischen die Beine, und zwar so hart, daß ihm das Holzschwert aus dem Hintern wieder herausgekommen wäre, falls es spitz gewesen wäre.

Als Yoren sie schließlich von Heiße Pastete fortzerrte, lag der auf dem Boden und schrie, seine Hose war braun und stank, während Arya wieder und wieder auf ihn einprügelte. »*Genug!*« brüllte der schwarze Bruder und riß ihr den Stock aus den Händen. »Willst du diesen Narren umbringen?« Da Lommy und die anderen sich lauthals beschwerten, wandte sich der alte Mann ihnen zu. »Haltet eure Mäuler, oder ich werde sie euch stopfen. Wenn so etwas noch einmal vorkommt, werdet ihr hinten an die Wagen gebunden und marschiert auf diese Weise bis zur Mauer.« Er spuckte aus. »Und für dich gilt das gleich doppelt, Arry. Kommt jetzt mit mir, Junge.«

Alle starrten sie an, sogar die drei angeketteten Kerle hinten in dem Wagen. Der Fette ließ die spitzen Zähne zuschnappen und zischte, doch Arya ignorierte ihn.

Der Alte zerrte sie ein Stück von der Straße in eine Baumgruppe und fluchte und murmelte unterdessen unentwegt vor sich hin. »Oh, wäre ich nur mit einem Fingerhut voll Verstand gesegnet, hätte ich dich in King's Landing gelassen. Hörst du, *Junge*?« Er knurrte dieses Wort stets und sprach es scharf aus, damit es ihr auf keinen Fall entginge. »Schnür deine Hose auf und zieh sie runter. Mach schon, hier kann dich niemand sehen. Verdrießlich folgte Arya seiner Aufforderung, und er fügte hinzu: »Dort, an die Eiche. Ja, genauso.« Sie schloß die Arme um den Stamm und drückte das Gesicht an das rauhe Holz. »Und nun wirst du schreien. Und zwar laut.«

Werde ich nicht, dachte Arya, aber als Yoren den Stock auf die Rückseite ihrer nackten Schenkel niedersausen ließ, entfuhr ihr doch ein Schrei, obwohl sie es nicht wollte. »Meinst du, das hätte weh getan?« fragte er. »Wart's mal ab.« Der Stock zischte durch die Luft. Arya brüllte erneut und klammerte sich an den Baum, um nicht umzufallen. »Einen noch.« Sie hielt sich fest, biß sich auf die Lippe und erstarrte, als sie den Stock kommen hörte. Bei diesem Streich zuckte sie zusammen und heulte auf. *Ich werde nicht weinen*, dachte sie, *ganz bestimmt nicht. Ich bin eine Stark aus Winterfell, unser Wappentier ist der Schattenwolf. Schattenwölfe weinen nicht.* Sie spürte, wie Blut in einem dünnen Rinnsal an ihrem Bein heranlief. Ihre Schenkel und Gesäßbacken brannten vor Schmerz. »Vielleicht wirst du mir jetzt ein wenig Aufmerksamkeit widmen«, sagte Yoren. »Beim nächsten Mal, wenn du diesen Stock gegen einen deiner Brüder richtest, bekommst du das Doppelte von dem, was du austeilst. Und jetzt zieh dich an.«

Das sind nicht meine Brüder, dachte Arca, während sie sich bückte und die Hose hochzog, aber sie war klug genug, es nicht laut auszusprechen. Sie hantierte an ihrem Gürtel und den Schnüren herum.

Yoren beobachtete sie. »Tut's weh?«

Ruhig wie stilles Wasser, schärfte sie sich ein, wie es Syrio Forel ihr beigebracht hatte. »Ein bißchen.«

Er spuckte aus. »Dieser Pastetenjunge hat schlimmere Schmerzen. Er hat deinen Vater nicht umgebracht, Mädchen, und dieser diebische Lommy auch nicht. Dadurch, daß du sie verprügelst, kannst du deinen Vater nicht zurückholen.«

»Ich weiß«, murmelte Arya verdrossen.

»Soll ich dir was erzählen, das du noch nicht weißt? Es sollte eigentlich alles anders kommen. Ich war schon zum Aufbruch bereit, die Wagen waren gekauft und beladen, da kam ein Mann mit einem Jungen und einem Beutel voller Münzen zu mir, dazu ein Brief, spielt keine Rolle, von wem. Lord Eddard werde das Schwarz anlegen, hat er zu mir gesagt, und ich solle warten, er würde mich begleiten. Warum sonst war ich wohl noch da? Nur ist dann irgend etwas schiefgelaufen.«

»*Joffrey*«, stieß Arya hervor. »Jemand sollte *ihn* umbringen!«

»Das wird auch bestimmt jemand tun, aber gewiß nicht ich, und du auch nicht.« Yoren warf ihr das Holzschwert zu. »Sobald du wieder bei den Wagen bist, hol dir ein Bitterblatt«, sagte er, während sie sich auf den Weg zur Straße machten. »Wenn du es kaust, hilft es gegen das Brennen.«

Es half tatsächlich, obwohl es widerlich schmeckte und ihre Spucke wie Blut aussehen ließ. Trotzdem mußte sie den Rest des Tages zu Fuß gehen, und auch am Tag darauf und an dem danach, da sie nicht auf dem Esel sitzen konnte. Heiße Pastete war übler dran; Yoren mußte einige Fässer umpacken, damit der Junge hinten in einem der Wagen auf Gerstesäcken liegen konnte, und er jammerte jedesmal, wenn die Räder über einen Stein holperten. Lommy Grünhand war nicht verletzt, dennoch hielt er möglichst großen Abstand zu Arya. »Immer wenn du zu ihm hinüberguckst, zuckt er zusammen«, erzählte ihr der Bulle, neben dessen Esel sie herlief. Sie antwortete nicht. Ihr erschien es sicherer, mit niemandem zu reden.

In dieser Nacht lag sie in ihre dünne Decke eingewickelt auf dem harten Boden und starrte zu dem großen roten Kometen hinauf. Er war wunderschön und erfüllte sie gleichzeitig mit Furcht. »Das rote Schwert«, nannte der Bulle ihn; er behauptete, der Komet sehe aus wie eine Klinge, die vom Feuer der Schmiede noch rot glühe. Arya kniff die Augen zusammen, bis sie ebenfalls das Schwert erkannte, und dann sah sie es, Ice, das Langschwert ihres Vaters, bester valyrischer Stahl, und das Rot war Lord Eddards Blut auf der Klinge, nachdem Ser Ilyn, der Richter des Königs, ihm den Kopf abgeschlagen hatte. Yoren hatte sie gezwungen, sich abzuwenden, als es geschah, dennoch sah sie in dem Kometen stets nur Ice nach der Tat.

Schließlich schlief sie ein und träumte von zu Hause. Die Kingsroad wand sich auf ihrem Weg zur Mauer an Winterfell vorbei, und

Yoren hatte ihr versprochen, sie in der Burg abzuliefern, ohne jemandem ihre wahre Identität zu verraten. Sie sehnte sich nach ihrer Mutter und Robb und Bran und Rickon ... am meisten dachte sie jedoch an Jon Snow. Wenn sie nur auf irgendeine Weise zuerst an der Mauer vorbeikämen, dann würde Jon ihr das Haar zerzausen und sie »kleine Schwester« nennen. Sie würde sagen: »Ich habe dich vermißt«, und er würde es im selben Augenblick sagen, so wie sie ständig Dinge zur selben Zeit aussprachen. Das würde ihr gefallen. Mehr als alles andere auf der Welt.

SANSA

In der Morgendämmerung von König Joffreys Namenstag wehte ein kräftiger Wind, und zwischen den weit oben dahinhuschenden Wolken ließ sich der lange Schweif des großen Kometen ausmachen. Während Sansa ihn von ihrem Turmfenster aus betrachtete, traf Ser Arys Oakheart ein, um sie zum Turnierplatz zu begleiten. »Was, glaubt Ihr, mag das bedeuten?« fragte sie ihn.

»Ruhm für Euren Verlobten«, antwortete Ser Arys frei heraus. »Seht nur, wie flammend er heute am Namenstag Seiner Gnaden leuchtet, als hätten die Götter selbst ein Banner zu seinen Ehren gehißt. Das gemeine Volk hat ihm den Namen König Joffreys Komet gegeben.«

Ohne Zweifel erzählten sie dies Joffrey; Sansa war sich nicht so sicher, ob es wirklich stimmte. »Ich habe Diener gehört, die ihn den Drachenschwanz nennen.«

»König Joffrey sitzt auf dem Platz, der einst Aegon dem Drachen gehörte, in der Burg, die dessen Sohn erbaute«, erwiderte Ser Arys. »Er ist der Erbe des Drachen – und Purpur ist die Farbe des Hauses Lannister, ein weiterer Hinweis. Dieser Komet wurde geschickt, um Joffreys Thronbesteigung zu verkünden, daran hege ich keinen Zweifel. Er bedeutet, daß Joffrey über alle Feinde triumphieren wird.«

Stimmt das wirklich? fragte sie sich. *Könnten die Götter so grausam sein?* Einer der beiden Feinde Joffreys war ihre Mutter, ein zweiter ihr Bruder Robb. Ihr Vater war auf Befehl des jungen Königs gestorben. Mußten Robb und ihre Hohe Mutter als nächste den Tod finden? Der Komet war tatsächlich rot, doch war Joffrey gleichermaßen ein Lannister wie ein Baratheon, und deren Siegel zeigte einen schwarzen Hirsch in goldenem Feld. Hätten die Götter daher nicht einen goldenen Kometen für Joff schicken sollen?

Sie schloß die Läden und kehrte dem Fenster abrupt den Rücken zu. »Ihr seht heute ausgesprochen liebreizend aus, Mylady«, schmeichelte Ser Arys.

»Ich danke Euch, Ser.« Da Sansa wußte, daß Joffrey ihre Anwesenheit bei diesem Turnier zu seinen Ehren erwartete, hatte sie ihrem Gesicht und ihrer Kleidung besondere Aufmerksamkeit gewidmet. Sie trug ein Gewand aus heller purpurfarbener Seide und ein mit Mondsteinen verziertes Haarnetz, welches ihr Joffrey geschenkt hatte. Die langen Ärmel des Kleides bedeckten ihre Arme, um die blauen Flecken zu verbergen. Auch diese waren ein Geschenk von Joffrey. Nachdem er von Robbs Ausrufung zum König im Norden erfahren hatte, war er schrecklich wütend geworden, und er hatte Ser Boros geschickt, um sie zu verprügeln.

»Gehen wir also?« Ser Arys bot ihr den Arm, und sie ließ sich von ihm aus ihrem Gemach führen. Wenn schon jemand aus der Königsgarde jeden ihrer Schritte überwachte, so bevorzugte sie ihn. Ser Boros war aufbrausend, Ser Meryn kalt, Ser Mandons eigentümliche Augen riefen stets Unbehagen bei ihr hervor, während Ser Preston sie wie ein schwachsinniges Kind behandelte. Arys Oakheart benahm sich ihr gegenüber höflich und sprach freundlich mit ihr. Einmal hatte er sich sogar zunächst geweigert, sie zu schlagen, als Joffrey es ihm befohlen hatte. Am Ende hatte er es jedoch getan, jedoch nicht so brutal wie Ser Meryn und Ser Boros, und immerhin hatte er dagegen aufbegehrt. Die anderen gehorchten ohne Widerspruch ... außer dem Hund, den Joffrey allerdings nie aufforderte, sie zu bestrafen. Das überließ er den übrigen fünf.

Ser Arys hatte hellbraunes Haar und ein durchaus angenehm anzuschauendes Gesicht. Heute bot er einen beeindruckenden Anblick, hatte den weißen Seidenüberwurf mit einer goldenen Schnalle an der Schulter befestigt, und eine mit Goldfaden gestickte, ausladende Eiche zierte die Brust seines Wappenrocks. »Wer, meint Ihr, wird am Ende des Tages den Ruhm davontragen?« fragte Sansa, während sie mit eingehakten Armen die Treppe hinabstiegen.

»Ich«, antwortete Ser Arys und lächelte. »Aber ich fürchte, der Triumph wird einen faden Beigeschmack haben. Das Teilnehmerfeld ist klein und armselig. Kaum drei Dutzend Mann werden sich eintragen, und darunter befinden sich auch Knappen und freie Ritter. Es bringt einem wenig Ruhm ein, wenn man einen Knaben vom Pferde stößt, der noch nicht trocken hinter den Ohren ist.«

Das letzte Turnier war anders gewesen, dachte Sansa. König Robert hatte es zu Ehren ihres Vaters veranstaltet. Hohe Lords und berühmte Recken aus dem ganzen Reich waren zu diesem Wettstreit angereist, und die ganze Stadt hatte lebhaft daran teilgenommen. Sie erinnerte sich an all die Pracht, an das weite Feld der Pavillons entlang des Flusses, wo vor jeder Tür das Schild eines Ritters hing, an die langen Reihen seidener Wimpel, die im Wind flatterten, an den Glanz des blanken Stahls und der vergoldeten Sporen. Trompetenstöße und stampfende Hufe waren die Musik des Tages gewesen, die Nacht war dem Fest und dem Gesang gewidmet. Es waren die magischsten Tage ihres Lebens gewesen, und heute erschienen sie ihr bereits wie eine längst vergangene Erinnerung. Robert Baratheon war tot und ihr Vater auch, war als Verräter auf den Stufen der Großen Septe von Baelor enthauptet worden. Nun gab es drei Könige im Lande, jenseits des Trident wütete ein Krieg, und die Stadt füllte sich mit Verzweifelten. So verwunderte es nur wenige, daß Joffs Turnier hinter den dicken Mauern des Red Keep abgehalten werden mußte.

»Wird die Königin dem Ereignis beiwohnen, was glaubt Ihr?« Sansa fühlte sich stets sicherer, wenn Cersei anwesend war und ihren Sohn bändigte.

»Ich fürchte nicht, Mylady. Der Rat trifft sich in einer dringlichen Angelegenheit.« Ser Arys senkte die Stimme. »Lord Tywin hat sich bei Harrenhal verkrochen, anstatt seine Armee zur Stadt zu führen, wie es die Königin befohlen hat. Ihre Gnaden ist überaus wütend.«

Er verstummte, weil eine Kolonne Wachen der Lannisters in roten Röcken und mit dem Löwen auf dem Helm vorbeimarschierte. Ser Arys erzählte gern Klatsch, allerdings nur, wenn er sicher war, nicht belauscht zu werden.

Im äußeren Burghof hatten die Zimmerleute eine Tribüne errichtet und den Kampflatz mit Stoffbahnen abgeteilt. Das Ganze wirkte tatsächlich armselig, und die wenigen Menschen, die sich versammelt hatten, füllten nicht einmal die Hälfte der Sitzplätze. Die meisten Zuschauer waren Wachen, entweder in den goldenen Röcken der Stadtwache oder den roten des Hauses Lannister; Lords und Ladys waren kaum anwesend, nur jene wenigen, die sich noch am Hofe aufhielten. Der graugesichtige Lord Gyles Rosby hustete in ein rosafarbenes Seidentuch. Lady Tanda war von ihren Töchtern umgeben, der friedfertigen, langweiligen Lollys und der schnippischen Falyse. Jalabhar Xho mit der ebenholzfarbenen Haut war ein Verbannter, der keine andere Zuflucht gefunden hatte, Lady Ermesande ein Säugling auf dem Schoß ihrer Amme. Dem Gerede am Hofe zufolge würde sie bald mit einem der Vettern der Königin vermählt werden, damit die Lannisters Anspruch auf ihr Land erheben konnten.

Der König saß im Schatten unter einem roten Baldachin und hatte ein Bein lässig über die geschnitzte Armlehne seines Stuhls gehängt. Prinzessin Myrcella und Prinz Tommen hatten hinter ihm Platz genommen. Im hinteren Teil der königlichen Loge stand Sandor Clegane Wache und ließ die Hände auf seinem Schwertgurt ruhen. Er hatte den weißen Umhang der Königsgarde angelegt und mit einer juwelenbesetzten Brosche verschlossen; der schneeweiße Stoff wirkte im Gegensatz zu dem groben braunen Gewand und dem mit Nieten beschlagenen Lederwams fehl am Platze. »Lady Sansa«, verkündete der Bluthund knapp, als er sie sah. Seine Stimme klang so rauh wie eine Säge, die durch Holz fährt. Die Brandnarben auf seinem Gesicht und dem Hals ließen seine Mundwinkel beim Sprechen zucken.

Prinzessin Myrcella nickte zurückhaltend, doch der rundliche kleine Prinz Tommen sprang eifrig auf. »Sansa, habt Ihr gehört? Ich soll heute im Turnier reiten. Mutter hat gesagt, ich dürfte.« Tommen war gerade acht. Er erinnerte sie an ihren Bruder Bran. Sie waren im gleichen Alter. Bran war daheim auf Winterfell, verkrüppelt zwar, aber in Sicherheit.

Sansa hätte alles dafür gegeben, wenn sie nur bei ihm hätte sein können. »Ich fürchte um das Leben Eures Widersachers«, erwiderte sie feierlich.

»Sein Widersacher wird mit Stroh ausgestopft sein«, sagte Joff, indem er sich erhob. Der König trug einen vergoldeten Brustharnisch, auf dem ein brüllender Löwe eingraviert war, als erwarte er, der Krieg möge jeden Augenblick in King's Landing einziehen. Heute wurde er dreizehn Jahre alt und war groß für sein Alter; er besaß die grünen Augen und das goldene Haar der Lannisters.

»Euer Gnaden«, sagte sie und machte einen Knicks.

Ser Arys verneigte sich. »Ich bitte um Verzeihung, Euer Gnaden. Ich muß mich für die Kampfbahn rüsten.«

Joffrey entließ ihn mit knappem Wink, während er Sansa von Kopf bis Fuß musterte. »Es gefällt mir, daß Ihr meine Edelsteine tragt.«

Demnach hatte der König entschieden, am heutigen Tag den Kavalier zu spielen. Sansa war erleichtert. »Ich danke Euch für diese Juwelen ... und für Eure liebevollen Worte. Ich wünsche Euch einen glücklichen Namenstag, Euer Gnaden.«

»Setzt Euch«, befahl Joff und deutete auf den leeren Stuhl neben seinem eigenen. »Habt Ihr schon gehört? Der Bettelkönig ist tot.«

»Wer?« Einen Augenblick lang fürchtete Sansa, er meine Robb.

»Viserys. Der letzte Sohn des Irren Königs Aerys. Er ist schon durch die Freien Städte gezogen, bevor ich geboren wurde, und hat sich einen König genannt. Also, Mutter sagt, die Dothraki hätten ihn am Ende gekrönt. Mit geschmolzenem Gold.« Er lachte. »Ist das nicht lustig? Der Drachen war ihr Wappentier. Es ist fast so gut, als würde ein Wolf Euren abtrünnigen Bruder töten. Vielleicht verfüttere ich ihn an die Wölfe, nachdem ich ihn gefangengenommen habe. Habe ich es Euch schon erzählt? Ich beabsichtige, ihn zum Zweikampf herauszufordern.«

»Dem würde ich zu gern beiwohnen, Euer Gnaden.« *Lieber, als du ahnst.* Sansa sprach kühl und höflich, trotzdem furchte Joffrey die Stirn und versuchte zu ergründen, ob sie ihn verspottete. »Werdet Ihr heute am Turnier teilnehmen?« fragte sie rasch.

»Meine Hohe Mutter war der Meinung, es sei nicht angemessen, da das Turnier mir zu Ehren ausgerichtet wurde. Anderenfalls hätte ich den Sieg davongetragen. Nicht wahr, Hund?«

Des Bluthunds Mund zuckte. »Gegen diesen Haufen? Warum nicht?«

Er war der Sieger beim Turnier ihres Vaters gewesen, erinnerte sich Sansa. »Werdet Ihr Euch tjostieren, Mylord?« fragte sie ihn.

In Cleganes Stimme schwang tiefste Verachtung mit. »Es wäre der Mühe nicht wert, die Rüstung anzulegen. Dieses Turnier ist für Mücken.«

Der König lachte. »Mein Hund hat wütend gebellt. Vielleicht sollte ich ihm befehlen, gegen den Sieger des Tages anzutreten. Ein Kampf bis zum Tod.« Joffrey gefiel es, Männer auf Leben und Tod gegeneinander fechten zu lassen.

»Dadurch würdet Ihr nur einen Ritter verlieren.« Der Bluthund hatte den Eid des Ritters niemals abgelegt. Sein verhaßter Bruder dagegen war ein Ritter.

Ein Trompetenstoß ertönte. Der König setzte sich wieder und ergriff Sansas Hand. Einst hätte ihr Herz zu klopfen begonnen, aber das war, bevor er ihr Flehen um Gnade für ihren Vater beantwortet hatte, indem er ihr seinen Kopf präsentierte. Jetzt widerte sie seine Berührung an, doch sie war zu klug, sich dies anmerken zu lassen. Sie saß sehr still.

»*Ser Meryn Trant aus der Königsgarde*«, verkündete ein Herold.

Ser Meryn betrat den Hof von der Westseite her. Er trug eine weiße Rüstung, die mit Gold ziseliert war, und ritt ein milchweißes Schlachtroß mit grauer Mähne. Sein Umhang wehte wie ein schneebedecktes Feld hinter ihm. Er hielt eine vier Meter lange Lanze.

»Ser Hobber aus dem Hause Redwyne vom Arbor!« rief der Herold nun. Ser Hobber trabte von Osten auf einem schwarzen Hengst herein, der eine burgunderrote und blaue Schabracke trug. Seine Lanze war in der gleichen Weise gestreift, und sein Schild zeigte die Weintraube, das Wappen seines Hauses. Die Redwyne-Zwillinge waren ebenso wie Sansa unfreiwillig Gäste der Königin. Sie fragte sich, wessen Idee es gewesen war, sie an Joffreys Turnier teilnehmen zu lassen. Gewiß nicht ihre eigene, dachte sie.

Auf ein Zeichen des Turniermeisters hin legten die Kämpfer die Lanzen an und gaben ihren Tieren die Sporen. Die Wachen und Lords und Ladys auf der Tribüne stimmten anfeuernde Rufe an. Die Ritter trafen in der Mitte des Hofes unter lautem Krachen von Holz und Stahl aufeinander. Die weiße und die gestreifte Lanze zersplitterten. Hobber Redwyne wankte bei der Wucht des Aufpralls, hielt sich jedoch im Sattel. Am jeweiligen Ende der Bahn wendeten die Ritter ihre Pferde, warfen die gebrochenen Lanzen zu Boden und nahmen Ersatz von ihren Knappen entgegen. Ser Horas Redwyne, der Zwillingsbruder, rief Ser Hobber Ermunterungen zu.

Doch im zweiten Durchgang richtete Ser Meryn die Lanzenspitze auf Ser Hobbers Brust und warf ihn aus dem Sattel, und der Gegner landete krachend auf der Erde. Ser Horas fluchte und eilte seinem geschlagenen Bruder zu Hilfe.

»Ein schlechter Ritt«, verkündete König Joffrey.

»Ser Balon Swann von Stonehelm«, ließ sich der Herold vernehmen. Breite weiße Schwingen verzierten Ser Balons großen Helm, und auf seinem Schild rangen ein schwarzer und ein weißer Schwan miteinander. *»Morros aus dem Hause Slynt, Erbe von Lord Janos von Harrenhal.«*

»Schaut Euch diesen tölpelhaften Emporkömmling an«, johlte Joff so laut, daß es der halbe Hof hören konnte. Morros, der lediglich Knappe war und auch dies noch nicht lange, hatte Schwierigkeiten damit, Schild und Lanze zu halten. Die Lanze war die Waffe des Ritters, soviel wußte Sansa, und die Slynts gehörten einem Geschlecht niederer Herkunft an. Lord Janos war lediglich der

Kommandant der Stadtwache gewesen, ehe Joffrey ihm Harrenhal als Lehen übertragen und ihn in seinen Rat berufen hatte.

Hoffentlich stürzt er und bereitet sich selbst Schande, dachte sie verbittert. *Hoffentlich tötet Ser Balon ihn.* Nachdem Joffrey den Tod ihres Vaters verkündet hatte, war es Janos Slynt gewesen, der Lord Eddards Kopf am Haar packte und ihn in die Höhe hielt, damit der König und die Menge ihn betrachten konnten. Sansa hatte derweil laut geschluchzt und geschrien.

Morros trug einen schwarz-golden karierten Umhang über einer schwarzen Rüstung, in die goldene Schneckenverzierungen eingelegt waren. Auf seinem Schild prangte der blutige Speer, den sich sein Vater zum Wappen des neuen Hauses erwählt hatte. Aber der junge Mann schien nicht recht zu wissen, wie er den Schild handhaben sollte, während er sein Pferd vorandrängte, und Ser Balons Spitze traf das rechteckige Wappen. Morros ließ die Lanze fallen, rang um sein Gleichgewicht und verlor diesen Kampf. Ein Fuß verfing sich beim Fall im Steigbügel, und das durchgehende Streitroß schleifte ihn bis zum Ende der Bahn, wobei Morros' Kopf wieder und wieder auf den Boden schlug. Joff grölte spöttisch. Sansa war erschüttert und fragte sich, ob die Götter ihr rachsüchtiges Gebet erhört hatten. Aber nachdem man Morros Slynt von seinem Pferd befreit hatte, war er zwar blutüberströmt, lebte jedoch. »Tommen, wir haben den falschen Gegner für dich ausgewählt«, sagte der König zu seinem Bruder. »Der Strohritter tjostiert besser als der da.«

Daraufhin war die Reihe an Ser Horas Redwyne. Er hatte mehr Erfolg als sein Zwillingsbruder und bezwang einen älteren Ritter, dessen Roß mit silbernen Greifen in blauweißgestreiftem Feld geschmückt war. Mochte der alte Mann auch prachtvoll aussehen, so hatte er im Lanzenkampf nur wenig zu bieten. Joffrey verzog den Mund. »Was für eine armselige Vorstellung.«

»Ich habe Euch gewarnt«, sagte der Bluthund. »Mücken.«

Der König begann sich zu langweilen. Das erfüllte Sansa mit Besorgnis. Sie senkte den Blick und entschloß sich, zu schweigen, gleichgültig, was geschähe. Wenn Joffrey Baratheons Laune sich verdüsterte, konnte ein beiläufiges Wort seinen Zorn entfesseln.

»Lothor Brune, freier Ritter in Diensten des Lords Baelish«, rief der Herold. *»Ser Dontos der Rote aus dem Hause Hollard.«*

Der fahrende Ritter, ein kleiner Mann mit verbeulter Rüstung ohne Wappen, erschien ordnungsgemäß am Westende des Hofes, nur sein Gegner ließ sich nicht blicken. Schließlich trottete ein Fuchshengst in purpur- und scharlachroter Seide herbei, doch Ser Dontos saß nicht darauf. Einen Augenblick später betrat der Ritter fluchend und taumelnd das Feld. Er trug einen Brustharnisch und einen federverzierten Helm und sonst nichts. Seine Beine waren weiß und dürr, und seine Männlichkeit wedelte obszön herum, während er dem Pferd nachsetzte. Die Zuschauer brüllten und schrien Beleidigungen. Schließlich packte Ser Dontos das Pferd am Zügel und versuchte aufzusteigen, doch das Tier stand nicht still, und der Ritter war zu betrunken und verfehlte mit den bloßen Füßen immer wieder den Steigbügel.

Inzwischen lachte die Menge johlend ... alle außer dem König. Joffrey hatte diesen Blick in den Augen, an den sich Sansa nur zu gut erinnerte, den gleichen Blick, mit dem er vor der Großen Septe von Baelor das Todesurteil für Lord Eddard Stark verkündet hatte. Schließlich gab Ser Dontos der Rote auf, setzte sich auf den Boden und nahm den mit einem Federbusch verzierten Helm ab. »Ich habe verloren«, rief er, »bringt mir Wein.«

Der König stand auf. »Ein Faß aus dem Keller! Ich will ihn darin ertrinken sehne!«

Sansa hörte, wie ihr der Atem stockte, als stünde sie neben sich. »Nein! Das könnt Ihr nicht tun.«

Joffrey wandte den Kopf zu ihr um. »Was habt Ihr gesagt?«

Sansa vermochte nicht zu glauben, daß sie gesprochen hatte. War sie denn von allen guten Geistern verlassen? Ihm vor versammeltem Hof zu widersprechen? Sie hatte doch überhaupt nichts dazu sagen wollen, allein ... Ser Dontos war betrunken und dumm und zu nichts nütze, aber er wollte doch niemandem etwas Böses.

»Habt Ihr gesagt, ich *könne* das nicht tun? Ja?«

»Bitte«, flehte Sansa, »ich meinte lediglich ... wäre es nicht ein schlechtes Vorzeichen, Euer Gnaden ... an ... an Eurem Namenstag einen Mann zu töten.«

»Ihr lügt«, entgegnete Joffrey. »Ich sollte Euch gleich mit ihm ertränken, wenn Euch soviel an ihm liegt.«

»Mir liegt überhaupt nichts an ihm, Euer Gnaden.« Die Worte lösten sich verzweifelt von ihrer Zunge. »Ertränkt ihn oder laßt ihm dem Kopf abschlagen, nur ... tötet ihn morgen, wenn es Euch gefällt, aber bitte ... nicht heute, nicht an Eurem Namenstag. Ich könnte es nicht ertragen, wenn Euch diese Tat ein Unglück einbrächte ... ein schreckliches Unglück, selbst für einen König, so berichten es die Sänger allerorten ...«

Joffrey zog eine finstere Miene. Er wußte, daß sie log, sie sah es ihm an. Er würde sie dafür büßen lassen.

»Das Mädchen spricht die Wahrheit«, schnarrte der Bluthund. »Was ein Mann an seinem Namenstag sät, das erntet er das ganze Jahr hindurch.« Seine Stimme klang flach, als wäre es ihm gleich, ob ihm der König Glauben schenkte oder nicht. War es tatsächlich *wahr*? Sansa hatte das nicht gewußt. Sie hatte es nur vorgeschützt, weil sie einer Bestrafung entgehen wollte.

Unzufrieden setzte sich Joffrey wieder und schnippte mit den Fingern in Ser Dontos' Richtung. »Bringt ihn fort. Ich werde den Narren morgen töten lassen.«

»Das ist er wirklich«, sagte Sansa. »Ein Narr. Ihr seid so klug, es zu erkennen. Er ist besser geeignet, den Narren zu geben, denn als Ritter aufzutreten. Ihr solltet ihm das Narrenkleid anlegen lassen und ihn für Euch tanzen zu lassen. Die Gnade eines raschen Todes verdient er nicht.«

Der König musterte sie. »Vielleicht seid Ihr doch nicht so dumm, wie meine Mutter immer behauptet.« Er hob die Stimme. »Habt Ihr meine Dame gehört, Dontos? Von heute an seid Ihr mein neuer Hofnarr. Ihr werdet das Narrenkostüm anziehen.«

Ser Dontos, schlagartig ernüchtert, da er dem Tod noch einmal von der Schippe gesprungen war, kroch auf die Knie. »Ich danke Euch, Euer Gnaden. Und Euch, Mylady. Danke.«

Während er von den Wachen der Lannisters hinausgeführt wurde, trat der Turniermeister an die Loge heran. »Euer Gnaden«, fragte er, »soll ich einen neuen Gegner für Brune suchen, oder sollen wir mit dem nächsten Tjost fortfahren?«

»Weder noch. Dies sind Mücken, keine Ritter. Ich würde sie alle töten lassen, wäre nicht heute mein Namenstag. Das Turnier ist vorbei. Schafft sie mir aus den Augen.«

Der Turniermeister verneigte sich, doch Prinz Tommen gebärdete sich weniger gehorsam. »Ich sollte doch gegen den Strohmann antreten.«

»Heute nicht.«

»Aber ich will!«

»Das ist mir einerlei.«

»Mutter hat gesagt, ich dürfe reiten.«

»Das hat sie wirklich«, stimmte Myrcella zu.

»Mutter hat *gesagt*«, äffte der König sie nach. »Seid nicht so kindisch.«

»Wir sind aber Kinder«, entgegnete Myrcella hochmütig. »Und man erwartet von uns, kindisch zu sein.«

Der Bluthund lachte. »Da hat sie recht.«

Joffrey gab sich geschlagen. »Also gut. Sogar mein Bruder wird nicht schlechter tjostieren als die anderen. Turniermeister, laßt die Stechpuppe herausbringen, Tommen möge es diesen Mücken gleichtun.«

Tommen stieß einen Jubelschrei aus und rannte auf seinen pummeligen kleinen Beinen los, um die notwendigen Vorbereitungen zu treffen. »Viel Glück!« rief Sansa ihm nach.

Während das Pony des Prinzen gesattelt wurde, stellte man am gegenüberliegenden Ende der Bahn die Stechpuppe auf. Tommens Gegner war ein Lederkrieger von der Größe eines Kindes, der mit Stroh ausgestopft war, auf einem drehbaren Zapfen saß und in der einen Hand einen Schild und in der anderen eine gepolsterte Keule hielt. Jemand hatte ihm ein Geweih am Kopf befestigt. Joffreys Vater, König Robert, hatte ein Geweih an seinem Helm getragen, erinnerte sich Sansa ... aber ebenso sein Onkel Lord Renly, Roberts Bruder, der Hochverräter, der sich selbst zum König gekrönt hatte.

Zwei Knappen schnallten dem Prinzen die verzierte silberne und purpurrote Rüstung an. Ein hoher Federbusch wuchs aus der Spitze des Helms, und auf dem Schild tummelten sich der Löwe der Lannisters und der gekrönte Hirsch des Hauses Baratheon. Die Knappen halfen Tommen beim Aufsteigen, und Ser Aron Santagar, der Waffenmeister des Red Keep, trat vor und reichte ihm ein stumpfes, silbernes Langschwert mit blattförmiger Klinge in der Größe, die eine achtjährige Hand halten konnte.

Tommen hob das Schwert. »Casterly Rock!« rief er mit seiner schrillen Knabenstimme, gab dem Pony die Sporen und ritt über die gestampfte Erde auf die Stechpuppe zu. Lady Tanda und Lord Gyles stimmten schwachen Jubel an, und Sansa fiel in ihre Anfeuerungen mit ein. Der König brütete schweigend vor sich hin.

Tommen brachte sein Pony zum flotten Trab, fuchtelte heftig mit dem Schwert und versetzte dem Schild des Ritters im Vorbeireiten einen kräftigen Hieb. Die Stechpuppe drehte sich, die gepolsterte Keule schwang herum und traf den Prinzen hart am Hinterkopf. Tommen flog aus dem Sattel, und seine neue Rüstung klapperte wie ein Sack voll alter Töpfe, als er auf dem Boden landete. Das Schwert fiel ihm aus der Hand, das Pony rannte durch den Burghof, und sofort erhob sich spöttisches Geschrei. König Joffrey lachte am längsten und lautesten.

»Oh!« rief Prinzessin Myrcella. Sie kletterte aus der Loge und lief zu ihrem kleinen Bruder hinunter.

Sansa verspürte in ihrer Ausgelassenheit plötzlich eigentümlichen Mut. »Ihr solltet sie begleiten«, sagte sie zum König. »Euer Bruder könnte verletzt sein.«

Joffrey zuckte mit den Schultern. »Und wenn schon?«

»Ihr könntet ihm aufhelfen und ihm sagen, wie gut er geritten ist.« Sansa vermochte ihre Zunge nicht im Zaum zu halten.

»Er ist vom Pferd geworfen worden und im Dreck gelandet«, wandte der König ein. »Das verstehe ich nicht gerade unter ›gut geritten‹.«

»Seht«, unterbrach ihn der Bluthund. »Der Junge hat Mut. Er versucht es noch einmal.«

Sie halfen Prinz Tommen, abermals aufzusteigen. *Wenn doch nur Tommen an Joffreys Statt der Ältere wäre*, dachte Sansa. *Ihn würde ich gern heiraten.*

In diesem Augenblick wurden sie von dem Lärm überrascht, der vom Torhaus herüberhallte. Ketten rasselten, als das Fallgitter hochgezogen wurde, und unter dem Quietschen der eisernen Angeln öffnete sich das Tor. »Wer hat ihnen erlaubt, das Tor zu öffnen?« wollte Joff wissen. Angesichts der Unruhen in der Stadt waren die Tore des Red Keep seit Tagen geschlossen.

Eine Kolonne Reiter kam, vom Hufschlag und stählernem Klirren begleitet, unter dem Fallgatter hervor. Clegane trat dicht an den König heran und legte eine Hand auf den Griff seines Langschwerts. Die Besucher waren reichlich mitgenommen, ausgezehrt und staubig, und dennoch trugen sie als Standarte den Löwen der Lannisters – golden prangte er auf purpurrotem Feld. Einige waren in rote Umhänge gekleidet und hatten Kettenhemden angelegt, wie sie bei den Soldaten der Lannisters üblich waren, doch die meisten waren freie Ritter und Söldner, deren Rüstungen aus Einzelstücken bestanden und die von scharfem Stahl starrten . . . und dann waren da noch andere, riesige Wilde aus den Ammenmärchen, die Bran so gern gehört hatte. Diese Männer trugen schäbige Felle und gegerbtes Leder, langes Haar und verfilzte Bärte. Manche hatten den Kopf oder die Hände mit blutgefleckten Verbänden verbunden, während anderen Augen, Ohren oder Finger fehlten.

In ihrer Mitte ritt auf einem großen Rotfuchs in einem eigentümlich hohen Sattel, der ihn von vorn bis hinten umschloß, der zwergenwüchsige Bruder der Königin, Tyrion Lannister, den man überall den Gnom nannte. Er hatte sich den Bart stehen lassen, um sein eingedrücktes Gesicht zu verhüllen, der zu einem gelben und schwarzen Wirrwarr aus drahtigen Haaren herangewachsen war. Über seinen Rücken hing ein Mantel aus schwarzem Pelz, der mit weißen Streifen durchsetzt war. Er hielt die Zügel in der Linken und trug den rechten Arm in einer weißen Schlinge, ansonsten wirkte er noch immer so grotesk, wie Sansa ihn von seinem Besuch auf Winterfell in Erinnerung hatte. Seine vorgewölbte Stirn und seine ungleichen Augen machten ihn zu dem häßlichsten Mann, den sie je gesehen hatte.

Tommen gab seinem Pony trotzdem die Sporen und galoppierte unter Freudengeschrei über den Hof. Einer der Wilden, ein großer, ungeschlachter Mann, dessen Gesicht so behaart war, das die untere Hälfte vollständig hinter dem Bart verschwand, packte den Jungen, riß ihn aus dem Sattel und stellte ihn neben seinem Onkel auf den Boden. Tommens atemloses Lachen hallte von den Mauern wider, und Tyrion klopfte ihm auf die gepanzerten Schultern. Überrascht sah Sansa, daß die beiden gleich groß waren. Myrcella rannte ihrem Bruder hinterher, und der Zwerg hob sie in die Höhe und wirbelte das kreischende Mädchen im Kreis.

Nachdem der kleine Mann sie wieder abgesetzt hatte, drückte er ihr einen sanften Kuß auf die Stirn und watschelte über den Hof auf Joffrey zu. Zwei seiner Männer folgten ihm dichtauf – ein schwarzhaariger, schwarzäugiger Söldner mit katzenhaften Bewegungen und ein hagerer junger Mann mit einer leeren Augenhöhle. Tommen und Myrcella trotteten hinter ihnen her.

Der Zwerg beugte ein Knie vor dem König. »Euer Gnaden.«

»Ihr«, sagte Joffrey.

»Ich«, bestätigte der Gnom, »obwohl ein höflicherer Gruß angebracht wäre, wo ich doch zum einen Euer Onkel und zum anderen der Ältere bin.«

»Man sagte, Ihr wäret tot«, warf der Bluthund ein.

Der kleine Mann warf dem Größeren einen Blick zu. Eines seiner Augen war grün, das andere schwarz, aber beide hatten dieselbe Kälte gemeinsam. »Ich habe mit dem König geredet, nicht mit seinem Köter.«

»*Ich* bin froh, daß Ihr nicht tot seid«, verkündete Prinzessin Myrcella.

»Darin sind wir uns gewiß einig, süßes Kind.« Tyrion wandte sich an Sansa. »Mylady, mein Beileid angesichts Eurer schweren Verluste. Den Göttern mangelt es wahrlich nicht an Grausamkeit.«

Sansa fiel keine Erwiderung ein. Wie konnten ihm ihre Verluste leid tun? Verspottete er sie? Nicht die Götter waren grausam, sondern Joffrey.

»Und mein Beileid gilt auch Euch, Joffrey«, fügte der Zwerg hinzu.

»Wofür?«

»Für den Verlust Eures königlichen Vaters; ein großer ungestümer Mann mit schwarzem Bart; Ihr werdet Euch an ihn erinnern, wenn Ihr es nur versucht. Er war König vor Euch.«

»Ach, *er*. Ja, sehr traurig. Ein Keiler hat ihn getötet.«

»Haben ›sie‹ Euch das erzählt, Euer Gnaden?«

Joffrey runzelte die Stirn. Sansa spürte, daß sie etwas sagen sollte. Was hatte Septa Mordane ihr stets eingebleut? *Die Rüstung einer Dame ist die Höflichkeit*, ja. Sie legte ihren Harnisch an. »Meine Hohe Mutter hat Euch gefangengenommen, und das tut mir leid, Mylord.«

»Das tut vielen, vielen Leuten leid«, erwiderte Tyrion, »und bevor es mit mir vorbei sein wird, könnte es einigen noch viel, viel mehr leid tun ... Dennoch möchte ich Euch meinen Dank für Euer Mitgefühl aussprechen. Joffrey, wo finde ich Eure Mutter?«

»Sie tagt mit meinem Rat«, antwortete der König. »Euer Bruder Jaime verliert eine Schlacht nach der anderen.« Er warf Sansa einen wütenden Blick zu, als sei dies ihre Schuld. »Er ist von den Starks gefangengenommen worden, wir haben Riverrun verloren, und jetzt nennt sich ihr dummer Bruder König.«

Der Zwerg lächelte schief. »In letzter Zeit nennen sich eine Menge Leute König.«

Joff wußte nicht recht, was er mit dieser Bemerkung anfangen sollte, doch merkte man ihm sein Mißtrauen deutlich an. »Ja. Gut. Ich freue mich, daß Ihr noch lebt, Onkel. Habt Ihr mir ein Geschenk zum Namenstag mitgebracht?«

»Das habe ich. Meinen Verstand.«

»Robb Starks Kopf wäre mir lieber gewesen«, sagte Joff mit einem verschlagenen Seitenblick auf Sansa. »Tommen, Myrcella, kommt.«

Sandor Clegance verweilte noch einen Moment. »An Eurer Stelle würde ich meine Zunge hüten, kleiner Mann«, warnte er, ehe er seinem Lehnsherrn folgte.

Sansa blieb bei dem Zwerg und seinen Ungeheuern zurück. Sie überlegte fieberhaft, was sie sagen könnte. »Ihr habt Euch am Arm verletzt«, brachte sie schließlich heraus.

»Einer Eurer Nordmannen hat mich mit dem Morgenstern getroffen, in der Schlacht am Grünen Arm. Ich bin ihm entgangen, indem ich mich vom Pferd fallen ließ.« Sein Grinsen wurde sanfter, während er ihr Gesicht betrachtete. »Ist es die Trauer um Euren Vater, die Euch so sehr bekümmert?«

»Mein Vater war ein Hochverräter«, erwiderte Sansa sofort. »Und mein Bruder und meine Hohe Mutter sind gleichfalls Hochverräter.« Diese Antwort hatte sie gelernt. »Ich dagegen bin meinem geliebten Joffrey treu.«

»Ohne Zweifel. So treu wie das Rotwild, das von Wölfen eingekreist ist.«

»Löwen«, flüsterte sie ohne nachzudenken. Sie blickte sich nervös um, aber niemand war in der Nähe.

Lannister ergriff ihre Hand und drückte sie. »Ich bin nur ein kleiner Löwe, Kind, und ich schwöre, daß ich nicht über Euch herfallen werde.« Er verneigte sich und fügte hinzu: »Doch nun müßt Ihr mich entschuldigen. Ich habe eine dringliche Angelegenheit mit der Königin und ihrem Rat zu besprechen.«

Sansa blickte ihm nach. Sein Körper schwankte bei jedem Schritt grotesk von einer Seite zur anderen. *Er spricht freundlicher als Joffrey,* dachte sie; *aber die Königin hat auch freundlich mit mir geredet. Dennoch bleibt er ein Lannister, ist er doch ihr Bruder und Joffs Onkel. Und kein Freund.* Einst hatte sie Prinz Joffrey von ganzem Herzen geliebt und bewundert, und seiner Mutter, der Königin, vertraut. Diese Liebe und dieses Vertrauen hatten sie ihr mit dem Kopf ihres Vaters vergolten. Diesen Fehler würde Sansa niemals wieder begehen.

TYRION

Im weißen Gewand der Königsgarde erweckte Ser Mandon Moore den Eindruck eines Toten im Leichenhemd. »Ihre Gnaden hat angeordnet, die Ratssitzung nicht zu stören.«

»Ich würde nur ein kleines bißchen stören, Ser.« Tyrion ließ das Pergament aus dem Ärmel gleiten. »Ich trage einen Brief von meinem Vater, Lord Tywin Lannister, der Rechten Hand des Königs, bei mir. Hier seht Ihr das Siegel.«

»Ihre Gnaden wünscht nicht gestört zu werden«, wiederholte Ser Mandon langsamer, als sei Tyrion zu dumm, um ihn beim ersten Mal verstanden zu haben.

Jaime hatte ihm einmal erzählt, Moore sei der gefährlichste Mann der Königsgarde – sich selbst ausgeschlossen –, weil seine Miene nie auch nur einen kleinen Hinweis darauf gab, was er als nächstes tun würde. Tyrion hätte einen solchen Hinweis jetzt begrüßt. Bronn und Timett könnten den Ritter vermutlich töten, falls die Sache mit Schwertern ausgetragen werden mußte, aber es würde nichts Gutes bedeuten, wenn er anfinge, Joffreys Beschützer niederzumetzeln. Und doch, ließ er sich von diesem Mann abweisen, wo blieb dann seine Autorität? Er setzte ein Lächeln auf. »Ser Mandon, Ihr habt meine Begleiter noch nicht kennengelernt. Dies ist Timett, der Sohn des Timett, eine Rote Hand, der Burned Men. Und dies ist Bronn. Möglicherweise erinnert Ihr Euch an Ser Vardis Egen, der Hauptmann von Lord Arryns Leibgarde war?«

»Ich kenne den Mann.« Ser Mandons Augen waren leblos.

»Kannte«, verbesserte Bronn mit einem dünnen Lächeln.

Ser Mandon ließ sich nicht herab, zu zeigen, daß er dies gehört hatte.

»Mag es sein, wie es will«, sagte Tyrion freundlich, »ich muß zu meiner Schwester und ihr den Brief übergeben, Ser. Seid also so freundlich und öffnet die Tür für uns.«

Der weiße Ritter antwortete nicht. Tyrion stand kurz davor, sich seinen Weg mit Gewalt zu erkämpfen, da trat Ser Mandon plötzlich zur Seite. »Ihr dürft eintreten. Die nicht.«

Ein kleiner Sieg, dachte er, *aber ein süßer*. Er hatte seine erste Prüfung bestanden. Tyrion Lannister trat durch die Tür und fühlte sich fast groß. Die fünf Mitglieder des kleinen Königsrates unterbrachen augenblicklich ihr Gespräch. »Ihr?« sagte seine Schwester in einem Tonfall, in dem Unglauben und Unbehagen gleichermaßen mitschwangen.

»Jetzt weiß ich, wo Joffrey seine Höflichkeit gelernt hat.« Tyrion blieb stehen, bewunderte die zwei valyrischen Sphinxe, welche die Tür bewachten und gab sich beiläufig zuversichtlich. Cersei konnte Schwäche riechen, wie ein Hund, der Angst wittert.

»Was tut Ihr hier?« Die lieblichen grünen Augen seiner Schwester musterten ihn ohne jegliche Zuneigung.

»Ich überbringe einen Brief von unserem Hohen Vater.« Er schlenderte zum Tisch und legte das eng eingerollte Pergament darauf.

Der Eunuch Varys nahm den Brief und drehte ihn in seinen zarten, gepuderten Händen. »Wie freundlich von Lord Tywin. Und sein Siegelwachs hat einen so hübschen Goldton.« Varys unterzog das Siegel einer genaueren Untersuchung. »Es scheint tatsächlich echt zu sein.«

»Natürlich ist es echt.« Cersei riß ihm den Brief aus den Händen. Sie brach das Siegel und entrollte das Pergament.

Tyrion beobachtete sie, während sie las. Seine Schwester hatte den Platz des Königs eingenommen – demnach schien Joffrey dem Rat nur selten beizuwohnen, nicht öfter als Robert seinerzeit –, und daher kletterte Tyrion auf den Stuhl der Rechten Hand. Dieser Platz erschien ihm nur angemessen.

»Das ist absurd«, sagte die Königin schließlich. »Mein Hoher

Vater hat meinen Bruder geschickt, damit er an seiner Stelle an diesem Rat teilnehmen soll. Er bittet uns, Tyrion als Rechte Hand des Königs anzuerkennen, bis er sich persönlich zu uns gesellen kann.«

Grand Maester Pycelle strich sich durch den wallenden weißen Bart und nickte nachdenklich. »Ich nehme an, ein Willkommen wäre durchaus angebracht.«

»In der Tat.« Janos Slynt mit seinem Doppelkinn und seiner Halbglatze sah fast aus wie ein Frosch, ein selbstgefälliger Frosch, der sich über sich selbst erhoben hatte. »Wir brauchen Euch dringend, Mylord. Überall Aufstände, dieses furchterregende Omen am Himmel, Aufruhr in den Straßen der Stadt . . .«

»Und wessen Schuld ist das, Lord Janos?« hielt ihm Cersei entgegen. »Eure Goldröcke sollen die Ordnung aufrechterhalten. Was Euch betrifft, Tyrion, so würdet Ihr uns auf dem Schlachtfeld bessere Dienste leisten.«

Er lachte. »Nein, mit den Feldern der Ehre bin ich fertig, besten Dank auch. Auf einem Stuhl sitze ich bequemer als auf einem Pferd, und ich würde lieber einen Weinkelch in der Hand halten als eine Streitaxt. Und all der Donner der Trommeln, die grelle Sonne, die auf Rüstungen blitzt, die schnaubenden, tänzelnden Schlachtrösser? Also, von den Trommeln habe ich Kopfschmerzen bekommen, die Sonne hat mich in meiner Rüstung gebacken wie eine Gans fürs Erntefest, und diese prachtvollen Pferde lassen ü-ber-all ihre Äpfel fallen. Jedoch – ich will mich nicht beschweren. Verglichen mit der Gastfreundschaft, die ich im Tal von Arryn genießen durfte, sind Trommeln, Pferdeäpfel und Mückenstiche eine Wohltat.«

Littlefinger lachte. »Gut gesprochen, Lannister. Ihr seid ein Mann nach meinem Geschmack.«

Tyrion lächelte ihn an und erinnerte sich an einen gewissen Dolch mit einem Heft aus Drachenknochen und einer Klinge aus valyrischem Stahl. *Darüber müssen wir uns unterhalten, und zwar bald.* Er fragte sich, ob Lord Petyr dieses Thema ebenso amüsant fände. »Bitte«, sagte er, »laßt mich meine Dienste tun, wie *klein* sie auch immer sein mögen.«

Cersei las den Brief ein zweites Mal. »Wie viele Männer habt Ihr mitgebracht?«

»Einige hundert. Überwiegend meine eigenen Leute. Vater wollte mir keine der seinen überlassen. Schließlich steht er mitten im Krieg.«

»Von welchem Nutzen werden uns ein paar hundert Mann sein, falls Renly auf die Stadt marschiert oder Stannis von Dragonstone übersetzt? Ich habe um eine Armee gebeten, und mein Vater schickt mir einen Zwerg. Der *König* ernennt die Hand in Übereinstimmung mit dem Rat. Joffrey hat unseren Hohen Vater ernannt.«

»Und unser Hoher Vater hat mich ernannt.«

»Das kann er nicht. Nicht ohne Joffs Zustimmung.«

»Lord Tywin befindet sich mit seinem Heer in Harrenhal, wenn Ihr diese Angelegenheit mit ihm besprechen wollt«, sagte Tyrion höflich. »Mylords, würdet Ihr mir vielleicht ein Wort unter vier Augen mit meiner Schwester gestatten?«

Varys erhob sich und lächelte auf seine salbungsvolle Art. »Wie Ihr Euch nach dem Klang der Stimme Eurer Schwester gesehnt haben müßt. Mylords, bitte, lassen wir ihnen ein paar Augenblicke. Die Kümmernisse unseres geschundenen Reiches werden solange warten können.«

Janos Slynt stand zögernd auf, Grand Maester Pycelle schwerfällig, immerhin jedoch erhoben sie sich. Littlefinger war der letzte. »Soll ich dem Haushofmeister sagen, er möge die Gemächer in Maegors Bergfried vorbereiten?«

»Besten Dank, Lord Petyr, aber ich werde mich in Lord Starks früherer Unterkunft im Turm der Hand einrichten.«

Littlefinger lachte. »Ihr seid ein mutigerer Mann als ich, Lannister. Ist Euch das Schicksal der letzten zwei Hände bekannt?«

»Zwei? Wenn Ihr mich erschrecken wollt, warum sagt Ihr nicht vier?«

»Vier?« Littlefinger zog die Augenbrauen hoch. »Haben die

Hände vor Lord Arryn ebenfalls ein unheilvolles Ende in dem Turm genommen? Ich fürchte, ich war zu jung, um dem viel Beachtung zu schenken.«

»Aerys Targaryens letzte Hand wurde während der Plünderung von King's Landing getötet, wenngleich ich auch bezweifle, daß ihm überhaupt Zeit blieb, sich im Turm einzuleben. Er war nur vierzehn Tage lang Hand. Sein Vorgänger wurde bei lebendigem Leibe verbrannt. Und die beiden vor ihnen starben ohne Land und ohne Geld in der Verbannung, und sie durften sich noch glücklich schätzen. Ich glaube, mein Hoher Vater war seit langem die einzige Hand, die King's Landing mit Namen, Lehen und heiler Haut verließ.«

»Faszinierend«, erwiderte Littlefinger. »Und ein Grund mehr, weshalb ich mein Lager im Kerker aufschlagen würde.«

Vielleicht werdet Ihr Euch das noch wünschen, dachte Tyrion, doch er sagte: »Mut und Torheit sind Vettern, jedenfalls habe ich das gehört. Welcher Fluch auch auf dem Turm der Hand liegen mag, ich bete darum, daß ich klein genug bin, ihm zu entschlüpfen.«

Janos Slynt lachte, Littlefinger lächelte, und Grand Maester Pycelle folgte ihnen hinaus und verneigte sich tief.

»Ich hoffe, Vater hat dich nicht den ganzen Weg hergeschickt, um uns mit Geschichtslektionen zu plagen«, sagte seine Schwester, als sie allein waren.

»Wie ich mich nach dem Klang deiner süßen Stimme gesehnt habe«, seufzte Tyrion.

»Wie ich mich danach sehne, diesem Eunuchen die Zunge mit glühenden Zangen herausreißen zu lassen«, gab Cersei zurück. »Hat Vater den Verstand verloren? Oder hast du den Brief gefälscht?« Sie las ihn erneut, und dabei steigerte sich ihr Ärger noch. »Warum hat er mich mir *dir* gestraft? Ich wollte, daß er selbst kommt. Sie zerknüllte Lord Tywins Schreiben. »Ich bin Joffreys Regentin, und ich habe ihm einen königlichen Befehl geschickt!«

»Und er hat ihn ignoriert«, meinte Tyrion. »Er hat eine ziemlich große Armee und kann sich das leisten. Und er ist auch nicht der erste. Oder?«

Cersei preßte die Lippen aufeinander. Er sah die Röte, die in ihrem Gesicht aufstieg. »Wenn ich diesen Brief als Fälschung bezeichne und ihnen sage, sie sollten dich in den Kerker werfen, wird das niemand ignorieren, soviel kann ich dir versprechen.«

Er wandelte auf dünnem Eis, das war Tyrion durchaus bewußt. Ein falscher Schritt, und er würde einbrechen. »Niemand«, stimmte er freundlich zu, »und am wenigsten unser Vater. Der mit der Armee. Aber warum willst du mich in die Verliese bringen lassen, liebe Schwester, wo ich doch den ganzen weiten Weg gemacht habe, um dir zu helfen?«

»Ich habe nicht um deine Hilfe gebeten, sondern Vater befohlen, herzukommen.«

»Ja«, sagte er leise, »aber eigentlich wolltest du Jaime.«

Seine Schwester lächelte schwach, aber er war mit ihr aufgewachsen, und ihr Gesicht war für ihn ein offenes Buch, und was es ihm nur verkündete waren Zorn, Angst und Verzweiflung. »Jaime –«

»– ist genauso mein Bruder wie deiner«, unterbrach Tyrion sie. »Unterstütze mich, und ich verspreche dir, wir werden Jaime unverletzt befreien.«

»Und wie?« verlangte Cersei zu wissen. »Der junge Stark und seine Mutter werden wohl kaum vergessen, daß wir Lord Eddard geköpft haben.«

»Das ist wahr«, stimmte Tyrion zu, »aber immerhin hältst du noch seine Töchter bei dir fest, nicht wahr? Das ältere Mädchen habe ich draußen bei Joffrey im Hof gesehen.«

»Sansa«, sagte die Königin. »Ich habe zwar verlauten lassen, daß ich das jüngere Balg ebenfalls in meiner Gewalt habe, nur war das eine Lüge. Ich habe Meryn Trant geschickt, um sie zu ergreifen, als Robert starb, aber ihr verfluchter Tanzmeister hat sich eingemischt, und sie konnte fliehen. Seitdem hat sie niemand mehr zu Gesicht bekommen. Vermutlich ist sie tot. An jenem Tag haben viele, viele Menschen ihr Leben gelassen.«

Tyrion hatte sich beide Mädchen der Starks erhofft, dennoch

ging er davon aus, eins würde genügen. »Berichte mir über unsere Freunde im Rat.«

Seine Schwester blickte zur Tür. »Was ist mit ihnen?«

»Vater scheint sie nicht besonders zu mögen. Als ich ihn verließ, fragte er sich, wie sich ihre Köpfe wohl neben dem von Lord Stark auf der Mauer machen würden.« Er beugte sich über den Tisch. »Bist du dir ihrer Loyalität sicher? Vertraust du ihnen?«

»Ich vertraue niemandem«, fauchte Cersei. »Ich brauche sie. Glaubt Vater, sie würden ein falsches Spiel mit uns treiben?«

»Er hegt eher einen gewissen Verdacht.«

»Warum? Was weiß er?«

Tyrion zuckte mit den Schultern. »Er weiß, daß die kurze Herrschaft deines Sohnes eine einzige Folge von Torheiten und Katastrophen war. Aus diesem Grund nimmt er an, jemand würde Joffrey schlecht beraten.«

Cersei blickte ihn forschend an. »Joff mangelt es nicht an gutem Rat. Er war schon immer sehr eigenwillig. Jetzt, da er König ist, glaubt er, das tun zu müssen, was er will, und nicht das, was man ihm sagt.«

»Kronen stellen seltsame Dinge mit den Köpfen darunter an«, pflichtete Tyrion bei. »Diese Angelegenheit mit Eddard Stark ... War das Joffreys Werk?«

Die Königin schnitt eine Grimasse. »Man hat ihn angewiesen, Stark zu begnadigen und ihm anzubieten, das Schwarz anzulegen. Der Mann wäre uns auf diese Weise für immer aus dem Weg gewesen, und wir hätten uns mit seinem Sohn friedlich einigen können; Joff hingegen hat entschieden, dem Pöbel eine bessere Vorstellung zu bieten. Was hätte ich tun sollen? Er hat vor der halben Stadt Lord Eddards Tod gefordert. Und Janos Slynt und Ser Ilyn schritten unbekümmert zur Tat und haben den Mann einen Kopf kürzer gemacht, ohne mich zu Rate zu ziehen!« Sie ballte die Hand zur Faust. »Der Hohe Septon behauptet, wir hätten Baelors Septe mit Blut besudelt, nachdem wir ihn über unsere wahren Absichten belogen hätten.«

»Da hat er meines Erachtens durchaus recht«, antwortete Tyrion. »Und dieser *Lord* Slynt, hat sich also daran beteiligt. Sag mir, wessen erlauchte Idee war es, ihm Harrenhal zu geben und ihn in den Rat zu berufen?«

»Um diese Dinge hat sich Littlefinger gekümmert. Wir brauchten Slynts Goldröcke. Eddard Stark hat ein Komplott mit Renly geschmiedet, und er hatte auch Lord Stannis geschrieben und ihm den Thron angeboten. Wir hätten möglicherweise alles verloren. Und dennoch sind wir dem Unheil nur knapp entgangen. Wäre Sansa nicht zu mir gekommen und hätte mir die Pläne ihres Vaters offenbart ...«

Tyrion war überrascht. »Wirklich? Seine eigene Tochter?« Sansa war ihm immer wie ein süßes Kind erschienen, zart und höflich.

»Das Mädchen war bis über beide Ohren verliebt. Für Joffrey hätte sie alles getan, allerdings nur, bis er ihrem Vater den Kopf abschlagen ließ und es auch noch eine Gnade nannte. Damit hatte ihre Liebe ein Ende.«

»Seine Gnaden hat eine unnachahmliche Art, die Herzen seiner Untertanen zu gewinnen«, sagte Tyrion und lächelte schief. »Wurde Ser Barristan Selmy ebenfalls auf Joffreys Wunsch aus der Königsgarde entlassen?«

Cersei seufzte. »Joff wollte jemandem die Schuld an Roberts Tod geben. Varys hat Ser Barristan vorgeschlagen. Wieso auch nicht? Damit erhielt Jaime den Befehl über die Königsgarde und seinen Sitz im kleinen Rat, und Joff konnte seinem Hund einen Knochen hinwerfen. Er mag Sandor Clegane sehr gern. Wir wollten Selmy ursprünglich etwas Land und eine kleine Burg anbieten, mehr, als der nutzlose alte Narr verdiente.«

»Ich habe vernommen, der nutzlose Narr habe zwei von Slynts Goldröcken getötet, als sie ihn am Schlammtor ergreifen wollten.«

Seine Schwester wirkte sehr unglücklich. »Janos hätte mehr Männer schicken sollen. Er ist keinesfalls so fähig, wie man es sich wünschen möchte.«

»Ser Barristan war der Lord Commander von Robert Baratheons

Königsgarde«, erinnerte Tyrion sie. »Er und Jaime sind die einzigen Überlebenden von Aerys Targaryens Sieben. Das gemeine Volk spricht über ihn wie über Serwyn vom Spiegelschild und Prinz Aemon den Drachenritter. Was glaubst du, werden sie erst denken, wenn sie Barristan den Kühnen neben Robb Stark oder Stannis Baratheon reiten sehen?«

Cersei blickte zur Seite. »Daran habe ich nicht gedacht.«

»Vater schon«, sagte Tyrion. »*Deswegen* hat er mich hergeschickt. Um diesen Torheiten ein Ende zu bereiten und deinen Sohn zur Vernunft zu bringen.«

»Joff wird sich von dir nicht mehr sagen lassen als von mir.«

»Vielleicht doch.«

»Wieso sollte er?«

»Weil er weiß, daß *du* ihm niemals weh tun würdest.«

Cersei kniff die Augen zusammen. »Falls du glaubst, ich würde dir je erlauben, meinem Sohn ein Leid zuzufügen, mußt du unter einem Fieberwahn leiden.«

Tyrion stöhnte auf. Sie hatte wieder einmal den springenden Punkt nicht begriffen. »Joffrey ist bei mir ebenso sicher wie bei dir«, versprach er ihr, »aber solange der Junge ein wenig Furcht verspürt, wird er geneigter sein, seine Ohren aufzusperren.« Er nahm ihre Hand. »Ich bin dein Bruder. Du brauchst mich, ob du es nun zugeben willst oder nicht. Dein Sohn braucht mich, falls er weiterhin die Hoffnung hegen möchte, diesen häßlichen eisernen Stuhl zu behalten.«

Seine Schwester schien über seine Berührung schockiert. »Stets warst du so verschlagen.«

»Auf meine eigene kleine Art und Weise.« Er grinste.

»Es wäre den Versuch wert . . . aber täusche dich nicht, Tyrion. Falls ich dich anerkenne, wirst du dem Titel nach des Königs Rechte Hand sein, in Wirklichkeit jedoch die meine. Alle Pläne und Absichten, die du verfolgst, wirst du mir mitteilen, bevor du handelst, und *ohne* meine Zustimmung wirst du überhaupt nichts tun. Verstanden?«

»O ja.«

»Sind wir uns einig?«

»Gewiß«, log er. »Ich gehöre dir, Schwester.« *Solange es mir dienlich ist.* »So, nachdem wir uns geeinigt haben, sollte es keinerlei Geheimnisse mehr zwischen uns geben. Du sagst, Joffrey habe Lord Eddard töten lassen, Varys habe Barristan entlassen, und Littlefinger habe uns mit Lord Slynt beschenkt. Wer hat Jon Arryn ermordet?«

Cersei riß ihre Hand zurück. »Woher soll ich das wissen?«

»Die trauernde Witwe auf der Eyrie hält mich für den Täter. Wer mag sie nur auf diese Idee gebracht haben, frage ich mich?«

»Ich weiß es nicht. Dieser Narr Eddard Stark hat mich des gleichen Vergehens bezichtigt. Er deutete an, daß Lord Arryn den Verdacht hegte ... oder glaubte ...«

»Daß du dich von unserem süßen Jaime stechen ließest?«

Sie schlug ihm ins Gesicht.

»Meinst du, ich sei genauso blind wie Vater?« Tyrion rieb sich die Wange. »Mit wem du dich zu Bett begibst, ist mir gleichgültig ... obwohl es mir ungerecht erscheint, wenn du die Beine für den einen Bruder breitmachst und für den anderen nicht.«

Darauf versetzte sie ihm eine weitere Ohrfeige.

»Gemach, Cersei, ich scherze nur. Um die Wahrheit zu sagen, wäre mir eine anständige Hure lieber. Ich habe nie begriffen, was Jaime in dir gesehen hat, außer seinem eigenen Spiegelbild.«

Eine dritte Ohrfeige folgte.

Seine Wangen waren rot und brannten, trotzdem lächelte er. »Wenn du so fortfährst, werde ich am Ende noch wütend.«

Daraufhin hielt sie ein. »Was sollte mich daran erschüttern?«

»Ich habe ein paar neue Freunde«, gestand Tyrion. »Dir werden sie nicht gefallen. Wie hast du Robert umgebracht?«

»Das hat er selbst erledigt. Wir brauchten nur ein wenig nachzuhelfen. Als Lancel sah, daß Robert Keiler jagen wollte, gab er ihm Starkwein. Er verstärkte seinen geliebten Roten, bis er dreimal so kräftig war wie gewöhnlich. Dieser stinkende Dummkopf hat ihn genossen. Er hätte jederzeit aufhören können, aber nein, er hat den ersten Schlauch ausgetrunken und ließ sich von Lancel einen zweiten bringen. Der Keiler hat schließlich das seinige dazu beigetragen. Du hättest bei dem Fest dabei sein sollen, Tyrion. Kein anderes Schwein hat mir je so gemundet. Sie haben den Keiler mit Pilzen und Äpfeln gebraten, und sein Geschmack war voller Triumph.«

»Wahrlich, Schwester, du bist die geborene Witwe.« Tyrion hatte Robert Baratheon gemocht, wenn er auch ein großer Dummkopf gewesen war ... ohne Zweifel deshalb, weil seine Schwester ihn dazu gemacht hatte. »Wenn ich jetzt also alle mir zustehenden Ohrfeigen erhalten habe, werde ich dich verlassen.« Er reckte die Beine und kletterte unbeholfen von dem Stuhl.

Cersei legte die Stirn in Falten. »Ich habe dir noch nicht die Erlaubnis erteilt, zu gehen. Ich will wissen, auf welche Weise du Jaime zu befreien gedenkst.«

»Ich erzähle es dir, wenn ich es weiß. Pläne sind wie Obst, sie brauchen Zeit zum Reifen. Im Augenblick möchte ich zunächst einmal durch die Stadt reiten und sie mir anschauen.« Tyrion legte die Hand auf den Kopf der Sphinx neben der Tür. »Eine letzte Bitte. Sorge freundlicherweise dafür, daß der kleinen Sansa Stark kein Leid geschieht. Es wäre nicht gut, beide Töchter zu verlieren.«

Draußen vor dem Ratssaal nickte Tyrion Ser Mandon zu und begab sich auf den Weg durch den langen Gang mit den Deckengewölben. Bronn gesellte sich an seine Seite. Von Timett, Sohn des Timett, war nichts zu sehen. »Wo ist unsere Rote Hand?« fragte Tyrion.

»Er hat den Drang verspürt, sich ein wenig umzuschauen. Menschen seines Schlages wurden nicht dazu geschaffen, in Korridoren herumzustehen.«

»Hoffentlich tötet er niemanden von Rang.« Die Clanangehörigen, die Tyrion aus ihren Festen in den Mondbergen mitgebracht hatte, waren ihm in ihrer grimmigen Weise treu ergeben, doch sie waren ebenso stolz und streitsüchtig und neigten dazu, jede tatsächliche oder eingebildete Beleidigung mit Stahl zu vergelten.

»Versuche, ihn zu finden. Und während du das tust, kümmere dich darum, daß der Rest Unterkunft und Verpflegung erhält. Sie sollen in der Kaserne unter dem Turm der Hand untergebracht werden, aber der Haushofmeister soll die Stone Crows nicht bei den Moon Brothers einquartieren, und sag ihm, die Burned Men bräuchten einen Raum für sich allein.«

»Wo werdet Ihr Euch aufhalten?«

»Ich reite zurück zum Gebrochenen Amboß.«

Bronn grinste unverschämt. »Braucht Ihr eine Eskorte? Dem Gerede nach sind die Straßen unsicher.«

»Ich werde den Hauptmann der Leibgarde meiner Schwester daran erinnern, daß ich nicht weniger ein Lannister bin als sie. Er hatte seinen Eid auf Casterly Rock geschworen, und nicht auf Cersei oder Joffrey.«

Eine Stunde später ritt Tyrion los, eskortiert von einem Dutzend Gardisten in roten Umhängen und mit dem Wappen des Löwen auf den Halbhelmen. Während sie das Fallgatter passierten, bemerkte er die Köpfe auf den Mauern. Schwarz von Verwesung und altem Teer, konnte man sie seit langem kaum mehr erkennen. »Hauptmann Vylarr«, rief er, »ich wünsche, daß die Köpfe morgen heruntergeholt werden. Übergebt sie den Schweigenden Schwestern, damit sie gewaschen werden.« Es würde eine scheußliche Arbeit sein, die dazu passenden Leichen zu finden, dennoch durfte man es auch in Zeiten des Krieges an einem gewissen Anstand nicht fehlen lassen.

Vylarr zögerte. »Seine Gnaden hat uns gesagt, er wolle die Köpfe auf der Mauer belassen sehen, bis die drei letzten Spitzen dort am Ende besetzt seien.«

»Ich will es einmal mit Raten versuchen: Die eine ist für Robb Stark, die beiden anderen sind für die Lords Stannis und Renly. Habe ich recht?«

»Ja, Mylord.«

»Am heutigen Tag hat mein Neffe sein dreizehntes Lebensjahr beendet, Vylarr. Vergeßt das nicht. Entweder werden die Köpfe am

Morgen verschwunden sein, oder einer der leeren Spieße hat einen anderen Inhaber gefunden. Habe ich mich verständlich ausgedrückt, Hauptmann?«

»Ich werde mich selbst darum kümmern, Mylord.«

»Gut.« Tyrion gab seinem Pferd die Sporen, trabte davon und überließ es den Rotröcken, ihm so weit wie möglich zu folgen.

Cersei hatte er gesagt, er beabsichtige, die Lage in der Stadt einzuschätzen. Dabei handelte es sich nicht ausschließlich um eine Lüge. Tyrion Lannister gefiel nicht viel von dem, was er zu sehen bekam. Die Straßen von King's Landing waren immer schon belebt und laut gewesen, inzwischen roch es jedoch nach Gefahr, und daran konnte er sich von seinen früheren Besuchen nicht erinnern. Ein nackter Leichnam lag nahe der Straße der Webstühle und wurde von einem Rudel Hunde zerfetzt. Niemand scherte sich darum. Überall sah man Wachen, die in ihren goldenen Umhängen und schwarzen Kettenhemden durch die Gassen patrouillierten und die Hände kaum von den eisernen Knüppeln ließen. Auf den Märkten drängten sich zerlumpte Männer, die alle möglichen Haushaltsgegenstände zu jedem Preis verkauften, den sie erzielen konnten, und augenfällig war die Abwesenheit der Bauern, die sonst ihre Ernte feilboten. Was man auch immer an Waren sah, sie waren mindestens dreimal so teuer wie im vergangenen Jahr. Ein Händler pries gebratene Ratten auf einem Spieß an. *»Frische Ratten«*, verkündete er lauthals, *»Frische Ratten.«* Zweifelsohne mochte man frische Ratten alten, halbverwesten vorziehen. Das Beängstigende daran war, daß die Nager wesentlich appetitlicher aussahen als die Auslagen der Fleischerstände. In der Straße des Mehls entdeckte Tyrion vor jeder Ladentür Wachen. In Zeiten des Hungers konnten sich Bäcker Söldner leisten, um ihr Brot zu bewachen, dachte er.

»Es kommen keine Lebensmittel in die Stadt, oder?« fragte er Vylarr.

»Nur sehr wenig«, gestand der Hauptmann ein. »Angesichts des Kriegs in den Flußlanden und Lord Renlys Rebellen in Highgarden sind die Straßen nach Süden und Westen gesperrt.«

»Und was hat meine liebe Schwester bislang dagegen unternommen?«

»Sie bemüht sich, den Königsfrieden wiederherzustellen«, versicherte ihm Vylarr. »Lord Slynt hat die Stärke der Stadtwache verdreifacht, und die Königin hat tausend Handwerker für Arbeiten an den Befestigungsanlagen in ihre Dienste genommen. Die Steinmetze verstärken die Mauern, die Zimmerleute bauen Katapulte zu Hunderten, die Pfeilmacher stellen Pfeile her, die Schmiede fertigen Klingen an, und die Gilde der Alchimisten haben zehntausend Gefäße mit Seefeuer versprochen.«

Tyrion rutschte unbehaglich im Sattel hin und her. Gewiß gefiel es ihm, daß Cersei nicht untätig herumsaß, doch Seefeuer war ein gefährliches Zeug, und zehntausend Gefäße konnten ganz King's Landing in Asche verwandeln, da es, einmal entzündet, selbst mit Wasser nicht zu löschen war. »Wie hat meine Schwester das Geld aufgebracht, um das alles zu bezahlen?« König Robert hatte die Krone hochverschuldet hinterlassen, was kein Geheimnis war, und Alchimisten handelten selten aus Menschenliebe.

»Lord Littlefinger findet stets einen Weg, Mylord. Er hat eine Steuer für jeden erhoben, der in die Stadt hineinwill.«

»Ja, das könnte vielleicht funktionieren«, sagte Tyrion und dachte: *Gerissen. Gerissen und grausam.* Zehntausende waren vor den Kämpfen nach King's Landing geflohen, weil sie sich dort in Sicherheit wähnten. Er hatte sie auf der Kingsroad gesehen, Heere von Müttern und Kindern und verängstigten Vätern, die seine Pferde und Wagen mit begehrlichen Blicken angestarrt hatten. Wenn sie die Stadt erreichten, würden sie ihren ganzen Besitz geben müssen, um diese hohen, tröstlichen Mauern zwischen sich und den Krieg zu bringen ... falls sie allerdings über das Seefeuer Bescheid wüßten, würden sie sich die Sache vielleicht zweimal überlegen.

Das Wirtshaus mit dem Zeichen des gebrochenen Ambosses stand in Sichtweite dieser Mauer, nahe dem Tor der Götter, durch das sie am Morgen die Stadt betreten hatten. Als sie in den Hof einritten, eilte ein Bursche herbei, um Tyrion aus dem Sattel zu helfen. »Führt Eure Männer zurück in die Burg«, forderte der Zwerg Vylarr auf. »Ich werde die Nacht hier verbringen.«

Der Hauptmann sah ihn unschlüssig an. »Seid Ihr hier in Sicherheit, Mylord?«

»Nun, was das betrifft, als ich das Wirtshaus heute morgen verlassen habe, war es voller Black Ears. In Gegenwart von Chella, Tochter des Cheyk, ist man nie wirklich in Sicherheit.« Tyrion watschelte auf die Tür zu und überließ es Vylarr, sich auf diese Antwort einen Reim zu machen.

Ausgelassenes Stimmengewirr begrüßte ihn, als er den Schankraum betrat. Er hörte Chellas kehliges Kichern und Shaes helles, wohlklingendes Lachen heraus. Das Mädchen saß am Ofen vor einem runden Holztisch und nippte Wein, zusammen mit den drei Black Ears, die er zu ihrer Bewachung zurückgelassen hatte, und einem rundlichen Mann, der ihm den Rücken zukehrte. Der Wirt, nahm er an ... bis Shae Tyrion beim Namen rief und der Unbekannte sich erhob. »Mein edler Lord, ich bin so froh, Euch zu sehen«, stieß er überschwenglich hervor und zeigte das weiche Lächeln eines Eunuchen auf seinem gepuderten Gesicht.

Tyrion stockte. »Lord Varys. Ich habe Euch hier nicht erwartet.« *Mögen die Anderen ihn holen, wie hat er sie so schnell gefunden?*

»Vergebt mir meine Aufdringlichkeit«, entschuldigte sich Varys. »Mich trieb der plötzliche Drang, Eure junge Lady kennenzulernen.«

»Junge Lady«, wiederholte Shae und ließ sich die Worte auf der Zunge zergehen. »Zur Hälfte habt Ihr recht, M'lord. Ich bin jung.«

Achtzehn, dachte Tyrion. *Achtzehn, und eine Hure, mit wachem Verstand, geschickt wie eine Katze zwischen den Laken, mit großen dunklen Augen und feinem schwarzen Haar und einem süßen, sanften, hungrigen kleinen Mund ... und sie gehört mir! Sei verdammt, Eunuch.* »Ich fürchte, ich bin der Aufdringliche, Lord Varys«, erwiderte er mit gezwungener Höflichkeit. »Als ich eintrat, ging es am Tische gerade höchst fröhlich zu.«

»M'lord Varys hat Chella zu ihren Ohren beglückwünscht und

gesagt, sie müsse viele Männer getötet haben, um so eine schöne Kette zu haben«, erklärte Shae ihm. Es gefiel ihm gar nicht, wie Shae Varys in diesem Ton *M'lord* nannte; so nannte sie ihn immer bei ihren Spielchen in den Federn. »Und Chella hat ihm gesagt, nur Feiglinge würden die Besiegten töten.«

»Tapferer ist es, den Mann leben zu lassen, damit er Gelegenheit finden kann, die Schande auszulöschen, indem er sich sein Ohr zurückholt«, erläuterte Chella, eine kleine dunkle Frau, die an einer grausigen Kette um den Hals nicht weniger als sechsundvierzig getrocknete, schrumpelige Ohren trug. Irgendwann hatte Tyrion sie gezählt. »Allein auf diese Weise kann man beweisen, daß man seine Feinde nicht fürchtet.«

Shae johlte. »Und M'lord hat gesagt, wenn er ein Black Ear wäre, würde er niemals schlafen, weil er bestimmt von einohrigen Männern träumen würde.«

»Nun, diesem Problem werde ich mich niemals stellen müssen«, warf Tyrion ein. »Ich fürchte meine Feinde, und deshalb töte ich sie alle.«

Varys kicherte. »Werdet Ihr ein wenig Wein mit uns trinken, Mylord?«

»Gewiß doch.« Tyrion setzte sich neben Shae. Wenn Chella und das Mädchen auch nicht begriffen, was hier vor sich ging, er verstand es sehr gut. Varys überbrachte eine Botschaft. Als er sagte: *Mich trieb der plötzliche Drang, Eure junge Lady kennenzulernen*, meinte er: *Ihr habt versucht, sie zu verstecken, doch ich wußte, wo sie sich aufhielt und wer sie ist. Und jetzt bin ich hier.* Er fragte sich, wer ihn verraten hatte. Der Gastwirt, der Stallbursche, eine Wache am Tor ... oder einer seiner eigenen Leute?

»Ich reite stets gern durch das Tor der Götter in die Stadt ein«, erzählte Varys Shae, während er die Becher neu füllte. »Die Reliefs am Torhaus sind wunderschön, und jedesmal muß ich weinen, wenn ich sie sehe. Die Augen ... sie sind so ausdrucksvoll, findet Ihr nicht auch? Sie scheinen einem zu folgen, wenn man unter dem Fallgatter hindurchreitet.«

»Mir sind sie noch nie aufgefallen, M'lord«, entgegnete Shae. »Morgen werde ich sie mir ansehen, falls es Euch gefällt.«

Die Mühe kannst du dir sparen, meine Süße, dachte Tyrion und schwenkte den Wein in seinem Becher. *Die Reliefs interessieren ihn überhaupt nicht. Die Augen, mit denen er prahlt, sind seine eigenen. Er will nur sagen, daß er uns beobachtet hat, daß er von unserer Ankunft wußte, seit wir das Tor passiert haben.*

»Seid vorsichtig, Kind«, warnte Varys sie. »King's Landing ist in diesen Tagen kein sicheres Pflaster. Ich kenne die Straßen sehr gut, und dennoch habe ich mich fast gefürchtet, heute herzukommen, allein und ohne Waffen. In diesen dunklen Zeiten treiben sich überall gesetzlose Männer herum, o ja.

Männer mit kaltem Stahl und noch kälteren Herzen.« *Wo ich allein und ohne Waffen erscheinen kann, können auch andere mit Schwertern in den Händen auftauchen,* wollte er sagen.

Shae lachte nur. »Wenn sie mich belästigen wollen, haben sie schnell ein Ohr weniger, wenn Chella mit ihnen fertig ist.«

Varys gackerte, als wäre dies der lustigste Scherz, den er je gehört hatte, aber in seinen Augen zeigte sich keine Fröhlichkeit, als er den Blick auf Tyrion richtete. »Eure junge Lady ist so liebenswert. An Eurer Stelle würde ich gut auf sie achtgeben.«

»Das liegt auch in meiner Absicht. Jeder Mann, der ihr ein Leid zufügen will – nun, ich bin zu klein, um zu den Black Ears zu gehören, und ich prahle nicht mit meinem Mut.« *Begreift Ihr, Eunuch? Ich spreche Eure Sprache. Krümmt Ihr nur ein Haar, und ich lasse Euch den Kopf abschlagen.*

»Jetzt muß ich Euch verlassen.« Varys erhob sich. »Ich weiß, wie erschöpft Ihr sein müßt. Daher wollte ich Euch lediglich willkommen heißen, Mylord, und Euch wissen lassen, wie sehr mich Eure Ankunft erfreut. Wir brauchen Euch dringend im Rat. Habt ihr den Kometen bemerkt?«

»Ich bin klein, aber nicht blind«, gab Tyrion zurück. Draußen auf der Kingsroad bedeckte er den halben Himmel und leuchtete heller als die Mondsichel.

»In der Stadt nennt man ihn den Roten Boten«, erklärte Varys. »Es heißt, der Komet sei als Herold für den König erschienen, um ihn vor dem bevorstehenden Feuer und Blut zu warnen.« Der Eunuch rieb sich die gepuderten Hände. »Darf ich Euch zum Abschluß noch ein kleines Rätsel aufgeben, Lord Tyrion?« Er wartete die Antwort nicht ab. »In einem Raum sitzen drei große Männer, ein König, ein Priester und ein reicher Mann mit seinem Gold. Zwischen ihnen steht ein Söldner, ein Mann niederer Abstammung und von bescheidenem Verstande. Jeder der Großen bittet ihn, die anderen beiden umzubringen. ›Töte sie‹, sagt der König, ›denn ich bin dein rechtmäßiger Herrscher.‹ ›Töte sie‹, sagt der Priester, ›denn ich befehle es dir im Namen der Götter.‹ ›Töte sie‹, sagt der reiche Mann, ›und all dieses Gold soll dein sein.‹ Sagt mir – wer überlebt und wer stirbt?« Mit einer tiefen Verbeugung eilte der Eunuch in seinen weichen Schuhen aus dem Schankraum.

Nachdem er gegangen war, schnaubte Chella, und Shae rümpfte die hübsche Nase. »Der reiche Mann überlebt, nicht wahr?«

Tyrion nippte nachdenklich an seinem Wein. »Vielleicht. Oder auch nicht. Das hängt von dem Söldner ab, scheint mir.« Er setzte den Becher ab. »Komm, gehen wir nach oben.«

Oben auf dem Absatz mußte sie auf ihn warten, denn ihre Beine waren schlank und geschmeidig, während seine kurz und verkümmert waren und zudem schmerzten. Aber sie lächelte, als er bei ihr eintraf. »Habt Ihr mich vermißt?« neckte sie und ergriff seine Hand.

»Fürchterlich«, gestand Tyrion ein. Shae war kaum einen Meter sechzig groß, und dennoch mußte sie auf ihn hinunterblicken ... in ihrem Fall machte ihm dies jedoch nichts aus. Sie war so süß, daß er gern zu ihr aufschaute.

»In Eurem Red Keep werdet Ihr mich die ganze Zeit vermissen«, sagte sie, während sie ihn zu ihrem Zimmer führte. »Ganz allein in dem kalten Bett in Eurem Turm der Hand.«

»Das ist leider allzu wahr.« Tyrion hätte sie zu gern mitgenommen, doch sein Hoher Vater hatte ihm dies verboten. *Diese Hure wirst du nicht an den Hof bringen,* hatte Lord Tywin befohlen. Er hatte sie mit in die Stadt genommen, aufsässiger wagte er sich nicht zu zeigen. Seine gesamte Autorität bezog er von seinem Vater, und das mußte sie begreifen. »Du bist ja nicht weit entfernt«, tröstete er sie. »Du bekommst ein Haus mit Wachen und Dienern, und ich besuche dich, so oft ich kann.«

Shae stieß die Tür mit dem Fuß zu. Durch die trüben Scheiben des kleinen Fensters hätte er die Große Septe von Baelor sehen können, die sich auf Visenyas Hügel erhob, aber Tyrion wurde gerade von einem anderen Anblick abgelenkt. Shae bückte sich, packte ihr Kleid am Saum, zog es über den Kopf und warf es zur Seite. Für Unterwäsche hatte sie nicht viel übrig. »Ihr werdet nie Ruhe finden«, sagte sie, während sie rosig und nackt und schön vor ihm stand und eine Hand in die Hüfte stemmte. »Jedesmal, wenn Ihr zu Bett geht, werdet Ihr an mich denken. Dann werdet Ihr hart werden, und niemand kann Euch Linderung verschaffen, und schlafen werdet Ihr nicht können, es sei denn, Ihr«, – sie setzte dieses verschlagene Grinsen auf, welches Tyrion so sehr liebte – »heißt er *deshalb* der Turm der Hand, M'lord?«

»Sei still und küß mich«, befahl er.

Er schmeckte den Wein auf ihren Lippen und spürte ihre kleinen festen Brüste, die sich gegen ihn drückten, während sie an den Schnüren seiner Hose nestelte. »Mein Löwe«, flüsterte sie, als er den Kuß unterbrach, um sich seiner Kleidung zu entledigen. »Mein süßer Lord, mein Riese von einem Lannister.« Tyrion schob sie zum Bett hinüber. Als er in sie eindrang, schrie sie laut genug, um Baelor den Seligen in seiner Gruft zu wecken, und ihre Nägel hinterließen tiefe Spuren auf seinem Rücken. Nie zuvor hatte er einen Schmerz auch nur halb so sehr genossen.

Narr, dachte er hinterher, als sie in der Mitte der durchhängenden Matratze inmitten der zerknitterten Laken lagen. *Wirst du es denn niemals begreifen, Zwerg? Sie ist eine Hure, verdammt, und sie liebt dein Geld, nicht deinen Schwanz. Hast du Tysha schon vergessen?* Seine Finger strichen zart über eine ihrer Brustwarzen, die daraufhin hart wurde, und er sah den Abdruck seiner Zähne, wo er sie in seiner Leidenschaft gebissen hatte.

»Was werdet Ihr also tun, M'lord, jetzt, wo Ihr die Hand des Königs seid?« fragte Shae, derweil er ihr warmes, süßes Fleisch umfaßte.

»Etwas, das Cersei sich nicht träumen ließe«, murmelte Tyrion leise an ihrem schlanken Hals. »Ich werde . . . Gerechtigkeit üben.«

BRAN

Den harten Stein der Fensterbank zog Bran der Bequemlichkeit des Federbetts und der Decken vor. Im Bett zwängten ihn die Wände des Raums ein, und die Zimmerdecke lauerte bedrohlich über ihm; im Bett war das Zimmer seine Zelle und Winterfell sein Gefängnis. Draußen vor seinem Fenster lockte die weite Welt.

Er konnte nicht gehen, nicht klettern, jagen oder mit dem Holzschwert fechten, das er einst besessen hatte, aber schauen, das konnte er.

In letzter Zeit hatte er oft von Wölfen geträumt. *Sie sprechen mit mir, von Bruder zu Bruder*, redete er sich ein, wenn die Schattenwölfe heulten. Er konnte sie beinahe verstehen ... nicht richtig, nicht wirklich, aber *beinahe* ... als würden sie in einer Sprache singen, die er früher gekannt und inzwischen vergessen hatte. Die Walders mochten sich vor ihnen fürchten, doch in den Adern der Starks floß Wolfsblut. Old Nan hatte ihm das erzählt. »Allerdings ist es in manchen stark, in anderen nicht«, warnte sie.

Summer heulte lang und melancholisch, voller Traurigkeit und Sehnsucht. Shaggydog sang eher wild. Ihre Stimmen hallten durch den Hof und die Hallen der Burg, und es klang, als würde ein ganzes Rudel Schattenwölfe in Winterfell spuken und nicht nur zwei ... zwei von ehedem sechs. *Vermissen sie auch ihre Brüder und Schwestern?* fragte sich Bran. *Rufen sie nach Grey Wind und Ghost und Nymeria und Lady? Sollen die anderen nach Hause kommen, damit das Rudel wieder zusammen ist?*

»Wer kann schon ahnen, was sich im Kopf eines Wolfes abspielt?« hatte Ser Rodrik Cassel auf Brans Frage, weshalb die Wölfe heulten, geantwortet. Brans Hohe Mutter hatte ihn für die Zeit ihrer

Abwesenheit von Winterfell zum Kastellan ernannt, und seine Pflichten ließen ihm wenig Zeit für derlei Überlegungen.

»Es ist ihr Ruf nach Freiheit«, meinte Farlen, der Hundemeister, der für die Schattenwölfe kaum mehr Liebe empfand als seine Hunde. »Sie mögen es nicht, in diesen Mauern eingesperrt zu sein, und kann man es ihnen verdenken? Wilde Tiere gehören in die Wildnis, nicht in eine Burg.«

»Sie wollen jagen«, stimmte Gage, der Koch, zu, während er Rindertalgwürfel in einen großen Kessel mit Eintopf warf. »Ein Wolf riecht besser als ein Mensch. Höchstwahrscheinlich haben sie Beute gewittert.«

Maester Luwin schloß sich dem nicht an. »Wölfe heulen oft den Mond an. Diese hier heulen den Kometen an. Siehst du, wie hell er ist, Bran? Vielleicht verwechseln sie ihn mit dem Mond.«

Diese Geschichte erzählte Bran später Osha, und die Wildlingsfrau lachte laut. »Deine Wölfe haben mehr Verstand als dein Maester«, sagte sie. »Sie kennen die Wahrheit, die der graue Mann vergessen hat.« Die Art, wie sie das sagte, ließ ihn schaudern, und auf die Frage nach der Bedeutung des Kometen erhielt er die Antwort: »Blut und Feuer, Junge, und nichts Gutes.«

Bran fragte auch Septon Chayle über den Kometen aus, während sie Schriftrollen sortierten, die der Vernichtung durch das Feuer in der Bibliothek entgangen waren. »Er ist das Schwert, das der Jahreszeit den Tod bringt«, erwiderte er, und bald drauf traf der weiße Rabe aus Oldtown ein und brachte die Kunde vom Herbst, und somit hatte er zweifelsohne recht.

Allerdings dachte Old Nan etwas ganz anderes, und sie hatte schon mehr Namenstage gefeiert als alle übrigen. »Drachen«, sagte sie, hob den Kopf und schnüffelte. Sie war halb blind und konnte den Kometen nicht sehen, behauptete jedoch, ihn riechen zu können. »Das sind Drachen, Junge«, beharrte sie. Von tapferen Prinzen sagte sie nichts.

Hodor sagte nur: »Hodor.« Das sagte er immer.

Und die Schattenwölfe heulten. Die Wachen auf den Mauern

fluchten leise vor sich ihn, die Hunde in den Zwingern bellten wütend, Pferde wurden in den Ställen wild, die Walders zitterten am Feuer und selbst Maester Luwin beschwerte sich darüber, daß er nachts nicht schlafen könne. Allein Bran machte es nichts aus. Ser Rodrik hatte die Wölfe in den Götterhain verbannt, nachdem Shaggydog den kleinen Walder gebissen hatte, aber die Steine der Burg schienen mit dem Geheul zu spielen, und so klang es gelegentlich, als hielten sie sich im Hof genau unter Brans Fenster auf. Dann wieder hätte er schwören mögen, sie patrouillierten auf den Mauern wie Wachen. Er wünschte, er hätte sie sehen können.

Den Kometen, der über Winterfell hing, konnte er jedenfalls sehen, und der breite, runde ursprüngliche Bergfried dahinter hob sich mit seinen schwarzen Wasserspeiern von der purpurfarbenen Dämmerung ab. Einst hatte Bran jeden Stein dieser Gebäude in- und auswendig gekannt; er war auf ihnen herumgeklettert und über die Mauer gehuscht, wie andere Jungen Treppen hinunterrennen. Ihre Dächer waren seine geheimsten Verstecke gewesen, und die Krähen auf der Turmruine seine Freunde.

Und dann war er abgestürzt.

Bran erinnerte sich nicht an den Fall, aber man hatte es ihm so erzählt, also mußte es stimmen. Beinahe wäre er dabei gestorben. Als er die verwitterten Wasserspeier an der Turmruine sah, wo es geschehen war, wurde ihm flau im Magen. Jetzt konnte er nicht mehr klettern, nicht mehr rennen und nicht mehr fechten, und alle Träume von Ritterschaft hatten nur einen bitteren Geschmack hinterlassen.

Summer hatte an dem Tag geheult, an dem Bran abstürzte, und hatte lange Zeit nicht aufgehört, während der Junge mit zerschmettertem Körper im Bett lag; das hatte Robb ihm erzählt, bevor er in den Krieg gezogen war. Summer hatte um ihn getrauert, und Shaggydog und Grey Wind hatten sich ihm angeschlossen. Und in der Nacht, in welcher der blutige Rabe die Nachricht vom Tod seines Vaters gebracht hatte, hatten sie plötzlich auch darüber Bescheid gewußt. Bran war mit Rickon im Turm des Maesters gewesen, wo sie über die Kinder des Waldes sprachen, bis Summer und Shaggydog Luwin mit ihrem Heulen übertönt hatten.

Um wen trauern sie jetzt? Hatte ein Feind den König des Nordens erschlagen, seinen Bruder Robb? War sein Bastardbruder Jon Snow von der Mauer gefallen? Hatten seine Mutter oder eine seiner Schwestern den Tod gefunden? Oder hatte der Gesang eine andere Ursache, wie der Maester und der Septon und der Old Nan glaubten?

Wenn ich ein richtiger Schattenwolf wäre, würde ich ihr Lied verstehen, dachte er wehmütig. In seinen Wolfsträumen rannte er über Berghänge und zerklüftete, schneebedeckte Gebirge, die höher, viel höher waren als jeder Turm, und stand am Ende auf dem Gipfel, so wie früher, während die Welt im Licht des Vollmonds unter ihm lag.

»*Uuuuuuu*«, schrie Bran versuchsweise. Er bildete mit den Händen einen Trichter vor dem Mund und hob das Gesicht zum Kometen. »*Uuuuuuuuuuuuuuuuuuuuuuuu*«, heulte er. Es klang albern, hoch und hohl und zitternd, wie das Heulen eines kleinen Jungen und nicht das eines Wolfes. Dennoch antwortete Summer und übertönte Brans dünne Stimme mit seiner tiefen, und Shaggydog fiel in den Chor ein. Bran stieß einen weiteren Ruf aus. So sangen sie gemeinsam, die letzten ihres Rudels.

Auf den Lärm hin erschien eine Wache in der Tür, Hayhead, der einen Grützbeutel auf der Nase hatte. Er spähte herein, entdeckte Bran, der aus dem Fenster heulte, und sagte: »Was gibt es, mein Prinz?«

Stets bemächtigte sich Bran ein eigentümliches Gefühl, wenn man ihn Prinz nannte, obwohl er tatsächlich Robbs Erbe war, und Robb war schließlich der König des Nordens. Er wandte den Kopf und heulte die Wache an: »*Uuuuuuuu, Uu-uu-uuuuuuuuuuu.*«

Hayhead verzog das Gesicht. »Hört gefälligst auf damit!«

»*Uuu-uuu-uuuuuuuuuuuuuuuuuuuuu, Uuu-uuu-uuuuuuuuuuuuuuuuu.*«

Der Mann verschwand. Er kehrte mit Maester Luwin zurück,

der ganz in Grau gekleidet war und seine Kette eng um den Hals trug. »Bran, diese Tiere machen bereits ohne Euer Zutun genug Lärm.« Er durchquerte den Raum und legte dem Jungen die Hand auf die Stirn. »Es ist schon spät, Ihr solltet längst schlafen.«

»Ich rede mit den Wölfen.« Bran schob die Hand zur Seite.

»Soll ich Hayhead bitten, Euch ins Bett zu tragen?«

»Ich komme ganz allein ins Bett.« Mikken hatte mehrere Eisenstangen in der Wand befestigt, und so konnte sich Bran mit den Armen durch das Zimmer hangeln. Zwar ging das nur langsam, und seine Schultern schmerzten jedesmal von der Anstrengung, doch er haßte es, getragen zu werden. »Trotzdem brauche ich nicht zu schlafen, wenn ich nicht will.«

»Alle Menschen müssen schlafen, Bran. Auch Prinzen.«

»Wenn ich schlafe, verwandle ich mich in einen Wolf.« Bran wandte das Gesicht ab und blickte hinaus in die Nacht. »Träumen Wölfe?«

»Jedes Wesen träumt, glaube ich, doch vielleicht anders als Menschen.«

»Träumen Bäume?«

»Bäume? Nein . . .«

»Doch«, entgegnete Bran, plötzlich sehr sicher. »Sie träumen Baumträume. Ich träume manchmal auch von einem Baum. Von einem Wehrholzbaum wie dem im Götterhain. Er ruft mich. Die Wolfsträume sind schöner. Ich rieche alles, und manchmal kann ich sogar Blut schmecken.«

Maester Luwin zupfte an seiner Kette, wo diese an seinem Hals scheuerte. »Wenn Ihr nur etwas mehr Zeit mit den anderen Kindern verbringen würdet –«

»Ich hasse die anderen Kinder«, erwiderte Bran und meinte damit die Walders. »Ich habe Euch befohlen, sie fortzuschicken.«

Luwin wurde ernst. »Die Freys sind die Mündel Eurer Hohen Mutter, die auf ihren ausdrücklichen Wunsch hergeschickt wurden. Ihr habt nicht das Recht, sie hinauszuwerfen, und anständig wäre es zudem auch nicht. Wohin sollten sie denn gehen?«

»Nach Hause. Nur ihretwegen darf ich nicht mit Summer zusammensein.«

»Der Freyjunge hat nicht darum gebeten, gebissen zu werden«, hielt der Maester ihm entgegen, »und ich auch nicht.«

»Das war Shaggydog.« Rickons großer schwarzer Wolf war so wild, daß er manchmal sogar Bran selbst erschreckte.

»Summer hat in genau diesem Zimmer einem Mann die Kehle herausgerissen, oder habt Ihr das vielleicht vergessen? Um die Wahrheit auszusprechen, die süßen Welpen, die Ihr und Eure Brüder im Schnee gefunden habt, sind zu gefährlichen Bestien herangewachsen. Die Freyjungen tun recht daran, sich vor ihnen zu hüten.«

»Wir sollten die Walders in den Götterhain verbannen. Dort können sie Lord vom Kreuzweg spielen, und Summer könnte wieder bei mir schlafen. Wenn ich der Prinz bin, warum schenkt Ihr meinen Wünschen keine Beachtung? Ich wollte auf Dancer reiten, aber der dicke Bierbauch hat mich nicht durchs Tor gelassen.«

»Und vollkommen zu recht. Der Wolfswald birgt unzählige Gefahren; das solltet Ihr doch bei Eurem letzen Ausritt gelernt haben. Wollt Ihr Euch von einem dahergelaufenen Gesetzlosen entführen und an die Lannisters verkaufen lassen?«

»Summer würde mich retten«, beharrte Bran stur. »Prinzen sollte erlaubt sein, die Meere zu befahren und Wildschweine im Wolfswald zu jagen und mit Lanzen zu tjostieren.«

»Bran, Kind, warum quält Ihr Euch so? Eines Tages werdet Ihr einiges davon tun, aber jetzt seid Ihr erst acht Jahre alt.«

»Ich wäre lieber ein Wolf. Dann könnte ich im Wald leben und schlafen, wann ich will, und ich könnte Arya und Sansa finden. Ich würde sie *wittern* und sie retten, und wenn Robb in die Schlacht zöge, würde ich an seiner Seite kämpfen wie Grey Wind. Ich würde dem Königsmörder mit den bloßen Zähnen die Kehle herausreißen, und dann wäre der Krieg zu Ende und alle würden nach Winterfell zurückkehren Wenn ich ein Wolf wäre . . .« Er heulte. *»Uuu-uu-uuuuuuuuuuuuuu.«*

Luwin hob die Stimme. »Ein richtiger Prinz würde sie willkommen heißen –«

»*AAHUUUUUUUUUU.*« Bran heulte lauter. »*UUUU-UUUU-UUUU.*«

Der Maester gab auf. »Wie Ihr wünscht, Kind.« Mit einem Blick, in dem sich Kummer und Abscheu mischten, verließ er das Zimmer.

Nachdem Bran allein war, verlor das Heulen seinen Reiz. Einige Zeit später verstummte er. *Ich habe sie willkommen geheißen*, dachte er reumütig. *Ich war der Lord von Winterfell, ein richtiger Lord, und er kann nicht behaupten, daß das nicht stimmt.* Als die Walders aus den Twins eintrafen, war es Rickon gewesen, der sie fortwünschte. Er war erst vier und schrie nach Mutter und Vater und Robb, aber diese Fremden wollte er nicht sehen. Bran hatte ihn trösten und die Freys begrüßen müssen. Er hatte ihnen Fleisch und Met und einen warmen Platz am Feuer angeboten, und sogar Maester Luwin hatte ihn hinterher dafür gelobt.

Aber das war vor dem Spiel.

Für das Spiel brauchte man einen Baumstamm, einen kräftigen Stab und ein kleines Gewässer. Das laute Geschrei ergab sich dann von selbst. Immerhin war das Wasser das wichtigste, versicherten Walder und Walder ihm. Man konnte statt des Baumstammes auch eine Bohle oder eine Reihe großer Steine nehmen oder statt eines Stabes einen Ast. Schreien mußte man auch nicht unbedingt. Aber ohne Wasser war das Spiel sinnlos. Da Maester Luwin und Ser Rodrick die Kinder nicht in den Wolfswald begleiten wollten, wo es Bäche gab, mußten sie sich mit den trüben Tümpeln im Götterhain begnügen. Walder und Walder hatten niemals zuvor heißes Wasser gesehen, das blubbernd aus dem Boden quoll, doch die beiden meinten, dadurch würde das Spiel nur noch spannender.

Beide hießen Walder Frey. Der große Walder meinte, auf den Twins gäbe es jede Menge Walders, die alle nach ihrem Großvater Lord Walder Frey benannt waren. »Auf Winterfell haben wir unsere eigenen Namen«, erklärte Rickon ihnen hochmütig, als er das hörte.

Man legte also einen Baumstamm über das Wasser, und einer der Spieler stellte sich mit seinem Stab darauf. Er war damit der Lord vom Kreuzweg, und wenn die anderen den Baumstamm betraten, mußte er sagen: »Ich bin der Lord vom Kreuzweg, wer naht?« Die Mitspieler mußten eine Rede halten und erzählen, wer sie waren und weshalb ihnen gestattet werden sollte, zu passieren. Der Lord konnte verlangen, ihm Eide zu schwören, und seine Fragen zu beantworten. Sie brauchten nicht unbedingt die Wahrheit zu sagen, aber die Eide waren bindend, solange man nicht »vielleicht« sagte. Also bestand der Kniff darin, ein »Vielleicht« unterzubringen, ohne daß der Lord vom Kreuzweg es bemerkte. Dann durfte man versuchen, den Lord ins Wasser zu stoßen und wurde selbst Lord, aber nur, wenn man »vielleicht« gesagt hatte. Sonst war man draußen. Der Lord durfte jeden ins Wasser stoßen, wann immer es ihm gefiel, und er war der einzige, der einen Stock bekam.

So endete das Spiel stets mit Schubsen, Schlagen und einem Sturz ins Wasser, wozu sich laute Auseinandersetzungen darüber gesellten, ob jemand »vielleicht« gesagt hatte oder nicht. Der kleine Walder war am häufigsten der Lord vom Kreuzweg.

Er hieß der kleine Walder, obwohl er groß und stämmig war und ein rotes Gesicht und einen dicken, runden Bauch hatte. Der große Walder hatte ein dünnes, scharfes Gesicht und war mager und einen halben Fuß kleiner. »Er ist zweiundfünfzig Tage älter als ich«, erklärte der kleine Walder, »deshalb war er zuerst größer, aber ich bin schneller gewachsen.«

»Wir sind Vettern«, verkündete der große Walder, »und auch nicht die einzigen Walders. Ser Stevron hat einen Enkel, den schwarzen Walder, und er steht an vierter Stelle in der Nachfolge, und dann gibt es noch den roten Walder, Ser Emmons Sohn, und den Bastard Walder, der überhaupt keinen Anspruch auf den Titel hat. Er wird Walder Rivers genannt und nicht Walder Frey. Und ein Mädchen heißt Walda.«

»Und Tyr. Immer vergißt du Tyr.«

»Er heißt Wal*tyr*, nicht Walder«, fügte der große Walder hinzu. »Er kommt nach uns, deshalb spielt er keine Rolle. Und ich mag ihn auch nicht.«

Ser Rodrik bestimmte, daß sie sich Jon Snows altes Zimmer teilen sollten, da Jon schließlich bei der Nachtwache war und niemals zurückkehren würde. Bran haßte diesen Gedanken; er hatte das Gefühl, die Freys würden sich Jons Platz erschleichen.

Wehmütig hatte er zugeschaut, wie sich die Walder mit Turnip, dem Küchenjungen und Joseths Töchtern Bandy und Shyra maßen. Die Walders machten Bran zum Schiedsrichter, der entscheiden sollte, ob jemand »vielleicht« gesagt hatte oder nicht, aber sobald das Spiel begann, vergaßen sie ihn ganz einfach.

Die Rufe und das Platschen riefen weitere Kinder auf den Plan: Palla, das Mädchen, das sich um die Hunde kümmerte, Cayns Sohn Calon, TomToo, dessen Vater Fat Tom mit Brans Vater in King's Landing gestorben war. Es dauerte nicht lange, bis jeder klitschnaß und voller Schlamm war. Palla war von Kopf bis Fuß braun, in ihrem Haar hing Moos, und vor Lachen bekam sie kaum noch Luft. Seit der Nacht, als der blutige Rabe eingetroffen war, hatte Bran kein so fröhliches Gelächter mehr gehört. *Wenn ich noch meine Beine hätte, würde ich sie alle ins Wasser stoßen,* dachte er verbittert. *Niemand außer mir wäre der Lord vom Kreuzweg.*

Schließlich kam Rickon mit Shaggydog in den Götterhain gelaufen. Er beobachtete Turnip und den kleinen Walder, die um den Stock rangen, bis Turnip abrutschte und mit fuchtelnden Armen und lautem Platsch im Wasser landete. »Ich auch! Jetzt will ich! Ich will mitspielen!« kreischte Rickon. Der kleine Walder winkte ihn auf den Baumstamm, und Shaggydog folgte Rickon. »Nein, Shaggy«, befahl sein Bruder. »Wölfe können nicht spielen. Du bleibst bei Bran.« Und dort blieb er ...

... bis der kleine Walder Rickon mit dem Stock einen Hieb in den Bauch versetzte. Ehe Bran auch nur blinzeln konnte, flog der schwarze Wolf über den Steg, das Wasser vermischte sich mit Blut, und die Walders schrien Zeter und Mordio. Rickon saß im

Schlamm und lachte, und Hodor trampelte herbei und rief: »Hodor! Hodor! Hodor!«

Danach entschied Rickon plötzlich, daß er die Walders mochte. Lord vom Kreuzweg spielten sie nie wieder, aber andere Spiele – die Bestie und die Maid, Ratten und Katzen, Komm-in-meine-Burg und solcherlei. Zusammen mit Rickon plünderten die Walders die Küche und holten sich Kuchen und Honigwaben, rannten über die Wehrgänge, fütterten die Welpen in den Hundezwingern mit Knochen und trainierten unter Ser Rodriks Aufsicht mit Holzschwertern. Rickon zeigte ihnen sogar die tiefen Gewölbekeller unter der Erde, wo der Steinmetz Vaters Grab aus dem Granit meißelte. »Dazu hattest du kein Recht!« schrie Bran seinen Bruder an, als er davon erfuhr. »Dieser Ort ist für uns ganz allein bestimmt, nur für die Starks.« Aber Rickon hörte nicht auf ihn.

Die Tür seines Zimmers öffnete sich. Maester Luwin trug ein grünes Gefäß herein, und diesmal begleiteten ihn Osha und Hayhead. »Ich habe Euch einen Schlaftrunk zubereitet, Bran.«

Osha hob ihn hoch. Für eine Frau war sie sehr großgewachsen und kräftig. Ohne Anstrengung trug sie ihn zum Bett.

»Damit werdet Ihr im Schlaf nicht mehr von Träumen geplagt«, versprach ihm Maester Luwin, während er den Stöpsel herauszog. »Süß und sanft werdet Ihr ruhen.«

»Ehrlich?« fragte Bran und wollte es wirklich glauben.

»Ja. Trinkt.«

Bran setzte den Becher an die Lippen. Der Trunk war dickflüssig und trüb, jedoch mit Honig gesüßt, und deshalb ging er leicht hinunter.

»Morgen früh werdet Ihr Euch besser fühlen.« Luwin lächelte Bran an und legte kurz die Hand auf seinen Arm, bevor er das Zimmer verließ.

Osha blieb noch. »Sind es wieder die Wolfsträume?«

Bran nickte. »Du solltest nicht so hart dagegen ankämpfen, Junge. Ich habe dich beobachtet, wie du mit dem Herzbaum gesprochen hast. Vielleicht versuchen die Götter, dir zu antworten.«

»Die Götter?« murmelte er, bereits benommen. Oshas Gesicht verschwamm vor seinen Augen. *Süß und sanft ruhen.*

Dennoch, als sich die Dunkelheit über ihn senkte, fand er sich im Götterhain unter den grüngrauen Wächtern und knorrigen Eichen, die so alt waren wie die Zeit, wieder. *Ich gehe*, dachte er entzückt. Eigentlich wußte er, daß es nur ein Traum war, aber war nicht selbst dieser Traum angenehmer als die Wirklichkeit, die ihn in sein Zimmer einsperrte?

Unter den Bäumen war es dunkel, aber der Komet erhellte seinen Weg, und seine Schritte waren fest. Er lief auf vier *gesunden* Beinen stark und schnell dahin, und er spürte die Erde unter sich, das leise raschelnde Laub, die dicken Wurzeln, die harten Steine und die tiefen Schichten des Humus. Es war ein wunderbares Gefühl.

Gerüche erfüllten seinen Kopf mit Leben und Rausch; der schlammige Gestank der grünen heißen Tümpel, der Duft verrottender Erde unter seinen Pfoten, die Eichhörnchen in den Eichen. Beim Geruch des Eichhörnchens erinnerte er sich an den Geschmack heißen Blutes und das Krachen von Knochen, die er mit den Zähnen zermahlte. Der Geifer lief ihm aus dem Maul. Erst einen halben Tag war es her, daß er gespeist hatte, doch am Geschmack toten Fleisches, selbst wenn es Wild war, fand er keine Freude. Er hörte die Eichhörnchen umherhuschen, oben im Geäst, wo sie sicher waren, und sie waren zu schlau, um sich dorthin zu begeben, wo er und sein Bruder durch den Wald streiften.

Seinen Bruder roch er ebenfalls, diesen vertrauten, strengen und erdigen Duft, der so schwarz war wie sein Fell. Sein Bruder lief voller Wut an den Mauern entlang, immer und immer wieder im Kreis, Tag und Nacht und Nacht und Tag, unermüdlich auf der Suche nach ... Beute, einem Ausweg, seiner Mutter, seinen Geschwistern, seinem Rudel ... so suchte und suchte er ohne Erfolg.

Hinter den Bäumen erhob sich, aufgeschichtet aus totem Menschenstein, die Mauer, die überall über dieses Fleckchen lebendigen Waldes aufragte. Grau stand sie da, moosüberzogen, und trotzdem dick und stark und höher, als je ein Wolf zu springen hoffen durfte. Kaltes Eisen und hartes Holz versperrten die einzigen Löcher in diesen Steinen, die ihn umgaben. An jedem Loch blieb sein Bruder stehen und fletschte die Zähne, doch blieb der Ausweg stets verschlossen.

In der ersten Nacht hatte er das gleiche getan, bis er die Sinnlosigkeit dieses Tuns begriff. Ein Knurren machte hier keinen Weg frei. Im Kreis zu laufen drängte die Mauern nicht zurück. Das Bein zu heben und die Bäume markieren, vertrieb die Menschen nicht. Die Welt hatte sich wie eine Schlinge um ihn zusammengezogen, aber jenseits des Waldes standen noch immer die großen grauen Höhlen aus Menschensteinen. *Winterfell*, ging ihm plötzlich ein Menschenlaut durch den Kopf. Von jenseits dieser himmelhohen Menschenklippen rief die wahre Welt nach ihm, und er wußte, entweder antwortete er oder er würde sterben.

ARYA

Von der Morgendämmerung bis zum Sonnenuntergang waren sie unterwegs; es ging an Wäldern, Obsthainen und bestellten Feldern vorbei, auf die gelegentlich kleine Dörfer, dicht bevölkerte Marktflecken oder gedrungene Festungsbauten folgten. Bei Einbruch der Dunkelheit schlugen sie das Lager auf und aßen im Licht des Roten Schwertes. Die Männer wechselten sich mit der Wache ab. Durch die Bäume sah Arya die Lagerfeuer anderer Reisender glimmen. Jede Nacht schienen es mehr geworden zu sein, jeden Tag nahm der Verkehr auf der Straße des Königs zu.

Morgens, mittags und abends kamen weitere hinzu, alte Leute und kleine Kinder, große Kerle, schmächtige, barfüßige Mädchen und Frauen mit Säuglingen an der Brust. Manche fuhren auf bäuerlichen Wagen, andere holperten in Ochsenkarren dahin. Viele ritten auf Zugpferden, Ponys, Maultieren, Eseln, auf einfach allem, was sich zum Reiten nutzen ließ. Eine Frau führte eine Milchkuh, auf deren Rücken ein kleines Mädchen saß. Arya sah einen Schmied, der eine Schubkarre mit seinen Werkzeugen – Hämmer und Zangen und sogar ein Amboß – vor sich her schob, und kurze Zeit später bemerkte sie einen anderen Mann, ebenfalls mit einer Schubkarre, in der zwei Säuglinge in Decken gewickelt schliefen. Die meisten jedoch gingen zu Fuß, trugen ihr Hab und Gut auf den Schultern und in den Gesichtern müde, mißtrauische Mienen. Sie zogen nach Süden auf die Stadt zu, nach King's Landing, und nur einer von hundert hatte ein knappes Wort für Yoren und seine Truppe übrig, die nach Norden wanderten. Sie fragte sich, weshalb niemand in ihre Richtung unterwegs war.

Viele der Reisenden waren bewaffnet; neben Dolchen und Messern, Sensen und Äxten entdeckte Arya hier und dort auch ein Schwert. Einige hatten sich aus dicken Ästen Keulen gemacht oder knorrige Stöcke geschnitzt. Sie packten ihre Waffen fest und warfen den Wagen gierige Blicke zu, während sie vorbeirollten, doch am Ende ließen sie die Kolonne passieren. Dreißig waren zu viele, ganz gleich, was sie auch in den Wagen befördern mochten.

Sieh mit deinen Augen, hatte Syrio sie gelehrt, *höre mit deinen Ohren*.

Eines Tages erhob eine verrückte Frau am Straßenrand ein fürchterliches Geschrei. »Narren! Sie werden euch umbringen, Narren!« Sie war mager wie eine Vogelscheuche, ihre Augen lagen tief in den Höhlen, und die Füße hatte sie sich blutig gelaufen.

Am nächsten Morgen zügelte ein wohlgenährter Händler seine graue Stute neben Yoren und bot ihm an, die Wagen für ein Viertel ihres Wertes zu kaufen. »Es herrscht Krieg, und sie nehmen Euch ab, was sie wollen, daher solltet Ihr sie mir besser verkaufen, mein Freund.« Yoren wandte sich mit einer Drehung der krummen Schultern ab und spuckte aus.

Das war der Tag, an dem Arya das erste Grab bemerkte, ein kleiner Hügel neben der Straße, offensichtlich für ein Kind. In die aufgeworfene Erde hatte man einen Kristall gedrückt, den Lommy an sich nehmen wollte, doch der Bulle riet ihm, die Toten lieber ruhen zu lassen. Etliche Meilen später zeigte Praed auf weitere frische Gräber, eine ganze Reihe diesmal. Danach verging kaum ein Tag, ohne daß sie an einem Grabhügel vorbeikamen.

Einmal wachte Arya im Dunkeln auf und verspürte eine Furcht, deren Ursprung sie nicht begriff. Über ihnen teilte sich das Rote Schwert den Himmel mit tausend Sternen. Die Nacht erschien ihr eigentümlich ruhig, obgleich sie Yorens Schnarchen, das Prasseln des Feuers und auch das leise Scharren der Esel hörten. Dennoch hatte sie das Gefühl, die Welt halte den Atem an, und angesichts dieser Stille schauderte es sie. Sie umklammerte Needle und schlief wieder ein.

Darauf folgte der Morgen, an dem Praed nicht mehr aufstand,

und Arya begriff, daß sie sein Husten vermißt hatte. Jetzt hoben sie selbst ein Grab aus und bestatteten den Söldner an der Stelle, wo er geschlafen hatte. Yoren nahm ihm seine Wertsachen ab, bevor sie ihn mit Erde bedeckten. Ein Mann beanspruchte seine Stiefel für sich, ein anderer den Dolch. Das Kettenhemd und der Helm wurden verteilt. Das Langschwert überreichte Yoren dem Bullen. »Arme wie deine können vielleicht lernen, es zu schwingen«, sagte er. Ein Junge namens Tarber warf Eicheln auf Praeds Leiche, damit dort eine Eiche wachsen möge, um das Grab kenntlich zu machen.

Abends hielten sie in einem Dorf an einem Efeu überwucherten Gasthaus. Yoren zählte seine Münzen und entschied, er habe genug Geld, damit sich alle eine warme Mahlzeit leisten konnten. »Wie immer schlafen wir draußen, aber sie haben ein Badehaus, falls einem vom euch der Sinn nach heißem Wasser und Seife steht.«

Arya wagte es nicht, obwohl sie bereits genauso übel roch wie Yoren. Einige der Tierchen, die in ihrer Kleidung ein Heim gefunden hatten, begleiteten sie schon seit King's Landings Armenviertel; es erschien ihr falsch, sie jetzt zu ertränken. Tarber und Heiße Pastete und der Bulle stellten sich in der Reihe vor den Badewannen an. Andere lagerten vor dem Badehaus. Der Rest drängte sich in den Schankraum. Yoren schickte sogar Lommy mit Krügen für die drei los, die noch immer auf einem der Wagen angekettet waren.

Ob sauber oder ungewaschen, alle genossen die warme Pastete mit Schweinefleisch und die Bratäpfel. Der Wirt gab eine Runde Bier auf Kosten des Hauses aus. »Ich hatte einen Bruder, der vor Jahren das Schwarz angelegt hat. Ein Dienstbote, ein kluger Junge, aber eines Tages wurde er dabei erwischt, wie er Pfeffer von M'lords Tafel stibitzt hat, und Ser Malcolm war ein harter Mann. Bekommt Ihr Pfeffer auf der Mauer?« Auf Yorens Kopfschütteln hin seufzte der Mann. »Schade. Lync mochte Pfeffer so gern.«

Arya nippte zwischen Bissen der noch warmen Pastete vorsichtig an ihrem Bier. Ihr Vater hatte ihr manchmal ebenfalls einen Becher erlaubt, erinnerte sie sich. Sansa hatte stets nur das Gesicht verzogen und behauptet, Wein schmecke so viel feiner, aber Arya hatte es gemocht. Der Gedanke an Sansa und ihren Vater erfüllte sie mit Traurigkeit.

Im Gasthaus wimmelte es von Menschen, die nach Süden unterwegs waren, und überall im Schankraum wurden höhnische Bemerkungen laut, als Yoren verkündete, sie zögen in die andere Richtung. »Ihr werdet bald wieder auf dem Rückweg sein«, versprach ihm der Wirt. »Nach Norden gibt es kein Durchkommen. Die Hälfte aller Felder ist abgebrannt, und wer sich dort oben noch herumtreibt, hat sich hinter die Mauern der Burgen verkrochen. Wenn eine Truppe in der Morgendämmerung abzieht, taucht bei Einbruch der Nacht die nächste auf.«

»Uns kann das gleichgültig sein«, beharrte Yoren stur. »Tully oder Lannister, welche Rolle spielt das schon. Die Nachtwache ergreift für niemanden Partei.«

Lord Tully ist mein Großvater, dachte Arya. Ihr war es keinesfalls gleichgültig, aber sie biß sich lediglich auf die Unterlippe, schwieg und lauschte.

»Es geht um mehr als nur um Lannister oder Tully«, erwiderte der Wirt. »Aus den Mondbergen sind die wilden Menschen heruntergekommen, und denen könnt Ihr ja mal erzählen, daß Ihr keine Partei ergreift. Und die Starks haben sich ebenfalls eingemischt, der junge Lord, der Sohn der toten Rechten Hand . . .«

Arya setzte sich kerzengerade hin und spitzte die Ohren. Meinte er etwa Robb?

»Ich habe gehört, der Junge reitet auf einem Wolf in die Schlacht«, sagte ein Kerl mit gelblichem Haar, der einen Krug in der Hand hielt.

»Törichtes Gerede.« Yoren spuckte aus.

»Der Mann, der es mir erzählt hat, will es mit eigenen Augen gesehen haben. Ein Wolf, so groß wie ein Pferd, hat er geschworen.«

»Wegen eines Schwurs muß es noch lange nicht wahr sein, Hod«, entgegnete der Wirt. »Du schwörst ständig, deine Schulden bei mir zu begleichen, und ich habe noch kein einziges Kupferstück gesehen.« Die anderen Gäste brachen in Gelächter aus, und dem Mann mit dem gelblichen Haar stieg die Röte ins Gesicht.

»Was Wölfe betrifft, war es ein schlechtes Jahr«, warf ein bleicher Mann in einem zerschlissenen grünen Mantel ein. »Um das God's Eye herum sind die Rudel seit Menschengedenken nicht so dreist gewesen. Schafe, Kühe, Hunde, ganz gleich, sie töten, was sie wollen, und sie fürchten sich auch nicht vor den Menschen. Wenn man bei Nacht in die Wälder geht, setzt man sein Leben aufs Spiel.«

»Ach, das sind doch auch nur Schauergeschichten und auch nicht glaubwürdiger als alle anderen.«

»Von meiner Kusine habe ich das gleiche gehört, und die lügt für gewöhnlich nie«, mischte sich eine alte Frau ein. »Sie sagt, dort treibe sich ein riesiges Rudel herum, Hunderte von Tieren, Menschenfresser. Und sie werden von einer Wölfin angeführt, die aus der Hölle geflohen sein muß.«

Eine Wölfin. Arya verschüttete ihr Bier und grübelte. Lag das God's Eye in der Nähe des Trident? Hätte sie doch nur eine Karte. Nicht weit vom Trident hatte sie Nymeria zurückgelassen. Gegen ihren Willen, aber Jory hatte gesagt, ihnen bliebe keine andere Wahl, denn wenn das Tier zurückkäme, würde es getötet, weil es Joffrey gebissen hatte, und mochte der Junge es hundertmal verdient haben. Sie hatten die Wölfin angebrüllt und angeschrien und Steine nach ihr geworfen, und erst nachdem ein paar Steine ihr Ziel getroffen hatten, war ihnen der Schattenwolf nicht mehr hinterhergelaufen. *Vermutlich würde sie mich gar nicht erkennen,* dachte Arya, *oder wenn doch, haßt sie mich bestimmt.*

Der Mann im grünen Mantel sagte: »Ich habe gehört, diese Höllenhündin sei mitten in ein Dorf gekommen ... am Markttag, als überall Leute waren, und habe einer Mutter den Säugling von der Brust gerissen. Als Lord Mooton davon erfahren hat, haben er und seine Söhne geschworen, diesem Treiben ein Ende zu bereiten. Sie haben die Spuren der Wölfin mit einer Meute Wolfshunde bis zu ihrem Unterschlupf verfolgt und sind mit Mühe und Not mit dem nackten Leben davongekommen. Und keiner der Hunde ist zurückgekommen.«

»Das ist doch bloß ein Ammenmärchen«, platzte Arya heraus. »Wölfe fressen keine Säuglinge.«

»Und woher weißt du das so genau, Junge?« fragte der Mann im grünen Mantel.

Bevor sie zu einer Antwort ansetzen konnte, packte Yoren sie am Arm. »Dem Jungen ist das Bier zu Kopfe gestiegen, das ist alles.«

»Nein, ist es nicht. Sie fressen keine Säuglinge . . .«

»Raus, *Junge* . . . und dort bleibst du, bist du gelernt hast, den Mund zu halten, wenn Männer sich unterhalten.« Er schob sie auf die Seitentür zu, die zu den Ställen führte. »Geh schon. Schau, ob der Stalljunge die Pferde getränkt hat.«

Arya trollte sich wutentbrannt nach draußen. »Tun sie eben nicht«, murmelte sie vor sich hin und trat einen Stein. Er flog davon und blieb unter den Wagen liegen.

»Junge!« rief eine Stimme nach ihr. »Hübscher Junge.«

Einer der Männer in Ketten sprach mit ihr. Vorsichtig trat Arya an den Wagen heran, wobei sie die Hand auf Needles Heft legte.

Der Gefangene hob den leeren Krug, seine Fesseln rasselten. »Der Mann könnte wohl noch einen Schluck Bier vertragen. Der Mann bekommt ganz schön Durst, wenn er diese Armbänder trägt.« Er war der jüngste der drei, schlank, hatte feine Gesichtszüge und lächelte ständig. Sein Haar war auf einer Seite rot, auf der andern weiß, und vom Aufenthalt im Kerker und von der Reise verfilzt und dreckig. »Und ein Bad könnte der Mann auch gebrauchen«, fügte er hinzu, als er Aryas Blick bemerkte. »Und du könntest einen Freund gewinnen.«

»Ich habe Freunde«, entgegnete Arya.

»Mag sein, allerdings sehe ich keine«, antwortete der ohne Nase. Er war gedrungen und dick und hatte riesige Pranken. Schwarzes Haar bedeckte seine Arme und Beine und seine Brust, sogar seinen

Rücken. Er erinnerte Arya an eine Zeichnung, die sie einmal in einem Buch gesehen hatte, von einem Affen von den Summer Isles. Wegen des Lochs in seinem Gesicht konnte man ihn kaum anschauen.

Der dritte, der Glatzkopf, zischte durch die Zähne wie eine weiße Eidechse. Als Arya erschrocken zurückwich, riß er den Mund auf und ließ die Zunge hin und her schnellen, oder besser, den Stumpf, der ihm von seiner Zunge geblieben war. »Hör auf damit«, fuhr sie ihn an.

»In den schwarzen Zellen kann sich der Mann seine Gesellschaft nicht aussuchen«, sagte der gutaussehende Mann mit dem rotweißen Haar. Etwas an seiner Art zu reden erinnerte sie an Syrio; ähnlich, und doch ganz anders. »Diese beiden haben keine Manieren. Der Mann muß um Verzeihung bitten. Du heißt Arry, ist dem nicht so?«

»Klumpkopf«, warf der Nasenlose ein. »Klumpkopf Klumpgesicht Stockjunge. Paßt gut auf, Lorath, sonst schlägt er dich mit seinem Stock.«

»Der Mann muß sich seiner Gefährten schämen, Arry«, sagte der Gutaussehende. »Dieser Mann hat die Ehre, Jaqen H'ghar zu sein, einst in der Freien Stadt Lorath heimisch. Wäre es doch noch immer so! Die ungehobelten Gefährten, die mit dem Mann das Schicksal der Gefangenschaft teilen, heißen Rorge« – er deutete mit dem Krug auf den Nasenlosen – »und Beißer.« Beißer zischte erneut und bleckte die gelben, spitzgefeilten Zähne. »Ein Mann muß doch einen Namen haben, ist dem nicht so? Beißer kann nicht sprechen, und Beißer kann nicht schreiben, doch seine Zähne sind sehr scharf, und deshalb nennt der Mann ihn Beißer, und er lächelt. Gefällt dir das?«

Arya wich von dem Wagen zurück. »Nein.« *Sie können mir nichts tun*, redete sie sich zu, *sie sind doch angekettet*.

Er drehte den Krug um. »Der Mann muß weinen.«

Rorge, der Nasenlose, schleuderte fluchend seinen Krug nach ihr. Wegen der Handschellen waren seine Bewegungen unbeholfen, und trotzdem hätte das schwere Ding aus Zinn ihren Kopf getroffen, wäre sie nicht zur Seite gesprungen. »Hol uns Bier, Bengel. *Sofort!*«

»Halt den Mund!« Arya überlegte, was Syrio in dieser Lage getan hätte. Sie zog das hölzerne Übungsschwert.

»Komm nur her«, forderte Rorge sie auf, »und ich schieb dir diesen Stock in den Arsch und besorg's dir, bis du blutest.«

Angst schneidet tiefer als Schwerter. Arya zwang sich, auf den Wagen zuzutreten. Jeder Schritt fiel ihr schwerer als der vorige. *Wild wie eine Wölfin, ruhig wie stilles Wasser.* Die Worte hallten in ihrem Kopf wider. Sie konnte schon fast das Rad berühren, da sprang Beißer auf und griff nach ihrem Gesicht, wobei seine Ketten laut rasselten. Die Fesseln rissen seine Hände einen halben Fuß vor ihrem Gesicht zurück. Er zischte.

Sie schlug ihn. Hart und mitten zwischen die kleinen Augen.

Brüllend fuhr Beißer zurück und warf sich erneut mit seinem ganzen Gewicht in die Ketten. Die Glieder verdrehten und spannten sich, und Arya hörte das alte trockene Holz ächzen, wo die großen Eisenringe im Boden des Wagens verankert waren. Riesige weiße Pranken langten nach ihr, während die Venen an Beißers Armen hervortraten, aber die Fesseln hielten, und schließlich sank der Kerl in sich zusammen. Blut rann aus den nässenden Wundstellen auf seinen Wangen.

»Der Junge hat mehr Mut als Verstand«, meinte der Mann, der sich Jaqen H'ghar genannt hatte.

Arya zog sich von dem Wagen zurück. Plötzlich spürte sie eine Hand auf ihrer Schulter, fuhr herum und riß das Holzschwert erneut hoch, aber es war nur der Bulle. »Was willst du?«

Er hob die Hand zur Abwehr. »Yoren hat gesagt, keiner von uns soll den dreien zu nahe kommen.«

»Mir machen sie keine Angst«, erwiderte Arya.

»Dann bist du dumm. *Ich* fürchte mich vor ihnen.« Der Bulle legte die Hand auf das Heft seines Schwertes, und Rorge lachte lauthals. »Hauen wir hier ab.«

Arya zog die Füße nach, ließ sich jedoch vom Bullen zum Gasthaus führen. Rorges Lachen und Beißers Zischen folgten ihnen. »Hast du Lust auf einen kleinen Kampf?« fragte sie den Bullen. Es drängte sie danach, auf etwas einzudreschen.

Er blinzelte sie überrascht an. Das dicke schwarze Haare, das vom Bad noch naß war, fiel ihm strähnig in die tiefblauen Augen. »Ich würde dir weh tun.«

»Würdest du nicht.«

»Du hast keine Ahnung, wie stark ich bin.«

»Und du hast keine Ahnung, wie schnell ich bin.«

»Es war deine Idee, Arry.« Er zog Praeds Langschwert. »Zwar nur billiger Stahl, aber ein echtes Schwert.«

Arya zog Needle. »Dieser Stahl ist gut, also ist mein Schwert um so echter.«

Der Bulle schüttelte den Kopf. »Versprich mir, nicht zu weinen, wenn ich dich verletze.«

»Wenn du mir das gleiche versprichst.« Sie drehte sich zur Seite und nahm die Haltung der Wassertänzerin ein, aber der Bulle rührte sich nicht. Er blickte an ihr vorbei. »Was ist los?«

»Goldröcke.« Er verzog das Gesicht.

Das kann nicht wahr sein, dachte Arya, doch als sie einen Blick über die Schulter warf, kamen sie tatsächlich die Straße herauf, sechs Männer in den schwarzen Kettenhemden und den goldenen Umhängen der Stadtwache. Einer von ihnen war ein Offizier, er trug einen schwarz emaillierten Brustpanzer, der mit vier goldenen Kreisen verziert war. Sie hielten vor dem Gasthaus. *Sieh mit deinen Augen*, schien Syrio ihr zuzuflüstern. Ihre Augen sahen weißen Schaum unter den Sätteln; die Pferde waren lange und hart geritten worden. Ruhig wie stilles Wasser packte sie den Bullen am Arm und zerrte ihn hinter eine hohe, blühende Hecke.

»Was ist denn?« fragte er. »Was machst du denn? Laß mich los.«

»Still wie ein Schatten«, wisperte sie und drückte ihn zu Boden.

Einige von Yorens anderen Schützlingen saßen vor dem Badehaus und warteten darauf, in die Wanne steigen zu können. »Ihr,

Männer«, rief einer der Goldröcke. »Seid ihr die, die das Schwarz anlegen werden?«

»Könnte schon sein«, antwortete jemand vorsichtig.

»Wir würden uns lieber euch anschließen«, meinte der alte Reysen. »Wie man hört, ist es *kalt* auf dieser Mauer.«

Der Offizier der Goldröcke stieg ab. »Ich habe einen Haftbefehl für einen bestimmten Jungen . . .«

Yoren trat aus dem Gasthaus und kraulte sich den verfilzten schwarzen Bart. »Wer will den Jungen haben?«

Die anderen Stadtwachen stiegen ebenfalls ab und stellten sich neben ihre Pferde. »Warum verstecken wir uns?« flüsterte der Bulle.

»Sie suchen mich«, flüsterte Arya zurück. Sein Ohr roch nach Seife. »Still!«

»Die Königin will ihn haben, alter Mann auch wenn es Euch nichts angeht«, antwortete der Offizier und zog ein Band mit einem Wachssiegel aus dem Gürtel. »Hier, das Siegel Ihrer Gnaden und ihre Vollmacht.«

Hinter der Hecke schüttelte der Bulle zweifelnd den Kopf. »Warum sollte die Königin hinter dir her sein, Arry?«

Sie boxte ihn gegen die Schulter. »Halt den Mund!«

Yoren befingerte das goldene Siegelwachs auf der Vollmacht. »Hübsch.« Er spuckte aus. »Die Sache ist die, der Junge gehört jetzt zur Nachtwache. Was er in der Stadt angestellt hat, hat keine Bedeutung mehr.«

»Die Königin legt keinen Wert auf Eure Betrachtungen, und dem kann ich mich nur anschließen«, entgegnete der Offizier. »Ich will nur den Jungen.«

Arya dachte an Flucht, doch auf ihrem Esel würde sie nicht weit kommen, weil die Goldröcke Pferde hatten. Und sie hatte das Davonlaufen satt. Sie war weggelaufen, als Ser Meryn sie gesucht hatte, und abermals, als sie ihren Vater getötet hatten. Wenn sie eine richtige Wassertänzerin wäre, würde sie mit Needle in der Hand hinausgehen und sie alle töten, und von jetzt an nie wieder davonlaufen.

»Ich werde Euch niemanden aushändigen«, beharrte Yoren stur. »Es gibt Gesetze, die solche Angelegenheiten regeln.«

Der Goldrock zog sein Kurzschwert. »Hier seht Ihr Euer Gesetz.«

Yoren betrachtete die Klinge. »Das ist kein Gesetz, nur ein Schwert. Zufällig habe ich auch eins.«

Der Offizier lächelte. »Alter Narr. Ich habe fünf Männer bei mir.«

Yoren spuckte aus. »Und ich dreißig.«

Der Goldrock lachte. »Meint Ihr den Haufen da?« sagte ein großer Kerl mit gebrochener Nase. »Wer will der erste sein?« rief er und zog blank.

Tarber zog eine Mistforke aus einem Strohballen. »Ich.«

»Nein, ich«, rief Cutjack, der stämmige Steinmetz und zog den Hammer aus der Lederschürze, die er niemals abzulegen schien.

»Ich.« Kurtz erhob sich vom Boden und hielt sein Jagdmesser in der Hand.

»Ich auch.« Koss spannte die Sehne seines Langbogens.

»Wir alle«, schrie Reysen und fuchtelte mit seinem langem Gehstock aus Hartholz herum.

Dobber kam nackt aus dem Badehaus. Er hielt das Bündel mit seinen Kleidern in den Händen, erfaßte die Situation sofort und ließ alles außer seinem Dolch fallen. »Gibt es ein Kämpfchen?« fragte er.

»Sieht so aus«, antwortete Heiße Pastete und bückte sich nach einem großen Stein. Arya mochte nicht glauben, was sich da vor ihren Augen abspielte. Sie *haßte* Heiße Pastete! Warum setzte er für sie ihr Leben aufs Spiel?

Der Mann mit der gebrochenen Nase hielt das Ganze noch immer für Spaß. »Mädels, legt die Steine und Stöcke weg, bevor ich euch den Hintern versohle. Keine von euch weiß doch, an welchem Ende man ein Schwert anfaßt.«

»Ich schon!« Arya würde sie nicht für sich sterben lassen wie Syrio. Auf gar keinen Fall! Sie schob sich durch die Hecke, Needle noch immer in der Hand, und nahm die Haltung der Wassertänzerin ein.

Die gebrochene Nase lachte schallend. Der Offizier musterte sie von oben bis unten. »Steck die Klinge ein, Mädchen, niemand will dir etwas zuleide tun.«

»Ich bin kein Mädchen!« schrie sie wütend. Was war bloß mit ihnen los? Sie waren den ganzen Weg hierhergeritten, um sie zu fangen, und da stand sie vor ihnen, und sie grinsten sie nur an. »Ich bin derjenige, den ihr sucht.«

»Er ist derjenige, den wir suchen!« Der Offizier zeigte mit dem Schwert auf den Bullen, der neben Arya getreten war und Praeds billiges Schwert hielt.

Doch es erwies sich als Fehler, Yoren aus den Augen zu lassen, selbst nur für einen Moment. Im Nu hatte der schwarze Bruder dem Goldrock das Schwert an die Kehle gedrückt. »Ihr bekommt niemanden, solange Euch ein unversehrter Hals lieb ist! In dem Gasthaus warten noch zehn, fünfzehn meiner Brüder, falls Euch das noch nicht überzeugt. An Eurer Stelle würde ich Euren hübschen Totschläger fallen lassen, meine Arschbacken auf dieses fette kleine Pferdchen schwingen und zur Stadt zurückgaloppieren.« Er spuckte aus und drückte mit der Schwertspitze noch kräftiger zu. »Sofort.«

Der Offizier öffnete die Hand. Das Schwert landete im Staub.

»Das werden wir behalten«, sagte Yoren. »Auf der Mauer kann man guten Stahl immer gebrauchen.«

»Wie Ihr sagt. Fürs erste jedenfalls. Männer!« Die Goldröcke schoben die Waffen in die Scheide und stiegen auf. »Ihr solltet Euch besser schleunigst zu Eurer Mauer verkriechen, alter Mann. Wenn ich Euch das nächste Mal erwische, hole ich mir nicht nur diesen Bastardjungen, sondern auch noch Euren Kopf.«

»Das haben schon bessere Männer versucht.« Yoren versetzte der Flanke des Pferdes einen Klaps mit der flachen Klinge, worauf es die Kingsroad hinunterstürmte. Die Stadtwache folgte ihm.

Nachdem sie außer Sicht waren, stieß Heiße Pastete einen lauten Juchzer aus, Yoren hingegen sah wütender aus als je zuvor. »Narr! Glaubst du, er ist schon mit uns fertig? Beim nächsten Mal wird er nicht erst lange reden und mir seine Vollmacht zeigen. Wenn wir die ganze Nacht reiten, bekommen wir vielleicht einen ausreichenden Vorsprung.« Er hob das Langschwert auf, das der Offizier fallen gelassen hatte. »Wer will das haben?«

»Ich!« kreischte Heiße Pastete.

»Wag es ja nicht, dich damit an Arry zu versuchen.« Er reichte dem Jungen das Schwert mit dem Heft voran und ging zu Arya hinüber, wandte sich jedoch an den Bullen. »Die Königin will dich unbedingt haben, Junge.«

Arya verstand die Welt nicht mehr. »Warum sollte sie *ihn* haben wollen?«

Der Bulle starrte sie finster an. »Und warum sollte sie dich wollen? Du bist doch nur eine kleine Kanalratte!«

»Und du ein Bastard!« Oder gab er vielleicht nur vor, ein Bastard zu sein? »Wie heißt du richtig?«

»Gendry«, antwortete er ein wenig unsicher.

»Wüßte nicht, weshalb sie es überhaupt auf einen von euch beiden abgesehen haben sollte«, unterbrach Yoren sie, »bekommen tut sie jedenfalls keinen. Ihr reitet von jetzt an auf den zwei Pferden. Beim ersten Anzeichen von Goldröcken macht ihr euch auf den Weg zur Mauer, als sei euch ein Drache auf den Fersen. Der Rest von uns ist ihnen egal.«

»Außer Euch«, setzte Arya dem entgegen. »Der Mann hat gesagt, er würde sich Euren Kopf holen.«

»Nun, was das betrifft«, meinte Yoren, »sollte er ihn tatsächlich von meinem Hals trennen können, mag er ihn gern behalten.«

JON

»Sam?« rief Jon leise.

In der Luft hing der Geruch von Papier und Staub und verstrichenen Jahrhunderten. Vor ihm ragten Holzregale ins Halbdunkel auf, die mit in Leder gebundenen Büchern und Schriftrollen vollgepackt waren. Ein schwacher gelber Lichtschein von einer verborgenen Lampe drang zwischen den Stapeln hindurch. Jon blies den Wachsstock in seiner Hand aus, da er inmitten solcher Mengen trockenen Papiers keine offene Flamme riskieren wollte. Statt dessen folgte er dem Licht und schlich durch die verwinkelten, schmalen Gänge unter den Tonnengewölben. Er war ganz in Schwarz gekleidet und inmitten der Schatten war er mit seinem langen Gesicht, den dunklen Haaren und den grauen Augen nur ein weiterer Schemen. Seine Hände steckten in schwarzen Lederhandschuhen; die rechte, weil sie verbrannt war, die linke, weil man sich wie ein Narr vorkam, wenn man nur einen Handschuh trug.

Samwell Tarly hockte an einem Tisch in einer Nische, die aus dem Fels der Wand geschlagen war. Der Lichtschein rührte von der Lampe her, die über seinem Kopf hing. Sam hörte Jons Schritte und blickte auf.

»Warst du die ganze Nacht hier?«

»Die ganze Nacht?« Sam machte ein erschrockenes Gesicht.

»Du hast nicht mit uns gefrühstückt, und dein Bett war unberührt.« Rast hatte gemeint, Sam sei vielleicht desertiert, aber Jon wollte das nicht glauben. Dafür bedurfte es einer ganz eigenen Art von Mut, und davon besaß Sam einfach zu wenig.

»Ist es schon Morgen? Hier unten merkt man das gar nicht.«

»Sam, du bist ein liebenswerter Dummkopf«, erwiderte Jon. »Du wirst dein Bett vermissen, wenn wir auf der kalten harten Erde schlafen, das kann ich dir versprechen.«

Sein Gegenüber gähnte. »Maester Aemon hat mich hergeschickt, um Karten für den Lord Commander zu suchen. Ich hätte nie gedacht ... Jon, die *Bücher*, hast du so etwas schon einmal gesehen? Es sind *Tausende*!«

Er blickte sich um. »In der Bibliothek von Winterfell gibt es über hundert. Hast du die Karten gefunden?«

»O ja.« Sam zeigte mit seinen Wurstfingern auf den Stapel von Büchern und Schriftrollen vor sich auf dem Tisch. »Mindestens ein Dutzend.« Er entfaltete ein viereckiges Pergament. »Die Farben sind schon verblaßt, aber man sieht noch, wo der Kartenzeichner die Wildlingsdörfer markiert hat, und hier ist ein Buch ... na, wo ist es denn? Ich habe doch gerade noch darin gelesen.« Er schob einige Rollen zur Seite und kramte einen verstaubten Wälzer hervor, dessen Ledereinband sich bereits auflöste. »Dies«, sagte er ehrfürchtig, »ist ein Bericht über eine Reise vom Shadow Tower bis zur Eisigen Küste, den ein Grenzer namens Redwyn verfaßt hat. Zwar ist er nicht datiert, aber er erwähnt einen Dorren Stark als König des Nordens, also muß er vor der Eroberung geschrieben worden sein. Jon, sie haben gegen *Riesen* gekämpft! Und Redwyn hat mit den Kindern des Waldes Handel getrieben, das steht hier auch.« Behutsam blätterte er die Seiten um. »Außerdem hat er Karten gezeichnet, siehst du ...«

»Vielleicht könntest du einen Bericht über unsere Reise schreiben, Sam?«

Er wollte aufmunternd klingen, aber statt dessen hatte er genau das Falsche gesagt. Das letzte, was Sam brauchte, war an das erinnert zu werden, was ihnen morgen bevorstand. Ziellos wühlte er in den Schriftrollen herum. »Es gibt noch mehr Karten. Wenn ich nur Zeit zum Suchen hätte ... es ist ein solches Durcheinander. Trotzdem könnte ich Ordnung hineinbringen; bestimmt, nur würde das dauern ... und zwar Jahre, um die Wahrheit zu sagen.«

»Mormont wollte die Karten ein wenig eher haben.« Jon zog eine

Rolle aus ihrem Futteral und blies den Staub herunter. Eine Ecke brach unter seinen Fingern ab, als er das alte Pergament entrollte. »Schau, diese hier zerbröselt schon«, sagte er und runzelte angesichts der verblichenen Schrift die Stirn.

»Sei vorsichtig.« Sam kam um den Tisch herum, nahm die Rolle in die Hand und hielt sie wie ein verwundetes Tier. »Die wichtigsten Bücher wurden immer wieder kopiert. Einige der ältesten vermutlich so an die hundert Male.«

»Nun, dieses Pergament brauchst du wohl nicht abzuschreiben. Dreiundzwanzig Fässer eingelegten Kabeljau, achtzehn Krüge mit Fischtran, ein Fäßchen Salz . . .«

»Eine Inventarliste«, meinte Sam, »oder vielleicht eine Liste von Waren, die gekauft werden sollten.«

»Wen interessiert es schon, wieviel eingelegten Kabeljau sie vor sechshundert Jahren gegessen haben?« fragte Jon.

»Mich.« Behutsam schob Sam das Pergament in das Futteral zurück. »Aus solchen Hauptbüchern kann man eine Menge lernen, ganz gewiß. Zum Beispiel, wie viele Männer die Nachtwache hatte, wie sie gelebt haben, was sie gegessen haben.«

»Sie haben ihre Vorräte gegessen«, entgegnete Jon, »und haben gelebt wie wir.«

»Du würdest dich wundern. Dieses Gewölbe ist ein wahre Schatzkammer, Jon.«

»Wenn du meinst.« Jon bezweifelte das. Schätze bestanden aus Gold, Silber und Edelsteinen, nicht aus Staub, Spinnen und verrottendem Leder.

»Ganz bestimmt!« platzte es aus dem fetten Jungen heraus. Er war älter als Jon, dem Gesetze nach bereits ein Erwachsener, aber trotzdem betrachtete ihn Jon als einen Knaben. »Ich habe Zeichnungen von den Gesichtern in den Bäumen gefunden, und dazu ein Buch über die Sprache der Kinder des Waldes . . . solche Werke besitzt nicht einmal die Citadel, Schriftrollen aus dem alten Valyria, Zählungen der Jahreszeiten von Maestern, die vor tausend Jahren gestorben sind . . .«

»Die Bücher werden auch noch dasein, wenn wir zurückkehren.«

»Falls wir zurückkehren . . .«

»Der Alte Bär nimmt zweihundert erfahrene Männer mit, von denen drei Viertel Waldläufer sind. Qhorin Halbhand wird aus dem Shadow Tower mit einhundert weiteren Brüdern zu uns stoßen. Du wirst genauso sicher sein wie auf der Burg deines hohen Vaters in Horn Hill.«

Samwell Tarly lächelte traurig. »In der Burg meines Vaters war ich niemals sicher.«

Die Götter spielen grausame Streiche, dachte Jon. Pyp und Toad, die nur zu gern an dem Streifzug teilnehmen wollten, mußten in Castle Black bleiben. Ausgerechnet Samwell Tarly, der sich selbst freimütig der Feigheit bezichtigte, fett und ängstlich, der noch schlechter reiten als fechten konnte, mußte in den Verwunschenen Wald hinausziehen. Der Alte Bär wollte auch zwei Käfige mit Raben mitnehmen, damit sie unterwegs Nachrichten zurückschicken konnten. Maester Aemon war blind und außerdem zu gebrechlich für diesen Ritt, und deshalb mußte sein Gehilfe einspringen. »Wir brauchen dich wegen der Raben, Sam. Und irgendwer muß mir helfen, Grenns Übermut zu bremsen.«

Sams Kinn zitterte. »Du könntest dich genausogut um die Raben kümmern, oder Grenn, oder wer auch immer«, sagte er, und Jon entging die Verzweiflung in seiner Stimme nicht. »Ich würde es dir zeigen. Und schreiben kannst du auch.«

»Ich bin der Bursche des Alten Bären, und gleichzeitig auch sein Knappe, ich muß sein Pferd versorgen und sein Zelt aufbauen; mir wird keine Zeit bleiben, auch noch auf die Vögel aufzupassen. Sam, du hast das Gelübde abgelegt. Du bist ein Bruder der Nachtwache.«

»Aber ein Bruder der Nachtwache sollte nicht solche Angst haben.«

»Wir haben alle Angst. Und wir wären Narren, wenn es anders wäre.« Zu viele Grenzer waren in den vergangenen zwei Jahren nicht zurückgekehrt, sogar Benjen Stark, Jons Onkel. Sie hatten zwei der Männer seines Onkels tot im Wald gefunden, aber die Leichen waren im Frost der Nacht wieder zum Leben erwacht. Jons verbrannte Finger zuckten bei der Erinnerung daran. Noch immer suchte dieses Wesen des Nachts seine Träume heim, der tote Othor mit den glühenden blauen Augen und den kalten schwarzen Händen, aber daran durfte er Sam jetzt nicht erinnern. »Der Angst braucht man sich nicht zu schämen, hat mein Vater mich gelehrt, was zählt, ist, wie wir ihr entgegentreten. Komm, ich helfe dir, die Karten zusammenzupacken.«

Sam nickte unglücklich. Die Regale standen so dicht, daß sie hintereinander gehen mußten. Das Gewölbe mündete in einen der Tunnel, die die Brüder Wurmhöhlen nannten, verschlungene unterirdische Gänge, welche die Türme und Festungsbauten von Castle Black verbanden. Im Sommer wurden die Wurmhöhlen selten benutzt, aber im Winter war das anders. Wenn der Schnee fünfzehn, gar zwanzig Meter hoch lag und die eisigen Winde heulend aus dem Norden heranbrausten, hielten allein diese Gänge Castle Black zusammen.

Bald, dachte Jon, während sie nach oben stiegen. Er hatte den Vogel gesehen, der Maester Aemon die Nachricht vom Ende des Sommers überbracht hatte, den großen Raben der Citadel, so weiß und still wie Ghost. Einen Winter hatte er bereits erlebt, wenngleich er damals noch sehr jung gewesen war, doch jeder stimmte darin überein, daß es sich um einen sehr kurzen und milden gehandelt hatte. Dieser würde anders werden. Er spürte es in den Knochen.

Die Steintreppe war sehr steil und oben angekommen, schnaufte Sam wie der Blasebalg eines Schmiedes. Sie traten hinaus in den frischen Wind, der Jons Mantel aufblähte. Ghost lag lang ausgestreckt vor dem Speicher und schlief, wachte jedoch auf, als Jon sich näherte. Er hielt den weißen Schwanz steif in die Höhe und trabte auf ihn zu.

Sam blickte an der Mauer hinauf. Sie ragte hoch über ihnen auf, eine zweihundert Meter hohe eisige Klippe. Manchmal erschien sie Jon fast lebendig, als wäre sie eigenen Stimmungen unterworfen.

Die Farbe des Eises veränderte sich mit jedem Lichtwechsel. Mal war sie tiefblau wie ein gefrorener Fluß, dann schmutzigweiß wie alter Schnee, und wenn sich eine Wolke vor die Sonne schob, wurde sie grau wie Stein. Nach Westen und Osten erstreckte sie sich, so weit das Auge reichte, und sie war dermaßen riesig, daß die Türme und Steingebäude der Burg winzig wirkten. Hier war das Ende der Welt.

Und wir schreiten darüber hinaus.

Dünne graue Wolkenstreifen hingen am Morgenhimmel, durch die eine blasse rote Linie schimmerte. Die Schwarzen Brüder hatten den Kometen Mormonts Fackel genannt, weil sie nur halb im Scherz meinten, die Götter hätten ihn geschickt, um den Weg des alten Mannes durch den Verwunschenen Wald zu beleuchten.

»Der Komet ist so hell, man kann ihn sogar bei Tag sehen«, sagte Sam und beschattete die Augen mit den Büchern.

»Vergiß den Kometen, der Alte Bär wartet auf die Karten.«

Ghost sprang vor ihnen her. Der Hof wirkte heute morgen verlassen; viele der Grenzer waren nach Mole's Town gezogen, suchten in den Bordellen nach vergrabenen Schätzen und betranken sich bis zum Umfallen. Grenn war auch dabei. Pyp und Halder und Toad hatte ihm angeboten, zur Feier seiner ersten Patrouille seine erste Frau für ihn zu bezahlen. Jon und Sam hatten ebenfalls mitkommen sollen, aber Sam fürchtete sich vor Huren beinahe ebensosehr wie vor dem Verwunschenen Wald, und Jon verspürte keine Lust auf solcherlei Vergnügungen. »Macht, was ihr wollt«, sagte er zu Toad, »ich habe einen Eid geleistet.«

Sie kamen an der Septe vorbei, aus der sie Gesang hörten. *Manche Männer drängt es am Vorabend der Schlacht zu den Huren, andere zu den Göttern.* Jon fragte sich, wer sich wohl anschließend besser fühlte. Die Septe zog ihn kaum mehr an als das Bordell; seine Götter hatten ihre Tempel an wilden Orten, wo Wehrholzbäume ihre knochenweißen Äste ausbreiteten. *Jenseits der Mauer haben die Sieben keine Macht*, dachte er, *aber meine Götter werden dort warten.*

Vor der Waffenkammer übte Ser Endrew Tarth mit frischen

Rekruten. Sie waren gestern abend mit Conwy eingetroffen, einer der Wanderkrähen, welche die Sieben Königslande durchstreiften und Männer für die Mauer zusammensuchten. Dieser neue Trupp bestand aus einem Graubärtigen, der auf einem Stab lehnte, zwei blonden Jungen, die wie Brüder aussahen, einem jungen Geck in fleckigem Seidengewand, einem Zerlumpten mit einem Klumpfuß und einem grinsenden Idioten, der sich offenbar für einen Krieger hielt. Ser Endrew machte ihn gerade auf seinen Irrtum aufmerksam. Gewiß war er kein so gestrenger Waffenmeister wie Ser Allister Thorne es gewesen war, doch würde jeder auch nach seinen Lektionen eine Reihe blauer Flecken davontragen. Sam zuckte bei jedem Hieb zusammen, aber Jon beobachtete die Bewegungen der Fechter genau.

»Wie findest du sie, Snow?« Donal Noye stand in der Tür seiner Waffenkammer, und weil er ausnahmsweise kein Hemd unter seiner Lederschürze trug, konnte man den Stumpf seines linken Armes sehen. Mit seinem dicken Bauch und der breiten Brust, der flachen Nase und dem stoppeligen Kinn bot er zwar keinen hübschen, aber dennoch einen willkommenen Anblick. Der Waffenschmied hatte sich als guter Freund erwiesen.

»Sie riechen nach Sommer«, antwortete Jon, während Ser Endrew seinem Gegner einen Hieb verpaßte und zu Boden schickte. »Wo hat Conwy sie aufgetrieben?«

»Im Kerker eines Lords in der Nähe von Gulltown«, erwiderte der Schmied. »Ein Bandit, ein Barbier, ein Bettler, zwei Waisen und ein Lustknabe. Und mit solchem Abschaum sollen wir die Reiche der Menschen verteidigen.«

»Sie werden sich schon machen.« Jon lächelte Sam zu. »Haben wir ja auch getan.«

Noye zog ihn näher zu sich heran. »Hast du diese Gerüchte über deinen Bruder gehört?«

»Gestern abend.« Conwy und seine Neulinge hatten die Nachricht mit nach Norden gebracht, und im Gemeinschaftsraum hatte man über nichts anderes gesprochen. Jon war nicht sicher, was er darüber denken sollte. Robb, ein König? Sein Bruder, mit dem er gespielt, gekämpft und seinen ersten Becher Wein geteilt hatte? *Aber nicht die Muttermilch, nein. Deshalb trinkt Robb nun Sommerwein aus edelsteinverzierten Kelchen, während ich an einem Bach knie und Schmelzwasser mit den Händen schöpfe.* »Robb wird ein guter König werden«, sagte er loyal.

»Wird er das?« Der Schmied blickte ihm offen ins Gesicht. »Ich hoffe es, Junge, aber einst hätte ich das gleiche von Robert gedacht.«

»Es heißt, Ihr hättet ihm den Kriegshammer geschmiedet«, erinnerte sich Jon.

»Ja. Ich war sein Mann, ein Getreuer der Baratheons, Rüstungs- und Waffenschmied in Storm's End. Bis ich den Arm verloren habe. Ich kann mich sogar noch an Lord Steffon erinnern, ehe ihn das Meer geholt hat, so alt bin ich, und ich kenne seine drei Söhne, seit sie ihre Namen bekommen haben. Eins will ich dir sagen – Robert war nicht mehr derselbe, nachdem er sich diese Krone aufs Haupt gesetzt hat. Manche Männer sind wie Schwerter, die für den Kampf geschaffen wurden. Sobald du sie an den Nagel hängst, setzen sie Rost an.«

»Und seine Brüder?« fragte Jon.

Der Waffenschmied dachte einen Augenblick darüber nach. »Robert war der wahre Stahl. Stannis ist reines Eisen, schwarz und hart und stark, aber spröde, wie Eisen eben ist. Er bricht eher, statt sich zu beugen. Und Renly, der ist Kupfer, hell und glänzend, hübsch anzuschauen, aber was nutzt einem das am Ende des Tages?«

Und aus welchem Metall ist Robb gemacht? Jon erkundigte sich nicht danach. Noye war ein Anhänger der Baratheons; wahrscheinlich hielt er Joffrey für den rechtmäßigen König und Robb für einen Hochverräter. Unter den Brüdern der Nachtwache herrschte das ungeschriebene Gesetz, solchen Dingen nicht zu sehr auf den Grund zu gehen. Die Männer auf der Mauer stammten aus allen Sieben Königslanden, und alte Liebe und alte Treueide vergaß man nicht so schnell, ganz gleich, wie viele Schwüre ein Mann in seinem Leben leistete ... und Jon wußte das selbst am besten. Sogar Sam – sein Vater war ein Vasall des Lords Tyrell von Highgarden, welcher wiederum König Renly unterstützte. Am besten vermied man solche Themen. Die Nachtwache ergriff keine Partei. »Lord Mormont wartet auf uns«, meinte Jon.

»Dann will ich dich nicht aufhalten.« Noye klopfte ihm auf die Schulter und lächelte. »Mögen die Götter dich morgen begleiten, Snow. Und bring uns deinen Onkel zurück, hörst du?«

»Ganz bestimmt«, versprach Jon.

Lord Commander Mormont hatte sich im King's Tower niedergelassen, nachdem das Feuer seinen eigenen Turm verwüstet hatte. Jon ließ Ghost bei den Wachen am Tor zurück. »Schon wieder eine Treppe«, stöhnte Sam elend. »Ich hasse all diese Stufen.«

»Na, wenigstens gibt es im Wald keine Treppen.«

Als sie das Solar betraten, bemerkte sie der Rabe sofort. *»Snow!«* krächzte der Vogel. Mormont unterbrach sein Gespräch. »Das hat ja ewig gedauert mit den Karten.« Er schob die Reste seines Frühstücks zur Seite und machte Platz auf dem Tisch. »Legt sie hier hin. Ich werde sie mir später anschauen.«

Thoren Smallwood, ein hagerer Grenzer mit fliehendem Kinn und schmalen Lippen warf Jon und Sam einen kalten Blick zu. Er war früher Alliser Thornes Handlanger gewesen und mochte keinen der beiden Jungen. »Des Lord Commanders Platz ist in Castle Black, um zu herrschen und zu befehlen«, erklärte er Mormont und beachtete die Neuankömmlinge nicht weiter. »So will es jedenfalls mir erscheinen.«

Der Rabe flatterte mit den großen schwarzen Schwingen. *»Mir, mir, mir.«*

»Falls Ihr jemals Lord Commander werdet, könnt Ihr tun, was Euch gefällt«, wies Mormont den Mann zurecht, »aber noch bin ich nicht tot, und die anderen Brüder haben Euch auch nicht an meine Stelle gewählt.«

»Nachdem Benjen Stark vermißt wird und Ser Jaremy getötet

wurde, bin ich der Erste Grenzer«, entgegnete Smallwood unbeirrt. »Diese Patrouille sollte ich anführen.«

Mormont wollte nichts davon hören. »Ich habe Ben Stark und davor Ser Waymar ausgeschickt. Euch werde ich nicht losziehen lassen und tatenlos hier sitzen und mich fragen, wie lange ich warten muß, bis ich Euch ebenfalls als verschollen aufgeben muß.« Er hob den Zeigefinger. »Und solange wir nicht wissen, ob Stark tot ist, bleibt er der Erste Grenzer. Sollten sich unsere Befürchtungen bewahrheiten, werde *ich* seinen Nachfolger benennen, nicht Ihr. Und nun verschwendet meine Zeit nicht länger. Wir brechen beim ersten Tageslicht auf, oder habt Ihr das bereits vergessen?«

Smallwood erhob sich. »Wie mein Lord befiehlt.« Auf dem Weg zur Tür blickte er Jon finster an, als trage er die Schuld an allem.

»Erster Grenzer!« Der Alte Bär funkelte Sam an. »Eher würde ich dich zum Ersten Grenzer ernennen. Hat er doch die Frechheit, mir ins Gesicht zu sagen, ich sei für einen solchen Ritt zu alt. Findest du mich auch zu alt, Junge?« Das Haar, welches mittlerweile auf seinem Kopf fehlte, hatte sich unter seinem Kinn zu einem grauen Bart versammelt, der den größten Teil der Brust bedeckte. Er schlug sich vor den Brustkorb. »Wirke ich etwa gebrechlich?«

Sam öffnete den Mund, bekam jedoch nur ein leises Quieken heraus. Der Alte Bär jagte ihm schreckliche Angst ein. »Nein, Mylord«, mischte sich Jon rasch ein. »Ihr seht so kräftig aus wie ein ... wie ein ...«

»Willst du mir schmeicheln, Snow, obwohl du weißt, daß das bei mir nicht ankommt? Kommt, zeigt mir mal eure Karten.« Mormont blätterte sie rasch durch, widmete jeder kaum einen Blick und grunzte nur. »Ist das alles?«

»Ich ... M-m-mylord«, stammelte Sam, »da gab es noch mehr, a-a-aber ... die U-u-unordnung ...«

»Die hier sind alt«, beschwerte sich Mormont, und sein Rabe wiederholte mit scharfem Schrei: *»Alt, alt.«*

»Die Dörfer mögen verschwunden sein, vielleicht wurden neue

gegründet, aber die Berge und Flüsse befinden sich noch an der gleichen Stelle, wo sie früher waren«, gab Jon zu bedenken.

»Durchaus richtig. Hast du schon die Raben ausgewählt, Tarly?«

»M-m-maester Aemon w-w-will sie heute abend a-a-auswählen, nach dem F-f-füttern.«

»Ich will seine besten. Kluge Vögel, und vor allem stark müssen sie sein.«

»Stark«, wiederholte der Rabe, *»stark, stark.«*

»Falls wir dort draußen alle umkommen, soll mein Nachfolger wenigstens erfahren, wo und wie.«

Bei diesem Gerede vom Sterben blieben Samwell Tarly die Worte im Halse stecken. Mormont beugte sich vor. »Tarly, als ich halb so alt war wie du, hat mir meine Hohe Mutter erklärt, daß mir, wenn ich mit offenem Mund dastehe, versehentlich ein Wiesel hineinlaufen und die Kehle hinunterkrabbeln könnte. Möchtest du etwas sagen? Dann raus damit. Ansonsten hüte dich vor Wieseln.« Mit einer abrupten Handbewegung scheuchte er ihn hinaus. »Ich habe keine Zeit für solche Torheiten. Zweifelsohne hat der Maester Aufgaben für dich.«

Sam schluckte, trat zurück und stürzte davon, wobei er beinahe über die Binsen gestolpert wäre.

»Ist dieser Junge wirklich so dumm, wie er sich gibt?« fragte der Lord Commander, nachdem Sam draußen war. *»Dumm«*, beschwerte sich der Rabe. Mormont wartete die Antwort nicht ab. »Sein Hoher Vater ist Mitglied in König Renlys Räten, und deshalb könnte ich ihn gut als Boten losschicken ... nein, besser nicht. Renly wird sich wohl kaum mit einem zitternden, fetten Knaben abgeben wollen. Ich werde Ser Arnell senden. Er ist wesentlich ruhiger, und seine Mutter war eine Fossoway.«

»Wenn ich fragen dürfte, Mylord, was wollt Ihr von König Renly?«

»Das gleiche wie von allen anderen, Junge. Männer, Pferde, Schwerter, Rüstungen, Getreide, Käse, Wein, Wolle, Nägel ... die Nachtwache ist nicht eitel, wir nehmen, was man uns anbietet.« Er trommelte mit den Fingern auf die rauhe Tischplatte. »Wenn ihm die Winde geneigt waren, sollte Ser Alliser King's Landing beim Mondwechsel erreicht haben, aber ob dieser Junge Joffrey ihm irgendwelche Beachtung schenkt, weiß ich nicht. Das Haus Lannister war nie ein Freund der Nachtwache.«

»Thorne hat doch die Hand dieses untoten Wesens, die er ihnen zeigen kann.« Es war ein grausiges Ding, dessen schwarze Finger in seinem Behältnis noch immer zuckten, als würden sie noch leben.

»Ich wünschte, wir hätten eine zweite Hand, die wir zu Renly schicken könnten.«

»Dywen sagt, jenseits der Mauer könnte man alles mögliche finden.«

»Ja, das sagt Dywen. Und bei seiner letzten Patrouille will er einen fünf Meter großen Bären gesehen haben.« Mormont schnaubte. »Von meiner Schwester wurde behauptet, sie habe einen Bären als Liebhaber. Das würde ich eher glauben als die Geschichte von einem, der fünf Meter groß ist. Obwohl, in einer Welt, wo die Toten frei umherwandeln . . . ach, auch dann muß sich ein Mann auf seine eigenen Augen verlassen. Ich habe niemals einen Riesenbären gesehen.« Er blickte Jon lange forschend an. »Wo wir gerade von Händen sprechen, wie geht es deiner?«

»Besser.« Jon zog sich den Handschuh aus und zeigte sie ihm. Die Narben bedeckten seinen Arm bis zum Ellbogen, und in der frischen Haut verspürte er ein kräftiges Ziehen, doch immerhin heilte sie. »Es juckt sehr. Maester Aemon meint, das sei ein gutes Zeichen. Er hat mir eine Salbe für den Ritt gegeben.«

»Kannst du Longclaw trotz des Schmerzes halten?«

»Ja, das kann ich.« Jon öffnete die Hand und ballte sie zur Faust, wie es ihm der Maester gezeigt hatte. »Ich soll die Finger jeden Tag bewegen, damit sie geschmeidig bleiben.«

»Aemon mag blind sein, aber mit solchen Dingen kennt er sich aus. Ich bete zu den Göttern, daß sie ihn uns noch zwanzig Jahre erhalten. Weißt du, daß er fast einmal König geworden wäre?«

Das überraschte Jon. »Er hat mir erzählt, sein Vater sei König gewesen, aber nicht ... Ich habe gedacht, er wäre einer der jüngeren Söhne gewesen.«

»So war es auch. Seines Vaters Vater war Daeron Targaryen, der Zweite Seines Namens, und er hat Dorne dem Reich angeschlossen. Ein Teil des Bündnisses bestand darin, daß er eine dornische Prinzessin heiratete. Sie schenkte ihm vier Söhne. Aemons Vater war der jüngste, und Aemon dessen dritter Sohn. Nun ja, all das trug sich zu, bevor ich geboren wurde, auch wenn Smallwood mich immer viel älter macht.«

»Maester Aemon wurde nach dem Drachenritter benannt.«

»Genau. Manche behaupten, Prinz Aemon sei König Daerons wirklicher Vater gewesen, nicht Aegon der Unwerte. Mag es sein, wie es will, unserem Aemon fehlte es an der kriegerischen Natur des Drachenritters. Er sagt gern, er führe das Schwert langsam, doch sein Verstand schneide scharf und schnell. Kein Wunder, daß sein Großvater ihn zur Citadel geschickt hat. Er war erst neun oder zehn, glaube ich ... und zudem der neunte oder zehnte in der Thronfolge.«

Maester Aemon zählte über hundert Namenstage, das wußte Jon. Gebrechlich, verhutzelt, runzlig und blind war er, und so konnte Jon ihn sich kaum als einen Jungen in Aryas Alter vorstellen.

Mormont fuhr fort: »Aemon saß also bereits über seinen Büchern, da starb der älteste seiner Onkel, der wahrscheinlichste Erbe, bei einem Unfall während eines Turniers. Er hatte zwei Söhne, doch diese folgten ihm bald ins Grab, während der Großen Frühjahrsseuche. König Daeron fand ebenfalls den Tod, und so ging die Krone an Daerons zweiten Sohn Aerys.«

»Den Irren König?« Jon war verwirrt. Aerys war vor Robert König gewesen, und das war doch noch nicht so lange her.

»Nein, an Aerys den Ersten. Der, den Robert gestürzt hat, war der zweite dieses Namens.«

»Vor wie langer Zeit war das?«

»Vor ungefähr achtzig Jahren«, sagte der Bär, »und ich war noch immer nicht geboren, aber Aemon hatte schon ein halbes Dutzend Glieder seiner Maesterkette geschmiedet. Aerys heiratete seine Schwester, wie es bei den Targaryens Sitte ist, und herrschte zehn oder zwölf Jahre. Aemon legte sein Gelübde ab und trat in die Dienste eines kleinen Lords ... bis sein königlicher Onkel ohne Nachkommen verschied. Der Eiserne Thron ging an den letzten von König Daerons vier Söhnen. Das war Maekar, Aemons Vater. Der neue König rief seine Söhne an den Hof und hätte Aemon in seinen Rat aufgenommen, aber dieser weigerte sich, da dieser Sitz rechtmäßig einem Grand Maester zustände. Statt dessen diente er im Turm seines ältesten Bruders, eines anderen Daeron. Nun, er starb ebenfalls und hinterließ lediglich eine schwachsinnige Tochter als Erbin. Er hatte sich irgendeine Krankheit von einer Hure geholt, glaube ich. Der nächste Bruder war Aerion.«

»Aerion der Ungeheuerliche?« Jon kannte den Namen. »Der Prinz, der sich für einen Drachen hielt« war eine von Old Nans schaurigsten Geschichten. Sein kleiner Bruder Bran hatte sie immer besonders gern gehört.

»Eben der, wenngleich er sich auch selbst Aerion Leuchtflamme nannte. Während einer durchzechten Nacht trank er einen Krug Seefeuer, nachdem er seinen Freunden geschworen hatte, dadurch würde er sich in einen Drachen verwandeln, aber statt dessen verwandelte er sich in eine Leiche. Kaum ein Jahr danach fiel König Maekar in einer Schlacht gegen einen abtrünnigen Lord.«

Jon war in der Geschichte seines Landes durchaus bewandert; dafür hatte sein Maester gesorgt. »Das war das Jahr des Großen Rates«, sagte er. »Die Lords übergingen Prinz Aerions kleinen Sohn und Prinz Daerons Tochter und gaben die Krone an Aegon weiter.«

»Ja und nein. Zuerst haben sie die Krone in aller Stille Aemon angeboten. Und in aller Stille hat er sie abgelehnt. Die Götter hätten ihn zum Dienen bestellt, nicht zum Herrschen sagte er ihnen. Er habe ein Gelübde abgelegt und würde es nicht brechen, obwohl der

Hohe Septon ihn davon entbinden wollte. Nun, niemand wollte Aerions Blut auf dem Thron, und Daerons Mädchen war eine Frau und zudem schwachen Verstandes, daher blieb ihnen keine andere Wahl und sie wandten sich an Aemons jüngeren Bruder – Aegon, der Fünfte Seines Namens. Aegon der Unwahrscheinliche, nannten sie ihn, da er als vierter Sohn eines vierten Sohnes geboren worden war. Aemon wußte, wenn er am Hofe seines Bruders bliebe, würden ihn dessen Feinde gegen Aegon ausspielen wollen, und deshalb legte er das Schwarz an. Und an der Mauer lebte er, während sein Bruder und seines Bruders Sohn und dessen Sohn herrschten und starben, bis Jaime Lannister der Linie der Drachenkönige ein Ende bereitete.«

»König«, krächzte der Rabe. Der Vogel flatterte durch das Solar und landete auf Mormonts Schulter. *»König«*, wiederholte er und stolzierte hin und her.

»Das Wort gefällt ihm.« Jon lächelte.

»Es ist leicht auszusprechen. Und leicht zu mögen.«

»König«, kreischte der Vogel abermals.

»Er scheint sich für Euch eine Krone zu wünschen, Mylord.«

»Das Reich hat bereits drei Könige, und das sind für meinen Geschmack zwei zuviel.« Mormont streichelte den Raben mit dem Finger unter dem Schnabel, sah dabei jedoch Jon Snow unverwandt an.

Jon bekam ein eigentümliches Gefühl. »Mylord, warum habt Ihr mir das alles über Maester Aemon erzählt?«

»Brauche ich dafür einen Grund?« Mormont setzte sich zurecht und runzelte die Stirn. »Dein Bruder Robb wurde zum König des Nordens gekrönt. Du und Aemon, ihr habt etwas gemeinsam: einen König zum Bruder.«

»Und noch etwas«, meinte Jon. »Ein Gelübde.«

Der Alte Bär gab ein lautes Schnauben von sich, und der Rabe ergriff die Flucht und flatterte im Kreis durch den Raum. »Gib mir für jedes Gelübde, das ich gebrochen gesehen habe, einen Mann, und der Mauer wird es nie wieder an Verteidigern mangeln.«

»Ich habe immer gewußt, daß Robb Lord von Winterfell werden würde.«

Mormont pfiff, und der Vogel flog zu ihm und setzte sich auf seinen Arm. »Ein Lord ist eine Sache, ein König eine ganz andere.« Er bot dem Raben eine Handvoll Korn aus seiner Tasche an. »Deinen Bruder werden sie in Seide und Samt in hundert Farben kleiden, während sich dein Leben und dein Tod in schwarzer Rüstung abspielen werden. Er wird eine wunderschöne Prinzessin ehelichen und Söhne zeugen. Du wirst keine Ehefrau haben und auch niemals ein Kind deines eigenen Blutes im Arm halten. Robb wird herrschen, du wirst dienen. Die Menschen werden dich Krähe nennen. Ihn dagegen werden sie mit *Euer Gnaden* anreden. Sänger werden jede Winzigkeit lobpreisen, die er tut, während sich selbst für deine größten Heldentaten niemand interessiert. Sag mir, nichts von dem würde dich ärgern, Jon . . . und ich werde dich der Lüge bezichtigen und damit recht behalten.«

Jon richtete sich auf, bis er angespannt wie eine Bogensehne dastand. »Und wenn es mich ärgert, was könnte ich schon dagegen unternehmen, als der Bastard, der ich bin.«

»Was willst du denn unternehmen?« fragte Mormont, »als der Bastard, der du bist?«

»Mich ärgern«, antwortete Jon, »und meinem Gelübde treu bleiben.«

CATELYN

Die Krone ihres Sohnes kam frisch aus der Schmiede, und Catelyn Stark schien es, das Gewicht des Metalls laste schwer auf Robbs Stirn. Die alte Krone der Könige des Winters war vor drei Jahrhunderten verlorengegangen; sie wurde an Aegon, den Eroberer, übergeben, als Torrhen Stark vor ihm niederkniete und sich unterwarf. Was Aegon damit gemacht hatte, entzog sich dem Wissen der Welt. Lord Hosters Schmied hatte gute Arbeit geleistet, und Robbs neue Krone glich ganz jener verschollenen, soweit man dies anhand der Geschichten über die alten Starkkönige beurteilen konnte. In einen offenen Reif aus Bronze waren die Runen der Ersten Menschen eingraviert, und die neun Eisenzacken waren in Form von Langschwertern gestaltet. Auf Gold und Silber und Edelsteine hatte man verzichtet, Bronze und Eisen waren die Metalle des Winters, dunkel und robust genug, um gegen die Kälte bestehen zu können.

Während sie in Riverruns Großer Halle warteten, bis der Gefangene vorgeführt würde, schob Robb die Krone zurück, so daß sie auf seinem rötlichbraunen Haarschopf ruhte. Kurz darauf zog er sie wieder nach vorn; etwas später drehte er sie ein wenig zur Seite, als würde sie so leichter auf seiner Stirn sitzen. *Eine Krone zu tragen, ist nicht einfach,* dachte Catelyn, *besonders nicht für einen Fünfzehnjährigen.*

Schließlich brachten die Wachen den Gefangenen, und Robb verlangte nach seinem Schwert. Olyvar Frey reichte es ihm mit dem Heft voran, und ihr Sohn zog die Klinge aus der Scheide und legte sie blank quer über seine Knie, damit alle sie sehen konnten. »Euer Gnaden, hier ist der Mann, nach dem Ihr verlangt habt«, verkündete Ser Robin Ryger, der Hauptmann der Leibgarde der Tullys.

»Kniet vor dem König, Lannister!« rief Theon Greyjoy. Ser Robin drückte den Häftling auf die Knie nieder.

Er sieht nicht aus wie ein Löwe, dachte Catelyn. Dieser Ser Cleos Frey war ein Sohn von Lady Genna, einer Schwester von Lord Tywin Lannister, aber ihm fehlten die legendäre Schönheit der Lannisters, das blonde Haar und die grünen Augen. Statt dessen hatte er die dünnen braunen Locken, das fliehende Kinn und das schmale Gesicht von Ser Emmon Frey geerbt, dem zweiten Sohn des alten Lords Walder. Seine Augen waren blaß und matt, und ohne Unterlaß blinzelte er, was allerdings ebenso auf das Licht zurückzuführen sein konnte. Die Kerker unter Riverrun waren düster und feucht . . . und in letzter Zeit zudem überfüllt.

»Erhebt Euch, Ser Cleos.« Die Stimme ihres Sohnes war nicht so eisig, wie die seines Vater geklungen hätte, aber trotzdem schien sie kaum einem fünfzehnjährigen Jungen zu gehören. Der Krieg hatte ihn vor seiner Zeit zum Mann gemacht. Das Morgenlicht glänzte schwach auf der Klinge, die quer über seinen Knien lag.

Dennoch war es nicht das Schwert, das Ser Cleos Frey ängstigte; es war die Bestie. Grey Wind hatte ihr Sohn sie genannt. Ein Schattenwolf, groß wie eine Dogge, schlank und rauchgrau, mit Augen wie geschmolzenes Gold. Als das Tier nach vorn tapste und an dem Ritter schnüffelte, stieg jedem in der Halle der Angstgeruch des Mannes in die Nase. Ser Cleos war nach der Schlacht im Flüsterwald gefangengenommen worden, wo Grey Wind einem halben Dutzend Männer die Kehle herausgerissen hatte.

Der Ritter erhob sich schwankend und mit solcher Eilfertigkeit, daß einige der Umstehenden lachten. »Danke, Mylord.«

»Euer Gnaden!« brüllte Lord Umber, der Greatjon, der schon immer der lauteste von Robbs Vasallen gewesen war . . . und außerdem der treueste und furchteinflößendste, jedenfalls behauptete er das von sich. Er hatte als erster den Vorschlag gemacht, Catelyns Sohn zum König des Nordens zu krönen, und er duldete keine Ehrverletzung seines neuen Souveräns.

»Euer Gnaden«, berichtigte sich Ser Cleos hastig. »Verzeihung.«

Verwegenheit kann man ihm nicht nachsagen, dachte Catelyn. Er war eher ein Frey denn ein Lannister. Sein Vetter, der Königsmörder, hätte sich gewiß anders verhalten. Aus Ser Jaime Lannisters Mund mit den makellosen Zähnen hätten sie diese Anrede niemals gehört.

»Ich habe Euch aus dem Kerker holen lassen, damit Ihr Eurer Kusine Cersei Lannister in King's Landing eine Nachricht überbringt. Ihr werdet unter dem Banner des Friedens reisen, und dreißig meiner besten Männer werden Euch eskortieren.«

Ser Cleos war die Erleichterung deutlich anzumerken. »Ich werde der Königin die Botschaft seiner Gnaden mit Freuden aushändigen.«

»Versteht mich nicht falsch«, erwiderte Robb. »Ich schenke Euch nicht die Freiheit. Euer Großvater Lord Walder hat mir die Unterstützung des Hauses Frey versprochen. Viele Eurer Vettern und Onkel sind an unserer Seite in den Flüsterwald geritten, doch Ihr habt Euch entschieden, unter dem Banner des Löwen zu streiten. Also seid Ihr ein Lannister, kein Frey. Daher gelobt mir auf Eure Ehre als Ritter, daß Ihr meine Botschaft überbringen und mit der Antwort der Königin zurückkehren und Euch wieder in meine Gefangenschaft begeben werdet.«

Ser Cleos sagte sofort: »Ich gelobe es!«

»Jedermann in dieser Halle hat Eure Worte gehört«, warnte Catelyns Bruder, Ser Edmure Tully, der anstelle ihres im Sterben liegenden Vaters für Riverrun und die Lords vom Trident sprach. »Falls Ihr nicht zurückkehrt, wird das ganze Reich von Eurem Eidbruch erfahren.«

»Ich werde meinen Schwur halten«, entgegnete Ser Cleos steif. »Wie lautet die Botschaft?«

»Es ist ein Friedensangebot.« Robb erhob sich mit dem Langschwert in der Hand. Grey Wind eilte an seine Seite. In der Großen Halle trat Stille ein. »Teilt der königlichen Regentin mit, daß ich das Schwert in die Scheide stecken und diesen Krieg beenden werde, wenn sie auf meine Bedingungen eingeht.«

Catelyn sah, wie sich die große, hagere Gestalt von Lord Rickard

Karstark durch die Reihen der Wachen schob und den Saal verließ. Ansonsten rührte sich niemand. Robb schenkte der Unterbrechung keine Beachtung. »Olyvar, das Dokument«, befahl er. Der Knappe nahm das Schwert an sich und reichte dem König ein zusammengerolltes Pergament.

Robb öffnete es. »Erstens: Die Königin muß meine Schwester freigeben und ihnen ein sicheres Schiff anbieten, um von King's Landing nach White Harbor zu reisen. Das Verlöbnis zwischen Sansa und Joffrey Baratheon gilt als gelöst. Sobald ich von meinem Kastellan in Winterfell die Nachricht erhalte, daß meine Schwester dort unversehrt eingetroffen ist, werde ich die Vettern der Königin, die Knappen Willem Lannister und Euren Bruder Tion Frey, freilassen und sie bis nach Casterly Rock eskortieren lassen, oder wohin auch immer.«

Catelyn Stark hätte zu gern die Gedanken gelesen, die sich hinter jedem dieser Gesichter, den gefurchten Stirnen und den aufeinandergepreßten Lippen verbarg.

»Zweitens: Die Gebeine meines Hohen Vaters werden an uns ausgehändigt, damit er an der Seite seines Bruders und seiner Schwester in der Gruft unter Winterfell bestattet werden kann, wie er es gewünscht hätte. Auch die Leichname der Männer seiner Leibgarde, die in seinem Dienst in King's Landing den Tod fanden, werden uns übergeben.«

Lebende Männer waren gen Süden gezogen, kalte Knochen würden zurückkehren. *Ned hat am Ende recht behalten,* dachte sie. *Sein Platz war in Winterfell, und das hatte er auch stets betont, aber habe ich auf ihn gehört? Nein. Geh, habe ich ihm gesagt, du mußt Roberts Rechte Hand werden, zum Guten unseres Hauses, zum Besten unserer Kinder . . . mein Werk war es, mein Werk ganz allein . . .*

»Drittens: Das Großschwert meines Vaters, Ice, wird mir hierher nach Riverrun überbracht.«

Sie betrachtete ihren Bruder Ser Edmure Tully, der dastand und die Daumen in seinen Schwertgürtel gehakt hatte. Sein Gesicht war zu Stein erstarrt.

»Viertens: Die Königin wird ihrem Vater Lord Tywin befehlen, jene meiner Ritter und Vasallen freizulassen, die er in der Schlacht am Grünen Arm des Trident gefangengenommen hat. Nachdem er dies getan hat, werde ich ebenfalls die Gefangenen freigeben, die wir im Flüsterwald nahmen, alle, außer Jaime Lannister, der weiterhin meine Geisel bleiben wird.«

Sie betrachtete Theon Greyjoys verschlagenes Grinsen und fragte sich, was es zu bedeuten hätte. Der junge Mann hatte eine bestimmte Art, sich den Anschein zu geben, er verstünde versteckte Scherze, die anderen gänzlich verborgen blieben; Catelyn hatte das noch nie gemocht.

»Und zum letzten: König Joffrey und seine Regentin müssen jegliche Ansprüche auf Herrschaft über den Norden abtreten. Von jetzt an wird der Norden kein Teil des Reiches mehr sein, sondern ein freies und unabhängiges Königreich wie in alten Zeiten. Unser Gebiet wird die Ländereien der Starks nördlich des Neck umfassen, dazu alles Land, das vom Trident und seinen Nebenflüssen bewässert wird, vom Golden Tooth im Westen bis hin zu den Mondbergen im Osten.«

»KÖNIG DES NORDENS!« rief Greatjon Umber und stieß die mächtige, zur Faust geballte Pranke in die Luft. »Stark! Stark! König des Nordens!«

Robb rollte das Pergament zusammen. »Maester Vyman hat eine Karte angefertigt, auf der die von uns beanspruchten Grenzen eingezeichnet sind. Ihr werdet der Königin eine Kopie überbringen. Lord Tywin muß sich hinter diese Grenzen zurückziehen und seine Überfälle und Plünderungen einstellen. Die königlichen Regentin und ihr Sohn werden von meinem Volk keine Steuern und Abgaben erheben und meine Lords und Ritter von ihren Treueiden, Schwüren, Schulden und sonstigen Pflichten gegenüber dem Eisernen Thron und den Häusern Baratheon und Lannister entbinden. Außerdem müssen die Lannisters zehn hochgeborene Geiseln als Pfand für den Frieden stellen. Diese werden von uns wie Ehrengäste und entsprechend ihres Ranges behandelt werden. Solange die

Bedingungen dieses Vertrages erfüllt bleiben, entlasse ich jedes Jahr zwei der Geiseln und überführe sie sicher in die Obhut ihrer Familien.« Robb warf dem Ritter das Pergament vor die Füße. »Hier sind die Bedingungen. Falls sie sie erfüllt, werde ich ihr Frieden schenken. Falls nicht« – er pfiff, und Grey Wind trat knurrend vor –, »werde ich ihr einen weiteren Flüsterwald bescheren.«

»Stark!« brüllte Greatjon Umber erneut, und andere Stimmen fielen mit ein. *»Stark! Stark! König des Nordens!«* Der Schattenwolf warf den Kopf in den Nacken und heulte.

Ser Cleos Gesicht hatte die Farbe geronnener Milch angenommen. »Die Königin wird Euren Brief erhalten, Myl – Euer Gnaden.«

»Gut«, erwiderte Robb. »Ser Robin, kümmert Euch darum, daß unser Bote eine anständige Mahlzeit und saubere Kleidung bekommt. Beim ersten Tageslicht soll er aufbrechen.«

»Wie Ihr befehlt, Euer Gnaden«, antwortete Ser Robin Ryger.

»Dann wären wir somit fertig.« Die versammelten Ritter und Vasallen beugten das Knie, während Robb mit Grey Wind die Große Halle verließ. Olyvar Frey eilte herbei, um ihm die Tür zu öffnen. Catelyn folgte ihnen, und ihr Bruder gesellte sich an ihre Seite.

»Ihr habt Euch gut gehalten«, lobte sie ihren Sohn im Gang hinter dem Saal, »obwohl diese Sache mit dem Wolf wohl eher einem Jungen denn einem König ziemte.«

Robb kratzte Grey Wind hinter den Ohren. »Habt Ihr sein Gesicht gesehen, Mutter?« fragte er lächelnd.

»Was ich gesehen habe, war Lord Karstark, der die Halle verließ.«

»Das ist mir ebenfalls nicht entgangen.« Robb nahm sich die Krone mit beiden Händen vom Kopf und reichte sie Olvyar. »Bringt das Ding zurück in meine Gemächer.«

»Sofort, Euer Gnaden.« Der Knappe eilte von dannen.

»Ich möchte wetten, einige andere haben sich genauso gefühlt wie Lord Karstark«, meinte ihr Bruder Edmure. »Können wir tatsächlich über Frieden sprechen, während sich die Lannisters wie die Pest in den Ländereien meines Vaters ausbreiten, die Ernte stehlen und sein Volk niedermetzeln? Ich sage es noch einmal: Wir sollten nach Harrenhal marschieren.«

»Uns fehlt die nötige Stärke«, wandte Robb unglücklich ein.

Edmure beharrte auf seinem Standpunkt. »Werden wir durch das Herumsitzen stärker? Unser Heer schwindet mit jedem Tag.«

»Und wessen Schuld ist das?« fauchte Cateyln ihren Bruder an. Auf Edmures Drängen hin hatte Robb den Flußlords die Erlaubnis erteilt, nach seiner Krönung aufzubrechen, um ihre eigenen Ländereien zu verteidigen. Ser Marq Piper und Lord Karyl Vance waren als erste abgezogen. Lord Jonos Bracken war ihrem Beispiel gefolgt und hatte geschworen, die verkohlte Ruine seiner Burg zurückzuerobern und seine Toten zu bestatten, und nun hatte auch noch Lord Jason Mallister angekündigt, er wolle nach Seagard zurückkehren, das von den bisherigen Kämpfen bisher unberührt geblieben war.

»Ihr könnt von meinen Flußlords nicht verlangen, untätig hier zu verweilen, während die Felder geplündert werden und die Untertanen dem Schwert zum Opfer fallen«, entgegnete Ser Edmure, »aber Lord Karstark ist ein Nordmann. Es wäre sehr ungünstig, wenn er uns verließe.«

»Ich spreche mit ihm«, sagte Robb. »Er hat zwei Söhne im Flüsterwald verloren. Wer will es ihm verübeln, wenn er keinen Frieden mit ihren Mördern schließen will ... mit den Mördern meines Vaters ...«

»Weiteres Blutvergießen bringt ihn nicht zurück, und auch Lord Rickards Söhne nicht«, wandte Catelyn ein. »Dieses Angebot mußte unterbreitet werden – obwohl ein weiserer Mann ihnen die Bedingungen ein wenig versüßt hätte.«

»Noch mehr Süße, und sie wären mir im Halse steckengeblieben.« Der Bart ihres Sohnes war rötlicher als sein kastanienbraunes Haar. Robb glaubte anscheinend, der Bart lasse ihn bedrohlicher, königlicher und ... älter wirken. Trotzdem war er erst fünfzehn, und ihn dürstete nicht weniger nach Rache als Rickard Karstark.

Es war nicht leicht gewesen, ihn von der Notwendigkeit dieses Friedensangebotes zu überzeugen.

»Cersei Lannister wird Eure Schwestern niemals für ihre Vettern herausrücken. Sie will ihren Bruder, und das wißt Ihr!« Sie hatte es ihm bereits zuvor gesagt, doch im Gegensatz zu Söhnen hörten Könige nicht so aufmerksam zu, hatte sie festgestellt.

»Ich kann den Königsmörder nicht freilassen, selbst dann nicht, wenn ich es wünsche. Meine Lords würden es nicht zulassen.«

»Eure Lords haben Euch zu ihrem König gemacht.«

»Und sie können mich auch genauso rasch wieder absetzen.«

»Falls Eure Krone der Preis für Aryas und Sansas Freiheit ist, sollten wir ihn bezahlen. Die Hälfte Eurer Lords würde Lannister am liebsten in seiner Zelle umbringen. Stirbt er in Eurer Gefangenschaft, werden die Männer sagen –«

». . . er habe es verdient«, beendete Robb ihren Satz.

»Und Eure Schwestern?« fragte Catelyn scharf. »Haben sie den Tod ebenfalls verdient? Ich verspreche Euch, sollte jemand Cerseis Bruder ein Haar krümmen, wird sie es uns mit Blut vergelten.«

»Lannister wird nicht sterben«, antwortete Robb. »Niemand wird ohne meine Erlaubnis zu ihm vorgelassen. Er erhält Essen, Wasser, sauberes Stroh, mehr Luxus, als ihm zusteht. Aber ich werde ihn auch für Arya und Sansa nicht freigeben.«

Ihr Sohn blickte zu ihr herab, fiel Cateyln auf. *War er im Krieg so rasch gewachsen*, fragte sie sich, *oder lag es an der Krone, die sie ihm aufs Haupt gesetzt hatten?* »Ihr habt Angst, Jaime Lannister erneut auf dem Schlachtfeld zu treffen, verhält es sich in Wahrheit so?«

Grey Wind knurrte, als ob er Robbs Wut spürte, und Edmure Tully legte Catelyn brüderlich die Hand auf die Schulter. »Cat, bitte. Der Junge hat recht.«

»Nennt mich nicht *der Junge*«, fuhr Robb auf und hätte seinen Zorn beinahe an dem armen Edmure ausgelassen, der ihm doch nur beistehen wollte. »Ich bin fast erwachsen, und ein König – Euer König, Ser. Und ich fürchte Jaime Lannister nicht. Ich habe ihn einmal geschlagen, und ich werde ihn erneut besiegen, wenn es sein muß . . .« Er strich sich das Haar aus der Stirn und schüttelte den Kopf. »Für Vater hätte ich den Königsmörder eingetauscht, aber . . .«

». . . aber nicht für die Mädchen?« Ihre Stimme war eisig kalt und ruhig. »Mädchen sind nicht wichtig genug, oder?«

Robb antwortete nicht, doch seinen Augen konnte sie ansehen, wie verletzt er war. Blaue Augen, die Augen der Tullys, Augen, die er von ihr hatte. Sie hatte ihn getroffen, doch er war zu sehr seines Vaters Sohn, um dies einzugestehen.

Das war meiner nicht würdig, schalt sie sich. *Die Götter mögen sich erbarmen, was soll bloß aus mir werden? Er gibt sein Bestes, gibt sich so viel Mühe, ich weiß es, ich sehe es, und dennoch . . . dennoch, ich habe meinen Ned verloren, den Fels, auf den mein Leben gebaut war, und sollte ich auch noch die Mädchen verlieren, könnte ich es nicht ertragen . . .*

»Ich tue alles für meine Schwestern, was möglich ist«, sagte Robb. »Wenn die Königin nur ein Quentchen Verstand besitzt, wird sie meine Bedingungen akzeptieren. Wenn nicht, wird sie den Tag bereuen, an dem sie das Angebot abgelehnt hat.«

Offensichtlich war er des Themas überdrüssig. »Mutter, wollt Ihr wirklich nicht zu den Twins reisen? Dort wäret Ihr weiter von den Kämpfen entfernt, und Ihr könntet die Töchter von Lord Frey kennenlernen, damit ich mich nach dem Krieg für die richtige Braut entscheide.«

Er will mich loswerden, schoß es Catelyn durch den Kopf. *Könige sollten keine Mütter haben, scheint es, und ich sage ihm Dinge, die er nicht hören möchte.* »Ihr seid alt genug, um Euch ohne meine Hilfe für eines von Lord Walders Mädchen zu entscheiden, Robb.«

»Dann begleitet Theon. Er bricht morgen früh mit der Eskorte der Mallisters auf, die einen großen Teil der Gefangenen nach Seagard verlegt, und danach nimmt er ein Schiff zu den Iron Islands. Dort könntet Ihr ebenfalls ein Schiff finden, und bei der Mondwende wäret Ihr zurück in Winterfell, wenn die Winde günstig stehen. Bran und Rickon brauchen Euch.«

Und du nicht, willst du das damit sagen? »Meinem Hohen Vater bleibt nur noch kurze Zeit. Solange Euer Großvater lebt, ist mein Platz hier bei ihm in Riverrun.«

»Ich könnte Euch die Abreise befehlen. Als König. Das könnte ich.«

Catelyn ging nicht darauf ein. »Ich betone abermals, an Eurer Stelle würde ich jemand anders nach Pyke schicken und Theon in Eurer Nähe behalten.«

»Wer könnte besser mit Balon Greyjoy verhandeln als sein Sohn?«

»Jason Mallister«, schlug Catelyn vor, »Tytos Blackwood. Stevron Frey. Jeder . . . außer Theon.«

Ihr Sohn hockte sich vor Grey Wind nieder und zerzauste dem Wolf das Fell, wobei er wie zufällig ihrem Blick auswich. »Theon hat tapfer für uns gefochten. Ich habe Euch bereits erzählt, daß er Bran von diesen Wildlingen im Wolfswald gerettet hat. Falls die Lannisters keinen Frieden wollen, brauche ich Lord Greyjoys Landschiffe.«

»Ihr bekommt sie eher, wenn Ihr seinen Sohn als Geisel habt.«

»Er war sein halbes Leben lang eine Geisel.«

»Aus gutem Grund«, erwiderte Catelyn. »Balon Greyjoy kann man nicht trauen. Er hat einst selbst eine Krone getragen, wenn auch nur kurz, habt Ihr das vergessen? Möglicherweise hegt er die Absicht, sie sich abermals aufs Haupt zu setzen.«

Robb erhob sich. »Das würde ich ihm nicht mißgönnen. Da ich König des Nordens bin, mag er doch König der Iron Islands sein, wenn es ihn danach verlangt. Ich würde ihm die Krone leichten Herzens geben, solange er uns nur hilft, die Lannisters zu besiegen.«

»Robb –«

»Ich schicke Theon. Guten Tag, Mutter. Grey Wind, komm.« Robb schritt rasch davon, und der Schattenwolf trabte hinter ihm her.

Catelyn stand da und starrte ihm nach. Ihr Sohn, und jetzt war er König. Welch eigentümliches Gefühl. *Übernimm den Befehl*, hatte sie ihn in Moat Cailin aufgefordert. Ebendies hatte er getan. »Ich werde Vater einen Besuch abstatten«, verkündete sie plötzlich. »Edmure?«

»Ich muß mich noch um diese neuen Bogenschützen kümmern, die Ser Desmond ausbildet. Ich werde später nach ihm sehen.«

Falls er dann noch lebt, dachte Catelyn, sprach es jedoch nicht aus. Ihr Bruder würde sich eher in die Schlacht werfen, als das Krankenzimmer zu betreten.

Der kürzeste Weg zum zentralen Bergfried, in dem ihr Vater im Sterben lag, führte durch den Götterhain mit seinen Wiesen und Wildblumen und den Wäldchen aus Ulmen und Mammutbäumen. Noch raschelte das volle Laub in den Kronen, auch wenn der weiße Rabe Riverrun bereits vor vierzehn Tagen erreicht hatte. Der Herbst begann, so hatte es die Konklave verkündet, aber die Götter hatten es dem Wind und den Wäldern noch nicht verraten. Dafür empfand Catelyn tiefe Dankbarkeit. Der Herbst war eine Jahreszeit, die sie fürchtete, denn hinter ihm lauerte der Winter. Und selbst der weiseste Mann wußte nie, ob seine nächste Ernte die letzte sein würde.

Hoster Tully, Lord von Riverrun, lag im Bett seines Solars, von wo aus er einen weiten Blick über den Tumblestone und den Roten Arm jenseits der Burgmauern hatte. Er schlief, als Catelyn eintrat. Sein Haar und sein Bart waren weiß wie das Federbett, seine einst stattliche Gestalt wirkte nun, da der Tod die Klauen nach ihm ausstreckte, klein und gebrechlich.

Neben dem Bett saß, noch in Kettenhemd und dem staubbedeckten Reisemantel, ihres Vaters Bruder, der Blackfish. Seine Stiefel waren mit getrocknetem Schlamm gesprenkelt. »Weiß Robb von Eurer Rückkehr, Onkel?« Ser Brynden Tully war für Robb Augen und Ohren, er war Kommandant der Kundschafter und Vorreiter.

»Nein, ich bin gleich vom Stall hierhergeeilt, als man mir sagte, der König halte Hof. Seine Gnaden wird mein Kunde zunächst allein hören wollen, glaube ich.« Der Blackfish war ein großer, schlanker Mann mit grauem Haar und exakten Bewegungen. Sein glattrasiertes Gesicht war gefurcht und wettergegerbt. »Wie geht es ihm?« fragte er, und damit meinte er nicht Robb.

»Unverändert. Der Maester gibt ihm Traumwein und Mohnblumensaft, daher schläft er die meiste Zeit, und er ißt zu wenig. Mit jedem Tag scheint er ein wenig schwächer zu werden.«

»Spricht er gelegentlich?«

»Ja ... aber in seinen Worten findet man nur wenig Sinn. Er entschuldigt sich, redet von unerledigten Aufgaben, von Menschen, die lange tot sind, von Zeiten, die lange vergangen sind. Manchmal weiß er nicht, welche Jahreszeit ist oder wer ich bin. Einmal hat er mich bei Mutters Namen genannt.«

»Er vermißt sie immer noch«, antwortete Ser Brynden. »Du hast ihr Gesicht geerbt. Ich sehe ebenfalls in deinen Wangen, deinem Kinn ...«

»Ihr könnt Euch an mehr erinnern als ich. Es ist schon so lange her.« Sie setzte sich auf die Bettkante und strich eine Strähne des feinen weißen Haares zurück, die ihrem Vater in die Stirn gefallen war.

»Jedesmal, wenn ich hinausreite, frage ich mich, ob ich ihn bei meiner Rückkehr noch lebend oder schon tot vorfinden werde.« Trotz all ihrer Auseinandersetzungen bestand eine tiefe Verbindung zwischen ihrem Vater und seinem Bruder, den er einst verstoßen hatte.

»Zumindest habt Ihr Euren Frieden mit ihm geschlossen.«

So saßen sie schweigend eine Weile lang da, bis Catelyn den Kopf hob. »Ihr spracht von Neuigkeiten, die Robb hören sollte?« Lord Hoster stöhnte und wälzte sich auf die Seite, als habe er ihre Worte vernommen.

Brynden stand auf. »Komm mit nach draußen. Wir sollten ihn nicht wecken.«

Sie folgte ihm auf den Steinbalkon, der dreieckig aus dem Solar herausragte wie der Bug eines Schiffes. Ihr Onkel blickte zum Himmel und runzelte die Stirn. »Jetzt sieht man ihn schon bei Tage.

Meine Männer nennen ihn den Roten Boten ... aber welche Botschaft bringt er uns?«

Catelyn betrachtete die schwache rote Linie, die der Komet über den tiefblauen Himmel zog. »Der Greatjon hat Robb gesagt, die alten Götter hätten die rote Flagge der Rache für Ned entrollt. Edmure hält es für ein Omen des Sieges für Riverrun – er sieht einen Fisch mit langer Schwanzflosse darin, in den Farben der Tullys, rot auf blau.« Sie seufzte. »Hätte ich doch nur ihren Glauben. Purpurrot ist eine Farbe der Lannisters.«

»Das Ding ist keineswegs purpurrot«, wandte Ser Brynden ein, »und auch die Farbe der Tullys ist es nicht, das schlammige Rot des Flusses. Blut ist es, Kind, Blut, das über den ganzen Himmel verschmiert ist.«

»Das unsere? Oder ihres?«

»Gab es je einen Krieg, in dem nur die eine Seite bluten mußte?« Ihr Onkel schüttelte den Kopf. »Die Flußlande sind von Blut überschwemmt, um das God's Eye herum brennt das Land. Die Kämpfe haben sich im Süden bis zum Blackwater, im Norden über den Trident bis fast zu den Twins ausgedehnt. Marq Piper und Karyl Vance haben ein paar kleine Siege errungen, und dieser Lord aus dem Süden, Beric Dondarrion, jagt die Plünderer, fällt über Lord Tywins Banditen her und zieht sich rasch wieder in die Wälder zurück. Es heißt, Ser Burton Crakehall hätte damit geprahlt, er habe Dondarrion erschlagen, bis er seine Männer in eine von Lord Berics Fallen geführt und alle verloren hat.«

»Einige von Neds Gardisten aus King's Landing sind bei diesem Lord Beric«, erinnerte sich Catelyn. »Mögen die Götter sie beschützen.«

»Dondarrion und dieser rote Priester in seinem Gefolge sind schlau genug, sich nicht erwischen zu lassen, falls man die Geschichten glauben darf«, sagte ihr Onkel, »aber über die Vasallen deines Vaters hört man traurige Dinge. Robb hätte sie niemals ziehen lassen dürfen. Wie Wachteln haben sie sich verteilt, und jeder Mann wollte sein eigenes Land verteidigen, doch das war töricht, Cat, töricht. Jonos Bracken wurde bei den Kämpfen um seine Burgruine verwundet, sein Neffe Hendry ist gefallen. Tytos Blackwood hat die Lannisters von seinem Land vertrieben, nur haben sie jede Kuh und jedes Schwein und alle Getreidevorräte mitgenommen, so daß er jetzt nur noch Raventree Hall und eine verbrannte Ödnis sein eigen nennen darf. Die Leute von Darry haben zwar den Bergfried ihres Lords zurückerobert, konnten ihn jedoch kaum zwei Wochen halten, bevor Gregor Clegane über sie hergefallen ist und die ganze Garnison niedergemacht hat, sogar den Lord.«

Catelyn war entsetzt. »Darry war doch noch ein Kind.«

»Ja, und dazu der letzte seines Geschlechts. Der Junge hätte ein hübsches Lösegeld erbracht, allerdings scheint Gold einem geifernden Hund wie Gregor Clegane nichts zu bedeuten. Der Kopf dieser Bestie wäre ein edles Geschenk für alle Menschen des Reiches, das schwöre ich.«

Catelyn wußte um Ser Gregors üblen Ruf, und dennoch ... »Sprecht mir nicht von Köpfen, Onkel. Cersei hat Neds auf die Mauern des Red Keep gespießt und den Krähen und Fliegen überlassen.« Selbst jetzt noch vermochte sie kaum zu glauben, daß er wirklich tot war. Des Nachts wachte sie manchmal auf, und im Dunklen und halbwach glaubte sie dann einen Augenblick lang, er liege neben ihr. »Clegane ist lediglich Lord Tywins Handlanger.« Denn Tywin Lannister – Lord von Casterly Rock, Wächter des Westens, Vater von Königin Cersei, Ser Jaime, dem Königsmörder, und Tyrion, dem Gnom, Großvater von Joffrey Baratheon, dem gekrönten Kindkönig – stellte die wahre Gefahr dar, glaubte Catelyn.

»Wie wahr, wie wahr«, räumte Ser Brynden ein. »Und Tywin Lannister ist kein Narr. Er sitzt sicher in den Mauern von Harrenhal, läßt sein Heer sich an unserer Ernte gütlich tun und brennt nieder, was er nicht selbst braucht. Gregor ist nicht der einzige Hund, den er von der Leine gelassen hat. Ser Armory Lorch ist ebenfalls aufs Schlachtfeld gezogen, und manche seiner Söldner aus Qohor verstümmeln die Menschen nur und töten sie nicht. Ich habe gesehen, was sie hinter sich zurücklassen. Ganze Dörfer werden niedergebrannt, Frauen vergewaltigt und grausam verstümmelt, ermordete Kinder werden nicht begraben und locken Wölfe und wilde Hunde an . . . da drehen sich selbst die Toten im Grabe um.«

»Wenn Edmure davon hört, wird er toben.«

»Genau das liegt in Lord Tywins Absicht. Selbst Schrecken hat seinen Sinn, Cat. Lannister will uns reizen und zur Schlacht herausfordern.«

»Robb wird ihm vermutlich seinen Wunsch erfüllen«, erwiderte Catelyn unwirsch. »Er ist unruhig wie eine Katze, und Edmure und der Greatjon und die anderen werden ihn drängen.« Gewiß, ihr Sohn hatte zwei große Siege errungen, er hatte Jaime Lannister im Flüsterwald niedergerungen und sein führerloses Heer in der Schlacht der Lager draußen vor den Mauern von Riverrun geschlagen, und schon sprachen manche seiner Vasallen von ihm, als sei er der wiedergeborene Aegon der Eroberer.

Brynden Blackfish zog die buschigen Augenbrauen hoch. »Diese Narren! Meine erste Regel im Krieg lautet: Erfülle dem Feind niemals seine Wünsche. Lord Tywin würde es gefallen, den Kampf auf einem Feld auszutragen, das er selbst bestimmt hat. Er möchte, daß wir nach Harrenhal marschieren.«

»Harrenhal.« Jedes Kind am Trident kannte die Geschichten über Harrenhal, über die riesige Festung, die König Harren der Schwarze vor dreihundert Jahren am Ufer des God's Eye errichtet hatte. Damals waren die Sieben Königslande noch sieben Königreiche, und die Flußlande wurden von den Männern der Iron Islands beherrscht. Der stolze Harren hatte die höchste Halle und den höchsten Turm von ganz Westeros besitzen wollen. Vierzig Jahre hatte der Bau gedauert, und langsam legte sich das Gebäude wie ein dunkler Schatten über das Land, dessen Nachbarn Harrens Armeen auf der Suche nach Steinen, Holz, Gold und Arbeitskräften plünderten. Tausende von Gefangenen gingen elend in seinen

Steinbrüchen zugrunde, wo sie die Schlitten mit den Felsblöcken ziehen mußten oder an den fünf riesigen Türmen schufteten. Im Winter erfroren sie, im Sommer brachte sie die Hitze um. Wehrholzbäume, die seit dreitausend Jahren standen, wurden gefällt und zu Baken oder Sparren verarbeitet. Harren brachte sowohl die Flußlande als auch die Iron Islands an den Bettelstab, um sich seinen Traum zu erfüllen. Und an dem Tag, als Harrenhal fertig war und König Harren dort einzog, landete Aegon der Eroberer dort an, wo später King's Landing stehen sollte.

Catelyn erinnerte sich an die Geschichte, die Old Nan den Kindern auf Winterfell erzählt hatte. »Und König Harren mußte schmerzlich erfahren, daß dicke Mauern und hohe Türme gegen Drachen von geringem Nutzen sind«, hatte sie stets geendet. »Denn Drachen können fliegen.« Harren und sein Geschlecht waren in den Flammen untergegangen, die seine monströse Festung einhüllten, und jedes Haus, das Harrenhal seitdem zu seinem Sitz erwählt hatte, war vom Unglück verfolgt worden. Mächtig mochte die Feste sein, doch es war ein düsterer Ort – und ein verfluchter dazu.

»Ich möchte nicht, daß Robb im Schatten dieser Burg in die Schlacht zieht«, gestand Catelyn ein. »Dennoch müssen wir etwas unternehmen, Onkel.«

»Und zwar bald«, stimmte ihr Onkel zu. »Das schlimmste habe ich dir noch gar nicht erzählt, Kind. Die Männer, die ich nach Westen geschickt habe, brachten die Nachricht, daß sich bei Casterly Rock ein neues Heer versammele.«

Eine zweite Armee der Lannisters. Bei diesem Gedanken wurde ihr übel. »Das sollte Robb umgehend erfahren. Wer wird das Heer befehligen?«

»Ser Stafford Lannister, heißt es.« Er richtete den Blick hinaus auf den Fluß, und sein rotblauer Umhang wehte im Wind.

»Noch ein Neffe?« Die Lannister von Casterly Rock waren ein verdammenswert großes und fruchtbares Haus.

»Ein Vetter«, berichtete Ser Brynden. »Ein Bruder von Lord

Tywins verstorbener Gemahlin, also doppelt verwandt. Ein alter Mann und ein Dummkopf, doch sein Sohn, Ser Daven, ist durchaus ernst zu nehmen.«

»Hoffen wir also, daß es der Vater und nicht der Sohn sein wird, der die Armee gegen uns ins Feld führt.«

»Noch bleibt uns Zeit, bevor wir uns ihnen stellen müssen. Dieser Haufen wird aus Söldnern, freien Rittern und grünen Jungen aus Lannisport bestehen. Ser Stafford muß sie zunächst bewaffnen und drillen, ehe er eine Schlacht riskieren kann ... und täusch dich nicht, Lord Tywin ist nicht der Königsmörder, der ohne Überlegung vorrückt. Er wird geduldig warten, bis Ser Stafford zum Marsch bereit ist, bevor er sich aus den Mauern von Harrenhal hervorwagt.«

»Es sei denn ...«, meinte Catelyn.

»Ja?« hakte Ser Brynden nach.

»Es sei denn, er müßte Harrenhal verlassen«, antwortete sie, »um sich einer anderen Bedrohung zu stellen.«

Ihr Onkel blickte sie nachdenklich an. »Lord Renly.«

»*König* Renly.« Wenn sie ihn um Hilfe bitten wollte, mußte sie ihm den Titel zugestehen, den er sich selbst verliehen hatte.

»Vielleicht.« Der Blackfish lächelte breit. »Er wird eine Gegenleistung verlangen.«

»Er will das, was jeder König will«, erwiderte sie. »Huldigung.«

TYRION

Janos Slynt war der Sohn eines Metzgers, und sein Lachen klang, als würde Fleisch geklopft. »Noch etwas Wein?« fragte Tyrion.

»Da sage ich nicht nein«, antwortete Lord Janos und streckte ihm den Becher entgegen. Der Mann war gebaut wie ein Faß, und entsprechend viel ging in ihn hinein. »Ganz gewiß sage ich nicht nein. Das ist ein guter Roter. Aus Arbor?«

»Es ist dornischer.« Tyrion gab dem Diener einen Wink, und dieser schenkte nach. Abgesehen von den Dienern waren er und Lord Janos im Kleinen Saal allein; sie saßen an einem kleinen, von Kerzen beleuchteten Tisch inmitten des ansonsten dunklen Raums. »Wirklich eine Entdeckung. Dornische Weine sind nicht oft so vollmundig.«

»Vollmundig«, sagte der große Mann mit dem Froschgesicht und gönnte sich einen mächtigen Schluck. Janos Slynt gehörte nicht zu jenen, die an ihrem Kelch nippten. Das war Tyrion sofort aufgefallen. »Ja, vollmundig, genau dieses Wort habe ich gesucht, genau dieses Wort. Ihr könnt gut mit Worten umgehen, Lord Tyrion, wenn ich das so sagen darf. Und Ihr erzählt lustige Geschichten. Wirklich lustige.«

»Vielen Dank . . . aber ich bin kein Lord, so wie Ihr. Ein einfaches *Tyrion* soll genügen, Lord Janos.«

»Wie Ihr wünscht.« Er trank erneut einen Schluck, wobei Wein auf sein schwarzes Seidenwams tropfte. Darüber trug er einen kurzen goldenen Umhang, der am Hals von einem Miniaturspeer zusammengehalten wurde, dessen Spitze dunkelrot emailliert war. Und er war betrunken.

Tyrion bedeckte den Mund mit der Hand und rülpste. Im Gegensatz zu Lord Janos hatte er dem Wein nur wenig zugesprochen, doch er fühlte sich überaus gesättigt. Nachdem er sich im Turm der Hand einquartiert hatte, hatte er sich nach der besten Köchin der Stadt erkundigt und sie in seine Dienste berufen. Heute abend hatten sie ausgiebig gespeist, Ochsenschwanzsuppe, mit Pekannüssen, Weintrauben und rotem Fenchel angemachtes Sommergemüse, Krabbenpastete, gewürzter Kürbis und Wachteln, die in Butter ertranken. Jeder Gang war mit einem anderen Wein serviert worden. Lord Janos erlaubte sich die Bemerkung, er habe nie zuvor auch nur halb so gut gespeist. »Gewiß wird sich das ändern, wenn Ihr erst einmal in Harrenhal eingezogen seid«, meinte Tyrion.

»Bestimmt. Vielleicht sollte ich Eure Köchin fragen, ob sie nicht in meine Dienste treten möchte. Was haltet Ihr davon?«

»Schon wegen geringerer Anlässe wurden Kriege vom Zaun gebrochen«, antwortete Tyrion, und beide lachten lauthals. »Ihr seid ein verwegener Mann, Harrenhal als Euren Sitz zu wählen. Ein finsterer Ort, und riesig dazu ... teuer im Unterhalt. Manch einer behauptet, er sei außerdem verflucht.«

»Soll ich mich etwa vor einem Steinhaufen fürchten?« Er johlte angesichts dieser Vorstellung. »Ein verwegener Mann, sagt Ihr. Wenn man aufsteigen will, muß man verwegen sein. So wie ich. Nach Harrenhal, ja! Und warum nicht? Ihr wißt schon. Ihr seid ebenfalls ein verwegener Mann, das spüre ich. Klein vielleicht, aber verwegen.«

»Ihr seid wirklich zu freundlich. Noch ein wenig Wein?«

»Nein. Nein, wirklich, ich ... ach, mögen die Götter verflucht sein, *ja*. Warum nicht? Ein verwegener Mann trinkt bis zur Neige!«

»Wahrlich!« Tyrion füllte Lord Slynts Kelch bis zum Rande. »Ich habe mir die Namen derer angeschaut, die Ihr für Euren alten Posten als Kommandant der Stadtwache vorgeschlagen habt.«

»Gute Männer. Prächtige Männer. Jeder der sechs ist geeignet, aber ich würde mich für Allar Deem entscheiden. Mein rechter Arm. Ein sehr, sehr guter Mann. Loyal. Nehmt ihn, und Ihr werdet diese Wahl nicht bereuen. Falls der König seine Zustimmung gibt.«

»Selbstverständlich.« Tyrion nippte an seinem Wein. »Ich hatte Ser Jacelyn Bywater in Erwägung gezogen. Er ist seit drei Jahren Hauptmann am Schlammtor, und er hat während Balon Greyjoys Rebellion tapfere Dienste geleistet. König Robert hat ihn bei Pyke zum Ritter geschlagen. Und dennoch taucht sein Name nicht auf Eurer Liste auf.«

Lord Janos Slynt nahm einen tiefen Schluck Wein und behielt ihn einen Augenblick lang im Mund, ehe er schluckte. »Bywater. Gut. Tapferer Mann, sicherlich, und trotzdem . . . er ist unbeugsam. Ein verschrobener Hund. Die Männer mögen ihn nicht. Außerdem ein Krüppel, hat bei Pyke seine Hand verloren, deshalb wurde er ja zum Ritter geschlagen. Ein armseliger Tausch, wenn Ihr mich fragt, eine Hand für ein *Ser*.« Er lachte. »Ser Jacelyn hält meines Erachtens ein wenig zuviel von sich selbst und seiner Ehre. Ihr solltet ihn besser auf dem Posten lassen, auf dem er ist, Mylord – Tyrion. Allar Deem ist der richtige Mann für Euch.«

»Deem ist in den Straßen nicht besonders beliebt, sagte man mir.«

»Er wird gefürchtet, und das ist viel besser.«

»Was habe ich da über ihn gehört? Ärger in einem Bordell?«

»Ach, diese Geschichte. War nicht sein Fehler, Mylo-Tyrion. Nein. Er wollte die Frau nicht töten, das war ihre eigene Schuld. Schließlich hat er sie gewarnt, zur Seite zu treten und ihn seine Pflicht tun zu lassen.«

»Dennoch . . . Mütter und Kinder. Er hätte doch damit rechnen müssen, daß sie ihren Säugling beschützen will.« Tyrion lächelte. »Versucht diesen Käse, er schmeckt hervorragend zu dem Wein. Sagt mir, warum habt Ihr Deem für diesen unglücklichen Einsatz gewählt.«

»Ein guter Kommandant kennt seine Männer, Tyrion. Manche sind für eine Aufgabe geeignet, manche für andere. Um ein Kind zu töten, das noch an der Mutterbrust liegt, braucht man eine ganz bestimmte Art von Kerl. Nicht jeder Mann würde das tun. Selbst wenn es nur eine Hure und ihr Nachwuchs ist.«

»Vermutlich ist dem so«, sagte Tyrion, der bei *nur eine Hure* an Shae denken mußte, an Tysha – aber das war lange vergangen – und an die übrigen Frauen, die im Laufe der Jahre sein Geld und seinen Samen empfangen hatten.

Slynt bemerkte nichts davon und fuhr fort: »Ein harter Mann für eine harte Aufgabe, das ist Deem. Tut, was man ihm aufträgt und verliert hinterher kein Wort darüber.« Er schnitt sich eine Scheibe Käse ab. »Der ist *gut*. Scharf. Gebt mir ein scharfes Messer und einen scharfen Käse, und ich bin ein glücklicher Mann.«

Tyrion zuckte mit den Schultern. »Genießt ihn nur, solange Ihr noch könnt. Die Flußlande stehen in Flammen, und Renly ist König von Highgarden, demnach wird man bald kaum mehr guten Käse bekommen. Wer hat Euch geschickt, den Bastard dieser Hure zu erledigen?«

Lord Janos warf Tyrion einen wachsamen Blick zu, lachte und wedelte ihn mit einem Stück Käse vor der Nase herum. »Ihr seid hübsch verschlagen, Tyrion. Dachtet, Ihr könnt mich reinlegen, nicht? Man braucht aber mehr als Wein und Käse, um Janos Slynt dazu zu bringen, Dinge auszuplaudern, über die er besser schweigen sollte. Darauf bin ich stolz. Ich stelle keine Fragen und verliere hinterher keine Worte darüber, nein, ich nicht.«

»Genau wie Deem.«

»Genau. Macht Ihn zu Eurem Kommandanten, wenn ich nach Harrenhal aufbreche, und Ihr werdet es nicht bereuen.«

Tyrion brach sich ein Bröckchen Käse ab. Er war in der Tat scharf und paßte gut zum Wein; eine hervorragende Wahl. »Eins kann ich Euch sagen: Wen auch immer der König benennt, der Mann wird es nicht leicht haben, *Eure* Rüstung anzulegen. Lord Mormont steht vor dem gleichen Problem.«

Lord Janos sah ihn verwirrt an. »Ich dachte, sie wäre eine Lady. Mormont. Die, die mit Bären ins Bett geht?«

»Ich habe von ihrem Bruder gesprochen. Jeor Mormont, der Lord Commander der Nachtwache. Als ich ihn auf der Mauer besucht habe, äußerte er mir gegenüber seine Besorgnis, keinen guten

Mann für seine Nachfolge zu finden. In der heutigen Zeit bekommt die Wache nur noch wenige gute Leute.« Tyrion grinste. »Er würde besser schlafen, wenn er einen Mann wie Euch hätte, glaube ich. Oder den kühnen Allar Deem.«

Lord Janos brüllte vor Lachen. »Dazu wird es wohl kaum kommen.«

»Möchte man denken«, erwiderte Tyrion, »aber das Leben geht verschlungene Pfade. Erinnert Euch nur an Eddard Stark, Mylord. Gewißlich hat er sich niemals ausgemalt, sein Leben auf den Stufen von Baelors Septe zu beenden.«

»Das hat wohl kaum einer gedacht.« Lord Janos kicherte.

Tyrion kicherte ebenfalls. »Schade, daß ich nicht hier war. Das hätte ich zu gern gesehen. Man sagt, selbst Lord Varys sei überrascht gewesen.«

Lord Janos lachte so sehr, daß sein Bauch wackelte. »Die Spinne. Weiß angeblich alles. Nun, davon hatte er kein Ahnung.«

»Wie sollte er auch?« Tyrion legte eine gewisse Kälte in seine Stimme. »Er hat zu jenen gehört, die meine Schwester überredeten, Stark zu begnadigen, wenn er das Schwarz anlegen würde.«

»Wie?« Janos Slynt blinzelte Tyrion verständnislos an.

»Meine Schwester Cersei«, wiederholte Tyrion, einen Hauch schärfer, damit der Tor keinen Zweifel hatte, worauf er hinauswollte. »Die königliche Regentin.«

»Ja.« Slynt genehmigte sich einen Schluck Wein. »Was das betrifft, nun . . . der König hat es befohlen, Mylord. Der König persönlich.«

»Der König ist dreizehn«, erinnerte ihn Tyrion.

»Trotzdem. Er ist der König.« Slynts Kinnbacken zitterten, als er die Stirn runzelte. »Der Herrscher der Sieben Königslande.«

»Jedenfalls der Herrscher über ein oder zwei davon«, entgegnete Tyrion mit säuerlichem Lächeln. »Dürfte ich vielleicht einen Blick auf Euren Speer werfen?«

»Meinen Speer?« Lord Janos blinzelte verwirrt.

Tyrion zeigte darauf. »Die Spange, die Euren Umhang zusammenhält.«

Zögernd nahm Lord Janos das Schmuckstück ab und reichte es Tyrion.

»In Lannisport haben wir bessere Goldschmiede«, meinte er. »Die rote Emaille ist für Blut einen Schatten zu dunkel, wenn ich mir dieses Urteil erlauben darf. Sagt mir, Mylord, habt Ihr dem Mann den Speer selbst in den Rücken gebohrt oder habt Ihr nur den Befehl dazu gegeben?«

»Ich habe den Befehl gegeben, und ich würde es wieder tun. Lord Stark war ein Hochverräter.« Der kahle Fleck auf Slynts Kopf war rot wie eine Rübe, und sein goldenes Cape war von seinen Schultern zu Boden gerutscht. »Der Mann hat versucht, mich zu bestechen.«

»Dabei wart Ihr längst gekauft worden.«

Slynt knallte den Kelch auf den Tisch. »Seid Ihr betrunken? Wenn Ihr glaubt, ich würde hier tatenlos sitzen und meine Ehre in den Schmutz ziehen lassen . . .«

»Welche Ehre sollte das sein? Ich gebe zu, Ihr habt einen besseren Tausch gemacht als Ser Jacelyn. Den Titel eines Lords und eine Burg für einen Speer in den Rücken, und Ihr mußtet nicht einmal selbst zustechen.« Er warf Janos Slynt das goldene Schmuckstück zu. Es prallte von dessen Brust ab und landete scheppernd auf dem Boden, als sich der Mann erhob.

»Mir gefällt Euer Ton nicht, Mylo-*Gnom*. Ich bin der Lord von Harrenhal und Mitglied des Königsrats, wer seid Ihr, mich derartig zu beschimpfen?«

Tyrion neigte den Kopf zur Seite. »Ihr wißt recht gut, wer ich bin. Wie viele Söhne habt Ihr?«

»Was haben meine Söhne damit zu tun, Zwerg?«

»Zwerg?« Sein Zorn flammte auf. »Ihr hättet Euch mit Gnom begnügen sollen. Ich bin Tyrion aus dem Hause Lannister, und eines Tages werdet Ihr, wenn Euch die Götter auch nur den Verstand einer Meeresschnecke geschenkt haben, auf die Knie fallen und ihnen dafür danken, daß ich es war, mit dem Ihr zu tun hattet, und nicht mein Hoher Vater. Also, *wie viele Söhne habt Ihr?«*

Tyrion konnte Janos Slynt die Angst an den Augen ablesen. »D-drei, Mylord. Und eine Tochter. Bitte, Mylord . . .«

»Ihr braucht nicht zu betteln.« Er rutschte von seinem Stuhl. »Mein Wort, ihnen wird nichts geschehen. Eure jüngeren Söhne werden als Mündel zu Knappen erzogen. Falls sie gut und treu dienen, könnten sie eines Tages in den Ritterstand erhoben werden. Glaubt nicht, das Haus Lannister würde jene nicht belohnen, die ihm dienen. Euer ältester Sohn wird den Titel Lord Slynt erben und dazu dieses entsetzliche Wappen.« Er stieß den kleinen goldenen Speer mit dem Fuß an, und die Spange schlitterte über den Boden. »Für ihn wird man ein Lehen finden, und dort kann er sich seinen Sitz bauen. Harrenhal wird es nicht sein, aber ein ausreichend großes Gut. Er wird sich darum kümmern müssen, das Mädchen zu verheiraten.«

Janos Slynts Gesichtsfarbe hatte von rot zu weiß gewechselt. »W-was . . . was habt Ihr . . .?« Seine Kinnbacken bebten wie Pudding.

»Was ich mit Euch zu tun gedenke?« Tyrion ließ den Dummkopf einen Augenblick lang schwitzen, ehe er antwortete. »Die Karacke *Sommertraum* läuft mit der Morgenflut aus. Ihr Besitzer hat mir gesagt, sie werde in Gulltown, den Three Sisters, der Insel Skagos und Eastwatch-by-the-Sea anlegen. Wenn Ihr Lord Commander Mormont trefft, überbringt ihm meine herzlichsten Grüße und sagt ihm, daß ich die Nöte der Nachtwache nicht vergessen hätte. Ich wünsche Euch ein langes Leben und einen angenehmen Dienst, Mylord.«

Nachdem Janos Slynt begriffen hatte, daß er nicht umgehend hingerichtet werden würde, kehrte die Farbe in sein Gesicht zurück. Er schob das Kinn vor. »Das werden wir ja sehen, Gnom. *Zwerg*. Vielleicht findet gar Ihr Euch auf diesem Schiff wieder, was haltet Ihr davon? Vielleicht geht Ihr zur Mauer.« Er lachte brüllend, und dennoch bange. »Ihr und Eure Drohungen. Warten wir's ab. Ich bin des Königs Freund, wißt Ihr. Wir wollen uns doch einmal anhören, was Joffrey dazu zu sagen hat. Und Littlefinger und die

Königin, o ja. Janos Slynt hat viele gute Freunde. Schauen wir erst einmal, wer in See sticht. Das verspreche ich Euch.«

Slynt machte auf dem Absatz kehrt wie einer der Wachleute, zu denen er einst gehört hatte, und eilte mit dröhnenden Schritten durch den Saal. Er stieg die Stufen hinauf, riß die Tür auf ... und stand einem großen Mann mit langem Gesicht Auge in Auge gegenüber. Der Mann trug einen schwarzen Brustharnisch und einen goldenen Umhang. An den Stumpf seines rechten Unterarmes war eine eiserne Hand geschnallt. »Janos«, sagte er, und die tiefliegenden Augen unter der gewölbten Stirn und dem graumelierten Haar glitzerten. Sechs Goldröcke betraten hinter ihm den Kleinen Saal, derweil Janos Slynt zurückwich.

»Lord Slynt«, rief Tyrion, »vermutlich kennt Ihr Ser Jacelyn Bywater bereits, unseren neuen Kommandanten der Stadtwache!«

»Auf Euch wartet eine Sänfte, Mylord«, sagte Ser Jacelyn zu Slynt. »Der Hafen ist weit entfernt und dunkel, und die Straßen sind bei Nacht nicht sicher. Männer.«

Während die Goldröcke ihren einstigen Kommandanten hinausdrängten, bat Tyrion Ser Jacelyn zu sich und überreichte ihm ein Pergament. »Es wird eine lange Reise für Lord Slynt, und er wird sich nach Gesellschaft sehnen. Kümmert Euch darum, daß diese Sechs auf der *Sommertraum* zu ihm stoßen.«

Bywater überflog die Namen und lächelte. »Wie Ihr wünscht.«

»Dieser eine«, sagte Tyrion leise, »Deem. Richtet dem Kapitän aus, es würde nicht übelgenommen werden, falls er noch vor Eastwatch versehentlich über Bord gehen würde.«

»Man hat mir berichtet, die Gewässer im Norden seien sehr stürmisch, Mylord.« Ser Jacelyn verneigte sich und verließ mit wehendem Umhang den Saal.

Tyrion saß allein da und nippte an den Resten des guten dornischen Weins. Diener kamen und gingen und räumten Speisen und Geschirr vom Tisch. Er sagte ihnen, sie sollten den Wein stehen lassen. Nachdem sie fertig waren, schwebte Varys herein. Seine wallende, lavendelfarbene Robe paßte zu dem Geruch, den er verströmte. »Oh, sehr schön gemacht, mein verehrter Lord.«

»Warum habe ich dann diesen bitteren Geschmack auf der Zunge?« Er drückte die Finger an die Schläfen. »Ich habe ihnen aufgetragen, Allar Deem ins Meer zu werfen. Und ich bin arg versucht, das gleiche mit Euch zu tun.«

»Ihr wäret von dem Ergebnis enttäuscht«, erwiderte Varys. »Die Stürme kommen und gehen, die Wellen schlagen zusammen, der große Fisch frißt den kleinen, und ich paddele weiter. Dürfte ich Euch um einen Schluck von dem Wein bitten, der Lord Slynt so sehr gemundet hat?«

Tyrion deutete mit einer Geste auf die Karaffe und runzelte die Stirn.

Varys füllte sich einen Kelch. »Ah. Süß wie der Sommer.« Er nippte abermals. »Ich höre die Weintrauben auf meiner Zunge singen.«

»Ich habe mich schon gewundert, was für ein Geräusch das ist. Sagt den Trauben, sie sollen still sein, mein Kopf platzt gleich. Es war meine Schwester. Nur wollte der ach so treue Lord Janos es nicht preisgeben. Cersei hat die Goldröcke zu diesem Bordell geschickt.«

Varys kicherte nervös. Demnach hatte er es die ganze Zeit gewußt.

»Diesen Teil der Geschichte habt Ihr ausgelassen«, warf Tyrion ihm vor.

»Eure eigene Schwester«, antwortete Varys und schaute dabei so traurig drein, als würden ihm im nächsten Moment die Tränen kommen. »So etwas sagt man einem Mann nur ungern ins Gesicht, Mylord. Ich hatte Angst davor, wie Ihr es aufnehmen würdet. Könnt Ihr mir vergeben?«

»Nein«, fauchte Tyrion. »Mögt Ihr verdammt sein. Mag *sie* verdammt sein.« Cersei durfte er nicht anrühren, soviel wußte er. Noch nicht, selbst wenn er es wünschte, und dessen war er sich gar nicht so sicher. Dennoch wurmte es ihn, dazusitzen und armseligen

Kerlen wie Janos Slynt und Allar Deem gegenüber eine Scharade von Gerechtigkeit zu mimen, während seine Schwester ihren unbarmherzigen Weg weiterverfolgte. »In Zukunft werdet Ihr mir alles berichten, was Ihr erfahrt, Lord Varys. *Alles.*«

Der Eunuch grinste vielsagend. »Das könnte viel Zeit in Anspruch nehmen, verehrter Lord. Ich erfahre eine Menge.«

»Nicht genug, um dieses Kind zu retten, scheint es mir.«

»Leider, leider, nein. Es gab noch einen Bastard, einen Jungen, und er war älter. Ich habe versucht, ihn außer Gefahr zu bringen ... doch muß ich gestehen, ich hätte nie gedacht, daß der Säugling in Gefahr wäre. Ein Mädchen niederer Herkunft, noch dazu unehelich, jünger als ein Jahr, und die Mutter eine Hure. Welche Bedrohung sollte sie darstellen?«

»Sie war Roberts Kind«, antwortete Tyrion bitter. »Das hat Cersei offenbar genügt.«

»Ja. Höchst bedauerlich. Ich muß mir die Schuld für den Tod des armen kleinen Kindes und ihrer Mutter zuschreiben. Sie war so jung und hat den König geliebt.«

»Tatsächlich?« Tyrion hatte das Gesicht des toten Mädchens niemals gesehen, aber vor seinem inneren Auge verwandelte sie sich in Shae und auch in Tysha. »Kann eine Hure jemanden wahrhaft lieben? Ich möchte es bezweifeln. Nein, antwortet nicht. Manche Dinge will ich gar nicht wissen.« Shae hatte er in einem großen Fachwerkhaus untergebracht, das seinen eigenen Stall, einen Brunnen und einen Garten hatte; Diener kümmerten sich um ihre Wünsche. Er hatte ihr einen weißen Vogel von den Summer Isles geschenkt, der ihr Gesellschaft leisten sollte, hatte ihr Seide und Silber und Edelsteine bringen lassen, damit sie sich feinmachen konnte, und außerdem Wachen, die sie beschützten. Und trotz allem war sie unzufrieden. Sie wolle mehr Zeit mit ihm verbringen, sagte sie; sie wolle ihm dienen und ihm helfen. »Hier, zwischen den Laken, hilfst du mir am meisten«, erklärte er ihr, als sie eines Nachts nach dem Liebesspiel beieinander lagen, sein Kopf auf ihren Busen gebettet, seine Lenden von süßem Wundsein schmerzend. Sie erwiderte nichts darauf, doch ihre Augen antworteten. Das hatte sie nicht hören wollen.

Seufzend langte Tyrion nach dem Wein, erinnerte sich an Lord Janos und schob die Flasche von sich. »Mir scheint, meine Schwester hat mir über Starks Tod die Wahrheit gesagt. Wir dürfen also meinem Neffen für diesen Wahnsinn danken.«

»König Joffrey hat den Befehl erteilt. Janos Slynt und Ser Ilyn Payne haben ihn ausgeführt, und zwar rasch und ohne Aufschub . . .«

». . . beinahe, als hätten sie damit gerechnet. Ja, soweit waren wir bereits, ohne daß es uns etwas genutzt hätte. Eine Torheit.«

»Nachdem sich die Stadtwache nun in Eurer Hand befindet, Mylord, befindet Ihr Euch in bester Position, um weitere . . . Torheiten Seiner Gnaden zu verhindern. Um sicher zu gehen, müßte man außerdem über die Leibgarde der Königin nachdenken . . .«

»Über die Rotröcke?« Tyrion zuckte mit den Schultern. »Vylarrs Treue gilt Casterly Rock. Er weiß, hinter mir steht die Autorität meines Vaters. Cersei hätte es nicht leicht, seine Männer gegen mich einzusetzen . . . und es sind schließlich auch nur hundert. Ich habe allein um die Hälfte mehr Leute. *Und* sechstausend Goldröcke, wenn Bywater tatsächlich der Mann ist, als den ihr ihn beschreibt.«

»Ihr werdet in Ser Jacelyn einen mutigen, ehrwürdigen, gehorsamen . . . und überaus dankbaren Mann finden.«

»Nur, wem gilt sein Dank?« Tyrion traute Varys nicht, obwohl er seinen Wert nicht leugnete. Er wußte ohne Zweifel vieles. »Aus welchem Grund seid Ihr so erpicht darauf, mir zu helfen, Mylord Varys?« fragte er und betrachtete die weichen Hände, das kahle, gepuderte Gesicht und das heuchlerische karge Lächeln seines Gegenübers.

»Ihr seid die Hand. Ich diene dem Reich, dem König und Euch.«

»Wie Ihr zuvor Jon Arryn und Eddard Stark dientet?«

»Ich habe für Lord Arryn und Lord Stark mein Bestes gegeben. Ihr vorzeitiger Tod hat mich mit Trauer erfüllt und zutiefst bestürzt.«

»Stellt Euch nur vor, wie ich mich fühle. Ich bin vermutlich der nächste.«

»Das glaube ich nicht«, wiegelte Varys ab und schwenkte den Wein in seinem Kelch. »Macht ist etwas sehr Eigenartiges, Mylord. Vielleicht habt Ihr über das Rätsel nachgedacht, welches ich Euch in diesem Gasthaus aufgegeben habe.«

»Es ist mir durchaus ein- oder zweimal durch den Sinn gegangen«, gestand Tyrion ein. »Der König, der Priester, der reiche Mann – wer wird am Leben bleiben, wer sterben? Wem wird der Söldner gehorchen? Die Rätsel haben keine Antwort, oder besser, zu viele Antworten. Es hängt alles von dem Mann mit dem Schwert ab.«

»Und dennoch ist er ein Nichts«, erwiderte Varys. »Er besitzt weder Krone noch Gold noch die Gunst der Götter, lediglich ein Stück Stahl mit scharfer Spitze.«

»Dieses Stück Stahl stellt die Macht über Leben und Tod dar.«

»Genau ... nur, wenn es der Krieger ist, der uns in Wahrheit beherrscht, warum geben wir dann vor, unsere Könige würden die Macht besitzen? Warum sollte ein kräftiger Mann mit einem Schwert überhaupt einem Kindkönig wie Joffrey gehorchen, oder einem Trunkenbold wie seinem Vater?«

»Weil diese Kindkönige und Trunkenbolde andere starke Männer herbeirufen können, die ebenfalls mit Schwertern bewaffnet sind.«

»Dann besitzen doch jene anderen Krieger die wahre Macht. Oder etwa nicht? Woher stammen ihre Schwerter? Warum gehorchen *sie*?« Varys lächelte. »Manche behaupten, Wissen sei Macht. Andere leiten sie aus den Gesetzen her. Dennoch waren unser den Göttern gefälliger Hoher Septon, unsere rechtmäßige Regentin und Euer ach so wissender Diener an jenem Tag auf den Stufen von Baelors Septe ebenso machtlos wie jeder Schuster und Schneider in der Menge. Wer hat Eddard Stark eigentlich getötet, was meint Ihr? Joffrey, weil er den Befehl gegeben hat? Ser Ilyn Payne, der das Schwert geführt hat? Oder ... jemand ganz anderes?«

Tyrion legte den Kopf schief. »Wolltet Ihr Euer verfluchtes Rätsel auflösen oder mir Kopfschmerzen bereiten?«

Varys lächelte. »Also gut. Die Macht wohnt dort, wo die Menschen *glauben*, daß sie wohnt. Das ist die ganze Antwort.«

»Also ist die Macht nur ein Mummenschanz?«

»Ein Schatten an der Wand«, murmelte Varys, »doch Schatten könnten töten. Und manchmal werfen sehr kleine Männer die größten Schatten.«

Tyrion grinste. »Lord Varys, ich entdecke eine eigentümliche Zuneigung für Euch. Vielleicht werde ich Euch eines Tages töten müssen, doch dann wird es mich immerhin traurig stimmen.«

»Das nehme ich als Lob.«

»Was seid Ihr, Varys?« fragte Tyrion, weil er es wirklich gern wissen wollte. »Eine Spinne, so hört man.«

»Spione und Ohrenbläser werden selten geliebt, Mylord. Ich bin lediglich ein treuer Diener des Reiches.«

»Und ein Eunuch. Vergessen wir das nicht.«

»Das passiert mir selten.«

»Mich nennen die Menschen oft Halbmann, und dennoch meine ich, die Götter hätten mir größere Gunst erwiesen. Ich bin klein, meine Beine sind gekrümmt, und die Frauen schauen mich nicht gerade mit schmachtender Sehnsucht an ... trotzdem bin ich noch ein Mann. Shae ist nicht die erste, die mein Bett beehrt, und eines Tages werde ich mir möglicherweise eine Frau nehmen und einen Sohn zeugen. Falls die Götter es gut meinen, wird er aussehen wie sein Onkel und denken wie sein Vater. Eine solche Hoffnung könnt Ihr nicht hegen. Wer hat Euch entmannt? Wann und aus welchem Grunde? Wer seid Ihr wirklich?«

Das Lächeln des Eunuchen ließ sich nicht erschüttern, doch in seinen Augen lag ein Funkeln, das nichts mit Fröhlichkeit zu tun hatte. »Ihr seid zu freundlich, Euch danach zu erkundigen, Mylord, aber meine Geschichte ist lang und traurig, und wir haben einige Komplotte zu besprechen.« Er zog ein Pergament aus dem Ärmel seiner Robe. »Der Meister der königlichen Galeere *Weißer Hirsch* plant, in drei Tagen den Anker zu lichten, um Schwert und Schiff Lord Stannis anzubieten.

Tyrion seufzte. »Demnach müssen wir wohl ein blutiges Exempel an dem Mann statuieren?«

»Ser Jacelyn könnte ihn verschwinden lassen, aber ein Gerichtsverfahren vor dem König würde wahrscheinlich der Treue der anderen Kapitäne förderlich sein.«

Und meinem königlichen Neffen etwas zu tun geben. »Wie Ihr meint. Geben wir ihm Joffreys Gerechtigkeit zu spüren.«

Varys machte einen Haken auf dem Pergament. »Ser Horas und Ser Hobber Redwyne haben eine Wache bestochen, die sie morgen nacht durch ein Nebentor hinauslassen soll. Für sie wurden Vorbereitungen getroffen, damit sie auf der Galeere *Mondläufer* aus Pentos als Ruderer getarnt fliehen können.«

»Könnten wir nicht dafür sorgen, daß sie tatsächlich einige Jahre lang als Ruderer dienen, damit wir erfahren, wie es ihnen gefällt?« Er lächelte. »Nein, meine Schwester wäre betrübt, solche geschätzten Gäste zu verlieren. Gebt Ser Jacelyn Bescheid. Ergreift den bestochenen Torwächter und erklärt ihm, was für eine Ehre es ist, bei der Nachtwache zu dienen. Und laßt die *Mondläufer* umstellen, falls die Redwynes einen zweiten Wächter finden, der zu wenig Münzen im Geldbeutel hat.«

»Wie Ihr wünscht.« Ein zweiter Haken auf dem Pergament. »Euer Mann, dieser Timett, hat heute abend den Sohn eines Weinhändlers getötet, in einer Spielhölle auf der Straße des Silbers. Er hat ihm vorgeworfen, der Kerl habe mit den Spielsteinen betrogen.«

»Stimmt das?«

»Ganz ohne Zweifel.«

»Dann schulden die ehrlichen Menschen der Stadt Timett Dank. Ich werde mich darum kümmern, daß ihm auch der König seinen Dank erweist.«

Der Eunuch kicherte nervös und machte einen weiteren Haken. »Gegenwärtig werden die heiligen Männer in der Stadt zur Plage.

Wegen des Kometen sind alle möglichen eigentümlichen Priester, Prediger und Propheten aus ihren Löchern gekrochen, scheint es. Sie betteln überall und verkünden jedem, der stehenbleibt, Verhängnis und Verdammnis.«

Tyrion zuckte mit den Schultern. »Seit Aegons Landung sind nahezu dreihundert Jahre vergangen, daher sind solche Ereignisse wohl tatsächlich zu erwarten. Laßt sie wettern.«

»Sie verbreiten Furcht, Mylord.«

»Ich dachte, das wäre Eure Aufgabe.«

Varys legte die Hand vor den Mund. »Ihr seid grausam, so etwas zu sagen. Eine letzte Angelegenheit. Lady Tanda hatte gestern abend zum Essen geladen. Die Speisenfolge und die Gästeliste wurde mir zugänglich gemacht. Nachdem man ein wenig Wein getrunken hatte, stand Lord Gyles auf und hob den Becher auf das Wohl des Königs, und von Ser Balon Swann hörte man die Bemerkung: ›*Dafür bräuchte man eigentlich drei Becher.*‹ Viele haben gelacht . . .«

Tyrion winkte ab. »Genug. Ser Balon hat einen Scherz gemacht. An verräterischen Tischgesprächen bin ich nicht interessiert, Lord Varys.«

»Ihr seid so weise wie Ihr milde seid, Mylord.« Das Pergament verschwand im Ärmel des Eunuchen. »Wir haben beide vieles zu erledigen. Ich sollte Euch nun verlassen.«

Nachdem der Eunuch gegangen war, saß Tyrion noch lange Zeit da, starrte in die Kerze und fragte sich, wie seine Schwester die Nachricht von Janos Slynts Entlassung wohl aufnehmen mochte. Erfreut würde sie sich kaum zeigen, doch was sollte sie schon dagegen tun, außer Lord Tywin in Harrenhal einen verärgerten Brief zu schicken? Tyrion hatte die Stadtwache auf seiner Seite, dazu einhundertfünfzig streitlustige Krieger von den Stämmen aus den Mondbergen und eine wachsende Anzahl Söldner, die Bronn rekrutierte. Anscheinend war er ausreichend gut bewacht.

Zweifelsohne hatte sich Eddard Stark in der gleichen, trügerischen Sicherheit gewiegt.

Der Red Keep war dunkel und still, als Tyrion den Kleinen Saal verließ. Bronn wartete in seinen Gemächern. »Slynt?« fragte er.

»Lord Janos wird mit der Morgenflut zur Mauer in See stechen. Varys wollte mich glauben machen, ich hätte einen von Joffreys Männern durch einen von meinen ersetzt. Wahrscheinlich jedoch habe ich eher Littlefingers Mann durch einen von Varys ersetzt, aber was soll's.«

»Am besten erfahrt Ihr gleich, daß Timett einen Mann getötet hat.«

»Das hat mir Varys bereits erzählt.«

Der Söldner war nicht überrascht. »Der Tölpel dachte, ein Einäugiger wäre beim Spiel leichter zu betrügen. Timett hat ihm die Hand mit dem Dolch auf den Tisch genagelt und ihm mit bloßen Händen die Kehle herausgerissen. Er kennt da einen Trick, die Finger steif zu machen –«

»Erspar mir die grausigen Einzelheiten, das Abendessen liegt mir schwer genug im Magen«, wehrte Tyrion ab. »Wie läuft es mit dem Rekrutieren?«

»Ganz gut. Heute nacht haben wir drei neue Männer bekommen.«

»Woher weißt du, wen man anheuert und wen nicht?«

»Ich sehe sie mir genau an. Frage sie aus, um zu erfahren, wo sie gekämpft haben und wie gut sie lügen.« Bronn lächelte. »Und dann gebe ich ihnen die Chance, mich zu töten, während ich das gleiche mit ihnen versuche.«

»Hast du schon jemanden umgebracht?«

»Keinen, den wir hätten gebrauchen können.«

»Und falls einer von ihnen dich umbringt?«

»Das wird derjenige sein, den Ihr unbedingt braucht.«

Tyrion war ein wenig betrunken und sehr müde. »Sag mal, Bronn, falls ich dir befehlen würde, einen Säugling zu töten, ein kleines Mädchen, das seiner Mutter noch an der Brust hängt ... würdest du es tun? Ohne Fragen zu stellen?«

»Ohne Fragen zu stellen? Nein.« Der Söldner rieb Daumen und Zeigefinger aneinander. »Ich würde fragen, wieviel.«

Wozu sollte ich Euren Allar Deem brauchen, Lord Slynt? dachte Tyrion. *Ich habe selbst hundert solcher Männer.* Es verlangte ihn, laut loszulachen; es verlangte ihn, zu weinen; und am meisten verlangte ihn nach Shae.

ARYA

Die Straße bestand aus kaum mehr als zwei Furchen im Unkraut.

Einerseits war dies von Vorteil, da nur noch wenig Verkehr herrschte und niemand mehr verraten konnte, in welche Richtung sie geflohen waren. Die menschliche Flut auf der Kingsroad war hier stark abgeebbt.

Andererseits barg es auch Nachteile, denn die Straße wand sich wie eine Schlange, kreuzte oft kleinere Wege und schien manchmal sogar vollkommen zu verschwinden, um einige Meilen weiter, nachdem man die Hoffnung schon aufgegeben hatte, wieder aufzutauchen. Arya haßte das. Das Land meinte es ansonsten gut mit ihnen, niedrige Hügel wellten sich sanft, Terrassenfelder wechselten sich mit Wiesen und Wäldern und kleinen Tälern ab, in denen sich Weiden an seichten Bächen drängten. Dennoch, der Pfad war schmal und holprig, und es ging nur langsam voran.

Insbesondere die Wagen hielten sie auf, sie rumpelten schwerfällig dahin, und die Achsen ächzten unter dem Gewicht ihrer schweren Last. Ein dutzendmal mußten sie täglich haltmachen, um ein Rad aus einer Rille zu befreien oder die Gespanne zu verdoppeln, um einen schlammigen Hang zu überwinden. Einmal standen sie inmitten eines dichten Eichenwaldes plötzlich drei Männern gegenüber, die in ihrem Ochsenkarren Feuerholz beförderten, und es gab keine Möglichkeit zum Ausweichen. So konnten sie nur ausharren, bis die Waldbewohner den Ochsen abgespannt und durch die Bäume geführt hatten, daraufhin den Wagen umdrehten und den Ochsen wieder einspannten und schließlich den Weg zurückkehrten, den sie gekommen waren. An diesem Tag kamen sie fast überhaupt nicht voran.

Ohne es zu wollen, schaute Arya ständig über die Schulter und fragte sich, wann die Goldröcke sie einholen würden. Nachts wachte sie vom leisesten Geräusch auf und griff nach Needles Heft. Stets stellten sie Wachen auf, doch Arya vertraute ihnen nicht, schon gar nicht den Waisenjungen. In den Gassen von King's Landing kannten diese sich gewiß aus, aber hier draußen waren sie verloren. Wenn sie sich so still wie ein Schatten verhielt, konnte sie an ihnen vorbeischleichen und im Licht der Sterne Wasser lassen, wo niemand sie beobachtete. Einmal hielt Lommy Grünhand Wache, und sie kletterte auf eine Eiche und hangelte sich von Ast zu Ast, bis sie sich genau über seinem Kopf befand. Er bemerkte nichts. Sie wäre auf ihn hinuntergesprungen, doch sie wußte, daß sein Schrei das gesamte Lager wecken würde, und Yoren würde sie dafür abermals verprügeln.

Lommy und die anderen Waisen behandelten den Bullen jetzt als jemand Besonderes, weil die Königin seinen Kopf wollte, obwohl er davon nichts wissen wollte. »Ich habe der Königin nie etwas getan«, behauptete er erbost. »Ich habe meine Arbeit gemacht, das ist alles. Den Blasebalg betätigen, Zangen halten, Werkzeuge holen und wegbringen. Ich sollte Waffenschmied werden, aber eines Tages sagte Meister Mott, ich müßte das Schwarz anlegen, und das ist die ganze Geschichte.« Daraufhin trollte er sich davon und polierte seinen Helm. Der Kopfschutz war wunderschön, rund und geschwungen, mit einem Schlitzvisier und zwei großen Stierhörnern aus Metall. Arya beobachtete ihn, während er das Eisen mit einem Öltuch putzte, bis es so hell glänzte, daß sich die Flammen des Feuers darin spiegelten. Trotzdem setzte er ihn niemals auf.

»Ich wette, er ist der Bastard eines Hochverräters«, wisperte Lommy eines Nachts leise, damit Gendry ihn nicht hörte. »Von dem Wolflord, dem, den sie auf Baelors Stufen geköpft haben.«

»Ist er nicht«, widersprach Arya. *Mein Vater hatte nur einen Bastard, und das ist Jon.* Sie stolzierte in den Wald und wünschte sich, sie könnte einfach ihr Pferd satteln und nach Hause reiten. Ihre Stute war ein gutes Tier, ein Fuchs mit einer weißen Blesse auf der Stirn. Und Arya war eine gute Reiterin. Sie könnte einfach davongaloppieren und müßte keinen von ihnen jemals wiedersehen, wenn sie nicht wollte. Nur, dann hätte sie keinen mehr, der den Weg vor ihr auskundschaftete oder nach hinten Ausschau hielt oder wachte, während sie schlief, und sollten die Goldröcke sie erwischen, wäre sie allein. Sicherer war es, bei Yoren und den anderen zu bleiben.

»Wir sind nicht mehr weit vom God's Eye entfernt«, verkündete der schwarze Bruder eines Morgens. »Die Kingsroad ist nicht sicher für uns, bis wir den Trident durchquert haben. Daher werden wir den See am Westufer umrunden, wo sie uns nicht vermuten.« An der nächsten Kreuzung lenkten sie die Wagen nach Westen.

Hier wich das Ackerland dem Wald, und die Dörfer und Festen wurden kleiner und lagen weiter auseinander, die Berge waren höher und die Täler tiefer. Es wurde schwieriger, sich Vorräte zu beschaffen. In King's Landing hatte Yoren die Wagen mit eingesalzenen Fischen, Dauerbrot, Schmalz, Rüben, Bohnen und Gerste sowie gelbem Käse beladen, aber diese Vorräte waren bis zum letzten Bissen verzehrt. Somit gezwungen, von den Früchten des Waldes zu leben, wandte sich Yoren an Koss und Kurtz, die wegen Wilderei verurteilt worden waren. Er schickte sie morgens voraus, und bei Einbruch der Nacht kehrten sie mit einem Hirsch oder einem Bündel Wachteln zurück. Die jüngeren Knaben sammelten entlang der Straße Brombeeren oder stiegen über die Zäune von Obstgärten und füllten Säcke mit Äpfeln.

Arya kletterte gut und pflückte schnell, und am liebsten ging sie allein los. Eines Tages stieß sie durch Zufall auf ein Kaninchen. Es war braun und fett, hatte lange Ohren und zuckte mit der Nase. Kaninchen laufen schneller als Katzen, aber sie können nicht besonders gut klettern. Arya versetzte ihm einen Hieb mit dem Stock und packte es an den Ohren, und Yoren machte einen Eintopf mit Pilzen und wilden Zwiebeln daraus. Arya bekam eine ganze Keule, weil es ihr Kaninchen war. Sie teilte das Fleisch mit Gendry. Für die anderen blieb nur jeweils eine Kelle, auch für die drei in Fesseln.

Jaqen H'ghar bedankte sich höflich bei ihr, Beißer leckte sich mit glückseligem Gesichtsausdruck das Fett von den Fingern, aber Rorge, der Nasenlose, lachte nur: »Jetzt ist er auch noch ein Jäger. Klumpgesicht Klumpkopf Kaninchentöter.«

Vor einem bewehrten Weiler namens Briarwhite umzingelten einige Landarbeiter sie auf einem Maisfeld und verlangten Geld für die Kolben, welche sie geerntet hatten. Yoren beäugte ihre Sensen und warf ihnen ein paar Kupferstücke zu. »Es gab Zeiten, da wurde ein Mann in Schwarz von Dorne bis Winterfell aufs gastlichste bewirtet, und selbst die Hohen Lords betrachteten es als Ehre, ihm Schutz unter ihrem Dach zu gewähren«, sagte er verbittert. »Heutzutage verlangen Memmen wie ihr Geld für ihre wurmstichigen Äpfel.« Er spuckte aus.

»Das ist süßer Mais, besser, als ihn ein stinkender alter schwarzer Vogel wie Ihr verdient«, antwortete einer von ihnen grob. »Und jetzt raus aus unserem Feld, und nehmt diese Galgenvögel mit, sonst stellen wir Euch noch auf einem Pfahl auf, um die anderen Krähen zu verscheuchen.«

Abends spießten sie die Kolben auf lange, gegabelte Stöcke, rösteten den Mais im Hüllblatt und knabberten die heißen Körner ab. Arya schmeckte es wunderbar, aber Yoren war zu wütend, um zu essen. Über ihm schien eine düstere Wolke zu hängen, ebenso zerfetzt und schwarz wie sein Umhang. Er schritt ruhelos im Lager hin und her und murmelte vor sich hin.

Am nächsten Tag lief Koss ihnen plötzlich entgegen und warnte Yoren vor einem Lager, das vor ihnen lag. »Zwanzig oder dreißig Mann in Rüstungen«, berichtete er. »Manche sehen arg zerschunden aus, einer von ihnen hört sich an, als läge er im Sterben. Bei dem Lärm, den er machte, konnte ich mich dicht heranschleichen. Sie haben Speere und Schilde, aber nur ein Pferd, und das lahmt auch noch. So wie es dort riecht, lagern sie bereits eine Weile dort.«

»Hast du eine Fahne gesehen?«

»Eine gesprenkelte Baumkatze, gelb und schwarz, auf schlammbraunem Feld.«

Yoren steckte sich frisches Bitterblatt in den Mund und kaute. »Schwer zu sagen«, gestand er ein. »Können zu dieser oder zur anderen Seite gehören. Da sie so übel zugerichtet sind, nehmen sie uns unsere Tiere wahrscheinlich so oder so ab, ganz gleich, wer sie sind. Vielleicht halten sich irgendwo noch mehr von ihnen versteckt. Ich glaube, wir sollten besser einen weiten Bogen um sie schlagen.« Der Umweg brachte sie meilenweit von der Straße ab und kostete sie wenigstens zwei Tage, aber der alte Mann meinte, der Preis sei billig. »Auf der Mauer werdet ihr noch genug Zeit verbringen. Den Rest eures Lebens. Ich würde sagen, wir haben es nicht eilig, dort anzukommen.«

Nachdem sie sich wieder nach Norden gewandt hatten, bemerkte Arya nun immer häufiger Männer, die ihre Felder bewachten. Oft standen sie schweigend nebeneinander an der Straße und schenkten den Reisenden kalte Blicke. Anderenorts patrouillierten sie auf Pferden, ritten die Zäune ab und hatten Äxte am Sattel hängen. Einmal sah sie einen Kerl, der mit Bogen und Köcher in einem abgestorbenem Baum hockte. Nachdem er sie entdeckt hatte, legte er einen Pfeil auf die Sehne und ließ sie nicht aus den Augen, bis der letzte Wagen vorbeigefahren war. Ständig fluchte Yoren. »Der da in seinem Baum, wollen wir doch mal sehen, wie es ihm gefällt, wenn die Anderen kommen und ihn holen. Dann wird er nach der Wache schreien.«

Einen Tag später fiel Dobber ein rotes Glühen am Abendhimmel auf. »Entweder hat die Straße wieder eine Biegung gemacht, oder die Sonne geht im Norden unter.«

Yoren stieg auf eine Anhöhe, damit er einen besseren Überblick hätte. »Feuer«, verkündete er. Er leckte seinen Daumen ab und hielt ihn in die Höhe. »Der Wind sollte es von uns forttreiben. Trotzdem müssen wir es im Augen behalten.«

Und so beobachteten sie es ständig. Während sich die Dunkelheit über die Welt senkte, schien der Brand heller und heller zu werden, bis es den Eindruck erweckte, der ganze Norden stehe lichterloh in Flammen. Von Zeit zu Zeit konnte man sogar Rauch riechen, obwohl der Wind die Richtung nicht änderte und das Feuer sich nicht näherte. Bis zur Morgendämmerung war es ausgebrannt, aber keiner hatte in dieser Nacht gut geschlafen.

Gegen Mittag erreichten sie die Stelle, an der das Dorf gestanden hatte. Die Felder waren im Umkreis von Meilen vernichtet, von den Häusern nur verkohlte Ruinen geblieben. Die Kadaver abgeschlachteter verbrannter Tiere lagen überall herum, und die Aaskrähen krächzten wütend, als sie bei ihrem Festmahl gestört wurden. Aus dem Inneren der Befestigungsanlage stieg noch immer Rauch auf. Aus der Ferne wirkte die Palisade aus Baumstämmen durchaus mächtig, doch war sie offensichtlich nicht stark genug gewesen.

Arya ritt vor den Wagen und sah die verbrannten Leichen, die auf den gespitzten Pfählen auf dem Wall aufgespießt waren und im Tode die Hände vor die Gesichter hielten, als könnten sie so die verzehrenden Flammen abwehren. Yoren ließ die Kolonne in einiger Entfernung davor anhalten und sagte Arya und den Jungen, sie sollten die Wagen bewachen, während er und Murch und Cutjack zu Fuß weitergingen. Ein Schwarm Raben flog aus dem Inneren der Ruine auf, als sie über das zerstörte Tor kletterten, und die Raben in den Käfigen auf ihren Wagen antworteten ihnen mit rauhen Schreien.

»Sollen wir ihnen nicht besser nachgehen?« fragte Arya Gendry, nachdem Yoren und seine beiden Begleiter bereits eine ganze Weile verschwunden waren.

»Yoren hat gesagt, wir sollen warten.« Gendrys Stimme klang seltsam hohl. Als Arya sich zu ihm umdrehte, sah sie, daß er seinen glänzenden Helm mit den Hörnern trug.

Endlich kehrten sie zurück. Yoren trug ein kleines Mädchen auf dem Arm, Murch und Cutjack schleppten eine Frau in einer Tragschlinge, zu der sie eine alte Decke gewickelt hatten. Das Mädchen war vielleicht zwei Jahre alt und weinte und wimmerte ununterbrochen, als stecke ihm etwas im Hals. Entweder konnte es noch nicht sprechen, oder es hatte das Sprechen wieder verlernt. Der rechte Arm der Frau endete in einem blutigen Stumpf am Ellbogen, und ihre Augen waren leer. Sie redete unablässig, sagte jedoch stets nur ein einziges Wort: »Bitte«, jammerte sie wieder und wieder. »Bitte. Bitte.« Rorge fand das lustig. Er lachte durch das Loch in seinem Gesicht, wo sich einst seine Nase befunden hatte, und Beißer fiel mit ein, bis Murch sie verfluchte, und ihnen befahl zu schweigen.

Yoren trug Murch und Cutjack auf, die Frau hinten auf einen Wagen zu legen. »Und beeilt euch«, sagte er. »Wenn es dunkel wird, kommen die Wölfe und vielleicht Schlimmeres.«

»Ich habe Angst«, murmelte Heiße Pastete, als er die einarmige Frau in dem Wagen sah.

»Ich auch«, gestand Arya.

Er legte ihr die Hand auf die Schulter. »In Wirklichkeit habe ich gar keinen Jungen zu Tode getreten, Arry. Ich habe immer nur Mutters Pasteten verkauft.«

Arya ritt soweit vor den Wagen, wie sie es nur wagte, damit sie das Weinen des Mädchens und das ständige »Bitte, bitte«, der Frau nicht hören mußte. Sie erinnerte sich an eine Geschichte von Old Nan über einen Mann, der in einer finsteren Burg von bösen Riesen gefangengehalten wurde. Er war ein tapferer Recke und klug dazu, und bald hatte er die Riesen überlistet und war geflohen . . . aber sobald er vor der Burg war, packten ihn die Anderen und tranken sein heißes rotes Blut. Jetzt wußte sie, wie er sich gefühlt haben mußte.

Die einarmige Frau starb am frühen Abend. Gendry und Cutjack begruben sie an einem Hang unter einer Trauerweide. Wenn der Wind wehte, glaubte Arya die langen, herabhängenden Äste wispern zu hören: »Bitte. Bitte. Bitte.« Ihr stellten sich die Nackenhaare auf, und fast wäre sie davongelaufen.

»Heute nacht kein Feuer«, befahl Yoren. Zum Essen gab es eine Handvoll Rettiche, die Koss gefunden hatte, einen Becher trockene Bohnen und Wasser aus einem nahen Bach. Das Wasser hatte einen eigentümlichen Geschmack, und Lommy behauptete, es schmecke nach Leichen, die irgendwo weiter oben verwesten. Heiße Pastete hätte ihn verprügelt, wenn Reysen nicht eingeschritten wäre.

Arya trank zu viel Wasser, nur damit sie den Bauch voll bekam. Sie hätte nie geglaubt, schlafen zu können, irgendwie gelang es ihr jedoch. Als sie aufwachte, war es noch stockfinster, und ihre Blase wollte schier platzen. Überall um sie herum lagen Schläfer in ihre Decken und Mäntel gehüllt. Arya ergriff Needle, stand auf und lauschte. Sie hörte die leisen Schritte einer Wache, außerdem Männer, die sich unruhig im Schlaf hin und her wälzten, Rorges rasselndes Schnarchen und das seltsame Zischen, das Beißer im Schlaf von sich gab. Von einem der Wagen vernahm sie ein rhythmisches Scharren von Metall; dort saß Yoren, kaute Bitterblatt und wetzte seinen Dolch.

Heiße Pastete hielt Wache. »Wo gehst du hin?« fragte er Arya, als diese sich auf den Weg zu den Bäumen machte.

Arya deutete nur vage auf den Wald.

»Nein, du bleibst hier«, antwortete Heiße Pastete. Nun, da er ein Schwert am Gürtel trug, gebärdete er sich wieder verwegener, obwohl es nur ein Kurzschwert war und er es wie eine Keule hielt. »Der alte Mann hat gesagt, alle müssen heute nacht in der Nähe bleiben.«

»Ich will nur Wasser lassen«, erklärte Arya.

»Dann nimm den Baum hier.« Er zeigte auf einen. »Du hast keine Ahnung, was dort draußen unterwegs ist, Arry. Vorhin habe ich Wölfe gehört.«

Yoren würde es nicht gefallen, wenn sie Streit mit ihm bekam. Sie gab sich Mühe, ängstlich zu wirken. »Wölfe? Bestimmt?«

»Ich habe sie mit eigenen Ohren gehört«, versicherte er ihr.

»Jetzt muß ich, glaube ich, gar nicht mehr.« Sie ging zu ihrer Decke zurück und tat so, als würde sie weiterschlafen, bis sich die Schritte des Jungen entfernt hatten. Dann wälzte sie sich herum und schlich still wie ein Schatten auf der anderen Seite des Lagers in den Wald. Dort gab es zwar andere Wachen, aber Arya fiel es nicht schwer, sie zu umgehen. Um der Sicherheit willen ging sie doppelt so weit wie gewöhnlich. Nachdem sie sich überzeugt hatte, daß sie allein war, zog sie die Hose herunter und hockte sich hin.

Während sie sich erleichterte, hörte sie plötzlich ein Rascheln unter den Bäumen. *Heiße Pastete*, dachte sie erschrocken, *er ist mir gefolgt*. Dann entdeckte sie die Augen im Unterholz, in denen sich das Mondlicht spiegelte. Ihr wurde flau im Magen, sie packte Needle, achtete nicht darauf, ob sie sich einnäßte, zählte Augen, zwei, vier, acht, zwölf, ein ganzes Rudel ...

Einer von ihnen trottete zwischen den Bäumen hervor. Er starrte sie an und fletschte die Zähne, und sie konnte nur denken, wie dumm sie gewesen war und wie Heiße Pastete strahlen würde, wenn sie am Morgen ihre zerfleischte Leiche fänden. Doch der Wolf machte kehrt und lief zurück in die Dunkelheit und ebenso rasch waren die Augen verschwunden. Zitternd säuberte sie sich, zog sich an und folgte einem fernen Scharren ins Lager zu Yoren. Sie kletterte neben ihm auf den Wagen. »Wölfe«, flüsterte sie heiser und verängstigt. »Im Wald.«

»Ja. Da gehören sie hin.« Er blickte sie nicht an.

»Sie haben mir angst gemacht.«

»Tatsächlich?« Er spuckte aus. »Ich dachte, euer Geschlecht würde sich gut mit Wölfen verstehen?«

»Nymeria war ein Schattenwolf.« Arya schlang die Arme um ihren Körper. »Das ist etwas anderes. Außerdem, sie ist verschwunden. Jory und ich haben sie mit Steinen beworfen, bis sie davongelaufen ist, sonst hätte die Königin sie getötet.« Darüber zu sprechen, machte sie traurig. »Ich wette, wenn sie in der Stadt gewesen wäre, hätte sie es nicht zugelassen, daß man Vater den Kopf abschlägt.«

»Waisenjungen haben keine Väter«, erwiderte Yoren, »oder hast du das vergessen?« Das Bitterblatt färbte seine Spucke rot, und es sah aus, als würde sein Mund bluten. »Die einzigen Wölfe, die wir fürchten müssen, tragen Menschenhaut wie jene, die das Gemetzel in dem Dorf angerichtet haben.«

»Ich wünschte, ich wäre daheim«, sagte sie und fühlte sich elend.

Sie versuchte so sehr, tapfer zu sein, wild wie eine Wölfin, ja, aber manchmal war sie eben doch nur ein kleines Mädchen.

Der schwarze Bruder zupfte ein frisches Bitterblatt aus dem Ballen im Wagen und stopfte es in den Mund. »Vielleicht hätte ich euch dort lassen sollen, wo ich euch gefunden habe, Junge. Euch alle. In der Stadt ist es möglicherweise sicherer.«

»Das ist mir gleich. Ich will nach Hause.«

»Seit dreißig Jahren bringe ich schon Männer auf die Mauer.« Speichel glänzte auf Yorens Lippen wie blutige Blasen. »Und die ganze Zeit über habe ich nur drei verloren. Ein alter Mann starb am Fieber, ein Stadtjunge hat sich von einer Schlange beißen lassen, und ein Narr hat versucht, mich im Schlaf umzubringen und sich dafür ein rotes Lächeln eingefangen.« Er zog den Dolch über die Kehle, um ihr zu zeigen, was er damit meinte. »Drei in dreißig Jahren.« Er spuckte das Bitterblatt aus. »Ein Schiff wäre in diesen Zeiten weiser gewesen. Zwar hätte ich dann unterwegs keine Männer mehr für die Mauer finden können, aber trotzdem ... es wäre klüger. Und was tue ich? Wie seit nunmehr dreißig Jahren wähle ich die Kingsroad.« Er schob den Dolch in die Scheide. »Schlaf jetzt, Junge. Verstanden?«

Sie gab sich Mühe. Doch während sie unter ihrer dünnen Decke dalag, hörte sie die Wölfe heulen ... und noch etwas, leiser, kaum ein Wispern im Wind – es hätten Schreie sein können.

DAVOS

In der Morgenluft hing der schwarze Rauch der brennenden Götter.

Inzwischen standen sie alle in Flammen, Jungfrau und Mutter, Krieger und Schmied, das Alte Weib mit den Perlenaugen und der Vater mit seinem vergoldeten Bart; sogar der Fremde, so gealtert, daß er eher einem Tier als einem Menschen ähnelte. Das alte trockene Holz und die unzähligen Schichten von Farbe und Firnis loderten gierig grell auf. Die aufsteigende Hitze ließ die kalte Luft flimmern; dahinter verschwammen die Figuren und Steindrachen auf den Mauern der Burg, als würde Davos durch einen Tränenschleier blicken. *Oder als würden die Bestien zittern, sich bewegen ...*

»Eine üble Sache«, sagte Allard, wobei er wenigstens so vernünftig war, die Stimme zu senken. Dale murmelte etwas Zustimmendes.

»Ruhe«, zischte Davos. »Vergeßt nicht, wo ihr seid.« Seine Söhne waren gute Männer, doch sie waren jung, und vor allem Allard handelte oft voreilig. *Wäre ich Schmuggler geblieben, wäre Allard längst auf der Mauer geendet. Stannis hat ihn davor bewahrt, noch etwas, das ich ihm schulde ...*

Hunderte hatten sich an den Burgtoren versammelt, um die Verbrennung der Sieben zu bezeugen. In der Luft lag ein scheußlicher Gestank. Selbst den Soldaten war angesichts solcher Beleidigung der Götter, die sie ihr Leben lang verehrt hatten, unbehaglich zumute.

Die rote Frau schritt dreimal ums Feuer, sprach ein Gebet in der Sprache von Asshai, einst in Hochvalyrisch und eines in der Gemeinen Zunge. Davos verstand nur das letzte. »R'hllor, komm zu uns in der Finsternis!« rief sie. »Herr des Lichts, wir opfern dir die falschen Götter, jene Sieben, die einer sind, und dieser eine dein Feind. Nimm sie und lasse dein Licht über uns leuchten, denn die Nacht ist dunkel und voller Schrecken.« Königin Selyse wiederholte die Worte. Neben ihr schaute Stannis unbeteiligt zu. Das Kinn unter dem blauschwarzen Schatten seines kurzgeschorenen Bartes war wie versteinert. Er hatte sich festlicher gekleidet, als gewöhnlich, wie für einen Besuch in der Septe.

Die Septe von Dragonstone hatte an jener Stelle gestanden, an der Aegon der Eroberer sich in der Nacht, bevor er in See stach, zum Gebet niedergekniet hatte. Dieser Umstand hatte sie nicht vor den Männern der Königin gerettet. Sie hatten die Altare umgestoßen und die Statuen und bunten Fenster mit Streitäxten zertrümmert. Septon Barre konnte sie nur verfluchen, aber Ser Hubard Rambton war mit seinen drei Söhnen zur Septe gestürmt, um die Götter zu verteidigen. Die Rambtons hatten vier Männer erschlagen, bevor die Getreuen der Königin sie überwältigten. Danach trat Guncer Sunglass, der mildeste und frömmste der Lords, vor Stannis hin, und sagte ihm, er könne seinen Anspruch auf den Thron nicht länger unterstützen. Jetzt teilte er sich eine Zelle mit dem Septon und den beiden Söhnen von Ser Hubard, die mit dem Leben davongekommen waren. Die anderen Lords hatten die Lektion rasch begriffen.

Die Götter hatten Davos dem Schmuggler niemals viel bedeutet, obwohl er, wie viele andere, vor der Schlacht dem Krieger seine Opfer dargebracht hatte, dem Schmied, wenn er ein Schiff vom Stapel laufen ließ, der Mutter, wenn seine Gemahlin mit einem Kinde schwanger ging. Ihm wurde übel, als er sie nun brennen sah, und das lag nicht nur am Rauch.

Maester Cressen hätte das verhindert. Der alte Mann hatte den Herrn des Lichts herausgefordert und war für seinen Frevel bestraft worden, so raunte man es sich jedenfalls überall zu. Davos kannte die Wahrheit. Er hatte mit angesehen, wie der Maester etwas in den Weinkelch hatte fallen lassen. Gift. *Was sonst? Er hat einen*

Kelch des Todes getrunken, um Stannis von Melisandre zu befreien, aber irgendwie hat ihr Gott sie beschützt. Allein dafür hätte er die rote Frau am liebsten umgebracht, nur welchen Erfolg könnte er haben, wenn schon ein Maester aus der Citadel daran gescheitert war? Er war lediglich ein Schmuggler, der aufgestiegen war, Davos von Flea Bottom, der Zwiebelritter.

Die brennenden Götter warfen einen hübschen Lichtschein, wie sie so von Roben aus roten, orangefarbenen und gelben Flammen eingehüllt wurden. Septon Barre hatte Davos einmal erzählt, daß sie aus den Masten der Schiffe geschnitzt seien, welche die ersten Tararyens nach Valyria getragen hatten. Über die Jahrhunderte hinweg waren sie wieder und wieder bemalt worden, vergoldet, versilbert, mit Juwelen besetzt. »In ihrer Pracht werden sie R'hllor noch besser gefallen«, hatte Melisandre gesagt, als sie Stannis riet, sie niederreißen und aus der Burg schaffen zu lassen.

Die Jungfrau lag quer über dem Krieger, die Arme hatte sie weit ausgebreitet, als wolle sie ihn umarmen. Die Mutter schien beinahe zu schaudern, während ihr die Flammen ins Gesicht leckten. Durchs Herz hatte man ihr ein Langschwert gebohrt, dessen mit Leder umwickelter Griff nun lodernd brannte. Der Vater lag ganz unten, er war zuerst gefallen. Davos betrachtete die Hand des Fremden, deren Finger sich krümmten, schwarz wurden und einer nach dem anderen abfiel. Ein Stück von ihm entfernt hustete Lord Celtigar und bedeckte das runzlige Gesicht mit einem bestickten Leinentuch. Die Männer aus Myr scherzten und genossen die Wärme des Feuers, doch der junge Lord Bar Emmon war aschfahl geworden, und Lord Velaryon beobachtete mehr den König als die Flammen.

Davos hätte viel dafür gegeben, seine Gedanken zu kennen, aber jemand wie Velaryon würde sich ihm niemals offenbaren. Der Lord der Gezeiten stammte vom Geschlecht der alten Valyrer ab, und dreimal hatten Prinzen der Targaryens Bräute aus seinem Haus genommen; Davos Seaworth stank nach Fisch und Zwiebeln. Für die anderen Lords galt das gleiche. Er konnte keinem von ihnen vertrauen, und sie würden ihn niemals zu ihren privaten Beratungen hinzuziehen. Zudem verspotteten sie seine Söhne. *Meine Enkel werden mit ihnen tjostieren, und eines Tages werden sich ihre Nachkommen mit meinen vermählen. Irgendwann wird mein kleines schwarzes Schiff so weit oben am Fahnenmast wehen wie Velaryons Seepferd und Celtigars rote Krebse.*

Falls Stannis tatsächlich seinen Thron eroberte. Verlor er ...

Alles, was ich darstelle, verdanke ich ihm. Stannis hatte ihn zum Ritter geschlagen. Er hatte ihm den Ehrenplatz an seiner Tafel zugewiesen und dazu eine Kriegsgaleere anstelle des Schmugglerbootes gegeben. Dale und Allard befehligten ebenfalls Galeeren, Maric war Rudermeister auf der *Zorn*, Matthos diente seinem Vater auf der *Schwarze Betha*, und der König hatte Devan zu seinem Knappen gemacht. Der Tag würde kommen, an dem man auch ihn zum Ritter schlug, und die beiden kleinen Jungen desgleichen. Marya war Herrin über eine kleine Burg am Cape Wrath, die Diener nannten sie M'lady, und Davos konnte in seinen eigenen Wäldern auf die Jagd gehen. Das alles hatte er von Stannis Baratheon bekommen und sich im Tausch dafür von ein paar Fingergliedern getrennt. *Was er mir angetan hat, war nur gerecht. Mein Leben lang habe ich mich über die Gesetze des Königs hinweggesetzt. Er hat meine Loyalität verdient.* Davos tastete nach dem kleinen Beutel, der an einem Lederband um seinen Hals hing. Seine Finger waren sein Glück, und Glück brauchte er jetzt. *Braucht ein jeder von uns. Lord Stannis am meisten.*

Steil reckten sich die Flammen gen Himmel. Dunkler Rauch stieg auf, wand sich und verwirbelte. Wenn der Wind ihn herüberwehte, biß er den Männern in den Augen. Allard wandte den Kopf ab, hustete und fluchte. *Ein Vorgeschmack auf das, was uns erwartet,* dachte Davos. Viele und vieles würden noch brennen, bevor dieser Krieg zu Ende war.

Melisandre war in scharlachrote Seide und blutroten Samt gehüllt, ihre Augen glitzerten so flammend rot wie der Rubin an ihrem Hals. »In den alten Büchern Asshais steht geschrieben, daß nach einem langen Sommer der Tag kommen wird, an dem die Sterne bluten und der kalte Odem der Finsternis die Welt umschlingen wird. In dieser Stunde des Schreckens wird ein Krieger ein brennendes Schwert aus dem Feuer ziehen. Und dieses Schwert soll Lightbringer sein, das Rote Schwert des Helden, und wer es ergreift, ist der wiedergeborene Azor Ahai, und die Dunkelheit wird vor ihm weichen.« Sie hob die Stimme, und ihre Worte hallten weit über das versammelte Heer hinweg. *»Azor Ahai, du von R'hllor Gesegneter! Krieger des Lichts, Sohn des Feuers! Tritt vor, dein Schwert erwartet dich! Tritt vor und ergreife es!«*

Stannis Baratheon schritt heran wie ein Soldat, der in die Schlacht marschiert. Seine Knappen traten hinzu. Davos beobachtete seinen Sohn Devan, der dem König einen gepolsterten Handschuh überstreifte. Der Junge trug ein cremefarbenes Wams, auf dessen Brust das flammende Herz gestickt war. Bryen Farring war ähnlich gekleidet, und er legte nun Seiner Gnaden einen steifen Lederumhang um die Schultern. Hinter sich hörte Davos ein leises Klimpern und Klingeln von Glöckchen. »Unter dem Meer steigt der Rauch in Blasen auf, und das Feuer brennt grün und blau und schwarz«, sang Flickenfratz irgendwo. »Ja, ja, ja, ha, ha, ha.«

Der König biß die Zähne zusammen, hielt den ledernen Mantel vor sich und tauchte in das Feuer. Zielstrebig trat er auf die Mutter zu, packte das Schwert mit der behandschuhten Hand und riß es mit einem einzigen Ruck aus dem brennenden Holz. Sofort zog er sich zurück und hielt die Waffe in die Höhe; Flammen, grün wie Jade, züngelten um den kirschroten Stahl. Wachen eilten herbei und löschten die glimmenden Funken an der Kleidung des Königs.

»Ein Schwert aus Feuer!« rief Selyse. Ser Axell Florent und die anderen Gefolgsleute der Königin stimmten ein: *»Ein Schwert aus Feuer! Es brennt! Es brennt! Ein Schwert aus Feuer!«*

Melisandre hob die Hände hoch über den Kopf. *»Sehet! Ein Zeichen wurde euch versprochen, ein Zeichen durftet ihr erschauen! Sehet Lightbringer! Azor Ahai ist auferstanden! Preiset den Krieger des Lichts! Preiset den Sohn des Feuers!«*

Stannis' Handschuh begann zu schwelen. Fluchend stieß der König das Schwert in die feuchte Erde und schlug die Flammen an seinem Bein aus.

»Herr, lasse dein Licht über uns leuchten!« rief Melisandre.

»Denn die Nacht ist dunkel und voller Schrecken«, antworteten Selyse und ihre Getreuen. *Muß ich diese Worte ebenfalls über meine Lippen bringen?* fragte sich Davos. *Schulde ich Stannis so viel? Ist dieser feurige Gott wirklich der seine?* Seine verstümmelten Finger zuckten.

Stannis zog den Handschuh aus und ließ ihn fallen. Die brennenden Götter waren jetzt kaum mehr zu erkennen. Der Kopf des Schmieds fiel ab und landete zischend in Asche und Glut. Melisandre sang in der Zunge der Asshai, ihre Stimme hob und senkte sich mit dem Rauschen der Wellen. Stannis band den Lederumhang los und hörte schweigend zu. Lightbringer glühte noch immer rötlich, aber die Flammen, die das Schwert eingehüllt hatten, schwanden langsam und erstarben.

Als das Lied schließlich verklang, war von den Göttern nur noch Holzkohle geblieben, und der König war mit seiner Geduld am Ende. Er nahm den Arm der Königin, geleitete sie ins Innere von Dragonstone und ließ Lightbringer in der Erde stecken. Die rote Frau verweilte noch einen Augenblick und sah Devan zu, der mit Bryen Farring neben dem Schwert kniete und es in den Ledermantel des Königs wickelte. *Das Rote Schwert der Helden macht einen ziemlich mitgenommenen Eindruck*, schoß es Davos durch den Sinn.

Einige der Lords blieben und unterhielten sich leise auf der windabgewandten Seite des Feuers. Sie bemerkten, daß Davos sie beobachtete, und verstummten. *Sollte Stannis stürzen, werden sie im selben Moment über mich herfallen.* Genausowenig zählte er zu den Gefolgsleuten der Königin, jenen ehrgeizigen Rittern und kleinen Lords, die sich diesem Herrn des Lichts verschrieben hatten und so die Gunst und das Wohlwollen der Lady – *nein, Königin, achte auf deine Worte!* – Selyse gewonnen hatten.

Melisandre und die Knappen verließen mitsamt dem kostbaren

Schwert den Ort des Geschehens, während das Feuer so gut wie herabgebrannt war. Davos und seine Söhne schlossen sich der Menschenmenge an, die zur Küste und den wartenden Schiffen aufbrach. »Devan hat seine Sache gut gemacht«, sagte er.

»Ja, er hat den Handschuh gebracht, ohne ihn fallenzulassen«, meinte Dale.

Allard nickte. »Das Wappen auf seinem Wams, dieses flammende Herz, was ist das? Das Zeichen der Baratheons ist doch der gekrönte Hirsch.«

»Ein Lord darf sich mehr als ein einziges Wappen wählen«, erklärte Davos.

Dale lächelte. »Ein schwarzes Schiff *und* eine Zwiebel, Vater?«

Allard trat einen Stein zur Seite. »Mögen die Anderen unsere Zwiebel holen . . . und das flammende Herz dazu. Es war eine üble Sache, die Sieben zu verbrennen.«

»Seit wann bist du denn so fromm?« erkundigte sich Davos. »Und was versteht der Sohn eines Schmugglers schon von den Angelegenheiten der Götter.«

»Ich bin der Sohn eines Ritters, Vater. Wenn Ihr Euch schon nicht als solchen betrachtet, warum sollten die anderen es tun?«

»Eines Ritters Sohn, aber kein Ritter«, erwiderte Davos. »Und das wirst du auch niemals werden, wenn du dich weiterhin in Dinge einmischst, die dich nichts angehen. Stannis ist unser rechtmäßiger König, und es steht uns nicht zu, seine Entscheidungen in Frage zu stellen. Wir steuern seine Schiffe und führen seine Befehle aus. Das ist alles.«

»Was das angeht, Vater«, sagte Dale, »diese Fässer, die ich für die *Gespenst* bekommen habe, gefallen mir gar nicht. Selbst auf einer kurzen Reise würde in diesem frischen Kiefernholz das Wasser faulig werden.«

»Für die *Lady Marya* hat man mir die gleichen geliefert«, sagte Allard. »Die Männer der Königin haben das ganze abgelagerte Holz für sich beansprucht.«

»Ich werde mit dem König darüber sprechen«, versprach Davos.

Besser er als Allard. Seine Söhne waren gute Kämpfer und noch bessere Seeleute, aber im Umgang mit den Lords zeigten sie wenig Geschick. *Sie sind von niederer Herkunft, doch sie werden nicht gern daran erinnert. Wenn sie unser Banner betrachten, sehen sie nur ein großes schwarzes Schiff. Vor der Zwiebel verschließen sie die Augen.*

So bevölkert hatte Davos den Hafen selten zuvor erlebt. Auf jedem Anleger verluden die Seeleute Proviant, und in den Schenken drängten sich Soldaten, die sich beim Würfelspiel vergnügten, tranken oder nach einer Hure Ausschau hielten ... eine vergebliche Suche, da Stannis solchen Frauen das Betreten der Insel untersagt hatte. Überall am Ufer lagen Kriegsgaleeren und Fischerboote, gedrungene Karacken und breite Koggen. Die besten Liegeplätze nahmen die größten Schiffe ein: Stannis' Flaggschiff *Zorn* schaukelte zwischen der *Lord Steffon* und der *Seehirsch*, Lord Velaryons *Stolz von Driftmark* mit dem silbernen Rumpf und ihren drei Schwestern, Lord Celtigars prunkvolle *Rote Kralle* und der schwerfällige *Schwertfisch* mit seiner langen eisernen Ramme. Draußen auf dem Meer lag die große *Valyria* von Salladhor Saan zwischen zwei Dutzend kleineren, gestreiften Galeeren aus Lys.

Am Ende des Steinpiers, wo sich die *Schwarze Betha* und die *Lady Marya* den Platz mit einem halben Dutzend anderer Galeeren teilten, stand ein altes Gasthaus. Davos hatte Durst. Er verabschiedete sich von seinen Söhnen und lenkte seine Schritte in Richtung der Schenke. Davor hockte eine hüfthohe Steinfigur, die von Salz und Regen so verwittert war, daß man die Gesichtszüge kaum mehr erkennen konnte. Das Ungeheuer war ein alter Freund von Davos. Er tätschelte im Vorübergehen seinen Kopf. »Glück«, murmelte er.

Im hinteren Teil des von Lärm erfüllten Schankraums saß Salladhor Saan und aß Weintrauben aus einer Holzschüssel. Als er Davos bemerkte, winkte er ihn zu sich. »Ser Ritter, setzt Euch doch zu mir. Eßt eine Traube. Oder eßt zwei. Sie sind wunderbar süß.« Der Pomp dieses aalglatten, stets lächelnden Mannes aus Lys war inzwischen auf beiden Seiten der Meerenge sprichwörtlich. Heute trug er ein grelles Gewand mit langen Festons, die bis auf den

Boden hingen. Die Knöpfe aus Jade stellten Äffchen dar, und auf seinen dünnen weißen Locken thronte eine kecke grüne Mütze mit einem Fächer aus Pfauenfedern.

Davos drängte sich zwischen den Tischen hindurch zu ihm hinüber. Ehe er zum Ritter geschlagen worden war, hatte er häufig Fracht von Salladhor Saan gekauft. Der Lyseni war ebenfalls Schmuggler, außerdem Kaufmann, Bankier, Pirat und der selbsternannte Prinz der Meerenge. *Wenn ein Pirat reich genug ist, machen sie ihn zum Prinzen.* Davos war persönlich nach Lys gefahren und hatte den alten Schurken für Lord Stannis' Sache gewonnen.

»Habt Ihr nicht zugeschaut, als die Götter verbrannt wurden, Mylord?« fragte er.

»In Lys haben die roten Priester einen großen Tempel. Sie verbrennen ständig dies und das und rufen ihren R'hllor an. Mit ihren Feuerchen langweilen sie mich. Und König Stannis wird ihrer auch bald überdrüssig sein, darf man hoffen.« Es schien ihn nicht zu kümmern, daß vielleicht jemand seine Worte mithörte, während er seine Trauben aß und die Kerne mit der Zunge auf die Unterlippe schob und dann mit dem Finger wegschnippte. »Gestern ist mein *Vogel der Tausend Farben* eingelaufen, guter Ser. Sie ist kein Kriegsschiff, nein, ein Handelsschiff, und sie hat King's Landing einen Besuch abgestattet. Möchtet Ihr wirklich keine Traube? In der Stadt hungern die Kinder, heißt es.« Er hielt Davos die Weintrauben vor die Nase und lächelte.

»Ich will ein Bier, und vor allem will ich die Neuigkeiten erfahren.«

»In Westeros sind die Menschen immer so ungeduldig«, beschwerte sich Salladhor Saan. »Wozu soll das gut sein, frage ich Euch? Wer durchs Leben hastet, eilt nur dem Grab entgegen.« Er rülpste. »Der Lord von Casterly Rock hat seinen Zwerg geschickt, um sich um King's Landing zu kümmern. Möglicherweise hofft er, das häßliche Gesicht seines Sohnes würde die Angreifer verscheuchen, he? Oder daß wir uns totlachen, wenn der Gnom auf den Mauern herumtollt, wer weiß das schon? Der Zwerg hat den Flegel, der den Befehl über die Goldröcke hatte, hinausgeworfen und einen Ritter mit einer Eisenhand an seine Stelle gesetzt.« Er pflückte eine Traube ab und zerdrückte sie zwischen Daumen und Zeigefinger, bis die Haut platzte. Der Saft rann ihm über die Hand.

Ein Serviermädchen drängte sich durch die Gäste und schlug den Kerlen, die die Hände nach ihr ausstreckten, auf die Finger. Davos bestellte einen Krug Bier und wandte sich wieder an Saan: »Wie steht es um die Verteidigung der Stadt?«

Der andere zuckte mit den Schultern. »Die Mauern sind hoch, doch wer soll sie bemannen? Sie bauen Katapulte und andere Geräte, ja, aber die Männer in den Goldröcken sind nur wenige und unerfahren, und sonst hat man dort keine Kämpfer zur Verfügung. Wir müssen überraschend zuschlagen, so wie der Falke auf einen Hasen herabstößt, dann ist die große Stadt schnell unser. Wenn der Wind uns die Segel füllt, könnte Euer König bereits am Abend des morgigen Tages auf dem Eisernen Thron sitzen. Wir könnten den Zwerg in ein Narrenkostüm stecken und ihn für uns tanzen lassen, und vielleicht würde Euer gütiger König mir Königin Cersei überlassen, damit sie eine Nacht lang mein Bett wärmt. Zu lange schon weile ich fern von meinen Gemahlinnen, weil ich in seinen Diensten bin.«

»Pirat«, entgegnete Davos, »Ihr habt keine Gemahlinnen, nur Konkubinen, und für jeden Tag und jedes Schiff werdet Ihr königlich entlohnt.«

»Nur mit Versprechungen«, antwortete Salladhor Saan klagend. »Guter Ser, ich sehne mich nach Gold, nicht nach Worten auf Papier.« Er steckte sich eine Traube in den Mund.

»Ihr werdet Euer Gold erhalten, sobald die Schatzkammer von King's Landing uns gehört. Kein Mann in den Sieben Königslanden ist redlicher als Stannis Baratheon. Er wird sein Versprechen halten.« Noch während Davos dies aussprach, dachte er: *Welche Hoffnung kann man für diese Welt noch hegen, wenn sich Schmuggler von niederer Geburt für die Ehre von Königen verbürgen müssen.*

»Das hat er wieder und wieder beteuert. Und deshalb sage ich:

Gehen wir frisch ans Werk. Nicht einmal diese Weintrauben könnten reifer sein als jene Stadt, meiner alter Freund.«

Das Mädchen kehrte mit dem Bier zurück. Davos gab ihr ein Kupferstück. »Möglicherweise könnten wir King's Landing tatsächlich so leicht einnehmen, wie Ihr meint«, sagte er und hob den Krug, »aber wie lange würden wir es halten können? Tywin Lannister steht mit einem großen Heer in Harrenhal, und Lord Renly . . .«

»Ach, ja, der jüngere Bruder«, unterbrach ihn Salladhor Saan. »Dieser Teil der Geschichte gefällt mir nicht so gut, mein Freund. König Renly hat sich ebenfalls in Marsch gesetzt. O nein, hier heißt es ›Lord‹ Renly, vergebt mir. Bei so vielen Königen wird die Zunge dieses Wortes müde. Der Bruder Renly hat mit seiner jungen blonden Königin Highgarden verlassen, und seine blumigen Lords und strahlenden Ritter und ein mächtiges Heer von Fußvolk begleiten ihn. Er marschiert Eure Straße der Rosen entlang auf eben jene Stadt zu, von der wir gerade sprechen.«

»Er hat seine Braut mitgenommen?«

Sein Gegenüber zuckte mit den Schultern. »Den Grund dafür hat er mir nicht verraten. Vielleicht kann er es ohne die warme Zuflucht zwischen ihren Schenkeln nicht aushalten, auch nicht für eine Nacht. Oder er ist sich seines Sieges sehr gewiß.«

»Das muß der König erfahren.«

»Ich habe mich bereits darum gekümmert, werter Ser. Obwohl Seine Gnaden stets, sobald ich vor ihn trete, die Stirn so bedrohlich furcht, daß ich zu zittern beginne. Glaubt Ihr, er könnte mich besser leiden, wenn ich ein härenes Gewand anlegen und niemals lächeln würde? Nun, das werde ich nicht tun. Ich bin ein ehrlicher Mann, und er muß mich in Samt und Seide ertragen. Sonst führe ich meine Schiffe dorthin, wo man mich herzlicher willkommen heißt. Dieses Schwert war nicht Lightbringer, mein Freund.«

Der abrupte Wechsel des Themas behagte Davos nicht. »Schwert?«

»Ein Schwert, das aus dem Feuer geholt wurde, ja. Man erzählt mir vieles, das liegt an meinem freundlichen Lächeln. Auf welche Weise soll ein verbranntes Schwert Stannis dienen?«

»Ein *brennendes* Schwert«, berichtigte Davos.

»Verbrannt«, beharrte Sallador Saan, »und darüber bin ich froh, mein Freund. Kennt Ihr die Geschichte ,wie Lightbringer geschmiedet wurde? Ich werde sie Euch erzählen. Einst gab es eine Zeit, da die Welt in Finsternis gehüllt war. Um die Dunkelheit zu vertreiben, mußte der Held die Klinge eines Helden besitzen, oh, eine Klinge, wie man sie nie zuvor gesehen hatte. Und daher mühte sich Azor Ahai dreißig Tage und dreißig Nächte ohne Schlaf im Tempel und schmiedete ein Schwert im heiligen Feuer. Erhitzen und hämmern, erhitzen und hämmern, bis die Waffe vollendet war. Dennoch, als er sie zum Härten ins Wasser tauchte, barst der Stahl.

Ihm als Held war es nicht möglich, daraufhin mit den Achseln zu zucken und sich solche Weintrauben zu holen wie diese hier, sondern er begann von neuem. Beim zweiten Mal brauchte er fünfzig Tage und fünfzig Nächte, und dieses Schwert war sogar noch edler. Azor Ahai fing einen Löwen, in dessen rotem Herzen er die Klinge härten wollte, doch abermals barst der Stahl. Groß war sein Kummer, groß war sein Schmerz, denn nun wußte er, was er zu tun hatte.

Hundert Tage und hundert Nächte arbeitete er an der dritten Klinge, und während sie weißglühend im heiligen Feuer ruhte, rief er seine Gemahlin. ›Nissa Nissa‹, sprach er zu ihr, denn so lautete ihr Name, ›entblöße deine Brust und glaube mir, daß ich dich mehr liebe als alles andere auf der Welt.‹ Sie folgte seinem Wunsch, aus welchem Grund, vermag ich nicht zu sagen, und Azor Ahai stieß die rauchende Klinge durch ihr lebendiges Herz. Es heißt, ihr gequälter, ekstatischer Schrei habe die Oberfläche des Mondes gespalten, aber ihr Blut und ihre Seele, ihre Kraft und ihr Mut gingen in den Stahl über. Das ist die Geschichte, wie Lightbringer, das Rote Schwert der Helden, erschaffen wurde.

Versteht Ihr nun, was ich meine? Freut Euch, daß es nur ein verbranntes Schwert war, das Seine Gnaden aus dem Feuer gezogen hat. Zuviel Licht kann die Augen blenden, mein Freund, und Feuer *versengt.*« Salladhor Saan aß die letzte Traube und schnalzte mit den Lippen. »Wann glaubt Ihr, wird der König den Befehl geben, in See zu stechen, guter Freund?«

»Bald, glaube ich«, meinte Davos, »falls es sein Gott so wünscht.«

»*Sein* Gott, Ser Freund? Nicht der Eure? Wo ist der Gott von Ser Davos, Ritter des Zwiebelschiffs?«

Davos nippte an seinem Bier, weil er darüber einen Augenblick lang nachdenken mußte. *Das Gasthaus ist gut besucht, und du bist nicht Salladhor Saan*, rief er sich in Erinnerung. *Hüte deine Zunge.* »König Stannis ist mein Gott. Er hat mich erschaffen und mit seinem Vertrauen gesegnet.«

»Das werde ich mir merken.« Salladhor Saan erhob sich. »Entschuldigt mich. Diese Weintrauben haben mich hungrig gemacht, und an Bord der *Valyria* erwartet mich das Abendessen. Gehacktes Lamm mit Pfeffer und gegrillte Möwe, mit Pilzen und Fenchel und Zwiebeln gefüllt. Bald werden wir gemeinsam in King's Landing speisen, ja? Im Red Keep werden wir tafeln, während der Zwerg ein fröhliches Lied für uns singt. Wenn Ihr mit König Stannis sprecht, richtet ihm aus, er schulde mir weitere dreißigtausend Drachen, sobald der Mond wieder schwarz geworden ist. Er hätte mir diese Götter geben sollen. Sie waren zu schön, um sie zu verbrennen, und sie hätten mir in Pentos oder Myr einen hübschen Preis eingebracht. Nun, wenn er mir Königin Cersei für eine Nacht überläßt, werde ich ihm vergeben.« Der Lyseni klopfte Davos auf die Schulter und stolzierte aus der Schenke hinaus, als gehörte sie ihm.

Ser Davos Seaworth blieb noch eine Weile grübelnd vor seinem Krug sitzen. Vor anderthalb Jahren war er mit Stannis in King's Landing gewesen, als König Robert ein Turnier zu Ehren seines Sohnes Prinz Joffrey ausgerichtet hatte. Er erinnerte sich an den roten Priester Thoros von Myr und das flammende Schwert, das der Mann im Kampf geführt hatte. Der Priester hatte einen spektakulären Anblick geboten in seiner weiten roten Robe und mit seiner Klinge, die von hellgrünen Flammen eingehüllt war, doch jeder wußte, dabei war keine wahre Magie im Spiel, und am Ende war das Feuer erloschen und Bronze Yohn Royce hatte ihn mit einem gewöhnlichen Morgenstern besiegt.

Ein wahres Schwert aus Feuer wäre ein wirkliches Wunder. Dennoch, zu welchem Preis . . . Er dachte an Nissa Nissa und sah seine eigene Marya vor Augen, eine gutmütige rundliche Frau mit hängenden Brüsten und einem gütigen Lächeln. Die beste Frau der Welt. Er versuchte sich vorzustellen, wie er sie mit dem Schwert durchbohrte, und erschauerte. *Ich bin nicht aus dem Stoff gemacht, aus dem Helden sind,* entschied er. Falls der Preis für ein magisches Schwert so hoch lag, war das mehr, als er je bezahlen würde.

Davos trank sein Bier aus, schob den Krug zur Seite und verließ die Schenke. Auf dem Weg nach draußen tätschelte er dem Steinungeheuer den Kopf und murmelte: »Glück.« Sie alle würden es brauchen.

Weit nach Einbruch der Dunkelheit kam Devan zur *Schwarze Betha* und führte einen schneeweißen Zelter am Zügel. »Mein Hoher Vater«, verkündete er, »Seine Gnaden befiehlt Euch, Euch im Saal mit der Bemalten Tafel einzufinden. Ihr sollt das Pferd nehmen und sofort losreiten.«

Devon bot ein prächtiges Bild im Gewand des Knappen, dennoch war Davos beunruhigt, weil man ihn so spät noch rief. *Wird er endlich den Befehl geben, in See zu stechen?* fragte er sich. Salladhor Saan war nicht der einzige Kapitän, der King's Landing für eine reife Frucht hielt, aber ein Schmuggler mußte sich vor allem in Geduld üben. *Wir dürfen nicht hoffen, den Sieg davonzutragen. Das habe ich bereits Maester Cressen gesagt, an dem Tag, an dem ich nach Dragonstone zurückkehrte, und seitdem hat sich nichts geändert. Wir sind zu wenige, die Feinde zu viele. Wenn wir losrudern, werden wir sterben.* Nichtsdestotrotz stieg er aufs Pferd.

Bei seiner Ankunft an der Steintrommel verließen gerade ein Dutzend hochgeborener Ritter und hoher Vasallen den Turm. Lord

Celtigar und Lord Velaryon nickten ihm knapp zu und gingen weiter, derweil die anderen ihn einfach ignorierten, und nur Ser Axell Florent blieb auf ein Wort bei ihm stehen.

Der Onkel von Königin Selyse war ein Faß von einem Mann, mit dicken Armen und krummen Beinen. Er hatte die abstehenden Ohren der Florents, und sie waren sogar noch größer als die seiner Nichte. Die borstigen Haare, die aus ihnen sprossen, hinderten ihn nicht daran, fast alles zu hören, was in der Burg gesprochen wurde. Zehn Jahre lang war Ser Axell der Kastellan von Dragonstone gewesen, während Stannis in Roberts Rat in King's Landing saß, aber in letzter Zeit war er einer der wichtigsten Getreuen der Königin. »Ser Davos, wie immer freue ich mich, Euch zu treffen.«

»Ganz meinerseits, Mylord.«

»Heute morgen habe ich Euch gesehen. Die falschen Götter haben munter gebrannt, nicht wahr?«

»Sie brannten hell.« Trotz Axells Höflichkeit traute er dem Mann nicht. Das Haus Florent hatte sich auf Renlys Seite gestellt.

»Die Lady Melisandre sagt, R'hllor gewähre seinen gläubigen Dienern durch die Flammen gelegentlich einen Blick in die Zukunft. Mir scheint es, ich hätte heute morgen im Feuer ein Dutzend Tänzerinnen von erlesener Schönheit gesehen, Jungfrauen, die sich in gelber Seide vor einem großen König drehten. Das war gewiß eine wahre Vision. Eine Vorahnung des Ruhms, den Seine Gnaden ernten wird, nachdem wir King's Landing und den Thron erobert haben, der rechtmäßig ihm zusteht.«

Stannis findet an solchem Tanz bestimmt keinen Gefallen, dachte Davos, wagte es jedoch nicht, den Onkel der Königin zu beleidigen. »Ich habe nur das Feuer gesehen«, erwiderte er, »und der Rauch ließ meine Augen tränen. Verzeiht mir, Ser, der König erwartet mich.« Er schob sich an ihm vorbei und fragte sich, warum Ser Axell sich mit ihm befaßt hatte. *Er ist ein Mann der Königin – und ich einer des Königs.*

Stannis saß an der Bemalten Tafel, neben ihm Maester Pylos, der einen Stapel Papier vor sich hatte. »Ser«, begrüßte der König Davos bei seinem Eintritt, »kommt und schaut Euch diesen Brief an.«

Gehorsam zog er wahllos ein Blatt Papier aus dem Stoß. »Es sieht wirklich prachtvoll aus, Euer Gnaden, nur leider kann ich die Worte nicht entziffern.« Davos konnte Karten ebensogut lesen wie jeder andere, doch Briefe und derlei Schreiben überstiegen seine Fähigkeiten. *Aber mein Devan hat Lesen gelernt, und Steffon und Stannis auch.*

»Das hatte ich vergessen.« Gereizt runzelte der König die Stirn. »Pylos, lest es ihm vor.«

»Euer Gnaden.« Der Maester nahm eines der Pergamente zur Hand und räusperte sich. »*Wie allseits bekannt, bin ich der Sohn von Steffon Baratheon, Lord von Storm's End und seiner Hohen Gemahlin Cassana aus dem Hause Estermont. Ich erkläre hiermit bei der Ehre meines Hauses, daß mein geliebter Bruder Robert, unser verstorbener König, keine rechtmäßigen Erben hinterließ und daß der Knabe Joffrey, der Knabe Tommen und das Mädchen Myrcella aus dem verabscheuungswürdigen Inzest zwischen Cersei Lannister und ihrem Bruder Jaime, dem Königsmörder, hervorgegangen sind. Gemäß dem Recht von Gesetz und Blut erhebe ich daher Anspruch auf den Eisernen Thron der Sieben Königslande von Westeros. Alle aufrechten Männer mögen mir die Treue schwören. Erlassen im Lichte des Herrn, gezeichnet mit Wappen und Siegel von Stannis aus dem Hause Baratheon, dem Ersten Seines Namens, König der Andalen, Rhoynar und Ersten Menschen, und Herr der Sieben Königslande.*« Das Pergament raschelte, als Pylos es niederlegte.

»Schreibt von nun an *Ser* Jaime der Königsmörder«, sagte Stannis. »Was auch immer dieser Mann ist, er bleibt ein Ritter. Ich weiß zudem nicht, ob wir Robert meinen *geliebten* Bruder nennen sollen. Wir haben einander nicht mehr Liebe entgegengebracht, als unbedingt notwendig war.«

»Eine harmlose Floskel, Euer Gnaden«, rechtfertigte sich Pylos.

»Eine Lüge. Streicht es.« Stannis wandte sich an Davos. »Der Maester teilte mir mit, daß uns einhundertsiebzehn Raben zur Verfügung stehen. Einhundertsiebzehn Raben können ebenso viele

Abschriften meines Briefes in jede Ecke des Reiches tragen, vom Arbor bis zur Mauer. Vielleicht werden sich hundert von ihnen gegen Stürme und Falken und Pfeile behaupten. Falls dem so ist, werden hundert Maester meine Worte ebenso vielen Lords in ihren Solaren und Schlafgemächern vorlesen . . . und daraufhin werden die Briefe vermutlich im Kamin enden und die Lippen mit Schwüren versiegelt werden. Diese großen Lords lieben Joffrey oder Renly oder Robb Stark. Ich bin ihr rechtmäßiger König, und doch werden sie sich mir widersetzen, wenn es ihnen irgend möglich ist. Deswegen brauche ich Euch.«

»Ich stehe zu Euren Diensten, mein König. Wie stets.«

Stannis nickte. »Ich wünsche, daß ihr mit der *Schwarze Betha* in Richtung Norden aufbrecht, nach Gulltown, den Fingers und den Three Sisters, sogar nach White Harbor. Euer Sohn Dale wird mit der *Gespenst* nach Süden in See stechen, und am Cape Wrath und dem Broken Arm vorbei die Küste entlang über Dorne bis zum Arbor segeln. Jeder von Euch wird eine Truhe mit Briefen mit sich führen, und in jedem Hafen und jeder Feste und jedem Fischerdorf werdet Ihr sie an die Türen der Septen und Gasthäuser nageln, damit ein jeder Mann, der des Lesens kundig ist, sie sehen kann.«

»Das wären immer noch sehr wenige«, sagte Davos.

»Da hat Ser Davos recht, Euer Gnaden«, stimmte Maester Pylos zu. »Es wäre besser, die Briefe laut vorzutragen.«

»Besser, aber auch gefährlicher«, wandte Stannis ein. »Diese Worte werden kaum auf wohlwollende Ohren treffen.«

»Gebt mir Ritter, die sie vorlesen«, schlug Davos vor. »Das würde der Botschaft mehr Gewicht verleihen als alles, was ich sage.«

Dieser Gedanke schien Stannis zu gefallen. »Ja, solche Männer sollt Ihr bekommen. Ich habe hundert Ritter, die sich besser aufs Wort denn aufs Schwert verstehen. Zeigt Euch in aller Offenheit, wo immer Ihr könnt, und haltet Euch verborgen, falls es notwendig ist. Benutzt Eure alten Schliche, setzt schwarze Segel und lauft versteckte Buchten an. Falls Euch die Briefe ausgehen, nehmt einige

Septone gefangen und laßt sie weitere Abschriften anfertigen. Euren zweiten Sohn werde ich ebenfalls entsenden. Er wird mit der *Lady Marya* über die Meerenge nach Braavos und den anderen Freien Städten fahren und weitere Briefe an die dortigen Herrscher überbringen. Die Welt soll von meinem Anspruch und Cerseis Niedertracht erfahren.

Ihr mögt es ihnen mitteilen, dachte Davos, *aber werden Sie Euch Glauben schenken?* Bedeutungsvoll starrte er Maester Pylos an. Dem König entging sein Blick nicht. »Maester, vielleicht solltet Ihr Euch nun wieder an die Schreibarbeit begeben. Wir werden viele Briefe benötigen, und das schon bald.«

»Wie Ihr wünscht«, Pylos verneigte sich und ging hinaus.

Der König wartete, bis er den Raum verlassen hatte. »Was wolltet Ihr in Gegenwart meines Maesters nicht sagen, Davos?«

»Mein Lehnsherr, gewiß ist Pylos ein angenehmer Zeitgenosse, doch wann immer ich seine Kette sehe, befällt mich die Trauer um Maester Cressen.«

»War der Tod des alten Mannes seine Schuld?« Stannis schaute ins Feuer. »Ich wollte auf Cressens Anwesenheit bei diesem Fest verzichten. Er hat mich verärgert ja, er hat mir schlechten Rat gegeben, aber seinen Tod wollte ich bestimmt nicht. Ich hoffte vielmehr, ihm wären noch einige sorgenfreie Jahre vergönnt. Die zumindest hatte er sich redlich verdient, aber« – er biß die Zähne zusammen –, »aber er ist gestorben. Und Pylos dient mir gut.«

»Mit Pylos hat es nur sehr wenig zu tun. Der Brief . . . Was halten Eure Lords davon, frage ich mich.«

Stannis schnaubte. »Celtigar bekundete seine Bewunderung. Aber er würde sich gleichermaßen begeistert zeigen, wenn ich ihm meine Hinterlassenschaften im Abtritt zeigte. Die anderen haben nur wie eine Schar Gänse genickt, bis auf Velaryon, der sagte, daß in dieser Frage der Stahl entscheiden werde und nicht irgendwelche Worte auf Pergament. Als wüßte ich das nicht selbst. Mögen die Anderen meine Lords holen, ich will Eure Sicht der Dinge hören.«

»Ihr sprecht sehr offen.«

»Und ich spreche die Wahrheit.«

»Die Wahrheit, ja. Dennoch habt Ihr, genau wie vor einem Jahr, keinen Beweis für diese Inzucht.«

»In Storm's End gibt es einen solchen Beweis. Roberts Bastard. Der Sohn, den er in meiner Hochzeitsnacht gezeugt hat, in jenem Bett, welches man für mich und meine Braut bereitet hatte. Delena war eine Florent und zudem noch Jungfrau, deswegen hat Robert den Säugling anerkannt. Edric Storm nannten sie ihn. Es heißt, er gleiche meinem Bruder wie ein Ei dem anderen. Wer ihn sieht und dann einen Blick auf Joffrey und Tommen wirft, wird nicht umhin können, sich sehr zu wundern, möchte ich meinen.«

»Nur, wie sollen die Menschen ihn zu Gesicht bekommen, wenn er sich auf Storm's End aufhält?«

Stannis trommelte mit den Fingern auf die Bemalte Tafel. »Das ist eine Schwierigkeit. Eine von vielen.« Er sah auf. »Ihr wollt doch noch etwas zu dem Brief anmerken. Nun, fahrt fort. Ich habe Euch nicht zum Ritter geschlagen, damit Ihr mir leere Floskeln vorbetet. Dafür habe ich meine Lords. Nur heraus mit dem, was Euch auf der Seele liegt.«

Davos neigte den Kopf. »Dieser Satz am Ende, wie lautete er noch? *Erlassen im Lichte des Herrn . . .*«

»Ja.« Die Kiefermuskeln des Königs spannten sich.

»Eurem Volke werden diese Worte nicht gefallen.«

»Und Euch behagen sie ebenfalls nicht?« fragte Stannis scharf.

»Wenn Ihr statt dessen schreiben würdet: *Erlassen im Angesicht der Götter und Menschen*, oder *Von der Gnade der alten und neuen Götter . . .*«

»Seid Ihr plötzlich fromm geworden, Schmuggler?«

»Diese Frage wollte ich Euch gerade stellen, mein Lehnsherr.«

»Tatsächlich? So, wie Ihr Euch anhört, mögt Ihr meinen neuen Gott ebensowenig wie meinen neuen Maester.«

»Ich kenne diesen Herrn des Lichts nicht«, gestand Davos ein, »aber ich kannte die Götter, die wir heute morgen verbrannt haben.

Der Schmied hat stets über meine Schiffe gewacht, und die Mutter schenkte mir sieben kräftige Söhne.«

»Die sieben kräftigen Söhne bekamt Ihr von Eurer Gemahlin. Betet Ihr sie an? Heute morgen haben wir Holz verbrannt.«

»Vielleicht stimmt das«, sagte Davos, »aber in meiner Kindheit habe ich oft in Flea Bottom gebettelt, und manchmal habe ich von den Septonen eine warme Mahlzeit bekommen.«

»Jetzt speist Ihr an meiner Tafel.«

»Ihr habt mir einen Ehrenplatz daran zugewiesen. Und als Gegenleistung dafür bekommt Ihr von mir die Wahrheit zu hören. Euer Volk wird Euch nicht lieben, wenn Ihr ihm die Götter nehmt, die es seit Ewigkeiten verehrt, und sie durch einen fremdartigen Namen ersetzt, den seine Zungen kaum aussprechen können.«

Jäh erhob sich Stannis. »*R'hllor*. Was ist daran so schwierig? Mein Volk wird mich nicht lieben, sagt Ihr? Wann hat es mich je geliebt? Wie kann ich etwas verlieren, das ich niemals besessen habe?« Er trat ans Südfenster und blickte hinaus auf das mondbeschienene Meer. »An jenem Tag, an dem die *Windstolz* in der Bucht sank, habe ich meinen Glauben an die Götter verloren. Götter, die so grausam sein können, daß sie meine Mutter und meinen Vater ertrinken lassen, würde ich niemals anbeten, schwor ich mir. In King's Landing hat mir der Hohe Septon einen Vortrag über die Gerechtigkeit und die Güte der Sieben gehalten, aber alles Gute und Gerechtigkeit, die ich in meinem Leben gesehen habe, kam von den Menschen.«

»Wenn Ihr nicht an die Götter glaubt –«

»– warum sollte ich mich dann um diesen neuen scheren?« unterbrach ihn Stannis. »Ich habe mich das schon selbst gefragt. Ich weiß wenig über Götter und hege kein Interesse für sie, doch die rote Priesterin verfügt über Macht.«

Ja, aber was für eine Macht? »Cressen verfügte über große Weisheit.«

»Ich habe seiner Weisheit und Eurer List vertraut, und was haben sie mir eingebracht, Schmuggler? Die Sturmlords haben

Euch hinausgeworfen. Einem Bettler gleich bin ich zu ihnen gekommen, und sie haben mich ausgelacht. Es wird kein Betteln und kein Gelächter mehr geben. Der Eiserne Thron gehört von Rechts wegen mir, doch wie soll ich ihn besteigen? Im Reich zählt man vier Könige, und drei von ihnen haben nicht mehr Männer und Gold zur Verfügung als ich. Ich habe Schiffe . . . und ich habe *sie*. Die rote Frau. Die Hälfte meiner Ritter wagt es nicht einmal, ihren Namen auszusprechen, wußtet Ihr das? Auch wenn sie zu nichts sonst in der Lage ist, eine Zauberin, die solches Entsetzen in den Herzen erwachsener Männer säen kann, darf man nicht verschmähen. Ein ängstlicher Mann ist ein besiegter Mann. Und vielleicht hat sie noch andere Fähigkeiten. Ich habe die Absicht, das herauszufinden.

Als Junge habe ich einmal ein verletztes Habichtweibchen gefunden und es aufgepäppelt. *Stolzschwinge* nannte ich es. Der Vogel flatterte mir von Zimmer zu Zimmer hinterher und fraß mir aus der Hand, doch in den Himmel aufsteigen wollte er nicht. Von Zeit zu Zeit habe ich sie mit auf die Falkenjagd genommen, und sie flog nie über die Wipfel der Bäume hinaus. Robert nannte sie *Schlaffschwinge*. Er besaß einen Gerfalken namens Donnerschlag, der seine Beute nie verfehlte. Eines Tages hat mir mein Großonkel Ser Harbert empfohlen, ich solle es doch einmal mit einem anderen Vogel versuchen. Mit Stolzschwinge würde ich mich zum Narren machen, meinte er, und recht hatte er damit.« Stannis Baratheon wandte sich vom Fenster und den Geistern draußen auf dem südlichen Meer ab. »Die Sieben haben mir nicht mal einen Sperling eingebracht. Es ist an der Zeit, einen anderen Falken auszuprobieren, Davos. Einen *roten* Falken.«

THEON

Bei Pyke gab es keinen sicheren Ankerplatz, aber Theon Greyjoy wollte die Burg seines Vaters wenigstens einmal von See aus betrachtet haben, so, wie er sie zuletzt vor zehn Jahren gesehen hatte, als er auf Robert Baratheons Kriegsgaleere fortgebracht worden war, um als Mündel von Eddard Stark aufzuwachsen. An jenem Tag hatte er an der Reling gestanden und dem Platschen der Ruder und dem Schlag der Trommel gelauscht, während Pyke langsam in der Ferne verschwand. Nun wollte er miterleben, wie es größer wurde, wie es sich aus dem Meer vor ihm erhob.

Gehorsam kam die *Myraham* seinen Wünschen nach und rauschte durch das Wasser, die Segel knatterten, der Kapitän verfluchte den Wind und die Mannschaft und die Torheiten hochgeborener Lords. Theon zog zum Schutz vor der Gischt die Kapuze seines Mantels hoch und hielt Ausschau nach seinem Zuhause.

Die Küste bestand aus schroffen Felsen und aufragenden Klippen, und die Burg selbst schien mit ihrem Fundament zu verschmelzen, waren Türme und Mauern doch aus dem gleichen grauschwarzen Stein gehauen, naß vom gleichen Salzwasser, vom gleichen dunkelgrünen Moos überzogen, vom gleichen Kot der Seevögel gesprenkelt. Die Landspitze, auf der die Greyjoys ihre Festung errichtet hatten, hatte einst wie ein Schwert ins Meer geragt, allerdings hatten die Wellen, die hier Tag und Nacht anbrandeten, das Land bereits vor Tausenden von Jahren aufgebrochen und zerschmettert. Geblieben waren lediglich die drei kahlen und öden Inseln und ein Dutzend hohe Felstürme, die sich wie die Säulen des Tempels eines Meergottes erhoben, während um sie herum wütende Wogen schäumten.

Trostlos, düster, furchteinflößend stand Pyke auf diesen Inseln und Säulen und war beinahe zu einem Teil von ihnen geworden; die äußere Mauer trennte die Landspitze am Fuße der großen Steinbrücke ab, die oben von den Klippen bis zur größten Insel führte, die vom Großen Bergfried beherrscht wurde. Weiter draußen standen der Küchenturm und der Blutturm jeweils auf ihren eigenen Inseln. Festungstürme und Außengelände waren auf die Felssäulen darunter gebaut und konnten über überdachte Steinbrücken erreicht werden, wenn sie nahe genug waren, über lange, schwankende Stege aus Holz und Seilen, wenn nicht.

Der Seeturm erhob sich auf der vordersten Insel, an der Stelle, wo das Klippenschwert gebrochen war, und stellte den ältesten Teil der Burg dar. Er war rund und hoch und ruhte auf einer Säule, deren schroffe Front ohne Unterlaß dem Tosen der Wellen ausgesetzt war. Das Fundament war weiß von der über Jahrhunderte unablässig dagegen flutenden Salzgischt, über die darüberliegenden Stockwerke hatten sich die Flechten wie eine dicke grüne Decke gezogen, und die zinnenbesetzte Krone war schwarz vom Ruß der nächtlichen Wachfeuer.

Oben auf dem Seeturm wehte das Banner seines Vaters. Die *Myraham* war noch zu weit entfernt, daher konnte Theon nur die Fahne selbst erkennen, nicht aber das Wappen, das sie trug, welches er allerdings gut kannte: der goldene Krake des Hauses Greyjoy, dessen Arme sich in schwarzem Feld verschlangen. Das Banner blähte sich an einem eisernen Mast und flatterte im Wind. Und wenigstens hier wehte nicht der Schattenwolf der Starks darüber.

Einen solch bewegenden Anblick hatte Theon noch niemals zuvor gesehen. Im Himmel hinter der Burg leuchtete der Schweif des Kometen durch die dünnen Wolken. Auf dem ganzen Weg von Riverrun nach Seagard hatten die Mallisters sich über seine Bedeutung gestritten. *Es ist mein Komet,* dachte Theon bei sich und schob die Hand in die Tasche seines fellbesetzten Mantels, wo er das Öltuch berührte. Darin war der Brief gehüllt, den Robb Stark ihm mitgegeben hatte, ein Papier, das eine Krone wert war.

»Sieht die Burg noch so aus, wie Ihr sie in Erinnerung habt, Mylord?« fragte die Tochter des Kapitäns, indes sie sich an seinen Arm drängte.

»Sie wirkt kleiner«, gestand Theon, »aber vielleicht liegt das nur an der Entfernung.« Die *Myraham* war ein Handelsschiff aus Oldtown mit breitem Rumpf; es hatte Wein, Tuch und Saatgut geladen, die gegen Eisenerz getauscht werden sollten. Der Kapitän war ein dicker Kaufmann, angesichts der aufgewühlten See unterhalb der Burg hatte er kalte Füße bekommen, und deshalb hielt er sich weiter von der Küste entfernt, als es Theon lieb war. Ein Kapitän von den Iron Islands wäre mit seinem Langschiff entlang der Klippen unter der hohen Brücke hindurchgefahren, aber dieser fette Kerl aus Oldtown besaß nicht das richtige Fahrzeug, die geeignete Mannschaft oder den notwendigen Mut, um ein solches Wagnis einzugehen. Also segelten sie in großer Distanz vorbei, und damit mußte sich Theon zufrieden geben. Schon hier hatte die *Myraham* Mühe, von den steilen Felsen Abstand zu halten.

»Es scheint dort sehr windig zu sein«, bemerkte die Tochter des Kapitäns.

Er lachte. »Windig und kalt und feucht. Ein elend harter Ort, um der Wahrheit recht zu geben . . . dennoch hat mir mein Hoher Vater einst erklärt, harte Orte würden harte Männer hervorbringen, und harte Männer wiederum beherrschen die Welt.«

Das Gesicht des Kapitäns, der nun herbeieilte, war grün wie das Wasser. »Dürfen wir nun auf den Hafen zuhalten, Mylord?« fragte er.

»Ihr dürft«, antwortete Theon. Ein schwaches Lächeln spielte um seine Lippen. Die Aussicht auf Gold hatte den Mann aus Oldtown in einen schamlosen Speichellecker verwandelt. Mit dem Langschiff von den Islands wäre die Reise ganz anders verlaufen. Deren Kapitäne waren stolz und eigenwillig und empfanden niemandem gegenüber Ehrfurcht. Die Islands waren zu klein für Ehrfurcht, und ein Langschiff war noch kleiner. Wenn, wie man oft hörte, jeder Kapitän König auf seinem Schiff war, wunderte es keinen mehr, daß man seine Heimat das Land der zehntausend Könige nannte. Und hatte man seinen König einmal dabei beobachtet, wie er über die Reling schiß und grün im Gesicht wurde, vermochte man wohl kaum die Knie vor ihm zu beugen und ihn als einen Halbgott zu verehren. »Der Ertrunkene Gott erschafft Männer«, hatte der alte König Urron Rothand einst vor Tausenden von Jahren gesagt, »und die Männer sind es, die Kronen erschaffen.«

Auf einem Langschiff hätte die Überfahrt zudem nur halb so lange gedauert. Die *Myraham* war ein ungeschlachtes Faß von einem Schiff, und einen Sturm hätte er auf ihr nicht erleben mögen. Trotzdem fühlte sich Theon durchaus glücklich. Hier war er, ertrunken war er nicht, und die Reise hatte ihm gewisse andere Annehmlichkeiten geboten. Er legte den Arm um die Tochter des Kapitäns. »Ruft mich, wenn wir Lordsport erreicht haben«, befahl er ihrem Vater. »Wir sind unten in meiner Kabine.« Er führte das Mädchen zum Heck, während der Kapitän ihnen wortlos und verdrießlich nachsah.

Eigentlich gehörte die Kabine ihrem Vater, für die Fahrt von Seagard hierher war sie allerdings Theon überlassen worden. Die Tochter des Kapitäns war ihm dagegen nicht ausdrücklich überlassen worden, aber sie war willig in sein Bett gestiegen. Ein Kelch Wein, ein paar geflüsterte Worte, und schon war das Ziel erreicht. Das Mädchen war ein wenig zu dick für seinen Geschmack, ihre Haut war unrein und fleckig, doch ihre Brüste lagen wunderbar in seinen Händen, und sie war noch Jungfrau gewesen, als er sie das erste Mal genommen hatte. Das überraschte ihn angesichts ihres Alters, trotzdem fand er es unterhaltsam. Gewiß war der Kapitän nicht davon erbaut, was Theon ebenfalls amüsierte, denn der alte Mann kämpfte sichtlich damit, seinen Zorn zu schlucken, während er dem hohen Lord die gebührende Höflichkeit erwies. Niemals vergaß er den wohlgefüllten Beutel Gold, der ihm versprochen worden war.

Während Theon den nassen Mantel ablegte, sagte das Mädchen:

»Ihr müßt so glücklich sein, Eure Heimat wiederzusehen, Mylord. Wie viele Jahre wart Ihr in der Fremde?«

»Zehn, oder fast zehn, was spielt es für eine Rolle«, erklärte er ihr. »Ich war gerade zehn Jahre alt, als ich als Mündel von Eddard Stark nach Winterfell gebracht wurde.« Ein Mündel dem Namen nach, in Wahrheit eine Geisel. Die Hälfte seines Lebens war er eine Geisel gewesen . . . aber damit hatte es ein Ende. Er gehörte wieder sich selbst, und weit und breit war nirgends ein Stark zu entdecken. Er zog die Kapitänstochter zu sich heran und küßte sie aufs Ohr. »Leg deinen Mantel ab.«

Sie schlug, plötzlich von Scham erfüllt, die Augen nieder, fügte sich jedoch seinem Begehr. Nachdem das von der Gischt feuchte Kleidungsstück von ihren Schultern zu Boden gerutscht war, verneigte sie sich ein wenig und lächelte ängstlich. Sie sah ziemlich dümmlich aus, wenn sie lächelte, allerdings verlangte er von einer Frau keinen großen Verstand. »Komm zu mir«, befahl er.

Sie gehorchte. »Auf den Iron Islands war ich noch nie.«

»Schätze dich glücklich.« Theon strich ihr durchs Haar. Es war fein und schwarz und vom Wind zerzaust. »Die Inseln sind ein strenger, steiniger Ort, der wenig Annehmlichkeiten bietet und noch weniger Aussichten für die Zukunft. Der Tod lauert hinter jeder Ecke, und das Leben ist armselig und heimtückisch. Die Männer verbringen die Nächte beim Bier und streiten sich darüber, wer schlimmer dran sei, das Fischervolk, das gegen das Meer ankämpft, oder die Bauern, die ihre Ernte dem kargen Boden abringen. In Wahrheit sind die Arbeiter in den Minen die Bedauernswertesten, sie schinden sich in der Finsternis. Und wofür? Eisen, Zinn, Blei, das sind unsere Schätze. Wen wundert's, daß die Männer früher lieber auf Raubzug gegangen sind.«

Das Mädchen schien ihm nicht zuzuhören. »Ich könnte mit Euch an Land gehen, Mylord. Wenn ich Euch gefallen würde ich . . .«

»Du könntest an Land gehen«, stimmte Theon zu und drückte ihre Brust, »aber nicht mit mir, fürchte ich.«

»Ich würde in Eurer Burg arbeiten, Mylord. Ich kann Fisch

ausnehmen und Brot backen und Butter stampfen. Vater sagt, mein Pfefferkrabbentopf sei der beste, den er je gekostet hat. Ihr könntet einen Platz in der Küche für mich finden, und ich würde für Euch Pfefferkrabbentopf kochen.«

»Und des Nachts mein Bett wärmen?« Er langte nach den Bändern ihres Mieders und schnürte sie mit geschickten und geübten Fingern auf. »Einst hätte ich dich vielleicht als Beute nach Hause gebracht und dich zum Weib genommen, ob du wolltest oder nicht. Die alten Eisenmänner haben es so gehalten. Ein Mann hatte sein Felsweib, seine wahre Gemahlin, die wie er von den Iron Islands stammte, und seine Salzweiber, die er auf seinen Beutezügen erobert hatte.«

Sie riß die Augen auf, und nicht nur, weil er gerade ihren Busen entblößt hatte. »Ich würde gern Euer Salzweib sein, Mylord.«

»Ich fürchte, jene Zeiten sind vorbei.« Theons Finger kreiste um eine der schweren Brüste, und näherte sich der großen braunen Warze. »Heute folgen wir nicht mehr dem Wind mit Feuer und Schwert und nehmen uns, was uns gefällt. Heute scharren wir in der Erde und werfen Netze ins Meer wie andere Männer auch, und wir schätzen uns glücklich, wenn wir genug gesalzenen Fisch und Haferbrei haben, um den Winter zu überstehen.« Er nahm die Brustwarze in den Mund und biß darauf, bis sie aufstöhnte.

»Ihr könnt es wieder in mich hineintun, wenn Ihr möchtet«, flüsterte sie, während er sog.

Als er den Kopf von ihrer Brust hob, war die Haut rot, wo er sie gezeichnet hatte. »Es würde mir gefallen, dir etwas Neues beizubringen. Schnür meine Hose auf und liebkose mich mit dem Mund.«

»Mit dem Mund?«

Er strich sanft über ihre vollen Lippen. »Dafür wurden diese Lippen geschaffen, Süße. Wenn du mein Salzweib wärst, würdest du tun, was ich dir befehle.«

Zunächst war sie zaghaft, lernte jedoch schnell für ein solch dummes Ding, was ihn erfreute. Ihr Mund war ebenso feucht und angenehm wie ihre Scham, und auf diese Weise brauchte er ihr sinnloses Geschwätz nicht über sich ergehen zu lassen. *Einst hätte ich sie wirklich zu meinem Salzweib genommen,* dachte er bei sich, derweil seine Hände in ihrem Haar wühlten. *Einst. Als wir noch nach den alten Sitten lebten, von der Axt, nicht von der Hacke, und nahmen, was wir wollten, ob es nun Reichtümer, Frauen oder Ruhm waren.* In jenen Tagen hatten die Männer von den Inseln nicht in Minen geschuftet; das war Arbeit für die Gefangenen, und das galt auch für den Ackerbau und das Hüten der Ziegen und Schafe. Des Eisenmannes Handwerk war der Krieg. Der Ertrunkene Gott hatte sie zum Plündern und zum Schänden geschaffen, dazu, sich Königreiche zu schaffen und ihre Namen in ihrer Schrift aus Feuer und Blut und in Liedern zu hinterlassen.

Aegon der Drache hatte diesem Leben ein Ende bereitet, als er Harren verbrannt und sein Königreich dem schwächlichen Volk der Flußlande zurückgegeben hatte. Er hatte die Iron Islands zu einem unbedeutenden Außenposten eines riesigen Reiches herabgewürdigt. Dennoch gingen die alten Geschichten weiter an den Treibholzfeuern um, in den verräucherten Hütten auf den Inseln, sogar in den hohen Steinhallen von Pyke. Theons Vater hatte seinen Titeln auch den alten des Lords Schnitter hinzugefügt, und die Worte der Greyjoys verkündeten stolz: *Wir Säen Nicht.*

Und deshalb hatte sich Lord Balon bisher auch aus der großen Rebellion herausgehalten, nicht um der leeren Eitelkeit willen, sondern um die alten Sitten wiederherzustellen. Robert Baratheon hatte diese Hoffnung für seinen Vater begraben, gemeinsam mit Eddard Stark, aber beide Männer waren inzwischen tot. Halbwüchsige Knaben regierten an ihrer Statt, und das Reich, welches Aegon der Eroberer einst zusammengeschmiedet hatte, war nahe am Auseinanderbrechen. *Dies ist die richtige Jahreszeit,* dachte Theon, derweil die Tochter des Kapitäns mit ihren Lippen ihr Bestes gab, *die richtige Jahreszeit, das richtige Jahr, der richtige Tag – und ich bin der richtige Mann.* Er lächelte schief und fragte sich, was wohl sein Vater sagen würde, wenn Theon ihm erklärte, daß er, der jüngste Sohn, das vollbracht hatte, woran Lord Balon selbst gescheitert war.

Der Höhepunkt überkam ihn wie ein Sturm, und er füllte dem Mädchen den Mund mit seinem Samen. Erschrocken versuchte sie sich ihm zu entziehen, doch Theon hielt sie an den Haaren fest. Anschließend kroch sie zu ihm hinauf. »Habe ich Euch zufriedengestellt, Mylord?«

»Gewiß, gewiß«, erwiderte er.

»Es schmeckt salzig«, murmelte sie.

»Wie das Meer?«

Sie nickte. »Ich habe das Meer immer gemocht, Mylord.«

»Ich auch«, antwortete er und rollte ihre Brustwarze zwischen seinen Fingern. Es stimmte. Das Meer bedeutete für die Männer von den Iron Islands die Freiheit. Das hatte er vergessen, bis die *Myraham* bei Seagard in See gestochen war. Die Geräusche an Bord weckten die alten Gefühle; die gebrüllten Befehle des Kapitäns, das Knattern der Segel, das Ächzen von Holz und Tauwerk, dies alles war ihm so vertraut wie der Schlag seines eigenen Herzens, und dazu ebenso tröstlich. *Das muß ich mir merken*, dachte er, *niemals mehr darf ich mich weit vom Meer entfernen*.

»Nehmt mich mit, Mylord«, bettelte die Tochter des Kapitäns. »Ich brauche ja nicht auf die Burg mitzukommen. Ich kann auch in der Stadt bleiben und Euer Salzweib sein.« Sie streckte die Hand aus und streichelte seine Wange.

Theon Greyjoy stieß ihren Arm zur Seite und stieg aus der Koje. »Mein Platz ist in Pyke, und deiner ist auf diesem Schiff.«

»Ich kann jetzt nicht mehr hierbleiben.«

Er schnürte seine Hose zu. »Warum nicht?«

»Mein Vater«, erklärte sie. »Wenn Ihr fort seid, wird er mich bestrafen, Mylord, mich verprügeln und beschimpfen.«

Theon riß seinen Mantel vom Haken und legte ihn sich um die Schultern. »So sind Väter eben«, meinte er, derweil er die Aufschläge mit einer silbernen Schnalle schloß. »Sag ihm, er soll sich freuen. So oft, wie ich bei dir geschlafen habe, trägst du vermutlich mein

Kind. Und nicht jeder Mann darf sich der Ehre rühmen, den Bastard eines Königs aufzuziehen.« Sie blickte ihn dümmlich an, und so ließ er sie zurück.

Die *Myraham* umrundete soeben eine bewaldete Landspitze. Unterhalb der Steilküste zogen ein Dutzend Fischerboote die Netze ein. Die große Kogge umschiffte sie in weitem Abstand. Theon ging zum Bug, wo er einen besseren Ausblick hatte. Er sah zuerst die Burg, die Feste der Botleys. Früher war es ein Fachwerkbau gewesen, den Robert Baratheon jedoch bis auf die Grundmauern geschleift hatte. Lord Sawane hatte sie mit Stein wiederaufgebaut, und jetzt krönte ein viereckiger Bergfried den Hügel. Hellgrüne Flaggen wehten über den niedrigeren Ecktürmen, und auf jeder erkannte er einen Schwarm silbriger Fische.

Unterhalb der Burg lag das Dorf Lordsport, in dessen Hafen sich die Schiffe drängten. Als er den Ort zuletzt gesehen hatte, war es eine rauchende Ödnis gewesen, wo die Skelette verbrannter Langschiffe und zerschellter Galeeren auf der felsigen Küste lagen wie Knochen toter Seeungeheuer. Die Häuser hatten nur noch aus geborstenen Steinmauern und Asche bestanden. Nach zehn Jahren waren die Spuren des Krieges größtenteils beseitigt. Das gemeine Volk hatte seine Hütten mit den Steinen der alten wiederaufgebaut und frische Grassoden für die Dächer gestochen. Ein neues Gasthaus war am Anleger errichtet worden; es war doppelt so groß wie das frühere. Das untere Stockwerk hatte man aus Stein gebaut, die beiden oberen aus Holz. Die Septe dahinter war nicht erneuert worden; nur das siebeneckige Fundament erinnerte an die Stelle, die sie einst eingenommen hatte. Robert Baratheons Zorn hatte den Eisenmännern die neuen Götter vergällt, schien es.

Theon interessierte sich mehr für die Schiffe, als für die Götter. Zwischen den Masten der vielen Fischerboote entdeckte er eine Handelsgaleere der Tyroshi, die gerade entladen wurde, und daneben eine Kogge mit schwarz geteertem Rumpf aus Ibben. Eine große Anzahl Langschiffe, mindestens fünfzig oder sechzig, lagen im Wasser oder auf dem Kiesstrand im Norden. Einige der Segel zeigten die Wappen von anderen Inseln; den Blutmond von Wynch, Lord Goodbrothers schwarzes Kriegshorn, Harlaws silberne Sichel. Theon suchte nach der *Schweigen* seines Onkels Euron. Dieses schlanke, furchterregende Schiff vermochte er nicht zu entdecken, aber die *Großer Krake* seines Vaters war da, den Bug mit einer Eisenramme versehen, welche in Gestalt ihres Namensgebers geformt war.

Erwartete Lord Balon ihn und hatte daher zu den Fahnen der Greyjoys gerufen? Er griff erneut in die Tasche seines Mantels und strich über das Wachstuch. Niemand außer Robb Stark wußte von diesem Brief; er war kein Narr, der seine Geheimnisse Vögeln anvertraute. Dennoch war auch Lord Balon nicht dumm. Er könnte geahnt haben, aus welchem Grund sein Sohn heimkehrte, und entsprechende Vorkehrungen getroffen haben.

Der Gedanke behagte ihm nicht. Seines Vaters Krieg war lange vorbei, und verloren obendrein. Diese Stunde gehörte Theon – es war sein Plan, sein Ruhm und bald seine Krone. *Und dennoch, all die Langschiffe ...*

Vielleicht war es nur Vorsicht, wenn er es sich recht überlegte. Eine Verteidigungsmaßnahme, falls der Krieg sich über das Meer hinweg ausbreiten sollte. Alte Männer waren von Natur aus argwöhnisch. Und sein Vater war mittlerweile alt, ebenso wie sein Onkel Victarion, der die Eisenflotte befehligte. Sein Onkel Euron war aus anderem Metall geschmiedet, aber die *Schweigen* lag nicht im Hafen. *Das gereicht mir nur zum Besten,* redete sich Theon ein. *Auf diese Weise kann ich nur noch schneller zuschlagen.*

Während die *Myraham* aufs Land zuhielt, schritt Theon ruhelos auf und ab und suchte mit den Blicken die Küste ab. Er hatte nicht erwartet, Lord Balon persönlich am Pier vorzufinden, gewiß jedoch hatte sein Vater jemanden geschickt, der ihn abholen sollte. Sylas Sauermaul, den Verwalter, Lord Botley, oder vielleicht sogar Dagmer Spaltkinn. Es wäre schön, das scheußliche Gesicht des alten Dagmer wiederzusehen. Schließlich war es ja nicht so, daß sie keine Nachricht von seiner Ankunft erhalten hätten. Robb hatte Raben von Riverrun ausgesandt, und nachdem sie in Seagard kein Langschiff gefunden hatten, hatte Jason Mallister selbst Vögel nach Pyke geschickt, da er annahm, Robbs seien nicht angekommen.

Trotzdem sah er keine bekannten Gesichter und keine Ehrengarde, die ihn von Lordsport nach Pyke eskortieren sollte, nur das gemeine Volk, das seinen gemeinen Geschäften nachging. Hafenarbeiter rollten Weinfässer von dem Handelsschiff hinunter, Fischer priesen lauthals ihren Fang an, Kinder tollten im Spiel umher. Ein Priester in der Robe des Ertrunkenen Gottes führte zwei Pferde über den Kiesstrand, derweil sich eine Hure oben aus dem Fenster des Gasthauses lehnte und einigen vorbeigehenden ibbenesischen Seeleuten etwas zurief.

Ein paar Kaufleute aus Lordsport hatten sich versammelt und erwarteten das Schiff. Sie schrien dem Kapitän ihre Fragen zu, während die *Myraham* anlegte. »Wir sind aus Oldtown«, antwortete dieser, »und haben Äpfel und Orangen geladen, Wein vom Arbor, Federn von den Summer Isles. Pfeffer, Leder, einen Ballen Seide aus Myr, Spiegel für die Damen, zwei Holzharfen aus Oldtown, die so süß klingen, wie Ihr es noch nie gehört habt.« Die Laufplanke landete mit Knirschen und Krachen auf dem Pier. »Und außerdem bringe ich Euch Euren Thronfolger zurück.«

Die Männer aus Lordsport starrten Theon erstaunt an, und nun begriff er, daß sie nicht wußten, wer er war. Das erfüllte ihn mit Zorn. Er drückte dem Kapitän einen Golddrachen in die Hand. »Sagt Euren Männern, sie sollen mein Gepäck an Land tragen.« Ohne die Antwort abzuwarten, schritt er die Laufplanke hinunter. »Gastwirt!« brüllte er. »Ich brauche ein Pferd.«

»Wie Ihr befehlt, M'lord«, erwiderte der Kerl ohne auch nur die Andeutung einer Verneigung. Theon hatte vergessen, wie unverfroren die Eisenmänner sein konnten. »Zufällig hätte ich eins. Wohin wollt Ihr denn reiten, M'lord?«

»Nach Pyke.« Der Dummkopf erkannte ihn immer noch nicht. Er hätte sein gutes Wams anziehen sollen, das mit dem aufgestickten Kraken.

»Gewiß wollt Ihr bald aufbrechen, um Pyke vor Einbruch der Dunkelheit zu erreichen«, sagte der Gastwirt. »Mein Junge wird Euch begleiten, damit Ihr den Weg findet.«

»Euer Junge wird nicht gebraucht«, rief eine tiefe Stimme, »und auch Euer Pferd nicht! Ich werde meinen Neffen selbst zum Haus seines Vater geleiten.«

Der Sprecher war der Priester, welcher die Pferde am Strand entlanggeführt hatte. Während der Mann näher kam, beugte das Volk das Knie, und Theon hörte den Gastwirt murmeln: »Feuchthaar.«

Der hakennasige Priester war groß und dünn, seine schwarzen Augen funkelten, und gekleidet war er in eine grau und grün und blau gesprenkelte Robe, die Meerwasserrobe des Ertrunkenen Gottes. Unter seinem Arm hing ein Wasserschlauch an einem Lederriemen, und in das hüftlange Haar und den ungeschnittenen Bart hatte er getrockneten Seetang geflochten.

Langsam kam es Theon wieder ins Gedächtnis. In einem seiner seltenen und stets kurzgefaßten Briefe hatte Lord Balon berichtet, sein jüngster Bruder habe bei einem Sturm Schiffbruch erlitten und sich zum Heiligen Mann gewandelt, nachdem er lebend Land erreicht hatte. »Onkel Aeron?« fragte er zweifelnd.

»Mein Neffe Theon«, antwortete der Priester. »Dein Hoher Vater bat mich, dich abzuholen. Komm.«

»Einen Augenblick, Onkel.« Er drehte sich zur *Myraham* um. »Mein Gepäck!« rief er dem Kapitän zu.

Ein Seemann brachte den langen Eibenholzbogen und den Köcher mit den Pfeilen, aber es war die Tochter des Kapitäns, welche sein Bündel mit Kleidung anschleppte. »Mylord.« Ihre Augen waren rot. Als er ihr das Bündel abnahm, schien sie ihn umarmen zu wollen, hier, vor ihrem eigenen Vater, vor seinem priesterlichen Onkel und der halben Insel.

Ungerührt wandte er sich ab. »Ich danke dir.«

»Bitte«, flehte sie, »ich liebe Euch, Mylord.«

»Ich muß gehen.« Er eilte hinter seinem Onkel her, der sich

bereits dem Ende des Anlegers näherte, und mit einem Dutzend langer Schritte erreichte er ihn. »Nach Euch habe ich gar nicht Ausschau gehalten, Onkel. Ich dachte, da ich zehn Jahre fort war, würden mein Hoher Vater und meine Hohe Mutter persönlich kommen, oder zumindest Dagmer mit einer Ehreneskorte schikken.«

»Es steht dir nicht zu, die Befehle des Lords Schnitter von Pyke in Frage zu stellen.« Das Benehmen des Priesters ließ Theon frösteln, so hatte er den Mann gar nicht in Erinnerung. Aeron Greyjoj war der freundlichste seiner Onkel gewesen, zu nichts zu gebrauchen, doch er lachte viel, liebte Lieder, Bier und hübsche Frauen. »Was Dagmer betrifft, so ist das Spaltkinn auf Geheiß deines Vaters nach Old Wyk aufgebrochen, um die Stonehouses und die Drumms zu holen.«

»Wozu? Warum liegen so viele Langschiffe im Hafen?«

»Warum wohl?« Sein Onkel hatte die Pferde angebunden vor dem Gasthaus zurückgelassen. Als sie dort ankamen, drehte er sich zu Theon um. »Sag mir die Wahrheit, Neffe. Betest du zu den Göttern der Wölfe?«

Theon betete überhaupt selten, allerdings wollte er das einem Priester gegenüber nicht eingestehen, selbst vor dem Bruder seines Vaters nicht. »Ned Stark hat einen Baum angebetet. Nein, mit den Göttern der Starks habe ich nichts zu schaffen.«

»Gut. Knie dich hin.«

Der Boden war steinig und schlammig. »Onkel, ich –«

»*Knie* dich hin. Oder bist du zu stolz, weil du als Lord aus den grünen Landen zu uns kommst.«

Theon ließ sich auf die Knie nieder. Er wollte einen Plan verwirklichen, und vielleicht war er dabei irgendwann auf Aerons Hilfe angewiesen. Eine Krone ist ein wenig Dreck und Pferdescheiße an der Hose wert, dachte er bei sich.

»Neige den Kopf.« Sein Onkel hob den Wasserschlauch, zog den Stöpsel und richtete den dünnen Strahl auf Theons Kopf. Das Meerwasser durchtränkte sein Haar und rann ihm über die Stirn in die Augen, floß seine Wannen entlang, und ein Rinnsal kroch unter seinen Mantel und sein Wams und lief ihm dann wie ein kalter Finger den Rücken hinunter. Das Salz brannte in seinen Augen, am liebsten hätte er aufgeschrien. Er schmeckte den Ozean auf seinen Lippen. »Lasse Theon, deinen Diener, aus dem Meer wiedergeboren werden, wie es auch dir widerfuhr«, sang Aeron Greyjoj. »Segne ihn mit Salz, segne ihn mit Stein, segne ihn mit Stahl. Neffe, erinnerst du dich noch an die Worte?«

»Was tot ist, kann niemals sterben«, antwortete Theon.

»Was tot ist, kann niemals sterben«, wiederholte sein Onkel, »doch erhebt es sich von neuem, härter, stärker. Steh auf.«

Theon stand auf und kniff seine vom Salz brennenden Augen zu, um die Tränen und das Salz zurückzudrängen. Wortlos verschloß sein Onkel den Schlauch, band sein Pferd los und saß auf. Theon stieg ebenfalls in den Sattel. Gemeinsam ritten sie davon, ließen das Gasthaus und den Hafen hinter sich und passierten Lord Botleys Burg. Von dort aus ging es in die felsigen Hügel hinauf. Der Priester sagte kein weiteres Wort.

»Mein halbes Leben habe ich fern der Heimat verbracht«, wagte sich Theon schließlich vor. »Werde ich die Inseln verändert vorfinden?«

»Männer fischen im Meer, graben in der Erde und sterben. Frauen gebären Kinder in Blut und Schmerz und sterben. Die Nacht folgt dem Tag. Der Wind und die Gezeiten bleiben. Die Inseln sind so, wie unser Gott sie geschaffen hat.«

Bei den Göttern, ist er bitter geworden, dachte Theon. »Halten sich meine Hohe Mutter und meine Schwester in Pyke auf?«

»Nein. Deine Mutter weilt auf Harlaw bei ihrer Schwester. Dort ist das Klima nicht so rauh, und ihr Husten macht ihr zu schaffen. Deine Schwester ist mit der *Schwarzer Wind* nach Great Wyk in See gestochen und überbringt Briefe deines Hohen Vaters. Sie wird bald zurückkehren.«

Daß die *Schwarzer Wind* Ashas Langschiff war, brauchte man ihm nicht erst zu sagen. Zwar hatte er seine Schwester seit zehn

Jahren nicht gesehen, doch soviel wußte er. Eigentümlich war allerdings, daß sie das Schiff so benannt hatte; Robb Stark hatte seinem Wolf den Namen Grey Wind, Grauer Wind, gegeben. »Stark ist grau, Greyjoy ist schwarz«, murmelte er und lächelte, »aber offensichtlich sind wir beide windig.«

Der Priester hatte darauf nichts zu erwidern.

»Und was ist mit Euch, Onkel?« fragte Theon. »Als man mich von Pyke fortbrachte, wart Ihr noch kein Priester. Ich kann mich erinnern, wie Ihr die alten Lieder gesungen und mit einem Horn voll Bier auf dem Tisch getanzt habt.«

»Jung war ich und eingebildet«, sagte Aeron Greyjoj, »aber das Meer hat meine Torheit und Eitelkeit fortgespült. Jener Mann ist ertrunken, Neffe. Seine Lungen haben sich mit Salzwasser gefüllt, und die Fische haben ihm die Schuppen von den Augen gefressen. Als ich wieder auftauchte, sah ich klar.«

Er ist ebenso verrückt wie griesgrämig. Der alte Aeron Greyjoj hatte Theon besser gefallen. »Onkel, warum hat mein Vater zu den Schwertern und zu den Segeln gerufen?«

»Zweifelsohne wird er dir das in Pyke erklären.«

»Ich würde seine Pläne gern jetzt schon kennen.«

»Von mir wirst du nichts erfahren. Uns wurde befohlen, darüber zu keinem anderen Mann zu sprechen.«

»Selbst nicht zu mir?« Theons Zorn flammte auf. Er hatte Soldaten in den Krieg geführt, war mit einem König auf die Jagd gegangen, war an der Seite von Brynden Blackfish und Greatjon Umber geritten, hatte im Flüsterwald gekämpft, hatte mehr Mädchen in sein Bett geholt, als er zu zählen vermochte, und dennoch behandelte ihn sein Onkel wie ein zehnjähriges Kind. »Falls mein Vater Kriegspläne schmiedet, muß ich es wissen. Ich bin *›kein anderer Mann‹*, ich bin der Erbe von Pyke und den Iron Islands.«

»Was das betrifft«, sagte sein Onkel, »so wird man sehen.«

Die Worte trafen ihn wie ein Schlag ins Gesicht. *»Man wird sehen?* Meine Brüder sind beide tot. Ich bin der einzige lebende Sohn meines Vaters!«

»Deine Schwester lebt auch noch.«

Asha, dachte er verwirrt. Sie war drei Jahre älter, aber dennoch ... »Eine Frau darf die Nachfolge nur dann antreten, wenn es keinen männlichen Erben mehr in der Linie gibt«, beharrte er laut. »Ich lasse mich meiner Rechte nicht berauben, ich warne Euch.«

Sein Onkel grunzte. »Du *warnst* einen Diener des Ertrunkenen Gottes, Junge? Du hast zu vieles vergessen. Und du bist ein großer Narr, wenn du glaubst, dein Hoher Vater würde diese heiligen Inseln jemals in die Hände eines Stark legen. Jetzt schweig. Der Ritt ist weit genug, auch ohne dein unaufhörliches Geschwätz.«

Theon hielt den Mund, doch fiel ihm das nicht leicht. *So steht es also,* dachte er. Als hätten ihn zehn Jahre in Winterfell zu einem Stark gemacht. Lord Eddard hatte ihn zusammen mit seinem eigenen Sohn aufgezogen, allein: Theon war nie einer von ihnen gewesen. Die ganze Burg, von Lady Stark bis zur niedrigsten Küchenmagd, hatte gewußt, daß er eine Geisel war, und ihn entsprechend behandelt. Selbst dem Bastard Jon Snow war mehr Ehre zugestanden worden.

Von Zeit zu Zeit hatte Lord Eddard versucht, den Vater für ihn zu spielen, aber für Theon war er stets der Mann geblieben, der Pyke mit Feuer und Blut überzogen und ihn aus seiner Heimat verschleppt hatte. Seine ganze Jugend über hatte er in Angst vor Starks strenger Miene und seinem großen, dunklen Schwert gelebt. Und seine Gemahlin hatte sich ihm gegenüber noch distanzierter und mißtrauischer verhalten.

Was die Kinder betraf, so waren die jüngeren während der meisten seiner Jahre auf Winterfell quengelnde Kleinkinder gewesen. Nur Robb und sein unehelicher Halbbruder Jon Snow waren alt genug, um seiner Aufmerksamkeit wert zu sein. Der Bastard war ein mürrischer Knabe, schnell gekränkt und neidisch auf Theons hohe Abstammung und Robbs ihm gegenüber. Was Robb betraf, brachte Theon ihm durchaus eine gewisse Zuneigung entgegen, wie einem jüngeren Bruder ... allerdings sollte er das besser nicht erwähnen. In Pyke, so schien es, wurde der alte Krieg noch immer ausgefochten. Das sollte ihn nicht überraschen. Die Iron Islands lebten in der Vergangenheit; die Gegenwart war zu hart und bitter, um sie zu ertragen. Außerdem waren sein Vater und sein Onkel alt, und alte Lords legten nun einmal ein solches Gebaren an den Tag; sie nahmen ihre verstaubten Fehden mit ins Grab, vergaßen nichts und verziehen noch weniger.

Mit den Mallisters, seinen Gefährten auf dem Ritt von Riverrun nach Seagard, hatte es sich ähnlich verhalten. Patrek Mallister war kein schlechter Kerl; sie teilten die Vorliebe für Mädchen, Wein und Falkenjagd. Aber als der alte Lord Jason die wachsende Zuneigung seines Erben für Theon bemerkte, hatte er Patrek zur Seite genommen und ihn daran erinnert, daß Seagard allein zum Schutz der Küste vor den Plünderern von den Iron Islands gebaut worden war, deren oberste die Greyjoys von Pyke waren. Hatte man den Dröhnenden Turm nicht nach der riesigen Bronzeglocke benannt, die seit alten Zeiten geläutet wurde, um die Stadtbewohner und Bauern in die Burg zu rufen, sobald Langschiffe am westlichen Horizont auftauchten.

»Und wenn schon«, hatte Patrek hinterher zu Theon gesagt, während er ihm über einem Becher Grünapfelwein die Vorbehalte seines Vaters anvertraute, »diese Glocke wurde in den vergangenen dreihundert Jahren nur ein einziges Mal geläutet.«

»Als mein Bruder Seagard angriff«, erwiderte Theon. Lord Jason hatte Rodrik Greyjoy vor den Mauern der Burg getötet und die Eisenmänner aufs Meer zurückgejagt. »Falls Lord Jason glaubt, ich würde ihm das noch immer nachtragen, dann nur, weil er Rodrik nicht kannte.«

Darüber hatten sie gelacht, während sie zu einer Müllersfrau, einer Liebschaft von Patrek, unterwegs waren. *Wäre Patrek nur hier bei mir.* Mallister oder nicht, er war ein umgänglicherer Gefährte als dieser griesgrämige alte Priester, in den sein Onkel Aeron sich verwandelt hatte.

Der Pfad wand sich höher und höher in die kahlen, steinigen Hügel. Bald geriet das Meer außer Sicht, wenngleich der scharfe

Salzgeruch weiterhin in der feuchten Luft hing. Sie ritten in gleichmäßigem Tempo dahin, an einer Schafweide und einer aufgegebenen Mine vorbei. Dieser neue, heilige Aeron Greyjoj hatte nicht viel fürs Reden übrig. Düsteres Schweigen begleitete sie. Schließlich ertrug Theon es nicht länger. »Robb Stark ist jetzt Lord von Winterfell.«

Aeron ritt weiter. »Ein Wolf ist wie der andere.«

»Robb hat dem Eisernen Thron die Gefolgschaftstreue aufgekündigt und sich zum König des Nordens gekrönt. Es herrscht Krieg.«

»Die Raben der Maester fliegen über Salz und über Fels. Diese Neuigkeit ist alt und kalt.«

»Sie verkündet den Anbruch eines neuen Tages.«

»Jeden Morgen bricht ein neuer Tag an, der dem alten sehr ähnelt.«

»In Riverrun würden sie dir etwas anderes erzählen. Sie behaupten, der rote Komet sei der Herold eines neuen Zeitalters. Ein Bote der Götter.«

»Ein Zeichen ist er fürwahr«, stimmte der Priester zu, »jedoch von unserem Gott, nicht ihrem. Eine Fackel ist er, wie sie unser Volk in alten Zeiten trug. Er ist die Flamme, die der Ertrunkene Gott aus dem Meer brachte, und er verkündet eine steigende Flut. Die Zeit ist gekommen, daß wir die Segel setzen und mit Feuer und Schwert in die Welt zurückkehren, wie wir es einst taten.«

Theon lächelte. »Dem stimme ich zu.«

»Des Menschen Zustimmung bedeutet dem Gott soviel wie die Zustimmung eines Regentropfens dem Sturm.«

Dieser Regentropfen wird eines Tages König sein, alter Mann. Theon hatte genug von der schlechten Laune seines Onkels. Er gab seinem Pferd die Sporen und ritt grinsend voraus.

Es war bereits kurz vor Sonnenuntergang, als sie die Mauer von Pyke erreichten, die sichelförmig aufgeschichteten dunklen Steine, die sich von Klippe zu Klippe erstreckten und nur von dem Torhaus in der Mitte und jeweils drei viereckigen Türmen auf jeder Seite unterbrochen wurden. Noch immer waren die Narben zu erkennen, die Robert Baratheons Katapulte hinterlassen hatten. Ein neuer Südturm war auf den Ruinen des alten errichtet worden, sein Mauerwerk war ein wenig heller und bislang noch nicht von Flechten überzogen. Dort hatte Robert die Bresche geschlagen und war mit der Streitaxt in der Hand und Ned Stark an seiner Seite über Trümmer und Tote in die Burg gestürmt. Theon hatte aus der Sicherheit des Seeturms zugeschaut, und manchmal verfolgten ihn die Fackeln und das dumpfe Grollen der berstenden Mauern noch immer in seinen Träumen.

Das Tor stand für ihn offen, das verrostete Eisengatter war hochgezogen. Die Wachen oben auf den Zinnen betrachteten ihn wie einen Fremden, ihn, Theon Greyjoy, der endlich heimkehrte.

Die Außenmauer umfaßte ein halbes Hundert Morgen Land, begrenzt vom Meer und vom Himmel. Dort befanden sich die Stallungen, die Zwinger und ein Wirrwarr von anderen Nebengebäuden. Schafe und Schweine drängten sich in den Pferchen, derweil die Burghunde frei herumliefen. Im Süden lagen die Klippen und die breite Steinbrücke hinüber zum Großen Bergfried. Zum Tosen der Brandung schwang sich Theon aus dem Sattel. Ein Stallbursche lief herbei und nahm ihm das Pferd ab. Zwei verhärmte Kinder und einige Hörige starrten ihn stumpfsinnig an, doch von seinem Hohen Vater oder sonst jemandem, an den er sich aus seiner Kindheit erinnerte, war keine Spur zu sehen. *Eine trostlose, bittere Heimkehr*, dachte er bei sich.

Der Priester war nicht abgestiegen. »Bleibt Ihr nicht über Nacht und teilt Fleisch und Met mit uns, Onkel?«

»Dich herzubringen, wurde mir aufgetragen. Hier bist du. Jetzt werde ich mich wieder unserem Gott widmen.« Aeron Greyjoy wendete das Pferd und ritt langsam unter den schlammigen Spitzen des Fallgatters hindurch.

Ein verhutzeltes altes Weib in einem unförmigem grauen Kleid näherte sich ihm mißtrauisch. »M'lord, ich soll Euch Eure Gemächer zeigen.«

»Auf wessen Wunsch?«

»Auf den Eures Hohen Vaters, M'lord.«

Theon streifte sich die Handschuhe ab. »Ihr kennt mich also. Warum ist mein Vater nicht hier, um mich zu begrüßen?«

»Er erwartet Euch im Seeturm, M'lord. Nachdem Ihr Euch von der Reise ausgeruht habt.«

Und ich habe Ned Stark für einen kaltherzigen Mann gehalten. »Und wer bist du?«

»Helya. Ich verwalte die Burg für Euren Hohen Vater.«

»Früher war Sylas der Haushofmeister. Sauermaul haben sie ihn genannt.« Theon erinnerte sich an den ständigen Weingeruch im Atem des alten Mannes.

»Jetzt ist er schon fünf Jahre tot, M'lord.«

»Und Maester Qalen? Wo ist der?«

»Ruht im Meer. Wendamyr hütet nun die Raben.«

Es ist, als wäre ich ein Fremder, ging es Theon durch den Kopf. *Nichts hat sich verändert, und dennoch ist alles anders.* »Bring mich in meine Gemächer, Weib«, befahl er. Sie verneigte sich steif und führte ihn über die Landzunge zur Brücke. Zumindest diese war noch so, wie er sie in Erinnerung hatte; die alten Steine glänzten von der Gischt und waren an vielen Stellen mit Flechten überzogen, das Meer schäumte unter ihren Füßen wie eine große wilde Bestie, und der salzige Wind zerrte an Theons Kleidern.

Wann immer er sich seine Heimkehr vorgestellt hatte, so hatte er sich ein behagliches Zimmer im Seeturm ausgemalt, wo er als Kind geschlafen hatte. Statt dessen führte ihn die alte Frau zum Blutturm. Dessen Zimmer waren größer und mit besseren Möbeln ausgestattet, dafür aber auch kühler und feuchter. Theon bekam eine Flucht kalter Räume angewiesen, deren hohe Decken sich im Dämmerlicht verloren. Er wäre wahrscheinlich beeindruckter gewesen, hätte er nicht gewußt, daß eben diese Zimmer dem Turm seinen Namen gegeben hatten. Vor tausend Jahren waren die Söhne des Flußkönigs hier ermordet worden. Man hatte sie in Stücke gehackt und die Stücke ihrer Leiber ihrem Vater aufs Festland geschickt.

Aber Greyjoys waren in Pyke nie ermordet worden, außer einmal, von ihren eigenen Brüdern. Theons Brüder waren allerdings beide schon tot. Daher schaute er sich jetzt keineswegs aus Angst vor Geistern so angewidert um. Die Wandbehänge waren grün, angeschimmelt, die Matratzen waren durchgelegen und rochen muffig, die Binsen waren alt und trocken. Jahre waren vergangen, seit diese Zimmer zum letzten Mal betreten worden waren. Die Feuchtigkeit kroch einem sofort in die Knochen. »Ich wünsche ein Becken mit heißem Wasser und ein Feuer im Kamin«, sagte er zu dem alten Weib. »Und in den anderen Räumen sollen Kohlenpfannen angezündet werden, um die Kälte zu vertreiben. Bei den Göttern, vor allem hol sofort jemanden, der diese Binsen erneuert.«

»Ja, M'lord. Wie Ihr befehlt.« Damit eilte sie davon.

Nach einiger Zeit brachte man das heiße Wasser, um das er gebeten hatte. Es war nur lauwarm, bald wieder abgekühlt und außerdem Meerwasser, dennoch genügte es, den Staub des langen Rittes von Gesicht, Haar und Händen zu waschen. Während zwei Hörige die Kohlenpfannen in Brand setzten, legte Theon seine schmutzige Reisekleidung ab und zog sich frische Kleider an, damit er seinem Vater entgegentreten konnte. Er wählte Stiefel aus geschmeidigem schwarzem Leder, eine weiche silbergraue Schafswollhose und ein schwarzes Samtwams, auf dessen Brust der goldene Krake der Greyjoys gestickt war. Um den Hals hängte er sich eine feine Goldkette, um die Hüfte schnallte er sich einen Gürtel aus weißem Leder. Daran befestigte er an einer Seite einen Dolch, an der anderen ein Langschwert, beide in schwarz-golden gestreiften Scheiden. Er zog den Dolch, prüfte die Schneide, holte den Wetzstein aus seinem Beutel und fuhr damit ein paarmal über die Klinge. Er war stolz darauf, daß er seine Waffen stets scharf hielt. »Wenn ich zurückkomme, erwarte ich ein warmes Zimmer und frische Binsen«, warnte er die Hörigen, während er sich ein Paar schwarze Handschuhe überstreifte, deren Seide mit filigranen Schneckenmustern aus Goldfaden verziert waren.

Über eine überdachte Steinbrücke ging Theon nun hinüber zum

Großen Bergfried. Der Widerhall seiner Schritte vermischte sich mit dem unaufhörlichen Grollen der See unter ihm. Um den Seeturm zu erreichen, mußte er drei weitere Brücken überqueren, jede schmaler als die vorherige. Die letzte bestand nur noch aus Tauwerk und Holz, und im feuchten, salzigen Wind schwankte sie unter seinen Füßen. Als Theon in der Mitte anlangte, schlug ihm das Herz schon bis zum Hals. Tief unter ihm spritzte die Gischt auf, wenn die Wellen gegen den Fels brandeten. In seiner Kindheit war er über diese Brücke *gerannt*, selbst in finsterster Nacht. *Ein Knabe glaubt, ihm könne nichts geschehen,* flüsterte ihm eine zweifelnde Stimme ein, *ein erwachsener Mann weiß es besser.*

Die graue Holztür war mit Eisen beschlagen und von innen verriegelt. Theon hämmerte mit der Faust dagegen und fluchte, als ein Splitter seinen Handschuh aufriß. Das Holz schimmelte, und die Eisenbeschläge rosteten.

Einen Augenblick später wurde die Tür von einer Wache in schwarzem Brustharnisch und Helm geöffnet. »Seid Ihr der Sohn?«

»Aus dem Weg, oder ich zeige Euch, wer ich bin.« Der Mann trat zur Seite. Theon stieg die Wendeltreppe zum Solar hinauf. Dort fand er seinen Vater, der neben einer Kohlenpfanne saß. Sein muffiger Mantel aus Seehundfell hüllte ihn von Kopf bis Fuß ein. Als er die Schritte auf den Steinplatten vernahm, blickte der Lord der Iron Islands auf und musterte seinen letzten verbliebenen Sohn. Er war kleiner, als Theon ihn in Erinnerung hatte. Und so hager. Balon Greyjoy war stets dünn gewesen, aber jetzt erweckte er den Eindruck, die Götter hätten ihn in einen Kessel gesteckt und jede überflüssige Unze Fleisch aus ihm herausgekocht, bis allein Haut und Knochen geblieben waren. Ja, knochendürr und knochenhart war er, sein Gesicht hätte aus Feuerstein gemeißelt sein können. Auch seine Augen ähnelten diesem Stein, so schwarz und scharf blickten sie ihn an, aber die Jahre und der Salzwind hatten sein Haar mit dem Grau des winterlichen Meeres gefärbt, mit weißen Schaumkronen durchsetzt. Offen hing es ihm über den Rücken.

»Neun Jahre, nicht wahr?« sagte Lord Balon schließlich.

»Zehn«, antwortete Theon und zog sich die zerrissenen Handschuhe aus.

»Einen Jungen haben sie mir genommen«, sagte sein Vater. »Was bist du jetzt?«

»Ein Mann«, erwiderte Theon, »Euer Blut und Euer Erbe.«

Lord Balon grunzte. »Man wird sehen.«

»Das werdet Ihr gewiß.«

»Zehn Jahre, sagst du. Stark hatte dich ebenso lange wie ich. Und nun kommst du als sein Gesandter.«

»Nicht als seiner«, entgegnete Theon. »Lord Eddard ist tot, er wurde von der Lannister-Königin enthauptet.«

»Beide sind tot, Stark und dieser Robert, der meine Mauern mit seinen Steinen gebrochen hat. Ich habe geschworen, den Tag zu erleben, an dem man sie zu Grabe trägt, und tatsächlich ist es so gekommen.« Er schnitt eine Grimasse. »Dennoch lassen Kälte und Feuchtigkeit meine Gelenke schmerzen, genauso wie vor ihrem Tod. Was hat es mir also eingebracht?«

»Es bringt uns großen Nutzen ein.« Theon trat näher. »Ich trage einen Brief bei mir –«

»Hat Ned Stark dich in diese Kleider gesteckt?« fiel ihm sein Vater ins Wort. »Fand er Gefallen daran, dich in Samt und Seide zu hüllen und zu seiner süßen Tochter zu machen?«

Theon spürte, wie ihm das Blut ins Gesicht stieg. »Ich bin keines Mannes Tochter. Falls Euch meine Kleidung mißfällt, werde ich andere anlegen.«

»Das wirst du.« Lord Balon warf den Mantel ab, stemmte sich hoch und stand auf. In Theons Erinnerung war sein Vater größer gewesen. »Dieser Flitter um deinen Hals – hast du ihn mit Gold oder mit Eisen bezahlt?«

Theon berührte die Kette. Er hatte es vergessen. *So lange ist es her . . .* Nach den alten Sitten durfte sich eine Frau mit gekauftem Schmuck behängen, ein Krieger hingegen trug nur die Edelsteine, die er den Leichen der von seiner Hand gefallenen Feinde abnahm. *Den eisernen Preis bezahlen*, nannte man das.

»Du errötest wie eine Jungfrau, Theon. Ich habe dir eine Frage gestellt. Hast du dafür den goldenen oder den eisernen Preis gezahlt.«

»Den goldenen«, gestand Theon ein.

Sein Vater packte die Kette und zerrte mit einem so heftigen Ruck daran, daß er Theon fast den Kopf abgerissen hätte, wenn das Metall nicht zuerst nachgegeben hätte. »Meine Tochter hat eine Axt zu ihrem Geliebten gemacht«, sagte Lord Balon. »Und mein Sohn soll sich nicht einer Hure gleich aufputzen.« Er warf die Kette in die Kohlenpfanne, wo sie in die Glut rutschte. »Eben das habe ich befürchtet. In den grünen Landen bist du verweichlicht, und die Starks haben dich zu einem der ihren gemacht.«

»Ihr habt unrecht. Ned Stark war mein Kerkermeister, doch in meinem Blut fließen Salz und Eisen.«

Lord Balon drehte sich um und wärmte seine knochigen Hände über der Kohlenpfanne. »Dennoch schickt dich der Stark zu mir wie einen gut abgerichteten Raben, der seine kleine Botschaft fest umklammert.«

»Der Brief, den ich Euch bringe, enthält gewißlich keine Kleinigkeiten«, erwiderte Theon, »und das Angebot, das er Euch unterbreitet, habe ich ihm vorgeschlagen.«

»Der Wolfskönig hört demnach auf deinen Rat?« Dieser Gedanke schien Lord Balon zu amüsieren.

»Ja, er vertraut mir. Ich habe mit ihm gejagt, habe mit ihm das Fechten geübt, habe Fleisch und Met mit ihm geteilt, bin an seiner Seite in den Krieg gezogen. Ich habe mir sein Vertrauen verdient. Er betrachtet mich wie seinen älteren Bruder, er –«

»Nein.« Anklagend richtete sein Vater den Zeigefinger auf ihn. »Nicht hier, nicht in Pyke, nicht vor meinen Ohren. Wage es nicht, ihn *Bruder* zu nennen, diesen Sohn jenes Mannes, der deine wahren Brüder mit dem Schwert getötet hat. Oder hast du Rodrik und Maron vergessen, in deren Adern das gleiche Blut floß wie in den deinen?«

»Ich vergesse nichts.« Ned Stark hatte keinen seiner Brüder

getötet, wenn man bei der Wahrheit blieb. Rodrik war von Lord Jason Mallister in Seagard erschlagen worden, Maron war zermalmt worden, als der alte Südturm einstürzte ... aber zweifelsohne hätte Stark es getan, wenn der Sturm der Schlacht sie zusammengeführt hätte. »Ich erinnere mich sehr wohl an meine Brüder«, betonte Theon erneut. Hauptsächlich an Rodriks trunkene Schläge und Marons grausamen Spott und endlose Lügen. »Ich erinnere mich zudem an die Zeit, als mein Vater ein König war.« Er zog Robbs Brief vor und hielt ihn Lord Balon hin. »Lest ... Euer Gnaden.«

Sein Vater brach das Siegel und entfaltete das Pergament. Seine schwarzen Augen zuckten hin und her. »Da will mir der Junge also wieder eine Krone schenken«, sagte er, »und dafür brauche ich nur seine Feinde zu vernichten.« Die dünnen Lippen verzogen sich zu einem Lächeln.

»Inzwischen ist Robb am Golden Tooth angekommen«, erläuterte Theon. »Nachdem er ihn eingenommen hat, wird er innerhalb eines Tages die Berge hinter sich gelassen haben. Lord Tywins Heer steht bei Harrenhal und ist vom Westen abgeschnitten. Der Königsmörder wird in Riverrun gefangengehalten. Nur Ser Stafford Lannister und seine unerfahrenen Rekruten können sich Robb im Westen entgegenstellen. Ser Stafford wird sich zwischen Robbs Armee und Lannisport werfen, demzufolge wird die Stadt unbewacht sein, wenn wir von See her angreifen. Falls die Götter mit uns sind, könnte sogar Casterly Rock selbst gefallen sein, bevor die Lannisters überhaupt bemerkt haben, daß wir über sie gekommen sind.«

Lord Balon grunzte. »Casterly Rock ist noch nie eingenommen worden.«

»Bis heute.« Theon lächelte. *Welch süßer Sieg das sein wird.*

Sein Vater erwiderte das Lächeln nicht. »Deshalb hat dich Robb also nach so langer Zeit zu mir zurückgeschickt. Damit du meine Zustimmung zu seinem Plan einholst?«

»Es ist mein Plan, nicht Robbs«, verkündete Theon stolz. *Meiner, und auch der Sieg wird mein sein, und in kurzer Zeit zudem die Krone.* »Ich werde den Angriff persönlich führen, wenn es Euch gefällt. Zur Belohnung würde ich mir Casterly Rock als Sitz erbitten, nachdem wir es den Lannisters abgenommen haben.« Mit Casterly Rock könnte er Lannisport und die goldenen Lande des Westens halten. Das Haus Greyjoy würde Wohlstand und Macht erlangen, wie es sie noch nie in seiner Geschichte besessen hatte.

»Für eine Idee und ein paar wenige Zeilen entlohnst du dich recht stattlich.« Abermals las sein Vater den Brief. »Der Welpe sagt nichts über eine Belohnung. Nur, daß du in seinem Namen sprichst, ich auf dich hören und ihm meine Segel und meine Schwerter geben soll, wofür er mir im Gegenzug eine Krone zugestehen wird.« Sein unbeugsamer Blick suchte den seines Sohnes. »Er wird mir eine Krone *zugestehen*«, wiederholte er mit schneidender Stimme.

»Gewiß, die Wörter sind schlecht gewählt, gemeint ist jedoch –«

»Gemeint ist, was gesagt ist. Der Junge will mir eine Krone *zugestehen*. Was zugestanden wurde, kann man aber aberkennen.« Lord Balon warf den Brief in die Kohlenpfanne an der Kette. Das Pergament wellte sich, verfärbte sich schwarz und flammte auf.

Theon konnte es nicht fassen. »Seid Ihr verrückt geworden?«

Sein Vater schlug ihm hart ins Gesicht. »Halte deine Zunge im Zaum. Du bist nicht mehr in Winterfell, und ich bin nicht Robb, der Knabe. Ich bin der Greyjoy, Lord Schnitter von Pyke, König von Salz und Fels, Sohn des Seewinds, und kein Mann gesteht mir eine Krone zu. Ich zahle den eisernen Preis. Ich nehme mir meine Krone, wie es Urron Rothand vor fünftausend Jahren tat.«

Theon wich vor der plötzlichen Wut in der Stimme seines Vaters zurück. »Dann nehmt sie«, fauchte er. Seine Wange brannte. »Nennt Euch König der Iron Islands, niemand wird sich darum scheren . . . bis der Krieg vorbei ist und der Sieger sich umschaut und den alten Narren erspäht, der mit einer eisernen Krone auf dem Kopf an seiner Küste hockt.«

Lord Balon lachte. »Wenigstens bist du kein Feigling. Genausowenig, wie ich ein Narr bin. Glaubst du, ich hätte meine Schiffe versammelt, um mir anzusehen, wie sie friedlich im Wasser schaukeln? Ich werde mir ein Königreich mit Feuer und Schwert holen ... aber nicht im Westen, und auch nicht, indem ich dem Knaben Robb zu Gefallen bin. Casterly Rock ist zu mächtig, und Lord Tywin ist zu hinterlistig. Ja, wir könnten Lannisport erobern, aber halten würden wir es nie. Nein. Mir steht der Sinn nach einer anderen Traube ... gewiß ist ihr Saft nicht so süß, doch hängt sie reif da, und zudem ungeschützt.«

Wo? Theon hätte die Frage laut aussprechen können, doch er kannte die Antwort längst.

DAENERYS

Die Dothraki nannten den Kometen *shierak qiya*, den Blutenden Stern. Hinter vorgehaltener Hand flüsterten die alten Männer, er sei ein böses Omen, doch Daenerys Targaryen hatte ihn zum ersten Mal in jener Nacht erblickt, in der sie Khal Drogo verbrannt hatte, der Nacht, in der die Drachen erwacht waren. *Er ist der Herold meines Kommens*, sagte sie sich, während sie voller Staunen zum Nachthimmel hinaufschaute. *Die Götter haben ihn gesandt, um mir den Weg zu weisen.*

Doch als sie ihren Gedanken Ausdruck verlieh, jammerte ihre Magd Doreah: »In dieser Richtung liegen die roten Lande, *Khaleesi*. Die Reiter sagen, das sei ein grimmiger, schrecklicher Ort.«

»Die Richtung, in die der Komet zeigt, ist die Richtung, die wir einschlagen müssen«, beharrte Dany . . . allerdings war es in Wahrheit auch der einzige Weg, der ihr offenstand.

Sie wagte es nicht, sich nach Norden zu wenden, auf den riesigen Ozean aus Gras hinaus, den sie das Dothrakische Meer nannten. Das erste *khalasar*, dem sie begegneten, würde ihren mitgenommenen Haufen verschlingen, die Krieger niedermetzeln und den Rest versklaven. Das Land der Lämmermenschen südlich des Flusses durfte sie ebenfalls nicht betreten. Sie waren zu wenige, um sich selbst gegen dieses friedliebende Volk zu verteidigen, und die Lhazareen hatten keinen Grund, sich ihnen gegenüber freundlich zu zeigen. Des weiteren hätten sie flußabwärts zu den Häfen Meereen, Yunkai und Astapor ziehen können, allerdings hatte Rakharo sie davor gewarnt, da Ponos *khalasar* diese Richtung eingeschlagen hatte und Tausende von Gefangenen vor sich hertrieb, um sie auf den Märkten an der Sklavenjägerbucht zu verkaufen.

»Warum sollte ich mich vor Pono fürchten?« wandte Dany ein. »Er war Drogos *ko* und mir stets wohl gesonnen.«

»Ko Pono war Euch wohl gesonnen«, meinte Ser Jorah Mormont. »Khal Pono wird Euch töten. Er hat Drogo als erster verlassen. Zehntausend Krieger sind mit ihm gegangen. Ihr habt hundert.«

Nein, dachte Dany. *Ich habe vier. Der Rest sind Frauen, kranke alte Männer und Knaben, deren Haar noch nie geflochten wurde.* »Ich habe die Drachen«, meinte sie.

»Küken«, entgegnete Ser Jorah. »Ein einziger Hieb eines *arakh* würde ihr Leben beenden, obwohl Pono sie vermutlich für sich selbst behalten würde. Eure Dracheneier waren bereits wertvoller als Rubine. Einen lebendigen Drachen kann man mit allem Gold der Welt nicht bezahlen. Nur diese drei gibt es noch. Jeder Mann, der sie zu Gesicht bekommt, wird sie besitzen wollen, meine Königin.«

»Sie gehören mir«, antwortete sie heftig. Ihr Glaube und ihre Not hatten sie geboren, der Tod ihres Gemahls und ihres ungeborenen Sohnes und der *maegi* Mirri Maz Duur hatten ihnen das Leben geschenkt. Dany war durch die Flammen geschritten, als sie schlüpften, und sie hatte sie an ihren geschwollenen Brüsten gesäugt. »Kein Mann wird sie mir wegnehmen, nicht solange ich lebe.«

»Wenn Ihr auf Khal Pono stoßt, werdet Ihr nicht mehr lange leben. Das gleiche gilt für Khal Jhaqo und die anderen. Ihr müßt dorthin gehen, wo sie nicht sind.«

Dany hatte ihn zum Ersten ihrer Königinnengarde ernannt ... und da sein ehrlicher Rat und das Omen übereinstimmten, war ihr Ziel beschlossene Sache. Sie rief ihr Volk zusammen und bestieg ihre silberne Stute. Ihr Haar war in den Flammen von Drogos Totenfeuer verbrannt, und ihre Mägde hatten sie in das Fell des *hrakkar*, des weißen Löwen vom Dothrakischen Meer, gehüllt. Dessen furchterregender Kopf bildete eine Kapuze für ihren Schädel, sein Pelz wallte über ihre Schultern und ihren Rücken. Der cremefarbene Drache krallte sich mit scharfen Klauen in die Löwenmähne und schlang den Schwanz um ihren Arm, während Ser Jorah seinen Platz an ihrer Seite einnahm.

»Wir folgen dem Kometen«, erklärte Dany ihrem *khalasar*. Kein Laut des Widerspruchs erhob sich. Sie waren Drogos Volk gewesen, jetzt waren sie das ihre. *Die Unverbrannte* nannten sie ihre Herrscherin, die *Mutter der Drachen*. Ihr Wort war Gesetz.

Sie ritten des Nachts und suchten bei Tag in ihren Zelten Schutz vor der Sonne. Bald schon erkannte Dany, wie recht Doreah gehabt hatte. Dieses Land war unbarmherzig. Hinter sich ließen sie eine Spur von toten und sterbenden Pferden zurück, da Pono, Jhaqo und die anderen die besten Tiere aus Drogos Herden genommen und Dany die alten und abgemagerten, die kranken und lahmen, die zerschundenen und ungehorsamen hinterlassen hatten. Genauso verhielt es sich mit den Menschen. *Sie sind nicht stark,* sagte sie sich, *daher muß ich ihnen Kraft geben. Ich darf keine Angst, keine Schwäche, keinen Zweifel zeigen. Wie groß meine Furcht auch ist, wenn sie in mein Gesicht blicken, dürfen sie nur Drogos Königin sehen.* Vierzehn Jahre war sie alt, dennoch fühlte sie sich viel älter. Falls sie jemals wirklich ein Mädchen gewesen war, hatte diese Zeit ein Ende gefunden.

Nach dreitägigem Marsch starb der erste Mann. Der zahnlose Alte mit trüben blauen Augen fiel aus dem Sattel und konnte nicht mehr aufstehen. Eine Stunde später war es mit ihm vorbei. Blutfliegen umschwärmten seine Leiche und trugen sein Unglück zu den Lebenden. »Seine Tage waren gezählt«, verkündete ihre Magd Irri. »Niemand sollte länger leben als seine Zähne.« Die anderen stimmten zu. Dany befahl Ihnen, das schwächste der halbtoten Pferde zu schlachten, damit der tote Mann beritten in die Länder der Nacht einziehen konnte.

Zwei Nächte später traf es ein kleines Mädchen. Die trauernde Mutter klagte den ganzen Tag über, aber an den Tatsachen ließ sich nichts ändern. Das arme Ding war zu klein gewesen, um reiten zu können. Dem Kind standen die endlosen schwarzen Grasebenen in den Ländern der Nacht nicht offen; es mußte wiedergeboren werden.

In der roten Ödnis fanden sie kaum Futter für die Tiere und noch weniger Wasser. Die trostlose Landschaft bestand aus niedrigen Hügeln und kargen, windigen Ebenen. Die Flüsse, die sich hindurchzogen, waren ausgetrocknet. Die Pferde lebten von zähem braunem Teufelsgras, welches büschelweise um Felsen und abgestorbene Bäume herum wuchs. Dany schickte Kundschafter aus, die jedoch weder Brunnen noch Quellen entdeckten, nur seichte Tümpel mit schalem, stehendem Wasser, das in der heißen Sonne verdunstete. Je tiefer sie in die Wüste eindrangen, desto kleiner wurden die Tümpel, während die Abstände zwischen ihnen zunahmen. Falls es in dieser weglosen Wildnis aus Stein und Sand und rotem Lehm Götter gab, so waren sie hart und trocken und jedem Gebet um Regen gegenüber taub.

Zuerst ging der Wein aus, bald darauf die geronnene Stutenmilch, welche die Dothraki lieber tranken als Met. Dann neigten sich die Vorräte an Fladenbrot und getrocknetem Fleisch dem Ende zu. Die Jäger fanden kein Wild, und so füllte ihnen ausschließlich das Fleisch der toten Pferde die Bäuche. Ein Todesfall folgte dem anderen. Schwache Kinder, verhutzelte alte Frauen, die Kranken, die Dummen, die Achtlosen, dieses grausame Land forderte sie ohne Gnade für sich. Doreah magerte ab, ihre Augen lagen tief in den Höhlen, und ihr Haar wurde stumpf und spröde.

Dany hungerte und dürstete mit ihnen. Ihre Brüste trockneten aus und gaben keine Milch mehr, die Warzen rissen auf und bluteten, und Tag für Tag magerte sie mehr ab, bis sie dürr und hart wie ein Stock war. Trotzdem galt ihre Sorge allein ihren Drachen. Ihr Vater war vor ihrer Geburt getötet worden, und ihr prächtiger Bruder Rhaegar ebenfalls. Ihre Mutter hatte sie zur Welt gebracht, während draußen ein Sturm toste. Der gute Ser Willem Darry, der sie auf seine Art geliebt haben mußte, war in ihrer Kindheit an einer Krankheit gestorben. Ihren Bruder Viserys und Khal Drogo, ihre Sonne, ihre Sterne, selbst ihren ungeborenen Sohn hatten die Götter zu sich gerufen. *Doch meine Drachen bekommen sie nicht,* schwor Dany. *Niemals.*

Die Drachen waren nicht größer als die Katzen, die einst über die Mauern von Magister Illyrios Anwesen in Pentos geschlichen waren ... solange sie die Flügel nicht entfalteten. Ihre Spannweite war dreimal so groß wie ihre Länge, und jede Schwinge war ein Fächer aus zarter, durchscheinender Haut von prächtiger Farbe. *So kleine Dinger*, dachte sie, während sie ihnen aus der Hand Futter reichte. Aber die Drachen fraßen nicht. Sie zischten nur und spuckten die blutigen Häppchen Pferdefleisch aus ... bis Dany sich eines Tages an etwas erinnerte, das Viserys ihr gesagt hatte.

Allein Drachen und Menschen essen gekochtes Fleisch.

Daraufhin ließ sie das Fleisch von den Mägden rösten, und nun zerrissen die Drachen es gierig und zuckten wie Schlangen mit den Köpfen. Sie schluckten, was immer man ihnen darbot, gelegentlich das Mehrfache ihres eigenen Körpergewichts, und endlich wuchsen sie und wurden kräftiger. Dany bewunderte ihre weichen Schuppen und die *Hitze*, die von ihnen ausging, so spürbar, als würden ihre kleinen Leiber dampfen.

Bei Einbruch der Dunkelheit brach das *khalasar* auf, und jeweils einen der Drachen ließ Dany auf ihrer Schulter reiten. Irri und Jhiqui beförderten die beiden anderen in einem Holzkäfig, der zwischen ihren Pferden hing, und blieben dicht hinter ihr, damit die Kleinen ihre Mutter stets sehen konnten. Nur auf diese Weise konnte man sie still halten.

»Aerons Drachen wurde nach den Göttern des alten Valyria benannt«, erklärte sie ihren Blutreitern eines Morgens nach langem nächtlichem Marsch. »Visenyas Drache war Vhagar, Rhaenys hieß Meraxes, und Aegon ritt auf Balerion, dem Schwarzen Schrecken. Man erzählt sich, Vhagars Atem war so heiß, daß er eine Ritterrüstung schmelzen und den Mann darin kochen konnte. Meraxes schluckte angeblich ganze Pferde, und Balerion ... sein Feuer war so schwarz wie seine Schuppen, und seine Schwingen so breit, daß ganze Städte in ihren Schatten getaucht wurden, wenn er darüber hinwegflog.«

Die Dothraki bedachten ihre Kleinen mit unbehaglichen Blicken.

Der größte der drei glänzte schwarz, und seine Schuppen waren passend zu den Flügeln und Hörnern mit Streifen von grellem Scharlachrot gemustert. »*Khaleesi*«, murmelte Aggo, »dort sitzt der wiedergeborene Balerion.«

»Vielleicht ist es so, Blut von meinem Blut«, erwiderte Dany ernst, »doch er soll für sein neues Leben einen anderen Namen erhalten. Ich werde sie nach jenen benennen, welche die Götter mir genommen haben. Der Grüne heißt Rhaegar, nach meinem kühnen Bruder, der am grünen Ufer des Trident den Tod fand. Der creme- und goldfarbene heißt Viserion. Viserys war grausam und schwächlich, und doch war er mein Bruder. Sein Drache wird vollbringen, was ihm nicht vergönnt war.«

»Und das schwarze Tier?« fragte Ser Jorah Mormont.

»Der Schwarze«, antwortete sie, »ist Drogon.«

Indes ihre Drachen prächtig gediehen, schwand ihr *khalasar* dahin. Das Land wurde immer öder und karger. Nun fand sich sogar Teufelsgras nur noch selten; Pferde blieben plötzlich stehen und brachen zusammen. Viele Menschen mußten bereits zu Fuß gehen. Doreah litt unter Fieber und wurde mit jeder Meile schwächer. Ihre Lippen und Hände waren mit Blutblasen übersät, ihr Haar fiel büschelweise aus, und eines Abends mangelte es ihr an der Kraft, ihr Pferd zu besteigen. Jhogo sagte, man müsse sie entweder zurücklassen oder im Sattel festbinden, doch Dany erinnerte sich an eine Nacht auf dem Dothrakischen Meer, als das Mädchen aus Lys sie Geheimnisse gelehrt hatte, mit deren Hilfe sie Drogos Liebe noch vermehren könnte. Sie flößte Doreah Wasser aus ihrem eigenen Schlauch ein, kühlte ihre Stirn mit einem feuchten Tuch und hielt ihre Hand, bis sie zitternd starb. Erst dann erlaubte sie dem *khalasar*, weiterzumarschieren.

Von anderen Reisenden fanden sie keine Spur. Die Dothraki flüsterten einander ängstlich zu, der Komet führe sie in die Hölle. Eines Morgens trat Dany zu Ser Jorah, während sie das Lager inmitten eines Gewirrs schwarzer Steine errichteten. »Haben wir uns verirrt?« fragte sie ihn. »Hat diese Wüste denn gar kein Ende?«

»Doch, das hat sie«, antwortete er müde. »Ich habe die Karten von Kaufleuten gesehen, meine Königin. Nur wenige Karawanen wählen diesen Weg, das stimmt wohl, dennoch liegen im Osten große Königreiche und Städte voller Wunder. Yi TI, Qarth, Asshai am Schatten . . .«

»Werden wir lebend dort ankommen?«

»Ich will Euch nicht belügen. Der Weg dorthin ist härter, als ich anzunehmen wagte.« Das graue Gesicht des Ritters zeigte seine Erschöpfung. Die Wunde an seiner Hüfte, die er erhalten hatte, als er gegen Khal Drogos Blutreiter gekämpft hatte, war nie ganz ausgeheilt; stets verzog er das Gesicht vor Schmerz, wenn er sein Pferd bestieg, und im Sattel sank er während des Ritts in sich zusammen. »Vielleicht ereilt uns das Verhängnis, wenn wir weiterziehen . . . aber ganz gewiß sind wir verdammt, wenn wir umkehren.«

Dany küßte ihn sanft auf die Wange. Sein Lächeln gab ihr Mut. *Auch ihm muß ich meine Kraft geben,* dachte sie grimmig. *Mag er ein Ritter sein, ich bin vom Blut der Drachen.*

Das Wasser des nächsten Tümpels, auf den sie stießen, war brühend heiß und stank nach Schwefel, aber ihre Schläuche waren so gut wie leer. Die Dothraki ließen das Wasser in Krügen und Töpfen abkühlen und tranken es lauwarm. Der Geschmack wurde dadurch nicht besser, immerhin war es Wasser, und sie waren halb verdurstet. Dany blickte voller Verzweiflung zum Horizont. Sie hatte ein Drittel ihres Volkes verloren, und weiterhin erstreckte sich die Wüste öde und rot und endlos vor ihnen. *Der Komet verspottet mich,* ging es ihr durch den Kopf, während sie den Himmel absuchte. *Habe ich die halbe Welt durchquert und die Geburt von Drachen gesehen, nur um mit ihnen in dieser heißen, harten Wüste zu sterben?* Sie wollte es nicht glauben.

Am nächsten Tag befanden sie sich zu Beginn der Dämmerung auf einer von Rissen und Spalten durchzogenen roten Ebene. Dany wollte gerade befehlen, das Lager aufzuschlagen, da galoppierten die Kundschafter ins Lager. »Eine Stadt, *Khaleesi*!« riefen sie. »Eine

Stadt, bleich wie der Mond und lieblich wie eine Maid. Keine Stunde von hier entfernt.«

»Zeigt sie mir«, sagte sie.

Dann tauchte die Stadt mit ihren weißen Mauern und Türmen, die durch einen Schleier von Hitze schimmerten, vor ihr auf, und der Anblick war so erhaben, daß Dany ihn für ein Trugbild hielt. »Wißt Ihr, welcher Ort das ist?« erkundigte sie sich bei Ser Jorah.

Der verbannte Ritter schüttelte müde den Kopf. »Nein, das weiß ich nicht, meine Königin. So weit hat es mich nie nach Osten verschlagen.«

Die fernen weißen Mauern versprachen Ruhe und Sicherheit, eine Möglichkeit, sich zu erholen und zu stärken, und Dany wäre am liebsten weitergeeilt. Statt dessen wandte sie sich an ihre Blutreiter: »Blut von meinem Blut, geht voraus, bringt den Namen dieser Stadt in Erfahrung und auch, ob man uns willkommen heißen wird.«

»Ja, *Khaleesi*«, antwortete Aggo.

Es dauerte nicht lange, bis ihre Reiter zurückkehrten. Rakharo schwang sich aus dem Sattel. An seinem mit Medaillons geschmückten Gürtel hing der *arakh*, den Dany ihm verliehen hatte, als sie ihn zu ihrem Blutreiter erklärt hatte. »Diese Stadt ist tot, *Khaleesi*. Namenlos und gottlos liegt sie vor uns, die Tore sind zerstört, nur Wind und Fliegen ziehen durch die Straßen.«

Jhiqui erschauerte. »Wenn selbst die Götter verschwunden sind, werden dort die bösen Geister bei Nacht ihre Feste abhalten. Solche Orte darf man nicht betreten. Das ist bekannt.«

»Das ist bekannt«, stimmte Irri zu.

»Mir nicht.« Dany gab ihrem Pferd die Sporen und führte sie voran, trabte unter dem halbzerfallenen Bogen des alten Tores hindurch und eine stille Straße hinunter. Ser Jorah und die Blutreiter folgten ihr, danach kamen, deutlich langsamer, die übrigen Dothraki.

Wie lange die Stadt bereits verlassen war, konnte man nicht erkennen, aber die weißen Mauern, die aus der Ferne so prächtig aussahen, waren von nahem besehen rissig und geborsten. Im Inneren stießen sie auf ein Labyrinth schmaler, verwinkelter Gassen. Die Gebäude drängten sich aneinander, ihre Fassaden waren leer, kalkig, fensterlos. Alles war weiß, als hätten die Menschen, die hier einst lebten, keine Farbe gekannt. Sie ritten an Trümmerhaufen von eingestürzten Häusern vorbei, und an manchen Stellen entdeckten sie die verblaßten Spuren von Feuer. Auf einem Platz, wo sechs Straßen aufeinandertrafen, ritt Dany an einem leeren Sockel vorbei. Offensichtlich hatten schon früher Dothraki diesen Ort aufgesucht. Vielleicht stand die fehlende Statue nun bei den geplünderten Göttern in Vaes Dothrak. Möglicherweise war sie hundert Mal daran vorbeigegangen, ohne es zu wissen. Auf ihrer Schulter *zischte* Viserion.

Sie lagerten auf einer windigen Stelle vor einem zerfallenen Platz, wo das Teufelsgras zwischen den Pflastersteinen wuchs. Dany schickte Männer los, um die Ruinen zu durchsuchen. Zwar brachen sie nur widerwillig auf, gehorchten jedoch ... und kurze Zeit darauf kehrte ein alter Mann hüpfend und grinsend zurück und hielt Feigen in der Hand. Waren sie auch klein und welk, ihr Volk riß sich gierig darum und kaute glückselig mit vollen Wangen.

Andere kamen zurück und erzählten, sie hätten weitere Obstbäume gefunden, die hinter verschlossenen Türen in verborgenen Gärten standen. Aggo zeigte ihr einen Hof, der von Weinranken mit winzigen Trauben überwuchert war, und Jhogo entdeckte einen Brunnen mit sauberem, kaltem Wasser. Doch auch auf Knochen stießen sie, Schädel von Toten, die nicht beerdigt worden waren und ausgebleicht und zertrümmert herumlagen. »Geister«, murmelte Irri, »fürchterliche Geister. Wir dürfen nicht hierbleiben, *Khaleesi,* dieser Ort gehört ihnen.«

»Ich fürchte mich nicht vor Geistern. Drachen sind weitaus mächtiger.« *Und Feigen sind wichtiger.* »Geh mit Jhiqui los und such sauberen Sand, damit ich baden kann, und erspar mir dein dummes Gerede.«

In der Kühle ihres Zeltes röstete Dany Pferdefleisch über einer

Kohlenpfanne und überlegte, welche Möglichkeiten sich ihr boten. Hier gab es Nahrung und Wasser, um zu überleben, und genug Gras, damit die Pferde wieder zu Kräften kommen konnten. Wie schön wäre es doch, jeden Tag an gleicher Stelle aufzuwachen, in den schattigen Gärten zu weilen, Feigen zu essen und soviel kühles Wasser zu trinken, wie sie begehrte.

Nachdem Irri und Jhiqui mit Töpfen voll Sand zurückgekehrt waren, zog sich Dany aus und ließ sich von ihnen abscheuern. »Euer Haar wächst wieder, *Khaleesi*«, bemerkte Jhiqui, während sie den Sand von ihrem Rücken kratzte. Dany strich sich über den Kopf und spürte die Stoppeln. Die Männer der Dothraki trugen ihr Haar in langen Zöpfen, die sie mit Öl einrieben; die wurden ihnen nur bei einer Niederlage im Kampf abgeschnitten. *Vielleicht sollte ich es genauso halten*, überlegte sie, *um sie daran zu erinnern, daß Drogos Kraft in mir weiterlebt*. Khal Drogos Haar war niemals geschnitten worden, und damit konnten sich nur wenige Männer brüsten.

Auf der anderen Seite des Zeltes breitete Rhaegar die Schwingen aus, flatterte und flog einen halben Fuß auf, ehe er wieder auf den Teppich plumpste. Bei der Landung schlug er wütend mit dem Schwanz, reckte den Hals und kreischte. *Hätte ich Flügel, würde ich auch fliegen wollen*, dachte Dany. Die Targaryens der alten Zeiten waren auf dem Rücken von Drachen in den Krieg gezogen. Sie versuchte sich vorzustellen, wie es wohl war, wenn man auf einem Drachenhals saß und hoch in die Luft schwebte. *Es muß sein, als stehe man auf einem Berg, nur noch schöner. Die ganze Welt liegt dir zu Füßen. Wenn ich hoch genug fliege, kann ich sogar die Sieben Königslande sehen und die Hand nach dem Kometen ausstrecken.*

Irri riß sie aus ihrem Tagtraum und kündigte Ser Jorah Mormont an, der draußen auf sie warte. »Schick ihn herein«, befahl Dany, deren sauber gescheuerte Haut kribbelte. Sie hüllte sich in die Löwenhaut. Der *hrakkar* war viel größer gewesen als Dany, daher konnte sie mit dem Pelz alle Körperteile bedecken, von denen es der Anstand verlangte.

»Ich habe einen Pfirsich für Euch«, sagte Ser Jorah und kniete nieder. Die Frucht war so klein, daß Dany sie mit der Hand ganz umfassen konnte, und noch dazu überreif, doch als sie davon kostete, war das Fleisch so süß, daß sie beinahe zu weinen begonnen hätte. Sie aß langsam und genoß jeden Bissen, während Ser Jorah ihr von dem Pfirsichbaum erzählte, der in einem Garten nahe der Westmauer stand.

»Obst und Wasser und Schatten«, meinte Dany. Ihre Wangen klebten vom Saft des Pfirsichs. »Die Götter meinen es gut mit uns, da sie uns hierhergeführt haben.«

»Wir sollten ausruhen, bis wir wieder zu Kräften gekommen sind«, drängte der Ritter. »Die roten Lande kennen kein Erbarmen mit den Schwachen.«

»Meine Mägde behaupten, hier gebe es Geister.«

»Überall gibt es Geister«, erwiderte Ser Jorah leise. »Wir tragen sie mit uns herum, wohin auch immer wir gehen.«

Ja. Viserys, Khal Drogo, mein Sohn Rhaego, sie sind stets bei mir. »Verratet mir den Namen von Eurem Geist, Jorah. Die meinen kennt Ihr bereits.«

Sein Gesicht erstarrte. »Sie hieß Lynesse.«

»Eure Gemahlin.«

»Meine zweite Gemahlin.«

Es schmerzt ihn, darüber zu sprechen. Danny bemerkte es wohl, aber sie wollte die ganze Wahrheit hören. »Ist das alles, was Ihr über sie sagen könnt?« Das Löwenfell glitt von einer Schulter, und sie zog es wieder hoch. »War sie hübsch?«

»Wunderschön.« Ser Jorah löste den Blick von ihrer Schulter und sah ihr ins Gesicht. »Als ich sie das erste Mal erblickt habe, glaubte ich, eine Göttin sei auf die Erde herabgestiegen, die Jungfrau selbst, in Fleisch und Blut. Von Geburt aus stand sie weit über mir. Sie war die jüngste Tochter des Lord Leyton Hightower von Oldtown. Der Weiße Bulle, der Eures Vaters Königsgarde anführte, war ihr Onkel. Die Hightowers sind eine alte Familie, sehr reich und sehr stolz.«

»Und loyal«, ergänzte Dany. »Viserys hat mir erzählt, die

Hightowers hätten zu jenen gehört, die meinem Vater die Treue hielten.«

»Das stimmt«, gab er zu.

»Hat Euer Vater die Ehe vermittelt?«

»Nein«, antwortete er. »Unsere Heirat . . . aber das ist eine lange Geschichte und außerdem langweilig, Euer Gnaden. Ich will Euch nicht damit belästigen.«

»Ich habe nichts anderes zu tun«, sagte sie. »Bitte.«

»Wie meine Königin befiehlt.« Ser Jorah runzelte die Stirn. »Meine Heimat – soviel müßt Ihr wissen, um den Rest zu verstehen – Bear Island ist wunderschön, wenn auch sehr abgelegen. Stellt Euch knorrige alte Eichen und hohe Kiefern vor, blühende Dornbüsche, graue, moosige Steine, kleine eiskalte Bäche, die steile Berge hinunterrauschen. Die Halle der Mormonts wurde aus riesigen Baumstämmen gebaut und ist von einer Erdpalisade umgeben. Abgesehen von einigen Pächtern lebt der größte Teil meines Volkes entlang der Küste vom Fischfang. Die Insel liegt weit im Norden, und die Winter bei uns sind härter, als Ihr Euch vorzustellen vermögt, *Khaleesi*.

Dennoch gefiel mir die Insel sehr, und auch an Frauen herrschte dort kein Mangel. Ich fand genug Fischerfrauen und Töchter der Pächter, und zwar sowohl vor als auch nach meiner Heirat. Ich wurde jung vermählt, mit einer Braut, die mein Vater erwählt hatte, einer Glover aus Deepwood Motte. Zehn Jahre dauerte unsere Ehe, jedenfalls fast. Meine Gemahlin hatte ein einfaches Gesicht, war aber eine gute Frau. Ich glaube, nach einer Weile habe ich sie sogar geliebt, obwohl unsere Verbindung eher von Pflicht denn von Leidenschaft geprägt war. Dreimal hat sie vergeblich versucht mir einen Erben zu schenken. Von der letzten Fehlgeburt hat sie sich nicht erholt. Kurz danach starb sie.«

Dany legte ihre Hand auf die seine und drückte sie sanft. »Seid Euch meines Mitgefühls gewiß.«

Sehr Jorah nickte. »Inzwischen hatte mein Vater das Schwarz angelegt, daher war ich nach Recht und Gesetz Lord von Bear

Island. Viele Heiratsanträge lagen mir vor, aber ehe ich eine Entscheidung treffen konnte, erhob sich Lord Balon Greyjoy gegen den Usurpator, und Ned Stark rief zu den Fahnen, um seinem Freund Robert beizustehen. Die letzte Schlacht wurde auf Pyke geschlagen. Nachdem Roberts Katapulte eine Bresche in König Balons Mauer gerissen hatten, schlüpfte ein Priester aus Myr als erster hindurch, und ich folgte dicht hinter ihm. Dafür wurde ich zum Ritter geschlagen.

Um seinen Sieg zu feiern, ordnete Robert ein Turnier an, das vor Lannisport stattfinden sollte. Dort sah ich Lynesse zum ersten Mal, eine Maid, halb so alt wie ich. Sie war mit ihrem Vater aus Oldtown angereist, weil sie ihren Brüdern beim Tjost zuschauen wollte. Ich konnte den Blick nicht von ihr abwenden. In einem Anfall von Übermut flehte ich sie an, beim Turnier ihre Schleife tragen zu dürfen, und obwohl ich mir niemals hätte träumen lassen, daß sie meiner Bitte zustimmte, sagte sie ja.

Ich kämpfte so gut wie jeder andere, *Khaleesi*, bei Turnieren habe ich mich jedoch nie besonders wacker geschlagen. Allein, mit Lynesses Schleife um meinen Arm war ich ein anderer Mann. Ich gewann einen Tjost nach dem anderen. Lord Jason Mallister wurde von mir aus dem Sattel geworfen, Bronze Yohn Royce, Ser Ryman Frey, sein Bruder Ser Hosteen, Lord Whent, sogar Ser Boros Blount von der Königsgarde. Im letzten Zweikampf zerbrach ich neun Lanzen gegen Jaime Lannister, und noch immer waren wir zu keiner Entscheidung gekommen, und so überreichte König Robert mir am Ende den Lorbeerkranz des Siegers. Ich krönte Lynesse zur Königin der Liebe und der Schönheit, und in jener Nacht wagte ich mich zu ihrem Vater vor und bat um ihre Hand. Ich war trunken, gleichermaßen vom Triumph und vom Wein. Dem Rechte nach hätte ich mit einer Ablehnung rechnen müssen, doch Lord Leyton stimmte zu. Wir heirateten noch in Lannisport, und vierzehn Tage lang war ich der glücklichste Mann der Welt.«

»Nur vierzehn Tage lang?« fragte Dany. *Selbst mir wurde mehr Glück mit Drogo beschieden, meiner Sonne, meinen Sternen.*

»So lange dauerte die Reise von Lannisport nach Bear Island. Meine Heimat war für Lynesse eine große Enttäuschung. Bear Island war kalt, feucht, abgelegen, und meine Burg lediglich eine große Holzhalle. Wir hielten keine Maskenspiele ab, kein Mimentheater, keine Bälle und keine Jahrmärkte. Manchmal vergingen Jahre, bis sich wieder einmal ein Sänger zu uns verirrte, und auf der Insel gab es auch keinen Goldschmied. Sogar das Essen mißfiel ihr. Über Braten und Eintopf hinaus kannte mein Koch wenige Rezepte, und Lynesse verging bald der Appetit auf Fisch und Wild.

Ich lebte nur, um sie lächeln zu sehen, und so schickte ich nach Oldtown nach einem neuen Koch und ließ einen Harfner aus Lannisport kommen. Goldschmiede und Schneider trieb ich für sie auf, aber all meine Bemühungen genügten ihr nicht. Bear Island ist reich an Bären und Bäumen, an allem anderen jedoch arm. Ich baute ein hübsches Schiff für sie, und wir fuhren nach Lannisport und Oldtown zu Festen und Jahrmärkten, einmal gar nach Braavos, wo ich mich bei den Geldverleihern schwer verschuldete. Als Sieger eines Turniers hatte ich ihr Herz und ihre Hand errungen, und so nahm ich um ihretwillen an weiteren Turnieren teil, doch die Magie war verschwunden. Nicht ein einziges Mal konnte ich mich hervortun, und jede Niederlage bedeutete den Verlust eines Streitrosses und einer Rüstung. Das Geld dafür vermochte ich nicht länger aufzubringen. Schließlich bestand ich auf unsere Heimkehr, und dort angekommen, wurde alles noch viel schlimmer. Ich konnte selbst den Koch und den Harfner nicht mehr bezahlen, und Lynesse tobte vor Zorn, als ich ihr gestand, daß ich ihre Edelsteine verpfänden wolle.

Der Rest ... nun, ich tat Dinge, für die ich mich heute schäme. Um des lieben Goldes willen. Damit Lynesse ihren Schmuck behalten konnte, ihren Harfner und ihren Koch. Am Ende verlor ich alles. Als ich hörte, daß Eddard Stark nach Bear unterwegs war, war ich so ehrvergessen und blieb nicht, um sein Urteil zu hören, sondern floh statt dessen mit Lynesse in die Verbannung. Allein unsere Liebe sei von Wichtigkeit, redete ich mir ein. So landeten wir in

Lys, wo ich mein Schiff verkaufte, damit wir von dem Geld leben konnten.«

In seiner Stimme schwang tiefer Kummer mit, und Dany wollte nicht weiter in ihn dringen, trotzdem mußte sie doch wissen, welchen Ausgang die Geschichte genommen hatte. »Ist sie dort gestorben?« fragte sie leise.

»Nur für mich«, antwortete er. »Nach einem halben Jahr war mein Gold aufgebraucht, und ich mußte mich als Söldner verdingen. Während ich am Rhoyne gegen die Braavosi kämpfte, zog Lynesse zu einem reichen Kaufmann namens Tregar Ormollen. Es heißt, sie sei inzwischen seine Lieblingskonkubine, und selbst seine Frau fürchte sich vor ihr.«

Dany war entsetzt. »Haßt Ihr sie?«

»Fast so sehr, wie ich sie einst geliebt habe«, erwiderte Ser Jorah. »Bitte entschuldigt mich, meine Königin. Ich bin sehr erschöpft.«

Sie erteilte ihm die Erlaubnis, sie zu verlassen, doch als er die Zeltklappe aufhob, konnte sie einer letzten Frage nicht widerstehen. »Wie hat sie ausgesehen, Eure Lady Lynesse?«

Ser Jorah lächelte traurig. »Nun, sie hatte ein wenig Ähnlichkeit mit Euch, Daenerys.« Er verneigte sich tief. »Schlaft wohl, meine Königin.«

Dany zitterte und zog das Löwenfell enger um sich. *Sie sah mir ähnlich. Er begehrt mich*, begriff sie jetzt. *Er liebt mich, wie er sie einst liebte, nicht so, wie ein Ritter seine Königin liebt, sondern wie ein Mann eine Frau.* Sie versuchte sich vorzustellen, in seinen Armen zu liegen, ihn zu küssen, ihm Vergnügen zu bereiten, ihn in sich eindringen zu lassen. Es war unmöglich. Sobald sie die Augen schloß, verwandelte sich sein Gesicht in das von Khal Drogo.

Khal Drogo war ihre Sonne, ihre Sterne gewesen, und vielleicht der letzte Mann in ihrem Leben. Die *maegi* Mirri Maz Duur hatte geschworen, Dany würde niemals einem Kind das Leben schenken, und welcher Mann wollte schon eine unfruchtbare Frau? Ja, und welcher Mann konnte hoffen, neben Drogo zu bestehen, der gestorben war, ohne daß man ihm je das Haar geschnitten hatte, und der jetzt durch die Länder der Nacht ritt, wo die Sterne sein *khalasar* bildeten.

Sie hatte die Sehnsucht in Ser Jorahs Stimme bemerkt, als er von Bear Island gesprochen hatte. *Mich wird er nie bekommen, doch eines Tages werde ich vielleicht in der Lage sein, ihm seine Heimat und seine Ehre zurückzugeben. Soviel kann ich für ihn tun.*

Geister störten in dieser Nacht ihren Schlaf nicht. Sie träumte von Drogo und ihrem ersten gemeinsamen Ritt nach der Hochzeit. Nur in ihrem Traum saßen sie nicht auf Pferden, sondern auf Drachen!

Am nächsten Morgen rief sie ihre Blutreiter zu sich. »Blut von meinem Blut«, erklärte sie ihnen, »ich brauche euch. Jeder von euch soll sich drei Pferde aussuchen, die kräftigsten und gesündesten, die uns geblieben sind. Beladet sie mit Wasser und Vorräten und zieht für mich aus, um das Land zu erkunden. Aggo wird sich nach Südwesten wenden, Rakharo nach Süden. Jhogo, du folgst dem *shierak qiga* nach Südosten.«

»Wonach sollen wir suchen, *Khaleesi*?« fragte Jhogo.

»Ich weiß es nicht genau«, antwortete Dany. »Sucht nach Städten, gleich, ob lebenden oder toten. Sucht nach Karawanen und Menschen. Sucht nach Flüssen und Seen und dem großen Salzmeer. Findet heraus, wie weit sich die Wüste noch vor uns erstreckt und was jenseits davon liegt. Wenn ich diesen Ort verlasse, will ich nicht abermals blindlings aufbrechen. Ich möchte mein Ziel kennen und wissen, wie ich es am besten erreiche.«

So ritten sie von dannen, und die Glöckchen in ihren Haaren klingelten leise, derweil Dany sich mit den Überlebenden der Reise häuslich einrichtete. Sie nannten den Ort *Vaes Tolorro*, Stadt der Knochen. Auf den Tag folgte die Nacht, auf die Nacht ein neuer Tag. Frauen ernteten Obst in den Gärten der Toten. Männer kümmerten sich um die Pferde und reparierten Sättel und Zaumzeug. Die Kinder streiften durch die verwinkelten Gassen und stöberten alte Bronzemünzen, Scherben von purpurfarbenem Glas und Steinflakons mit Griffen in Form von Schlangen auf. Eine Frau wurde von einem roten Skorpion gestochen und starb; dies blieb jedoch der einzige Todesfall. Die Pferde setzten wieder Fleisch an. Dany versorgte persönlich Ser Jorahs Wunde, die endlich zu heilen begann.

Rakharo kehrte als erster zurück. Im Süden breite sich die rote Wüste weiter und weiter aus, berichtete er, bis sie an der trostlosen Küste des giftigen Wassers endete. Zwischen hier und dort gab es nur Sand, vom Wind zerklüftete Felsen und Pflanzen mit scharfen Dornen. Er hatte die Knochen eines Drachen gesehen, der, das schwor er, so riesig war, daß er durch die schwarzen Kiefern reiten konnte. Abgesehen davon hatte er nichts gefunden.

Dany überließ ihm die Aufsicht über zwei Dutzend ihrer stärksten Männer, und befahl ihnen, das Pflaster des Platzes aufzubrechen und die Erde darunter freizulegen. Wenn das Teufelsgras zwischen den Steinen wachsen konnte, würden auch andere Grassorten gedeihen. Da sie genug Brunnen hatten, herrschte kein Mangel an Wasser. Wenn sie Saatgut finden könnten, würde der Platz erblühen.

Aggo kam als nächster. Der Südwesten sei eine versengte Ödnis, erzählte er. Die Ruinen zweier weiterer Städte hatte er entdeckt, die beide kleiner waren als Vaes Tolorro, dieser jedoch ansonsten glichen. Eine wurde von einem Ring aus Schädeln bewacht, die auf verrosteten Eisenspeere gespießt waren, deshalb hatte er es nicht gewagt, sie zu betreten. Er zeigte Dany ein eisernes Armband mit einem ungeschliffenen Feueropal, das er in der anderen Stadt gefunden hatte. Außerdem hatte er dort Schriftrollen entdeckt, allerdings war das Pergament knochentrocken und zerfiel, und aus diesem Grund hatte Aggo sie zurückgelassen.

Dany dankte ihm und trug ihm auf, sich um die Wiederherstellung der Tore zu kümmern. Wenn in alten Zeiten Menschen hierhergekommen waren und die Stadt zerstört hatten, könnten abermals welche auftauchen. »Falls dies geschieht, müssen wir vorbereitet sein«, erklärte sie.

Jhogo blieb so lange aus, daß sie schon fürchtete, er sei verloren, dann jedoch, als schon fast niemand mehr nach ihm Ausschau hielt, ritt er aus dem Südosten heran. Eine der Wachen, die Aggo postiert hatte, erblickte ihn zuerst und ließ einen Ruf ertönen. Sofort lief Dany zur Mauer. Tatsächlich, da kam Jhogo, allerdings nicht allein. Hinter ihm ritten drei eigentümlich gewandete Fremde auf häßlichen buckligen Tieren, die jedes Pferd an Größe übertrafen.

Sie machten vor dem Stadttor halt und blicken hinauf zu Dany auf der Mauer. »Blut von meinem Blut«, rief Jhogo, »ich war in der Großen Stadt Qarth und kehre mit diesen dreien zurück, die dich mit ihren eigenen Augen sehen wollen.«

Dany starrte die Fremdlinge an. »Hier stehe ich. Seht mich an, wenn Ihr daran Gefallen findet . . . doch nennt mir zunächst Eure Namen.«

Der Bleiche mit den blauen Lippen sprach in kehligem Dothraki: »Ich bin Pyat Pree, der große Hexenmeister.«

Der Glatzköpfige mit den Edelsteinen in der Nase antwortete im Valyrisch der Freien Städte: »Ich bin Xaro Xhoan Daxos von den Dreizehn, ein Kaufmann aus Qarth.«

Die Frau mit der lackierten Holzmaske sagte in der Gemeinen Zunge der Sieben Königslande: »Ich bin Quaithe vom Schatten. Wir suchen die Drachen.«

»Eure Suche hat ein Ende«, erwiderte Daenerys Targaryen. »Ihr habt sie gefunden.«

JON

Whitetree hieß das Dorf laut Sams alter Karte. Jon mochte es kaum als Dorf bezeichnen. Vier heruntergekommene Häuser mit jeweils nur einem Raum aus Bruchstein, der ohne Mörtel vermauert war, standen um einen leeren Schafstall und einen Brunnen. Die Häuser waren mit Grassoden gedeckt, die Fenster mit zerlumpten Häuten verhängt. Und über allem ragte ein riesiger Wehrholzbaum mit bleichen Ästen und dunkelroten Blättern in die Höhe.

Es war der größte Baum, den Jon Snow je gesehen hatte, der Stamm maß gut drei Meter im Durchmesser, und die Äste breiteten ihren Schatten über das ganze Dorf aus. Die Größe machte ihm dabei nicht einmal so viel aus, nein, eher das Gesicht . . . vor allem der Mund, der nicht nur ein hineingeschnitzter Schlitz war, sondern eine tiefe Höhlung, in die leicht ein Schaf gepaßt hätte.

Das da sind trotzdem keine Schafknochen. Und da in der Asche, das ist auch kein Schafsschädel.

»Ein alter Baum.« Mormont runzelte die Stirn. *»Alt«*, stimmte der Rabe von seiner Schulter aus zu. *»Alt, alt, alt.«*

»Und mächtig.« Jon konnte die Kraft spüren.

Thoren Smallwood stieg neben dem Stamm ab. »Seht Euch das Gesicht an. Kein Wunder, daß sich die Menschen davor fürchteten, als sie Westeros zum ersten Mal betraten. Am liebsten würde ich eine Axt nehmen und das verdammte Ding eigenhändig umlegen.«

»Mein Hoher Vater glaubte«, sagte Jon, »niemand könne im Angesicht eines Herzbaumes eine Lüge aussprechen. Die alten Götter wissen es, wenn ein Mensch die Unwahrheit spricht.«

»Mein Vater hing dem gleichen Glauben an«, antwortete der Alte Bär. »Zeig mir doch mal diesen Schädel.«

Jon stieg ab. Über den Rücken geschlungen trug er in einer schwarzen Lederscheide Longclaw, das Bastardschwert, das ihm der Alte Bär zum Dank für seine Rettung geschenkt hatte. *Ein Bastardschwert für einen Bastard,* scherzten die Männer. Der Griff war neu für ihn angefertigt und mit einem Knauf aus hellem Stein in Gestalt eines Wolfskopfes versehen worden, doch die Klinge war guter valyrischer Stahl, alt und leicht und todbringend scharf.

Er kniete sich hin und griff mit der behandschuhten Hand in den Schlund. Das Innere der Aushöhlung war rot vom getrockneten Saft des Baumes und vom Feuer geschwärzt. Unter dem ersten Schädel entdeckte er einen zweiten, kleineren mit abgebrochenem Unterkiefer. Dieser war halb von Asche und Knochenstücken begraben.

Nachdem er den Schädel Mormont gereicht hatte, hob der Alte Bär ihn mit beiden Händen und starrte in die leeren Augenhöhlen. »Die Wildlinge verbrennen ihre Toten. Das haben wir schon immer gewußt. Jetzt wünschte ich nur, ich hätte sie nach dem Grund dafür gefragt, als sich noch welche hier in der Nähe herumtrieben.«

Jon Snow erinnerte sich an den Toten, der auferstanden war, an die blauglühenden Augen in seinem bleichen, toten Gesicht. Er kannte den Grund, ganz gewiß.

»Ich wünschte, diese Knochen könnten sprechen«, murmelte der Alte Bär. »Dieser Kerl könnte uns wohl viel erzählen. Wie er gestorben ist. Wer ihn verbrannt hat und warum. Wohin die Wildlinge verschwunden sind.« Er seufzte. »Die Kinder des Waldes konnten mit den Toten sprechen, heißt es. Ich nicht.« Er warf den Schädel zurück in den Mund des Baumes, wo er eine Wolke aus Aschestaub aufwirbelte. »Durchsucht die Häuser. Riese, klettere auf diesen Baum und schau dich um. Ich werde auch die Hunde holen lassen. Vielleicht ist die Spur diesmal frischer.« Sein Tonfall verriet, daß er diesbezüglich nicht allzuviel Hoffnung hegte.

Damit nichts übersehen wurde, betraten je zwei Mann jedes Haus. Jon wurde dem verdrießlichen Eddison Tollett zugeteilt, einem Knappen mit grauem Haar, der dünn wie eine Lanze war und den die anderen Brüder den Schwermütigen Edd nannten. »Schlimm genug, wenn die Toten wiederauferstehen«, meinte er zu Jon, als sie durch das Dorf schritten, »aber jetzt will der Alte Bär auch noch mit ihnen reden? Das verheißt nichts Gutes, das sage ich dir. Und wer weiß, ob die Knochen nicht lügen würden? Warum sollte der Tod einen Mann ehrlicher oder gar klüger machen? Die Toten sind wahrscheinlich dumme Kerle, die sich unaufhörlich beklagen – die Erde ist zu kalt, mein Grabstein sollte größer sein, warum hat *er* mehr Würmer als ich . . .«

Jon mußte sich bücken, um durch die niedrige Tür einzutreten. Der Boden des Hauses bestand aus gestampftem Lehm. Möbel gab es keine, und nur Aschereste unter dem Rauchabzug im Dach wiesen darauf hin, daß hier einst Menschen gelebt hatten. »Was für ein trostloser Ort zum Wohnen.«

»Ich wurde in einem ganz ähnlichen Haus geboren«, erzählte der Schwermütige Edd. »Das waren meine guten Jahre. Später wurde alles viel schlimmer.« Ein Haufen trockenen Strohs füllte eine Ecke des Raumes. Edd blickte ihn sehnsüchtig an. »Ich würde alles Gold von Casterly Rock geben, um mal wieder in einem Bett zu schlafen.«

»Das nennst du ein Bett?«

»Wenn es weicher ist als der Erdboden und ein Dach darüber ist, dann nenne ich es ein Bett.« Der Schwermütige Edd schnüffelte. »Ich rieche Mist.«

Der Geruch war schwach. »Alter Mist«, ergänzte Jon. Offenbar stand das Haus schon eine ganze Weile leer. Er kniete sich hin und durchwühlte das Stroh, um herauszufinden, ob darunter etwas verborgen war, dann suchte er die Wände ab. Er brauchte nicht lange. »Nichts.«

Etwas anderes hatte er auch nicht erwartet; Whitetree war das vierte Dorf, durch das sie kamen, und in den anderen hatten sie das gleiche vorgefunden. Die Bewohner waren verschwunden, zusammen mit ihren armseligen Habseligkeiten und ihrem Vieh. In keinem der Dörfer ließen sich Spuren eines Angriffs entdecken. Die

Siedlungen waren schlicht – leer. »Was glaubst du, ist passiert?« fragte Jon.

»Etwas Schlimmeres, als wir es uns vorstellen können«, antwortete der Schwermütige Edd. »Nun, ich könnte es mir ausmalen, aber ich lasse es lieber. Es ist schon übel genug, wenn es böse mit einem endet, man muß ja nicht vorher schon darüber nachdenken.«

Sie traten ins Freie, wo zwei der Hunde vor der Tür schnüffelten. Überall im Dorf streiften die Vierbeiner herum. Chett verfluchte sie lauthals, und in seiner Stimme schwang die Wut mit, die ihn offensichtlich nie verließ. Das Licht, das durch die roten Blätter herabfiel, ließ die Pusteln in seinem Gesicht noch entzündeter wirken als sonst. Bei Jons Anblick kniff er die Augen zusammen; die beiden waren einander nicht wohlgesonnen.

Die anderen Häuser erbrachten ebenfalls keinen Hinweis. *»Weg!«* schrie Mormonts Rabe, flatterte in den Wehrholzbaum hinauf und ließ sich über ihnen auf einem Ast nieder. *»Weg, weg, weg.«*

»Vor einem Jahr haben noch Wildlinge in Whitetree gelebt.« Thoren Smallwood sah eher wie ein Lord aus als Mormont selbst, er trug Ser Jaremy Rykkers glänzend schwarze Rüstung mit dem geprägten Brustpanzer. Sein schwerer Umhang war reich mit Zobel besetzt und wurde von einer Silberbrosche in Form der gekreuzten Hämmer der Rykkers gehalten. Der Mantel hatte einst Ser Jaremy gehört . . . aber der Widergänger hatte Ser Jaremy getötet, und bei der Nachtwache wurde nichts verschwendet.

»Vor einem Jahr war Robert König, und im Reich herrschte Frieden«, hielt Jarmen Buckwell ihm entgegen, ein gedrungener, schwerfälliger Mann, der den Befehl über die Kundschafter innehatte. »In einem Jahr ändert sich vieles.«

»Eins ist jedenfalls beim Alten geblieben«, warf Ser Mallador Locke ein. »Weniger Wildlinge bedeuten weniger Ärger. Ich trauere ihnen nicht nach, was auch immer aus ihnen geworden ist. Banditen und Mörder alle miteinander.«

Jon hörte es über sich rascheln. Zwei Äste teilten sich, und er entdeckte einen kleinen Mann, der behende wie ein Eichhörnchen von Ast zu Ast kletterte. Bedwyck war kaum anderthalb Meter groß. Die grauen Schläfen seines Haares verrieten sein Alter. Die anderen Grenzer nannten ihn Riese. Er saß in einer Astgabel über ihren Köpfen und rief: »Im Norden gibt es Wasser! Vielleicht ein See. Ein paar Granitberge erheben sich im Westen, aber nicht sehr hoch. Ansonsten nichts, Mylords.«

»Wir könnten heute nacht hier lagern«, schlug Smallwood vor.

Der Alte Bär schaute nach oben und suchte nach einem Stückchen Himmel zwischen den bleichen Ästen und dem roten Laub des Wehrholzbaumes. »Nein«, entschied er. »Riese, wieviel Tageslicht bleibt uns?«

»Drei Stunden, Mylord.«

»Wir ziehen weiter nach Norden«, verkündete Mormont. »Falls wir diesen See erreichen, können wir an seinem Ufer lagern und vielleicht ein paar Fische fangen. Jon, ich brauche Papier, es ist Zeit, daß ich Maester Aemon schreibe.«

Jon holte Pergament, Federkiel und Tinte aus seiner Satteltasche und brachte sie dem Lord Commander. *In Whitetree*, kritzelte Mormont. *Das vierte Dorf. Verlassen. Die Wildlinge sind verschwunden.* »Geh zu Tarly und sorge dafür, daß das abgeschickt wird«, sagte er, während er Jon die Nachricht reichte. Auf seinen Pfiff hin flatterte der Rabe herunter und landete auf dem Kopf des Pferdes. *»Korn!«* verlangte der Vogel. Das Pferd wieherte.

Jon stieg auf und trabte davon. Außerhalb des Schattens, den der riesige Wehrholzbaum warf, standen die Männer der Nachtwache unter niedrigeren Bäumen, versorgten die Pferde, kauten gesalzenes Trockenfleisch, pißten, kratzten sich und unterhielten sich. Auf den Befehl hin den Marsch fortzusetzen, erstarben die Gespräche, und ein jeder stieg wieder in den Sattel. Jarmen Buckwells Kundschafter bildeten die Vorhut, die eigentliche Führung der Kolonne übernahmen die Vorreiter unter Thoren Smallwood. Darauf folgten der Alte Bär mit dem Haupttrupp, Ser Mallador Locke mit den

Packtieren, und schließlich Ser Ottyn Wythers und seine Nachhut. Zweihundert Mann insgesamt und dreihundert Pferde.

Tagsüber folgten sie Wildwechseln und Bachbetten, den »Straßen der Grenzer«, die sie tiefer und tiefer in die Wildnis führten. Nachts lagerten sie unter sternklarem Himmel und betrachteten den Kometen. Die Schwarzen Brüder waren guter Dinge von Castle Black aufgebrochen, hatten gescherzt und sich Geschichten erzählt; inzwischen jedoch lastete die brütende Stille des Waldes schwer auf ihnen. Scherze wurden seltener, und die Stimmung war angespannt. Niemand würde seine Angst eingestehen – schließlich waren sie Männer der Nachtwache –, aber Jon spürte das Unbehagen überall. Vier verlassene Dörfer, keine Wildlinge in Sicht, und sogar das Wild schien geflohen zu sein. Der Verwunschene Wald war ihnen nie verwunschener erschienen, selbst die ältesten Grenzer waren sich darin einig.

Während des Ritts zog sich Jon den Handschuh aus, um Luft an seine verbrannte Hand zu lassen. *Häßlich sieht sie aus.* Plötzlich erinnerte er sich daran, wie er Arya immer das Haar zerzaust hatte. Seine dürre kleine Schwester. Er fragte sich, wie es ihr wohl ging. Es erfüllte ihn mit Traurigkeit, daß er ihr vielleicht nie wieder das Haar zerzausen würde. Mehrmals ballte er die Hand zur Faust und öffnete sie wieder, um die Finger zu dehnen. Wenn er zuließ, daß seine Schwerthand steif wurde, könnte dies sein Ende bedeuten, das wußte er. Jenseits der Mauer brauchte ein Mann seine Klinge.

Jon fand Samwell Tarly bei dem anderen Burschen, wo er seine Pferde tränkte. Er mußte insgesamt drei versorgen, sein eigenes und zwei Packtiere. Letztere trugen jeweils einen großen Käfig aus Draht- und Weidengeflecht voller Raben. Die Vögel schlugen mit den Flügeln, als Jon sich näherte, und kreischten ihn durch die Stäbe an. Einige ihrer Schreie klangen verdächtig nach Wörtern. »Hast du ihnen das Sprechen beigebracht?« fragte er Sam.

»Nur ein paar Wörter. Drei von ihnen können *Snow* sagen.«

»Ein Vogel, der meinen Namen krächzt, reicht mir schon«, meinte Jon und spielte auf Mormonts Raben an.

»Habt ihr in Whitetree etwas gefunden?«

»Knochen, Asche und leere Häuser.« Jon reichte Samwell das zusammengerollte Pergament. »Der Alte Bär sagt, du sollst Aemon dies schicken«

Sam holte einen Vogel aus dem Käfig, streichelte sein Gefieder und befestigte die Nachricht. »Flieg heim, mein Tapferer. Heim.« Der Rabe krächzte etwas Unverständliches zur Antwort, und Sam warf ihn in die Luft. Flatternd stieg er durch die Bäume zum Himmel auf. »Ich wünschte, er würde mich mitnehmen.«

»Immer noch?«

»Na ja«, sagte Sam, »schon, aber . . . ich habe nicht mehr so große Angst wie früher, ehrlich. In der ersten Nacht habe ich jeden, der aufstand, um Wasser zu lassen, für einen Wildling gehalten, der mir die Kehle aufschneiden wollte. Ich hatte Angst, wenn ich die Augen zumachte, würde ich sie nie wieder öffnen, nur . . . na ja, dann dämmerte es mir endlich doch.« Er setzte ein mattes Lächeln auf. »Vielleicht bin ich ein Feigling, aber dumm bin ich bestimmt nicht. Meine Beine und mein Rücken schmerzen vom Reiten und vom Schlafen auf der harten Erde, aber eigentlich habe ich gar nicht mehr so große Angst. Hier, schau.« Er streckte die Hand aus, damit Jon sich überzeugen konnte, daß sie nicht zitterte. »Ich habe an meinen Karten gearbeitet.«

Die Welt ist eigenartig, dachte Jon. Zweihundert tapfere Männer waren von der Mauer aufgebrochen, und der einzige, der nicht von wachsender Furcht gepeinigt wurde, war Sam, der sich selbst stets der Feigheit bezichtigte. »Wir werden noch einen Grenzer aus dir machen«, scherzte er. »Nächstens willst du wie Grenn zu den Vorreitern gehören. Soll ich mal mit dem Alten Bären sprechen?«

»Wag das ja nicht!« Sam zog die Kapuze seines enormen schwarzen Mantels hoch und stieg unbeholfen auf sein Pferd. Es war ein Ackergaul, groß und langsam, aber immerhin konnte das Tier sein Gewicht aushalten. »Ich hatte gehofft, wir würden heute nacht in dem Dorf bleiben«, sagte er wehmütig. »Wäre schön gewesen, ein Dach über dem Kopf zu haben.«

»Die Dächer hätten nicht für uns alle gereicht.« Jon stieg wieder auf, lächelte Sam zum Abschied zu und ritt davon. Die Kolonne war inzwischen wieder unterwegs, daher bog er ab, um das Gedränge im Dorf zu umgehen. Von Whitetree hatte er genug gesehen.

Ghost tauchte so plötzlich aus dem Unterholz auf, daß das Pferd scheute und sich aufbäumte. Der weiße Wolf jagte stets weit von den Menschen entfernt, doch war ihm kaum mehr Glück beschieden, als der Abteilung, die Smallwood ausgesandt hatte, um Wild zu besorgen. Die Wälder waren genauso leer wie die Dörfer, hatte Dywen eines Nachts am Feuer erzählt. »Wir sind eine große Truppe«, hatte Jon erwidert, »das Wild fürchtet sich vielleicht.«

»*Vor irgend etwas*, fürchtet es sich, kein Zweifel«, antwortete Dywen.

Nachdem sich das Pferd wieder beruhigt hatte, trabte Ghost neben ihm her. Jon holte Mormont ein, der sich gerade einen Weg um ein Weißdorngebüsch herumsuchte. »Ist der Vogel unterwegs?« fragte der Alte Bär.

»Ja, Mylord. Sam bringt ihnen das Sprechen bei.«

Der Alte Bär schnaubte. »Das wird er noch bereuen. Die verdammten Viecher machen viel Lärm, aber sie sagen nie das, was man hören möchte.«

Schweigend ritten sie dahin, bis Jon fragte: »Wenn mein Onkel diese Dörfer schon verlassen vorgefunden hat –«

»– hat er mit Sicherheit alles daran gesetzt, den Grund dafür zu erfahren«, beendete Lord Mormont den Satz. »Und es könnte gut sein, daß genau das jemandem oder etwas anderem sehr ungelegen kommt. Nun, wir werden dreihundert Mann sein, nachdem Qhorin zu uns gestoßen ist. Welcher Feind dort draußen auch auf uns lauert, er wird es nicht so leicht mit uns haben. Wir werden sie aufspüren, Jon, das verspreche ich dir.«

Oder sie spüren uns auf, dachte Jon.

ARYA

Der Fluß leuchtete wie ein blaugrünes Band in der Morgensonne. An den seichten Stellen entlang des Ufers wuchs Schilf, und Arya beobachtete eine Wasserschlange, die sich über die Oberfläche schlängelte und dabei winzige Wellen aussandte. Über ihnen zog ein Falke träge seine Kreise.

Der Ort machte einen so friedlichen Eindruck ... bis Koss den Toten entdecke. »Dort, im Schilf.« Er zeigte darauf, und nun sah auch Arya ihn. Die Leiche eines Soldaten, unförmig und aufgedunsen. Der durchnäßte grüne Umhang hatte sich an einem verrotteten Baumstamm verfangen, und ein Schwarm kleiner silberner Fische knabberte an seinem Gesicht. »Ich habe euch doch gesagt, es würden Leichen im Wasser liegen«, verkündete Lommy. »Ich konnte sie schmecken.«

Als Yoren den Toten sah, spuckte er aus. »Dobber, schau nach, ob er noch etwas von Wert bei sich hat. Ein Kettenhemd, ein Messer, ein paar Münzen oder was auch immer.« Er gab seinem Wallach die Sporen und trieb ihn ins Wasser, aber das Pferd hatte mit dem weichen Schlamm zu kämpfen, und jenseits des Schilfs wurde der Fluß tiefer. Verärgert ritt Yoren zurück, und das Tier war bis über die Knie mit braunem Matsch bedeckt. »Hier werden wir nicht durchkommen. Koss, du begleitest mich flußaufwärts. Wir suchen nach einer Furt. Woth, Gerren, ihr zieht flußabwärts. Der Rest wartet hier. Stellt eine Wache auf.«

Dobber fand einen ledernen Geldbeutel am Gürtel des Toten. Darin befanden sich vier Kupferstücke und eine kleine Strähne blonden Haares, die mit einem roten Band zusammengebunden war. Lommy und Tarber zogen sich nackt aus und wateten ins

Wasser, und Lommy bewarf Heiße Pastete mit dem schleimigen Schlamm und rief: »Matschpasteten!« Matschpasteten!« Auf dem Wagen fluchte Rorge, stieß wüste Drohungen aus und befahl den Jungen, sie von den Fesseln zu befreien, solange Yoren fort war, aber niemand beachtete ihn. Kurtz fing mit bloßen Händen einen Fisch. Arya beobachtete ihn dabei; er stand an einer seichten Stelle, ruhig wie stilles Wasser, und als der Fisch heranschwamm, griff er schnell wie eine Schlange zu. Es sah nicht viel schwieriger aus als Katzen fangen. Und Fische hatten keine Krallen.

Gegen Mittag kehrten die anderen zurück. Woth berichtete, eine halbe Meile entfernt gäbe es eine Holzbrücke, die jedoch abgebrannt sei. Yoren zupfte ein Bitterblatt aus dem Ballen. »Mit den Pferden und vielleicht sogar den Eseln könnten wir hinüberschwimmen, aber nicht mit den Wagen. Und im Norden und Westen steigt Rauch auf, dort gibt es noch mehr Brände, so daß wir vielleicht besser auf dieser Seite des Flusses bleiben sollten.« Er hob einen langen Stock auf und zeichnete einen Kreis und eine Linie in den Uferschlamm. »Das ist das God's Eye, und dort der Fluß, der in südlicher Richtung fließt. Wir sind hier.« Er drückte unterhalb des Kreises ein Loch neben den Fluß. »Wir können den See nicht im Westen umrunden, wie ich es vorhatte. Und wenn wir nach Osten gehen, kommen wir wieder auf die Kingsroad.« Er wies mit dem Stock auf die Stelle, an der sich Kreis und Linie berührten. »Soweit ich mich erinnere, ist hier eine Stadt. Die Feste ist aus Stein erbaut, und dort sitzt ein kleiner Lord; wenn es sich auch nur um einen Bergfried handelt, aber er wird eine Garde haben und vielleicht auch ein oder zwei Ritter. Wir folgen dem Fluß nach Norden und müßten vor Einbruch der Dunkelheit dort sein. Bestimmt haben sie Boote, also werden wir alles verkaufen, was sich zu Geld machen läßt und eins mieten.« Er zog den Stock von unten nach oben durch den Kreis. »So uns die Götter gewogen sind, wird uns der Wind über das God's Eye nach Harrentown bringen.« Jetzt stieß er den Stock in den obersten Rand des Sees. »Dort kaufen wir neue Pferde oder suchen Schutz in Harrenhal.

Das ist Lady Whents Sitz, und sie war stets eine Freundin der Wache.«

Heiße Pastete riß die Augen auf. »In Harrenhal gibt es Gespenster . . .«

Yoren spuckte aus. »Soviel zu deinen Gespenstern.« Er warf den Stock in den Schlamm. »Sitzt auf.«

Arya erinnerte sich an die Geschichten über Harrenhal, die ihr Old Nan erzählt hatte. Der Böse König Harren hatte sich dort verschanzt, und Aegon hatte seine Drachen losgelassen und die Burg niedergebrannt. Nan sagte, die feurigen Geister würden noch immer in den geschwärzten Türmen umgehen. Manchmal gingen Männer abends ins Bett und wurden morgens verbrannt aufgefunden. Eigentlich glaubte Arya das nicht recht, und überhaupt hatte sich das alles vor langer Zeit zugetragen. Heiße Pastete stellte sich töricht an; in Harrenhal gab es gewiß keine Gespenster, sondern *Ritter*. Der Lady Whent gegenüber könnte Arya sich offenbaren, und die Ritter würden sie nach Hause eskortieren und für ihre Sicherheit sorgen. Denn wozu waren Ritter sonst da, wenn nicht, um Menschen zu beschützen, vor allem Frauen. Vielleicht würde sich Lady Whent auch um das weinende kleine Mädchen kümmern.

Der Weg am Fluß entlang war nicht gerade die Kingsroad, doch sie hätten es schlimmer treffen können, und endlich rollten die Wagen wieder einmal ohne Zwischenfall dahin. Eine Stunde vor der Abenddämmerung sahen sie das erste Haus, einen hübschen, strohgedeckten kleinen Hof inmitten von Weizenfeldern. Yoren ritt voraus und rief einen Gruß hinüber, erhielt jedoch keine Antwort. »Vielleicht sind sie tot. Oder sie verstecken sich. Dobber, Reysen, kommt mit.« Die drei betraten das Bauernhaus. »Die Töpfe sind verschwunden, und Geld ist auch nirgends zu finden«, murmelte Yoren bei ihrer Rückkehr. »Keine Tiere. Wahrscheinlich sind sie geflohen. Möglicherweise sind wir ihnen auf der Kingsroad begegnet.« Wenigstens waren Haus und Felder nicht niedergebrannt worden, und nirgends waren Leichen zu sehen. Tarber fand hinter dem Hof einen Garten, wo sie sich mit Zwiebeln und Rettich und Kohl versorgten, ehe die Reise weiterging.

Ein Stück weiter die Straße hinauf bemerkten sie in einem Waldstück eine Försterhütte, neben der Holzklötze ordentlich zum Spalten aufgeschichtet waren, und ein wenig später ein heruntergekommenes Haus auf Pfählen, das drei Meter über dem Fluß stand. Beide Gebäude waren ebenfalls verlassen. Abermals zogen sie durch Felder, Weizen und Mais und Gerste, die in der Sonne reiften, aber weder saßen Männer in Bäumen, noch patrouillierten sie mit Sensen in den Ackerhainen. Endlich kam die Stadt in Sicht, ein Gewirr von Häusern, welches sich um die Mauern der Festung ausbreitete, dazu eine große Septe mit Holzschindeldach und der Bergfried des Lords auf einer kleinen Erhebung im Westen . . . und nirgends waren Menschen zu sehen.

Yoren setzte sich im Sattel auf, runzelte die Stirn und kratzte sich den Bart. »Das gefällt mir ganz und gar nicht«, sagte er, »aber ich kann es nicht ändern. Schauen wir uns die Stadt an. Vorsichtig. Die Menschen verstecken sich womöglich. Und vielleicht haben sie ein Boot zurückgelassen, das wir gebrauchen können, oder ein paar Waffen.«

Der schwarze Bruder ließ zehn Mann als Wache für die Wagen und das weinende Mädchen zurück und teilte den Rest in vier Gruppen zu je fünf ein, welche die Stadt durchsuchen sollten. »Haltet Augen und Ohren offen«, warnte er, ehe er in Richtung des Turms davonritt, um nach dem Lord und seiner Garde Ausschau zu halten.

Arya wurde Gendry, Heiße Pastete und Lommy zugeteilt. Der untersetzte Woth mit dem dicken Bauch hatte früher einmal auf einer Galeere als Ruderer gedient, und somit war er der beste Seemann, den sie hatten. Yoren trug ihm auf, ans Ufer des Sees zu gehen und nach einem Boot zu suchen. Während sie zwischen den stillen weißen Häusern hindurchschritten, kroch Arya eine Gänsehaut über die Arme. Diese leere Stadt war beinahe genauso bedrückend wie der niedergebrannte bewehrte Weiler, in dem sie das kleine Mädchen und die einarmige Frau gefunden hatten. Warum liefen diese Menschen davon und ließen ihr Heim und alles schutzlos zurück? Was hatte sie so erschreckt?

Im Westen stand die Sonne bereits tief, und die Gebäude warfen lange, dunkle Schatten. Plötzlich ertönte ein lautes Klappern, und sofort griff Arya nach Needle, doch schlug lediglich ein Fensterladen im Wind. Nach dem offenen Gelände am Fluß machte die Enge der Stadt sie nervös.

Schließlich erblickten sie zwischen Gebäuden und Bäumen den See, und Arya spornte ihr Pferd an und galoppierte an Woth und Gendry vorbei. Sie erreichte eine Wiese, die sich entlang eines Kiesstrandes erstreckte. Im Licht der untergehenden Sonne leuchtete die glatte Oberfläche des Wassers wie ein Blech aus getriebenem Kupfer. Einen so großen See hatte sie noch nie zuvor gesehen, nirgendwo konnte man das andere Ufer erkennen. Sie entdeckte links einen großen Gasthof, der auf Pfählen über das Wasser gebaut war. Zu ihrer Rechten führte ein langer Steg hinaus in den See, und weiter östlich folgten weitere wie hölzerne Finger, die aus der Stadt ragten. Aber das einzige Boot, das sie entdecken konnte, war ein Ruderboot, das umgedreht und verlassen auf den Steinen neben dem Gasthof lag und dessen Boden völlig verrottet war. »Sie sind weg«, stellte Arya niedergeschlagen fest. Was sollten sie jetzt machen?

»Dort ist ein Gasthof«, verkündete Lommy, als die anderen zu ihm aufschlossen. »Glaubt ihr, sie haben Essen zurückgelassen? Oder Bier?«

»Schauen wir doch nach«, schlug Heiße Pastete vor.

»Den Gasthof schlagt euch mal schön aus dem Kopf«, fauchte Woth. »Yoren hat uns aufgetragen, nach einem Boot zu suchen.«

»Sie haben die Boote mitgenommen.« Aus irgendeinem Grund wußte Arya, daß das stimmte; sie mochten die ganze Stadt durchkämmen, und sie würden doch nichts außer diesem Wrack eines Ruderboots finden. Bedrückt stieg sie ab und kniete sich am See hin. Das Wasser spülte sanft um ihre Beine. Die ersten Leuchtkäfer mit ihren kleinen blinkenden Lichtern wagten sich hervor. Das grüne Wasser war so warm wie Tränen, aber es war nicht salzig. Arya tauchte das Gesicht ein und wusch sich den Staub und Schmutz und Schweiß des Tages ab. Als sie sich aufrichtete, liefen ihr kleine Rinnsale über den Nacken und unter den Kragen. Es fühlte sich gut an. Sie wünschte nur, sie könnte sich ausziehen, baden und einem Otter gleich durch das warme Wasser gleiten. Am liebsten wäre sie den ganzen Weg bis Winterfell geschwommen.

Woth schrie sie an, sie solle bei der Suche helfen, und sie gehorchte, spähte in Bootshäuser und Schuppen, während ihr Pferd am Ufer graste. Sie entdeckte einige Segel, ein paar Nägel, Eimer mit hartgewordenem Teer, und eine Katze mit einem Wurf neugeborener Junge. Aber keine Boote.

Die Stadt war bereits dunkel, als Yoren und die anderen auftauchten. »Der Bergfried ist leer«, sagte er. »Der Lord ist wohl in den Kampf gezogen, oder er hat sein Volk in Sicherheit geführt. Kein Pferd und kein Schwein sind in der Stadt geblieben, aber zu essen gibt es trotzdem. Ich habe eine Gans gesehen und ein paar Hühner, und im God's Eye kann man gut fischen.«

»Die Boote sind verschwunden«, berichtete Arya.

»Wir könnten den Boden von dem Ruderboot flicken«, schlug Koss vor.

»Das würde für vier Mann von uns reichen«, meinte Yoren.

»Wir haben Nägel gefunden«, warf Lommy ein. »Und überall stehen Bäume. Wir können selbst Boote bauen.«

Yoren spuckte aus. »Färberjunge, verstehst du etwas vom Bootsbau?« Lommy machte ein verdutztes Gesicht.

»Ein Floß«, sagte Gendry. »Ein Floß kann jeder bauen, und mit langen Stangen kann man staken.«

Yoren dachte darüber nach. »Der See ist zum Staken zu tief, wenn wir jedoch am seichten Ufer blieben . . . nur müßten wir die Wagen zurücklassen. Vielleicht ist es das beste. Ich muß darüber schlafen.«

»Können wir in dem Gasthaus übernachten?« fragte Lommy.

»Wir lagern im Bergfried und verrammeln die Tore«, erwiderte der alte Mann. »Mir gefällt es, wenn starke Steinmauern meinen Schlaf beschützen.«

Arya konnte sich nicht zurückhalten. »Wir sollten nicht hierbleiben«, platzte sie heraus. »Die Bewohner sind auch geflohen. Alle sind verschwunden, selbst der Lord.«

»Arry hat Angst«, stichelte Lommy und lachte wiehernd.

»Hab ich nicht«, gab sie zurück, »aber die Leute hier hatten Angst.«

»Kluger Junge«, lobte Yoren. »Doch die Sache liegt folgendermaßen: Die Menschen, die hier wohnen, leben im Krieg, ob sie es nun wollen oder nicht. Wir sind von der Nachtwache. Die Wache ergreift keine Partei, daher haben wir keine Feinde.«

Und keine Freunde, dachte sie, ließ diesmal jedoch kein Wort über ihre Lippen kommen. Lommy und der Rest blickten sie an, und sie wollte sich von ihnen nicht abermals Feigling nennen lassen.

Die Tore der kleinen Festung waren mit Eisennägeln beschlagen. Im Inneren fanden sie zwei dicke Eisenstangen, die in Löcher im Boden eingelassen und mit Klammern an den Torflügeln befestigt wurden, so daß sie ein großes X bildeten. Es war nicht gerade der Red Keep, meinte Yoren, während sie den Bergfried von oben bis unten erkundeten, aber er war besser als andere, und für eine Nacht würde er allemal ausreichen. Die Mauern bestanden aus Steinen, die man ohne Mörtel drei Meter hoch aufgeschichtet hatte, und im Inneren gab es einen Wehrgang. Im Norden entdeckten sie ein Seitentor, und Gerren entdeckte unter dem Stroh der alten Holzscheune eine Falltür, die in einen engen, gewundenen Tunnel führte. Er folgte ihm bis zum Ende und kam unten am See heraus. Yoren ließ einen Wagen auf die Falltür rollen, damit sie vor unliebsamen Überraschungen sicher wären. Er teilte sie in drei Wachen ein und schickte Tarber, Kurtz und Cutjack auf das verlassene Turmhaus, um von dort oben Ausschau zu halten. Kurtz hatte ein Jagdhorn, mit dem er bei Gefahr Alarm schlagen konnte.

Sie brachten die übrigen Wagen und Tiere herein und verriegelten das Tor. Die Scheune war groß genug, die Hälfte aller Tiere der Stadt zu fassen. Das Gebäude, in dem die Stadtbewohner in Zeiten der Gefahr Schutz gesucht hatten, war sogar noch größer, ein langes, niedriges Steinhaus mit Strohdach. Koss ging zum Seitentor hinaus, brach der Gans das Genick und dazu zwei Hühnern, und Yoren erlaubte ihnen, ein Feuer zum Kochen anzuzünden. Im Inneren des eigentlichen Wehrturmes befand sich eine große Küche, allerdings hatte man dort keinerlei Töpfe oder Gerätschaften zurückgelassen. Gendry, Dobber und Arya wurden zum Küchendienst eingeteilt. Dobber trug Arya auf, die Vögel zu rupfen, derweil Gendry Holz spaltete. »Warum kann ich nicht das Holz machen?« fragte sie, aber niemand schenkte ihr Beachtung. Mürrisch begann sie, ein Huhn zu rupfen, während Yoren am anderen Ende der Bank saß und seinen Dolch mit einem Wetzstein schärfte.

Als das Essen fertig war, verdrückte Arya ein Hühnerbein und ein paar Zwiebeln. Es wurde nicht viel gesprochen. Gendry zog sich anschließend zurück, und polierte mit abwesendem Blick seinen Helm. Das kleine Mädchen jammerte und weinte, bis Heiße Pastete ihm ein Stück Gans gab, das es hinunterschlang und daraufhin hungrig in die Runde schaute und auf mehr hoffte.

Arya hatte die zweite Wache gezogen, und so suchte sie sich im großen Gebäude eine Strohmatratze. Das Einschlafen fiel ihr schwer, und so lieh sie sich Yorens Stein und wetzte Needle. Syrio Forel hatte ihr erklärt, eine stumpfe Klinge sei mit einem lahmen Pferd zu vergleichen. Heiße Pastete hockte sich auf die Matratze neben ihr und beobachtete sie bei der Arbeit. »Wo hast du eigentlich ein so gutes Schwert her?« fragte er. Auf ihren Blick hin hob er abwehrend die Hände. »Ich habe nicht behauptet, du hättest es gestohlen, ich wollte nur wissen, woher du es hast.«

»Mein Bruder hat es mir geschenkt«, murmelte sie.

»Ich wußte gar nicht, daß du einen Bruder hast.«

Arya hielt inne und kratzte sich unter dem Hemd. Im Stroh gab es Flöhe, allerdings würden sie ein paar mehr oder weniger auch nicht stören. »Ich habe viele Brüder.«

»Ehrlich? Sind sie größer oder kleiner als du.«

Ich sollte darüber nicht reden. Yoren hat gesagt, ich soll den Mund halten. »Größer«, log sie. »Sie haben auch Schwerter, große Langschwerter, und sie haben mir gezeigt, wie ich damit Leute umbringen kann, die mich belästigen.«

»Ich habe doch nur ein bißchen geredet, ich habe dich nicht belästigt.« Heiße Pastete trollte sich und ließ sie allein. Arya rollte sich auf der Matratze zusammen. Sie hörte das Weinen des kleinen Mädchens von der anderen Seite des großen Raums her. *Wenn sie doch nur still wäre. Warum muß sie die ganze Zeit jammern?*

Sie mußte eingenickt sein, obwohl sie sich nicht daran erinnerte, die Augen geschlossen zu haben. Sie träumte, ein Wolf heule, und von diesem Laut erschrak sie und wachte auf. Mit klopfendem Herzen fuhr sie hoch. »Heiße Pastete, wach auf.« Sie stand auf. »Woth, Gendry, habt ihr nicht gehört?« Sie zog sich einen Stiefel an.

Um sie herum räkelten sich Männer und Jungen und krochen von ihren Lagern. »Was ist denn los?« erkundigte sich Heiße Pastete. »Hast du etwas gehört?« wollte Gendry wissen. »Arry hat nur schlecht geträumt«, ließ jemand anderes verlauten.

»Nein, ich hab's gehört«, beharrte sie. »Einen Wolf.«

»Arry spuken Wölfe im Kopf herum«, höhnte Lommy. »Laß sie doch heulen. Gerren meinte: »Sie sind dort draußen und wir hier drinnen.« Woth stimmte dem zu. »Habe noch keinen Wolf gesehen, der einen Bergfried erstürmt hätte.« Und Heiße Pastete warf ein: »Ich habe überhaupt nichts gehört.«

»Es war ein *Wolf*!« schrie sie die Jungen an, während sie sich den zweiten Stiefel anzog. »Da stimmt etwas nicht. Jemand kommt. Steht auf.«

Ehe die anderen Gelegenheit fanden, sie abermals zu verspotten, gellte tatsächlich ein langgezogener Laut durch die Nacht – nur war es kein Wolf, sondern Kurtz' Jagdhorn, das Alarmsignal. Im Nu sprangen alle auf, fuhren in die Kleider, ergriffen, was sie an Waffen besaßen. Arya rannte bereits zum Tor, als das Horn zum zweiten Mal erklang. Als sie an der Scheune vorbeilief, warf sich

Beißer wild in die Ketten, und Jaqen H'ghar rief ihr vom Wagen zu: »Junge! Süßer Junge! Ist er der Krieg, der rote Krieg? Junge, befrei uns. Der Mann kann kämpfen. *Junge!*« Sie beachtete ihn nicht und hastete weiter. Inzwischen konnte sie von der anderen Seite der Mauer Pferde und Rufe hören.

Sie stieg hinauf auf den Wehrgang. Die Zinnen waren ein wenig zu hoch oder Arya ein wenig zu klein, jedenfalls mußte sie die Fußspitze in die Zwischenräume der Steine klemmen, damit sie über die Mauer blicken konnte. Einen Augenblick lang glaubte sie, die Stadt sei voller Leuchtkäfer. Dann begriff sie, daß es Männer mit Fackeln waren, die durch die Straßen galoppierten. Sie sah ein Dach auflodern; die Flammen leckten mit heißen, orangefarbenen Zungen an der Nacht, als das Stroh Feuer fing. Ein zweites folgte, ein drittes, und bald brannte es überall lichterloh.

Gendry gesellte sich zu ihr. Er trug einen Helm. »Wie viele?«

Arya versuchte zu zählen, aber sie ritten zu schnell, und die Fackeln flogen überall durch die Nacht. »Hundert«, sagte sie. »Zweihundert, ich weiß nicht.« Durch das Prasseln der Flammen hörte sie Rufe. »Bald werden sie auch uns angreifen.«

»Dort«, meinte Gendry und zeigte auf die Straße zur Stadt.

Eine Kolonne von Reitern kam zwischen den brennenden Gebäuden hervor und sprengte auf den Bergfried zu. Das Licht des Feuers spiegelte sich auf dem Metall der Helme und ließ Kettenhemden und Panzer orange und gelb glitzern. Einer trug ein Banner an einer langen Lanze. Die Fahne schien rot zu sein, nur ließ sich das im Dunkeln und dem grellen Feuerschein kaum erkennen, in dem alles entweder rot oder schwarz aussah.

Das Feuer sprang von einem Haus zum anderen. Arya sah einen Baum, an dem die Flammen emporkrochen, bis die Äste in loderndes Orange eingehüllt waren. Inzwischen waren alle wach und die meisten waren auf den Wehrgang hinausgekommen, einige versuchten indes, die verängstigten Tiere im Hof zu bändigen. Yoren brüllte Befehle. Plötzlich stieß etwas an Aryas Bein, und sie schaute nach unten. Das kleine Mädchen hatte sich an ihr festgeklammert.

»Was macht du denn hier oben? Lauf und versteck dich, du dummes Ding.« Sie schob die Kleine zur Seite.

Die Reiter hielten vor dem Tor an. *»Ihr da in der Festung!«* brüllte ein Ritter in einen hohem Helm mit Stacheln auf dem Kamm. *»Im Namen des Königs, öffnet!«*

»Ja, und welchen König meint Ihr?« rief der alte Reysen zurück, bevor Woth ihn mit einem Knuff in die Rippen zum Schweigen brachte.

Yoren kletterte auf den Wehrgang neben dem Tor. Er hatte seinen ausgeblichenen schwarzen Mantel an einen Holzstab gebunden. *»Ihr dort unten!«* brüllte er. *»Die Bewohner der Stadt sind geflohen.«*

»Und wer seid Ihr, alter Mann? Einer von Lord Berics Feiglingen?« antwortete der Ritter mit dem Stachelhelm. »Falls dieser fette Narr Thoros bei Euch ist, fragt ihn, wie ihm dieses Feuerchen gefällt.«

»Bei uns befindet sich niemand dieses Namens!« rief Yoren zurück. »Nur ein paar Männer und Jungen, die für die Mauer bestimmt sind. Wir ergreifen in Eurem Krieg keine Partei.« Er hob den Stab höher, damit sie alle die Farbe seines Mantels erkennen konnten. »Schaut her. Das ist das Schwarz der Nachtwache.«

»Oder das Schwarz des Hauses Dondarrion!« rief der Mann, der das Banner trug. Jetzt vermochte Arya dessen Farben im Licht der brennenden Stadt besser zu sehen: ein goldener Löwe auf rotem Grund. »Lord Berics Wappen ist ein purpurner Blitz auf schwarzem Feld.«

Plötzlich erinnerte sich Arya an den Morgen, an dem sie Sansa die Apfelsine ins Gesicht geworfen und der Saft auf ihr dummes, elfenbeinfarbenes Seidenkleid getropft war. Bei dem Turnier war auch ein Lord aus dem Süden anwesend gewesen, in den sich die törichte Freundin ihrer Schwester, diese Jeyne, verliebt hatte. Er hatte einen Blitz auf seinem Schild getragen, und ihr Vater hatte ihn ausgeschickt, um den Bruder des Bluthundes zu enthaupten. Das schien tausend Jahre zurückzuliegen, schien einer anderen Person in einem anderen Leben passiert zu sein . . . Arya Stark, der

Tochter der Rechten Hand, nicht Arry, dem Waisenjungen. Woher sollte Arry Lords und solche Leute kennen?

»Seid Ihr blind, Mann?« Yoren schwenkte den Stab mit dem Mantel. »Seht Ihr hier vielleicht einen verdammten Blitz?«

»Bei Nacht erscheinen alle Banner schwarz«, antwortete der Ritter mit dem Stachelhelm. »Öffnet, oder wir erklären Euch für Gesetzlose, die mit den Feinden des Königs im Bunde stehen.«

Yoren spuckte aus. »Wer hat bei Euch den Befehl?«

»Ich.« Die Reflexionen der brennenden Häuser schimmerten matt auf der Rüstung des Schlachtrosses, während die anderen auseinanderwichen, um den Mann vorzulassen. Er war ein fetter Mann, auf seinem Schild prangte ein Mantikor, ein Ungeheuer mit Menschenkopf, Löwenleib und Drachenschwanz, und sein stählerner Brustpanzer war mit einer Schneckenverzierung geschmückt. Durch das offene Visier seines Helms konnte man das bleiche Schweinegesicht sehen. »Ser Armory Lorch, Gefolgsmann des Lords Tywin Lannister von Casterly Rock, der Rechten Hand des Königs. Des *wahren* Königs, Joffrey.« Seine Stimme war hoch und dünn. »In seinem Namen befehle ich Euch, öffnet dieses Tor.«

Um sie herum brannte die Stadt. Die Nachtluft hing voller Rauch, und die Zahl der schwirrenden Funken übertraf die der Sterne. Yoren machte ein finsteres Gesicht. »Dazu sehe ich keine Notwendigkeit. Tut in der Stadt, was Ihr wollt, das schert mich nicht, aber laßt uns in Frieden. Wir sind Euch nicht feindlich gesonnen.«

Seht mit euren Augen, hätte Arya den Männern unten am liebsten zugerufen. »Erkennen die denn nicht, daß wir keine Lords oder Ritter sind?« flüsterte sie.

»Ich glaube, das ist ihnen gleichgültig, Arry«, antwortete Gendry genauso leise.

Sie betrachtete Ser Armorys Gesicht, so wie es Syrio ihr beigebracht hatte, und sie begriff, daß Gendry recht hatte.

»Wenn Ihr keine Hochverräter seid, öffnet das Tor!« rief Ser Armory. »Wir werden uns versichern, ob Ihr die Wahrheit sagt, und dann abziehen.«

Yoren kaute auf seinem Bitterblatt herum. »Ich habe Euch bereits gesagt, außer uns ist niemand hier. Darauf habt Ihr mein Wort.«

Der Ritter mit dem Stachelhelm lachte. »Die Krähe gibt uns ihr *Wort.*«

»Habt Ihr Euch verirrt, alter Mann?« spottete einer der Lanzenträger. »Die Mauer liegt ein ganzes Stück nördlich von hier.«

»In König Joffreys Namen befehle ich Euch abermals, die Treue unter Beweis zu stellen, die Ihr bekundet, und das Tor zu öffnen«, sagte Ser Armory.

Eine Weile lang dachte Yoren kauend nach. »Ich glaube nicht.«

»Nun denn. Ihr widersetzt Euch des Königs Befehl, und somit erkläre ich Euch zu Rebellen, ob Ihr nun das Schwarz tragt oder nicht.«

»Ich habe nur Knaben hier drin!« rief Yoren nach unten.

»Knaben sterben genauso wie alte Männer.« Ser Armory hob träge die Faust, und jemand hinter ihm schleuderte einen Speer. Yoren mußte das Ziel gewesen sein, doch Woth, der neben ihm stand, wurde getroffen. Die Spitze durchbohrte seinen Hals und trat dunkel und feucht im Nacken wieder hervor. Worth griff noch nach dem Schaft, dann brach er zusammen.

»Stürmt die Mauern und tötet sie alle«, befahl Ser Armory gelangweilt. Weitere Speere flogen durch die Luft. Arya packte Heiße Pastete hinten am Gewand und zerrte ihn hinunter. Draußen klapperten Rüstungen, scharrend wurden Schwerter aus den Scheiden gerissen, und Speere wurden auf Schilde geschlagen. Dazu gesellten sich die übelsten Verwünschungen und der Hufschlag der Pferde. Eine Fackel drehte sich über ihre Köpfe hinweg und spuckte feurige Finger, als sie im Hof der Festung landete.

»*Zieht die Schwerter!*« brüllte Yoren. »Verteilt euch und verteidigt die Mauer. Koss, Urreg, haltet das Seitentor. Lommy, zieh den Speer aus Woth raus und nimm seinen Platz ein.«

Heiße Pastete ließ vor Aufregung sein kurzes Schwert fallen, als er es aus der Scheide ziehen wollte. Arya drückte es ihm wieder in die Hand. »Ich weiß gar nicht, wie man damit kämpft«, sagte er. Das Weiße in seinen Augen war deutlich zu sehen.

»Das ist ganz einfach«, antwortete Arya, doch die Lüge verendete ihr in der Kehle, als eine Hand den Rand der Zinne packte. Die Zeit schien plötzlich stillzustehen, im Licht der brennenden Stadt sah sie die Finger unnatürlich deutlich. Sie waren voller Schwielen, schwarze Haare wuchsen zwischen den Knöcheln, unter dem Daumennagel saß Dreck. *Angst schneidet tiefer als Schwerter*, erinnerte sie sich, und dann tauchte hinter der Hand ein Helm auf.

Sie schlug hart zu, und Needles scharfer Stahl biß in die Finger. »*Winterfell!*« schrie sie. Blut spritzte hervor, Finger flogen, und der Helm verschwand ebenso rasch, wie er erschienen war. »Dort!« rief Heiße Pastete. Arya fuhr herum. Der zweite Angreifer war bärtig, trug keinen Helm und hatte den Dolch zwischen die Zähne geklemmt, damit er beide Hände zum Klettern frei hatte. Während er das Bein über die Zinne schwang, stieß Arya ihm Needles Spitze in die Augen. Das Schwert berührte der Mann gar nicht, aber er fuhr zurück und fiel. *Hoffentlich landet er auf dem Gesicht und schneidet sich die Zunge ab.* »Schau auf die da unten, nicht auf mich!« schrie sie Heiße Pastete an. Auf den nächsten Kerl, der sich auf ihrem Teil der Mauer zeigte, hackte der Junge mit dem Kurzschwert ein, bis er hinunterstürzte.

Ser Armorny hatte keine Leitern, doch waren die Steine der Mauer grob aufgeschichtet und nicht mit Mörtel verbunden; daher war sie leicht zu erklimmen, und die Zahl der Feinde nahm kein Ende. Für jeden, den Arya erstach oder zurückstieß, konnte ein anderer das Hindernis überwinden. Der Ritter mit dem Stachelhelm erreichte den Wehrgang, aber Yoren warf seinen schwarzen Mantel über ihn und stieß ihm seinen Dolch durch das Kettenhemd, während der Gegner sich noch von dem Umhang zu befreien suchte. Jedesmal, wenn Arya aufsah, flogen neue Fackeln durch die Luft. Sie sah einen goldenen Löwen auf einem roten Banner, dachte an Joffrey und wünschte sich, er wäre hier, damit sie ihm Needle in sein höhnisches Gesicht stoßen könnte. Vier Männer gingen das Tor mit Äxten an, aber Koss erschoß sie einen nach dem anderen mit Pfeilen. Dobber rang einen Mann auf dem Wehrgang nieder, Lommy zerschmetterte dem Kerl mit einem Stein den Kopf, bevor er sich wieder erheben konnte, und jubelte laut, bis er das Messer in Dobbers Bauch sah und begriff, daß sein Freund ebenfalls nicht wieder aufstehen würde. Arya sprang über einen toten Knaben hinweg, der nicht älter war als Jon und mit abgeschlagenem Arm am Boden lag. Sie wußte nicht, ob das ihr Werk gewesen war, konnte es allerdings nicht ausschließen. Qyle flehte einen Ritter mit einer Wespe auf dem Schild um Gnade an, doch dieser schmetterte ihm einen Morgenstern ins Gesicht. Überall roch es nach Blut und Rauch und Eisen und Pisse, aber nach einiger Zeit schien sich alles zu einem einzigen Gestank zu vereinen. Wie der dünne Kerl über die Mauer gekommen war, hatte sie nicht gesehen, sie stürzte sich einfach sofort mit Gendry und Heiße Pastete auf ihn. Gendrys Schwert verbeulte den Helm des Gegners und riß ihn von seinem Kopf. Darunter zeigten sich eine Glatze und ein verängstigtes Gesicht mit Zahnlücken im Mund und einem graumelierten Bart, und obwohl Arya Mitleid mit ihm verspürte, ließ sie nicht nach und schrie *»Winterfell! Winterfell!«*, während Heiße Pastete *»Heiße Pastete!«* brüllte und auf den dürren Hals des Mannes einhackte.

Nachdem der tot war, nahm ihm Gendry das Schwert ab und sprang hinunter in den Hof, um dort weiterzukämpfen. Arya blickte an ihm vorbei, sah stählerne Schemen durch die Feste laufen und Feuerschein auf Rüstungen und Klingen glänzen, und nun wußte sie, irgendwo waren sie über die Mauer gelangt oder durch das Seitentor eingedrungen. Sie sprang hinunter zu Gendry und landete so, wie Syrio es ihr beigebracht hatte. Die Nacht war erfüllt vom Klirren des Stahls und den Schreien der Verwundeten und Sterbenden. Einen Augenblick lang stand Arya unsicher da und überlegte, wohin sie sich wenden sollte.

Dann war Yoren plötzlich da und schrie ihr ins Gesicht: »*Junge*! Raus hier, es ist vorbei, wir haben verloren. Treib alle zusammen, die du finden kannst, und bring sie raus.«

»Wie?« fragte Arya.

»Die Falltür«, brüllte er, »in der Scheune.«

Damit war er bereits wieder fort, um sich erneut in den Kampf zu stürzen. Arya packte Gendry am Arm. »Er hat gesagt, wir sollen abhauen!« rief sie. »Durch die Scheune können wir fliehen.« Durch die Schlitze seines Helms sah sie, wie sich der Feuerschein in den Augen des Bullen spiegelte. Er nickte. Sie riefen Heiße Pastete, der noch oben auf der Mauer war, zu sich und fanden Lommy Grünhand, der am Boden lag und aus einer Speerwunde an der Wade blutete. Auch Gerren entdeckten sie, aber er war zu schwer verletzt, um mitzukommen. Während sie auf die Scheune zuliefen, sah Arya das weinende Mädchens, das inmitten des Durcheinanders aus Rauch und Gemetzel saß. Sie packte die Kleine an der Hand und zog sie auf die Beine, während die anderen schon vorausrannten. Das Mädchen wollte nicht gehen, auch nicht nach einem Klaps. Arya nahm Needle in die Linke und zerrte das Mädchen mit der Rechten mit sich. Vor ihr erglühte die Nacht in dumpfem Rot. *Die Scheune brennt*, dachte sie. Flammen leckten an den Wänden, wo die Fackeln das Stroh entzündet hatten, und sie hörte die Schreie der Tiere, die darin gefangen waren. Heiße Pastete trat aus der Scheune. »Arry, *komm schon!* Lommy ist schon weg, laß die Kleine stehen, wenn sie nicht mitwill!«

Stur zerrte Arya nur so um so heftiger und schleifte das Mädchen hinter sich her. Heiße Pastete verschwand wieder im Inneren der Scheune und ließ sie allein . . . doch dann war Gendry wieder da, auf dessen poliertem Helm sich der Feuerschein so hell spiegelte, daß die Hörner orange leuchteten. Er eilte zu ihnen und warf sich die Kleine über die Schulter. »Lauf!«

Als sie in die Scheune kam, hatte sie das Gefühl, sie betrete einen Ofen. In der Luft wirbelte Rauch, die Rückseite war vom Boden bis zum Dach eine einzige Feuerwand. *Die armen Tiere*, dachte Arya. Dann sah sie den Wagen und die drei Männer, die darauf angekettet waren. Beißer warf sich mit aller Kraft in die Ketten, die Stellen, wo die Fesseln ihn hielten, bluteten bereits. Rorge fluchte und brüllte und trat gegen das Holz. »Junge!« rief Jaqen H'ghar. »Süßer Junge!«

Die offene Falltür lag nur ein paar Meter vor ihr, doch das Feuer breitete sich rasch aus und verzehrte das alte Holz und das trockene Stroh so schnell, wie sie es nie für möglich gehalten hätte. Arya erinnerte sich an das schrecklich verbrannte Gesicht des Bluthunds.

»Gute Jungen, liebe Jungen!« rief Jaqen H'ghar und hustete.

»Nimm uns diese verfluchten Ketten ab!« kreischte Rorge.

Gendry beachtete sie nicht. »Du zuerst, dann die Kleine, zuletzt ich. Beeil dich, es ist weit.«

»Als du Feuerholz gespalten hast«, erinnerte sich Arya, »wo hast du die Axt liegen lassen?«

»Draußen vor dem Haus.« Er warf einen Blick auf die gefesselten Männer. »Ich würde eher die Esel retten. Komm, wir haben keine Zeit mehr.«

»Nimm das Mädchen!« schrie sie. »Bring sie raus!« Das Feuer trieb sie mit heißen roten Flügeln, als sie aus der Scheune floh. Die Kälte draußen war ein Segen, wenn auch überall um sie herum Männer im Sterben lagen. Sie sah Koss, der seine Klinge fallen ließ und sich ergab, und sie beobachtete, wie sein Gegner ihn an Ort und Stelle tötete. Überall war Rauch. Von Yoren war nichts zu sehen, aber die Axt lag noch dort, wo Gendry sie zurückgelassen hatte, bei dem Holzstapel vor dem Haus. Während sie das Beil aus dem Hackklotz zog, packte eine Hand, die in einem gepanzerten Handschuh steckte ihren Arm. Arya fuhr herum und wuchtete dem Mann die Axt zwischen die Beine. Das Gesicht hinter dem Helm bekam sie nicht zu sehen, nur das dunkle Blut, das zwischen den Gliedern des Kettenhemds hervorquoll. In die Scheune zurückzukehren, war das Schwerste, was sie je getan hatte. Aus der offenen Tür kroch einer schwarzen Schlange gleich der Rauch, und Esel und Pferde und Männer schrien. Sie biß sich auf die Unterlippe, rannte hinein und duckte sich tief auf den Boden, wo der Rauch nicht ganz so dicht war.

Ein Esel war vom Feuer eingeschlossen und brüllte vor Schmerz und Todesangst. Sie roch den Gestank brennender Haare. Das Dach stand inzwischen ebenfalls lichterloh in Flammen, überall regnete brennendes Holz und Stroh herab. Arya hielt sich die Hand vor Mund und Nase. Inmitten des Qualms konnte sie den Wagen nicht erkennen, doch sie hörte Beißer kreischen. Auf diesen Laut kroch sie zu.

Plötzlich ragte ein Rad über ihr auf. Der Wagen machte einen Satz, als Beißer sich abermals in die Ketten warf. Jaqen bemerkte sie, bloß konnte man kaum atmen, geschweige denn sprechen. Sie warf die Axt in den Wagen. Rorge fing sie auf und hob sie hoch über den Kopf. Rußige Schweißbäche rannen über sein nasenloses Gesicht. Arya rannte los, hustete. Der Stahl krachte durch das alte Holz, wieder und wieder. Einen Augenblick später gab es ein donnerndes Krachen, der Boden des Wagens brach los, und ein Hageln von Spänen flog durch die Luft.

Arya tauchte kopfüber in den Tunnel ein und fiel fast zwei Meter tief. Die Erde, die sie plötzlich im Mund hatte, störte sie nicht, es schmeckte gut, es schmeckte nach Schlamm und Wasser und Würmern und Leben. Unter der Erde war es kühl und dunkel. Über ihr waren nichts als Blut und tosendes Feuer, erstickender Qualm und das Schreien sterbender Pferde. Sie drehte ihren Gürtel nach hinten, damit Needle ihr nicht im Weg war und begann zu kriechen. Nach vier Metern hörte sie ein Geräusch, das wie das Brüllen eines gewaltigen Untiers klang, und eine schwarze Rauchwolke wallte hinter ihr in den Gang. So mußte es in der Hölle stinken. Arya hielt die Luft an, küßte den Schlamm am Boden des Tunnels und weinte. Um wen, wußte sie nicht zu sagen.

TYRION

Die Königin war nicht gewillt, auf Varys zu warten. »Hochverrat ist verwerflich genug«, verkündete sie wütend, »doch dies hier ist der Gipfel der Schurkerei, und ich brauche diesen trippelnden Eunuchen nicht, um zu wissen, wie man mit Schurken zu verfahren hat.«

Tyrion nahm seiner Schwester die Briefe ab und verglich sie miteinander. Es handelte sich um zwei Abschriften mit exakt gleichem Wortlaut, doch waren sie von verschiedener Hand geschrieben.

»Maester Frenken hat das erste Schreiben auf Burg Stokeworth erhalten«, erläuterte Grand Maester Pycelle. »Die zweite Abschrift erreichte uns durch Lord Glyes.«

Littlefinger strich sich durch den Bart. »Wenn Stannis sich mit *denen* abgibt, hat jeder andere Lord des Königreiches diesen Brief mit Sicherheit ebenfalls erhalten.«

»Ich wünsche, daß diese Schreiben verbrannt werden, jedes einzelne«, verlangte Cersei. »Meinem Sohn oder meinem Vater darf kein Wort davon zu Ohren gelangen.«

»Ich könnte mir vorstellen, daß unser Vater bereits mehr als ein Wort davon vernommen hat«, sagte Tyrion trocken. »Ohne Zweifel hat Stannis einen Vogel nach Casterly Rock geschickt, und einen weiteren nach Harrenhal, wozu soll es gut sein, die Briefe zu verbrennen? Das Lied ist gesungen, der Wein ist vergossen, die Maid ist schwanger. Und so furchtbar ist es schließlich auch wieder nicht.«

Cersei wandte sich ihm zu. Aus ihren grünen Augen wallte ihm Zorn entgegen. »Seid Ihr vollkommen von Sinnen? Habt Ihr nicht gelesen, was darin steht? Der *Junge* Joffrey, so nennt er ihn. Und er wagt es, mich des Inzests, des Ehebruchs und des Hochverrats zu bezichtigen!«

Nur, weil du dieser Verbrechen schuldig bist. Erstaunlich, mit welcher Inbrunst sich Cersei über Vorwürfe empören konnte, von denen sie sehr wohl wußte, daß sie zutrafen. *Falls wir den Krieg verlieren, sollte sie sich als Mime verdingen, dafür besitzt sie eine Gabe.* Er wartete, bis sie fertig war und antwortete: »Stannis braucht einen Vorwand, um seine Rebellion zu rechtfertigen. Was habt Ihr denn erwartet? Daß er schreibt, Joffrey ist meines Bruders rechtmäßiger Sohn und Erbe, aber ich habe trotzdem vor, ihn des Throns zu berauben?«

»Ich werde es nicht hinnehmen, mich eine Hure nennen zu lassen.«

Was denn, Schwesterchen, er behauptet doch gar nicht, Jaime habe dich dafür bezahlt. Mit großer Geste betrachtete Tyrion die Schreiben von neuem. Am Ende stand ein eigentümlicher Satz ... »Erlassen im Lichte des Herrn«, las er vor. »Eine merkwürdige Wortwahl.«

Pycelle räusperte sich. »Diese Worte stehen oft in Briefen und Dokumenten aus den Freien Städten. Sie meinen meist nicht viel mehr als, sagen wir, *verfaßt vor Gott*. Vor dem Gott der roten Priester. Sie benutzen diese Formulierung, glaube ich.«

»Varys hat uns vor einigen Jahren erzählt, daß Lady Selyse sich mit einer roten Priesterin eingelassen hätte«, erinnerte Littlefinger sie.

Tyrion tippte auf das Papier. »Und nun scheint ihr Hoher Gemahl ihrem Beispiel gefolgt zu sein. Das könnten wir gegen ihn verwenden. Drängt den Hohen Septon zu verkünden, Stannis habe sich gleichermaßen gegen die Götter und gegen seinen rechtmäßigen König erhoben ...«

»Ja, ja«, erwiderte die Königin ungeduldig. »Aber zuerst müssen wir verhindern, daß diese Anwürfe weitere Kreise ziehen. Der Rat muß einen Erlaß herausgeben. Jeder Mann, der es wagt, von Inzucht zu sprechen oder Joffrey einen Bastard zu nennen, soll dafür seine Zunge einbüßen.«

»Eine besonnene Maßnahme«, meinte Grand Maester Pycelle und nickte, wobei seine Amtskette klingelte.

»Eine Torheit«, seufzte Tyrion. »Wenn Ihr einem Mann die Zunge herausreißt, straft Ihr seine Worte nicht Lügen, sondern laßt nur die Welt wissen, daß Ihr sie fürchtet.«

»Was sollten wir also Eurer Meinung nach unternehmen?« verlangte seine Schwester zu wissen.

»Wenig. Mögen sie wispern, bald genug werden sie der Geschichte müde werden. Ein jeder mit einem Fingerhütchen voll Verstand wird darin sowieso nur einen plumpen Versuch sehen, den Raub der Krone zu rechtfertigen. Hat Stannis irgendwelche Beweise vorgelegt? Wie könnte er, da es sich niemals so zugetragen hat?« Tyrion schenkte seiner Schwester sein freundlichstes Lächeln.

»Das stimmt«, mußte sie eingestehen. »Dennoch . . .«

»Euer Gnaden, Euer Bruder hat recht.« Petyr Baelish legte die Finger aneinander. »Versuchen wir, dieses Gerede zum Verstummen zu bringen, verleihen wir ihm nur Glaubwürdigkeit. Strafen wir diese jämmerliche Lüge besser mit Verachtung. Und in der Zwischenzeit vergelten wir gleiches mit gleichem.«

Cersei warf ihm einen abschätzenden Blick zu. »Wie das?«

»Vielleicht mit einer ähnlichen Geschichte. Aber einer glaubwürdigeren. Lord Stannis hat einen großen Teil seines Lebens von seiner Gemahlin getrennt verbracht. Das ist gewißlich nicht seine Schuld, ich würde es ebenso halten, wäre Lady Selyse meine Angetraute. Nichtsdestotrotz, könnten wir verkünden, ihre Tochter sei nichtehelich geboren und Stannis ein Hahnrei, nun . . . das gemeine Volk nimmt die schlimmsten Geschichten über die Lords stets mit Freuden für bare Münze, vor allem die über solch strenge, mißmutige und empfindlich stolze Lords wie Stannis Baratheon.«

»Besonders beliebt war er nie, das stimmt.« Cersei dachte einen Augenblick darüber nach. »Zahlen wir es ihm also mit gleicher Münze heim. Ja, die Idee gefällt mir. Wen könnten wir bezichtigen, der Liebhaber von Lady Selyse zu sein? Sie hat, glaube ich, zwei

Brüder. Und einer ihrer Onkel war die ganze Zeit über auf Dragonstone . . .«

»Ser Axell Florent ist ihr Kastellan.« So ungern Tyrion es auch zugab, Littlefingers Plan klang vielversprechend. Stannis hatte seine Gemahlin niemals geliebt, aber er gebärdete sich stachelig wie ein Igel, wenn seine Ehre in Zweifel gezogen wurde, und zudem war er von Natur aus mißtrauisch. Falls sie Zwietracht zwischen ihm und seinen Gefolgsleuten säen konnten, würde dies ihrer Sache dienlich sein. »Das Kind hat die Ohren einer Florents, wurde mir gesagt.«

Littlefinger winkte träge ab. »Ein Handelsgesandter aus Lys hat mir gegenüber einst erwähnt, Lord Stannis müsse seine Tochter sehr lieben, da er Hunderte von Statuen, die nach ihren Abbild geschaffen wurden, entlang der Mauern von Dragonstone habe aufstellen lassen. ›Mylord‹, mußte ich ihm erklären, ›das sind Wasserspeier.‹« Er kicherte. »Ser Axell wäre gewiß gut als Shireens Vater geeignet, aber meiner Meinung nach verbreiten sich die bizarrsten und schockierendsten Geschichten stets am schnellsten. Stannis hält sich einen außerordentlich grotesken Narren, einen Schwachsinnigen mit tätowiertem Gesicht.«

Der Grand Maester starrte ihn entsetzt an. »Gewiß wollt Ihr doch nicht unterstellen, daß Lady Selyse einen *Narren* in ihr Bett lassen würde?«

»Man muß ein Narr sein, wenn man sich zu Selyse Florent legen möchte«, erwiderte Littlefinger. »Zweifelsohne hat Flickenfratz sie an Stannis erinnert. Und die besten Lügen tragen stets ein Körnchen Wahrheit in sich, gerade soviel, daß der Zuhörer aufmerkt. Außerdem ist der Narr dem Mädchen vollkommen ergeben und folgt ihr überallhin. Sie sehen sich sogar ähnlich. Shireen hat ein fleckiges, halbgelähmtes Gesicht.«

Pycelle war verwirrt. »Aber das kommt von den Grauschuppen, die sie als Säugling beinahe das Leben gekostet hätten, dem armen Ding.«

»Meine Geschichte gefällt mir trotzdem«, entgegnete Littlefinger, »und dem gemeinen Volk wird sie auch gefallen. Die meisten von ihnen glauben doch sogar, daß eine Frau, die während der Schwangerschaft Kaninchenfleisch ißt, ein Kind mit langen Schlappohren gebären wird.«

Cersei setzte ein bestimmtes Lächeln auf, welches sie sich für gewöhnlich für Jaime aufsparte. »Lord Petyr, Ihr seid ein niederträchtiges Geschöpf.«

»Danke, Euer Gnaden.«

»Und ein vollendeter Lügner«, fügte Tyrion weniger herzlich hinzu. *Der Mann ist gefährlicher, als ich geahnt habe,* dachte er bei sich.

Littlefinger schaute dem Zwerg in die starren, ungleichen Augen, und seinen eigenen graugrünen Augen war kein Zeichen von Unbehagen anzusehen. »Jeder ist mit einer anderen Gabe gesegnet, Mylord.«

Die Königin war zu sehr mit ihrer Rache beschäftigt, um den Blickwechsel zu bemerken. »Gehörnt von einem schwachsinnigen Narren! In jeder Weinschenke diesseits der Meerenge wird man über ihn lachen.«

»Die Geschichte sollte nicht von uns verbreitet werden«, warnte Tyrion, »sonst wird sie rasch als Lüge entlarvt.« *Die sie ja auch ist.*

Abermals konnte Littlefinger mit einer Antwort dienen. »Huren lieben Klatsch, und zufällig besitze ich das eine oder andere Bordell. Gewiß wird auch Varys die Saat in Bierschenken ausbringen können.«

»Varys«, meinte Cersei stirnrunzelnd, »wo ist er eigentlich?«

»Darüber habe ich mir auch bereits Gedanken gemacht, Euer Gnaden.«

»Die Spinne webt ihre geheimen Netze Tag und Nacht«, sagte Grand Maester Pycelle bedeutungsvoll. »Ich mißtraue ihm, Mylords.«

»Und dabei spricht er so herzlich über Euch.« Tyrion schob sich vom Stuhl. Er wußte, was der Eunuch trieb, doch brauchte dies den anderen Mitgliedern des Rates nicht zu Ohren zu kommen. »Ich bitte um Entschuldigung, Mylords. Andere Geschäfte verlangen meine Aufmerksamkeit.«

Cersei schöpfte sofort Verdacht. »Die Geschäfte des Königs?«

»Nichts, worüber Ihr Euch den Kopf zerbrechen müßt.«

»Das kann ich recht gut selbst beurteilen.«

»Wollt Ihr mir die Überraschung verderben?« fragte Tyrion. »Ich lasse ein Geschenk für Joffrey anfertigen. Eine kleine Kette.«

»Wozu braucht er noch eine Kette? Er hat bereits mehr, als er je tragen kann. Wenn Ihr nur einen Augenblick lang glaubt, Ihr könnet Euch Joffreys Liebe mit Geschenken erkaufen –«

»Aber nein, sicherlich besitze ich die Liebe des Königs bereits, so wie er sich der meinen erfreuen darf. Und diese Kette, glaube ich, wird er eines Tages mehr schätzen als alle anderen.«

Vor dem Ratssaal wartete Bronn, um ihn zum Turm der Hand zu begleiten. »Die Schmiede sind in Eurem Empfangszimmer und erwarten die Ehre«, berichtete er, während sie den Hof überquerten.

»Erwarten die Ehre. Das klingt hübsch, Bronn. Du hörst dich fast an wie ein richtiger Höfling. Nächstens wirst du noch niederknien.«

»Besorgt's Euch doch selbst, Zwerg.«

»Wozu habe ich denn Shae?« Tyrion hörte die Stimme von Lady Tanda, die ihm von der serpentinenartigen Treppe aus fröhlich etwas zurief. Er gab vor, sie nicht zu bemerken, und watschelte ein wenig schneller. »Laß meine Sänfte bereitstellen, ich werde die Burg verlassen, sobald ich hier fertig bin.« Zwei der Moon Brothers hielten an der Tür Wache. Tyrion begrüßte sie freundlich und schnitt eine Grimasse, ehe er die Treppe in Angriff nahm. Nachdem er zu seinem Schlafzimmer emporgestiegen war, schmerzten seine Beine.

Drinnen fand er einen zwölfjährigen Jungen vor, der seine Kleider auf seinem Bett zurechtlegte; sein Knappe. Podrick Payne war so schüchtern, daß es an Verstohlenheit grenzte. Tyrion wurde den Verdacht nicht los, sein Vater habe ihm den Knaben anvertraut, um sich über ihn lustig zu machen.«

»Eure Amtstracht, Mylord«, murmelte der Junge bei Tyrions Eintritt und starrte auf seine Stiefelspitzen. Selbst wenn Pod den Mut aufbrachte, etwas zu sagen, wagte er es nicht, sein Gegenüber anzublicken. »Für die Audienz. Und Eure Kette. Die Kette der Hand.«

»Sehr schön. Hilf mir beim Ankleiden.« Das Wams aus schwarzem Samt war mit goldenen Nieten besetzt, die Löwenköpfe darstellten, während die Glieder der Kette aus goldenen Händen bestanden, deren Finger jeweils das Gelenk der nächsten umfaßten. Pod brachte einen Umhang aus purpurroter Seide, der mit Gold gesäumt war und auf seine Größe zugeschnitten war. Bei einem normalen Mann hätte er kaum den Rücken bedeckt.

Der Audienzsaal der Hand war kleiner als der des Königs und mit dem riesigen Thronsaal nicht im mindesten zu vergleichen, aber Tyrion gefielen die myrischen Teppiche und Wandbehänge und die Intimität, die der Raum ausstrahlte. Bei seinem Eintritt rief sein Haushofmeister: »Tyrion Lannister, die Rechte Hand des Königs!« Das gefiel ihm ebenfalls. Die Schmiede und Eisenhändler, die Bronn aufgetrieben hatte, fielen auf die Knie.

Er wuchtete sich auf den hohen Stuhl unter dem runden goldenen Fenster und erteilte ihnen die Erlaubnis, sich zu erheben. »Werte Herren, ich weiß, Ihr habt viel zu tun, deshalb will ich mich kurz fassen. Pod, bitte.« Der Junge reichte ihm einen Leinensack. Tyrion zog die Schnur auf und schüttete ihn aus. Der Inhalt landete mit gedämpftem Klirren auf dem Wollteppich. »Diese hier habe ich mir in der Burgschmiede anfertigen lassen. Ich brauche tausend Stück davon.«

Einer der Schmiede kniete nieder und untersuchte den Gegenstand: drei riesige, miteinander verbundene Stahlglieder. »Eine mächtige Kette.«

»Mächtig, aber kurz«, erwiderte der Zwerg. »Ähnlich wie ich. Ich wünschte nur, daß sie noch ein ganzes Stück länger wird. Habt Ihr einen Namen?«

»Man nennt mich Eisenbauch, M'lord.« Der Schmied war von

gedrungener und breiter Gestalt und trug einfache Wolle und Leder, seine Arme jedoch waren so dick wie der Hals eines Bullen.

»Jede Schmiede in King's Landing wird solche Kettenglieder herstellen und sie aneinanderfügen. Alle anderen Arbeiten können warten. Jeder Mann, der sich auf die Kunst der Metallverarbeitung versteht, sei er Meister, Geselle oder Lehrling, soll sich daran beteiligen. Wenn ich durch die Stählerne Gasse reite, möchte ich Eure Hämmer auf den Ambossen klingen hören, und zwar Tag und Nacht. Außerdem brauche ich einen Mann, einen starken Mann, der überwacht, daß meinen Wünschen wirklich Folge geleistet wird. Seid Ihr dieser Mann, Eisenbauch?«

»Der könnte ich durchaus sein, M'lord. Doch was wird aus den Schwertern und Rüstungen, welche die Königin von uns verlangt?«

Ein zweiter Schmied ergriff das Wort. »Ihre Gnaden haben uns befohlen, Harnische und Rüstungen, Schwerter und Dolche und Streitäxte in großer Zahl zu fertigen. Um ihre neuen Goldröcke zu bewaffnen, M'lord.«

»Diese Arbeiten können warten«, antwortete Tyrion. »Die Kette hat Vorrang.«

»M'lord, bitte um Verzeihung, Ihre Gnaden sagte, jenen, die ihre Lieferung nicht rechtzeitig fertig hätten, würden die Hände zerschmettert«, beharrte der ängstliche Schmied. »Auf ihrem eigenen Amboß!«

Süßeste Cersei, wie sehr du dich stets plagst, die Liebe des Volkes zu erringen. »Niemandem werden die Hände zerschmettert. Darauf habt Ihr mein Wort.«

»Eisen ist teuer geworden«, erklärte Eisenbauch, »und für diese Kette werden wir viel brauchen, außerdem Kohle für die Feuer.«

»Lord Baelish wird Euch mit ausreichenden Mitteln versorgen«, versprach Tyrion. Hoffentlich konnte er wenigstens in dieser Hinsicht auf Littlefinger zählen. »Ich werde der Stadtwache befehlen, Euch bei der Suche nach Eisen zu helfen. Zur Not schmelzt jedes Hufeisen ein, das Ihr findet.«

Ein älterer Mann in kostbaren Gewändern mit Silberschnallen und einem Mantel, der mit Fuchspelz gesäumt war, trat vor. Er kniete nieder und begutachtete die großen Stahlglieder, die Tyrion auf den Boden geworfen hatte. »Mylord«, verkündete er ernst, »diese Arbeit darf man allenfalls als grob bezeichnen. Dieses Stück hat nichts mit Kunst zu tun. So etwas erwartet man zweifelsohne von gemeinen Schmieden, die sonst Hufeisen biegen und Kessel treiben. Ich hingegen bin ein Meisterwaffenschmied, Mylord. Diese Arbeit ist unter meiner Würde, und steht auch den anderen Meistern meiner Zunft nicht an. Wir fertigen Schwerter, die so scharf sind wie ein valyrischer Dolch, Rüstungen, die ein Gott tragen würde. Nicht solches Zeug!«

Tyrion legte den Kopf schief und ließ den Mann seine ungleichen Augen betrachten. »Wie lautet Euer Name, Meisterschmied?«

»Salloreon, zu Euren Diensten, Mylord. Falls die Hand des Königs zustimmt, wäre ich geehrt, ihm eine Rüstung anzufertigen, die seinem Haus und seinem Hohen Amt angemessen sind.« Zwei der anderen kicherten, doch Salloreon ließ sich nicht aufhalten. »Panzer und Schuppen, würde ich vorschlagen. Die Schuppen vergoldet, daß sie leuchten wie die Sonne, der Panzer im Purpurrot der Lannisters emailliert. Als Helm möchte ich Euch einen Dämonenkopf ans Herz legen, der von langen goldenen Hörnern gekrönt wird. Wenn Ihr in die Schlacht reitet, werden die Männer furchtsam vor Euch zurückweichen.«

Ein Dämonenkopf, dachte Tyrion, *nun, was sagt das über mich aus?* »Meister Salloreon, ich trage mich mit der Absicht, meine restlichen Schlachten von diesem Stuhl aus zu führen. Ich brauche Kettenglieder, keine Dämonenhörner. Deshalb will ich es einmal so ausdrücken: Entweder Ihr schmiedet Ketten, oder Ihr werdet in Ketten gelegt. Die Wahl liegt bei Euch.« Er erhob sich und verließ den Saal, ohne sich auch nur ein einziges Mal umzuschauen.

Bronn wartete mit der Sänfte und einer berittenen Eskorte der Black Ears am Tor. »Du weißt, wo es hingeht«, sagte Tyrion und ließ sich in die Sänfte helfen. Er hatte getan, was er konnte, um der hungrigen Stadt den Magen zu füllen – Hunderte Zimmerleute hatte er angewiesen, Fischerboote zu bauen anstelle von Katapulten, allen Jägern, die es wagten, den Fluß zu überqueren, hatte er gestattet, im Wald des Königs Beute zu suchen; er hatte sogar Goldröcke nach Süden und Westen ausgeschickt, um Lebensmittel aufzutreiben – dennoch sah er überall auf seinem Weg vorwurfsvolle Blicke. Die Vorhänge der Sänfte schützten ihn davor und gaben ihm gleichzeitig Muße, nachzudenken.

Während es die lange gewundene Schattengasse am Fuße von Aegons Hohem Hügel hinunterging, ließ sich Tyrion die Ereignisse des Morgens noch einmal durch den Kopf gehen. Der Zorn seiner Schwester hatte sie daran gehindert, die wahre Bedeutung von Stannis Baratheons Brief zu begreifen. Ohne Beweise waren seine Vorwürfe unhaltbar, worauf es ankam, war, daß er sich selbst zum König ernannt hatte. *Und was wird Renly dazu sagen?* Beide gemeinsam konnten schließlich schlecht als nächste auf dem Eisernen Thron sitzen.

Gedankenverloren zog er den Vorhang ein paar Zoll zurück und spähte hinaus auf die Straße. Zu beiden Seiten ritten Blak Ears mit ihren grausigen Ketten um den Hals, derweil Bronn die Spitze bildete und den Weg freimachte. Er beobachtete die Vorbeigehenden und spielte ein kleines Spielchen mit sich selbst, bei dem er die Spione von den einfachen Passanten zu trennen suchte. *Jene, die mißtrauisch wirken, sind vermutlich unschuldig*, entschied er. *Vor denjenigen hingegen, die unschuldig dreinschauen, muß ich mich hüten.*

Sein Ziel lag jenseits des Hügels von Rhaenys, und die Straßen waren belebt. Es dauerte fast eine Stunde, bis die Sänfte anhielt. Tyrion döste, wachte jedoch augenblicklich auf und rieb sich die Augen. Dann nahm er Bronns Hand und ließ sich hinaushelfen.

Das Haus war zweigeschossig, unten aus Stein und oben aus Holz errichtet. Ein kleiner runder Turm erhob sich an einer Ecke des Gebäudes. Viele der Fenster waren bleiverglast. Über der Tür hing eine verzierte Lampe, eine Kugel aus vergoldetem Metall und scharlachrotem Glas.

»Ein Bordell«, bemerkte Bronn. »Was beabsichtigt Ihr hier zu tun?«

»Was tut man denn für gewöhnlich in einem Bordell?«

Der Söldner lachte. »Genügt Euch Shae nicht?«

»Für eine Soldatenhure war sie ja hübsch genug, aber jetzt bin ich nicht mehr im Kriegslager. Kleine Männer haben großes Verlangen, und man hat mir gesagt, die Mädchen hier wären gut genug für einen König.«

»Ist der Junge denn schon alt genug?«

»Nicht Joffrey. Robert. Dieses Haus hat er stets bevorzugt.« *Obwohl Joffrey inzwischen vielleicht tatsächlich alt genug ist. Ein interessanter Gedanke.* »Falls du und die Black Ears euch vergnügen möchtet, bitte sehr, aber Chatayas Mädchen sind teuer. Entlang der Straße werdet ihr billigere Häuser finden. Laß einen Mann hier, der die anderen holen kann, wenn ich zurückkehren möchte.«

Bronn nickte. »Wie Ihr wünscht.« Die Black Ears grinsten.

Hinter der Tür erwartete ihn eine hochgewachsene Frau in wallendem Seidenkleid. Ihre Haut war ebenholzfarben, ihre Augen leuchteten dunkel wie Sandelholz. »Ich bin Chataya«, verkündete sie und verneigte sich tief. »Und Ihr seid –«

»Wir wollen uns gar nicht erst an Namen gewöhnen. Namen bergen Gefahren.« In der Luft hing der Duft von exotischen Gewürzen, und der Boden unter seinen Füßen war ein erotisches Mosaik, auf dem sich zwei Frauen zärtlich umschlungen hielten. »Ihr führt ein angenehmes Haus.«

»Lange, lange habe ich gearbeitet, um alles so zu fügen. Daß es der Hand gefällt, erfreut mich.« Ihre Stimme klang wie flüssiger Bernstein und war vom Akzent der fernen Summer Isles geprägt.

»Titel können sich als genauso bedenklich erweisen wie Namen«, warnte Tyrion sie. »Zeigt mir ein paar Eurer Mädchen.«

»Mit Freuden. Alle sind gleichermaßen sanftmütig und schön, und sie kennen sich in jeder erdenklichen Liebeskunst aus.« Anmutig schwebte sie davon und ließ Tyrion hinter sich herwatscheln. Er mußte sich beeilen; seine Beine waren nur halb so lang wie ihre.

Sie spähten an einem mit Blumen und Bildnissen von träumenden Mädchen verzierten Wandschirm vorbei in den Hauptraum, wo ein alter Mann eine muntere Weise auf einer Flöte spielte. In einer mit Kissen ausgelegten Nische wiegte ein betrunkener Tyroshii mit purpurnem Bart ein dralles Mädchen auf den Knien. Er hatte ihr Mieder aufgeknüpft und ließ gerade Wein über ihre Brüste rinnen, den er anschließend auflecken wollte. Zwei weitere Mädchen saßen vor einem Bleiglasfenster und spielten. Die Sommersprossige trug eine Krone aus blauen Blüten im honigfarbenen Haar. Die Haut der anderen war schwarz und glatt wie polierter Jett, ihre dunklen Augen waren groß, ihre kleinen Brüste spitz. Beide Mädchen waren in fließende Seide gewandet, die um die Hüfte von perlenbestickten Gürteln gehalten wurden. Das Sonnenlicht, welches durch das bunte Glas hereinfiel, ließ die Silhouetten der jungen Leiber unter dem dünnen Stoff erkennen, und Tyrion spürte, wie es sich in seinen Lenden regte. »Ich würde Euch mit allem gebührenden Respekt das dunkelhäutige Mädchen empfehlen«, sagte Chataya.

»Sie ist jung.«

»Sechzehn, Mylord.«

Ein gutes Alter für Joffrey, dachte er und erinnerte sich an das, was Bronn gesagt hatte. Seine Erste war sogar noch jünger gewesen. Tyrion dachte daran, wie schüchtern sie sich gebärdet hatte, als er ihr zum ersten Mal das Kleid über den Kopf streifte, dachte an ihre langen dunklen Haare und die blauen Augen, in denen man hätte ertrinken mögen – was er dann auch getan hatte. Vor so langer Zeit … *Was für ein elender Narr du doch bist, Zwerg.* »Stammt sie aus Eurer Heimat?«

»In ihren Adern fließt das Blut des Sommers, Mylord, aber meine Tochter wurde hier in King's Landing geboren.« Seine Überraschung ließ sich offenbar von seinem Gesicht ablesen, denn Chataya fügte hinzu: »Mein Volk betrachtet es nicht als Schande, in einem Kissenhaus zu leben. Auf den Summer Isles werden jene, welche Freude zu bereiten wissen, hoch geschätzt. Viele hochgeborene junge Damen dienen nach ihrem Erblühen einige Jahre lang, um die Götter zu ehren.«

»Was haben die Götter damit zu tun?«

»Die Götter haben unsere Körper und unsere Seelen erschaffen, nicht wahr? Sie schenken uns Stimmen, damit wir sie mit unserem Gesang preisen können. Sie geben uns Hände, auf daß wir Tempel für sie bauen. Und sie statten uns mit dem Verlangen aus, damit wir der Liebe frönen und ihnen auf diese Weise unsere Achtung ausdrücken.«

»Das muß ich dem Hohen Septen erzählen«, meinte Tyrion. »Wenn ich mit meinem Schwanz beten könnte, würde ich vielleicht noch religiös.« Er winkte mit der Hand. »Ich werde Euren Vorschlag gern annehmen.«

»Ich werde meine Tochter rufen. Kommt.«

Das Mädchen erwartete ihn am Fuß der Treppe. Sie war größer als Shae, wenngleich nicht so groß wie ihre Mutter, und mußte sich hinknien, um Tyrion zu küssen. »Ich heiße Alayaya«, sagte sie, wobei der Akzent ihrer Mutter kaum zu hören war. »Kommt, Mylord.« Sie nahm ihn bei der Hand und zog ihn die Treppe hinauf in einen langen Flur. Durch eine der geschlossenen Türen hörte man wollüstiges Keuchen, durch eine andere Kichern und Flüstern. Tyrions Gemächt preßte gegen die Schnüre seiner Hose. *Dies könnte zu einer Demütigung werden*, dachte er, derweil er Alayaya eine weitere Treppe hinauf zum Erkerzimmer folgte. Hier gab es nur eine einzige Tür. Sie führte ihn hindurch und schloß sie hinter sich. In dem Zimmer standen ein großes Himmelbett und ein Kleiderschrank mit erotischen Schnitzereien. Das Glas des schmalen Fensters war mit einem rotgelben Rautenmuster verziert.

»Schön bist du, Alayaya, wunderschön«, sagte Tyrion ihr, nachdem sie allein waren. »Von Kopf bis Fuß bist du begehrenswert. Im Augenblick interessiert mich jedoch vor allem dein Mund.«

»Mylord werden feststellen, wie gut mein Mund geschult ist. Schon als Mädchen lernte ich, wann ich ihn gebrauchen soll und wann nicht.«

»Das gefällt mir.« Tyrion lächelte. »Was machen wir also jetzt? Vielleicht hättest du einen Vorschlag?«

»Ja«, antwortete sie. »Wenn Mylord den Schrank öffnen, wird er finden, wonach er sucht.«

Tyrion küßte ihr die Hand und stieg in den leeren Kleiderschrank. Alayaya schloß die Tür hinter ihm. Er packte die erste Sprosse einer Leiter. Dann setzte er den Fuß auf die nächsttiefere und begann den Abstieg. Weit unter der Erde öffnete sich der Schacht zu einem Tunnel, wo Varys mit einer Kerze wartete.

Der Eunuch sah vollkommen verändert aus. Unter seinem spitzen Stahlhelm zeigte sich ein vernarbtes, stoppelbärtiges Gesicht, und er trug ein Kettenhemd über gegerbtem Leder, dazu ein kurzes Schwert an der Seite. »Seid Ihr mit Chatayas Diensten zufrieden, Mylord?«

»Beinahe zu sehr«, gestand Tyrion ein. »Seid Ihr sicher, daß man sich auf diese Frau verlassen kann?«

»In dieser launischen und verräterischen Welt kann man sich nicht sicher sein, Mylord. Chataya hat keinen Grund, die Königin zu mögen, und sie weiß, wem sie es zu verdanken hat, daß sie Allar Deem los ist. Sollen wir aufbrechen?« Er ging in den Tunnel hinein.

Selbst sein Gang ist anders, fiel Tyrion auf. Statt dem Duft von Lavendel verströmte Varys nun den Geruch von Wein und Knoblauch. »Mir gefällt Eure neue Garderobe«, bemerkte er.

»Meine Arbeit gestattet es mir nicht, inmitten einer Kolonne Ritter durch die Straßen zu reiten. Daher verändere ich mein Äußeres, sobald ich die Burg verlasse.«

»Leder steht Euch. Ihr solltet so zur nächsten Ratsversammlung kommen.«

»Eure Schwester würde es nicht gefallen, Mylord.«

»Meiner Schwester würde sich die Unterwäsche beflecken.« Er lächelte in der Dunkelheit. »Ich habe keine Spione bemerkt, die mich überwachen.

»Das freut mich zu hören, Mylord. Manche der Spitzel Eurer Schwester stehen ohne ihr Wissen auch in meinen Diensten. Der

Gedanke, sie seien so nachlässig geworden, sich öffentlich sehen zu lassen, wäre mir verhaßt.«

»Nun, mir wäre es verhaßt, für nichts und wieder nichts durch Schränke in tiefe Tunnel zu steigen und dazu noch unter meinem unbefriedigten Verlangen zu leiden.«

»Kaum für nichts und wieder nichts«, erklärte Varys. »Sie wissen, daß Ihr hier seid. Ob sie verwegen genug sind, als Gäste bei Chataya einzukehren, kann ich nicht sagen, doch treffe ich lieber ausreichende Vorsichtsmaßnahmen.«

»Aus welchem Grund besitzt ein Bordell einen Geheimgang?«

»Der Tunnel wurde für eine andere Hand des Königs gegraben, deren Ehre es nicht erlaubte, ein solches Haus in aller Öffentlichkeit zu betreten. Chataya hat das Geheimnis gut bewahrt.«

»Und trotzdem wußtet Ihr davon.«

»Auch durch dunkle Gänge fliegen kleine Vögel und singen. Vorsicht, hier kommt eine steile Treppe.«

Durch eine Falltür gelangten sie in einen Stall und befanden sich nun drei Häuserblocks von Rhaenys Hügel entfernt. Ein Pferd wieherte, als Tyrion die Tür zuschlug. Varys blies die Kerze aus und stellte sie auf einen Balken, während sich Tyrion umblickte. In den Abteilen standen ein Maultier und drei Pferde. Er watschelte zu einem gescheckten Wallach und begutachtete das Gebiß. »Alt«, stellte er fest. »Und ich habe arge Zweifel, was seine Ausdauer betrifft.«

»Sicherlich ist das kein Pferd, mit dem man in die Schlacht zieht«, erwiderte Varys, »aber es wird genügen und außerdem keine Aufmerksamkeit auf Euch lenken. So wie die anderen. Und die Stalljungen sehen und hören nur die Tiere.« Der Eunuch nahm einen Umhang von einem Nagel. Der Stoff war grob, ausgeblichen und fadenscheinig. »Wenn Ihr erlaubt?« Er hängte ihn Tyrion um die Schultern. Der Mantel hüllte den kleinen Mann von Kopf bis Fuß ein, und die Kapuze verbarg sein Gesicht. »Die Menschen sehen nur das, was sie sehen wollen«, sagte Varys, derweil er hier und dort zupfte. »Zwerge sind seltener als Kinder, deshalb werden sie lediglich ein Pferd bemerken. Ein Junge in einem alten Mantel auf einem Pferd, der einen Botengang für seinen Vater erledigt. Besser wäre es, wenn Ihr in Zukunft bei Nacht kämt.«

»Das habe ich auch so geplant . . . von heute an. Im Augenblick erwartet mich jedoch Shae.« Er hatte sie in einem ummauerten Gebäude in der nordöstlichen Ecke von King's Landing nahe am Meer untergebracht, doch aus Furcht vor Verfolgern hatte er bislang keinen Besuch gewagt.

»Welches Pferd möchtet Ihr?«

Tyrion zuckte mit den Schultern. »Dieses hier wird genügen.«

»Ich sattele es für Euch.« Varys hob Zaumzeug und Sattel von einem Haken.

Der kleine Mann schob den schweren Umhang zurecht und schritt unruhig hin und her. »Ihr habt eine höchst lebhafte Sitzung versäumt. Stannis hat sich zum König gekrönt, scheint es.«

»Ich weiß.«

»Er beschuldigt meinen Bruder und meine Schwester des Inzests. Ich frage mich, wie er zu diesem Verdacht gekommen ist.«

»Vielleicht hat er ein Buch gelesen und sich die Haarfarbe eines Bastards angesehen, ganz wie Ned Stark und vor ihm Jon Arryn es taten. Möglicherweise hat es ihm jemand ins Ohr geflüstert.« Das tiefe, kehlige Lachen des Eunuchen ähnelte kaum seinem üblichen Kichern.

»Jemand wie Ihr, vielleicht?«

»Stehe ich unter Verdacht? Ich war es nicht.«

»Falls doch, würdet Ihr es offen zugeben?«

»Nein. Aber aus welchem Grund sollte ich ein Geheimnis verraten, das zu wahren ich mich schon seit so langer Zeit mühe? Es ist eine Sache, einen König zu betrügen, und eine ganz andere, sich vor der Grille im Gebüsch und dem kleinen Vögelchen im Schornstein zu verbergen. Außerdem waren die Bastarde kein Geheimnis.«

»Roberts Bastarde? Was ist mit ihnen?«

»Er hat acht gezeugt, soweit ich weiß«, erklärte Varys, während er mit dem Sattel kämpfte. »Ihre Mütter hatten kupferrote oder honigblonde, kastanienbraune oder strohfarbene Haare, doch ihre Kinder waren alle schwarz wie Raben ... und wurden alle unter dem gleichen schlechten Omen geboren, scheint es. Joffrey, Myrcella und Tommen glitten jedoch golden wie die Sonne zwischen den Schenkeln Eurer Schwester hervor, und so war die Wahrheit nicht schwer zu erraten.«

Tyrion schüttelte den Kopf. *Hätte sie ihrem Gemahl nur ein einziges Kind geboren, hätte dies gereicht, um jeglichen Verdacht auszuräumen ... aber dann wäre sie eben nicht Cersei gewesen.* »Falls Ihr nicht derjenige seid, der es Stannis ins Ohr geflüstert hat, wer dann?«

»Zweifellos ein Verräter.« Varys zog den Sattelgurt fest.

»Littlefinger?«

»Ich nenne keinen Namen.«

Der Eunuch half ihm aufs Pferd. »Lord Varys«, verabschiedete er sich vom Sattel aus, »manchmal denke ich, Ihr seid der beste Freund, den ich hier in King's Landing habe, und zu anderen Zeiten erscheint Ihr mir wie mein schlimmster Feind.«

»Sehr eigentümlich. Ich hege Euch gegenüber das gleiche Gefühl.«

BRAN

Lange bevor die ersten bleichen Finger des Lichts durch die Läden von Brans Zimmer krochen, hatte er die Augen aufgeschlagen.

Winterfell hatte Gäste, Besucher, die zum Erntefest erschienen waren. Am heutigen Morgen würden sie im Hof gegen die Stechpuppe antreten. Früher einmal hätte ihn diese Aussicht mit freudiger Erregung erfüllt, aber das war *vorher* gewesen.

Jetzt nicht mehr. Die Walders würden Lanzen gegen die Knappen aus Lord Manderlys Eskorte brechen, doch Bran würde daran keinen Anteil haben. Er mußte im Solar seines Vaters den Prinzen spielen. »Hört gut zu, und vielleicht lernt Ihr, was man braucht, wenn man ein Lord werden will«, hatte Maester Luwin ihn aufgefordert.

Bran hatte niemals den Wunsch geäußert, ein Prinz zu sein. Stets hatte er nur von der Ritterschaft geträumt; von einer glänzenden Rüstung und wehenden Bannern, von Lanze und Schwert und von einem Schlachtroß zwischen seinen Schenkeln. Warum mußte er seine Zeit damit verschwenden, alten Männern zu lauschen, deren Worte er nur halb begriff? *Weil du ein Krüppel bist*, erinnerte ihn eine Stimme in seinem Kopf. Ein Lord in seinem gepolsterten Stuhl konnte ruhig verkrüppelt sein – die Walders erzählten, ihr Großvater sei so gebrechlich, daß man ihn überallhin in der Sänfte tragen mußte –, nicht jedoch ein Ritter auf einem Streitroß. Außerdem sei es seine Pflicht, mahnte man ihn. »Ihr seid der Erbe Eures Bruders und der Stark auf Winterfell«, sagte Ser Rodrik und erinnerte ihn daran, wie Robb sich immer zu ihrem Hohen Vater gesellt hatte, wenn dessen Vasallen ihm ihre Aufwartung machten.

Lord Wyman Manderly war vor zwei Tagen aus White Harbor

eingetroffen; er hatte die Reise per Schiff und Sänfte zurückgelegt, da er viel zu fett war, um auf einem Pferd zu sitzen. Mit ihm war ein langer Rattenschwanz von Gefolgsleuten angekommen: Ritter, Knappen, niedere Lords und Ladys, Herolde, Musikanten, sogar ein Jongleur, und sie alle trugen Banner und Wappenröcke in einem halben Hundert verschiedener Farben. Bran hatte sie von dem hohen steinernen Sitz mit den gemeißelten Schattenwölfen aus begrüßt, und danach hatte Ser Rodrik ihn gelobt. Wenn es damit getan gewesen wäre, hätte es ihn nicht gestört. Doch war das erst der Anfang.

»Das Fest bietet einen willkommenen Vorwand«, erklärte ihm Ser Rodrik, »doch kein Mann legt hundert Meilen zurück, um eine Scheibe Entenbrust und einen Kelch Wein zu genießen. Nur jemand, der eine wichtige Angelegenheit vorzubringen hat, würde eine solche Reise auf sich nehmen.«

Bran sah zu der rauhen Steindecke über seinem Kopf auf. Robb hätte ihm jetzt gesagt, er solle sich nicht wie ein kleiner Junge benehmen, das wußte er wohl. Er meinte fast, seine Stimme zu hören, und die seines Hohen Vaters ebenso. *Der Winter naht, und du bist schon bald ein erwachsener Mann, Bran. Du mußt deine Pflichten erfüllen.*

Als Hodor hereinkam, grinste und unmelodisch vor sich hin summte, ergab sich der Junge in sein Schicksal. Mit Hilfe des Stallburschen wusch er sich. »Das weiße Wollwams«, befahl Bran. »Und die Silberbrosche. Ser Rodrik wünscht, daß ich wie ein Lord aussehe.« So weit es ihm möglich war, zog sich Bran selbständig an, doch mit der Hose oder den Schuhen wurde er allein nicht fertig. Mit Hodor zusammen ging es schneller. Hatte man dem Stallburschen erst einmal etwas beigebracht, stellte er sich dabei stets sicher und geschickt an. Seine Hände waren stets behutsam, obwohl er über erstaunliche Kräfte verfügte. »Du hättest auch ein Ritter werden können, wette ich«, sagte Bran. »Wenn die Götter dir nicht den Verstand genommen hätten, wärst du bestimmt ein großer Ritter.«

»Hodor?« Hodor blinzelte ihn arglos an, und in den braunen unschuldigen Augen zeigte sich keinerlei Verständnis.

»Genau«, antwortete Bran. »Hodor.« Er zeigte auf die Wand.

Dort hing neben der Tür ein Korb, mit Leder verstärkt und mit Löchern für Brans Beine versehen. Hodor schob die Arme durch die Riemen und schnallte den breiten Gürtel vor der Brust zu, dann kniete er neben dem Bett nieder. Bran hielt sich an den Stangen in der Wand fest und schwang das Gewicht seiner toten Beine in den Korb und durch die Öffnungen.

»Hodor«, wiederholte Hodor und erhob sich. Der Stallbursche war gut zwei Meter groß; saß Bran auf seinem Rücken, berührte sein Kopf fast die Decke. Er duckte sich unter der Tür hindurch. Einmal war Hodor der Duft warmen Brotes aus der Küche in die Nase gestiegen, und er war losgerannt, wobei Bran sich dermaßen heftig den Kopf gestoßen hatte, daß Maester Luwin die aufgeplatzte Haut nähen mußte. Mikken hatte ihm daraufhin einen alten, rostigen Helm ohne Visier aus der Waffenkammer gegeben, aber Bran setzte ihn nur selten auf. Die Walders lachten ihn immer aus, wenn er ihn trug.

Er legte die Hände auf Hodors Schultern, und sie stiegen die Wendeltreppen hinunter. Draußen war der Hof vom Lärm der Schwerter, Schilde und Pferde erfüllt. Eine süße Musik! *Ich werde nur einen Blick darauf werfen,* dachte Bran, *einen kurzen Blick, mehr nicht.*

Die geringeren Lords aus White Harbor würden erst am Vormittag erscheinen, gemeinsam mit ihren Rittern und Mannen. Bis dahin gehörte der Hof den Knappen, von denen die jüngsten zehn und die ältesten vierzig Jahre alt waren. Bran wünschte sich so sehr, zu ihnen zu gehören, daß ihm vor lauter Sehnsucht der Bauch weh tat.

Zwei Stechpuppen hatte man aufgestellt, und an jedem der starken Pfosten hatte man einen schwenkbaren Querbalken angebracht, mit einem Schild am einen und einem gepolsterten Kolben am anderen Ende. Die Schilde waren rot und golden bemalt, die

Löwen der Lannisters plump und unförmig dargestellt und bereits von den ersten Tjosts der Knappen zerkratzt.

Bran wurde in seinem Korb von allen angestarrt, die ihn bisher nicht zu Gesicht bekommen hatten, allerdings hatte er gelernt, diese Neugier zu ignorieren. Zumindest hatte er von Hodors Rücken einen guten Ausblick, da er alle anderen überragte. Die Walders saßen gerade auf. Sie hatten hübsche Rüstungen von den Twins mitgebracht, glänzende Silberpanzer mit emaillierten blauen Ziselierungen. Die Helmzier des großen Walders war wie eine Burg geformt, während der kleine Walder blaue und graue Seidenbänder bevorzugte. Ihre Schilde und Wappenröcke waren ebenfalls unterschiedlich gestaltet. Der kleine Walder zeigte auf seinem die Zwillingstürme von Frey mit dem gestromten Keiler des Hauses seiner Großmutter und dem Pflüger seiner Mutter: Crakehall und Darry. Beim großen waren es hingegen der Baum und der Rabe des Hauses Blackwood sowie die Zwillingsschlangen der Paeges. *Sie müssen wirklich nach Ehre hungern,* dachte Bran, während er beobachtete, wie sie ihre Lanzen entgegennahmen. *Ein Stark braucht nur den Schattenwolf.*

Ihre Apfelschimmel waren schnell, kräftig und wunderbar geschult. Seite an Seite jagten die Walders auf die Stechpuppen zu. Beide trafen sauber das Schild und waren vorbei, bevor die gepolsterten Keulen herumgeschwenkt waren. Der kleine Walder führte die Lanze mit mehr Wucht, dachte Bran, dafür saß der große Walder besser im Sattel. Er hätte seine zwei nutzlosen Beine gegeben, wenn er nur gegen einen von ihnen hätte antreten können.

Der kleine Walder warf die zersplitterte Lanze zur Seite, entdeckte Bran und ritt zu ihm hinüber. »Also, das ist vielleicht ein häßliches Pferd«, sagte er und meinte Hodor.

»Hodor ist kein Pferd«, erwiderte Bran.

»Hodor«, sagte Hodor.

Der große Walder schloß zu seinem Vetter auf. »Jedenfalls ist er nicht so klug wie ein Pferd, das ist mal sicher.« Einige der Jungen aus White Harbor stießen sich gegenseitig an und lachten.

»Hodor.« Hodor strahlte freundlich und blickte von einem Frey zum anderen, ohne ihren Hohn zu begreifen. »Hodor Hodor?«

Das Pferd des kleinen Walder wieherte. »Siehst du, sie sprechen sogar miteinander. Vielleicht heißt *hodor* in der Pferdesprache ›ich liebe dich‹.«

»Halt den Mund, Frey.« Bran spürte, wie ihm die Farbe ins Gesicht stieg.

Der kleine Walder drängte sein Pferd näher heran und schob Hodor auf diese Weise zurück. »Und was machst du, wenn ich nicht den Mund halte?«

»Er wird seinen Wolf auf dich hetzen, Vetter«, warnte der große Walder.

»Soll er nur. Ich wollte schon immer einen Mantel aus Wolfsfell haben.«

»Summer würde dir deinen fetten Kopf abreißen«, drohte Bran.

Der kleine Walder schlug sich mit der geharnischten Faust auf den Brustpanzer. »Hat dein Wolf vielleicht Zähne aus Stahl, um durch diesen Harnisch zu beißen?«

»*Genug!*« Maester Luwins Stimme hallte durch den Lärm auf dem Hof wie ein Donnerschlag. Wieviel er mitangehört hatte, wußte Bran nicht ... aber eindeutig hatte es genügt, ihn zu erzürnen. »Solche Drohungen sind unziemlich, und ich wünsche, daß mir so etwas nie wieder zu Ohren kommt. Benehmt Ihr Euch so in den Twins, Walder Frey?«

»Wenn mir der Sinn danach steht.« Hoch zu Roß hatte der kleine Walder für Luwin nur einen mürrischen Blick übrig, als wollte er sagen: *Ihr seid nur ein Maester und wagt es, einen Frey vom Kreuzweg zu maßregeln?*

»Jedenfalls ist das nicht das Benehmen, welches Lady Stark von ihren Mündeln auf Winterfell erwartet. Wer hat damit angefangen?« Der Maester sah die Jungen der Reihe nach an. »Einer wird es mir schon verraten, sonst, das schwöre ich –«

»Wir haben uns nur ein bißchen über Hodor lustig gemacht«, gestand der große Walder. »Sollten wir Prinz Bran beleidigt haben, tut es mir leid. Eigentlich wollten wir ihn nur aufheitern.« Wenigstens hatte er den Anstand, ein verlegenes Gesicht zu machen.

Der kleine Walder wirkte eher gereizt. »Ja, ich wollte ihn auch nur aufmuntern.«

Der kahle Fleck auf dem Kopf des Maesters war rot geworden, wie Bran von oben sehen konnte; Luwin war eher noch wütender als zuvor. »Ein guter Lord tröstet und schützt die Schwachen und Hilflosen«, erklärte er den Freys. »Ich werde es nicht zulassen, daß ihr mit Hodor eure grausamen Scherze treibt, habt ihr mich verstanden? Der Bursche hat ein gutes Herz, erfüllt seine Pflicht und gehorcht stets, und das kann man von euch beiden wohl kaum behaupten.« Er drohte dem kleinen Walder mit dem Zeigefinger. »Und Ihr werdet Euch aus dem Götterhain und von diesen Wölfen fernhalten.« Daraufhin machte er auf dem Absatz kehrt, ging ein paar Schritte und drehte sich nochmals um. »Bran. Kommt. Lord Wyman erwartet Euch.«

»Hodor, folge dem Maester«, befahl Bran.

»Hodor«, sagte Hodor. Mit seinen langen Schritten holte er den trippelnden Maester auf den Stufen zum Bergfried ein. Maester Luwin hielt die Tür auf, und Bran klammerte sich an Hodors Hals und duckte sich, während sie hindurchgingen.

»Die Walders –« setzte er an.

»Diese Angelegenheit ist für mich erledigt. Ich möchte nichts mehr darüber hören.« Maester Luwin wirkte erschöpft und erhitzt zugleich. »Ihr hattet recht, Hodor zu verteidigen, aber eigentlich hättet Ihr Euch gar nicht dort aufhalten sollen. Ser Rodrik und Lord Wyman haben ihr Frühstück bereits fast beendet. Muß ich Euch immer erst wie ein kleines Kind holen kommen?«

»Nein«, antwortete Bran beschämt. »Entschuldigt. Ich wollte nur –«

»Ich weiß, was Ihr wolltet«, erwiderte Luwin besänftigt. »Ich wünschte, Euer Wunsch könnte in Erfüllung gehen, Bran. Habt Ihr noch Fragen, bevor wir mit der Audienz beginnen?«

»Werden wir über den Krieg sprechen?«

»*Ihr* werdet nur über belanglose Dinge reden.« Jetzt klang Luwins Stimme wieder so scharf wie gewöhnlich. »Noch seid Ihr ein achtjähriges Kind.«

»Fast neun!«

»Acht«, wiederholte der Maester unbeirrt. »Äußert lediglich Höflichkeiten, solange Ser Rodrik oder Lord Wyman Euch keine Fragen stellen.«

Bran nickte. »Ich werde es mir merken.«

»Den Vorfall zwischen Euch und den Freyjungen werde ich Ser Rodrik gegenüber nicht erwähnen.«

»Danke.«

Sie setzten Bran auf den Eichenstuhl mit den grauen Samtpolstern, der einst seinem Vater gehört hatte, an den langen Brettertisch. Ser Rodrik hatte zu seiner Rechten Platz genommen, zu seiner Linken ließ sich Maester Luwin nieder, der sich mit Federkiel und Tintenfaß und einem leeren Blatt Pergament bewaffnet hatte, um das Gesprochene niederzuschreiben. Bran strich mit der Hand über das rauhe Holz des Tisches und bat Lord Wyman für die Verspätung um Verzeihung.

»Nicht doch, Prinzen verspäten sich nie«, erwiderte der Lord von White Harbor freundlich. »Jene, die vor ihm eintreffen, sind vielmehr zu früh gekommen, das ist alles.« Er lachte schallend. Niemanden mochte es verwundern, daß er nicht im Sattel sitzen konnte; vermutlich war er schwerer als die meisten Pferde. Ebenso langatmig wie fett, bat er sofort darum, Winterfell möge die neuen Zolloffiziere bestätigen, die er in White Harbor ernannt hatte. Die alten hatten das Silber für King's Landing einbehalten und es nicht an den neuen König des Nordens abgeliefert. »König Robb braucht zudem eigene Münzen«, verkündete er, »und White Harbor wäre der geeignete Ort, sie zu prägen.« Er bot an, sich selbst um diese Angelegenheit zu kümmern, wenn es dem König gefalle, und fuhr fort zu schildern, wie er die Verteidigungsanlagen des Hafens verstärkt hatte, wobei er die Kosten jedes einzelnen Ausbaus genau auflistete.

Zusätzlich zu einer Prägestätte schlug er vor, Robb solle eine Kriegsflotte bauen. »Seit Hunderten von Jahren besitzen wir keine Seestreitmacht mehr, seit Brandon der Brandschatzer die Schiffe seines Vaters dem Feuer übergeben hat. Gewährt mir das nötige Gold, und innerhalb eines Jahres werden genug Galeeren in See stechen, um Dragonstone und King's Landing einzunehmen.«

Das Thema Kriegsschiffe interessierte Bran. Niemand fragte ihn nach seiner Meinung, doch hielt er Lord Wymans Vorschlag für vorzüglich. Vor seinem inneren Auge nahm die Flotte bereits Gestalt an. Er fragte sich, ob wohl je ein Krüppel ein Kriegsschiff befehligt hatte. Ser Rodrik versprach, den Vorschlag Robb zu unterbreiten, während Maester Luwin ihn schriftlich festhielt.

Es wurde Mittag. Maester Luwin schickte Poxy Tym in die Küche, und sie aßen Käse, Hähnchen und braunes Haferbrot im Solar. Während er mit fettigen Fingern einen Kapaun zerlegte, erkundigte sich Lord Wyman höflich nach seiner Kusine Lady Hornwood. »Sie ist eine geborene Manderly, wißt Ihr. Vielleicht würde sie, wenn die Zeit der Trauer vorüber ist, gern wieder den Namen Manderly tragen?« Er knabberte an einem Flügel und grinste breit. »Wie es der Zufall will, bin auch ich seit acht Jahren Witwer. Ich hätte mir längst eine neue Gemahlin suchen sollen, meint Ihr nicht auch, Mylords? Ein Mann vereinsamt doch sehr rasch.« Nachdem er die Knochen beiseite gelegt hatte, griff er nach einer Keule. »Falls die Lady einen jüngeren Burschen vorzieht, so wäre mein Sohn Wendel ebenfalls ledig. Er ist im Süden unterwegs und eskortiert Lady Catelyn, aber ohne Zweifel wird er sich nach seiner Rückkehr verheiraten wollen. Ein tapferer Junge und lustig dazu. Genau der Mann, der sie das Lachen wieder lehren könnte, oder?« Er wischte sich mit dem Ärmel das Fett vom Kinn.

Durch das Fenster hörte Bran den fernen Waffenlärm vom Hof. Heiraten interessierte ihn nicht. *Wenn ich doch nur dort unten sein könnte.*

Seine Lordschaft wartete, bis der Tisch abgeräumt war, ehe er auf den Brief zu sprechen kam, den er von Lord Tywin Lannister erhalten hatte, welcher seinen ältesten Sohn Ser Wylis am Grünen Arm gefangenhielt. »Er bietet mir an, ihn ohne Lösegeld freizulassen, wenn ich meine Mannen nicht länger Seiner Gnaden zur Verfügung stelle und schwöre, den Kampf einzustellen.«

»Gewiß werdet Ihr dem nicht zustimmen«, antwortete Ser Rodrik.

»Deswegen braucht Ihr Euch keine Gedanken zu machen«, versicherte ihm der Lord. »König Robb hat keinen getreueren Diener als Wyman Manderly. Dennoch möchte ich die Gefangenschaft meines Sohnes in Harrenhal so kurz wie nur möglich währen lassen. Das ist ein übler Ort. Verflucht, heißt es. Zwar gehöre ich nicht zu denen, die an Ammenmärchen glauben, immerhin, man weiß ja nie. Seht nur, was diesem Janos Slynt widerfahren ist. Von der Königin zum Lord von Harrenhal ernannt und von ihrem Bruder verbannt. Nun wird er zur Mauer verfrachtet, heißt es. Ich hoffe nur, daß schon bald ein annehmbarer Austausch der Gefangenen vereinbart werden kann. Bestimmt will Wylis nicht den Rest des Krieges herumsitzen. Mein Sohn ist ein tapferer Ritter und stark wie ein Mastiff.«

Als sich die Audienz ihrem Ende näherte, waren Brans Schultern vom Sitzen im Stuhl längst steif geworden. Und später, beim Abendessen, verkündete ein Horn die Ankunft eines weiteren Gastes. Lady Donella Hornwood zog keinen Rattenschwanz von Rittern und Vasallen hinter sich her, lediglich sechs erschöpfte Männer mit dem Elchkopf auf ihren staubigen orangefarbenen Livreen. »Die Schicksalsschläge, die Ihr habt erleiden müssen, haben uns zutiefst erschüttert, Mylady«, sagte Bran, als sie ihm zur Begrüßung gegenübertrat. Lord Hornwood war in der Schlacht am Grünen Arm gefallen, ihr einziger Sohn war im Flüsterwald getötet worden. »Winterfell wird ihrer gedenken.«

»Das ist sehr tröstlich.« Bleich und ausgemergelt stand sie vor ihm, jede Falte ihres Gesichts von Trauer gezeichnet. »Leider bin ich sehr müde, Mylord. Wenn ich mich zurückziehen dürfte . . .«

»Aber gewiß doch«, antwortete Ser Rodrik. »Morgen bleibt uns noch genug Zeit, um uns zu unterhalten.«

Am nächsten Tag drehte sich das Gespräch überwiegend um Getreide, Gemüse und Pökelfleisch. Nachdem der Maester in der Citadel den Beginn des Herbstes verkündet hatte, begannen weise Männer, von jeder Ernte einen Teil zurückzulegen ... allerdings bedurfte der Umfang dieser Vorräte offensichtlich weitschweifigen Geredes. Lady Hornwood wollte ein Fünftel ihrer Erträge einlagern. Auf Maester Luwins Vorschlag willigte sie ein, diesen Anteil auf ein Viertel zu erhöhen.

»Boltons Bastard zieht seine Männer bei Dreadfort zusammen«, warnte sie. »Ich hoffe, er will sie nach Süden führen, um dort zu seinem Vater bei den Twins zu stoßen, aber als ich ihn nach seinen Absichten fragen ließ, erklärte er mir, daß sich kein Bolton von einer Frau ausfragen ließe. Als sei er ein ehelicher Sohn und habe das Recht, diesen Namen zu tragen.«

»So weit ich weiß, hat Lord Bolton ihn niemals anerkannt«, sagte Ser Rodrik. »Doch muß ich gestehen, ich kenne ihn gar nicht.«

»Nur wenige kennen ihn«, erwiderte sie. »Er hat bis vor zwei Jahren bei seiner Mutter gelebt, dann starb der junge Domeric und ließ Bolton ohne Erben zurück. Damals hat Lord Bolton seinen Bastard nach Dreadfort gebracht. Man muß dem Jungen Verstand zubilligen, und er hat einen Diener, der beinahe so grausam ist wie er selbst. Stinker nennen sie den Mann. Es heißt, er würde niemals baden. Sie jagen zusammen, der Bastard und dieser Stinker, und nicht nur Wild. Die Geschichten, die ich über sie gehört habe, vermag ich kaum zu glauben. Und da nun mein Hoher Gemahl und mein lieber Sohn zu den Göttern heimgekehrt sind, wirft dieser Bastard gierige Blicke auf mein Land.«

Bran hätte der Lady gern hundert Mann zur Verteidigung ihrer Rechte zugestanden, Ser Rodrik sagte indes nur: »Mag er hungrige Blicke werfen; sollte er jedoch darüber hinaus etwas wagen, wird er härteste Vergeltung spüren, das verspreche ich Euch. Um Eure Sicherheit braucht Ihr Euch keine Sorgen zu machen, Mylady ... und in einiger Zeit, wenn Eure Trauer vorüber ist, werdet Ihr Euch vielleicht mit dem Gedanken an eine neue Heirat befassen.«

»Kinder werde ich in meinem Alter keinem Mann mehr gebären, und meine Schönheit ist auch lange dahin«, erwiderte sie mit müdem Lächeln, »und dennoch schleichen mir die Männer nach wie sie es nie taten, als ich noch eine junge Maid war.«

»Diese Freier sind Euch unangenehm?« fragte Luwin.

»Sollte Seine Gnaden es befehlen, werde ich wieder in den Stand der Ehe treten«, gab Lady Hornwood darauf zurück, »aber Mors Krähenfresser ist ein betrunkener Rohling und noch dazu älter als mein Vater. Und für meinen edlen Vetter von Manderly wird die Größe meines Bettes nicht ausreichen, und um unter ihm zu liegen, bin ich gewiß zu klein und zerbrechlich.«

Bran wußte, daß Männer auf Frauen schliefen, wenn sie das Bett teilten. Unter Lord Manderly zu schlafen mußte ungefähr so sein, wie unter einem gestürzten Pferd zu liegen, jedenfalls stellte er es sich so vor. Ser Rodrik nickte der Witwe mitfühlend zu. »Es werden sich noch andere Freier um Euch bewerben, Mylady. Wir werden nach einem Anwärter Ausschau halten, der mehr Eurem Geschmack entspricht.«

»Vielleicht braucht Ihr dabei gar nicht so sehr in die Ferne zu schweifen, Ser.«

Nachdem sie sich verabschiedet hatte, lächelte Maester Luwin. »Ser Rodrik, ich glaube, die Lady hat eine Schwäche für Euch.«

Ser Rodrik räusperte sich und sah aus, als sei ihm äußerst unbehaglich zumute.

»Sie war sehr traurig«, sagte Bran.

»Traurig und zart.« Ser Rodrik nickte. »Und für eine Dame ihres Alters in all ihrer Bescheidenheit nicht unansehnlich. Trotzdem stellt sie eine Gefahr für den Frieden im Reiche Eures Bruders dar.«

»Sie?« fragte Bran erstaunt.

Maester Luwin antwortete: »Da sie keinen Erben hat, werden sich viele um das Land der Hornwood streiten. Die Tallhearts, Flints und Karstarks sind über die weibliche Linie alle mit dem Hause Hornwood verbunden, und die Glovers ziehen Lord Harys' Bastard in Deepwood Motte auf. Dreadfort hat meines Wissens keinen Anspruch, aber ihre Ländereien grenzen an Hornwood, und Roose Bolton ist keiner, der sich eine solche Gelegenheit entgehen ließe.«

Ser Rodrik zupfte an seinem Bart. »In diesem Fall muß ihr Lehnsherr eine geeignete Partie für sie finden.«

»Warum heiratet Ihr sie nicht?« fragte Bran. »Ihr nennt sie ansehnlich, und Beth hätte endlich eine Mutter.«

Der alte Ritter legte Bran die Hand auf den Arm. »Ein hübscher Gedanke, mein Prinz, aber ich bin nur ein Ritter und abgesehen davon zu alt. Vielleicht könnte ich ihr Land ein paar Jahre besitzen, nach meinem Tod fände sich Lady Hornwood jedoch bald wieder in der gleichen Zwangslage, und dann könnte auch Beth Gefahr drohen.«

»Dann ernennt Lord Hornwoods Bastard zum Erben«, sagte Bran und dachte an seinen Halbbruder Jon.

»Das würde den Glovers gefallen und dem verstorbenen Lord Hornwood wohl auch, Lady Hornwood hingegen würde diese Entscheidung kaum gutheißen. Der Junge ist nicht von ihrem Blute.«

»Dennoch«, wandte Maester Luwin ein, »sollte man es in Erwägung ziehen. Lady Donella wird keinen Sohn mehr in die Welt setzen, wie sie selbst gesagt hat. Wenn nicht der Bastard das Erbe antritt, wer dann?«

»Darf ich gehen?« Bran hörte die Knappen, die sich unten auf dem Hof bei ihren Kampfspielen vergnügten.

»Gewiß doch, mein Prinz«, sagte Ser Rodrik. »Ihr habt Eure Sache gut gemacht.« Bran errötete vor Freude. Die Geschäfte eines Lords waren doch nicht so langweilig, wie er befürchtet hatte, und da Lady Hornwood sich kürzer gefaßt hatte als Lord Manderly, hatte er noch ein paar Stunden Tageslicht, um sie mit Summer zu verbringen. Er besuchte seinen Wolf gern jeden Tag, sofern Ser Rodrik und der Maester ihre Zustimmung gaben.

Sobald er auf Hodors Rücken den Götterhain betrat, trottete Summer unter einer Eiche hervor, als hätte er gewußt, daß sie kämen. Bran erhaschte auch einen knappen Blick auf eine schlanke schwarze Gestalt, die durchs Unterholz schlich. »Shaggy«, rief er, »hier, Shaggydog. Hierher.« Aber Rickons Wolf verschwand sofort.

Hodor kannte Brans Lieblingsplatz, und so brachte er ihn zum Rand des Tümpels unter dem großen Herzbaum, wo Lord Eddard immer gebetet hatte. Das Wasser kräuselte sich eigentümlich und ließ das Spiegelbild des Wehrbaumes schwanken und tanzen, obwohl sich kein Lüftchen regte. Einen Augenblick lang wunderte sich Bran darüber.

Und dann tauchte plötzlich Osha prustend aus dem Tümpel auf, und selbst Summer wich zurück und fletschte die Zähne. Hodor jammerte entsetzt »Hodor *hodor*«, bis Bran ihm auf die Schulter klopfte und ihn beruhigte. »Wie kannst du darin schwimmen?« fragte er Osha. »Ist es nicht kalt?«

»Als Säugling habe ich an Eiszapfen gesaugt, Junge. Ich mag die Kälte.« Sie schwamm zu den Steinen und stieg tropfnaß aus dem Wasser. Ihre nackte Haut war mit einer Gänsehaut überzogen. Summer kroch an sie heran und schnüffelte. »Ich wollte bis zum Grund tauchen.«

»Ich wußte gar nicht, daß es einen Grund gibt.«

»Gibt es vielleicht auch nicht.« Sie grinste. »Was starrst du mich so an, Junge? Hast du noch nie eine Frau gesehen.«

»Doch.« Hunderte Male hatte Bran mit seinen Schwestern gebadet, und auch die Dienstmädchen hatte er in den heißen Tümpeln beobachtet. Aber Osha war dennoch anders, zäh und sehnig, ihre Brüste flach wie zwei leere Geldbeutel. »Du hast aber viele Narben.«

»Und jede einzelne habe ich mir redlich verdient.« Sie hob ihr braunes Hängekleid auf, schüttelte das Laub ab und zog es über den Kopf.

»Hast du gegen die Riesen gekämpft?« Osha behauptete immer, jenseits der Mauer würden noch Riesen leben. *Vielleicht werde ich eines Tages einen mit eigenen Augen sehen . . .*

»Gegen Männer.« Sie gürtete ihren Kittel mit einem Stück Seil. »Meistens gegen die Schwarzen Krähen. Hab auch mal einen umgebracht«, erklärte sie, während sie ihr Haar ausschüttelte. Seit sie nach Winterfell gekommen war, ließ sie es wachsen, und jetzt hing es ihr bereits bis weit über die Ohren. Sie sah viel freundlicher aus als die Frau, die ihn einst im Wolfswald hatte entführen und töten wollen. »Ich habe in der Küche das Gerede über dich und die Freys gehört.«

»Von wem? Was haben sie gesagt?«

Sie grinste ihn säuerlich an. »Daß nur ein Narr einen Riesen verhöhnt, und daß es eine verrückte Welt ist, in der ein Krüppel ihn verteidigen muß.«

»Hodor hat gar nicht begriffen, daß sie ihn verspottet haben«, meinte Bran. »Jedenfalls wehrt er sich nie.« Er erinnerte sich daran, wie er einmal, als er noch klein war, mit seiner Mutter und Septa Mordane auf den Markt gegangen war. Sie hatten Hodor mitgenommen, um die Einkäufe zu tragen, aber er hatte sich verirrt, und sie hatten ihn schließlich inmitten einer Bande Jungen entdeckt, die mit Stöcken auf ihn einstachen. »Hodor!« rief er immer wieder, krümmte sich und versuchte sich vor den Stichen zu schützen, trotzdem hatte er keinen Finger gegen seine Peiniger erhoben. »Septon Chayle sagt, er habe ein sanftes Gemüt.«

»Ja«, erwiderte sie, »und Hände, mit denen er einem Mann den Kopf von den Schultern reißen kann, wenn ihm der Sinn danach steht. Dennoch sollte er diesem Walder nicht den Rücken zukehren. Und du auch nicht. Der große, den sie den kleinen nennen, trägt den richtigen Namen, scheint mir: außen groß, innen klein und hinterhältig bis ins Innerste.«

»Er würde es nie wagen, mir etwas zuleide zu tun. Er hat Angst vor Summer, ganz gleich, was er behauptet.«

»Dann ist er womöglich doch nicht so dumm.« Den Schattenwölfen gegenüber legte Osha stets Respekt an den Tag. Am Tag ihrer Gefangennahme hatten Summer und Grey Wind drei Wildlinge in blutige Fetzen gerissen. »Oder vielleicht doch. Und das würde auch nach Ärger riechen.« Sie band sich das Haar zusammen. »Träumst du noch immer von den Wölfen.«

»Nein.« Über diese Träume sprach er nicht gern.

»Ein Prinz sollte besser lügen können.« Osha lachte. »Nun, deine Träume gehen mich nichts an. Ich muß in der Küche arbeiten, und dorthin sollte ich jetzt eilen, bevor Gage zu schreien anfängt und wieder mit seinem großen Holzlöffel herumfuchtelt. Mit Eurer Erlaubnis, mein Prinz.«

Sie hätte die Wolfsträume nicht erwähnen sollen, dachte Bran, während Hodor ihn die Treppe zu seinem Zimmer hinauftrug. Er kämpfte gegen den Schlaf an, solange er konnte, am Ende allerdings übermannte er ihn wie stets. In dieser Nacht träumte er von dem Wehrholzbaum. Der Stamm sah ihn mit seinen tiefroten Augen an, rief mit dem verzerrten Mund nach ihm, und aus den bleichen Zweigen flatterte die dreiäugige Krähe herab, pickte in sein Gesicht und rief seinen Namen mit einer Stimme, die sich an Schärfe mit einem Schwert vergleichen ließ.

Der Schall der Hörner weckte ihn. Bran rollte sich auf die Seite und war dankbar für die Ablenkung. Er hörte Pferde und wildes Geschrei. *Es sind neue Gäste eingetroffen, und halb betrunken sind sie noch dazu, bei dem Lärm, den sie veranstalten.* An den Stangen zog er sich vom Bett hinüber zu seinem Sitz am Fenster. Die Banner zeigten einen Riesen in gesprengten Ketten, also mußte es sich um Männer von Umber handeln, die aus den Nordlanden jenseits des Letzten Flusses heruntergekommen waren.

Am nächsten Morgen erbaten sich zwei von ihnen eine Audienz, die Onkel des Greatjon, wilde Männer, die im Winter ihres Lebens standen und deren Bärte ebenso weiß waren wie ihre Bärenfellmäntel. Einst hatte eine Krähe Mors für tot gehalten und ihm ein Auge ausgehackt, und so trug er statt dessen nur ein Stück Drachenglas. Old Nan erzählte, er hätte die Krähe mit der Faust gepackt und ihr den Kopf abgebissen, weshalb man ihn auch Krähenfresser nannte. Sie hatte Bran jedoch nie erklärt, weshalb sein Bruder Hother den Namen Hurentod trug.

Sie hatten sich kaum gesetzt, als Mors schon um die Erlaubnis bat, Lady Hornwood zu ehelichen. »Der Greatjon ist des Jungen Wolfs starke Rechte Hand, das weiß jeder. Wer könnte das Land der Witwe besser verteidigen als ein Umber, und welcher Umber besser als ich?«

»Lady Donella ist noch in Trauer«, gab Maester Luwin zu bedenken.

»Und ich trage das beste Mittel gegen Trauer unter meinem Pelz.« Mors lachte. Ser Rodrik dankte ihm höflich und versprach, der Lady und dem König das Ansinnen zu unterbreiten.

Hother wollte Schiffe. »Die Wildlinge schleichen aus dem Norden herunter, mehr als je zuvor. Sie überqueren die Seehundsbucht in kleinen Booten und landen an unserer Küste. Die Krähen in Eastwatch vermögen sie nicht aufzuhalten, und sie schlüpfen schnell wie Wiesel ans Ufer. Langschiffe brauchen wir, ja, und kräftige Kerle, die sie bemannen. Der Greatjon hat zu viele mitgenommen. Die Hälfte der Ernte ist auf dem Halm verkommen, weil wir niemanden haben, der die Sense schwingt.«

Ser Rodrik zupfte an seinem Backenbart. »Ihr habt Wälder mit hohen Fichten und alten Eichen. Lord Manderly hat Schiffsbauer und Seeleute in Hülle und Fülle. Zusammen könntet Ihr eine Flotte mit genug Langschiffen bauen, um Euer beider Küsten zu schützen.«

»Manderly?« Mors Umber schnaubte. »Dieser riesige wabbelnde Fettsack? Seine eigenen Leute verspotten ihn und nennen ihn Lord Neunauge, heißt es. Der Mann kann kaum gehen. Wenn man dem ein Schwert in den Bauch stößt, würden sich zehntausend Aale herauswinden.«

»Gewiß ist er dick«, räumte Ser Rodrik ein, »jedoch beileibe nicht dumm. Ihr werdet Euch in dieser Angelegenheit mit ihm einigen, sonst wird sich der König sicherlich für die Gründe interessieren, aus denen Ihr es ablehnt.« Und zu Brans größtem Erstaunen nahmen die aufsässigen Umbers, wenngleich auch murrend, diesen Befehl an.

Während die Audienz weiter andauerte, trafen die Männer der Glovers aus Deepwood Motte ein, und außerdem eine große Anzahl der Tallhearts aus Torrhen's Square. Galbart und Robett Glover hatten Deepwood der Obhut von Robetts Gemahlin überlassen, doch es war ihr Haushofmeister, der nach Winterfell kam. »Meine Herrin bittet Euch, ihre Abwesenheit zu entschuldigen. Ihre Kinder sind zu klein für eine solche Reise, und sie wollte sie nicht allein lassen.« Rasch begriff Bran, daß es der Haushofmeister und nicht die Lady Glover war, der in Deepwood Motte in Wirklichkeit das Sagen hatte. Der Mann erklärte, gegenwärtig werde nur ein Zehntel der Ernte als Vorrat zurückgelegt. Ein Zauberer habe ihm erzählt, bevor die Kälte einsetze, gebe es noch einen ertragreichen Geistersommer. Maester Luwin hatte einiges über solche Zauberer zu sagen. Ser Rodrik befahl ihm, ein Fünftel der Ernte einzulagern, und fragte den Haushofmeister eindringlich über Lord Hornwoods Bastard Larence Snow aus. Im Norden trugen alle hochgeborenen Bastarde den Nachnamen Snow. Dieser Junge war schon fast zwölf, und der Haushofmeister lobte seinen wachen Verstand und seinen Mut.

»Eure Idee mit dem Bastard hat vielleicht ihre Vorzüge, Bran«, sagte Maester Luwin später. »Eines Tages werdet Ihr ein guter Lord von Winterfell sein, glaube ich.«

»Nein, werde ich nicht.« Bran wußte, ein Lord würde er niemals werden, genausowenig wie ein Ritter. »Robb wird eines der Freymädchen heiraten, das habt Ihr mir selbst erzählt, und die Walders sind der gleichen Meinung. Er wird Söhne haben, und die werden nach ihm Lord von Winterfell sein, nicht ich.«

»Das ist durchaus möglich«, sagte Ser Rodrik, »doch auch ich war dreimal verheiratet, und meine Gemahlinnen haben mir nur Töchter geschenkt. Jetzt ist mir nur noch Beth geblieben. Mein Bruder Martyn hat vier kräftige Söhne gezeugt, aber nur Jory hat das Mannesalter erreicht. Als er erschlagen wurde, starb Martyns Linie mit ihm aus. Sprechen wir vom Morgen, können wir nichts als sicher betrachten.«

Leobald Tallheart war am nächsten Tag an der Reihe. Er redete über Vorzeichen, die das Wetter betrafen, und über den mangelnden Verstand des gemeinen Volkes, und er erzählte, wie sehr sein Neffe auf die Schlacht brannte. »Benfred hat eine eigene Kompanie Lanzenreiter aufgebaut. Knaben, keiner älter als neunzehn, aber jeder hält sich für einen Wolf. Ich habe ihnen gesagt, sie seien doch nur Kaninchen, und sie haben mich ausgelacht. Jetzt nennen sie sich die Wilden Hasen, haben sich Kaninchenfelle ans Ende ihrer Lanzen gebunden, galoppieren durchs Land und singen Lieder über Ritterlichkeit.«

Für Bran hörte sich das großartig an. Er erinnerte sich an Benfred Tallheart, einen Jungen, der Winterfell oft mit seinem Vater Ser Helman besucht und sich mit Robb und Theon Greyjoy angefreundet hatte. Aber Ser Rodrik gefielen diese Schilderungen ganz und gar nicht. »Wenn der König mehr Männer bräuchte, würde er sie anfordern«, erwiderte er. »Teilt Eurem Neffen mit, er möge in Torrhen's Square bleiben, wie es sein Hoher Vater befohlen hat.«

»Das werde ich tun, Ser«, antwortete Leobald, und erst jetzt lenkte er das Gespräch auf Lady Hornwood. Die arme Frau, ohne Gemahl und ohne Erben mußte sie ihr Land verteidigen. Seine eigene Hohe Gemahlin war ebenfalls eine Hornwood, die Schwester des verstorbenen Lord Halys, wie sie gewiß wußten. »Eine leere Halle ist ein trauriges Heim. Ich habe darüber nachgedacht, ob ich der Lady Donella nicht meinen jüngsten Sohn als Mündel schicken sollte. Beren wird bald zehn, ein begabter Junge und ihr einziger Neffe. Bestimmt würde er sie aufheitern, und vielleicht nähme er sogar den Namen Hornwood an . . .«

»Wenn er zu ihrem Erben ernannt würde?« warf Maester Luwin ein.

». . . damit das Haus fortbestehen könnte«, endete Leobald.

Bran wußte, was er sagen mußte. »Ich danke Euch für den Vorschlag, Mylord«, platzte er heraus, bevor Ser Rodrik ihm zuvorkam. »Wir werden die Angelegenheit meinem Bruder Robb vortragen. Oh, und natürlich auch der Lady Hornwood.«

Es schien Leobald zu erstaunen, daß er gesprochen hatte. »Ergebensten Dank, mein Prinz«, sagte er, aber Bran entging das Mitleid in seinen hellblauen Augen nicht, in das sich vielleicht auch ein wenig Erleichterung mischte, weil der Krüppel nicht sein eigener Sohn war. Einen Moment lang haßte er den Mann.

Maester Luwin brachte ihm größere Sympathien entgegen. »Beren Tallheart wäre möglicherweise ein Ausweg«, erklärte er, nachdem Leobald gegangen war. »Dem Blute nach ist er ein halber Hornwood. Und wenn er den Namen seines Onkels annimmt . . .«

». . . bleibt er noch immer ein zehnjähriger Junge«, meinte Ser Rodrik, »der von Kerlen wie Mors Umber oder diesem Bastard von Roose Bolton bedrängt wird. Das müssen wir sorgsam bedenken. Robb soll unseren wohlüberlegten Rat erhalten, ehe er seine Entscheidung trifft.«

»Am Ende wird alles von praktischen Erwägungen abhängen«, sagte Maester Luwin, »davon, welchen Lord er am meisten hofieren muß. Die Flußlande gehört zu seinem Reich, und er wird Lady Hornwood an einen der Lords von Trident verheiraten wollen. An einen Blackwood vielleicht, oder an einen Frey –«

»Lady Hornwood kann einen von unseren Freys haben«, warf Bran ein. »Oder sogar beide, wenn sie möchte.«

»Das ist aber nicht nett, mein Prinz«, schalt Ser Rodrik ihn sachte.

Sind die Walders ja auch nicht. Verdrießlich starrte Bran auf die Tischplatte und antwortete nicht. In den folgenden Tagen trafen Raben aus den anderen herrschaftlichen Häusern ein, die Entschuldigungen brachten. Der Bastard von Dreadfort wollte sich nicht zu ihnen gesellen, die Mormonts und die Karstarks waren mit Robb nach Süden gezogen, Lord Locke war zu alt, um die Reise zu wagen, Lady Flint war hochschwanger. Schließlich hatten alle wichtigen Vasallen des Hauses Stark zumindest eine Botschaft gesandt, außer Howland Reed, dem Pfahlbaumann, der seine Sümpfe seit Jahren nicht verlassen hatte, und den Cerwyns, deren Burg nur einen halben Tagesritt von Winterfell entfernt lag. Lord Cerwyn war ein Gefangener der Lannisters, doch sein vierzehnjähriger Sohn traf eines hellen, windigen Morgens an der Spitze eines Dutzend Lanzenreiters ein. Bran ritt gerade im Hof auf Dancer, als sie durch das Tor kamen. Er trabte hinüber, um sie zu begrüßen. Cley Cerwyn war stets ein Freund von Bran und seinen Brüdern gewesen.

»Guten Morgen, Bran«, rief Cley fröhlich, »oder muß ich dich jetzt Prinz Bran nennen?«

»Nur, wenn du möchtest.«

Cley lachte. »Warum nicht? Jedermann nennt sich heutzutage König oder Prinz. Hat Stannis nach Winterfell auch einen Brief geschickt?«

»Stannis? Ich weiß nicht.«

»Er ist jetzt auch König«, berichtete Cley. »Er behauptet, Königin Cersei habe bei ihrem Bruder gelegen und Joffrey sei ein Bastard.«

»Joffrey, der unschicklich Geborene«, knurrte einer der Ritter Cerwyns. »Seine Treulosigkeit verwundert einen wenig, ist der Königsmörder doch sein Vater.«

»Ja«, warf ein anderer ein, »die Götter hassen Inzucht. Man braucht sich bloß anzuschauen, wie sie die Targaryens gestürzt haben.«

Einen Augenblick hatte Bran das Gefühl, als bekäme er keine Luft mehr. Eine Riesenhand preßte seine Brust zusammen. Er meinte, aus dem Sattel zu fallen und umklammerte verzweifelt Dancers Zügel.

Sein Entsetzen mußte sich auf seinem Gesicht abgezeichnet haben. »Bran?« fragte Cley Cerwyn. »Geht es dir nicht gut? Es ist doch nur ein König mehr.«

»Robb wird ihn auch besiegen.« Er wandte Dancer in Richtung Stall, ohne darauf zu achten, daß ihn die Cerwyns verwirrt anstarrten. Das Blut rauschte ihm in den Ohren, und wäre er nicht am Sattel festgeschnallt gewesen, wäre er vermutlich gestürzt.

In dieser Nacht betete Bran zu den Göttern seines Vaters um eine Nacht ohne Träume. Falls die Götter seine Bitte gehört hatten, spotteten sie seinen Hoffnungen, denn der Alptraum, den sie ihm schickten, war schlimmer als die Wolfsträume.

»Flieg oder stirb!« krächzte die dreiäugige Krähe und hackte mit dem Schnabel nach ihm. Bran weinte und flehte, die Krähe jedoch kannte kein Mitleid. Sie hackte ihm das linke Auge aus und dann das rechte, und als er blind und um ihn her alles dunkel war, pickte sie auf seine Stirn ein und trieb ihren fürchterlich spitzen Schnabel tief in seinen Schädel. Er schrie, bis er glaubte, seine Lungen müßten platzen. Der Schmerz fühlte sich an, als würde eine Axt seinen Kopf spalten, aber nachdem die Krähe ihren Schnabel, bedeckt mit Knochensplittern und Gehirnmasse, wieder herausgezogen hatte, konnte Bran wieder sehen. Und bei dem Anblick, der sich ihm bot, stockte ihm der Atem. Er hing an einem Turm, der eine Meile hoch war, seine Finger rutschten ab, seine Nägel krallten sich in den Stein, seine Beine zogen ihn nach unten, seine dummen, nutzlosen Beine. *»Helft mir!«* rief er. Ein goldener Mann erschien am Himmel über ihm und zog ihn hoch. »Was man nicht alles für die Liebe tut«, murmelte er leise und schleuderte ihn hinaus in die leere Luft.

TYRION

»Ich schlafe nicht mehr so gut wie ehedem«, erklärte Grand Maester Pycelle ihm als Entschuldigung für ihr frühes Treffen in der Morgendämmerung. »Dann stehe ich lieber auf, obwohl es noch dunkel ist, anstatt ruhelos dazuliegen und über unerledigte Arbeiten zu grübeln«, fügte er hinzu, wenngleich er mit seinen schweren Lidern sehr verschlafen wirkte.

In den hellen Gemächern unter dem Rabenschlag servierte ihnen sein Zimmermädchen gekochte Eier, Pflaumenkompott und Haferbrei, derweil Pycelle mit Belehrungen dienlich war. »In diesen traurigen Zeiten, da so viele Hunger leiden, halte ich es für angemessen, meinen Tisch karg zu decken.«

»Löblich«, befand Tyrion und schlug ein großes braunes Ei auf, daß ihn an Grand Maesters kahlen, gefleckten Schädel erinnerte. »Ich sehe das anders. Solange es etwas zu essen gibt, tue ich mich gütlich daran, denn morgen könnte es damit schon vorbei sein.« Er lächelte. »Sagt mir, sind Eure Raben ebenfalls Frühaufsteher?«

Pycelle strich sich über den schneeweißen Bart, der ihm bis auf die Brust fiel. »Gewiß doch. Soll ich nach dem Frühstück Feder und Tinte bringen lassen?«

»Nicht notwendig.« Tyrion legte die Briefe neben dem Haferbrei auf den Tisch, zwei gleiche Pergamente, die zusammengerollt und an beiden Enden mit Wachs versiegelt waren. »Schickt nur das Mädchen hinaus, so daß wir ungestört sprechen können.«

»Laß uns allein, Kind«, befahl Pycelle. Die Dienerin eilte hinaus. »Also, diese Briefe . . .«

». . . sind allein für die Augen von Doran Martell, Prinz von Dorne bestimmt.« Tyrion pellte sein Ei und biß davon ab. Es schrie nach Salz. »Ein Brief, in zwei Abschriften. Schickt Eure schnellsten Vögel. Die Angelegenheit ist von äußerster Dringlichkeit.«

»Ich werde sie fliegen lassen, sobald wir gespeist haben.«

»Nein, sofort. Dem Pflaumenkompott droht keine unmittelbare Gefahr. Dem Reich dagegen doch. Lord Renly führt sein Heer über die Roseroad, und niemand kann wissen, wann Lord Stannis von Dragonstone aus in See sticht.«

Pycelle blinzelte. »Wenn Mylord es wünscht –«

»Ja, er wünscht es.«

»Ich bin hier, um zu dienen.« Der Maester erhob sich schwerfällig, seine Amtskette klingelte leise. Das schwere Ding bestand aus einem Dutzend Maesterketten, die miteinander verflochten und mit Edelsteinen verziert waren. Tyrion hatte den Eindruck, Gold, Silber und Platin seien weitaus häufiger vertreten als die unedleren Metalle.

Pycelle bewegte sich sehr langsam, und so hatte Tyrion Zeit, sein Ei aufzuessen und die Pflaumen zu kosten – zu zerkocht und wäßrig für seinen Geschmack –, ehe er das Geflatter hörte und sich erhob. Er sah den Raben, der sich schwarz vom Morgenhimmel abhob, und drehte sich rasch zu dem Labyrinth von Bücherregalen auf der anderen Seite des Raums um.

Die Arzneien des Maesters, die dort aufgereiht waren, beeindruckten ihn; Dutzende wachsversiegelter Töpfchen, Hunderte mit Korken verschlossener Phiolen und ebenso viele Fläschchen aus Milchglas, dazu eine endlose Anzahl von Gefäßen mit getrockneten Kräutern, von denen Pycelle jedes einzelne feinsäuberlich beschriftet hatte. *Eine ordnungsliebende Seele*, dachte sich Tyrion, und tatsächlich, nachdem man das System einmal durchschaut hatte, war leicht zu erkennen, daß jedes Mittel seinen Platz hatte. *Und so interessante Sachen.* Er entdeckte Schlafsüß und Nachtschatten, Mohnblumenmilch, die Tränen von Lys, Graukäppchenpulver, Eisenhut und Dämonentanz, Basiliskengift, Blindaug, Witwenblut . . .

Indem er sich auf die Zehenspitzen stellte und sich reckte, gelang es ihm, ein kleines verstaubtes Fläschchen vom obersten Brett zu holen. Er las das Etikett, lächelte und ließ das Fläschchen in seinen Ärmel gleiten.

Als Grand Maester Pycelle schließlich die Stiege herunterkam, saß Tyrion bereits wieder am Tisch und pellte ein zweites Ei. »Es ist erledigt, Mylord.« Der alte Mann setzte sich. »Eine Angelegenheit wie diese besorgt man am besten unverzüglich, gewiß, gewiß ... von großer Wichtigkeit, sagtet Ihr?«

»Oh ja.« Der Haferbrei war für Tyrions Geschmack zu zäh und hätte außerdem Butter und Honig vertragen können. Sicherlich gab es heutzutage in King's Landing nur selten Butter und Honig, obwohl Lord Gyles die Burg gut versorgte. Die Hälfte der Vorräte stammte entweder von seinem oder von Lady Tandas Land. Rosby und Stokeworth lagen im Norden, nahe der Stadt, und der Krieg hatte sie bisher nicht in Mitleidenschaft gezogen.

»An den Prinzen von Dorne persönlich. Dürfte ich fragen ...«

»Lieber nicht.«

»Wie Ihr meint.« Pycelle platzte fast vor Neugier, ein kleiner Stich mit einer Nadel hätte genügt. »Vielleicht ... der Rat des Königs ...«

Tyrion klopfte mit dem Holzlöffel an den Rand der Schüssel. »Der Rat ist allein dazu da, dem König mit Rat zur Seite zu stehen, Maester.«

»Ebendies«, erwiderte Pycelle, »und der König –«

»– ist ein dreizehnjähriger Knabe. Ich spreche an seiner Statt.«

»Das tut Ihr. Gewiß. Des Königs Rechte Hand. Dennoch ... Eure gnädigste Schwester, unsere Königliche Regentin, sie ...«

»... sie trägt eine schwere Bürde auf ihren lieblichen weißen Schultern. Ich wünsche nicht, daß diese Last noch schwerer wird. Ihr etwa?« Tyrion legte den Kopf schief und starrte den Grand Maester forschend an.

Pycelle richtete den Blick wieder auf sein Frühstück. Tyrions ungleiche Augen, das eine schwarz, das andere grün, wichen die Menschen am liebsten aus; er war sich dessen bewußt und bediente sich dieser Wirkung gern. »Ach«, murmelte der alte Maester in seine Pflaumen, »zweifellos habt Ihr recht, Mylord. Es ist sehr rücksichtsvoll von Euch, ihr . . . diese Bürde . . . zu ersparen.«

»So bin ich eben.« Tyrion wandte sich wieder seinem faden Haferbrei zu. »Rücksichtsvoll. Immerhin ist Cersei meine Schwester.«

»Und zudem eine Frau«, fügte Grand Maester Pycelle hinzu. »Eine höchst ungewöhnliche Frau, und dennoch . . . es ist keine Kleinigkeit, sich aller Probleme des Reiches anzunehmen, vor allem, wenn man die Zartheit ihres Geschlechts bedenkt.«

O ja, sie ist eine zarte Taube, fragt nur Eddard Stark. »Es freut mich, daß Ihr meine Sorgen teilt. Und ich möchte mich für Eure Gastfreundschaft bedanken.« Er schwang die Beine herum und kletterte von seinem Stuhl. »Seid so gut und teilt mir unverzüglich mit, sobald eine Antwort aus Dorne eintrifft.«

»Wie Ihr wünscht, Mylord.«

»Und *nur* mir!«

»Äh . . . gewiß.« Pycelles altersfleckige Hand umklammerte seinen Bart wie ein Ertrinkender ein Tau. Der Anblick erfreute Tyrions Herz. *Erster Streich,* dachte er.

Er watschelte hinunter in den unteren Hof; seine verkümmerten Beine beschwerten sich über jede Stufe. Die Sonne stand inzwischen höher, und die Burg erwachte zum Leben. Auf den Mauern patrouillierten Gardisten; im Hof übten sich Ritter und ihre Männer mit stumpfen Waffen im Kampfe. Ganz in der Nähe saß Bronn auf einem Brunnenrand. Zwei hübsche Mägde schlenderten vorbei und trugen zwischen sich einen Korb mit Binsen, doch der Söldner würdigte sie keines Blickes. »Bronn, an dir werde ich noch verzweifeln.« Tyrion deutete auf die jungen Frauen. »Da hast du zwei so liebreizende Wesen vor der Nase, und du hast allein Augen für einen Haufen Rüpel, die einen Riesenlärm veranstalten.«

»In dieser Stadt gibt es hundert Hurenhäuser, und mit einem einzigen Kupferstück kaufe ich mir jede Frau, die ich will«, antwortete Bronn, »aber eines Tages könnte mein Leben davon abhängen, wie genau ich Eure Rüpel beobachtet habe.« Er erhob sich. »Wer ist der Junge in dem blaukarierten Überwurf, mit den drei Augen auf dem Schild?«

»Irgendein landloser Ritter. Tallad nennt er sich. Wieso?«

Bronn strich sich eine Haarsträhne aus der Stirn. »Er ist der beste von ihnen. Aber seht ihn Euch an, er verfällt immer in einen bestimmten Rhythmus, teilt seine Hiebe bei jedem Angriff stets in der gleichen Reihenfolge aus.« Er grinste. »Das wird sein Tod sein, wenn er eines Tages mir gegenübersteht.«

»Er hat Joffrey den Treueeid geleistet; daher wirst du wohl kaum je gegen ihn kämpfen.« Sie überquerten den Hof, wobei Bronn seine langen Schritte den kurzen Tyrions anpaßte. In letzter Zeit wirkte der Söldner fast respektabel. Sein dunkles Haar war gewaschen und gekämmt, er hatte sich rasiert und trug den schwarzen Brustpanzer eines Offiziers der Stadtwache. Über die Schultern hing ihm ein Umhang im Purpurrot der Lannisters, der mit goldenen Händen gemustert war. Tyrion hatte ihm den Mantel geschenkt, als er ihn zum Hauptmann seiner persönlichen Leibgarde ernannte. »Wie viele Bittsteller sind es heute?«

»Ungefähr dreißig«, antwortete Bronn. »Die meisten wollen sich beschweren oder etwas von Euch erbetteln, wie immer. Euer Liebling war auch wieder da.«

Tyrion stöhnte. »Lady Tanda?«

»Ihr Page. Sie lädt Euch abermals zum Essen ein. Es gibt Hirschkeule, läßt sie ausrichten, gefüllte Gans mit Maulbeeren und –«

»– und ihre Tochter«, beendete Tyrion den Satz säuerlich. Seit dem Augenblick, als er im Red Keep eingetroffen war, pirschte sich Lady Tanda, bewaffnet mit einem endlosen Arsenal von Neunaugenpasteten, Wildschein und köstlichen Sahnesuppen, an ihn heran. Anscheinend hatte sie sich in die Vorstellung verrannt, daß ein zwergenhafter Lord der geeignete Gemahl für ihre Tochter Lollys wäre, ein großes, dickes Mädchen mit schwachem Verstand, das Gerüchten zufolge mit dreiunddreißig Jahren noch Jungfrau war. »Überbring ihr mein Bedauern.«

»Keine Lust auf gefüllte Gans?« Bronn grinste hinterhältig. »Vielleicht solltest du die Gans essen und die Jungfrau ehelichen. Oder noch besser, schick Shagga.«

»Shagga würde vermutlich eher das Mädchen fressen und die Gans heiraten«, entgegnete Bronn. »Jedenfalls übertrifft Lollys ihn an Gewicht.«

»Das stimmt«, stimmte Tyrion zu, während sie einen überdachten Gang zwischen zwei Türmen entlangschritten. »Wer hat sich sonst noch angemeldet?«

Der Söldner wurde ernst. »Ein Geldverleiher aus Braavos, der einen Haufen Papiere in der Hand hält und den König wegen der Rückzahlung eines Darlehens sprechen will.«

»Als ob Joffrey weiter als bis zwanzig zählen könnte. Schick den Mann zu Littlefinger, der schafft es immer, sich herauszureden. Weiter?«

»Ein kleiner Lord vom Trident, der behauptet, die Männer Eures Vaters hätten seine Burg niedergebrannt, seine Frau geschändet und alle seine Bauern ermordet.«

»Ich glaube, das nennt man Krieg.« Das roch nach Gregor Cleganes Werk, dem von Ser Armory Lorch oder eines anderen der Höllenhunde seines Vaters, dem Qohorik. »Was will er von Joffrey?«

»Neue Bauern«, sagte Bronn. »Er ist den weiten Weg gelaufen, um seine Loyalität zu beteuern und um Entschädigung zu betteln.«

»Ich werde mir morgen Zeit für ihn nehmen.« Ob er nun wirklich ein treuergebener Mann war oder nur verzweifelt, ein willfähriger Flußlord könnte durchaus von Nutzen sein. »Kümmere dich darum, daß er ein bequemes Zimmer und eine warme Mahlzeit erhält. Schick ihm auch ein Paar neue Stiefel, und zwar gute, im Namen von König Joffrey.« Ein wenig Großzügigkeit konnte nicht schaden.

Bronn nickte knapp. »Außerdem hat sich eine Bande Bäcker, Fleischer und Gemüsehändler versammelt, die von Euch angehört werden wollen.«

»Ich habe ihnen doch schon letztes Mal erklärt, ich könne ihnen nicht helfen.« Nach King's Landing gelangten nur wenige Lebensmittel, von denen die meisten für die Burg und die Kasernen bestimmt waren. Die Preise für Gemüse, Rüben, Getreide und Obst waren ins Unermeßliche gestiegen, und Tyrion mochte sich gar nicht vorstellen, was für Fleisch zur Zeit in den Kesseln der Essensstände unten in Flea Bottom schmorte. Fisch, hoffte er. Schließlich waren ihnen der Fluß und das Meer geblieben . . . zumindest, bis Lord Stannis in See stach.

»Sie wollen Schutz. Letzte Nacht wurde ein Bäcker in seinem eigenen Ofen geröstet. Der Mob behauptete, er habe zuviel für sein Brot verlangt.«

»Und, hat er?«

»Er kann sich dazu nicht mehr äußern.«

»Aber sie haben ihn nicht verspeist, oder?«

»Davon ist mir wenigstens nichts zu Ohren gekommen.«

»Beim nächsten werden sie es vermutlich tun«, sagte Tyrion grimmig. »Ich werde ihnen soviel Schutz geben, wie ich vermag. Die Goldröcke –«

»Sie behaupten, die Goldröcke hätten sich der Menge angeschlossen«, erklärte Bronn. »Deshalb verlangen sie jetzt, mit dem König selbst zu sprechen.«

»Narren.« Tyrion würde sie fortschicken und ihnen sein größtes Bedauern versichern; sein Neffe dagegen würde sie mit Peitschen und Piken verjagen lassen. Halb war er versucht, ihnen die Erlaubnis zu erteilen . . . aber nein, das durfte er nicht wagen. Früher oder später würde eines der feindlichen Heere von King's Landing aufmarschieren, und dann wollte er keine willigen Verräter innerhalb der Stadtmauern wissen. »Sag ihnen, König Joffrey teile ihre Befürchtungen und werde alles in seiner Macht Stehende für sie tun.«

»Sie wollen Brot, keine Versprechungen.«

»Wenn ich ihnen heute Brot gebe, versammeln sich morgen doppelt so viele am Tor. Wer noch?«

»Ein schwarzer Bruder von der Mauer. Der Haushofmeister sagt, er habe eine verweste Hand in einem Gefäß mitgebracht.«

Tyrion lächelte matt. »Es überrascht mich, daß die noch niemand gegessen hat. Vermutlich sollte ich ihn empfangen. Es ist nicht zufällig Yoren?«

»Nein. Ein Ritter. Thorne.«

»*Ser Allister Thorne?*« Von allen schwarzen Brüdern, die Tyrion Lannister auf der Mauer kennengelernt hatte, konnte er Ser Allister Thorne am wenigsten leiden. Ein verbitterter, übelgelaunter Mann, der seinen eigenen Wert überschätzte. »Ich habe es mir überlegt. Eigentlich will ich Ser Allister im Augenblick nicht sehen. Such eine gemütliche Zelle für ihn, wo man die Binsen seit einem Jahr nicht gewechselt hat. Soll diese Hand ruhig noch ein bißchen mehr verrotten.«

Bronn lachte und ging seines Weges, derweil Tyrion die serpentinenartige Treppe hinaufstieg. Während er über den äußeren Hof humpelte, hörte er, wie das Fallgitter rasselnd hochgezogen wurde. Seine Schwester und eine große Reiterschar warteten vor dem Haupttor.

Auf ihrem weißen Zelter thronte Cersei hoch über ihm, eine Göttin in Grün. »Bruder!« rief sie ihm zu, und nicht in herzlichem Ton. Der Königin hatte es nicht gefallen, auf welche Weise er mit Janos Slynt verfahren war.

»Euer Gnaden.« Tyrion verneigte sich höflich. »Ihr seht heute morgen bezaubernd aus.« Ihre Krone war golden, ihr Mantel aus Hermelin. Ihr berittenes Gefolge wartete hinter ihr: Ser Boros Blount von der Königsgarde, der einen weißen Schuppenpanzer am Leib und seine finstere Lieblingsmiene im Gesicht trug; Ser Balon Swann, der seinen Bogen an den mit Silber beschlagenen Sattel gehängt hatte; Lord Gyles Rosby, dessen röchelnder Husten schlimmer klang als je zuvor; Hallyne, der Pyromantiker aus der Alchimistengilde; und der neueste Liebling der Königin, ihr Vetter Ser Lancel Lannister, ein Knappe ihres verstorbenen Gemahls, der auf ihr Betreiben hin zum Ritter aufgestiegen war. Vylarr und zwanzig Gardisten bildeten die Eskorte. »Wohin wollt Ihr heute, Schwester?« fragte Tyrion.

»Ich werde eine Runde an der Stadtmauer machen und die Arbeiten an den Befestigungsanlagen in Augenschein nehmen. Ich will nicht den Anschein erwecken, daß jeder von uns der Verteidigung der Stadt so gleichgültig gegenübersteht wie Ihr.« Cersei fixierte ihn mit ihren grünen Augen, die selbst mit dem verächtlichen Blick wunderschön aussahen. »Man hat mir mitgeteilt, daß Renly Baratheon von Highgarden aufgebrochen ist. Er marschiert mit seiner ganzen Streitmacht die Roseroad entlang.«

»Varys hat mir dasselbe berichtet.«

»Er könnte bis Vollmond hier eingetroffen sein.«

»Nicht, wenn er so gemächlich weiterzieht«, versicherte Tyrion ihr. »Er tafelt jeden Abend in einer anderen Burg und hält an jeder Kreuzung hof.«

»Und jeden Tag scharen sich mehr Männer unter seinem Banner. Sein Heer soll bereits hunderttausend Kämpfer zählen.«

»Das erscheint mir ein wenig zu hoch gegriffen.«

»Er hat die ganze Armee von Storm's End und Highgarden hinter sich, kleiner Narr!« fauchte ihn Cersei von oben an und verfiel in das vertrauliche Du, das sie für gewöhnlich nur benutzten, wenn sie unter sich waren. »Alle Vasallen der Tyrells, außer den Redwynes, und für diese darfst du dich bei mir bedanken. Solange sich diese beiden gräßlichen Zwillinge in meiner Hand befinden, wird Lord Paxter auf dem Arbor hocken bleiben und sich glücklich schätzen, weit von dem Geschehen entfernt zu sein.«

»Zu schade nur, daß dir der Ritter der Blumen durch die Finger geglitten ist. Aber wir sind nicht Renlys einzige Sorge. Da wäre noch unser Vater auf Harrenhal, Robb Stark auf Riverrun . . . wäre ich an seiner Stelle, würde ich das gleiche tun. Vormarschieren und dem Reich meine Macht zeigen, beobachten und abwarten. Sollen sich die Rivalen doch bekriegen, während er sich Zeit läßt. Wenn Stark uns besiegt, fällt Renly der Süden wie ein reifer Apfel der Götter in den Schoß, und er verliert nicht einen einzigen Mann.

Sollte es andersherum ausgehen, kann er über uns herfallen, während wir geschwächt sind.«

Dieser Gedanke beschwichtigte Cersei keineswegs. »Ich möchte, daß du Vater dazu bringst, seine Armee nach King's Landing zu führen.«

Wo sie keinen anderen Zweck erfüllt, als dir ein Gefühl der Sicherheit zu geben. »Wann war ich je in der Lage, Vater zu irgend etwas zu bringen?«

Sie überging die Frage. »Und wann planst du, Jaime zu befreien? Er ist soviel wert wie hundert von deiner Sorte.«

Tyrion grinste schief. »Erzähle das nur nicht Lady Stark, ich flehe dich an. Wir haben keine hundert von meiner Sorte, um diesen Tausch zu tätigen.«

»Vater muß verrückt gewesen sein, dich hierher zu schicken. Du bist vollkommen nutzlos.« Die Königin riß an den Zügeln und wendete ihren Zelter. Im raschen Trab ritt sie durch das Tor, und der Hermelinmantel wehte hinter ihr her. Ihr Gefolge eilte ihr nach.

Tatsächlich ängstigte Renly Baratheon Tyrion nicht halb sosehr wie sein Bruder Stannis. Renly war beim einfachen Volk beliebt, aber er hatte noch nie zuvor Männer in den Krieg geführt. Stannis dagegen war hart, kalt und unergründlich. Wenn sie doch nur wüßten, was auf Dragonstone vor sich ging ... doch keiner der Fischer, die er bezahlt hatte, um die Insel auszuspionieren, war je zurückgekehrt, und sogar die Spitzel, die der Eunuch in Stannis' Haushalt untergebracht hatte, hüllten sich in bedrohliches Schweigen. Statt dessen waren die gestreiften Rümpfe der Kriegsgaleeren aus Lys vor der Küste gesichtet worden, und Varys hatte aus Myr Berichte erhalten, denen zufolge viele Kapitäne in die Dienste von Dragonstone getreten waren. *Sollte Stannis von See her angreifen, während sein Bruder Renly die Tore erstürmte, würden sie Joffreys Kopf bald auf einen Spieß stecken. Schlimmer noch, meiner würde daneben landen.* Ein niederschmetternder Gedanke. Am besten schmiedete er schon einmal einen Plan, wie er Shae aus der Stadt bringen könnte, wenn es zum Schlimmsten zu kommen drohte.

Podrick Payne stand vor der Tür seines Solars und studierte den Fußboden. »Er ist drinnen«, sagte er, an Tyrions Gürtelschnalle gewandt. »In Eurem Solar, Mylord. Entschuldigt.«

Tyrion seufzte. »Sieh mich an, Pod. Es macht mich nervös, wenn du mit meinem Hosenlatz redest, vor allem, wenn ich gar keinen trage. Wer ist in meinem Solar?«

»Lord Littlefinger.« Podrick wagte einen kurzen Blick auf Tyrions Gesicht und starrte sofort wieder zu Boden. »Ich wollte sagen, Lord Petyr. Lord Baelish. Der Meister der Münze.«

»Bei dir hört es sich an, als hätte sich da drin eine Menschenmenge versammelt.« Der Junge duckte sich, als wäre er geschlagen worden, und Tyrion fühlte sich eigentümlicherweise schuldig.

Lord Petyr saß auf der Fensterbank; er trug ein elegantes pflaumenfarbenes Samtwams und einen gelben Seidenumhang, und eine seiner behandschuhten Hände ruhte auf dem Knie. »Der König kämpft mit der Armbrust gegen Hasen«, sagte er, »und die Hasen gewinnen. Kommt und seht Euch das an.«

Tyrion mußte sich auf die Zehenspitzen stellen, um einen Blick auf das Schauspiel zu erhaschen. Unten im Hof lag ein toter Hase, ein zweiter stand kurz davor, an der Verletzung durch den Bolzen, der aus seiner Seite ragte, zu verenden. Verschossene Bolzen waren über die festgestampfte Erde verstreut wie Strohhalme nach einem Sturm. »Jetzt!« schrie Joffrey. Der Wildhüter ließ den Hasen los, den er hielt, und das Tier rannte los. Joff riß an dem Auslöser der Armbrust. Der Bolzen verfehlte sein Ziel um zwei Fuß. Der Hase stellte sich auf die Hinterläufe, wandte sich dem König zu und zuckte mit der Nase. Fluchend drehte Joff die Winde, um die Sehne zu spannen, aber das Tier war verschwunden, ehe er nachgeladen hatte. »Der nächste!« Der Wildhüter griff in den Stall. Dieser Hase schoß wie ein brauner Blitz an der Mauer entlang, und Joffreys hastiger Schuß hätte Ser Preston beinahe in die Lenden getroffen.

Littlefinger drehte sich um, und in seinen Augen lachte der Schalk. »Junge, magst du eingemachten Hasen?« fragte er Podrick Payne.

Pod starrte auf die Füße des Besuchers, hübsche Stiefel aus rotgefärbtem Leder, die mit schwarzen Spiralen verziert waren. »Zum Essen, Mylord?«

»Kauf dir Töpfe«, riet ihm Littlefinger. »Die Burg wird bald von Hasen übervölkert sein. Wir werden sie dreimal am Tag auf den Tisch bekommen.«

»Besser als Ratten am Spieß«, meinte Tyrion. »Pod, laß uns allein. Es sei denn, Lord Petyr wünscht eine Erfrischung?«

»Danke, nein.« Littlefinger lächelte spöttisch. »Trink mit dem Zwerg, heißt es, und du wachst auf der Mauer wieder auf. Schwarz betont meine ungesunde Blässe so sehr.«

Nur keine Angst, Mylord, dachte Tyrion, *die Mauer ist es nicht, die ich für Euch im Sinn habe.* Er setzte sich auf einen hohen Stuhl, der mit Kissen gepolstert war. »Ihr seht heute sehr elegant aus, Mylord.«

»Ihr verletzt mich. Ich bemühe mich, jeden Tag elegant auszusehen.«

»Ist das ein neues Wams?«

»Ja. Ihr seid außerordentlich aufmerksam.«

»Pflaumenblau und gelb. Sind das die Farben Eures Hauses?«

»Nein. Aber es langweilt einen am Ende, wenn man tagein, tagaus dieselben Farben trägt, finde ich.«

»Ihr habt auch ein hübsches Messer.«

»Ja?« Erneut funkelten Littlefingers Augen belustigt. Er zog das Messer und betrachtete es beiläufig, als sähe er es zum ersten Mal. »Valyrischer Stahl und ein Heft aus Drachenknochen. Ein bißchen schlicht vielleicht. Es gehört Euch, wenn Ihr möchtet.«

»Mir?« Tyrion blickte ihn lange an. »Nein, ich glaube nicht.« *Er weiß Bescheid, dieser unverschämte Kerl. Er weiß Bescheid und außerdem weiß er, daß ich Bescheid weiß. Und er glaubt, ich könne ihm nichts anhaben.*

Wenn sich jemals ein Mann in Gold gerüstet hatte, dann war es Petyr Baelish, nicht Jaime Lannister. Jaimes berühmte Rüstung bestand lediglich aus vergoldetem Stahl, aber Littlefinger, nun ...

Tyrion hatte eine Menge Dinge über den liebenswerten Petyr erfahren, die ihm wachsendes Unbehagen bereiteten.

Vor zehn Jahren hatte Jon Arryn Lord Petyr ein kleines Lehen überlassen, in dem dieser sich bald dadurch hervorgetan hatte, daß er die dreifache Summe an Steuern eintrieb als die anderen Vasallen des Königs. König Robert war ein Verschwender gewesen. Ein Mann wie Petyr Baelish, der die Gabe besaß, zwei Golddrachen aneinanderzureiben und damit einen dritten hervorzuzaubern, war für seine Rechte Hand von unschätzbarem Wert. Littlefinger hatte einen pfeilschnellen Aufstieg hinter sich. Drei Jahre, nachdem er an den Hof geholt worden war, trug er den Titel Meister der Münze und war Mitglied des kleinen Rates, und heute waren die Einnahmen der Krone zehnmal so hoch wie unter seinem Vorgänger ... allerdings waren auch die Schulden des Königs enorm gewachsen. Petyr Baelish war ein meisterhafter Jongleur.

Oh, und gerissen war er. Er sammelte das Gold nicht einfach nur ein und verschloß es hinter den Türen der Schatzkammer, nein. Er bezahlte die Schulden des Hofes mit Schuldscheinen und ließ das Gold des Königs arbeiten. Er erstand Wagen, Läden, Schiffe, Häuser. Er kaufte Getreide, wenn die Ernte reich ausfiel, und verkaufte Brot, wenn Mangel herrschte. Er deckte sich mit Wolle aus dem Norden, Leinen aus dem Süden und Seide aus Lys ein, lagerte sie ein, verschob sie hin und her, ließ sie färben, veräußerte sie. Die Golddrachen vermehrten sich, und Littlefinger lieh sie aus und holte sie mit Nachwuchs wieder heim.

Währenddessen brachte er seine eigenen Männer in Position. Alle vier Hüter der Schlüssel waren ihm treu ergeben. Den Zahlmeister und den Wiegemeister des Königs hatte er ernannt. Dazu die Amtmänner aller drei Münzstätten. Hafenmeister, Steuereintreiber, Zollbeamte, Wollverwalter, Mauteintreiber, Weinverwalter; neun von zehn waren Littlefingers Leute. Im großen und ganzen handelte es sich um Männer von mittlerem Rang; Söhne von Kaufleuten, niedere Lords, manchmal sogar um Ausländer, doch maß man sie an den Ergebnissen, waren sie weitaus fähiger als ihre hochgeborenen Vorgänger.

Keiner hatte je daran gedacht, diese Berufungen in Frage zu stellen, und warum auch? Littlefinger bedrohte niemanden. Einen klugen, lächelnden, freundlichen Kerl wie ihn, der mit jedem Freundschaft schloß und stets das Gold heranschaffte, das der König oder die Hand brauchten, und der trotzdem von so niederer Geburt war, brauchte man nicht zu fürchten. Er hatte keine Fahnen, zu denen er rufen konnte, keine Armeen und keine Gefolgsleute, keine große Festung und keine nennenswerten Ländereien, keine Aussichten, eine gute Partie zu machen.

Aber würde ich mich an ihn heranwagen? fragte sich Tyrion. *Selbst, wenn er ein Verräter ist?* Er war sich durchaus nicht sicher, jedenfalls im Augenblick nicht, während der Krieg tobte. Wenn er genug Zeit hätte, könnte er Littlefingers Männer an den wichtigsten Stellen durch seine eigenen ersetzen, doch ...

Vom Hof hallte ein Ruf herauf. »Ach, Seine Gnaden hat einen Hasen erlegt«, merkte Baelish an.

»Zweifelsohne einen langsamen«, erwiderte Tyrion. »Mylord, Ihr wurdet auf Riverrun aufgezogen. Wie ich hörte, standet Ihr den Tullys nahe.«

»So kann man es ausdrücken. Besonders den Mädchen.«

»Wie nahe?«

»Ich habe sie ihrer Jungfräulichkeit beraubt. Ist das nah genug?«

Die Lüge – es war eine Lüge, dessen war sich Tyrion sicher – ging seinem Gegenüber mit solchem Gleichmut über die Lippen, daß er sie beinahe geglaubt hätte. Könnte Catelyn Stark diejenige gewesen sein, die gelogen hatte? Über ihre Entjungferung, und auch über den Dolch? Je länger er lebte, desto mehr begriff Tyrion eines: Nichts war jemals einfach und nur sehr wenig wahr. »Lord Hosters Töchter mögen mich nicht besonders«, gestand er. »Ich bezweifele, ob sie einen Vorschlag anhören würden, den ich unterbreite. Kommt er allerdings von Euch, würden die gleichen Worte in ihren Ohren möglicherweise süßer klingen.«

»Das hinge von den Worten ab. Falls Ihr Sansa im Tausch gegen Euren Bruder anbieten wollt, verschwendet Ihr nur die Zeit aller Beteiligten. Joffrey würde sein Spielzeug niemals herausrücken, und Lady Catelyn ist keine Närrin, den Königsmörder für ein kleines Mädchen laufen zu lassen.«

»Ich will auch Arya tauschen. Ich lasse nach ihr suchen.«

»Suchen heißt nicht, daß Ihr sie auch findet.«

»Das werde ich mir merken, Mylord. Jedenfalls hoffte ich sowieso eher, Ihr könntet Lady Lysa erweichen. Für sie habe ich ein verlockendes Angebot.«

»Lysa ist sicherlich leichter zu überreden als Catelyn, ja . . . aber sie ist auch ängstlicher, und nach dem, was ich gehört habe, haßt sie Euch.«

»Sie glaubt, allen Grund dafür zu haben. Als ich ihr Gast auf der Eyrie war, hat sie behauptet, ich hätte ihren Gemahl ermordet, und sie wollte meinen Widerspruch nicht zur Kenntnis nehmen.« Er beugte sich vor. »Falls ich ihr Jon Arryns wahren Mörder übergebe, würde sie vielleicht freundlicher über mich denken.«

Littlefinger setzte sich auf. »Den wahren Mörder? Ich gestehe, Ihr weckt meine Neugier. Wen habt Ihr im Verdacht?«

Nun war es an Tyrion zu lächeln. »Meinen Freunden mache ich Geschenke aus freien Stücken. Das müßte man Lysa Arryn natürlich erklären.«

»Wollt Ihr ihre Freundschaft oder ihre Schwerter?«

»Beides.«

Littlefinger strich sich über den sauber getrimmten spitzen Bart. »Lysa hat selbst genug Sorgen. Die Clans aus den Mondbergen überfallen ihr Land in größerer Zahl als je zuvor . . . und sind besser bewaffnet.«

»Ärgerlich«, sagte Tyrion Lannister, der ihnen die Waffen verschafft hatte. »Ich könnte ihr dabei helfen. Ein Wort von mir . . .«

»Und was würde sie dieses Wort kosten?«

»Ich möchte, daß Lady Lysa und ihr Sohn Joffrey als König anerkennen, ihm die Treue schwören und –«

»– gegen die Starks und Tully in den Krieg ziehen?« Littlefinger schüttelte den Kopf. »Da haben wir das Haar in der Suppe, Lannister. Lysa würde ihre Ritter niemals gegen Riverrun entsenden.«

»Und darum würde ich auch niemals bitten. Uns mangelt es nicht an Feinden. Ich könnte ihre Streitmacht gebrauchen, um sie gegen Lord Renly einzusetzen, oder gegen Lord Stannis, sollte der sich von Dragonstone in Marsch setzen. Im Gegenzug werde ich ihr die Bestrafung von Jon Arryns Mörder und Frieden im Grünen Tal versprechen. Ich werde sogar ihr entsetzliches Kind zum Wächter des Ostens ernennen, wie es sein Vater vor ihm war.« *Ich will ihn fliegen sehen,* flüsterte die Stimme eines Jungen leise in seinen Erinnerungen. »Und um den Handel zu besiegeln, werde ich ihr meine Nichte überlassen.«

Endlich hatte er das Vergnügen, in Petyr Baelishs graugrünen Augen echte Überraschung zu entdecken. »Myrcella?«

»Wenn sie das rechte Alter erreicht hat, kann sie den kleinen Lord Robert heiraten. Bis dahin wird sie Lady Lysas Mündel auf der Eyrie sein.«

»Und was hält Ihre Gnaden, die Königin, von diesem Plan?« Als Tyrion nur mit den Schultern zuckte, brach Littlefinger in schallendes Gelächter aus. »Das dachte ich mir. Ihr seid ein gefährlicher kleiner Mann, Lannister. Ja, ich könnte Lysa dieses Lied wohl vorsingen.« Das verschlagene Lächeln und der Schalk in seinen Augen kehrten zurück. »Falls mir daran gelegen wäre.«

Tyrion nickte und wartete; er wußte, daß Littlefinger langes Schweigen nicht ertragen konnte.

»Also«, fuhr Lord Petyr nach einer Pause gänzlich ungeniert fort, »was findet sich in Eurem Topf für mich?«

»Harrenhal.«

Es war interessant, sein Gesicht zu betrachten. Lord Petyrs Vater war der kleinste aller kleinen Lords gewesen, sein Großvater ein landloser Ritter; von Geburt her besaß er lediglich ein paar steinige Morgen Land an der windumtosten Küste der Finger. Harrenhal war eines der reichsten Güter der Sieben Königslande; es besaß große, fruchtbare Ländereien, seine riesige Burg war prächtiger als alle anderen im Reiche ... ja, sie stellte sogar Riverrun in den Schatten, wo Petyr Baelish vom Hause Tully aufgezogen worden war, um schließlich hinausgeworfen zu werden, weil er Lord Hosters Tochter unmißverständliche Blicke zuwarf.

Littlefinger nahm sich die Zeit, seinen Umhang zu glätten, doch Tyrion hatte die Gier in diesen hinterlistigen Katzenaugen bemerkt. *Ich habe ihn an der Angel.* »Harrenhal ist verflucht«, sagte Lord Petyr dann und versuchte gelangweilt zu klingen.

»Dann schleift es bis auf die Grundmauer und baut es neu auf, wie es Euch gefällt. Es wird Euch nicht an Geld mangeln. Ich beabsichtige, Euch zum obersten Lehnsherrn am Trident zu machen. Diese Flußlords haben gezeigt, daß man ihnen nicht über den Weg trauen kann. Sollen sie Euch die Treue schwören.«

»Sogar die Tullys?«

»Falls es noch Tullys gibt, wenn dieser Krieg zu Ende ist.«

Littlefinger sah aus wie ein Junge, der gerade von einer Honigwabe gekostet hatte. Er hielt ängstlich Ausschau nach den Bienen, aber der Honig war einfach zu süß. »Harrenhal, mit allen Ländereien und Einkünften«, grübelte er. »Mit einem Streich würdet Ihr mich zu einem der größten Lords des Reiches machen. Ich will nicht undankbar sein, Mylord, aber – warum?«

»Ihr habt meiner Schwester bei den Auseinandersetzungen um die Thronfolge gut gedient.«

»Das hat Janos Slynt auch getan. Dem dieselbe Burg erst kürzlich zuteil wurde – nur, damit man sie ihm gleich wieder abnahm, nachdem er nicht mehr von Nutzen war.«

Tyrion lachte. »Da habt Ihr mich an meinem wunden Punkt getroffen, Mylord. Was soll ich darauf erwidern? Ich brauche Euch, um meine Nachricht an Lady Lysa zu überbringen. Janos Slynt habe ich nicht gebraucht.« Er zuckte mit den Schultern. »Lieber lasse ich Euch in Harrenhal sitzen als Renly auf dem Eisernen Thron. Was wäre einfacher?«

»Ja, was? Euch ist doch klar, daß ich mich möglicherweise abermals in Lysa Arryns Bett begeben muß, wenn ich ihr Einverständnis zu dieser Heirat erlangen will?«

»Zweifelsohne seid Ihr dieser Aufgabe gewachsen.«

»Ich habe Ned Stark einmal erklärt, daß man, wenn man sich nackt neben einer häßlichen Frau wiederfindet, nur die Augen schließen und den Dingen ihren natürlichen Lauf lassen kann.« Littlefinger verschränkte die Finger und blickte Tyrion in die ungleichen Augen. »Gebt mir zwei Wochen, um meine Geschäfte hier abzuschließen und mir ein Schiff nach Gulltown zu suchen.«

»Das wäre leicht einzurichten.«

Sein Gast erhob sich. »Dies war ein höchst erfreulicher Morgen, Lannister. Und sehr einträglich ... für uns beide, nehme ich an.« Er verneigte sich, und während er zur Tür schritt, bauschte sich der gelbe Umhang hinter ihm auf.

Zweiter Streich, hakte Tyrion ab.

Er ging in sein Schlafzimmer, wo er auf Varys warten wollte, der bald erscheinen würde. Bei Einbruch der Dunkelheit, vermutete er. Spätestens bei Mondaufgang, obgleich er das nicht hoffte. Denn eigentlich wollte er heute nacht Shae besuchen. So war er erfreut, als ihm Galt von den Stone Crows eine Stunde später die Ankunft des gepuderten Mannes verkündete. »Ihr seid ein grausamer Mensch, den Maester in solche Bedrängnis zu bringen«, schalt der Eunuch. »Der Ärmste kann Geheimnisse nicht ertragen.«

»Nennt da die Krähe den Raben schwarz? Oder möchtet Ihr lieber nicht hören, was ich Doran Martell vorgeschlagen habe.«

Varys kicherte. »Vielleicht haben es mir meine kleinen Vögel bereits zugeflüstert.«

»Haben sie?« Das wollte er gern wissen. »Fahrt fort.«

»Die Männer aus Dorne haben sich bisher aus diesem Krieg herausgehalten. Doran Martell hat zwar zu den Fahnen gerufen, mehr aber nicht. Sein Haß auf das Haus Lannister ist weithin bekannt, und überall vertritt man die Meinung, er werde sich Lord Renly anschließen. Ihr wollt ihn überreden, dies nicht zu tun.«

»Dies alles ist offensichtlich«, sagte Tyrion.

»Fragt sich lediglich, was Ihr ihm für dieses Bündnis angeboten habt. Der Prinz ist ein sentimentaler Mann, und er trauert noch immer um seine Schwester Elia und ihren Säugling.«

»Mein Vater erklärte mir einmal, ein Lord lasse niemals zu, daß seine Gefühle seinem Ehrgeiz im Weg stehen . . . und zufällig haben wir einen leeren Platz im kleinen Rat, jetzt, da Lord Janos das Schwarz angelegt hat.«

»Einen Sitz im Rat darf man nicht verachten«, gestand Varys ein, »jedoch: wird ein stolzer Mann darüber den Mord an seiner Schwester vergessen?«

»Warum sollte er ihn vergessen?« Tyrion lächelte. »Ich habe ihm versprochen, ihm die Mörder seiner Schwester auszuhändigen, tot oder lebendig, ganz wie er wünscht. Allerdings erst nach dem Krieg.«

Varys sah ihn eindringlich an. »Meine kleinen Vögel haben mir verraten, daß Prinzessin Elia einen – einen bestimmten Namen gerufen hat . . . als man sie gefunden hat.«

»Bleibt ein Geheimnis ein Geheimnis, wenn ein jeder es kennt?« In Casterly Rock war allgemein bekannt, daß Gregor Clegane Elia und ihr Kind getötet hatte. Es hieß sogar, er habe die Prinzessin vergewaltigt, während noch das Blut und Hirn ihres Sohnes an seinen Händen klebte.

»*Dieses* Geheimnis ist Eures Hohen Vaters Vasall.«

»Mein Vater wäre der erste, der einen tollwütigen Hund gegen fünfzigtausend Krieger aus Dorne eintauschen würde.«

Varys strich sich über die gepuderte Wange. »Und wenn Prinz Doran nicht nur das Blut des Täters, sondern auch den Kopf des Lords verlangt, der den Befehl gegeben hat . . .«

»Robert Baratheon hat die Rebellion angeführt. Alle Befehle stammten letztendlich von ihm.«

»Robert hielt sich aber nicht in King's Landing auf.«

»Doran Martell ebenfalls nicht.«

»Also Blut für seinen Stolz, ein Stuhl im Rat für seinen Ehrgeiz. Gold und Land, das braucht man nicht erst hinzuzufügen. Ein wahrhaft süßes Angebot . . . dennoch können Süßigkeiten vergiftet sein. Wenn ich der Prinz wäre, würde ich einiges verlangen, bis ich nach der Honigwabe greife. Ein Pfand des Vertrauens, eine Absicherung gegen Verrat.« Varys setzte sein gerissenstes Lächeln auf. »Wen werdet Ihr ihm überlassen, frage ich mich?«

Tyrion seufzte. »Ihr wißt es bereits, nicht?«

»Da Ihr es so formuliert – ja. Tommen. Ihr könnt Myrcella schließlich kaum Doran Martell und Lady Arryn gleichzeitig anbieten.«

»Erinnert mich daran, diese Ratespiele nie wieder mit Euch zu treiben. Ihr spielt nicht ehrlich.«

»Prinz Tommen ist ein guter Junge.«

»Wenn ich ihn Cersei und Joffrey entreiße, solange er noch jung ist, wächst er vielleicht sogar zu einem guten Mann heran.«

»Und zu einem guten König?«

»Joffrey ist König.«

»Und Tommen sein Nachfolger, sollte Seiner Gnaden ein Unglück zustoßen. Tommen hatte einen so freundlichen Charakter, und er ist vor allem . . . fügsam.«

»Ihr seid überaus mißtrauisch, Varys.«

»Ich erachte das als Kompliment, Mylord. Auf jeden Fall wird sich Prinz Doran dieser großen Ehre kaum verschließen können. Einen winzigen Makel gibt es allerdings.«

Der Zwerg lachte. »Welcher auf den Namen Cersei hört.«

»Was kann die Kunst der Staatsführung gegen die Liebe einer Mutter für die zarte Frucht ihres Leibes ausrichten? Vielleicht vermag man die Königin um des Ruhms ihres Hauses und der Sicherheit des Reiches willen davon zu überzeugen, Tommen oder Myrcella fortzuschicken. Aber beide? Gewißlich nicht.«

»Was Cersei nicht weiß, macht mich nicht heiß.«

»Und wenn Ihre Gnaden Eure Absichten entdeckt, ehe Ihr diesen Plan in die Tat umsetzen könnt?«

»Nun«, antwortete Tyrion, »dann wüßte ich, daß der Mann, der sie ihr verraten hat, mit Sicherheit mein Feind ist.« Und während Varys kicherte, dachte er: *Dritter Streich.*

SANSA

Kommt heute nacht in den Götterhain, wenn Ihr nach Hause zurückkehren möchtet.

Auch beim hundersten Lesen standen noch immer die gleichen Wörter da wie beim ersten, gleich nachdem Sansa das zusammengefaltete Blatt unter ihrem Kopfkissen entdeckt hatte. Auf welche Weise es dorthin gelangt war und wer es ihr geschickt hatte, wußte sie nicht. Der Brief war nicht unterzeichnet, trug kein Siegel, und die Schrift war ihr nicht vertraut. Sie drückte das Pergament an die Brust und flüsterte den Satz vor sich hin. »Kommt heute nacht in den Götterhain, wenn Ihr nach Hause zurückkehren möchtet«, hauchte sie leise.

Was konnte es bedeuten? Sollte sie die Botschaft zur Königin bringen, um damit zu beweisen, wie treu ergeben sie war? Nervös rieb sie sich den Bauch. Der häßliche blaue Fleck, der von Ser Meryns Hieb stammte, hatte sich inzwischen gelblich verfärbt, tat aber immer noch weh. Er hatte einen gepanzerten Handschuh getragen, als er sie geschlagen hatte. Es war ihre eigene Schuld. Sie mußte lernen, ihre Gefühle besser zu verbergen und Joffrey nicht zu verärgern. Nachdem sie erfahren hatte, daß der Gnom Lord Slynt zur Mauer geschickt hatte, hatte sie sich vergessen und gesagt: »Ich hoffe, die Anderen werden ihn holen.« Dem König hatte dieser Ausspruch nicht gefallen.

Kommt heute nacht in den Götterhain, wenn Ihr nach Hause zurückkehren möchtet.

Sansa hatte so sehr darum gebetet. War dies endlich die Antwort, war ihr nun ein wahrer Ritter gesandt worden, der sie retten würde? Vielleicht einer der Redwyne-Zwillinge, oder der verwegene Ser Balon Swann ... oder gar Beric Dondarrion, in den ihre Freundin Jeyne Poole bis über beide Ohren verliebt gewesen war, der junge Lord mit dem rotgoldenen Haar und den Sternen auf dem Mantel.

Kommt heute nacht in den Götterhain, wenn Ihr nach Hause zurückkehren möchtet.

Und wenn es sich nur wieder um einen von Joffreys grausamen Scherzen handelte, wie an dem Tag, als er sie auf den Wehrgang geführt und ihr den Kopf ihres Vaters gezeigt hatte? War das vielleicht nur eine hinterhältige Falle, um ihre Untreue zu beweisen? Wenn sie in den Götterhain ging, würde dort Ser Ilyn Payne schweigend mit Ice in der Hand unter dem Herzbaum auf sie warten und mit seinen hellen Augen Ausschau halten, ob sie tatsächlich erschiene?

Kommt heute nacht in den Götterhain, wenn Ihr nach Hause zurückkehren möchtet.

Als die Tür aufging, stopfte sie den Brief hastig unter das Laken und setzte sich darauf. Es war eines ihrer Zimmermädchen, das scheue Ding mit den stumpfen braunen Haaren. »Was willst du?« fragte Sansa.

»Möchten Mylady heute abend ein Bad nehmen?«

»Mach lieber ein Feuer an ... mir ist kalt.« Sie zitterte tatsächlich, obwohl es ein warmer Tag gewesen war.

»Wie Ihr wünscht.«

Sansa beobachtete das Mädchen mißtrauisch. Hatte sie die Nachricht gesehen? Hatte sie das Papier womöglich selbst unter das Kissen gesteckt? Das war nicht sehr wahrscheinlich; sie hielt die Magd für dumm, und niemand würde sich ausgerechnet sie als Überbringerin geheimer Botschaften aussuchen. Dennoch, Sansa kannte sie kaum. Die Königin ließ ihre Dienerinnen jede zweite Woche auswechseln, damit Sansa keine Freundschaft mit ihnen schließen konnte.

Schließlich brannte das Feuer im Kamin, und Sansa dankte dem Mädchen knapp und schickte es hinaus. Die Dienerin gehorchte eilig wie stets, aber Sansa meinte, ein verschlagenes Funkeln in ihren Augen bemerkt zu haben. Gewiß würde sie jetzt der Königin oder Varys Bericht erstatten. Alle Zimmermädchen spionierten ihr nach, dessen war sie sich sicher.

Sie warf den Brief in die Flammen und sah zu, wie sich das Pergament einrollte und schwärzte. *Kommt heute nacht in den Götterhain, wenn Ihr nach Hause zurückkehren möchtet.* Sie trat ans Fenster. Unten schritt ein untersetzter Ritter in mondweißer Rüstung und schwerem weißen Mantel über die Zugbrücke. Der Größe nach konnte es nur Ser Preston Greenfield sein. Die Königin ließ ihr innerhalb der Burg volle Freiheit; trotzdem würde er wissen wollen, wohin sie ging, wenn sie zu dieser späten Stunde Maegors Bergfried verließ. Was sollte sie ihm sagen? Plötzlich war sie froh, daß sie die Nachricht verbrannt hatte.

Sie löste die Schnüre ihres Kleides und kroch ins Bett, schlief jedoch nicht ein. *War er noch immer da?* fragte sie sich. *Wie lange würde er warten?* Es war grausam, ihr einen solchen Brief zu schicken und keine Einzelheiten zu verraten. Die Gedanken kreisten unablässig in ihrem Kopf.

Wenn ihr nur jemand sagen könnte, was sie tun sollte. Sie vermißte Septa Mordane und mehr noch Jeyne Poole, ihre treueste Freundin. Die Septa war geköpft worden, weil sie das Verbrechen begangen hatte, dem Hause Stark zu dienen. Sansa hatte keine Ahnung, was Jeyne zugestoßen war, die einfach verschwunden und niemals wieder erwähnt worden war. Sansa versuchte, nicht zu oft an sie zu denken, manchmal allerdings überfielen sie die Erinnerungen ungebeten, und dann war es schwer, die Tränen zurückzuhalten. Gelegentlich vermißte Sansa sogar ihre Schwester. Die war inzwischen sicher wieder in Winterfell, tanzte und nähte, spielte mit Bran und dem kleinen Rickon, und ritt vermutlich sogar hinunter in die Stadt, wenn sie Lust dazu verspürte. Sansa durfte ebenfalls reiten, aber nur auf dem Burghof, und es wurde rasch langweilig, das Pferd ständig im Kreis zu lenken.

Sie war immer noch hellwach, als sie das Geschrei draußen

vernahm. Zunächst kam es aus der Ferne, wurde jedoch rasch lauter. Viele Stimmen, die durcheinander brüllten, was, konnte sie nicht verstehen. Und sie hörte auch Hufschläge, stampfende Schritte, Befehle. Sansa schlich ans Fenster und sah Männer, die mit Fackeln und Speeren über die Wehrgänge liefen. *Geh zurück ins Bett,* schalt sie sich, *das geht dich alles nichts an, es gibt nur wieder Ärger in der Stadt.* An den Brunnen wurde in letzter Zeit häufig über Unruhen gesprochen. Viele Menschen drängten nach King's Landing herein, flohen vor dem Krieg, und viele überlebten nur, indem sie andere beraubten oder töteten. *Geh ins Bett.*

Aber der weiße Ritter war verschwunden, die Brücke über den trockenen Burggraben war unbewacht.

Ohne nachzudenken drehte sich Sansa um und eilte zu ihrem Kleiderschrank. *Oh, was tue ich da bloß?* fragte sie sich, während sie sich ankleidete. *Das ist doch verrückt.* Sie sah die Fackeln draußen auf den äußeren Mauern. Waren Stannis und Renly schließlich doch gekommen, um Joffrey zu töten und den Thron ihres verstorbenen Bruders zu besteigen? Wenn dies der Fall war, hätten die Wachen doch die Zugbrücke hochgezogen und auf diese Weise Maegors Bergfried von den äußeren Burgteilen abgetrennt. Sansa warf sich einen schlichten grauen Mantel über die Schultern und nahm das Messer, mit dem sie gewöhnlich Fleisch beim Essen schnitt. *Wenn es eine Falle sein sollte, sterbe ich lieber, bevor sie mir noch mehr weh tun,* sagte sie sich. Sie verbarg die Klinge unter dem Mantel.

Eine Kolonne Bewaffneter in roten Röcken lief vorbei, als sie hinaus in die Nacht schlüpfte. Sie wartete ab, bis sie vorüber waren, dann rannte sie zur unbewachten Zugbrücke hinüber. Auf dem Hof schnallten Männer Schwertgurte um und wuchteten Sättel auf ihre Pferde. Bei den Ställen entdeckte sie Ser Preston mit drei anderen Mitgliedern der Königswache, deren weiße Umhänge hell wie der Mond leuchteten, während sie Joffrey in seine Rüstung halfen. Beim Anblick des Königs stockte ihr der Atem. Zum Glück bemerkte er sie nicht. Er schrie nach seinem Schwert und seiner Armbrust.

Der Lärm ließ nach, als sie tiefer in die Burg vorstieß, wobei sie sich nicht umzuschauen wagte, aus Furcht, Joffrey könnte sie bemerken ... oder schlimmer noch, ihr folgen. Die Serpentinentreppe wand sich vor ihr und war von Streifen flackernden Lichts aus den schmalen Fenstern der umgebenden Gebäude erhellt. Oben angekommen, keuchte Sansa. Sie eilte eine im Schatten liegende Kolonnade entlang, drückte sich schließlich an eine Mauer und rang nach Atem. Plötzlich berührte etwas sie am Bein, und vor Schreck zuckte sie heftig zusammen, doch es war lediglich eine Katze, ein struppiger Kater, dem ein Ohr fehlte. Das Tier fauchte sie an und sprang davon.

Sansa erreichte den Götterhain, wo von dem Lärm nur noch ein leises Rasseln von Stahl und ferne Rufe blieben. Sie zog den Mantel enger um sich. In der Luft lag der Geruch von Erde und Laub. *Lady hätte es hier gefallen,* dachte sie. Ein Götterhain hatte stets etwas Wildes an sich, und sogar in diesem hier, inmitten der Burg und der Stadt, konnte man die alten Götter spüren, die mit tausend Augen auf sie herabschauten.

Die Götter ihrer Mutter zog Sansa denen ihres Vaters vor. Ihr gefielen die Statuen, die Bilder hinter Bleiglas, der Duft brennenden Weihrauchs, die Septone mit ihren Roben und Kristallen, das magische Spiel der Regenbögen über den Altären, die mit Perlmutt und Onyx und Lapislazuli eingelegt waren. Dennoch konnte sie die besondere Macht des Götterhains nicht bestreiten. *Helft mir,* betete sie, *schickt mir einen Freund, einen wahren Ritter, der mich rettet ...*

Sie schlich von Baum zu Baum und fühlte die rauhe Rinde unter ihren Händen. Blattwerk strich über ihre Wangen. War sie zu spät gekommen? Er würde doch gewiß nicht so bald wieder aufbrechen, oder? War er überhaupt hier gewesen? Durfte sie einen lauten Ruf wagen? Es war so still hier ...

»Ich habe schon befürchtet, Ihr würdet nicht erscheinen, Kind.«

Sansa fuhr herum. Aus der Dunkelheit schlurfte ein massiger Mann mit dickem Hals auf sie zu. Er trug eine graue Robe, deren Kapuze er aufgesetzt hatte, aber als das Mondlicht auf sein Gesicht fiel, erkannte sie ihn an der fleckigen Haut und den geplatzten Äderchen. »Ser Dontos«, stieß sie zutiefst enttäuscht hervor. »Ihr seid es?«

»Ja, Mylady.« Er trat näher, und der säuerliche Geruch von Wein in seinem Atem stieg ihr in die Nase. »Ich.« Er streckte die Hand aus.

Sansa wich zurück. »Wagt es nicht!« Sie griff unter ihrem Mantel nach dem verborgenen Messer. »Was . . . was habt Ihr mit mir vor?«

»Ich will Euch helfen«, antwortete Dontos, »so wie Ihr mir geholfen habt.«

»Ihr seid betrunken, nicht wahr?«

»Ich habe nur einen Becher Wein getrunken, um meinen Mut zu stärken. Wenn sie mich jetzt erwischen, ziehen sie mir bei lebendigem Leibe die Haut ab.«

Und was stellen sie mit mir an? fragte Sansa und mußte abermals an Lady denken. Die Schattenwölfin hatte Falschheit wittern können, doch war sie tot, Vater hatte sie getötet, und das hatte sie Arya zu verdanken. Sie holte das Messer hervor und hielt es in beiden Händen.

»Wollt Ihr mich erstechen?« fragte Dontos.

»Das werde ich im Notfall gewiß tun«, erwiderte sie. »Sagt mir, wer Euch geschickt hat.«

»Niemand, holde Dame. Ich schwöre es bei meiner Ehre als Ritter.«

»Als Ritter?« Joffrey hatte ihm die Ritterschaft aberkannt. Jetzt war Ser Dontos nur mehr ein Hofnarr und stand vom Rang her noch unter Mondbub. »Ich habe zu den Göttern gebetet, daß sie mir einen Ritter schicken, der mich rettet«, sagte sie. »Ich habe gebetet und gebetet. Warum sollten sie mir einen betrunkenen alten Narren senden?«

»Gewiß verdiene ich diese Behandlung, wenngleich . . . ich weiß, es klingt seltsam, aber . . . in den vielen Jahren meiner Ritterschaft war ich doch in Wirklichkeit stets ein Narr, und nun, da ich ein Narr bin, glaube ich . . . glaube ich in mir wieder etwas Ritterliches zu entdecken, holde Dame. Und nur wegen Euch ... wegen Eurer Gnade, Eurem Mut. Ihr habt mich gerettet, nicht nur vor Joffrey, auch vor mir selbst.« Die Stimme versagte ihm. »Die Sänger berichteten von einem Narren, der der größte Ritter aller Zeiten war ...«

»*Florian*«, flüsterte Sansa. Ein Schauer durchlief sie.

»Holde Dame, laßt mich Euer Florian sein«, sagte Dontos demütig und fiel vor ihr auf die Knie.

Langsam senkte Sansa das Messer. Ihr Kopf fühlte sich auf schreckliche Weise leicht an, als würde sie schweben. *Das ist doch verrückt, mich den Händen eines Trunkenbolds anzuvertrauen, aber wenn ich mich jetzt abwende, bekomme ich eine solche Chance dann jemals wieder?* »Wie ... wie wollt Ihr es anstellen? Mich von hier fortzubringen?«

Ser Dontos blickte zu ihr auf. »Euch aus der Burg zu schaffen, wird das Schwerste sein. Nachdem Ihr erst einmal draußen seid, gibt es Schiffe, die Euch heimbringen würden. Ich brauche nur das Geld aufzutreiben und ein paar Absprachen zu treffen, das ist alles.«

»Können wir sofort aufbrechen?« fragte sie und wagte es nicht zu hoffen.

»Heute nacht? Nein, Mylady, ich fürchte nicht. Zuerst müssen wir einen sicheren Weg aus der Burg finden. Das wird nicht leicht, und es wird seine Zeit in Anspruch nehmen. Auch mich hält man unter Beobachtung.« Er leckte sich nervös die Lippen. »Würdet Ihr die Klinge wieder einstecken?«

Sansa schob das Messer unter den Mantel. »Erhebt Euch, Ser.«

»Ich danke Euch, holde Dame.« Ser Dontos stand unbeholfen auf und klopfte sich Erde und Blätter von den Knien. »Euer Hoher Vater war einer der aufrechtesten Männer, die das Reich je gesehen hat, und ich habe einfach nur tatenlos zugeschaut, als sie ihn ermordet haben. Ich habe nichts gesagt und nichts unternommen ... und dennoch, in dem Augenblick, als Joffrey mich töten lassen wollte, habt Ihr die Stimme erhoben. Lady, ich war nie ein Held, kein Ryam

Redwyne oder Barristan der Kühne. Kein einziges Turnier habe ich gewonnen, mir in der Schlacht keinen großen Ruf errungen ... aber dennoch war ich einst ein Ritter, und Ihr habt mich daran erinnert, was das bedeutet. Mein Leben ist armselig, doch es gehört Euch.« Ser Dontos legte eine Hand auf den knorrigen Stamm des Herzbaumes. Sie sah, daß er zitterte. »Ich schwöre bei den Göttern Eures Vaters, daß ich Euch nach Hause bringen werde.«

Er hat geschworen. Einen feierlichen Eid, vor den Göttern. »Dann will ich meine Zukunft in Eure Hände legen, Ser. Nur, woher werde ich wissen, wann die rechte Zeit gekommen ist? Werdet Ihr mir wieder eine Nachricht schicken?«

Ser Dontos blickte sich ängstlich um. »Das Risiko ist zu groß. Ihr müßt hierher in den Götterhain kommen. So oft Ihr könnt. Dieser Ort ist am sichersten, ja, der einzig sichere. Sonst droht uns überall Gefahr, in Eurem Gemach oder in meinem, auf der Treppe oder im Hof, selbst, wenn wir anscheinend allein sind. Im Red Keep haben die Steine Ohren, und nur hier können wir offen reden.«

»Nur hier«, sagte Sansa, »ich will es mir merken.«

»Und falls ich mich Euch gegenüber grausam oder spöttisch oder gleichgültig zeige, weil andere in der Nähe sind, so vergebt mir, Kind. Ich muß meine Rolle spielen, und das gleiche gilt für Euch. Ein einziger Fehltritt, und unsere Köpfe zieren die Mauer wie der Eures Vaters.«

Sie nickte. »Ich verstehe.«

»Ihr müßt tapfer sein und stark ... und geduldig, vor allem geduldig.«

»Das werde ich sein«, versprach sie, »aber bitte ... beeilt Euch, so sehr Ihr vermögt. Ich habe Angst ...«

»Ich auch«, erwiderte Ser Dontos und lächelte matt. »Jetzt solltet Ihr gehen, ehe man Euch vermißt.«

»Ihr werdet mich nicht begleiten?«

»Es ist besser, man sieht uns nicht zusammen.«

Sansa nickte, machte einen Schritt ... und drehte sich noch einmal nervös um und drückte ihm mit geschlossenen Augen einen sanften Kuß auf die Wange. »Mein Florian«, flüsterte sie. »Die Götter haben meine Gebete erhört.«

Sie eilte über den Wehrgang am Fluß, an der kleinen Küche vorbei und durch den Schweinehof, wo ihre raschen Schritte im Quieken der Masttiere untergingen.

Heim, dachte sie, *heim, er bringt mich nach Hause, er wird mich beschützen, mein Florian.* Die Lieder über Florian und Jonquil waren ihre liebsten. *Florian war auch von schlichtem Äußeren, wenn auch nicht so alt.*

Hals über Kopf rannte sie die Serpentinentreppe hinunter, als plötzlich ein Mann aus einem dunklen Eingang trat. Sansa stieß mit ihm zusammen und verlor das Gleichgewicht. Finger packten sie mit eisernem Griff am Handgelenk, ehe sie fallen konnte, und eine tiefe Stimme schnarrte sie an: »Die Serpentine ist lang, kleiner Vogel. Willst du uns umbringen?« Sein Lachen klang wie eine Steinsäge. »Vielleicht willst du das ja wirklich.«

Der Bluthund. »Nein, Mylord, verzeiht mir, ganz gewiß nicht.« Sansa wandte den Blick ab, doch es war zu spät, er hatte ihr Gesicht gesehen. »Bitte, Ihr tut mir weh.« Sie versuchte, sich loszuwinden.

»Und warum flattert Joffs kleiner Vogel wohl mitten in finsterer Nacht die Serpentine hinunter?« Da sie keine Antwort gab, schüttelte er sie. »*Wo warst du?*«

»Im G-g-götterhain, Mylord«, stammelte sie, denn eine Lüge wagte sie nicht. »Ich habe für ... für meinen Vater gebetet, und für ... für den König, auf daß ihm nichts zustoßen möge.«

»Hältst du mich für so betrunken, daß ich diese Geschichte glaube?« Er ließ ihren Arm los und schwankte leicht, während er sich aufrichtete. Licht und Schatten spielten über sein grausam verbranntes Gesicht. »Du siehst fast schon aus wie eine Frau ... Gesicht, Brüste und groß bist du auch schon, fast ... ach, du bist immer noch ein dummer kleiner Vogel, nicht wahr? Singst die Lieder, die sie dir beigebracht haben ... warum singst du nicht für mich? Komm schon. Sing für mich. Ein Lied über Ritter und wunderschöne Jungfrauen. Du magst Ritter, nicht wahr?«

Er machte ihr angst. »R-richtige Ritter, Mylord.«

»*Richtige* Ritter«, spottete er. »Und ich bin kein Lord, und schon gar kein Ritter. Soll ich dir das mit ein paar Schlägen einbleuen?« Clegane wankte und wäre fast gefallen. »Bei den Göttern«, fluchte er, »zuviel Wein. Magst du Wein, kleiner Vogel? *Richtigen* Wein? Eine Flasche sauren Roten, dunkel wie Blut, das ist alles, was ein Mann braucht. Oder eine Frau.« Er lachte und schüttelte den Kopf. »Sturzbetrunken, verdammt. Komm jetzt mit. Zurück in deinen Käfig, kleiner Vogel. Ich bringe dich hin. Werde dich für den König beschützen.«

Der Bluthund gab Sansa einen überraschend sanften Stoß und folgte ihr die Treppe hinunter. Unten angelangt, war er wieder in sein brütendes Schweigen verfallen, als habe er ihre Gegenwart vergessen.

Vor Maegors Bergfried stellte sie erschrocken fest, daß Ser Boros Blount seinen Posten auf der Zugbrücke wieder bezogen hatte. Sein hoher weißer Helm drehte sich bei ihren Schritten zu ihnen um. Sansa wich seinem Blick aus. Ser Boros war der schlimmste Mann der ganzen Königsgarde, ein häßlicher Kerl mit schlechter Laune, finsterer Miene und Doppelkinn.

»Den brauchst du nicht zu fürchten, Mädchen.« Der Bluthund legte ihr die schwere Hand auf die Schulter. »Wenn man auf eine Kröte Streifen malt, wird sie deshalb nicht zum Tiger.«

Ser Boros schob das Visier hoch. »Ser, wo –«

»Verflucht sei Euer *Ser*, Boros. Ihr seid der Ritter, nicht ich. Ich bin der Bluthund des Königs, schon vergessen?«

»Der König hat erst kürzlich nach seinem Hund gesucht.«

»Der Hund hat sich betrunken. In dieser Nacht war es an Euch, über den König zu wachen, *Ser*. An Euch und meinen anderen *Brüdern*.«

Ser Boros wandte sich an Sansa. »Warum seid Ihr zu dieser späten Stunde nicht in Euren Gemächern, Mylady?«

»Ich war im Götterhain, um für die Sicherheit des Königs zu beten.« Diesmal klang die Lüge besser, fast wie die Wahrheit.

»Denkt Ihr, sie hätte bei all dem Lärm schlafen können?« fragte Clegane. »Was war denn los?«

»Ein paar Dummköpfe am Tor«, erklärte Ser Boros. »Ein paar lose Zungen haben herumerzählt, es seien Vorbereitungen für ein Festmahl zu Tyreks Hochzeit im Gange, und diese Kerle hatten es sich in den Kopf gesetzt, an diesem Schmaus teilzunehmen. Seine Gnaden hat einen Ausfall angeführt und sie vertrieben.«

»Ein tapferer Junge.« Clegans Mund zuckte.

Wir wollen sehen, wie tapfer er ist, wenn er meinem Bruder gegenübersteht, dachte Sansa. Der Bluthund geleitete sie über die Zugbrücke. Indes sie die Wendeltreppe hinaufstiegen, sagte sie: »Warum laßt Ihr Euch von allen Leuten Hund nennen? Als Ritter darf man Euch dagegen nicht bezeichnen.«

»Hunde mag ich lieber als Ritter. Meines Vaters Vater war Hundemeister auf dem Rock. In einem Herbstjahr geriet Lord Tytos zwischen eine Löwin und ihre Beute. Der Löwin war es völlig egal, daß sie das Wappentier der Lannisters darstellte. Das Vieh hat Mylords Pferd zerrissen und hätte sich auch an dem Lord selbst gütlich getan, doch mein Großvater kam mit den Hunden hinzu. Drei seiner Tiere sind im Kampf gegen die Löwin getötet worden. Mein Großvater hat ein Bein verloren, also entlohnte ihn Lannister dafür mit Land und einem Wehrturm und nahm seinen Sohn als Knappen zu sich. Die drei Hunde auf unserem Wappen sind jene drei, die im gelben Herbstgras den Tod fanden. Ein Bluthund gibt sein Leben für dich, aber er wird niemals lügen. Und er blickt dir immer aufrecht ins Gesicht.« Er legte die Hand unter ihr Kinn und hob es hoch, wobei seine Finger schmerzhaft zupackten. »Und das können kleine Vögel nicht, oder? Du hast noch gar nicht für mich gesungen.«

»Ich . . . ich kenne ein Lied über Florian und Jonquil.«

»Florian und Jonquil? Ein Hofnarr und seine Liebste. Erspar mir das. Eines Tages werde ich dir ein Lied vorsingen, ob du es hören möchtest oder nicht.«

»Ich würde es Euch gern vortragen.«

Sandor Clegane schnaubte. »Ein so hübsches Ding und eine so schlechte Lügnerin. Ein Hund kann eine Lüge riechen, wußtest du das? Schau dich gut um und schnüffele herum. Hier gibt es überall nur Lügner ... und jeder von ihnen versteht sich auf diese Kunst besser als du.«

ARYA

Während sie am Stamm hinaufkletterte, konnte Arya die Schornsteine zwischen den Bäumen aufragen sehen. Strohdächer standen entlang des Seeufers, und zwischen ihnen floß ein kleiner Bach hindurch. Ein hölzerner Anlegesteg erstreckte sich neben einem schiefergedeckten Gebäude ins Wasser.

Sie stieg weiter nach oben, bis ein Ast unter ihrem Gewicht nachgab. Am Steg lagen keine Boote, dennoch ringelten sich aus den Schornsteinen dünne Rauchfäden in die Luft, und halbverdeckt stand ein Wagen hinter einem Stall.

Dort ist jemand. Arya biß sich auf die Unterlippe. Alle anderen Orte, durch die sie bisher gekommen waren, hatten sie leer und verlassen vorgefunden. Bauernhöfe, Dörfer, Burgen, Septen, Scheunen, ganz gleich was. Wenn etwas brennen konnte, hatten die Lannisters es angezündet; wenn etwas sterben konnte, hatten sie es getötet. Sogar die Wälder hatten sie dort, wo es ging, in Brand gesetzt, aber das Laub war grün und das Holz naß von den jüngsten Regenfällen, und deshalb hatte sich das Feuer nicht ausgebreitet. »Sie würden auch den See anstecken, wenn es möglich wäre«, hatte Gendry gesagt, und Arya wußte, damit hatte er recht. In der Nacht ihrer Flucht hatten die Flammen so hell auf dem Wasser geglänzt, daß es aussah, als würde der See tatsächlich brennen.

In der folgenden Nacht hatten sie endlich den Mut aufgebracht, in die Ruinen zurückzukehren, doch hatten sie nur rußgeschwärzte Steine, leere Hülsen von Häusern und Leichen gefunden. An manchen Stellen stieg noch immer schwacher Rauch aus der Asche auf. Heiße Pastete hatte sie angefleht, nicht dorthin zurückzugehen, und Lommy nannte sie Dummköpfe und schwor, Ser Armory werde sie erwischen und ebenfalls töten, aber Lorch und seine Männer waren zu diesem Zeitpunkt schon längst wieder abgezogen. Die Tore waren eingerissen, die Mauern teilweise geschleift, und überall lagen unbestattete Tote. Ein Blick genügte Gendry. »Sie haben alle umgebracht«, sagte er. »Und die Hunde haben auch schon an ihnen genagt.«

»Oder Wölfe.«

»Hunde, Wölfe, welche Rolle spielt das? Hier gibt es nichts mehr.«

Arya hingegen wollte nicht gehen, bis sie Yoren gefunden hatten. Ihn konnten sie nicht umgebracht haben, redete sie sich ein, er war so hart und zäh, und außerdem ein Bruder von der Nachtwache. Das sagte sie auch zu Gendry, während sie zwischen den Leichen nach ihm suchten.

Der Axthieb, der ihn das Leben gekostet hatte, hatte ihm den Schädel in zwei Teile gespalten, aber der graue verfilzte Bart konnte keinem anderen gehören, oder das Gewand, ausgeblichen und lange schon eher grau denn schwarz. Ser Armory Lorch hatte sich auch mit der Bestattung seiner eigenen Gefallenen nicht abgegeben, und die Leichen von vier Männern der Lannisters lagen um Yoren herum. Arya fragte sich, wie viele Gegner wohl notwendig gewesen waren, um ihn zu töten.

Er wollte mich nach Hause bringen, dachte sie, derweil sie eine Grube für den Alten aushoben. Es waren zu viele Tote, um sie alle zu beerdigen, doch wenigstens Yoren sollte ein Grab bekommen. Darauf bestand Arya. *Er wollte mich sicher nach Winterfell bringen, das hat er versprochen.* Einerseits hätte sie am liebsten geweint. Andererseits hätte sie ihn am liebsten getreten.

Es war Gendry, dem das Turmhaus und die drei einfielen, die es hatten halten sollen. Auch sie waren angegriffen worden, doch der runde Turm hatte nur einen einzigen Eingang, eine Tür im zweiten Stock, die nur über eine Leiter zu erreichen war. War diese eingezogen, konnte kein Feind hinein. Die Lannisters hatten um die Grundmauern des Turms herum Reisig aufgestapelt und es angezündet, aber Stein brannte nicht, und Lorch hatte es an der Geduld gemangelt, die drei auszuhungern. Cutjack öffnete auf Gendrys Ruf hin die Tür, und Kurtz schlug vor, es sei besser, nach Norden weiterzuziehen. Erneut klammerte sich Arya an die Hoffnung, Winterfell doch noch zu erreichen.

Nun, diese Ortschaft, die da vor ihr lag, war nicht Winterfell, immerhin versprachen die Strohdächer ein wenig Wärme und Schutz, und möglicherweise würden sie sogar etwas zu essen finden. *Solange es nicht Lorch ist, der sich dort aufhält. Er hat Pferde; damit kommt er schneller voran als wir.*

Lange Zeit hielt sie Ausschau, um vielleicht etwas Wichtiges zu entdecken; einen Mann, ein Pferd, ein Banner, was immer ihr Gewißheit verschaffen könnte. Ein paarmal glaubte sie, eine Bewegung zu sehen, aber die Gebäude waren weit entfernt, und möglicherweise täuschte sie sich. Einmal hörte sie jedoch das Wiehern eines Pferdes.

Die Luft war voller Vögel, vor allem Krähen. Aus der Ferne waren sie nicht größer als Fliegen, die über den Strohdächern kreisten. Im Osten bildete das God's Eye eine blaue, gleißende Fläche, welche die halbe Welt einzunehmen schien. An manchen Tagen, während sie langsam am schlammigen Ufer entlangzogen (Gendry wollte alle Straßen vermeiden, und sogar Heiße Pastete und Lommy sahen das ein), lockte Arya der See sehr. Zu gern wäre sie in das stille Blau gesprungen, um sich endlich einmal wieder sauber zu fühlen, um zu schwimmen und in der Sonne zu baden. Aber sie wagte nicht, ihre Kleider abzulegen, solange die anderen dabei waren, nicht einmal zum Waschen. Am Ende eines Tages saß sie oft auf einem Felsen und ließ die Füße ins kalte Wasser hängen. Ihre verschlissenen und verrotteten Schuhe hatte sie schließlich weggeworfen. Zuerst war es schwer, barfuß zu gehen, irgendwann waren die Blasen allerdings aufgeplatzt und schließlich verheilt, und inzwischen hatten sich ihre Sohlen in Leder verwandelt. Der Schlamm war weich zwischen den Zehen, und sie genoß es, beim Gehen die Erde unter den Füßen zu spüren.

Von hier oben konnte sie ein kleines bewaldetes Inselchen im Nordosten sehen. Dreißig Meter vor dem Ufer glitten drei schwarze Schwäne gelassen über das Wasser ... ihnen hatte niemand erzählt, daß der Krieg ins Land gekommen war, und die verbrannten Städte und die niedergemetzelten Menschen waren ihnen gleichgültig. Sehnsuchtsvoll beobachtete sie die Tiere. Gern wäre sie selbst ein Schwan gewesen. Aber genauso gern hätte sie einen gegessen. Zum Frühstück hatte es zerstampfte Eicheln und ein paar Käfer gegeben. Käfer schmeckten gar nicht so schlecht, wenn man sich erst einmal daran gewöhnt hatte. Würmer waren schlimmer, aber trotzdem besser als der Schmerz im Bauch nach Tagen ohne Essen. Außerdem waren Käfer leichter zu finden, man brauchte nur einen Stein umzudrehen. Als Kind hatte Arya einmal einen Käfer gegessen, nur um Sansa zu erschrecken, und deshalb fiel es ihr nun nicht so schwer, einen weiteren zu schlucken. Wiesel hatte damit auch keine Probleme, doch Heiße Pastete hatte seinen ersten Käfer wieder hochgewürgt, und Lommy und Gendry hatten es gar nicht erst probiert. Gestern hatte Gendry einen Frosch gefangen und ihn sich mit Lommy geteilt, und vor ein paar Tagen hatte Heiße Pastete Brombeeren gefunden und den Busch leergepflückt. Im wesentlichen lebten sie jedoch von Wasser und Eicheln. Kurtz hatte ihnen gezeigt, wie man die Eicheln zwischen zwei Steinen zu einem Brei zerquetschte. Es schmeckte widerlich.

Sie wünschte nur, Kurtz, der Wilddieb, wäre nicht gestorben. Er hatte sich im Wald ausgekannt, nur leider hatte ihn im Bergfried ein Pfeil in die Schulter getroffen, während er die Leiter einzog. Tarber hatte die Wunde mit Schlamm und Moos bedeckt, und ein oder zwei Tage hatte Kurtz geschworen, die Verletzung sei nur ein lächerlicher Kratzer, obwohl das Fleisch am Hals dunkel wurde, derweil rote Striemen zum Kinn zogen und von dort zur Brust hinunter. Eines Morgens fehlte ihm die Kraft, aufzustehen, und am nächsten war er tot.

Sie begruben ihn unter Steinen, und Cutjack hatte sein Schwert und sein Jagdhorn für sich beansprucht, Tarber hatte sich den

Bogen, die Stiefel und das Messer genommen. Sie hatten alles mitgenommen, als sie aufbrachen. Zuerst glaubten Arya und die anderen, die beiden wären auf der Jagd und würden bald mit Wild zurückkehren. So warteten und warteten sie, bis Gendry sie schließlich weiterscheuchte. Vielleicht dachten Tarber und Cutjack, sie hätten ohne eine Schar Waisenjungen bessere Chancen, sich durchzuschlagen. Vermutlich stimmte das sogar, allerdings besänftigte das kaum ihren Haß auf die zwei.

Unten auf dem Boden bellte Heiße Pastete wie ein Hund. Kurtz hatte die Idee gehabt, sich mit Tierlauten untereinander zu verständigen. Das sei ein alter Wilderertrick, hatte er gesagt, nur war er leider gestorben, ehe er ihnen beibringen konnte, wie man diese Laute richtig nachahmte. Die Vogelschreie von Heiße Pastete waren fürchterlich. Sein Hund war besser, wenn auch nicht viel.

Arya hüpfte auf einen tieferen Ast und streckte die Hände aus, um das Gleichgewicht nicht zu verlieren. *Eine Wassertänzerin stürzt niemals.* Ihre Zehen klammerten sich um den Ast, sie ging ein paar Schritte, sprang auf den nächst tieferen, kräftigeren und hangelte sich dann durch die Blätter bis zum Stamm. Die Rinde fühlte sich rauh unter ihren Fingern und Zehen an. Rasch kletterte sie hinunter, sprang die letzten zwei Meter und rollte sich bei der Landung ab.

Gendry reichte ihr die Hand und zog sie auf die Beine. »Du warst lange dort oben. Was hast du gesehen?«

»Ein kleines Fischerdorf am Ufer im Norden. Sechsundzwanzig Strohdächer, und eins mit Schiefer. Und einen Wagen habe ich auch entdeckt. Dort ist jemand.«

Beim Klang ihrer Stimme kroch Wiesel aus dem Gebüsch hervor. Lommy hatte sie so genannt. Er meinte, die Kleine sähe aus wie ein Wiesel, was nicht stimmte, aber sie konnten sie doch nicht mehr »weinendes Mädchen« nennen, nachdem sie zu weinen aufgehört hatte. Ihr Mund war dreckig. Hoffentlich hatte sie nicht wieder Schlamm gegessen.

»Hast du Menschen gesehen?« erkundigte sich Gendry.

»Vor allem Dächer«, gestand Arya ein, »immerhin kam aus ein paar Schornsteinen Rauch, und ein Pferd hat gewiehert.« Wiesel schlang die Arme um ihr Bein und klammerte sich fest. Das tat sie in letzter Zeit häufiger.

»Wo Menschen sind, gibt es auch etwas zu essen«, sagte Heiße Pastete, viel zu laut. Gendry versuchte ihm ständig einzuschärfen, leiser zu sein, jedoch ohne Erfolg. »Vielleicht teilen sie mit uns.«

»Vielleicht bringen sie uns auch um«, erwiderte Gendry.

»Nicht, wenn wir uns ergeben«, meinte Heiße Pastete voller Hoffnung.

»Jetzt hörst du dich schon an wie Lommy.«

Lommy Grünhand saß zwischen zwei dicken Wurzeln einer Eiche. Beim Kampf am Bergfried hatte ihn ein Speer in die Wade getroffen. Am Ende des nächsten Tages mußte er, von Gendry gestützt, auf einem Bein humpeln, und jetzt konnte er nicht einmal mehr das. Sie hatten Äste von Bäumen gehackt und eine Bahre für ihn gebaut, kamen aber auf diese Weise nur langsam voran, außerdem war es harte Arbeit für sie, und Lommy jammerte bei jeder kleinen Erschütterung.

»Wir müssen uns ihnen ergeben«, schlug Lommy vor. »Das hätte Yoren auch tun sollen. Er hätte ihnen die Tore öffnen sollen.«

Arya hatte Lommys Gerede darüber, was Yoren hätte tun sollen, satt. Wenn sie ihn trugen, kannte er stets nur ein Gesprächsthema: die Schmerzen in seinem Bein und seinen leeren Bauch.

Heiße Pastete freilich stimmte Lommy zu. »Sie haben Yoren aufgefordert, die Tore zu öffnen, im Namen des Königs. Dann muß man auch gehorchen. Das war alles die Schuld dieses stinkenden alten Kerls. Wenn er sich ergeben hätte, hätten sie uns auch in Ruhe gelassen.«

Gendry runzelte die Stirn. »Ritter und Lords nehmen sich gegenseitig als Gefangene und verlangen Lösegelder. Ob sich jemand wie du ergibt, ist ihnen gleichgültig.« Er drehte sich zu Arya um. »Was hast du sonst noch entdeckt?«

»Wenn es ein Fischerdorf ist, verkaufen sie uns Fische, wette ich«, mischte sich Heiße Pastete ein. Im See schien es von Fischen nur so zu wimmeln, allerdings hatten sie nichts, womit sie sie hätten fangen können. Arya hatte es mit den Händen versucht, wie sie es bei Koss beobachtet hatte, aber Fische waren schneller als Tauben, und das Wasser spielte ihren Augen außerdem Streiche.

»Von Fischen weiß ich nichts.« Arya zupfte an Wiesels verfilztem Haar und dachte, man solle es am besten abschneiden. »Am Wasser sind Krähen. Da muß etwas Totes liegen.«

»Fische, die angespült wurden«, meinte Heiße Pastete. »Wenn die Krähen sie fressen, können wir's auch, wetten?«

»Wir sollten lieber Krähen fangen und die essen«, sagte Lommy. »Über einem Feuer könnte man sie wie Hühner rösten.«

Gendry sah mit seiner finsteren Miene furchteinflößend aus. Sein Bart war dicht geworden und kohlrabenschwarz. »Ich habe gesagt, kein Feuer.«

»Lommy hat Hunger«, jammerte Heiße Pastete, »und ich auch.«

»Wir haben alle Hunger«, gab Arya zurück.

»Du nicht.« Lommy spuckte aus. »Würmerfresser.«

Arya hätte ihm am liebsten gegen die Wunde getreten. »Ich habe dir angeboten, auch für dich Würmer auszubuddeln. Du brauchst es nur zu sagen.«

Lommy verzog angewidert das Gesicht. »Wenn mein Bein nicht wäre, würde ich uns ein paar Wildschweine jagen.«

»Ein paar Wildschweine«, höhnte sie. »Um Wildschweine zu jagen, braucht man einen Schweinespeer und Pferde und Hunde und Männer, die das Schwein aus dem Gebüsch scheuchen.« Ihr Vater hatte im Wolfswald mit Robb und Jon Keiler gejagt. Einmal hatte er sogar Bran mitgenommen, bloß Arya nicht, obwohl sie älter war. Septa Mordane hatte immer gesagt, Wildschweinjagd sei nichts für Damen, und Mutter hatte ihr einen eigenen Falken versprochen, wenn sie ein bißchen älter wäre. Jetzt war sie älter, aber hätte sie einen Falken gehabt, hätte sie ihn gegessen.

»Was weißt du denn schon von der Wildschweinjagd?« wollte Heiße Pastete wissen.

»Mehr als du.«

Gendry war nicht in der Stimmung, sich solches Gerede anzuhören. »Ruhe, und zwar beide. Ich muß darüber nachdenken, was wir unternehmen sollen.« Er machte immer ein so gequältes Gesicht, wenn er grübelte, es schien ihm regelrecht weh zu tun.

»Ergeben«, wiederholte Lommy.

»Ich habe dir gesagt, du sollst den Mund halten. Wir wissen nicht einmal, wer dort in dem Dorf ist. Vielleicht können wir etwas zu essen stehlen.«

»Lommy könnte stehlen, wenn sein Bein in Ordnung wäre«, sagte Heiße Pastete. »In der Stadt war er ein Dieb.«

»Ein schlechter Dieb«, warf Arya ein. »Sonst hätte man ihn nicht erwischt.«

Gendry blinzelte in die Sonne. »Die beste Zeit, ein wenig herumzuschnüffeln, ist bei Einbruch der Dunkelheit. Ich werde ein wenig kundschaften, sobald es dunkel ist.«

»Nein, ich gehe«, widersprach Arya. »Du machst zu viel Lärm.«

Gendry bekam plötzlich diesen seltsamen Ausdruck in den Augen. »Wir gehen zusammen.«

»Arry sollte gehen«, meinte Lommy. »Er kann besser schleichen.«

»Wir gehen zusammen, habe ich gesagt.«

»Und wenn ihr nicht zurückkommt? Heiße Pastete kann mich allein nicht tragen, das weißt du ganz genau . . .«

»Und es gibt Wölfe hier«, ergänzte Heiße Pastete. »Letzte Nacht habe ich sie gehört, als ich Wache hatte. Sie waren gar nicht weit entfernt.«

Arya hatte sie ebenfalls gehört. Sie hatte im Geäst einer Ulme geschlafen, aber das Geheul hatte sie geweckt. Eine gute Stunde hatte sie dagesessen und ihnen gelauscht, wobei ihr wieder und wieder eine Gänsehaut über den Rücken gekrochen war.

»Und wir dürfen nicht einmal ein Feuer anzünden, um sie uns vom Leib zu halten«, sagte Heiße Pastete. »Das ist doch nicht gerecht, uns mit den Wölfen ganz allein zu lassen.«

»Niemand läßt euch allein«, entgegnete Gendry empört. »Lommy hat seinen Speer, wenn die Wölfe kommen, und du bist schließlich auch dabei. Wir gehen nur kurz nachschauen; dann kommen wir wieder.«

»Wer immer dort ist, ihr solltet euch ihnen ergeben«, jammerte Lommy. »Ich brauche Medizin für mein Bein, die Schmerzen sind unerträglich.«

»Falls wir irgendwelche Beinmedizin finden, bringen wir sie mit«, versprach Gendry. »Arry, machen wir uns auf den Weg. Ich möchte so nah wie möglich bei dem Dorf sein, bevor die Sonne untergeht. Heiße Pastete, du behältst Wiesel bei dir. Sie darf uns auf keinen Fall folgen.«

»Letztes Mal hat sie mich getreten.«

»Ich trete dich auch, wenn du sie nicht hier behältst.« Ohne eine Antwort abzuwarten, setzte Gendry seinen Helm auf und marschierte los.

Arya mußte sich beeilen, um nicht zurückzubleiben. Gendry war fünf Jahre älter und einen Fuß größer als sie, und lange Beine hatte er außerdem. Eine Weile lang sagte er nichts, sondern stürmte nur mit verärgerter Miene zwischen den Bäumen hindurch. Schließlich blieb er stehen. »Ich glaube, Lommy wird sterben.«

Es überraschte sie nicht. Kurtz war auch an seiner Wunde gestorben, und er war viel kräftiger gewesen. Wann immer Arya an der Reihe gewesen war, Lommy zu tragen, hatte sie die Hitze seiner Haut gespürt und den Gestank gerochen, der von seinem Bein ausging. »Vielleicht finden wir einen Maester . . .«

»Maester gibt es nur in Burgen, und selbst wenn wir zufällig auf einen stoßen, würde der sich vermutlich nicht die Hände an jemandem wie Lommy beschmutzen.« Gendry duckte sich unter einem niedrigen Ast hindurch.

»Das stimmt nicht.« Maester Luwin half bestimmt jedem, der zu ihm kam, da war sie sich ganz sicher.

»Er wird sterben und je eher, desto besser für uns andere. Wir sollten ihn einfach zurücklassen, wie er es sagt. Wenn du oder ich an seiner Stelle wären, würde er das auch tun, das weißt du.« Sie stiegen einen steilen Hang hinauf und hielten sich auf der anderen Seite an Wurzeln fest, als es wieder hinunterging. »Ich habe es satt, ihn zu tragen, und ich habe sein Gerede darüber, wir sollten uns ergeben, ebenfalls satt. Wenn er stehen könnte, würde ich ihm die Zähne einschlagen. Lommy ist zu nichts zu gebrauchen. Und das weinende Mädchen auch nicht.«

»Laß bloß Wiesel in Ruhe, sie hat nur Angst und Hunger.« Arya blickte sich über die Schulter um, aber dieses eine Mal folgte das Mädchen ihnen nicht. Heiße Pastete paßte anscheinend auf sie auf, wie Gendry ihm aufgetragen hatte.

»Sie nutzt uns gar nichts«, wiederholte Gendry stur. »Sie und Heiße Pastete und Lommy halten uns nur auf, und am Ende werden wir ihretwegen noch getötet werden. Du bist der einzige in dem ganzen Haufen, mit dem man etwas anfangen kann. Auch wenn du ein Mädchen bist.«

Arya blieb abrupt stehen. »*Ich bin kein Mädchen!*«

»Doch, das bist du. Glaubst du, ich wäre genauso dumm wie die anderen?«

»Nein, du bist noch dümmer. Die Nachtwache nimmt keine Mädchen, das weiß doch jeder.«

»Stimmt. Mir ist zwar auch schleierhaft, weshalb Yoren dich mitgenommen hat, aber er hat sicherlich einen Grund gehabt. Trotzdem bist du ein Mädchen.«

»Bin ich nicht!«

»Dann hol deinen Pimmel raus und piß. Na los!«

»Ich muß gerade nicht pissen. Wenn ich wollte, könnte ich aber.«

»Lügner. Du kannst deinen Pimmel nicht rausholen, weil du keinen hast. Als wir noch dreißig Mann waren, ist es mir nicht aufgefallen, jetzt aber schon. Du gehst immer in den Wald, wenn du pinkelst. Heiße Pastete oder ich tun das nicht. Wenn du kein Mädchen bist, dann bist du ein Eunuch.«

»Du bist selbst ein Eunuch.«

»Du weißt ganz genau, daß das nicht stimmt.« Gendry lächelte.

»Oder soll ich meinen Pimmel rausholen und es dir beweisen? Ich habe nichts zu verstecken.«

»Doch«, platzte Arya heraus, weil sie verzweifelt das Thema wechseln wollte. »Diese Goldröcke bei dem Gasthaus, die waren hinter dir her, und du hast uns nicht verraten, warum.«

»Ich wünschte, ich hätte selbst eine Ahnung. Yoren wußte es, aber er hat es mir nicht erzählt. Warum, glaubst du, haben sie mich gejagt?«

Arya biß sich auf die Lippen. Sie erinnerte sich daran, was Yoren zu ihr gesagt hatte, an dem Tag, an dem er ihr Haar geschoren hatte. *Die Hälfte dieses Haufens würde dich so rasch an die Königin verraten, wie Spucke im Feuer verdampft, für eine Begnadigung und vielleicht ein paar Silberstücke. Und die andere Hälfte würde das gleiche tun, sich allerdings vorher an dir vergehen.* Nur Gendry war anders, denn auch ihn wollte die Königin haben. »Ich verrate dir mein Geheimnis, wenn du mir deins anvertraust«, schlug sie vorsichtig vor.

»Ich wollte, ich wüßte es, Arry . . . heißt du wirklich so, oder hast du einen richtigen Mädchennamen?«

Arya starrte die knorrige Wurzel neben ihren Füßen an. Mit ihrer Verstellung hatte es jetzt ein Ende. Gendry wußte Bescheid, und in ihrer Hose würde sie nichts finden, um ihn vom Gegenteil zu überzeugen. Nun konnte sie entweder Needle ziehen und ihn töten oder ihm vertrauen. Sie war nicht überzeugt, ob sie ihn wirklich besiegen könnte; er hatte ebenfalls ein Schwert, und er war viel stärker. Blieb also nur die Wahrheit. »Lommy und Heiße Pastete dürfen es nicht erfahren.«

»Werden sie nicht«, schwor er, »nicht von mir.«

»Arya.« Sie hob den Blick und sah ihn an. »Ich heiße Arya. Aus dem Hause Stark.«

»Aus dem Hause . . .« Es dauerte einen Moment lang, bis er hinzufügte: »Des Königs Rechte Hand hieß Stark. Den sie als Hochverräter hingerichtet haben.«

»Er war kein Hochverräter. Er war mein Vater.«

Gendry riß die Augen auf. »Deshalb hast du also gedacht . . .«

Sie nickte. »Yoren wollte mich nach Winterfell bringen.«

»Wenn . . . du hochgeboren bist . . . äh . . . dann seid Ihr ja eine Lady.«

Arya sah an ihrer zerlumpten Kleidung hinunter bis zu den nackten Füßen. Sie betrachtete den Dreck unter ihren Fingernägeln, die verschorften Ellbogen, die zerkratzten Hände. *Septa Mordane würde mich nicht einmal erkennen, möchte ich wetten. Sansa vielleicht, aber sie würde tun, als ob sie mich nicht kennt.* »Meine Mutter ist eine Lady, und meine Schwester auch, aber ich war niemals eine.«

»Doch, wart Ihr. Ihr wart die Tochter eines Lords, und Ihr habt in einer Burg gelebt, nicht wahr? Und Ihr . . . bei den guten Göttern, ich habe nie . . .« Plötzlich wurde Gendry unsicher, beinahe ängstlich. »Das mit dem Pimmel, das hätte ich nicht sagen sollen und gepißt habe ich auch vor Euch, und all so was. Ich . . . ich bitte um Verzeihung, M'lady.«

»*Hör auf damit!*« zischte Arya. Wollte er sie verspotten?

»Ich weiß mich höflich zu benehmen, M'lady«, antwortete Gendry, stur wie immer. »Immer wenn hochgeborene Mädchen mit ihren Vätern in den Laden kamen, hat mir mein Meister befohlen, ich solle mich verneigen und nur sprechen, wenn sie mit mir sprachen, und sie *M'lady* nennen.«

»Wenn du mich weiter M'lady nennst, wird es selbst Heiße Pastete merken. Und mit dem Pissen kannst du es ruhig weiterhin so halten wie bisher.«

»Wie M'lady befiehlt.«

Arya stieß ihm mit beiden Händen vor die Brust. Er stolperte über einen Stein und setzte sich mit einem Plumps auf den Allerwertesten. »Was für eines Lords Tochter seid Ihr denn?« fragte er und lachte.

»So eine.« Sie trat ihm in die Seite, aber daraufhin lachte er nur noch lauter. »Lach du nur. Ich werde jedenfalls in den Ort gehen und nachschauen, wer dort ist.«

Die Sonne war bereits tief gesunken; bald würde es zu dämmern beginnen. Und endlich einmal mußte Gendry ihr hinterherlaufen. »Riechst du das?«

Er schnupperte. »Verfaulter Fisch?«

»Das glaubst du doch selbst nicht.«

»Wir sollten lieber vorsichtig sein. Ich schlage einen Bogen nach Westen und schaue nach, ob es da eine Straße gibt. Muß es schließlich, wenn du einen Wagen gesehen hast. Du nimmst den Weg am Ufer entlang. Falls du Hilfe brauchst, bellst du wie ein Hund.«

»Das ist doch albern. Wenn ich Hilfe brauche, schrei ich *Hilfe*.« Sie rannte los, ihre nackten Füße verursachten kein Geräusch im Gras. Dann warf sie einen Blick über die Schulter, und er stand immer noch dort und hatte wieder diesen schmerzlichen Ausdruck im Gesicht, der bedeutete, daß er nachdachte. *Vermutlich überlegt er sich gerade, daß es nicht fein ist, M'lady Essen stehlen zu lassen.* Irgendwie ahnte sie es. Er würde etwas Dummes anstellen.

Der Geruch wurde stärker, je näher sie der Ortschaft kam. Nein, das roch nicht nach verfaultem Fisch. Dieser Gestank war stechender, schlimmer. Sie rümpfte die Nase.

Wo der Wald sich lichtete, nutzte sie das Unterholz als Deckung und schlich von Busch zu Busch, leise wie ein Schatten. Alle paar Meter hielt sie an und lauschte. Beim dritten Mal hörte sie Pferde und die Stimme eines Mannes. Und der Gestank wurde noch schlimmer. *So riechen tote Menschen.* Während sie mit Yoren und den anderen zusammen durchs Land gezogen war, hatte sie mit diesem Geruch Bekanntschaft gemacht.

Südlich der Ortschaft wuchs ein dichtes Brombeergebüsch. Als sie dort ankam, verloren die langen Schatten, welche die untergehende Sonne warf, ihre Konturen, und die ersten Leuchtkäfer wagten sich hervor. Sie konnte die Strohdächer hinter der Hecke erkennen. Also schlich sie daran entlang, fand eine Lücke, und kroch auf dem Bauch durch die Sträucher, bis sie entdeckte, was den Gestank verursachte.

Neben dem sanft wogenden Wasser des God's Eye war aus rohem, frischem Holz ein langer Galgen errichtet worden, und daran baumelten Wesen, die einst Menschen gewesen waren; die Füße in Ketten, während die Krähen an ihrem Fleisch pickten und von Leiche zu Leiche flatterten. Für jede Krähe waren hundert Fliegen am Werk. Als sich der Wind vom See erhob, schwankte die vorderste Leiche an ihrer Kette. Die Vögel hatten den größten Teil des Gesichts gefressen, und auch ein größeres Tier hatte sich hier gütlich getan. Kehle und Brust waren aufgerissen, und glänzende Gedärme und Sehnen hingen aus dem offenen Bauch. Ein Arm war von der rechten Schulter abgetrennt; die abgenagten, vom Fleisch gesäuberten und aufgebrochenen Knochen erblickte Arya ein paar Meter entfernt.

Sie zwang sich, den nächsten Mann anzuschauen, dann den dahinter und den danach, und sie redete sich ein, sie sei hart wie Stein. Angesichts der zerfetzten und verfaulten Leichen dauerte es einen Augenblick, bis ihr auffiel, daß man sie vor dem Hängen ausgezogen hatte. Sie sahen nicht aus wie nackte Menschen; ja, sie erinnerten kaum mehr an Menschen. Die Krähen hatten ihnen die Augen ausgepickt und das Gesichtsfleisch gefressen. Vom sechsten der langen Reihe war nur ein einziges Bein geblieben, das immer noch in der Kette hing und von jedem Windhauch hin und her bewegt wurde.

Angst schneidet tiefer als Schwerter. Tote Männer konnten ihr nichts tun, aber wer immer sie umgebracht hatte, war dazu durchaus in der Lage. Ein Stück hinter dem Galgen lehnten zwei Männer in Kettenhemden auf ihren Speeren vor einem langen niedrigen Gebäude am Wasser, dem mit dem Schieferdach. Zwei hohe Stangen waren davor in den Boden gebohrt worden, und von jeder hing ein Banner. Eins war rot, das andere heller, weiß oder gelb vielleicht, aber beide hingen schlaff herunter, und in der Dämmerung war sich Arya nicht einmal sicher, ob es sich um das tiefe Rot der Lannisters handelte. *Ich brauche den Löwen nicht zu sehen; bei all den Leichen, wer sollte das sonst sein, außer den Lannisters?*

Dann hörte sie einen Ruf.

Die beiden Speerträger drehten sich um, und ein dritter Mann kam in Sicht, der einen Gefangenen vor sich herschob. Es war inzwischen zu dunkel, um die Gesichter zu erkennen, doch trug der Gefangene einen glänzenden Stahlhelm, und als Arya die Hörner sah, wußte sie, daß es Gendry war. *Du blöder, blöder, BLÖDER Kerl!* dachte sie. Wenn er hier gewesen wäre, hätte sie ihn gleich noch einmal getreten.

Zwar sprachen die Wachen laut miteinander, trotzdem waren sie zu weit entfernt, und so konnte Arya nichts verstehen, vor allem auch, weil die Krähen laut krächzten und flatterten. Einer der Speerträger riß Gendry den Helm vom Kopf und stellte ihm eine Frage. Die Antwort schien ihm nicht zu gefallen; er schlug mit dem Speerschaft zu und stieß Aryas Freund zu Boden. Der Mann, der ihn gebracht hatte, versetzte ihm einen Tritt, während der dritte den Helm aufprobierte. Schließlich zerrten sie Gendry auf die Beine und marschierten mit ihm zum Lagerhaus hinüber. Als sie die schwere Holztür öffneten, kam ein kleiner Junge herausgeschossen, den eine der Wachen am Arm packte und wieder ins Innere schleuderte. Arya hörte ein Schluchzen und dann einen lauten Schmerzensschrei, bei dem sie sich vor Schreck auf die Lippen biß.

Die Wachen stießen Gendry hinein und verriegelten die Tür hinter ihm. In diesem Augenblick wehte ein Wind vom See herüber, und die Banner blähten sich. Das eine trug tatsächlich den goldenen Löwen, wie sie befürchtet hatte. Auf dem anderen zeichneten sich drei schlanke schwarze Formen in buttergelbem Feld ab. Hunde, dachte sie. Irgendwo hatte sie die schon einmal gesehen, aber wo?

Das war im Augenblick nicht wichtig. Wichtig war nur, daß sie Gendry geschnappt hatten. Mochte er noch so stur und blöd sein, sie mußte ihn dort herausholen. Ob sie wohl wußten, daß die Königin hinter ihm her war?

Der eine Speerträger nahm seinen Helm ab und setzte statt dessen Gendrys auf. Bei diesem Anblick stieg Wut in ihr auf, nur leider konnte sie rein gar nichts dagegen tun. Sie meinte, weitere Schreie aus dem fensterlosen Lagerhaus zu hören, die durch das

Mauerwerk gedämpft wurden, doch war sie sich dessen nicht sicher.

Also blieb sie lange genug, um den Wachwechsel zu beobachten, und darüber hinaus einiges mehr. Männer kamen und gingen. Sie führten Pferde hinunter zum Bach und tränkten sie. Eine Jagdgesellschaft kehrte aus dem Wald zurück und brachte einen Hirsch mit, der an einer Stange hing. Sie sah zu, wie sie das Tier säuberten und ausweideten und auf der anderen Seite des Bachs ein Feuer anzündeten. Der Duft des bratenden Fleisches vermischte sich eigentümlich mit dem Verwesungsgestank. Ihr leerer Bauch rumorte, und sie fürchtete schon, sie müsse sich übergeben. Die Aussicht auf Essen lockte weitere Männer an, die alle Kettenhemden oder Harnische aus Leder trugen. Nachdem der Hirsch zubereitet war, wurden die besten Stücke in eines der Häuser getragen.

Sie überlegte, ob sie im Schutze der Dunkelheit vielleicht zu Gendry schleichen und ihn befreien könnte, aber die Wachen steckten am Feuer Fackeln an. Ein Knappe brachte den beiden, die vor dem Lagerhaus standen, Fleisch und Brot; später gesellten sich zwei andere Kerle zu ihnen, und ein Weinschlauch wurde von Hand zu Hand gereicht. Als er geleert war, verschwanden die beiden Männer, die Wachen jedoch blieben auf ihrem Posten und lehnten sich auf ihre Speere.

Mit steifen Armen und Beinen kroch Arya schließlich unter den Brombeeren hervor und schlüpfte in die Dunkelheit des Waldes. Heute nacht konnte man kaum die Hand vor Augen sehen, weil nur eine schmale Mondsichel am Himmel stand, die zudem immer wieder von Wolken verdeckt wurde. *Leise wie ein Schatten*, schärfte sie sich ein, während sie zwischen den Bäumen hindurchging. In dieser Finsternis wagte sie nicht zu laufen, aus Angst, über eine Wurzel zu stolpern oder sich zu verirren. Zur Linken leckte das God's Eye still und sanft an seinen Ufern. Auf der anderen Seite strich der Wind seufzend durch die Zweige und ließ das Laub rascheln. Aus der Ferne hörte sie das Geheul von Wölfen.

Lommy und Heiße Pastete machten sich beinahe in die Hose, als sie aus dem Wald hinter ihnen trat. »Still!« forderte sie die beiden auf und legte den Arm um Wiesel, die auf sie zugelaufen kam.

Heiße Pastete starrte sie mit großen Augen an. »Wir dachten, ihr hättet uns im Stich gelassen.« Er hielt das Kurzschwert in der Hand, das Yoren dem Goldrock abgenommen hatte. »Ich hatte schon Angst, du wärst ein Wolf.«

»Wo ist der Bulle?« fragte Lommy.

»Sie haben ihn erwischt«, flüsterte Arya. »Wir müssen ihn befreien. Heiße Pastete, du mußt mir helfen. Nachdem wir uns rangeschlichen haben, töten wir die Wachen, und dann mache ich die Tür auf.«

Heiße Pastete und Lommy wechselten einen Blick. »Wie viele sind es?«

»Ich konnte sie nicht zählen«, gestand Arya ein. »Mindestens zwanzig, aber nur zwei vor der Tür.«

Heiße Pastete sah aus, als würde er im nächsten Moment zu heulen anfangen. »Gegen zwanzig kommen wir nicht an.«

»Du brauchst nur einen zu erledigen. Ich übernehme den anderen, und dann holen wir Gendry raus und geben Fersengeld.«

»Wir sollten uns ergeben«, meinte Lommy. »Einfach zu ihnen gehen und uns ergeben.«

Stur schüttelte Arya den Kopf.

»Dann laß ihn doch einfach da«, flehte Lommy. »Von uns anderen wissen sie nichts. Wenn wir uns verstecken, ziehen sie ab, ganz bestimmt. Ist doch nicht unsere Schuld, daß sie Gendry geschnappt haben.«

»Du bist dumm, Lommy«, hielt ihm Arya wütend entgegen. »Du wirst *sterben*, wenn wir Gendry nicht befreien. Wer soll dich denn tragen?«

»Heiße Pastete und du.«

»Die ganze Zeit, und ohne Hilfe? Das schaffen wir nie. Gendry ist der kräftigste von uns. Außerdem ist es mir gleichgültig, was du sagst, ich werde zurückgehen.« Sie blickte Heiße Pastete an. »Kommst du mit?«

Heiße Pastete sah erst Lommy, dann Arya und wieder Lommy an. »Ich komme mit«, sagte er widerwillig.

»Lommy, du behältst Wiesel hier.«

Er packte das kleine Mädchen an der Hand und zog es zu sich heran. »Und wenn die Wölfe kommen?«

»Ergib dich«, schlug Arya vor.

Der Rückweg zum Dorf schien Stunden zu dauern. Heiße Pastete stolperte im Dunkeln ununterbrochen und kam vom Weg ab, so daß Arya ständig auf ihn warten mußte. Am Ende nahm sie seine Hand und führte ihn durch den Wald. »Sei einfach nur leise und folge mir.« Als sie den ersten Widerschein der Feuer in der Siedlung am Himmel bemerkten, sagte sie: »Auf der anderen Seite der Hecke hängen tote Männer am Galgen, aber vor denen brauchst du dich nicht zu fürchten. Vergiß nicht: Angst schneidet tiefer als Schwerter. Wir müssen ganz leise und vorsichtig sein.« Heiße Pastete nickte.

Sie kroch unter dem Brombeergebüsch hindurch und wartete geduckt auf der anderen Seite auf ihn. Heiße Pastete tauchte schließlich bleich und keuchend auf, Gesicht und Arme waren blutig gekratzt. Er wollte etwas sagen, doch Arya legte ihm den Zeigefinger auf die Lippen. Auf Händen und Knien krabbelten sie am Galgen entlang, unter den baumelnden Toten hindurch. Heiße Pastete blickte nicht einmal nach oben und gab auch keinen Laut von sich.

Bis eine Krähe auf seinem Rücken landete, und er vor Schreck keuchte. »Wer ist da?« brüllte plötzlich eine Stimme aus der Dunkelheit.

Heiße Pastete sprang auf. »*Ich ergebe mich!*« Er warf sein Schwert fort, während Dutzende von Krähen unwillig kreischten und um die Leichen herumflatterten. Arya packte sein Bein und versuchte, ihn wieder hinunterzuziehen, aber er riß sich los, rannte vor und fuchtelte mit den Armen: »Ich ergebe mich, ich ergebe mich.«

Sie fuhr hoch und zog Needle; inzwischen jedoch war sie von Männern eingekreist. Entschlossen schlug sie auf den ersten ein, doch der blockte ihren Hieb mit dem stahlgeschützten Arm ab, und jemand anders warf sich auf sie und zerrte sie zu Boden. Ein dritter riß ihr das Schwert aus der Hand. Als sie zu beißen versuchte, spürte sie das kalte, dreckige Eisen eines Kettenhemdes zwischen den Zähnen. »Oho, ein ganz Wilder«, sagte der Mann und lachte. Der Hieb seiner gepanzerten Faust riß ihr fast den Kopf ab.

Sie standen über ihr und unterhielten sich, während sie voller Schmerzen dalag und die Worte nicht verstehen konnte. Ihr dröhnten die Ohren. Als sie versuchte, davonzukrabbeln, schwankte der Boden unter ihr. *Sie haben Needle genommen.* Die Schande war schlimmer als der Schmerz. Jon hatte ihr das Schwert geschenkt. Syrio hatte ihr beigebracht, wie man damit umging.

Dann packte jemand sie vorn am Wams und zerrte sie auf die Knie. Heiße Pastete kniete ebenfalls, vor dem größten Mann, den Arya je gesehen hatte, einem Ungeheuer, wie aus einer von Old Nans Geschichten. Woher der Riese aufgetaucht war, hatte sie nicht gesehen. Drei schwarze Hunde zierten seinen verschlissenen gelben Überrock, und sein Gesicht wirkte wie aus Stein gehauen. Plötzlich wußte Arya, wo ihr diese Hunde schon einmal aufgefallen waren. In der Nacht des Turniers in King's Landing hatten alle Ritter ihre Schilde vor ihren Pavillons aufgehängt. »Das da gehört dem Bruder des Bluthundes«, hatte Sansa ihr erklärt, als sie an den schwarzen Hunden in gelbem Feld vorbeigegangen waren. »Er ist noch größer als Hodor, du wirst es sehen. Sie nennen ihn den *Reitenden Berg.*«

Arya ließ den Kopf sinken, sie war sich nur halb dessen bewußt, was um sie herum vor sich ging. Heiße Pastete ergab sich noch einmal. Der Berg sagte: »Du führst uns jetzt zu den anderen«, und marschierte davon. Dann stolperte sie an den toten Männern am Galgen vorbei, während Heiße Pastete ihren Peinigern erklärte, er würde Pasteten und Torten für sie backen, wenn sie ihm nichts täten. Vier Männer begleiteten sie. Einer trug eine Fackel, einer ein Langschwert; zwei hatten Speere.

Sie fanden Lommy dort, wo sie ihn zurückgelassen hatten, unter der Eiche. »Ich ergebe mich«, rief er sofort. Er warf seinen Speer zur Seite und hob die Hände, die selbst nach so langer Zeit noch vom Färben grün gesprenkelt waren. »Ich ergebe mich. Bitte!«

Der Mann mit der Fackel suchte unter den Bäumen herum. »Bist du der letzte? Der Bäckerjunge sagte, da wäre noch ein Mädchen.«

»Die ist davongelaufen, als sie Euch gehört hat«, berichtete Lommy. »Ihr habt viel Lärm gemacht.« Und Arya dachte: *Lauf, Wiesel, lauf, so weit du kannst, lauf und versteck dich und komm nie wieder zurück.*

»Sag uns, wo wir diesen Hurensohn Dondarrion finden, und du bekommst was Warmes zu essen.«

»Wen?« fragte Lommy verdutzt.

»Ich habe es euch doch gesagt, dieser Haufen weiß auch nicht mehr, als die Weiber im Dorf. Verdammte Zeitverschwendung.«

Einer der Speerträger trat zu Lommy. »Stimmt was nicht mit deinem Bein, Junge?«

»Es ist verletzt.«

»Kannst du gehen?« Er klang besorgt.

»Nein«, erwiderte Lommy, »Ihr müßt mich tragen.«

»Meinst du?« Der Mann hob beiläufig den Speer und trieb die Spitze durch den weichen Hals des Jungen. Lommy bekam keine Gelegenheit, sich abermals zu ergeben. Er zuckte einmal zusammen, und das war alles. Nachdem der Kerl seinen Speer herausgezogen hatte, sprudelte das Blut wie eine Fontäne hervor. »Wir müssen ihn tragen, hat er gesagt«, murmelte er vor sich hin und kicherte.

TYRION

Sie hatten ihn gewarnt, er solle sich warm anziehen. Tyrion Lannister nahm sie beim Wort, und so hatte er eine schwere, gesteppte Hose und ein Wollwams angelegt und darüber das Schattenfell aus den Mondbergen geworfen. Der Mantel war ihm viel zu lang, da er für einen doppelt so großen Mann angefertigt worden war. Saß er nicht zu Pferde, konnte er ihn nur tragen, indem er ihn sich mehrmals um den Bauch schlang, und dann sah er aus wie eine gestreifte Fellkugel.

Gleichwohl, er war froh, daß er den Rat beherzigt hatte. Die Kälte in dem langen, feuchten Gewölbe kroch ihm sofort in die Knochen. Timett war deswegen augenblicklich nach oben zurückgekehrt. Sie befanden sich irgendwo unter dem Hügel von Rhaenys, hinter der Gildenhalle der Alchimisten. Die nassen Steinwände waren mit Salpeter gesprenkelt, und das einzige Licht ging von einer geschlossenen Lampe aus Eisen und Glas aus, die Hallyne, der Pyromantiker, überaus behutsam trug.

Behutsam, gewiß . . . und in diesen Gefäßen lagert, was ebenfalls behutsam behandelt werden muß. Tyrion nahm eines in die Hand und betrachtete es. Es war rund und rötlich, eine dicke Pampelmuse aus Ton. Ein wenig zu groß für seine Hand, aber in die eines normalen Mannes würde es bequem passen. Die Keramik war dünn, so zerbrechlich, daß man ihn gewarnt hatte, nicht zu fest zuzudrükken, damit sie nicht in seiner Faust zerbreche. Der Ton fühlte sich rauh an. Hallyne sagte, das sei Absicht. »Ein glattes Gefäß würde beim Werfen leichter aus der Hand rutschen.«

Das Seefeuer floß träge auf die Öffnung des Tonbehälters zu, als Tyrion ihn kippte und hineinschaute. Dunkelgrün war es, das wußte er, doch im schwachen Licht hier unten ließ sich das nicht bestätigen. »Dickflüssig«, merkte er an.

»Wegen der Kälte, Mylord«, erklärte Hallyne, ein blasser Mann mit weichen feuchten Händen und einer unterwürfigen Art. Er war in eine schwarz-rot gestreifte Robe gekleidet, die am Saum mit Zobel abgesetzt war, aber über den Pelz waren schon viele Motten hergefallen. »Sobald es sich erwärmt, fließt es besser, ähnlich wie Lampenöl.«

Unter den Pyromantikern hieß das Seefeuer *die Substanz.* Nun, untereinander redeten sie sich mit *Weisheit* an, und das ärgerte Tyrion fast ebensosehr wie ihre Gewohnheit, beiläufig immenses geheimes Wissen anzudeuten, von dem er glauben sollte, daß sie es besaßen. Einst waren sie eine mächtige Gilde gewesen, in den letzten Jahrhunderten jedoch hatten die Maester aus der Citadel die Alchimisten fast überall verdrängt. Nun bestanden nur noch einige der älteren Orden, und sie behaupteten nicht länger, sie könnten unedles Metall in Gold verwandeln ...

... doch immerhin konnten sie Seefeuer herstellen. »Wasser vermag es nicht zu löschen, hat man mir gesagt.«

»Das stimmt. Aus diesem Grund heißt es Seefeuer. Fängt die Substanz einmal Feuer, brennt sie, bis sie vergangen ist, selbst auf Wasser. Und darüber hinaus sickert sie in Stoff, Holz, Leder und sogar Stahl ein, so daß diese Materialien ebenfalls brennen.«

Tyrion erinnerte sich an den roten Priester Thoros von Myr und sein flammendes Schwert. Schon eine dünne Schicht Seefeuer brannte eine Stunde lang. Thoros hatte nach dem Buhurt jedesmal eine neue Waffe gebraucht, Robert jedoch hatte der Mann gefallen, und er hatte ihm immer wieder eine zur Verfügung gestellt. »Warum zieht es nicht in den Ton ein?«

»Oh, das tut es«, versicherte Hallyne. »Unter diesem Gewölbe gibt es ein weiteres, in dem wir die alten Töpfe lagern. Sie stammen aus den Tagen von König Aerys. Es war seine Idee, die Gefäße in Form von Früchten zu gestalten. Höchst gefährliche Früchte, gewiß, Mylord Hand, und, hmmm, sie sind heute *reifer* denn je zuvor, wenn Ihr versteht, was ich meine. Wir haben sie mit Wachs versiegelt und das untere Gewölbe voll Wasser gepumpt, und trotzdem ... eigentlich hätten sie längst zerstört werden müssen, doch da während der Plünderung von King's Landing so viele unserer Meister ermordet wurden, blieben nur einige Gehilfen übrig, die mit dieser Aufgabe überfordert waren. Und vieles von den Vorräten, die wir für Aerys angelegt hatten, ging verloren. Erst letztes Jahr hat man in einem Lager unter der Großen Septe von Baelor zweihundert Gefäße entdeckt. Niemand konnte sich mehr an sie erinnern, und bestimmt könnt Ihr Euch vorstellen, wie erschrocken der Hohe Septon war. Ich selbst habe dafür gesorgt, daß man sie vorsichtig geborgen hat. Dazu ließ ich einen Karren mit Sand füllen und schickte unsere besten Gehilfen los. Wir arbeiteten nur des Nachts –«

»Ihr habt zweifellos hervorragende Arbeit geleistet.« Tyrion stellte das Gefäß, das er in der Hand hielt, zu den anderen zurück. Sie bedeckten den ganzen Tisch und standen in ordentlichen Viererreihen, die sich in der unterirdischen Dunkelheit verloren. Überall sah er weitere Tische, viele Tische. »Diese *Früchte* des alten Königs Aerys, kann man sie noch benutzen?«

»Oh ja, gewiß ... doch nur mit *größter* Vorsicht, Mylord, höchst behutsam. Je älter die Substanz wird, desto, hmmm, *launischer*, möchte ich sagen, wird sie. Jedes Flämmchen kann sie entzünden. Ein Funke genügt. Zuviel Hitze führt zur Selbstentzündung. Sie dem Sonnenlicht auszusetzen, auch nur für kurze Zeit, ist sehr unklug. Einmal in Brand geraten, dehnt sich die Substanz stark aus, und das Gefäß zerplatzt. Falls dann andere Gefäße in der Nähe stehen, entzünden sie sich ebenfalls, und so –«

»Wie viele habt Ihr zur Zeit?«

»Heute morgen berichtete Weisheit Munciter, insgesamt besäßen wir siebentausendachthundertundvierzig. Darin enthalten sind viertausend aus König Aerys' Zeiten.«

»Unsere überreifen Früchte?«

Hallyne nickte heftig. »Weisheit Malliard glaubt, wir werden bald mit zehntausend Stück dienlich sein können, wie wir es der Königin versprochen haben. Ich stimme dem zu.« Der Pyromantiker wirkte unverschämt zufrieden bei dieser Aussicht.

Falls unsere Feinde Euch genug Zeit lassen. Die Pyromantiker hielten ihre Rezepte für Seefeuer geheim, aber Tyrion wußte, daß es in einem langwierigen, gefährlichen und zeitaufwendigen Verfahren gewonnen wurde. Er hatte die Zahl von zehntausend Stück für reine Prahlerei gehalten, etwa so, wie viele Vasallen schworen, zehntausend Krieger für den Lord in den Krieg zu führen, um schließlich am Tag der Schlacht mit einhundertundzwei aufs Feld zu marschieren. *Sollte es ihnen gelingen, tatsächlich diese zehntausend Stück zu liefern . . .*

Er wußte nicht, ob ihn diese Vorstellung entzückte oder erschreckte. *Vielleicht ein bißchen von beiden.* »Ich hoffe, Eure Gildenbrüder werden sich nicht zu unvorsichtiger Hast verleiten lassen, Weisheit. Wir wollen schließlich nicht zehntausend Gefäße mit fehlerhaftem Seefeuer; ja, eins wäre schon zuviel . . . und vor allem wünschen wir keine Unglücke.«

»Es wird keine Unglücke geben, Mylord Hand. Die Substanz wird von erfahrenen Gehilfen hergestellt, in kahlen Steinzellen, und jedes Gefäß wird sofort von einem Lehrling hier herunter ins Gewölbe gebracht. Die Räume über den Zellen sind bis obenhin mit Sand gefüllt. Ihre Böden sind mit einem Schutzzauber belegt, hmmm, einem sehr mächtigen. Ein Feuer in einer Zelle bringt die Decke zum Einsturz, und der Sand erstickt die Flammen.«

»Nicht zu vergessen den achtlosen Gehilfen.« Hinter dem Wort *Zauber* vermutete Tyrion eher einen klugen Trick. Gern hätte er sich eine der Zellen mit diesen Decken angeschaut, hingegen blieb ihm dazu jetzt keine Zeit. Vielleicht, nachdem der Krieg gewonnen war.

»Meine Brüder sind niemals achtlos«, entgegnete Hallyne. »Wenn ich so, hmmm, offen sein darf . . .«

»Oh, bitte.«

»Die Substanz fließt durch meine Adern und lebt im Herzen eines jeden Pyromantikers. Wir respektieren ihre Kraft. Aber der gewöhnliche Soldat, hmmm, die Besatzung eines der Geschütze der Königin, sagen wir einmal, könnte in der Hitze des Gefechts ... nun, jeder winzige Fehler vermag eine Katastrophe auszulösen. Darauf kann man nicht oft genug hinweisen. Mein Vater hat dies häufig König Aerys gegenüber betont, und sein Vater erklärte es dem alten König Jaehaerys.«

»Offensichtlich haben sie darauf gehört«, erwiderte Tyrion. »Denn wenn die Stadt in jener Zeit einmal abgebrannt wäre, hätte es mir gewiß jemand mitgeteilt. Euer Rat lautet also: Wir sollten vorsichtig sein?«

»*Sehr* vorsichtig«, sagte Hallyne. »Sehr, sehr vorsichtig.«

»Diese Tongefäße ... stehen Euch davon ausreichend viele zur Verfügung?«

»Ja, Mylord, danke der Nachfrage.«

»Es würde Euch demnach nichts ausmachen, wenn ich ein paar mitnehme. Einige Tausende.«

»*Einige* Tausende?«

»Oder wie viele auch immer Eure Gilde erübrigen kann, ohne daß die Herstellung ins Stocken gerät. Ich will lediglich leere Gefäße, versteht Ihr. Laßt sie an die Hauptmänner jedes Stadttores schicken.«

»Das werde ich tun, Mylord, doch weshalb ...«

Tyrion lächelte zu ihm auf. »Wenn Ihr mir sagt, ich solle mich warm anziehen, ziehe ich mich warm an. Wenn Ihr mir zur Vorsicht ratet, nun ...« Er zuckte die Achseln. »Ich habe genug gesehen. Vielleicht seid Ihr so gut und geleitet mich zurück zu meiner Sänfte?«

»Das wäre mir ein großes, hmmm, Vergnügen, Mylord.« Hallyne nahm die Lampe und ging zur Treppe voraus. »Es war weise von Euch, uns einen Besuch abzustatten. Eine große Ehre, hmmm. Seit langem schon hat uns keine Hand des Königs mehr mit ihrer Gegenwart beehrt. Der letzte war Lord Rossart, und er gehörte selbst unserem Orden an. Das war in König Aerys' Tagen. König Aerys interessierte sich sehr für unsere Arbeit.«

König Aerys hat Euch benutzt, um seine Feinde so lange zu rösten, bis ihnen das Fleisch von den Knochen fiel. Sein Bruder Jaime hatte ihm einige Geschichten über den Irren König und seine Lieblinge, die Pyromantiker, erzählt. »Joffrey wird gewiß ebenfalls Interesse daran zeigen, davon bin ich überzeugt.« *Und aus diesem Grund werde ich mein Möglichstes tun, ihn von Euch fernzuhalten.*

»Unsere größte Hoffnung ist es, daß der König selbst der Gildenhalle vielleicht einen Besuch abstatten könnte. Ich habe darüber bereits mit Eurer königlichen Schwester gesprochen. Ein großes Fest . . .«

Auf dem Weg nach oben wurde es zunehmend wärmer. »Seine Gnaden hat alle Feierlichkeiten untersagt, bis dieser Krieg gewonnen ist.« *Auf mein Drängen hin.* »Der König hält es für unpassend, Festgelage zu veranstalten, während das Volk auf den Straßen kein Brot hat.«

»Eine höchst, hmmm, *liebenswerte* Geste, Mylord. Vielleicht könnten statt dessen einige der unsrigen im Red Keep empfangen werden. Eine kleine Demonstration unserer Künste mag Seine Gnaden für einen Abend von seinen Sorgen ablenken. Seefeuer ist lediglich eines der gefährlichsten Geheimnisse unseres Ordens. Es gibt viele wundersame Dinge, die wir Euch gern vorführen würden.«

»Ich werde es meiner Schwester vorschlagen.« Gegen ein paar magische Tricks hatte Tyrion nichts einzuwenden, aber Joffs Vorliebe dafür, Männer bis zum Tod gegeneinander kämpfen zu lassen, war bereits schlimm genug; er trug sich nicht mit der Absicht, dem Jungen auch noch zu zeigen, wie er sie bei lebendigem Leibe verbrennen konnte.

Als sie endlich oben angekommen waren, zog Tyrion das Schattenfell aus und legte es über dem Arm zusammen. Die Gildenhalle der Alchimisten war ein beeindruckendes Labyrinth aus schwarzem Stein, doch Hallyne führte ihn durch die Windungen und Biegungen der Gänge, bis sie die Galerie der Eisenfackeln erreichten, einen langen Saal, wo grünes Feuer schwarze, sechs Meter hohe Metallsäulen enthüllte. Geisterhaft schimmerten die Flammen auf dem polierten schwarzen Marmor der Wände und des Bodens und tauchten die Halle in einen smaragdgrünen Schein. Tyrion wäre noch beeindruckter gewesen, hätte er nicht gewußt, daß man diese großen Eisenfackeln erst heute morgen zu Ehren seines Besuches entzündet hatte und daß man sie löschen würde, sobald sich die Tür hinter ihm schloß. Seefeuer war zu teuer, um es zu vergeuden.

Sie traten auf die breite geschwungene Treppe hinaus, die auf die Straße der Schwestern führte, und befanden sich nahe dem Fuße von Visenyas Hügel. Tyrion verabschiedete sich von Hallyne und watschelte zu seiner Eskorte hinunter, die aus Timett, Sohn des Timett, und einigen Burned Men bestand. Dem heutigen Anlaß entsprechend hatte er sie als eine besonders angemessene Leibwache betrachtet. Außerdem jagten ihre Narben allen Stadtbewohnern große Angst ein. Das war in diesen Zeiten nicht zu verachten. Erst vor drei Nächten hatte sich wieder eine Menschenmenge vor den Toren des Red Keep versammelt und lauthals Lebensmittel gefordert. Joff hatte einen Pfeilhagel auf sie abfeuern lassen, in dem vier Menschen starben, und dann hinuntergebrüllt, sie hätten seine Erlaubnis, diese Toten zu essen. *Er gibt sich solche Mühe, uns Freunde zu gewinnen.*

Tyrion war überrascht, als er auch Bronn neben der Sänfte erblickte. »Eisenhand wünscht Euch am Göttertor zu sehen. Warum, hat er mir nicht gesagt. Und zu Maegors Bergfried wurdet Ihr ebenfalls gerufen.«

»*Gerufen?*« Er kannte nur einen Menschen, der dieses Wort benutzen würde. »Und was will Cersei von mir?«

Bronn zuckte die Achseln. »Die Königin befiehlt Euch, sofort in die Burg zurückzukehren und sie in ihren Gemächern aufzusuchen. Dieses Jüngelchen, Euer Vetter, hat eine Nachricht überbracht. Vier Haare hat er auf der Lippe, und schon hält er sich für einen Mann.«

»Vier Haare und einen Ritterschlag. Er heißt jetzt Ser Lancel, vergiß das nicht.« Tyrion wußte, daß Ser Jacelyn ihn nicht zu sich bitten würde, solange es sich nicht um eine Angelegenheit von äußerster Dringlichkeit handelte. »Ich werde wohl besser erst einmal schauen, was Bywater will. Sag meiner Schwester, ich würde sie sofort nach meiner Rückkehr aufsuchen.«

»Das wird ihr nicht gefallen«, warnte Bronn.

»Gut. Je länger Cersei wartet, desto wütender wird sie, und in ihrer Wut wird sie dumm. Wut und Dummheit sind mir lieber als Beherrschtheit und Verstand.« Tyrion warf den zusammengefalteten Mantel in die Sänfte, und Timett half ihm beim Einsteigen.

Der Marktplatz am Tor der Götter, auf dem sich in normalen Zeiten Bauern drängten, um ihr Gemüse zu verkaufen, war nahezu verlassen. Ser Jacelyn empfing ihn am Tor und hob die eiserne Hand zum Gruß. »Mylord. Euer Vetter Cleos Frey ist hier. Er ist unter dem Banner des Waffenstillstands aus Riverrun gekommen und überbringt einen Brief von Robb Stark.«

»Bedingungen für Friedensverhandlungen?«

»Das behauptet er jedenfalls.«

»Mein liebreizender Vetter. Bringt mich zu ihm.«

Die Goldröcke hatten Ser Cleos in einem fensterlosen Wachraum des Torhauses untergebracht. Bei Tyrions Eintritt erhob er sich. »Tyrion, Ihr seid ein höchst willkommener Anblick.«

»Solche Worte höre ich nicht allzu oft, Vetter.«

»Ist Cersei nicht bei Euch?«

»Meine Schwester ist anderweitig beschäftigt. Ist das der Brief von Stark?« Er nahm ihn vom Tisch. »Ser Jacelyn, würdet Ihr uns bitte allein lassen?«

Bywater verneigte sich und ging hinaus. »Mir wurde aufgetragen, das Angebot der Königlichen Regentin persönlich zu überbringen«, sagte Ser Cleos, nachdem die Tür geschlossen war.

»Ich werde das übernehmen.« Tyrion betrachtete die Karte, die Robb Stark dem Schreiben beigefügt hatte. »Alles zu seiner Zeit. Setzt Euch. Ruht Euch aus. Ihr macht einen erschöpften und ausgezehrten Eindruck.« In Wirklichkeit sah er sogar viel übler aus.

»Ja.« Ser Cleos ließ sich auf eine Bank nieder. »In den Flußlanden steht es schlimm, Tyrion. Um God's Eye herum, und besonders entlang der Kingsroad. Die Flußlords verbrennen ihre eigene Ernte und versuchen, uns auszuhungern, und die Vorreiter Eures Vaters zünden jedes Dorf an, das sie erobern, und erschlagen das gemeine Volk.«

So war es eben im Krieg. Das gemeine Volk wurde niedergemetzelt, während man die Hochgeborenen als Geiseln nahm. *Erinnert mich daran, den Göttern zu danken, daß ich als Lannister geboren wurde.*

Ser Cleos fuhr sich mit der Hand durch das dünne braune Haar. »Selbst unter dem Banner des Waffenstillstands wurden wir zweimal angegriffen. Wölfe in Kettenhemden, so hungrig, daß sie über jeden herfallen, der schwächer ist. Die Götter allein mögen wissen, auf welcher Seite sie einst gestanden haben, jetzt kämpfen sie nur noch für sich selbst. Wir haben drei Mann verloren, doppelt so viele sind verwundet.«

»Welche Neuigkeiten gibt es vom Feind?« Tyrion wandte seine Aufmerksamkeit wieder Starks Bedingungen zu. *Allzuviel will der Junge ja gar nicht. Nur das halbe Reich, die Freilassung unserer Gefangenen und Geiseln, das Schwert seines Vaters ... ach ja, und seine Schwestern.*

»Der Junge sitzt untätig in Riverrun herum«, berichtete Ser Cleos. »Ich glaube, er fürchtet sich, Eurem Vater im Felde gegenüberzutreten. Sein Heer schwindet von Tag zu Tag. Die Flußlords verlassen ihn, um jeder sein eigenes Land zu verteidigen.«

Hat Vater dies beabsichtigt? Tyrion rollte Starks Karte zusammen. »Mit diesen Bedingungen wird er nichts erreichen.«

»Werdet Ihr zumindest zustimmen, die Mädchen der Starks gegen Tion und Willem auszutauschen?« erkundigte sich Ser Cleos flehentlich.

Tion Frey war Ser Cleos' jüngerer Bruder, erinnerte sich Tyrion. »Nein«, antwortete er milde, »doch werden wir einen Gegenvorschlag zum Austausch der Gefangenen unterbreiten. Zunächst muß ich die Angelegenheit jedoch mit Cersei und dem Rat besprechen. Wir schicken Euch mit *unseren* Bedingungen nach Riverrun zurück.«

Offensichtlich munterte diese Aussicht sein Gegenüber nicht auf. »Mylord, ich glaube kaum, daß Robb Stark sich so einfach ergeben wird. Lady Catelyn ist diejenige, die Frieden will, nicht der Junge.«

»Lady Catelyn will ihre Töchter.« Tyrion schob sich von der Bank und hielt Brief und Karte in den Händen. »Ser Jacelyn wird Euch mit Essen und einem warmen Platz zum Schlafen versorgen. Ihr seht aus, als bräuchtet Ihr dringend Ruhe, Vetter. Ich werde Euch benachrichtigen, sobald wir mehr wissen.«

Tyrion fand Ser Jacelyn draußen auf dem Wehrgang, wo er mehrere hundert Rekruten beobachtete, die auf dem Feld unten gedrillt wurden. Da so viele Menschen in King's Landing Zuflucht suchten, gab es ausreichend willige Männer, die für einen vollen Bauch und eine Strohmatratze in der Kaserne der Stadtwache beitraten, allerdings gab sich Tyrion keinerlei Illusionen hin, was den Kampfesmut dieses zerlumpten Haufens betraf, sollte es zur Schlacht kommen.

»Ihr habt recht getan, mich zu holen«, lobte Tyrion. »Ich werde Ser Cleos in Euren Händen lassen. Behandelt ihn mit aller gebührenden Gastfreundschaft.«

»Und seine Eskorte?« wollte der Kommandant wissen.

»Versorgt sie mit Essen und frischer Kleidung, und die Verwundeten soll sich ein Maester anschauen. Auf keinen Fall dürfen sie auch nur einen Fuß in die Stadt setzen, verstanden?« Es wäre nicht gut, wenn Robb Stark in Riverrun über die wahren Zustände in King's Landing Bescheid wüßte.

»Sehr wohl, Mylord.«

»Ach, und noch etwas. Die Alchimisten werden einen großen Vorrat Töpfe an jedes Stadttor liefern. Ihr werdet sie einsetzen, um damit die Leute auszubilden, welche die Feuerspeier, die Geschütze, bedienen. Füllt die Gefäße mit grüner Farbe und laßt sie damit Laden und Schießen üben. Jeder Mann, der etwas verschüttet, wird ausgewechselt. Wenn sie mit den Farbtöpfen umgehen können, ersetzt die Farbe durch Öl. Dieses sollen sie anzünden und damit schießen. Nachdem sie gelernt haben, sich dabei nicht zu verbrennen, können sie vielleicht auch das Seefeuer handhaben.«

Ser Jacelyn kratzte sich die Wange mit der eisernen Hand. »Eine weise Maßnahme. Obwohl ich nicht viel für diese Alchimistenpisse übrig habe.«

»Ich auch nicht, doch muß ich mit dem vorlieb nehmen, was ich bekommen kann.«

Wieder in seiner Sänfte, zog Tyrion die Vorhänge zu und schob sich ein Kissen unter den Ellbogen. Cersei würde nicht erfreut darüber sein, daß er Starks Brief abgefangen hatte, aber sein Vater hatte ihn geschickt, damit er regierte, nicht um seiner Schwester zu gefallen.

Seiner Meinung nach hatte Robb Stark ihnen eine Chance gegeben, die Gold wert war. Mochte der Junge in Riverrun warten und von einem leichten Friedensschluß träumen. Tyrion würde ihm eigene Bedingungen stellen und ihm den Königstitel des Nordens und einiges andere zugestehen, gerade genug, um bei ihm Hoffnung keimen zu lassen. Ser Cleos würde sich seinen knochigen Freyhintern dabei plattreiten, Angebote und Gegenangebote hin und her zu tragen. Unterdessen würde ihr Vetter Ser Stafford die neue Armee, die er in Casterly Rock ausgehoben hatte, bewaffnen und drillen. War er erst einmal bereit, konnten er und Lord Tywin die Starks zwischen sich zermalmen.

Wären Roberts Brüder doch nur ebenso entgegenkommend. Wenn auch langsam wie ein Gletscher, so kroch Renly Baratheon mit seinem riesigen Heer im Süden doch immer weiter nach Nordosten vor, und kaum eine Nacht verging, in der Tyrion nicht fürchtete, von der Nachricht geweckt zu werden, daß Lord Stannis mit seiner Flotte den Blackwater Rush hinaufsegelte. *Nun, wir haben einen hübschen Vorrat an Seefeuer, jedoch . . .*

Der Lärm eines Tumults auf der Straße riß ihn aus seinen Sorgen. Tyrion spähte vorsichtig durch den Vorhang hinaus. Sie überquerten gerade den Schusterplatz, wo sich eine ansehnliche Menge unter den ledernen Vordächern versammelt hatte, um den Tiraden eines Propheten zu lauschen. Seine ungefärbte Wollrobe, die von einem Hanfseil zusammengehalten wurde, wies ihn als einen der Bettelbrüder aus.

»*Verderbtheit!*« schrie der Mann schrill. »Das ist die Warnung. Seht des Vaters Geißel!« Er zeigte auf die verschwommene rote Wunde im Himmel. Von diesem Standpunkt aus ragte die ferne Burg auf Aegons Hohem Hügel genau hinter ihm auf, und der Komet hing unheilverkündend über ihren Türmen. Er hat seine Bühne klug gewählt, dachte Tyrion. »Wir sind fett geworden, aufgeblasen, faul. Brüder verbinden sich mit ihren Schwestern in den Betten der Könige, und die Frucht ihrer Inzucht tanzt zur Pfeife eines verkümmerten Affendämons durch den Palast. Hochgeborene Damen huren mit Narren und setzen Ungeheuer in die Welt! Sogar der Hohe Septon hat die Götter vergessen! Er badet in wohlriechendem Wasser und wird fett von Lachs und Lamm, während sein Volk Hungers stirbt! Eitelkeit steht vor dem Gebet, Maden im Speck regieren unsere Burgen, und Gold ist alles, was zählt ... *aber nicht länger!* Der Sommer der Verderbtheit hat ein Ende, der Hurenkönig wird gestürzt! Als der Keiler ihm den Bauch aufriß, erhob sich ein großer Gestank zum Himmel, und tausend Schlangen krochen aus seinem Wanst und zischten und bissen um sich!« Er reckte den Arm in Richtung des Kometen und der Burg. »Dort steht der Vorbote! Schwöret der Sünde ab! Badet im Wein der Gerechtigkeit, oder ihr werdet im Feuer gebadet! Im *Feuer*!«

»*Feuer!*« antworteten andere Stimmen, doch das johlende Gelächter übertönte sie. Dieser Umstand tröstete Tyrion. Er gab den Trägern den Befehl, weiterzugehen, und die Sänfte schaukelte wie ein Schiff auf rauher See, derweil die Burned Men den Weg freimachten. *Verkümmerter Affendämon, also wirklich.* Was den Hohen Septon anging, so hatte der Prophet sicherlich recht. Was hatte Mondbub kürzlich über ihn gesagt. *Ein höchst frommer Mann, der die Sieben mit solcher Inbrunst verehrt, daß er bei allen Mahlzeiten eine*

Portion für jeden von ihnen verspeist. Bei der Erinnerung an den Scherz des Narren lächelte Tyrion.

Zu seiner Freude erreichte er den Red Keep ohne weitere Zwischenfälle. Er stieg die Treppe zu seinen Gemächern hinauf und fühlte sich schon ein wenig zuversichtlicher als noch in der Morgendämmerung. *Zeit, das ist alles, was ich brauche, Zeit, alles zusammenzustückeln. Wenn die Kette erst fertig ist ...* Er öffnete die Tür zu seinem Solar.

Cersei wandte sich vom Fenster ab und drehte sich mit wirbelnden Röcken zu ihm um. »Wie kannst du es wagen, dich mir zu widersetzen, wenn ich dich rufe?«

»Wer hat dich in meinen Turm eingelassen?«

»*Deinen* Turm? Dies ist meines Sohnes königliche Burg.«

»Das habe ich auch gehört.« Tyrion war ganz und gar nicht belustigt. Und Crawn würde das gewißlich auch nicht sein, wenn er ihn sich erst einmal vorgenommen hatte. Seine Moon Brothers waren heute mit der Wache an der Reihe. »Ich wollte zufällig gerade zu dir kommen.«

»Tatsächlich?«

Er warf die Tür hinter sich zu. »Zweifelst du an meinen Worten?«

»Gewiß, und das mit gutem Grund.«

»Das verletzt mich.« Tyrion watschelte zu dem niedrigen Schrank hinüber, um sich einen Becher Wein zu holen. Er kannte nichts, was ihm größeren Durst verursachte, als mit Cersei zu reden. »Falls ich dich beleidigt habe, wüßte ich gern, wodurch.«

»Was für ein widerlicher kleiner Wurm du bist! Myrcella ist meine einzige Tochter. Hast du dir tatsächlich eingebildet, ich würde zulassen, daß du sie wie einen Sack Hafer verschacherst?«

Myrcella, schoß es ihm durch den Sinn. *Nun, das Ei wäre gelegt und ausgebrütet. Wollen wir doch mal sehen, welche Farbe das Küken hat.* »Kaum wie einen Sack Hafer. Myrcella ist eine Prinzessin. Manch einer würde sagen, für ein solches Schicksal wurde sie geboren. Oder hattest du die Absicht, sie mit Tommen zu vermählen?«

Sie schlug ihm den Weinbecher aus der Hand. »Ob du mein

Bruder bist oder nicht, dafür sollte ich dir die Zunge herausreißen lassen. Ich bin Joffreys Regentin, nicht du, und ich sage, daß Myrcella nicht auf die gleiche Weise zu diesem Mann aus Dorne verfrachtet wird, auf die man mich Robert Baratheon auslieferte.«

Tyrion schüttelte sich den Wein von den Fingern und seufzte. »Warum nicht? In Dorne wäre sie wesentlich sicherer als hier.«

»Bist du wirklich so dumm oder einfach nur verstockt? Die Martells haben keinen Grund, uns zu mögen.«

»Die Martells haben sogar guten Grund, uns zu hassen. Nichtsdestotrotz erwarte ich ihr Einverständnis. Prinz Dorans Groll auf das Haus Lannister reicht eine Generation zurück, doch gegen Storm's End und Highgarden führt man in Dorne bereits seit tausend Jahren Krieg, und Renly ist sich der Unterstützung Dornes gewiß. Myrcella ist neun, Trystane Martell elf. Ich habe vorgeschlagen, sie mögen vermählt werden, sobald das Mädchen ihr vierzehntes Jahr erreicht hat. Bis dahin würde sie unter Prinz Dorans Schutz als Ehrengast auf Sunspear leben.«

»Als Geisel«, widersprach Cersei und kniff die Lippen zusammen.

»Als Ehrengast«, beharrte Tyrion, »und ich vermute, Martell wird Myrcella nicht so unfreundlich behandeln wie Joffrey Sansa Stark. Mir schwebt vor, sie von Ser Arys Oakheart begleiten zu lassen. Mit einem Ritter der Königsgarde an der Seite wird niemand vergessen, wer und was sie ist.«

»Ser Arys wird wenig ausrichten können, falls Doran Martell beschließt, mit dem Tod meiner Tochter wäre der Tod seiner Schwester beglichen.«

»Martell ist zu sehr Ehrenmann, um ein neunjähriges Mädchen zu ermorden, insbesondere ein so süßes und unschuldiges. So lange er sie in Händen hält, darf er beruhigt sein, daß wir von unserer Seite der Abmachung treu bleiben, und unser Angebot ist zu gut, um es abzulehnen. Myrcella ist nur ein kleiner Teil davon. Ich habe ihm zusätzlich den Mörder seiner Schwester, einen Sitz im Rat und ein paar Burgen in den Marschen versprochen . . .«

»Zuviel.« Cersei schritt ruhelos wie eine Löwin auf und ab, ihre Röcke wirbelten. »Du hast ihm viel zuviel angeboten, noch dazu ohne meine Erlaubnis.«

»Wir sprechen über den Prinzen von Dorne. Hätte ich ihm weniger geboten, würde er mir vermutlich ins Gesicht spucken.«

»*Zuviel!*« wiederholte Cersei und fuhr zu ihm herum.

»Was hättest du ihm denn angetragen, das Loch zwischen deinen Beinen?« fragte Tyrion, den nun langsam ebenfalls die Wut packte.

Diesmal sah er die Ohrfeige kommen. Der Schlag riß ihm den Kopf herum. »Liebe, süße Schwester«, sagte er, »eins will ich dir versprechen: gerade hast du mich zum letzten Mal geschlagen.«

Sie lachte. »Droh mir nicht, kleiner Mann. Glaubst du, Vaters Briefe beschützen dich? Sie sind nur Papier. Eddard Stark hatte ebenfalls ein Stück Papier, und was hat es ihm genutzt?«

Eddard Stark hatte die Stadtwache nicht, dachte Tyrion, *nicht meine Männer aus den Mondbergen, und auch nicht die Söldner, die Bronn angeheuert hat.* Jedenfalls hoffte er das. Er vertraute auf Varys, auf Ser Jacelyn Bywater, auf Bronn. Wahrscheinlich hatte sich Lord Stark ähnlichen Illusionen hingegeben.

Dennoch erwiderte er nichts. Ein weiser Mann gießt kein Seefeuer in ein Kohlebecken. Statt dessen schenkte er sich einen neuen Becher Wein ein. »Wie sicher, meinst du, wird Myrcella hier sein, falls King's Landing tatsächlich fallen sollte? Renly und Stannis werden ihren Kopf neben deinem aufspießen.«

Und Cersei begann zu weinen.

Wäre Aegon der Eroberer persönlich auf einem Drachen in den Raum geplatzt und hätte mit Zitronenküchlein jongliert, hätte Tyrion Lannister nicht erstaunter sein können. Seit ihrer gemeinsamen Kindheit auf Casterly Rock hatte er seine Schwester nicht mehr weinen sehen. Unbeholfen trat er einen Schritt auf sie zu. Wenn deine Schwester weint, solltest du sie trösten . . . aber dies hier war *Cersei*! Versuchsweise streckte er die Hand nach ihrer Schulter aus.

»Rühr mich nicht an!« fauchte sie und entzog sich ihm. Es hätte nicht weh tun sollen, dennoch schmerzte diese Geste mehr als jede Ohrfeige. Rot vor Wut und Kummer rang sie um Atem. »Schau mich nicht an . . . nicht so . . . nicht *du*.«

Höflich kehrte ihr Tyrion den Rücken zu. »Ich wollte dich nicht erschrecken. Myrcella wird nichts zustoßen, das verspreche ich dir.«

»Lügner«, sagte sie hinter ihm. »Ich bin kein Kind, das man mit leeren Versprechungen trösten kann. Du hast mir auch versichert, du würdest Jaime befreien. Nun, wo ist er?«

»In Riverrun, würde ich meinen. Gut bewacht, bis ich eine Möglichkeit finde, ihn dort herauszuholen.«

Cersei schnaubte. »Wäre ich bloß als Mann geboren worden! Dann bräuchte ich keinen von euch. Nichts von alldem wäre geschehen. Wie konnte sich Jaime nur von diesem Knaben gefangennehmen lassen? Und Vater; ich Närrin habe mein Vertrauen in ihn gesetzt, und wo ist er jetzt, da ich ihn brauche? Was *tut* er?«

»Er führt Krieg.«

»Hinter den Mauern von Harrenhal?« erwiderte sie höhnisch. »Eine eigenartige Art zu kämpfen. Es sieht mir verdächtig nach Verstecken aus.«

»Sieh lieber noch einmal genau hin.«

»Wie würdest du es denn nennen? Vater sitzt in der einen Burg, Robb Stark in der anderen, und niemand handelt.«

»Es gibt solche und solche Arten von Sitzen«, erklärte ihr Tyrion. »Jeder wartet auf den Zug des Gegners, doch der Löwe wartet still, zum Sprung bereit und mit zuckendem Schwanz, während das Kitz vor Angst erstarrt ist und mit weichen Knien dasteht. Der Löwe wird das Kitz reißen, wohin es auch zu fliehen versucht, und das weiß er auch.«

»Bist du sicher, daß Vater der Löwe ist?«

Tyrion grinste. »Das Tier findet sich jedenfalls auf unseren Bannern.«

Sie ging über den Scherz hinweg. »Wenn Vater der Gefangene

wäre, würde Jaime nicht untätig herumsitzen, das verspreche ich dir.«

Jaime würde sein Heer vor den Mauern von Riverrun zu blutigen Fetzen aufreiben, und die Anderen sollen die Vernunft holen. Niemals hat er auch nur einen Hauch Geduld gezeigt, nicht mehr als du, süße Schwester. »Wir können nicht alle so verwegen sein wie Jaime, und außerdem gibt es mehrere Möglichkeiten, einen Krieg zu gewinnen. Harrenhal ist stark und liegt günstig.«

»Und King's Landing nicht, das weißt du, und das weiß ich auch. Während Vater mit dem Starkknaben Löwe und Kitz spielt, marschiert Renly die Roseroad hinauf. Er kann jeden Tag vor unseren Toren eintreffen!«

»Die Stadt wird nicht in einem Tage eingenommen. Von Harrenhal ist es nur ein kurzer, rascher Marsch über die Kingsroad hierher. Renly wird seine Belagerungsmaschinen noch gar nicht aufgebaut haben, wenn Vater ihm in den Rücken fällt. Vaters Heer wird der Hammer sein, und die Stadtmauer der Amboß. Was für ein hübsches Bild.«

Cersei durchbohrte ihn mit ihren grünen Augen und hungerte doch nach den Versicherungen, die er ihr hinwarf. »Und was geschieht, wenn Robb Stark sich in Bewegung setzt?«

»Harrenhal liegt nahe genug an den Furten des Tridents, und deshalb kann Roose Bolton den nördlichen Teil des Heeres nicht herüberbringen und sich mit dem Jungen Wolf vereinen. Stark kann nicht nach King's Landing marschieren, ehe er Harrenhal eingenommen hat, und selbst mit Bolton zusammen fehlt ihm dazu die Stärke.« Tyrion setzte sein gewinnendstes Lächeln auf. »Inzwischen mästet sich Vater an den Flußlanden, während unser Onkel Stafford auf dem Rock frische Rekruten aushebt.«

Seine Schwester starrte ihn mißtrauisch an. »Woher weißt du das alles? Hat dir Vater seine Absichten verraten, bevor er dich hergeschickt hat?«

»Nein. Ich habe auf eine Karte geschaut.«

Ihre Miene wurde verächtlich. »Demnach entstammt jedes

Wort, das du gerade gesagt hast, allein deinem grotesken Kopf, Gnom?«

Tyrion schnalzte kurz mit der Zunge. »Süße Schwester, ich frage dich, wenn wir nicht dem Sieg nahe wären, hätten die Starks uns dann Frieden angeboten?« Er zog den Brief hervor, den Ser Cleos Frey gebracht hatte. »Der Junge Wolf schickt uns seine Bedingungen. Nicht annehmbar, gewiß, und doch ein Anfang. Möchtest du sie dir ansehen?«

»Ja.« Überraschend schnell verwandelte sie sich wieder in die Königin. »Wie bist du an diesen Brief gekommen? Er hätte mir übergeben werden sollen.«

»Wozu ist eine Hand da, wenn nicht dazu, Dinge auszuhändigen?« Tyrion reichte ihr den Brief. Seine Wange brannte noch immer von Cerseis Ohrfeige. *Mag sie mir die Haut vom halben Gesicht reißen, es wäre ein geringer Preis für ihre Zustimmung zu der dornischen Heirat*. Jetzt würde er sie bekommen, das spürte er.

Und dazu sichere Erkenntnisse über einen gewissen Spitzel ... nun, das war die Rosine, die er sich aus dem Kuchen picken würde.

BRAN

Dancer war in eine schneeweiße Schabracke gehüllt, auf welcher der graue Schattenwolf des Hauses Stark prangte, derweil Bran eine graue Hose und ein weißes Wams angelegt hatte, dessen Ärmel und Kragen mit Grauwerk besetzt waren. Über dem Herzen trug er seine Wolfskopfbrosche aus Silber und Jett. Lieber hätte er Summer anstelle des Silberwolfs bei sich gehabt, aber Ser Rodrik hatte sich in dieser Hinsicht unnachgiebig gezeigt.

Die niedrigen Steinstufen hielten Dancer nur für einen Moment auf. Als Bran das Pferd vorandrängte, stieg es leichtfüßig hinauf. Hinter der breiten zweiflügligen Tür aus Eiche und Eisen füllten acht lange Reihen aufgebockter Tische die Große Halle von Winterfell, vier auf jeder Seite des Gangs in der Mitte. Auf den Bänken drängten sich Männer Schulter an Schulter. »Stark!« riefen sie, während Bran vorbeitrabte, und erhoben sich. »Winterfell! *Winterfell!*«

Er war inzwischen alt genug, um zu begreifen, daß ihr Geschrei nicht wirklich ihm galt – sie jubelten wegen der Ernte, wegen Robb und seinen Siegen, sie jubelten seinem Hohen Vater und seinem Großvater und allen anderen Starks zu, deren Geschlecht achttausend Jahre in die Vergangenheit reichte. Dennoch schwoll ihm die Brust vor Stolz. Denn so lange, wie er brauchte, um durch die Halle zu reiten, vergaß er sein Krüppeldasein. Dann jedoch erreichte er unter den Blicken aller Anwesenden das Podest, und Osha und Hodor lösten die Haltegurte, zogen ihn von Dancers Rücken und trugen ihn zum hohen Sitz seines Vaters.

Ser Rodrik hatte an Brans linker Seite Platz genommen, seine Tochter Beth daneben. Rickon saß zu seiner Rechten, sein rötlichbrauner Lockenschopf war so lang geworden, daß die Haare bis zum Kragen seines Hermelinmantels reichten. Seit der Abreise seiner Mutter hatte er sich geweigert, sie schneiden zu lassen. Dem letzten Mädchen, das es versucht hatte, waren zum Dank für die Bemühungen nur Bisse zuteil geworden. »Ich wollte auch reiten«, sagte der Kleine, während Hodor Dancer hinausführte. »Ich kann besser reiten als du.«

»Kannst du nicht, und jetzt sei still«, herrschte Bran seinen Bruder an. Ser Rodrik rief die Anwesenden zur Ruhe. Bran hob die Stimme. Er hieß die Gäste im Namen seines Bruders, des Königs im Norden, willkommen und bat sie, den alten und neuen Göttern für Robbs Siege und die ertragreiche Ernte zu danken. »Möge es noch hundert weitere geben«, endete er und hielt seines Vaters silbernen Kelch in die Höhe.

»*Auf hundert weitere!*« Zinnkrüge, Tonbecher und mit Eisenbändern eingefaßte Trinkhörner wurden aneinander gestoßen. Brans Wein war mit Honig gesüßt und duftete nach Zimt und Nelken, war jedoch stärker, als er es gewöhnt war. Er spürte, wie sich die heißen Finger des Weins schlangenartig durch seine Brust wanden, als er schluckte. Schließlich setzte er den Kelch ab. Ihm war ganz benommen zumute.

»Das habt Ihr gut gemacht, Bran«, lobte Ser Rodrik ihn. »Lord Eddard wäre stolz auf Euch gewesen.« Am Ende des Tisches nickte Maester Luwin zustimmend, und nun begann man, die Speisen aufzutragen.

Ein solches Festmahl hatte Bran noch nie erlebt; Gang um Gang um Gang, so viele, daß er nur ein oder zwei Bissen von jedem probieren konnte. Riesige Auerochsenbraten mit Lauch, Hirschpasteten mit Karotten, Speck und Pilzen, Hammelkoteletts in Soße aus Honig und Nelken, pikante Ente, gepfeffertes Wildschwein, Gans, Spieße mit Tauben und Kapaun, Rindfleischtopf mit Gerste, kalte Fruchtschale. Lord Wyman hatte zwanzig Fässer Fisch in Salz und Tang aus White Harbor mitgebracht; Renken und Strandschnekken, Krabben und Miesmuscheln, Klaffmuscheln, Hering, Kabeljau, Lachs, Hummer und Neunaugen. Dazu gab es Schwarzbrot und Honigkuchen und Haferkekse; Kohlrüben und Erbsen und rote Bete, Bohnen und Kürbis und riesige rote Zwiebeln; gebackene Äpfel und Beerentörtchen und Birnen in Starkwein. Große Käseräder wurden auf jeden Tisch gestellt, dazu Kannen mit heißem, gewürzten Wein und kaltem Herbstbier.

Lord Wymans Musikanten spielten tapfer auf, doch gingen Harfe und Fiedel und Horn bald im Lärm von Gesprächen und Gelächter unter, im Klappern von Bechern und Tellern, im Knurren der Hunde, die sich um das stritten, was von der Tafel abfiel. Der Sänger trug wunderschöne Lieder vor, »Eisenlanzen« und den »Brand der Schiffe« und »Der Bär und die holde Jungfrau«, aber nur Hodor schien ihm zu lauschen. Er stand neben dem Flötenspieler und hüpfte von einem Fuß auf den anderen.

Der Krach schwoll zu einem stetigen Grollen an, einem großen, berauschenden Wirrwarr von Klängen. Ser Rodrik unterhielt sich über Beths Lockenkopf hinweg mit Maester Luwin, derweil Rickon fröhlich den Walders etwas zuschrie. Bran hatte die Freys nicht am hohen Tisch haben wollen, der Maester dagegen hatte ihn daran erinnert, daß sie schon bald zur Verwandtschaft gehören würden. Robb sollte eine ihrer Tanten heiraten, und Arya einen ihrer Onkel. »Das tut sie nie«, sagte Bran, »nicht Arya«, aber trotzdem ließ Maester Luwin sich nicht erweichen, und so saßen sie neben Rikkon.

Die Diener brachten jede Speise zuerst zu Bran, damit er sich zuerst bedienen konnte, wenn er wollte. Als sie bei den Enten angelangt waren, konnte er nichts mehr herunterbekommen. Daraufhin nickte er nur noch zustimmend, wenn ihm ein weiterer Gang angeboten wurde, und winkte ab. Duftete die Speise besonders gut, ließ er sie an einen der Lords auf dem Podest weiterreichen, eine Geste der Freundschaft und der Gunst, auf der Maester Luwin bestanden hatte. Der traurigen Lady Hornwood schickte er Lachs, das Wildschwein an die rauhen Umbers, die Gans-in-Beeren an Cley Cerwyn, und einen großen Hummer an Joseth, den Pferdemeister, der zwar weder Gast noch Lord war, sich jedoch um Dancers Ausbildung gekümmert und es Bran damit möglich gemacht hatte, wieder zu reiten. Hodor und Old Nan bekamen Zuckerwerk, aus keinem bestimmten Grund, sondern einfach nur, weil er sie gern hatte. Ser Rodrik erinnerte ihn daran, auch seine Ziehbrüder zu bedenken, und so wurden dem kleinen Walder gekochte Bete und dem großen Kohlrüben in Butter serviert.

Auf den Bänken unten vermischten sich die Männer von Winterfell mit den gemeinen Leuten aus der Stadt, Freunden aus nahegelegenen Burgen und den Eskorten der hohen Gäste. Manche Gesichter hatte Bran noch nie zuvor gesehen, andere kannte er so gut wie sein eigenes, dennoch erschienen sie ihm jetzt alle gleich fremd. Er beobachtete sie aus der Ferne, als säße er auf seiner Fensterbank im Schlafzimmer, von wo aus er immer in den Hof hinunterschaute und alles betrachtete, jedoch nicht daran teilnehmen konnte.

Osha ging zwischen den Tischen herum und schenkte Bier aus. Einer von Leobald Tallhearts Männern schob ihr die Hand unter den Rock, und sie zerschlug zum größten Vergnügen der Anwesenden die Kanne auf seinem Kopf. Mikken hingegen griff einer anderen Frau ins Mieder, und dieser schien es nichts auszumachen. Bran beobachtete Farlen, der seine rote Hündin um Knochen betteln ließ, und lächelte Old Nan zu, die mit runzligen Fingern die heiße Kruste von einem Kuchen brach. Auf dem Podest ging Lord Wyman einen dampfenden Teller Neunaugen an, als würde vor ihm ein feindliches Heer stehen. Er war so fett, daß Ser Rodrik einen besonders breiten Stuhl für ihn hatte bauen lassen, aber er lachte viel und laut, und Bran mochte ihn. Die bleiche Lady Hornwood saß mit versteinerter Miene neben ihm, während sie lustlos im Essen herumstocherte. Am anderen Ende des hohen Tisches spielten Hother und Mors ein Trinkspiel und stießen die Trinkhörner so hart gegeneinander wie Ritter beim Tjost ihre Lanzen.

Es ist zu heiß hier und zu laut, und alle betrinken sich. Bran juckte es unter der grauen und weißen Wolle, und am liebsten wäre er woanders gewesen. *Im Götterhain ist es jetzt kühl. Aus den heißen Tümpeln steigt Dampf auf, und das rote Laub des Wehrbaums raschelt im Wind. Die Gerüche sind angenehmer als die Luft hier, bald geht der Mond auf, und mein Bruder wird ihn ansingen.*

»Bran?« fragte Ser Rodrik. »Ihr eßt ja gar nicht?«

Der Tagtraum war so wirklich gewesen, und für einen Moment hatte Bran nicht mehr gewußt, wo er war. »Später werde ich mir noch etwas nehmen«, antwortete er, »sonst platze ich gleich.«

Der weiße Schnurrbart des alten Ritters war vom Wein rötlich gefärbt. »Ihr habt Euch wacker gehalten, Bran. Eines Tages werdet Ihr ein sehr guter Lord sein, glaube ich.«

Ich will ein Ritter werden. Bran trank einen Schluck des gewürzten Honigweins aus dem Kelch seines Vaters und war froh, etwas in der Hand zu haben. Der lebensechte Kopf eines knurrenden Schattenwolfs auf dem Trinkgefäß drückte sich in seine Handfläche. Er spürte die silberne Schnauze und erinnerte sich an das letzte Mal, als sein Vater daraus getrunken hatte.

Es war anläßlich des Willkommensfestes gewesen, das man zu Ehren des Besuchs von König Robert ausgerichtet hatte. Damals war noch Sommer gewesen. Seine Eltern hatten gemeinsam auf dem Podest gesessen, zusammen mit Robert und seiner Königin und ihren Brüdern an ihrer Seite. Onkel Benjen in seiner schwarzen Kluft war ebenfalls da gewesen. Bran und seine Geschwister saßen bei den Kindern des Königs, Joffrey und Tommen und Prinzessin Myrcella, die Robb während des ganzen Mahls schmachtende Blicke zugeworfen hatte. Arya zog andauernd Grimassen, wenn niemand hinschaute; Sansa lauschte hingebungsvoll dem Harfenspieler und Sänger des Königs, der Lieder über ritterliche Taten vortrug, und Rickon fragte immer wieder, warum Jon nicht dabei sei. »Weil er ein Bastard ist«, hatte Bran ihm am Ende zugeflüstert.

Und jetzt waren sie alle fort. Als habe ein grausamer Gott die Hand ausgestreckt und sie davongefegt, die Mädchen in Gefangenschaft, Jon an die Mauer, Robb und Mutter in den Krieg, König Robert und Vater ins Grab, und vielleicht Onkel Benjen auch . . .

Selbst unten auf den Bänken füllten neue Männer die Lücken. Jory war tot, und Fat Tom, Porther, Alyn, Desmond, Hullen, der frühere Pferdemeister, und Harwin, sein Sohn ... sie alle waren mit seinem Vater nach Süden gegangen, sogar Septa Mordane und Vayon Poole. Der Rest war mit Robb in den Krieg gezogen und würde vielleicht auch bald tot sein. Er mochte Hayhead und Poxy Tym und Skittrick und die anderen gern, trotzdem vermißte er seine alten Freunde.

So wanderte sein Blick über die Bänke, über die glücklichen und die traurigen Gesichter, und er fragte sich, wer wohl im nächsten Jahr fehlen würde, und wer im Jahr darauf. Er hätte weinen mögen, aber er konnte nicht. Er war ein Stark in Winterfell, seines Vaters Sohn und seines Bruders Thronfolger, und beinahe schon ein erwachsener Mann.

Auf der anderen Seite der Halle ging die Tür auf, und ein Schwall kalter Luft ließ für einen Moment die Fackeln flackern. Bierbauch führte zwei neue Gäste herein. »Lady Meera aus dem Hause Reed«, verkündete der rundliche Gardist über den Lärm hinweg. »Mit ihrem Bruder Jojen von Greywater Watch.«

Die Männer sahen von ihren Bechern und Tellern auf und beäugten die Neuankömmlinge. Bran hörte den kleinen Walder dem großen zumurmeln: »Froschfresser.« Ser Rodrik erhob sich. »Seid willkommen, Freunde, und teilt diese Ernte mit uns.« Diener eilten herbei, um den Tisch auf dem Podest zu verlängern und brachten Stühle.

»Wer ist das?« fragte Rickon.

»Schlammleute«, antwortete der kleine Walder abfällig. »Sie sind Diebe und Feiglinge, und sie haben grüne Zähne, weil sie Frösche essen.«

Maester Luwin beugte sich zu Bran vor und flüsterte ihm ins Ohr. »Ihr müßt sie besonders herzlich begrüßen. Ich hätte sie nicht erwartet, aber ... Wißt Ihr, wer sie sind?«

Bran nickte. »Pfahlbauleute vom Neck.«

»Howland Reed war ein enger Freund Eures Vaters«, erklärte

Ser Rodrik ihm. »Diese beiden sind seine Kinder, möchte ich meinen.«

Während die neuen Gäste durch die Halle schritten, bemerkte Bran, daß einer davon tatsächlich ein Mädchen war, obwohl er das an der Kleidung nie erkannt hätte. Die junge Frau trug eine Lammfellhose, die vom langen Gebrauch geschmeidig geworden war, und ein ärmelloses Wams, in das Bronzeschuppen eingearbeitet waren. Wenngleich nahezu in Robbs Alter, war sie schlank wie ein Junge, hatte das lange braune Haar hinter dem Kopf zusammengesteckt und zeigte nur eine leichte Andeutung von Brüsten. Ein geflochtenes Netz hing von der einen Seite ihrer schmalen Taille, ein langes Bronzemesser von der anderen; unter den Arm hatte sie einen alten, angerosteten Eisenhelm geklemmt. Einen Froschspeer und einen runden Lederschild hatte sie auf den Rücken geschnallt.

Ihr Bruder war einige Jahre jünger und trug keine Waffen. Er war grün gekleidet bis hin zum Leder seiner Stiefel, und als er näher kam, fiel Bran auf, daß auch seine Augen moosgrün funkelten, wenngleich seine Zähne so weiß waren wie die jedes anderen. Beide Reeds waren schmal gebaut, schlank wie Schwerter und überragten Bran kaum. Sie beugten vor dem Podest das Knie.

»Mein Lord Stark«, sagte das Mädchen. »Jahre sind zu Hunderten und Tausenden ins Land gegangen, seit mein Volk dem König des Nordens zum ersten Mal die Treue schwor. Mein Hoher Vater schickt mich, um diese Worte für unser ganzes Volk zu wiederholen.«

Sie sieht mich an, erkannte Bran. Er mußte antworten.

»Mein Bruder Robb kämpft im Süden«, erwiderte er, »doch könnt Ihr diese Worte auch mir sagen, wenn Ihr wollt.«

»Winterfell vertrauen wir Greywater an«, sprachen beide gemeinsam, »Herd und Herz und Herbsternte bieten wir Euch an, Mylord. Euer sei der Befehl über unsere Schwerter und Speere und Pfeile. Laßt Gnade walten gegen unsere Schwachen, helft den Hilflosen und übt Gerechtigkeit allen gegenüber, und wir werden Euch stets die Treue halten.«

»Ich schwöre es bei Erde und Wasser«, sagte der Junge in Grün.

»Ich schwöre es bei Bronze und Eisen«, fügte seine Schwester hinzu.

»Wir schwören es bei Eis und Feuer«, endeten beide gemeinsam.

Bran suchte nach Worten. Mußte er jetzt mit einem Schwur antworten? Diesen Eid hatte ihn niemand gelehrt. »Mögen Eure Winter kurz und Eure Sommer ertragreich sein«, sagte er. Für gewöhnlich war eine solche Floskel immer angebracht. »Erhebt Euch. Ich bin Brandon Stark.«

Das Mädchen stand auf und half ihrem Bruder hoch. Der Junge starrte Bran unentwegt an. »Wir überreichen Euch unsere Gaben: Fisch und Frösche und Geflügel.«

»Ich danke Euch.« Bran fragte sich, ob er um der Höflichkeit willen einen Frosch würde essen müssen. »Ich biete Euch das Fleisch und den Met von Winterfell an.« Er versuchte sich daran zu erinnern, was man ihm über die Pfahlbaumenschen beigebracht hatte, die in den Sümpfen am Neck lebten und ihre feuchte Heimat selten verließen. Sie waren ein armes Volk, Fischer und Froschjäger, die in Stroh- und Reethäusern auf schwimmenden Inseln wohnten. Es hieß, sie seien feige, kämpften mit vergifteten Waffen und versteckten sich lieber vor dem Feind, anstatt ihm offen entgegenzutreten. Und dennoch war Howland Reed während des Krieges um König Roberts Krone, der noch vor Brans Geburt stattgefunden hatte, einer der treuesten Gefährten seines Vaters gewesen.

Der Junge, Jojen, blickte sich neugierig in der Halle um, bevor er sich setzte. »Wo sind die Schattenwölfe?«

»Im Götterhain«, antwortete Rickon. »Shaggy war böse.«

»Mein Bruder würde sie gern sehen«, sagte das Mädchen.

Der kleine Walder warf laut ein: »Er sollte lieber aufpassen, daß sie ihn nicht sehen, sonst beißen sie ihn.«

»Sie beißen nicht, wenn ich dabei bin.« Bran gefiel es, daß sie die Wölfe sehen wollten. »Summer sowieso nicht, und der wird Shaggydog schon in Schach halten.« Irgendwie war er neugierig auf diese Pfahlbauleute. Bisher war er noch keinem begegnet, wenn er sich recht erinnerte. Sein Vater hatte oft Briefe an den Lord von Greywater geschickt, zu einem Besuch in Winterfell war jedoch nie einer von ihnen erschienen. Gern hätte er sich weiter mit ihnen unterhalten, aber in der großen Halle war es zu laut, und deshalb konnte man jemanden, der ein wenig weiter entfernt saß, kaum verstehen.

Ser Rodrik hingegen saß gleich neben Bran. »Essen sie wirklich Frösche?« fragte er den alten Ritter.

»Ja«, antwortete Ser Rodrik. »Frösche und Fische und Eidechsen, dazu alle Arten von Vögeln.«

Vielleicht haben sie keine Schafe und Rinder. Bran befahl den Dienern, ihnen Hammelkoteletts und eine Scheibe Auerochs zu bringen. Das Essen schien ihnen zu munden. Das Mädchen erwischte ihn dabei, wie er sie anstarrte, und lächelte. Bran errötete und wandte den Blick ab.

Viel später, nachdem die Süßspeisen serviert und mit vielen Litern Sommerwein heruntergespült worden waren, wurde das Essen abgetragen, und man schob die Tische an die Wände, um Platz zum Tanzen zu schaffen. Die Musik wurde lebhafter, ein Trommler fiel mit ein, und Hother Umber holte ein riesiges, gekrümmtes Kriegshorn hervor, das mit Silberbändern verziert war. Als der Sänger jene Stelle in »Die Nacht, die endete« erreichte, wo die Nachtwache zur Schlacht um die Dämmerung gegen die Anderen auszieht, stieß er ins Horn, daß alle Hunde mit Gebell einfielen.

Zwei Männer der Glovers setzten zu einer wirbelnden Tonfolge auf Dudelsack und Harfe an. Mors Umber war als erster auf dem Tanzboden. Er packte ein Dienstmädchen am Arm und stieß ihr den Weinkrug aus der Hand, der scheppernd auf dem Boden zerbrach. Zwischen Binsen und Knochen und Brotstücken, die überall auf dem Steinboden lagen, wirbelte er sie herum und warf sie in die Luft. Das Mädchen kreischte vor Vergnügen, drehte sich im Kreis, und errötete, als ihr Rock in die Höhe flog.

Andere gesellten sich zu den beiden. Hodor tanzte für sich allein, während Lord Wyman die kleine Beth Cassel aufforderte. Trotz seines Umfangs bewegte er sich durchaus anmutig. Als er ermüdet war, nahm sich Cley Cerwyn statt seiner des Mädchens an. Ser Rodrik trat an Lady Hornwood heran, welche sich entschuldigte und verabschiedete. Bran sah der Höflichkeit willen noch eine Weile lang zu, dann ließ er Hodor rufen. Ihm war heiß, außerdem war er müde vom Wein, und der Tanz stimmte ihn traurig. Niemals würde er daran teilnehmen können. »Ich möchte gehen.«

»Hodor!« rief Hodor und kniete sich hin. Maester Luwin und Hayhead hoben Bran in den Korb. Das Volk von Winterfell war diesen Anblick gewöhnt, doch zweifellos wirkte er auf viele der Gäste eigentümlich, und manche legten eher Neugier als Höflichkeit an den Tag. Bran spürte, wie sie ihn anstarrten.

Sie verließen die Halle durch den Hinterausgang, damit sie nicht den ganzen Raum durchqueren mußten. Bran zog den Kopf ein, als sie durch die Tür des Lords traten. Im Dämmerlicht des Gangs vor der Großen Halle stießen sie auf Joseth, den Pferdemeister, der mit einer gänzlich anderen Art des Reitens beschäftigt war. Er drückte eine Frau, die Bran nicht kannte und die die Röcke bis über die Taille hochgezogen hatte, an die Wand. Sie kicherte, bis Hodor vor ihr stehenblieb und zuschaute. Da begann sie zu schreien. »Laß sie in Ruhe«, sagte Bran, »bring mich auf mein Zimmer.«

Hodor trug ihn die Wendeltreppe zum Turm hinauf und kniete neben den Eisenstangen nieder, die Mikken in der Wand befestigt hatte. Daran hangelte sich Bran ins Bett, und Hodor zog ihm die Stiefel und die Hose aus. »Du kannst wieder zum Fest gehen, aber erschreck Joseth und diese Frau nicht noch einmal.«

»Hodor«, antwortete Hodor und nickte.

Nachdem Bran die Kerze neben seinem Bett ausgeblasen hatte, umfing ihn die Dunkelheit wie eine weiche, vertraute Decke. Der leise Klang der Musik drang durch die Fensterläden herein.

Plötzlich fiel ihm etwas ein, das ihm sein Vater einst erzählt hatte. Er hatte Lord Eddard gefragt, ob in der Königsgarde wirklich die besten Ritter der Sieben Königslande versammelt seien. »Heute nicht mehr«, hatte Vater geantwortet, »aber einst waren sie der Welt ein leuchtendes, bewundernswertes Vorbild.«

»Und wer war der Beste von ihnen allen?«

»Der größte Ritter, den ich je kennengelernt habe, war Ser Arthur Dayne, der mit einer Klinge namens Dawn focht, die aus dem Herzen eines gefallenen Sterns geschmiedet war. Genannt wurde sie das Schwert des Morgens, und er hätte mich damit getötet, wäre nicht Howland Reed gewesen.« Dann war Vater traurig geworden und hatte nichts mehr gesagt. Bran wünschte, er hätte gefragt, was er gemeint hatte.

So schlief er ein, während in seinem Kopf Bilder von Rittern in glänzenden Rüstungen kreisten, welche mit Schwertern fochten, die Sternenfeuer gleich leuchteten, aber als die Träume kamen, war er wieder einmal im Götterhain. Der Geruch aus der Küche und der Großen Halle war so stark, daß er fast dachte, er habe das Fest gar nicht verlassen. Er streifte zwischen den Bäumen umher, und sein Bruder war dicht bei ihm. In dieser Nacht herrschte keine Ruhe, denn das Menschenrudel heulte laut zu seinem Spiel. Der Lärm machte ihn unruhig. Er wollte laufen, jagen, er wollte –

Beim Rasseln von Eisen stellte er die Ohren auf. Sein Bruder hatte es ebenfalls gehört. Sie liefen durch das Unterholz auf das Geräusch zu. Nach einem Satz über das stille Wasser am Fuße des alten weißen Baumes witterte er den Geruch eines Fremden, Menschengeruch, in den sich Leder und Erde und Eisen mischten.

Die Eindringlinge waren erst einige Meter in den Hain getreten, als die Wölfe sie erreichten; ein Weibchen und ein junges Männchen, die keinerlei Anzeichen von Angst zeigten, selbst, nachdem er seine weißen Zähne gefletscht hatte. Sein Bruder knurrte tief in der Kehle, und trotzdem liefen sie nicht davon.

»Da sind sie ja«, sagte das Weibchen. *Meera,* flüsterte ihm eine innere Stimme zu, die des schlafenden Jungen, der sich in diesen Traum verirrt hatte. »Wußtest du, daß sie so groß sind?«

»Sie werden noch größer, bevor sie ausgewachsen sind«, erklärte das junge Männchen und beobachtete sie mit großen grünen Augen, in denen sich keine Furcht zeigte. »Der Schwarze ist ängstlich und zornig, aber der Graue ist stark ... stärker, als er denkt ... fühlst du ihn, Schwester?«

»Nein«, sagte sie und legte die Hand auf das Heft des langen Messers, welches sie trug. »Sei vorsichtig, Jojen.«

»Er wird mir nichts tun. Heute ist nicht der Tag, an dem ich sterbe.« Das Männchen ging auf sie zu, streckte die Hand nach seiner Schnauze aus und berührte sie sanft wie ein Sommerwind. Dennoch löste sich bei der Liebkosung der Wald um ihn auf, der Boden unter seinen Füßen wurde zu Rauch und wirbelte lachend davon, und dann drehte er sich und fiel, fiel, *fiel* ...

CATELYN

Catelyn schlief inmitten des hügeligen Graslandes und träumte, daß Bran wieder gesund war, daß Arya und Sansa sich an den Händen hielten, daß Rickon noch als Säugling an ihrer Brust lag. Robb spielte ohne Krone auf dem Kopf mit einem Holzschwert, und nachdem endlich alle schliefen, fand sie Ned lächelnd in ihrem Bett vor.

Süß war der Traum, süß und viel zu rasch vorüber. Die Dämmerung nahte ohne Erbarmen, wie ein Dolch aus Licht. Einsam und erschöpft erwachte sie; erschöpft vom Ritt, erschöpft vom Schmerz, erschöpft von der Pflicht. *Ich möchte weinen. Ich möchte Trost. So leid bin ich es, stark zu sein. Ich möchte einmal töricht sein und mich fürchten dürfen. Nur für eine Weile, das ist alles ... einen Tag lang ... eine Stunde ...*

Vor ihrem Zelt waren die Männer bereits wach. Sie hörte das Wiehern der Pferde, Shadd, der sich über seinen steifen Rücken beschwerte, Ser Wendel, der nach seinem Bogen verlangte. Catelyn wünschte, sie würden alle verschwinden. Gute Männer waren sie, treu dazu, und dennoch war sie ihrer Gegenwart müde. Sie sehnte sich nach ihren Kindern. Eines Tages, versprach sie sich, würde sie sich gestatten, weniger stark zu sein.

Aber nicht heute. Heute durfte es nicht sein.

Ihre Finger kamen ihr noch ungeschickter vor als gewöhnlich, während sie ihre Kleider anlegte. Eigentlich mußte sie schon dankbar sein, daß sie ihre Hände überhaupt gebrauchen konnte, dachte sie. Der Dolch war aus valyrischem Stahl geschmiedet gewesen, und valyrischer Stahl schnitt tief. Man brauchte sich nur die Narben anzuschauen.

Draußen rührte Shadd Haferbrei in einem Kessel, derweil Ser Manderly dasaß und die Sehne seines Bogens spannte. »Mylady«, grüßte er, als Catelyn heraustrat. »Im Gras halten sich Vögel versteckt. Wäre Euch eine gegrillte Wachtel zum Frühstück recht?«

»Haferbrei und Brot werden genügen . . . für uns alle, denke ich. Wir haben noch viele Meilen vor uns, Ser Wendel.«

»Wie Ihr wünscht, Mylady.« Auf dem Mondgesicht des Ritters erschien der Ausdruck von Niedergeschlagenheit, die Spitzen seines großen Walroßschnurrbarts zuckten vor Enttäuschung. »Haferbrei und Brot, was könnte besser sein?« Er war einer der fettesten Männer, die Catelyn je kennengelernt hatte, doch wie sehr er gutes Essen auch genoß, seine Ehre war ihm wichtiger.

»Habe ein paar Nesseln gefunden und Tee gekocht«, verkündete Shadd. »Möchten Mylady einen Becher?«

»Ja, gern, danke.«

Sie hielt den Tee in den vernarbten Händen und blies darauf, um ihn abzukühlen. Shadd stammte aus Winterfell. Robb hatte ihr zwanzig seiner besten Männer mitgegeben, damit sie Renly sicher erreichte, und außerdem fünf Lords, deren Namen und hohe Geburt ihrer Mission mehr Gewicht und Ehre verleihen würden. Auf dem Weg nach Süden mieden sie Städte und Burgen, dennoch hatten sie bereits häufiger Banden von gepanzerten Kriegern gesehen und in der Ferne am östlichen Horizont Rauch entdeckt. Bislang hatte es allerdings niemand gewagt, sie zu belästigen. Sie waren zu wenige, um eine Bedrohung darzustellen, zu viele für eine leichte Beute. Hätten sie erst den Blackwater erreicht, läge das schlimmste hinter ihnen. In den vergangenen vier Tagen waren sie auf keine Spuren des Krieges mehr gestoßen.

Catelyn hatte diese Reise nicht gewollt. Das hatte sie Robb auch gesagt, noch in Riverrun. »Als ich Renly das letzte Mal gesehen habe, war er so alt wie Bran. Ich kenne ihn gar nicht. Schickt jemand anderes. Mein Platz ist hier, an der Seite meines Vaters, denn viel Zeit bleibt ihm nicht mehr.«

Ihr Sohn hatte ihr unglücklich in die Augen geschaut. »Es gibt niemanden außer Euch, den ich entsenden kann. Ich selbst kann nicht gehen. Euer Vater ist zu krank. Der Blackfish ist mein Auge und Ohr, ich wage es nicht, ihn zu schicken. Euren Bruder brauche ich, damit er Riverrun hält, wenn wir uns in Marsch setzen ...«

»In Marsch setzen?« Niemand hatte ihr darüber auch nur ein Sterbenswörtchen gesagt.

»Ich kann nicht hier in Riverrun sitzen und auf Frieden warten. Dadurch erwecke ich den Eindruck, ich würde mich vor der Schlacht fürchten. Sobald es keine Schlachten zu schlagen gibt, denken die Männer an ihr Heim und ihre Ernte, das hat mir Vater beigebracht. Selbst meine Nordmannen werden unruhig.«

Meine Nordmannen, dachte sie. *Jetzt redet er schon wie ein König.* »Noch nie ist jemand an Unruhe gestorben, aber überstürzt zu handeln, ist etwas anderes. Wir haben die Saat ausgebracht, lassen wir sie aufgehen.«

Robb schüttelte stur den Kopf. »Wir haben ein paar Samen in den Wind gestreut, mehr nicht. Wenn Eure Schwester Lysa uns zu Hilfe kommen wollte, hätte sie uns darüber längst in Kenntnis gesetzt. Wie viele Vögel haben wir bereits zur Eyrie geschickt, vier? Auch ich möchte Frieden, doch weshalb sollten mir die Lannisters irgend etwas schenken, während ich hier herumsitze und meine Armee dahinschmilzt wie der Sommerschnee?«

»Anstatt den Eindruck eines Feiglings zu machen, tanzt Ihr lieber nach Lord Tywins Pfeife?« hielt sie ihm entgegen. »Er *will*, daß Ihr nach Harrenhal marschiert, fragt nur Euren Onkel Brynden –«

»Ich habe nicht von Harrenhal gesprochen«, unterbrach sie Robb. »Also, geht Ihr nun für mich zu Renly, oder muß ich den Greatjon schicken?«

Bei dieser Erinnerung stahl sich ein mattes Lächeln auf ihr Gesicht. Solch ein offensichtliches Spiel, und trotzdem durchtrieben für einen fünfzehnjährigen Knaben. Robb wußte genau, wie ungeeignet Greatjon Umber war, um mit Renly zu verhandeln, und ihm war auch klar, daß sie dies auch wußte. Was konnte sie tun, außer zuzustimmen und dafür zu sorgen, ihren Vater bei ihrer Rückkehr noch lebend vorzufinden? Hätte sich Lord Hoster besserer Gesundheit erfreut, wäre er selbst gereist. Und so fiel ihr der Abschied schwer, wahrlich schwer. Er erkannte sie nicht einmal, als sie kam, um ihm Lebewohl zu sagen. »Minisa«, nannte er sie, »wo sind die Kinder? Meine kleine Cat, meine süße Lysa . . .« Catelyn küßte ihn auf die Stirn und versicherte ihm, seine Lieben seien wohlauf. »Wartet auf mich, Mylord«, fügte sie hinzu, als er die Augen schloß. »Ich habe schon sooft auf Euch gewartet. Jetzt müßt Ihr das gleiche einmal für mich tun.«

Das Schicksal treibt mich wieder und wieder nach Süden, schoß es Catelyn durch den Kopf. Sie hatte Bran und Rickon geschrieben, an ihrem letzten Abend in Riverrun. *Ich habe euch nicht vergessen, meine Lieblinge, das müßt ihr mir glauben. Aber euer Bruder braucht mich jetzt mehr.* Sie nippte an dem bitteren Tee, und Shadd füllte ihr Haferbrei auf. »Lord Renly ist nicht mehr weit entfernt, wenn die Gerüchte stimmen.«

Und was soll ich ihm sagen, wenn ich ihn finde? Daß mein Sohn ihn nicht als den wahren König anerkennt? Sie freute sich nicht auf dieses Treffen. Gewiß brauchten sie Freunde und keine weiteren Feinde, aber Robb würde niemals das Knie vor einem Mann beugen, der seiner Ansicht nach keinen berechtigten Anspruch auf den Thron hatte.

Ihre Schüssel war leer, obwohl sie sich kaum daran erinnern konnte, den Haferbrei gegessen zu haben. Sie stellte sie zur Seite. »Zeit zum Aufbruch.« Je eher sie mit Renly sprach, desto früher konnte sie nach Hause zurückkehren. Sie saß als erste im Sattel und gab das Tempo der Kolonne vor. Hal Mollen ritt neben ihr und trug das Banner des Hauses Stark, den grauen Schattenwolf auf eisweißem Feld.

Einen halben Tagesritt vor Renlys Lager wurden sie entdeckt. Robin Flint, der ihre Vorhut bildete, kehrte im Galopp zurück und berichtete, er habe einen Wachposten auf dem Dach einer Windmühle in der Ferne gesehen. Als Catelyns Trupp bei der Mühle ankam, war der Mann längst verschwunden. Sie setzten ihren Marsch fort und hatten kaum eine Meile hinter sich gebracht, da tauchten Renlys Vorreiter vor ihnen auf, zwanzig Mann in Rüstung, die von einem graubärtigen Ritter angeführt wurden, dessen Überrock mit Blauhähern verziert war.

Nachdem dieser ihre Banner gesehen hatte, trabte er allein heran. »Mylady«, rief er, »ich bin Ser Colen von Greenpools. Ihr reist durch ein gefährliches Gebiet.«

»Wir kommen in einer dringenden Angelegenheit zu Euch«, antwortete sie. »Ich bin die Gesandte meines Sohns, Robb Stark, König des Nordens, um mit Renly Baratheon, dem König des Südens, zu verhandeln.«

»König Renly wurde zum König *aller* Sieben Königslande gekrönt und gesalbt, Mylady«, gab Ser Colen zurück, wenn auch höflich. »Seine Gnaden lagert mit seinem Heer bei Bitterbridge, wo die Roseroad den Mander kreuzt. Es wäre mir eine große Ehre, Euch zu ihm zu geleiten.« Der Ritter hob eine gepanzerte Hand, und seine Männer bildeten eine doppelte Reihe an den Flanken von Catelyn und ihrer Eskorte. *Geleiten oder gefangennehmen?* fragte sie sich. Doch mußte sie wohl oder übel auf Ser Colens Ehre und die Lord Renlys vertrauen.

Den Rauch der Feuer bemerkten sie bereits eine Stunde, bevor sie den Fluß erreichten. Dann vernahmen sie den Lärm, ein undeutliches Rauschen wie das eines fernen Meeres, das über die Bauernhöfe und Felder und die hügelige Ebene hinweggrollte und lauter wurde, je näher sie kamen. Als sie schließlich vor dem schlammigen braunen Wasser des Manders standen, der in der Sonne glitzerte, konnten sie Stimmen von Männern ausmachen, Rasseln von Stahl, Wiehern von Pferden. Dennoch hatten weder Rauch noch Lärm sie auf das Heer selbst vorbereitet.

Tausende von Feuern füllten die Luft mit einem bleichen Dunst. Die Reihen der angepflockten Pferde erstreckten sich über Meilen. Gewiß hatte man für die vielen Fahnenstangen einen ganzen Wald gefällt. Große Belagerungsmaschinen standen entlang des Grassaums der Roseroad, Katapulte verschiedener Art und Sturmböcke auf Rollen. Die stählernen Spitzen von Piken flammten rot im Sonnenlicht auf, als wären sie bereits mit Blut beschmiert, während sich die Pavillons der Ritter und hohen Lords aus dem Gras erhoben wie seidene Pilze. Sie sah Männer mit Speeren und Männer mit Schwertern, Männer, die Stahlhelme und Kettenhemd trugen, Lagerhuren, die ihre Verführungskünste aufboten, Pfeilmacher, Fuhrleute auf Wagen, Schweinehirten, die ihre Tiere hüteten, Pagen, die Botschaften hin und her trugen, Knappen, die Schwerter wetzten, Ritter auf Zeltern, Stallburschen, die sich mit widerspenstigen Schlachtrössern abmühten. »Was für ein furchterregender Haufen«, bemerkte Ser Wendel Manderly, während sie die alte Steinbrücke überquerten, die Bitterbridge seinen Namen verlieh.

»In der Tat«, stimmte Catelyn zu.

Fast die gesamte Ritterschaft des Südens war Renlys Ruf gefolgt. Überall sah man die goldene Rose von Highgarden: auf der rechten Brust von Kriegern und Dienern, auf grünen Seidenbannern, die Lanzen und Piken zierten, auf den Schilden, die vor den Pavillons der Söhne und Brüder und Vettern und Onkels des Hauses Tyrell hingen. Auch den Fuchs und die Blumen des Hauses Florent erspähte Catelyn, die roten und grünen Äpfel der Fossoways, Lord Tarlys schreitenden Jägersmann, Eichenblätter für Oakheart, Kraniche für Crane, eine Wolke schwarz-orangefarbener Schmetterlinge für die Mullendores.

Jenseits des Manders hatten die Sturmlords ihre Standarten aufgepflanzt – Renlys eigentliche Vasallen, die dem Hause Baratheon und Storm's End verschworen waren. Catelyn entdeckte Bryce Carons Nachtigallen, die Federkiele von Penrose und Lord Estermonts Meeresschildkröte, grün auf grün. Und für jeden Schild, den sie kannte, gab es ein Dutzend ihr fremde, die von kleineren Lords getragen wurden, welche wiederum den Vasallen den Treueeid geleistet hatten, dazu landlose Ritter, die in Scharen herbeigeeilt waren, um Renly Baratheons Anspruch auf den Königstitel die nötige Rückendeckung zu verleihen.

Hoch über allen anderen flatterte Renlys Banner im Wind. Auf dem höchsten Belagerungsturm, einem riesigen, fahrbaren Ungeheuer aus Eichenholz, wehte die größte Fahne, die Catelyn je zu Gesicht bekommen hatte – ein Tuch, das den Boden mancher Halle wie ein Teppich bedeckt hätte. Es schimmerte golden und war mit dem gekrönten schwarzen Hirsch der Baratheons geschmückt, der sich stolz zu seiner vollen Größe erhob.

»Mylady, hört Ihr den Lärm?« fragte Hallis Mollen und ritt zu ihr heran. »Was ist das?«

Sie lauschte. Rufe, Wiehern von Pferden, Krachen von Stahl und – »Jubel«, antwortete sie. Bisher waren sie einen sanften Hügel hinauf auf eine Reihe von Pavillons zugeritten. Als sie diese jetzt passierten, wurde das Gedränge dichter und der Lärm lauter. Dann sah sie es.

Vor den steinernen Mauern einer kleinen Burg war ein Turnier im Gange.

Auf einem Feld hatte man eine Kampfbahn und Tribünen errichtet. Hunderte von Zuschauern hatten sich versammelt, vielleicht Tausende. Der aufgewühlten und von zersplitterten Lanzen übersäten Erde nach zu urteilen, fanden die Tjosts bereits seit gestern statt, aber jetzt war das Ende anscheinend nah. Nur etwa zwanzig Ritter saßen noch auf den Pferden und maßen sich im Zweikampf, während Beobachter und ausgeschiedene Wettbewerber ihnen zujubelten. Zwei Streitrösser in voller Rüstung krachten gerade gegeneinander und gingen in einem Wirrwarr von Stahl und Pferdefleisch zu Boden. »Ein Turnier«, erkannte Hal Mollen. Er hatte eine Vorliebe dafür, das Offensichtliche laut zu verkünden.

»Oh, ausgezeichnet«, lobte Ser Wendel Manderly, als ein Ritter mit regenbogenfarbig gestreiftem Mantel herumfuhr und einen Rückhandhieb mit einer langen Axt austeilte, der den Schild seines Verfolgers spaltete.

Das Gedränge erschwerte ihnen das Vorankommen. »Lady Stark«, sagte Ser Colen, »wenn Eure Männer so gut wären und hier warten, könnte ich Euch zum König bringen.«

»Wie Ihr meint.« Sie gab den entsprechenden Befehl und mußte die Stimme heben, damit man sie über den Tumult des Turniers hinweg verstand. Ser Colen drängte sein Pferd langsam durch die Menge, und Catelyn folgte ihm. Ein Beifallssturm wurde laut, als ein helmloser rotbärtiger Mann mit einem Greif auf dem Schild von einem großen Ritter in blauer Rüstung aus dem Sattel gestoßen wurde. Sein Stahl schimmerte kobaltblau, auch der stumpfe Morgenstern, den er mit solch tödlicher Wucht schwang, und sein Pferd trug auf der Schabracke das geviertelte Sonne-und-Mond-Wappen des Hauses Tarth.

»Der Rote Ronnet ist gefallen, verdammt und bei den Göttern«, fluchte ein Mann.

»Loras wird sich schon um diese blaue –« antwortete sein Gefährte, doch der Rest seiner Worte ging im Brüllen der Menge unter.

Der nächste Recke fiel und blieb unter seinem verletzten Pferd liegen. Beide, Mann und Tier, schrien vor Schmerzen. Knappen eilten zu Hilfe.

Das ist doch Irrsinn, dachte Catelyn. *Auf allen Seiten lauern Feinde, das halbe Reich steht in Flammen, und Renly sitzt hier und spielt Krieg wie ein Knabe mit seinem ersten Holzschwert.*

Die Lords und Ladys auf der Tribüne waren vom Turniergeschehen ebenso gefesselt wie die anderen Zuschauer. Catelyn erkannte viele von ihnen. Ihr Vater hatte oft mit den Lords des Südens zu tun gehabt, und nicht wenige hatten Riverrun besucht. Dort saß Lord Mathis Rowan, der noch dicker und röter war als früher und dessen goldener Baum sein weißes Wams bedeckte. Unterhalb von ihm entdeckte sie die kleine, zarte Lady Oakheart, und zu ihrer Linken Lord Randyll Tarly von Horn Hill, dessen Großschwert Heartsbane hinter seiner Stuhllehne aufragte. Andere erkannte sie an ihren Wappen, manche jedoch überhaupt nicht.

In ihrer Mitte, seine junge Königin an der Seite, saß lachend ein Gespenst mit goldener Krone.

Wen wundert es, daß sich die Lords mit solcher Leidenschaft um ihn versammeln; er ist der wiedergeborene Robert. Renly war ebenso stattlich, wie es einst Robert gewesen war; langgliedrig und breitschultrig, mit dem gleichen kohlrabenschwarzen, feinen und glatten Haar, denselben tiefblauen Augen, demselben unbeschwerten Lächeln. Der schmale Reif auf seiner Stirn schien ihm gut zu passen. Er war aus weichem Gold geschmiedet, ein fein gearbeiteter Kranz aus Rosen; vorn erhob sich ein Hirschkopf aus grüner Jade, dessen Augen und Geweih aus Gold gefertigt waren.

Auch das grüne Samtgewand des Königs zierte der gekrönte Hirsch; mit Goldfaden gestickt bildete er das Wappen der Baratheons in den Farben von Highgarden. Das Mädchen, welches den Ehrenplatz mit ihm teilte, stammte ebenfalls aus Highgarden: die junge Königin Margaery, die Tochter von Lord Mace Tyrell. Ihre Heirat war der Mörtel, der das große Bündnis des Südens zusammenhielt. Renly war einundzwanzig, das Mädchen etwa in Robbs Alter, sehr hübsch anzuschauen mit seinen Rehaugen und der lockigen braunen Mähne. Schüchtern lächelte sie lieblich.

Draußen auf dem Feld wurde ein weiterer Recke von dem Ritter im Regenbogenmantel aus dem Sattel gestoßen, und der König fiel in den Beifall der anderen ein. »Loras!« hörte sie ihn rufen. »Loras! Highgarden!« Die Königin klatschte entzückt in die Hände.

Catelyn wandte sich den letzten Kämpfen zu. Vier Mann waren noch übrig, und es gab keinen Zweifel, wem die Gunst des Königs und des gemeinen Volkes galt.

Zwei der restlichen Kontrahenten machten gemeinsam Sache. Sie sprengten auf den Ritter in der kobaltblauen Rüstung zu. Als sie ihn erreicht hatten, zügelte dieser sein Pferd hart, schlug einem der beiden seinen zersplitterten Schild ins Gesicht, während sich sein Streitroß aufbäumte und mit eisenbeschlagenen Hufen nach dem anderen trat. Im Nu lag der eine Rivale am Boden, derweil der andere wankte. Der blaue Ritter ließ den zertrümmerten Schild fallen, damit er den linken Arm frei hatte, und dann griff ihn der Ritter der Blumen an. Das Gewicht des Stahls schien Ser Loras' Grazie und Behendigkeit nicht zu mindern, und sein Regenbogenmantel blähte sich.

Das weiße und das schwarze Pferd drehten sich im Kreis wie Liebende beim Erntetanz, allerdings schenkten die Reiter sich gegenseitig Hiebe statt Küsse. Die lange Axt blitzte auf, der Morgenstern wirbelte. Beide Waffen waren stumpf, dennoch prallten sie mit schrecklichem Krachen aufeinander. Ohne Schild traf es den blauen Ritter härter. Ser Loras ließ Hiebe auf Kopf und Schultern seines Gegners hageln, und die Menge brüllte: »Highgarden!« Der andere wehrte sich mit dem Morgenstern, aber wann immer die Kugel ihr Ziel suchte, blockte Ser Loras sie mit seinem verbeulten grünen Schild ab, auf welchem drei goldene Rosen graviert waren. Dann verhakte sich die Landaxt mit dem Morgenstern, und dem blauen Ritter wurde die Waffe aus der Hand gerissen. Der Ritter der Blumen holte zum letzten Schlag aus.

Der blaue Recke preschte mitten hinein. Die Hengste prallten aufeinander, der stumpfe Axtkopf krachte auf den geborstenen blauen Brustpanzer . . . aber irgendwie gelang es dem blauen Ritter, das Heft zu packen. Er zerrte Ser Loras die Waffe aus der Hand, die beiden rangen im Sattel, bis beide fielen. Als die Pferde sich voneinander lösten, krachten die Kontrahenten auf den Boden. Loras Tyrell kam unten zu liegen. Der blaue Ritter zog einen langen Dolch und schob Tyrells Visier hoch. Im Geschrei der Menge hörte Catelyn nicht, was Ser Loras sagte, doch konnte sie es von seinen blutigen Lippen ablesen.

Ich ergebe mich.

Der Blaue erhob sich taumelnd, wandte sich Renly zu und reckte den Dolch zum Gruß des Siegers an seinen König in die Höhe. Knappen liefen herbei und halfen dem bezwungenen Ritter auf. Nachdem sie diesem den Helm abgenommen hatten, sah Catelyn verblüfft, daß es sich um einen jungen Mann handelte, der kaum zwei Jahre älter als Robb war. Der Junge mochte ebenso gut aussehen wie seine Schwester, doch angesichts der aufgeplatzten Lippe, des leeren Blicks und des Blutes im verfilzten Haar war das schwer zu erkennen.

»Tretet näher!« rief König Renly dem Sieger zu.

Dieser humpelte zur Tribüne. Von nahem betrachtet, wirkte die blaue Rüstung keineswegs mehr so prachtvoll; Brustpanzer und Helm waren mit Beulen und Rissen übersät, die Schwerter und Kriegshämmer und Keulen hinterlassen hatten. Sein Mantel war zerfetzt. Ein paar Zuschauer bejubelten ihn mit »Tarth!« und eigentümlicherweise auch »Die Schöne! Die Schöne!«, doch die meisten schwiegen. Der blaue Ritter kniete vor dem König nieder. »Euer Gnaden«, sagte er, wobei seine Stimme durch den zerschundenen Helm gedämpft wurde.

»Ihr seid wirklich so gut, wie Euer Vater behauptet hat.« Renly war auf dem ganzen Feld zu verstehen. »Ich habe es bisher nur ein- oder zweimal erlebt, daß jemand Ser Loras aus dem Sattel geworfen hat . . . jedoch niemals auf diese Weise.«

»Das war ein hinterhältiger Trick«, beschwerte sich ein betrunkener Bogenschütze, der die Rose der Tyrells auf dem Wams trug, »man zieht nicht einfach jemandem vom Pferd.«

Das Gedränge begann sich langsam aufzulösen. »Ser Colen«, sagte Catelyn zu ihrem Begleiter, »wer ist dieser Mann, und weshalb ist er so unbeliebt?«

Ser Colen runzelte die Stirn. »Weil er kein Mann ist, Mylady. Das ist Brienne von Tarth, die Tochter von Lord Selwyn dem Abendstern.«

»*Tochter?*« fragte Catelyn entsetzt.

»›Brienne die Schöne‹ wird sie genannt . . . obwohl ihr das niemand ins Gesicht sagt, denn sonst müßte er ihr dafür im Zweikampf Rede und Antwort stehen.«

König Renly erklärte Lady Brienne von Tarth zur Siegerin des Buhurt in Bitterbridge, da sie als letzte von einhundertsechzehn Rittern noch im Sattel gesessen hatte. »Als Sieger dürft Ihr mir gegenüber einen Wunsch äußern. Falls es in meiner Macht steht, werde ich ihn erfüllen.«

»Euer Gnaden«, antwortete Brienne, »ich bitte um die Ehre, in Eure Regenbogengarde aufgenommen zu werden. Ich möchte einer der Sieben sein und Euch bis in den Tod dienen, Euch folgen, an Eurer Seite reiten und Euch vor allen Gefahren und Bedrohungen schützen.«

»Euer Wunsch ist erfüllt«, sagte er. »Erhebt Euch und nehmt den Helm ab.«

Sie tat wie befohlen. Und nachdem sie den Helm abgesetzt hatte, begriff Catelyn, was Ser Colen gemeint hatte.

Die Schöne wurde sie genannt . . . welch grausamer Hohn. Ihr Haar war ein Rattennest aus schmutzigem Stroh, und ihr Gesicht . . . Briennes Augen waren groß und sehr blau, voller Vertrauen und frei von Argwohn, doch der Rest . . . ihre Züge waren flach und grobschlächtig, die Lippen so fleischig, daß sie aufgequollen wirkten. Tausende von Sommersprossen bedeckten Wangen und Stirn, und die Nase war ihr mehr als einmal gebrochen worden. Mitleid erfüllte Catelyns Herz. *Gibt es ein unglücklicheres Wesen als eine häßliche Frau?*

Und dennoch, als Renly ihr nun den zerrissenen Umhang abnahm und ihn durch einen regenbogenfarbenen ersetzte, machte Brienne von Tarth keineswegs einen unglücklichen Eindruck. Sie lächelte über das ganze Gesicht, und in ihrer Stimme schwang Stolz mit, als sie verkündete: »Mein Leben werde ich für Euch geben, Euer Gnaden. Von heute an bin ich Euer Schild, das schwöre ich bei den alten Göttern und den neuen.« Es war schmerzlich anzusehen, wie sie den König anblickte – nein, eigentlich, auf ihn hinunterblickte, war sie doch mindestens eine Handbreit größer als Renly, der immerhin so hochgewachsen war wie sein Bruder.

»Euer Gnaden!« Ser Colen von Greenpools schwang sich aus dem Sattel und trat an die Tribüne. »Wenn Ihr erlaubt.« Er beugte das Knie. »Ich bringe Euch Lady Catelyn Stark, die Gesandte ihres Sohnes Robb, Lord von Winterfell.«

»Lord von Winterfell und König des Nordens, Ser«, berichtigte Catelyn ihn. Sie stieg ab und trat neben Ser Colen.

König Renly schien überrascht. »Lady Catelyn? Wir sind höchst erfreut.« Er wandte sich an seine junge Königin. »Margaery, meine Holde, dies ist Lady Catelyn Stark von Winterfell.«

»Ich heiße Euch aufs Herzlichste willkommen, Lady Stark«, sagte das Mädchen sanft und höflich. »Mein Beileid für Euren Verlust.«

»Ihr seid sehr freundlich«, erwiderte Catelyn.

»Mylady, ich schwöre Euch, daß sich die Lannisters für den Mord an Eurem Gemahl verantworten werden. Dafür werde ich Sorge tragen«, verkündete der König. »Sobald ich King's Landing eingenommen habe, schicke ich Euch Cerseis Kopf.«

Und bringt mir das meinen Ned zurück? dachte sie. »Es soll reichen, wenn der Gerechtigkeit Genüge getan wird, Mylord.«

»*Euer Gnaden!*« berichtigte Brienne die Blaue sie scharf. »Und Ihr solltet niederknien, wenn Ihr vor den König tretet.«

»Der Unterschied zwischen *Mylord* und *Euer Gnaden* ist gering, Mylady«, erwiderte Catelyn. »Lord Renly trägt eine Krone, wie auch mein Sohn. Wenn Ihr wünscht, können wir hier im Schlamm stehen und darüber debattieren, welche Titel wem rechtmäßig zustehen, aber ich glaube, es gibt wichtigere Angelegenheiten zu besprechen.«

Einige von Renlys Lords murrten über ihre Worte, doch der König selbst lachte nur. »Wohl gesprochen, Mylady. Für Ehrenbezeugungen bleibt noch genug Zeit, wenn diese Kriege ein Ende gefunden haben. Sagt mir, wann will Euer Sohn gegen Harrenhal ziehen?«

Solange sie nicht wußte, ob dieser König Freund oder Feind war, würde Catelyn ihm nichts über Robbs Pläne verraten. »Ich sitze nicht im Kriegsrat meines Sohnes, Mylord.«

»Solange er mir ein paar Lannisters übrig läßt, werde ich mich nicht beschweren. Was hat er mit dem Königsmörder gemacht?«

»Jaime Lannister ist Gefangener auf Riverrun.«

»Er lebt noch?« Lord Mathis Rowan war bestürzt.

Nachdenklich sagte Renly: »Der Schattenwolf ist wohl gnädiger als der Löwe.«

»Gnädiger als die Lannisters«, murmelte Lady Oakheart und lächelte verbittert, »bedeutet doch nur trockener als das Meer.«

»Ich würde es Schwäche nennen.« Lord Randyll Tarly hatte einen kurzen, borstigen grauen Bart und den Ruf, mit seiner Meinung nicht hinter dem Berg zu halten. »Bei allem Respekt, Lady Stark, aber wäre es nicht angebrachter gewesen, wenn Lord Robb dem König persönlich gehuldigt hätte, anstatt sich hinter den Röcken seiner Mutter zu verstecken?«

»*König* Robb führt Krieg, Mylord«, entgegnete Catelyn eisig. »Er hat keine Zeit für Turnierspiele.«

Renly grinste. »Immer sachte, Lord Randyll, ich fürchte, Ihr habt Euch die falsche Gegnerin ausgesucht.« Er rief einen Pagen in der Livree von Storm's End heran. »Such ein Quartier für die Begleiter der Lady und sorg dafür, daß es ihnen an nichts mangelt. Lady Catelyn soll meinen eigenen Pavillon bewohnen. Da mir Lord Caswell freundlicherweise seine Burg zur Verfügung gestellt hat, brauche ich das Zelt nicht. Mylady, nachdem Ihr geruht habt, würden wir uns geehrt fühlen, wenn Ihr heute abend bei Lord Caswells Fest Fleisch und Met mit uns teilen würdet. Ein Abschiedsfest. Ich fürchte, seine Lordschaft kann es kaum erwarten, meine hungrige Horde endlich abziehen zu sehen.«

»Ganz gewiß nicht, Euer Gnaden«, protestierte ein schmächtiger junger Mann, bei dem es sich offenbar um Caswell handelte. »Was mein ist, gehört auch Euch.«

»Wann immer jemand das zu meinem Bruder Robert sagte, hat er ihn beim Wort genommen«, sagte Renly. »Habt Ihr Töchter?«

»Ja, Euer Gnaden. Zwei.«

»Dann dankt den Göttern, daß ich nicht Robert bin. Meine holde Königin ist die einzige Frau, die ich begehre.« Er reichte Margaery die Hand, um ihr beim Aufstehen behilflich zu sein. »Wir werden unser Gespräch fortsetzen, wenn Ihr Euch erfrischt habt, Lady Catelyn.«

Renly führte seine Braut auf die Burg zu, während der Page Catelyn zum grünen Seidenpavillon des Königs geleitete. »Falls Ihr etwas benötigt, braucht Ihr nur danach zu verlangen, Mylady.«

Catelyn konnte sich nichts vorstellen, was sie noch brauchen könnte. Der Pavillon war größer als der Schankraum vieler Gasthäuser und luxuriös ausgestattet: Federmatratzen und Felldecken, eine Holzbadewanne, die groß genug für zwei Personen war, Kohlebecken, die die nächtliche Kälte vertrieben, zusammenklappbare Lederstühle, ein Schreibtisch mit Feder und Tinte, Schalen mit Pfirsichen, Pflaumen und Birnen, eine Karaffe mit Wein und ein passendes Silbergeschirr, Zedernholztruhen mit Renlys Kleidern, Bücher, Karten, Spielbretter, eine Harfe, ein großer Bogen und ein Köcher mit Pfeilen, zwei rotschwänzige Jagdfalken und dazu eine ansehnliche Sammlung feinster Waffen. *Geizig ist er nicht, dieser Renly,* dachte sie, nachdem sie sich umgeschaut hatte. *Kein Wunder, daß sein Heer so langsam vorwärtskommt.*

Neben dem Eingang stand die Rüstung des Königs Wache; ein waldgrüner Harnisch, dessen Gelenke vergoldet waren. Den Helm krönte ein großes, goldenes Geweih. Der Stahl war auf Hochglanz poliert, und sie konnte in dem Brustpanzer ihr Spiegelbild sehen, das sie wie aus einem tiefen grünen Teich anstarrte. *Das Gesicht einer ertrunkenen Frau. Kann man im Kummer ertrinken?* Abrupt wandte sie sich ab und ärgerte sich über ihre Schwäche. Sie mußte sich den Staub aus dem Haar waschen und sich ein passendes Kleid für das Festmahl eines Königs anziehen.

Ser Wendel Manderly, Lucas Blackwood, Ser Perwyn Frey und der Rest ihrer hochgeborenen Eskorte begleiteten sie zur Burg. Die Große Halle von Lord Caswells Bergfried konnte man allenfalls der Höflichkeit wegen als solche bezeichnen, dennoch fand sich auf den dicht gefüllten Bänken Platz für Catelyns Männer zwischen Renlys Rittern. Catelyn wurde auf dem Podest zwischen den rotgesichtigen Lord Mathis Rowan und den liebenswürdigen Ser Jon Fossoway von den Grünapfel-Fossoways plaziert. Ser Jon unterhielt sie mit Scherzen, derweil Lord Mathis sich freundlich nach der Gesundheit ihres Vaters, ihres Bruders und ihrer Kinder erkundigte.

Brienne von Tarth saß am anderen Ende des hohen Tisches. Sie hatte sich nicht wie eine Dame gekleidet, sondern das Festgewand eines Ritter gewählt, ein Samtwams in rosa und azurblau, dazu Hose und Stiefel und einen edlen Schwertgürtel. Ihr neuer Regenbogenmantel hing über ihren Schultern. Keine Kleidung konnte hingegen ihre Unansehnlichkeit verhüllen; die riesigen sommersprossigen Hände, das breite, flache Gesicht, die vorstehenden Zähne. Ohne Rüstung wirkte ihr Körper ungelenk, mit breiten Hüften, dicken Schenkeln und muskulösen Schultern, doch ohne nennenswerten Busen. Und aus jeder ihrer Handlungen wurde deutlich, daß sie darum wußte und darunter litt. Sie sprach nur, wenn man sie etwas fragte, und hob selten den Blick von ihrem Teller.

Zu speisen gab es reichlich. Dem sagenhaften Reichtum Highgardens hatte der Krieg noch nichts anhaben können. Während Sänger ihre Lieder vortrugen und Akrobaten ihre Kunststücke zeigten, brachte man zuerst Birnen in Wein, worauf winzige, sehr schmackhafte, in Salz eingelegte Fischröllchen folgten, danach mit Zwiebeln und Pilzen gefüllte Kapaune. Große Laibe Brot wurden serviert, Berge von Steckrüben und süßem Mais und Erbsen, riesige Schinken und gebratene Gänse und Platten voller Wildbret. Als Süßspeisen trugen Lord Caswells Diener Küchlein aus der Burgküche auf, Schwäne aus Sahne und Einhörner aus Zuckerwerk, Zitronentörtchen in Form von Rosen, Honigplätzchen und Brombeertorten, Backäpfel und Butterkäse.

Von dem schweren Essen wurde Catelyn fast übel, doch würde sie niemals Schwäche zeigen, wenn so viel von ihrer Stärke abhing. Sie aß in Maßen und beobachtete diesen Mann, der König sein wollte. Renly saß zwischen seiner jungen Königin und ihrem Bruder. Abgesehen von einem weißen Leinenverband um die Stirn schien Ser Loras am heutigen Tag keine großen Schäden davongetragen zu haben. Er sah tatsächlich so gut aus, wie Catelyn vermutet hatte. Seine Augen funkelten lebhaft und klug, sein Haar hing in braunen Locken herab, um die ihn viele junge Frauen beneidet hätten. Er hatte seinen zerrissenen Mantel nach dem Turnier durch einen neuen ersetzt, aus der gleichen glänzenden, gestreiften Seide von Renlys Regenbogengarde, und ihn mit der goldenen Rose von Highgarden am Hals verschlossen.

Von Zeit zu Zeit steckte König Renly Margaery mit der Dolchspitze einen besonders erlesenen Bissen in den Mund, oder er beugte sich zu ihr hinüber und hauchte ihr einen Kuß auf die Wange, dabei unterhielt er sich jedoch fast ausschließlich mit Ser Loras. Der König genoß Speis und Trank, das war kein Geheimnis, dennoch erwies er sich weder als Vielfraß noch als Trunkenbold. Oft lachte er laut auf, und er sprach gleichermaßen liebenswürdig zu hochgeborenen Lords und gemeinen Dienstmädchen.

Einige Gäste hingegen mäßigten sich weniger. Sie tranken zuviel und prahlten zu laut, jedenfalls für Catelyns Geschmack. Lord Willums Söhne Josua und Elyas stritten heftig darüber, wer von ihnen zuerst auf den Mauern von King's Landing stehen würde. Lord Varner zog eine Magd auf seinen Schoß und küßte sie auf den Hals, während seine Hand erforschte, was unter ihrem Mieder verborgen lag. Guyard der Grüne, der sich selbst einen Sänger nannte, schlug die Harfe an und gab einen Vers darüber zum Besten, wie man einen Knoten in den Schwanz des Löwen machte; ein paar seiner Zeilen reimten sich sogar. Ser Mark Mullendore hatte einen schwarzweißen Affen mitgebracht und fütterte ihn von seinem Teller, Ser Tanton von den Rotapfel-Fossoways stieg auf einen Tisch und schwor, er würde Sandor Clegane im Zweikampf besiegen. Das Gelöbnis hätte vermutlich feierlicher gewirkt, wenn Ser Tanton dabei nicht mit einem Fuß in einer Soßenschüssel gestanden hätte.

Der Höhepunkt an Torheit war erreicht, als ein dicker Narr mit einem Löwenkopf aus Stoff einen Zwerg um die Tische jagte und ihn wieder und wieder mit einer aufgeblasenen Schweinsblase auf den Kopf schlug. Schließlich wollte der König wissen, weshalb er seinen Bruder prügele. »Aber Euer Gnaden, ich bin doch der Kind-und-Kegel-Mörder«, antwortete der Narr.

»Er heißt der Königsmörder, Narr aller Narren«, sagte Renly, und die Gäste brachen in lautes Gelächter aus.

Lord Rowan nahm an der ganzen Fröhlichkeit nicht teil. »Sie sind alle so jung«, sagte er zu Catelyn.

Das war allerdings wahr. Der Ritter der Blume hatte vermutlich noch nicht einmal seinen zweiten Namenstag erreicht, als Robert Prinz Rhaegar am Trident besiegte. Die wenigsten waren viel älter. Während der Plünderung von King's Landing waren sie Kleinkinder gewesen, und höchstens Knaben, als sich Balon Greyjoy auf den Iron Islands zur Rebellion erhob. *Sie sind noch unschuldig,* dachte Catelyn, derweil sie Lord Bryce beobachtete, der Ser Robar dazu anstachelte, mit zwei Dolchen zu jonglieren. *Für sie ist das ein Spiel, ein großes Turnier, und sie sehen darin lediglich die Chance, sich Ruhm und Ehre und Reichtümer zu erwerben. Betrunkene Knaben sind sie, und wie alle Knaben glauben sie von sich, sie seien unsterblich.*

»Der Krieg wird sie erwachsen machen«, erwiderte Catelyn, »so wie uns.« Als Robert und Ned und Jon Arryn gegen Aerys Targaryen gezogen waren, war sie ein junges Mädchen gewesen, als die Kämpfe hingegen vorüber waren, eine Frau. »Sie tun mir leid.«

»Weshalb?« fragte Lord Rowan. »Schaut sie Euch an. Sie sind jung und voller Kraft, voller Leben, und sie lachen. Und die Fleischeslust hat sie gepackt, doch wissen sie nicht, wie sie diese ausleben sollen. Heute nacht wird manch ein Bastard gezeugt werden, das verspreche ich Euch. Warum tun sie Euch leid?«

»Weil es nicht von Dauer sein wird«, antwortete Catelyn traurig. »Weil sie Ritter des Sommers sind und der Winter naht.«

»Lady Catelyn, damit habt Ihr unrecht.« Brienne betrachtete sie mit Augen, die so blau wie ihre Rüstung waren. »Für uns wird der Winter niemals kommen. Sterben wir in der Schlacht, wird man Lieder über uns singen, und in den Liedern ist immer Sommer. In den Liedern sind die Ritter edel, die Jungfrauen schön, und stets scheint die Sonne.«

Der Winter kommt für uns alle, dachte Catelyn. *Für mich kam er mit Neds Tod. Für Euch, Kind, wird er auch bald da sein, und früher, als Ihr es Euch wünscht.* Sie brachte es nicht übers Herz, es laut auszusprechen.

Der König erlöste sie. »Lady Catelyn«, rief Renly ihr zu, »ich würde gern ein wenig frische Luft schnappen. Möchtet Ihr mich begleiten?«

Sofort erhob sich Catelyn. »Ich fühle mich geehrt.«

Brienne stand ebenfalls auf. »Euer Gnaden, laßt mir einen Moment Zeit, damit ich meine Rüstung anlegen kann. Ihr solltet nicht ohne Schutz sein.«

König Renly lächelte. »Wenn ich inmitten von Lord Caswells Burg nicht sicher bin, während mein eigenes Heer um mich versammelt ist, wird ein einziges Schwert daran nichts ändern ... nicht einmal Euer Schwert, Brienne. Bleibt sitzen und eßt. Wenn ich Euch brauche, lasse ich Euch rufen.«

Seine Worte trafen die junge Frau anscheinend härter als alle Hiebe, die sie am Nachmittag erhalten hatte. »Wie Ihr wünscht, Euer Gnaden.« Sie setzte sich und schlug die Augen nieder. Renly nahm Catelyns Arm und führte sie aus der Halle. Der Wachposten davor, der halb gedöst hatte, richtete sich so überstürzt auf, daß ihm fast der Speer aus der Hand fiel. Renly klopfte dem Mann auf die Schulter und machte einen Scherz darüber.

»Hier entlang, Mylady.« Der König trat durch eine niedrige Tür in einen Treppenturm. Auf dem Weg nach oben sagte er: »Ist vielleicht Ser Barristan Selmy bei Eurem Sohn auf Riverrun?«

»Nein«, fragte sie verblüfft zurück. »Ist er nicht mehr bei Joffrey? Er war Lord Commander der Königsgarde.«

Renly schüttelte den Kopf. »Die Lannisters haben ihm gesagt, er sei zu alt, und so haben sie seinen Rock an den Bluthund weitergereicht. Mir wurde berichtet, er habe King's Landing mit dem Schwur verlassen, dem rechtmäßigen König zu dienen. Der Mantel, den sich Brienne heute verdient hat, war derjenige, den ich für Selmy aufgehoben habe, weil ich hoffte, er würde mir sein Schwert anbieten. Da er in Highgarden nicht erschienen ist, dachte ich, vielleicht sei er statt dessen nach Riverrun gezogen.«

»Uns hat er nicht aufgesucht.«

»Er war alt, gewiß, aber dennoch ein guter Mann. Ich hoffe nur, ihm ist nichts zugestoßen. Die Lannisters sind große Narren.« Sie stiegen die letzten Stufen hinauf. »In der Nacht von Roberts Tod habe ich Eurem Gemahl einhundert Männer angeboten und ihn gedrängt, Joffrey in seine Gewalt zu bringen. Hätte er auf mich gehört, wäre er heute Regent, und ich wäre nicht gezwungen, den Thron für mich zu beanspruchen.«

»Ned hat abgelehnt.« Das brauchte man ihr nicht zu sagen.

»Er hatte geschworen, Roberts Kinder zu beschützen«, fuhr Renly fort. »Mir allein mangelte es an der nötigen Stärke, um zu handeln, als Lord Eddard mich also abwies, blieb mir nur eine Wahl: die Flucht. Wäre ich geblieben, hätte die Königin dafür gesorgt, daß ich meinen Bruder nicht lange überlebe.«

Wäret Ihr geblieben und hättet Ned unterstützt, würde er vielleicht noch leben, dachte Catelyn verbittert.

»Ich habe Euren Gemahl gern gemocht, Mylady. Er war Roberts treuergebener Freund, ich weiß . . . aber er wollte auf niemanden hören und sich nicht beugen. Hier, ich möchte Euch etwas zeigen.« Sie waren oben angekommen. Renly schob eine Holztür auf, und sie traten hinaus aufs Dach.

Lord Caswells Bergfried war kaum hoch genug, um ihn einen Turm zu nennen, doch das Land war eben und flach, und Catelyn konnte meilenweit in jede Richtung schauen. Wohin sie auch blickte, überall sah sie Lagerfeuer. Sie bedeckten die Erde wie gefallene Sterne, und den Sternen gleich nahmen sie kein Ende. »Zählt sie, wenn Ihr wollt, Mylady«, schlug Renly ihr leise vor. »Freilich werdet Ihr damit noch nicht fertig sein, wenn die Dämmerung im Osten aufzieht. Wie viele Feuer brennen heute nacht um Riverrun?«

Catelyn hörte leise die Musik aus der Großen Halle. Sie wagte es nicht, die Sterne zu zählen.

»Mir wurde mitgeteilt, Euer Sohn habe den Neck mit zwanzigtausend Mann hinter sich überquert«, sagte Renly. »Inzwischen haben sich ihm vielleicht die Lords vom Trident angeschlossen, also könnten es auch vierzigtausend sein.«

Nein, nicht annähernd so viele, wir haben Männer in der Schlacht verloren und andere an die Ernte.

»Ich habe die doppelte Anzahl hier versammelt«, erklärte Renly, »und das ist nur ein Teil meiner Streitmacht. Mace Tyrell bleibt mit weiteren zehntausend in Highgarden, dazu kommt noch die starke Garnison in Storm's End, und bald wird sich Dorne mit mir verbünden. Und vergeßt meinen Bruder Stannis nicht, der auf Dragonstone sitzt und den Befehl über die Lords der Meerenge hat.«

»Mir möchte eher scheinen, Ihr seid derjenige, der in Hinsicht auf Stannis etwas Wichtiges vergessen hat«, wandte Catelyn schärfer als beabsichtigt ein.

»Seinen Anspruch auf den Thron, meint Ihr?« Renly lachte. »Reden wir offen, Mylady. Stannis würde einen entsetzlichen König abgeben. Und außerdem wird er wohl auch keiner werden. Die Menschen respektieren Stannis, sie fürchten ihn gar, aber nur sehr wenige haben ihn je geliebt.«

»Trotzdem ist er der ältere Bruder. Falls einer von Euch beiden einen rechtmäßigen Anspruch auf den Eisernen Thron hat, dann Lord Stannis.«

Renly zuckte mit den Schultern. »Sagt mir, welches Anrecht mein Bruder Robert auf den Eisernen Thron hatte?« Er wartete ihre Antwort nicht ab. »O ja, dieses Gerede über die Blutsbande zwischen Baratheon und Targaryen, die von Heiraten vor Hunderten von Jahren herrührten, von zweiten Söhnen und ältesten Töchtern. Um solche Geschichten scheren sich allenfalls die Maester. Robert hat sich den Thron mit seinem Streithammer erobert.« Er umfaßte die Feuer, die von Horizont zu Horizont aufflammten, mit einer weiten Geste. »Nun, hier ist mein Recht. Es ist ebenso gut wie das Roberts. Falls Euer Sohn mich auf die gleiche Weise unterstützt, in der sein Vater Robert die Treue hielt, werde ich mich großzügig zeigen. Mit Freuden werde ich ihm all seine Ländereien und Titel und Ehren belassen. Er kann in Winterfell herrschen. Meinetwegen soll er sich sogar König des Nordens nennen, solange er das Knie vor mir beugt und mich als seinen Lehnsherrn anerkennt. *König* ist nur ein Wort, aber Treue, Loyalität und Dienst ... die fordere ich ein.«

»Und wenn er sie Euch nicht zugesteht, Mylord?«

»Ich will König werden, Mylady, und zwar nicht in einem zerbrochenen Reich. Deutlicher kann ich es nicht zum Ausdruck bringen. Vor dreihundert Jahren hat ein Stark das Knie vor Aegon dem Drachen gebeugt, weil er keine Chance mehr sah, sich zu behaupten. Ein weiser Entschluß. Euer Sohn muß genauso weise sein. Wenn er sich mir erst angeschlossen hat, ist dieser Krieg so gut wie vorüber. Wir –« Renly unterbrach sich plötzlich. »Was ist das?«

Das Rasseln von Ketten verkündete, daß das Fallgatter hochgezogen wurde. Unten im Hof trieb ein Reiter mit geflügeltem Helm sein schaumbedecktes Pferd unter dem Gatter hindurch. »Ruft den König!« forderte er.

Renly stellte sich zwischen zwei Zinnen. »Ich bin hier oben, Ser.«

»Euer Gnaden.« Der Mann trieb sein Pferd heran. »Ich bin geritten so schnell ich konnte. Von Storm's End. Wir werden belagert, Euer Gnaden. Ser Cortnay leistet Widerstand, aber ...«

»Also ... das ist unmöglich. Man hätte mich davon in Kenntnis gesetzt, wenn Lord Tywin von Harrenhal losmarschiert wäre.«

»Es sind nicht die Lannisters, mein Lehnsherr. Vor Euren Toren steht Lord Stannis. *König* Stannis nennt er sich jetzt.«

JON

Prasselnder Regen schlug Jon ins Gesicht, während er sein Pferd durch den angeschwollenen Bach trieb. Neben ihm zog Lord Commander Mormont seine Kapuze tiefer ins Gesicht und verfluchte lauthals das Wetter. Der Rabe saß mit gesträubtem Gefieder auf seiner Schulter und war ebenso bis auf die Haut durchnäßt wie der Alte Bär. Eine Windböe wehte nasses Laub auf wie einen Schwarm toter Vögel. *Der Verwunschene Wald,* dachte Jon, *sollte besser der ertrunkene Wald heißen.*

Er hoffte nur, Sam, der weiter hinten in der Kolonne ritt, würde mithalten können. Selbst bei strahlendstem Sonnenschein war sein Freund kein guter Reiter, und nach sechs Tagen Dauerregen war der Boden heimtückisch, weil sich im weichen Schlamm Steine verbargen. Von der Mauer würde vermutlich gerade das Schmelzwasser fließen, das schmelzende Eis vermischte sich bestimmt mit dem warmen Regen und füllte die Flüsse. Pyp und Toad würden im Gemeinschaftsraum am warmen Feuer sitzen und vor dem Essen einen Becher heißen Wein genießen. Darum beneidete Jon sie. Die aufgeweichte Wolle klebte an seiner Haut und juckte, Hals und Schultern schmerzten vom Gewicht des Kettenhemdes und des Schwerts, und gesalzenen Fisch, gesalzenes Fleisch und harten Käse hatte er satt.

Vor ihnen ertönte der zitternde Ruf eines Jagdhorns und ging halb im beständigen Trommeln des Regens unter. »Buckwells Horn«, verkündete der Alte Bär. »Die Götter sind uns wohlgesonnen; Craster ist noch da.« Sein Rabe schlug einmal mit den Flügeln, krächzte: »*Korn*«, und sträubte erneut das Gefieder.

Oft genug hatte Jon die Geschichten über Craster und seinen

Bergfried gehört. Jetzt würde er ihn mit eigenen Augen sehen. Nach all den leeren Dörfern hatten sie befürchtet, auch Crasters Sitz verlassen und ausgestorben vorzufinden, aber offensichtlich blieb ihnen das erspart. *Vielleicht bekommt der Alte Bär dort endlich eine Antwort. Jedenfalls kommen wir aus dem Regen heraus.*

Thoren Smallwood schwor, daß Craster ein Freund der Wache sei, wenn er auch einen zweifelhaften Ruf hatte. »Der Mann ist halb verrückt, das will ich nicht bestreiten«, erklärte er dem Alten Bären, »doch würde es Euch kaum anders ergehen, hättet Ihr Euer Leben im Verwunschenen Wald verbracht. Trotzdem hat er noch keinen Grenzer von seinem Herd gewiesen, und Mance Rayder mag er auch nicht. Er wird uns guten Rat geben.«

Eine warme Mahlzeit und die Gelegenheit, unsere Kleidung zu trocknen, würden mich schon glücklich machen. Dywen sagte, Craster sei ein Mörder, Lügner, Schänder und Feigling, und er deutete an, der Mann verkehre mit Sklavenhändlern und Dämonen. »Und mit schlimmerem Volk«, pflegte der alte Waldläufer hinzuzufügen und mit den Holzzähnen zu klacken. »Ihn umgibt ein kalter Hauch, das kannst du mir glauben.«

»Jon«, befahl Lord Mormont, »reite zurück und sag die Neuigkeit in der Kolonne weiter. Und erinnere die Offiziere daran, daß ich keinen Ärger wegen Crasters Frauen wünsche. Die Männer sollen ihre Hände bei sich behalten und so wenig wie möglich mit diesen Weibern reden.«

»Jawohl, Mylord.« Jon wendete sein Pferd. Immerhin prasselte ihm nun der Regen nicht mehr ins Gesicht, wenn auch nur für kurze Zeit. Jeder, den er passierte, sah aus, als würde er weinen. Die Reihe erstreckte sich über eine halbe Meile des Waldes.

In der Mitte des Gepäckzuges traf er auf Samwell Tarly, der unter seinem breiten Schlapphut im Sattel zusammengesunken war. Er ritt auf einem der Packtiere und führte die anderen an den Zügeln. Weil der Regen ständig auf die Abdeckung der Käfige trommelte, flatterten die Raben wild und kreischten. »Hast du einen Fuchs zu ihnen gesperrt?« rief Jon ihm zu.

Das Wasser lief von der Hutkrempe, als Sam den Kopf hob. »Oh, hallo, Jon. Nein, sie hassen nur den Regen genauso wie wir.«

»Wie geht's dir, Sam?«

»Naß.« Der fette Junge lächelte. »Bisher hat mich wenigstens noch nichts getötet.«

»Gut. Vor uns liegt Crasters Bergfried. Wenn die Götter uns wohlgesonnen sind, wird er uns an seinem Feuer schlafen lassen.«

Sam machte ein mißtrauisches Gesicht. »Der Schwermütige Edd sagt, Craster sei ein Wilder. Er heiratet seine eigenen Töchter und gehorcht nur seinen eigenen Gesetzen. Und Dywen hat Grenn erzählt, er habe schwarzes Blut in den Adern. Seine Mutter war eine Wildlingsfrau, die mit einem Grenzer geschlafen hat, und daher sei er ein Bas –« Plötzlich dämmerte ihm, was er gerade aussprechen wollte.

»Ein Bastard«, ergänzte Jon lachend. »Nur raus damit, Sam. Das Wort habe ich schon einmal gehört.« Er gab seinem kleinen trittsicheren Pferd die Sporen. »Ich muß Ser Ottyn erwischen. Und paß auf, wenn dir eine von Crasters Frauen über den Weg läuft.« Nun ja, diese Warnung brauchte Samwell Tarly vermutlich nicht. »Wir unterhalten uns später, nachdem wir das Lager aufgeschlagen haben.«

Jon gab die Neuigkeit noch an Ser Ottyn Wythers weiter, der die Nachhut anführte. Er war ein kleiner Mann im Alter von Mormont und sah ständig müde aus, selbst auf Castle Black. Der Regen setzte ihm besonders unbarmherzig zu. »Eine willkommene Abwechslung«, sagte er. »Diese Nässe weicht schon meine Knochen auf, und sogar meine Schwielen am Hintern haben sich neu wund gerieben.«

Auf dem Rückweg umging Jon die Kolonne in weitem Bogen und suchte sich eine Abkürzung durch das Dickicht. Die Geräusche von Mensch und Tier blieben hinter ihm zurück und wurden von der nassen Wildnis verschluckt, und bald hörte er nur mehr das Trommeln des Regens auf Laub und Steinen. Obwohl es erst Nachmittag war, wirkte der Wald so düster wie in der Dämmerung. Jon suchte sich einen Pfad zwischen Felsen und Pfützen hindurch, an großen Eichen, graugrünen Wachbäumen und Eisenholzbäumen mit schwarzer Rinde vorbei. Dort, wo die Äste über ihm ein dichtes Blätterdach bildeten, durfte er sich über einen Augenblick der Ruhe vor dem Prasseln von oben freuen. Als er an einer vom Blitz getroffenen Kastanie vorbeiritt, die von weißen Wildrosen überwuchert war, hörte er etwas im Unterholz rascheln. »*Ghost!*« rief er, »Ghost, zu mir.«

Aber es war Dywen, der auf seinem grauen zotteligen Pferd aus dem Dickicht kam, Grenn an seiner Seite. Der Alte Bär hatte sie als Flankenschutz ausgeschickt, damit sie die Kolonne vor möglichen Feinden warnen könnten.

»Ach, du bist es, Lord Snow.« Dywen lächelte und zeigte sein aus Holz geschnitztes Gebiß, das nur schlecht in seinen Mund paßte. »Dachte schon, ich und der Junge hätten es mit einem von den Anderen zu tun. Ist dir dein Wolf abhandengekommen?«

»Er ist auf der Jagd.« Ghost lief ungern in der Kolonne mit, aber er würde sich nicht weit entfernen. Wenn sie das Lager für die Nacht aufschlugen, würde er den Weg zu Jon finden.

»Bei dieser Nässe möchte man es eher Fischen nennen«, erwiderte Dywen.

»Meine Mutter hat immer gesagt, Regen sei gut für die Ernte«, warf Grenn ein.

»Schimmel kannst du bestimmt ernten«, antwortete Dywen. »Immerhin, ein Gutes hat dieser Regen: Wir brauchen nicht zu baden.« Er klackte mit den Zähnen.

»Buckwell hat Craster gefunden«, erzählte Jon ihnen.

»Hatte er ihn verloren?« Dywen kicherte. »Ihr jungen Kerle solltet euch von Crasters Weibern fernhalten, habt ihr gehört?«

Jon lächelte. »Willst du sie alle für dich, Dywen?«

Dywen klackte erneut mit den Zähnen. »Könnte schon sein. Craster hat zehn Finger und einen Pimmel, darum kann er höchstens bis elf zählen. Wenn zwei fehlen, würde er's wohl kaum bemerken.«

»Wie viele Frauen hat er eigentlich?« wollte Grenn wissen.

»Mehr als du jemals bekommen wirst, Bruder. Nun, ist ja auch nicht so schwierig, wenn du sie dir selbst zeugst. Da ist dein Vieh, Snow.«

Ghost trabte neben Jons Pferd her und hielt den Schwanz steif in die Höhe. Das weiße Fell hatte er zum Schutz vor dem Regen gesträubt. Er bewegte sich so leise, daß Jon nicht hätte sagen können, wann er aufgetaucht war. Grenns Reittier scheute bei seinem Geruch; selbst jetzt noch, nach einem Jahr, fühlten sich die Pferde in der Gegenwart des Schattenwolfs unbehaglich. »Komm mit, Ghost.« Jon ritt in Richtung von Crasters Bergfried los.

Er hatte niemals geglaubt, so weit jenseits der Mauer eine steinerne Burg zu finden, sondern hatte sich eine Art Erdwall mit Holzpalisaden vorgestellt und dazu einen Bergfried aus Baumstämmen. Was ihn statt dessen erwartete, waren ein Misthaufen, ein Schweinestall, ein leeres Schafgatter und eine fensterlose Halle aus Lehmmauern, die diesen Namen kaum verdiente. Sie war lang, niedrig und mit Grassoden gedeckt. Der Hof stand auf einer Erhebung, die zu unbedeutend war, um sie als Hügel zu bezeichnen, und wurde von einem Erdwall umfaßt. Braune Rinnsale flossen die Schrägen hinunter, wo der Regen klaffende Löcher in die Verteidigungsanlage gefressen hatte, und mündeten in einen rauschenden Bach, der sich nach Norden wand und dessen Wasser sich durch das Unwetter in einen schmutzig-trüben Strom verwandelt hatte.

Im Südwesten entdeckte er ein offenes Tor, das von zwei Tierschädeln auf hohen Pfählen flankiert wurde: ein Bär auf der einen Seite, ein Widder auf der anderen. An dem Bärenschädel hingen immer noch Fleischfetzen, bemerkte Jon, während er sich wieder zur Kolonne gesellte und durch das Tor ritt. Im Innern des Erdwalls pflockten Jarmen Buckwells Männer bereits die Pferde in langen Reihen an und mühten sich ab, die Zelte aufzubauen. Ein Heer Ferkel drängte sich im Schweinestall um drei riesige Säue. Daneben zog ein kleines, nacktes Mädchen Karotten aus einem Beet, während zwei Frauen ein Schwein zum Schlachten fesselten. Das Kreischen des verängstigten Tieres klang schrill und entsetzlich, fast menschlich. Chetts Hunde bellten und knurrten trotz seiner Flüche zur Antwort darauf, und Crasters Hunde bellten zurück. Als sie Ghost sahen, liefen einige davon, während andere böse knurrten. Der Schattenwolf beachtete sie nicht.

Nun, dreißig von uns werden es trocken und warm haben, dachte Jon, nachdem er die Halle genauer betrachtet hatte. *Vielleicht sogar fünfzig.* Das Gebäude war viel zu klein für zweihundert Männer, daher würden die meisten draußen bleiben müssen. Und wo sollten sie lagern? Der Regen hatte den halben Hof in knöcheltiefe Pfützen verwandelt und den Rest in Schlamm. Blieb nur die Aussicht auf eine weitere unangenehme Nacht.

Der Lord Commander hatte sein Pferd dem Schwermütigen Edd anvertraut. Dieser reinigte gerade die Hufe des Tieres vom Schlamm, als Jon abstieg. »Lord Mormont ist in der Halle«, verkündete Edd. »Er sagt, du sollst zu ihm kommen. Laß den Wolf lieber draußen, er sieht so hungrig aus und würde vielleicht eins von Crasters Kindern fressen. Um bei der Wahrheit zu bleiben, würde ich das gleiche tun, wenn man es mir nur warm serviert. Geh schon, ich kümmere mich um dein Pferd. Sollte es drinnen warm und trocken sein, erzähl's mir nicht. Mich hat man nicht hineingebeten.« Er entfernte einen nassen Klumpen Erde aus einem Huf. »Sieht aus wie Scheiße, findest du nicht auch? Könnte Craster den ganzen Hügel vielleicht selbst aufgehäuft haben?«

Jon lächelte. »Na ja, ich habe gehört, er würde hier schon sehr lange wohnen.«

»Das finde ich gar nicht lustig. Geh zum Alten Bären.«

»Ghost, bleib hier«, befahl Jon. Die Tür zu Crasters Bergfried bestand aus zwei Hirschhäuten. Jon schob sie zur Seite und bückte sich unter dem niedrigen Türsturz hindurch. Zwei Dutzend Obergrenzer waren vor ihm eingetreten und standen um die Feuergrube in der Mitte, während sich um ihre Stiefel Lachen bildeten. Die Halle stank nach Ruß, Mist und nassen Hunden. Die Luft war voller Rauch und trotzdem feucht. Durch das Abzugsloch in der Decke tropfte Regen herein. Das Gebäude hatte nur diesen einen Raum, der erhöhte Schlafboden war über zwei grob gezimmerte Leitern zu erreichen.

Jon erinnerte sich daran, wie er sich an dem Tag gefühlt hatte, als sie von der Mauer aufbrachen: nervös wie eine Jungfrau, und dennoch neugierig auf die Geheimnisse und Wunder jenseits jeden neuen Horizonts. *Hier haben wir eines dieser Wunder,* sagte er sich und blickte sich in der übelriechenden armseligen Halle um. Seine Augen tränten wegen des beißenden Rauchs. *Zu schade, daß Pyp und Toad das verpassen.*

Craster saß oberhalb des Feuers; als einziger hatte er einen Stuhl. Sogar Lord Commander Mormont mußte mit einer einfachen Bank vorliebnehmen. Sein Rabe hockte murmelnd auf seiner Schulter. Jarmen Buckwell stand hinter ihm, sein Kettenhemd und sein glänzendes nasses Leder tropften noch, und neben ihm stand Thoren Smallwood in Ser Jaremys schwerem Brustpanzer und mit Zobel besetztem Mantel.

Crasters einfaches Schaffellwams und der Mantel aus Tierfellen boten dazu einen deutlichen Kontrast, aber um eins der dicken Handgelenke trug er einen Reif, der golden glitzerte. Er machte den Eindruck eines kräftigen Mannes, obwohl er längst im Winter seines Lebens angelangt war, was seine grauweiße Mähne verriet. Die flache Nase und die heruntergezogenen Mundwinkel verliehen ihm etwas Grausames, und eines seiner Ohren fehlte. *Das ist also ein Wildling.* Jon erinnerte sich an Old Nans Geschichten, denen zufolge dieses wilde Volk Blut aus menschlichen Schädeln trank. Craster dagegen trank dünnes gelbes Bier aus einem angeschlagenen Becher. Vielleicht hatte er die Geschichten nie gehört.

»Benjen Stark habe ich seit drei Jahren nicht mehr gesehen«, erklärte er Mormont gerade. »Und um bei der Wahrheit zu bleiben, habe ich ihn auch nicht vermißt.« Ein halbes Dutzend Welpen sowie ein oder zwei Schweine schlichen zwischen den Bänken herum, derweil Frauen in zerschlissenen Hirschhäuten Hörner mit

Bier austeilten, das Feuer schürten und Karotten und Zwiebeln in einen Kessel schnitten.

»Er hätte letztes Jahr hier vorbeikommen müssen«, sagte Thoren Smallwood. Ein Hund schnüffelte an seinem Bein. Der Grenzer trat nach ihm, und das Tier ergriff fiepend die Flucht.

Lord Mormont erklärte: »Ben war auf der Suche nach Ser Waymar Royce, der zusammen mit Gared und dem jungen Will verschwunden ist.«

»Ja, an die drei kann ich mich erinnern. Der Lord war kaum älter als meine Welpen. In seinem Zobelmantel und seinem schwarzen Stahl war er zu stolz, unter meinem Dach zu schlafen. Meine Frauen haben ihn trotzdem mit großen Kuhaugen angeglotzt.« Er starrte eine von ihnen an. »Gared hat gesagt, sie würden Banditen jagen. Ich habe ihm gesagt, mit einem so grünen Kommandanten wär's besser, wenn sie die Kerle nicht erwischen. Gared war für eine Krähe gar nicht so übel. Hatte noch weniger Ohren als ich. Beide durch den Frost verloren.« Craster lachte. »Jetzt höre ich, den Kopf ist er ebenfalls los. Auch vom Frost?«

Jon erinnerte sich an rotes Blut, das auf weißen Schnee spritzte, und daran, wie Theon Greyjoy den Kopf des Toten mit dem Fuß von sich gestoßen hatte. *Der Mann war ein Deserteur.* Auf dem Weg zurück nach Winterfell waren Jon und Robb um die Wette geritten und hatten die Schattenwolfwelpen im Schnee gefunden. Vor tausend Jahren.

»Wann hat Euch Ser Waymar verlassen, und wo wollte er hin?«

Craster zuckte mit den Schultern. »Na, ich habe Besseres zu tun, als mich um das Kommen und Gehen der Krähen zu kümmern.« Er trank einen großen Schluck Bier und stellte den Becher zur Seite. »Ich habe seit Ewigkeiten keinen guten Wein aus dem Süden genossen. Außerdem könnte ich eine neue Axt gebrauchen, meine ist stumpf geworden, und das darf nicht sein, ich muß schließlich meine Frauen beschützen.« Er sah hinüber zu seinen fleißigen Gattinnen.

»Ihr seid nur wenige und lebt hier sehr einsam«, meinte Mormont. »Wenn Ihr möchtet, gebe ich Euch ein paar Männer, die Euch nach Süden zur Mauer eskortieren.«

Dieser Vorschlag schien dem Raben zu gefallen. »*Mauer*«, krächzte er und breitete die Flügel wie einen hohen Kragen hinter Mormonts Kopf aus.

Ihr Gastgeber grinste gehässig und zeigte dabei seine abgebrochenen, braunen Zähne. »Und was sollen wir dort machen? Euch beim Essen bedienen? Hier sind wir freie Menschen. Craster dient niemandem.«

»Die Zeiten sind zu schlecht, um allein in der Wildnis zu wohnen. Die kalten Winde erheben sich.«

»Mögen sie wehen. Meine Wurzeln haben sich tief in den Boden gegraben.« Craster packte eine Frau, die gerade vorbeiging, am Arm. »Sag's ihm, Weib. Sag dem Lord Krähe, wie zufrieden wir sind.«

Die Frau fuhr sich mit der Zunge über die dünnen Lippen. »Dies ist unser Heim. Craster beschützt uns. Lieber in Freiheit sterben denn als Sklave leben.«

»*Sklave*«, murmelte der Rabe.

Mormont beugte sich vor. »Jedes Dorf, durch das wir auf unserer Reise kamen, war verlassen. Ihr seid die ersten lebenden Menschen, die wir seit unserem Aufbruch von der Mauer gesehen haben. Die Menschen sind verschwunden . . . ob sie tot sind, geflohen oder gefangengenommen, konnte ich nicht feststellen. Die Tiere ebenfalls. Nichts ist zurückgeblieben. Und ein paar Meilen vor der Mauer haben wir zuvor zwei Leichen von Ben Starks Grenzern gefunden. Sie waren bleich und kalt, hatten schwarze Hände und schwarze Füße und ihre Wunden bluteten nicht. Als wir sie zurück nach Castle Black brachten, standen sie in der Nacht wieder auf und töteten. Einer hat Ser Jaremy Rykker umgebracht, der andere hatte es auf mich abgesehen, woraus ich schließe, daß sie sich noch an einiges aus ihrem früheren Leben erinnerten, aber Gnade kannten sie nicht mehr.«

Der Mund der Frau stand offen, eine feuchte rosafarbene Höhle, doch Craster schnaubte nur. »Solch Schwierigkeiten haben wir hier nicht . . . und ich wäre Euch dankbar, wenn Ihr solch schauerlichen Geschichten unter meinem Dach nicht mehr zum Besten gebt. Ich bin ein den Göttern gefälliger Mann, und die Götter behüten mich. Falls solche Wesen kommen, weiß ich, auf welche Weise ich sie in ihre Gräber zurücktreibe. Deshalb könnte ich eine scharfe neue Axt gebrauchen.« Mit einem Klaps auf das Hinterteil schickte er seine Frau weiter und rief dazu: »Mehr Bier, und zwar schnell.«

»Gut, Ihr habt also keine Schwierigkeiten mit den Toten«, meinte Jarmen Buckwell, »aber was ist mit den Lebenden, Mylord? Mit Eurem König?«

»*König!*« kreischte Mormonts Rabe. »*König, König, König.*«

»Dieser Mance Rayder?« Craster spuckte ins Feuer. »König-jenseits-der-Mauer. Wozu braucht das freie Volk Könige?« Er zwinkerte Mormont zu. »Ich könnte Euch viel über Rayder und seine Taten erzählen, wenn ich wollte. Diese leeren Dörfer, die sind sein Werk. Diese Halle hättet Ihr auch leer vorgefunden, wäre ich ein Mann, der sich einschüchtern läßt. Er schickt einen Reiter und läßt mir ausrichten, ich müsse meinen eigenen Bergfried aufgeben und mich ihm zu Füßen werfen. Ich habe ihm den Reiter zurückgeschickt, aber seine Zunge behalten. Dort drüben habe ich sie an die Wand genagelt.« Er zeigte darauf. »Vielleicht könnte ich Euch sagen, wo Ihr Mance Rayder suchen müßt. Wenn ich wollte.« Wieder das braune Lächeln. »Dazu bleibt noch genug Zeit. Sicher werdet Ihr unter meinem Dach schlafen und meine Schweine essen wollen.«

»Ein Dach über dem Kopf wäre uns höchst willkommen, Mylord«, sagte Mormont. »Wir haben einen harten und vor allem feuchten Ritt hinter uns.«

»Dann seid für eine Nacht meine Gäste. Länger nicht, so sehr mag ich die Krähen nun auch wieder nicht. Der Schlafboden oben ist für mich und die Meinen, aber Ihr könnt es Euch auf der Erde bequem machen. Fleisch und Bier bekommt Ihr für zwanzig Mann, mehr nicht. Der Rest Eurer schwarzen Krähen kann seine eigenen Körner picken.«

»Wir haben ausreichend Vorräte, Mylord«, erwiderte der Alte Bär. »Gern würden wir unser Essen und unseren Wein mit Euch teilen.«

Craster wischte sich den schiefen Mund mit dem Rücken der behaarten Hand. »Von Eurem Wein will ich kosten, Lord Krähe, ganz gewiß. Eine Sache noch: Jeder Mann, der Hand an eine meiner Frauen legt, verliert diese Hand!«

»Unter Eurem Dach gelten Eure Regeln«, antwortete Thoren Smallwood, und Lord Mormont nickte steif, obwohl er nicht allzu erfreut aussah.

»Das wäre also geklärt.« Craster grunzte. »Habt Ihr einen Mann, der Karten zeichnen kann?«

»Sam Tarly.« Jon drängte sich vor. »Sam mag Karten.«

Mormont winkte ihn zu sich. »Hol ihn her, nachdem er gegessen hat. Und er soll Feder und Pergament mitbringen. Außerdem suchst du Tollett. Sag ihm, ich brauche meine Axt. Als Geschenk für unseren Gastgeber.«

»Wer ist der Junge?« fragte Craster, bevor Jon gehen konnte. »Er sieht aus wie ein Stark.«

»Mein Bursche und Knappe, Jon Snow.«

»Ein Bastard, wie?« Craster musterte Jon von oben bis unten. »Wenn ein Mann mit einer Frau das Bett teilen will, sollte er sie auch zum Weib nehmen. So halte ich es jedenfalls.« Er scheuchte Jon mit einer Geste davon. »Jetzt lauf und tu deine Arbeit, Bastard, und sorg dafür, daß die Axt scharf ist, denn stumpfen Stahl kann ich nicht gebrauchen.«

Jon Snow verneigte sich steif und ging hinaus. Ser Ottyn Wythers kam ihm in der Tür entgegen, und sie wären beinahe zusammengestoßen. Draußen hatte der Regen nachgelassen. Überall auf dem Hof standen Zelte. Jon konnte weitere unter den Bäumen vor dem Erdwall erkennen.

Der Schwermütige Edd fütterte die Pferde. »Dem Wildling eine

Axt schenken, klar, warum nicht?« Er zeigte auf Mormonts Waffe, eine Streitaxt mit kurzem Schaft, deren schwarze Stahlklinge mit goldenen Schneckenverzierungen versehen war. »Er wird sie ihm zurückgeben, das schwöre ich. Der Alte Bär wird sie mitten in den Schädel bekommen. Warum überlassen wir ihm nicht gleich alle unsere Äxte, und die Schwerter obendrein? Ich mag das Gerassel beim Reiten nicht. Ohne sie könnten wir schneller vorankommen, geradewegs auf das Tor zur Hölle zu. Ob's in der Hölle regnet? Vielleicht hätte Craster ja lieber einen hübschen Hut.«

Jon lächelte. »Er will eine Axt. Und Wein.«

»Na ja, der Alte Bär ist schlau. Wenn wir den Wildling betrunken machen, schlägt er uns vielleicht nur ein Ohr ab, wenn er uns mit der Axt umbringen will. Ich habe zwei Ohren, aber nur einen Kopf.«

»Smallwood meint, Craster sei ein Freund der Nachtwache.«

»Kennst du den Unterschied zwischen einem Wildling, der ein Freund der Nachtwache ist, und einem, der keiner ist?« fragte der düstere Grenzer. »Unsere Feinde lassen unsere Leichen für die Krähen und Wölfe liegen. Unsere Freunde beerdigen uns in geheimen Gräbern. Ich frage mich, wie lange dieser Bär dort schon am Eingang steht und was Craster dort hängen hatte, bevor wir hereingeschaut haben.« Edd betrachtete zweifelnd Mormonts Waffe, während ihm der Regen über das lange Gesicht rann. »Ist es da drinnen trocken?«

»Trockener als draußen.«

»Wenn ich mich in der Halle hinkauere, vielleicht nicht gleich vorn am Feuer, werden sie mich bis morgen früh wahrscheinlich nicht bemerken. Die unter seinem Dach wird er als erste umbringen, aber wenigstens sterben wir trocken.«

Jon lachte. »Craster ist nur ein einziger Mann. Wir sind zweihundert. Ich glaube, er wird keinen ermorden.«

»Du munterst einen richtig auf«, sagte Edd und klang dabei äußerst verdrießlich. »Und außerdem spricht einiges für eine gute scharfe Axt. Mit einem Hammer würde ich mich nicht gern umbringen lassen. Ich habe mal miterlebt, wie ein Hammer einen Mann vor die Stirn traf. Die Haut war nicht einmal aufgeplatzt, aber sein Kopf wurde ganz weich und schwoll an wie ein Kürbis, bloß eben purpurrot. Der Kerl sah eigentlich gut aus, doch starb er häßlich. Zum Glück geben wir ihm keinen Hammer.« Edd ging kopfschüttelnd davon.

Jon fütterte die Pferde, bevor er daran dachte, sich selbst etwas zu essen zu holen. Er fragte sich, wo er wohl Sam finden würde, als er einen Angstschrei hörte. »*Ein Wolf!*« Er rannte um die Halle herum auf den Schrei zu, wobei die schlammige Erde an seinen Stiefeln klebte. Eine von Crasters Frauen stand mit dem Rücken an der Wand der Halle. »Geh weg«, rief sie Ghost zu. »Geh weg!« Der Schattenwolf hatte ein Kaninchen in der Schnauze, ein zweites lag vor ihm auf dem Boden. »Nehmt ihn weg, Mylord«, bettelte sie, als sie Jon bemerkte.

»Er tut dir nichts.« Mit einem Blick erfaßte er, was geschehen war; ein kleiner hölzerner Stall lag umgeworfen im nassen Gras. »Er muß sehr hungrig gewesen sein. Uns ist kaum Wild begegnet.« Jon pfiff. Der Schattenwolf verschlang gierig das Kaninchen, zermalmte die kleinen Knochen mit den Zähnen und trabte hinüber zu Jon.

Die Frau beäugte die beiden nervös. Sie war jünger, als er zunächst gedacht hatte. Fünfzehn oder sechzehn, schätzte er; ihr dunkles Haar klebte ihr regennaß im hageren Gesicht, ihre nackten Füße waren bis zum Knöchel voll Schlamm. Unter dem Gewand aus zusammengenähten Häuten zeichneten sich die ersten Anzeichen einer Schwangerschaft ab. »Bist du eine von Crasters Töchtern?« fragte er.

Sie legte eine Hand auf ihren Bauch. »Jetzt seine Frau.« Während sie den Wolf nicht aus den Augen ließ, kniete sie traurig neben dem zerbrochenen Stall. »Ich wollte Kaninchen züchten. Wir haben keine Schafe mehr.«

»Die Wache wird sie dir ersetzen.« Jon selbst besaß kein Geld, sonst hätte er es ihr angeboten . . . obwohl er nicht wußte, was man mit ein paar Kupfermünzen oder gar einer Silbermünze hinter der Mauer anfangen sollte. »Ich werde morgen mit Lord Mormont sprechen.«

Sie wischte sich die Hände am Rock ab. »Mylord –«

»Ich bin kein Lord.«

Inzwischen hatte das Geschrei der Frau weitere Männer angelockt. »Glaub ihm nicht, Mädchen«, rief Lark, der von den Sisters stammte, und an Gemeinheit jeden Schurken übertraf. »Das ist Lord Snow persönlich.«

»Bastard von Winterfell und Bruder von Königen«, spottete Chett, der seine Hunde allein gelassen hatte, um nachzuschauen, was es mit dem Aufruhr auf sich hatte.

»Der Wolf sieht dich ganz schön hungrig an, Mädchen«, sagte Lark. »Bestimmt würde er sich gern ein Stück Fleisch aus deinem Bauch reißen.«

Jon fand das nicht lustig. »Ihr macht ihr angst.«

»Wir warnen sie nur.« Chetts Grinsen war ebenso häßlich wie die Furunkel, mit denen sein Gesicht übersät war.

»Wir sollen nicht mit Euch reden«, erinnerte sich das Mädchen plötzlich.

»Warte«, rief Jon, aber zu spät. Sie lief davon.

Lark wollte sich das zweite Kaninchen schnappen, Ghost hingegen war schneller. Als der Wolf die Zähne fletschte, rutschte der Mann von den Sisters im Matsch aus und setzte sich auf den knochigen Hintern. Die anderen lachten. Der Schattenwolf brachte das Kaninchen zu Jon.

»Es gab keinen Grund, das Mädchen so zu ängstigen.«

»Von dir hören wir uns keine Belehrungen an, Bastard.« Chett gab Jon die Schuld daran, daß er seinen bequemen Posten bei Maester Aemon verloren hatte, und er hatte sogar nicht ganz unrecht damit. Wäre Jon nicht wegen Sam Tarly zu Aemon gegangen, würde er noch immer den alten blinden Mann versorgen und nicht eine Meute schlechtgelaunter Hunde. »Vielleicht bist du ja der Liebling des Lord Commanders, aber nicht der Lord Commander selbst . . . und ohne dein Ungeheuer würdest du auch nicht so große Töne spucken.«

»Ich kämpfe nicht gegen einen Bruder, während wir uns jenseits der Mauer befinden«, antwortete Jon, und seine Stimme klang sehr kühl.

Lark stemmte sich auf die Knie hoch. »Er hat Angst vor dir, Chett. Auf den Sisters haben wir einen Namen für solche Kerle.«

»Ich kenne die Namen. Spar dir deine Worte.« Jon ging davon, und Ghost trottete neben ihm her. Der Regen hatte nachgelassen, es nieselte nur noch. Bald würde es zu dämmern beginnen, und dann würde eine weitere nasse, düstere, triste Nacht folgen. Die Wolken würden den Mond und die Sterne und sogar Mormonts Fackeln verhüllen, im Wald würde es stockfinster sein. Selbst Wasserlassen würde zum Abenteuer werden, wenngleich nicht gerade von der Art, die Jon sich vorgestellt hatte.

Draußen vor dem Wall hatten einige der Grenzer Reisig und trockenes Holz gesammelt und unter einem Schieferfelsvorsprung ein Feuer angezündet. Andere hatten die Zelte aufgestellt oder sich behelfsmäßige Unterstände gebaut, indem sie ihre Mäntel über niedrige Äste hängten. Der Riese war in eine abgestorbene hohle Eiche gekrabbelt. »Wie gefällt Euch meine Burg, Lord Snow?«

»Sieht gemütlich aus. Wo ist Sam?«

»Immer der Nase nach. Wenn du bei Ser Ottyns Pavillon ankommst, bist du zu weit gegangen.« Der Riese lächelte. »Es sei denn, Sam hätte auch einen hohlen Baum entdeckt. Aber was für eine Eiche müßte das sein.«

Am Ende war es Ghost, der Sam fand. Der Schattenwolf schoß voran wie der Bolzen einer Armbrust. Unter einem Felsvorsprung, der ein bißchen Schutz vor dem Regen bot, fütterte Sam die Raben. In seinen Schuhen quatschte es bei jedem Schritt. »Meine Füße sind klitschnaß«, gab er kläglich zu. »Als ich vom Pferd stieg, bin ich in ein Loch getreten und bis zu den Knien eingesunken.«

»Zieh deine Stiefel aus und trockne deine Strümpfe. Ich suche Holz. Wenn der Boden unter dem Felsen nicht zu feucht ist, bringen wir vielleicht ein Feuer zum Brennen.« Jon zeigte Sam das Kaninchen. »Und dann wird gegessen.«

»Mußt du nicht bei Lord Mormont in der Halle sein?«

»Nein, aber du. Der Alte Bär will, daß du eine Karte für ihn zeichnest. Craster sagt, er weiß, wo man Mance Rayder findet.«

»Oh.« Sam war offenbar wenig erpicht darauf, Craster kennenzulernen, selbst wenn er an einem warmen Feuer sitzen konnte.

»Zuerst sollst du essen, hat er gesagt. Und deine Füße müssen auch trocknen.« Jon machte sich daran, Brennholz zu sammeln, indem er unter umgestürzten Bäumen nach trockeneren Ästen suchte und Schichten wassergetränkter Kiefernnadeln zur Seite schob, bis er auf trockene Zweige stieß, die vermutlich zünden würden. Trotzdem dauerte es noch eine halbe Ewigkeit, bis ein Funke ein Flämmchen erzeugte. Er hängte seinen Mantel an den Felsvorsprung, um den Regen von dem rauchenden kleinen Feuer abzuhalten, und so hatten sie eine gemütliche kleine Höhle.

Während er sich daran machte, das Kaninchen zu häuten, zog sich Sam die Stiefel aus. »Ich glaube, zwischen meinen Zehen wächst schon Moos«, verkündete er traurig und wackelte mit den betreffenden Gliedern. »Das Kaninchen schmeckt bestimmt gut. Sogar das ganze Blut macht mir nichts aus.« Er blickte zur Seite. »Na ja, jedenfalls nicht viel . . .«

Jon spießte das Kaninchen auf einen Ast, schob ein paar Steine um das Feuer und legte es über die Glut. Das Tier war mager, roch aber wie ein königliches Festmahl. Andere Grenzer blickten neidisch herüber. Selbst Ghost starrte hungrig auf das Fleisch. In seinen roten Augen spiegelten sich die Flammen, als er schnüffelte. »Du hast deinen Anteil schon bekommen«, erinnerte ihn Jon.

»Ist Craster tatsächlich so ein Wilder?« fragte Sam. Das Kaninchen war zwar noch nicht ganz gar, schmeckte jedoch wunderbar. »Wie sieht es in der Burg aus?«

»Ein Misthaufen mit Dach und Feuergrube.« Jon erzählte Sam, was er in Crasters Bergfried gesehen und gehört hatte.

Als er damit fertig war, hatte sich draußen die Dunkelheit über das Land gesenkt. Sam leckte sich die Finger. »Das war gut, bloß jetzt hätte ich am liebsten noch eine Lammkeule dazu. Eine ganze Keule für mich allein, mit Pfefferminzsoße und Honig und Knoblauch. Hast du hier irgendwo Lämmer gesehen?«

»Hier gibt's zwar ein Schafgatter, leider jedoch ohne Schafe.«

»Was essen denn seine Männer?«

»Ich habe keine Männer gesehen. Nur Craster und seine Frauen und ein paar kleine Mädchen. Ich frage mich, wie er hier die Stellung halten kann. Seine Verteidigungsanlagen sind jämmerlich, lediglich dieser matschige Wall. Du solltest jetzt besser in die Halle gehen und diese Karte zeichnen. Findest du den Weg?«

»Solange ich nicht in die Matsche falle.« Sam mühte sich damit ab, seine Stiefel wieder anzuziehen, holte Feder und Pergament hervor und trat in die Nacht, wo sofort wieder der Regen auf seinen Mantel und seinen Schlapphut prasselte.

Ghost legte den Kopf auf die Pfoten und schlief am Feuer ein. Jon streckte sich neben ihm aus und war dankbar für die Wärme. Zwar fror er noch immer, und noch immer waren seine Kleider feucht, aber nicht mehr so sehr wie vor kurzem. *Möglicherweise erfährt der Alte Bär heute etwas, das uns zu Onkel Benjen führt.*

Beim Erwachen bildete sein Atem in der kalten Morgenluft kleine Dampfwolken. Als er sich bewegte, schmerzten seine Glieder. Ghost war verschwunden, das Feuer erloschen. Jon griff nach seinem Mantel, den er über den Felsen gehängt hatte. Der Stoff war steif und gefroren. Er kroch unter dem Vorsprung hervor und betrachtete den Wald, der sich in Kristall verwandelt hatte.

Das bleiche rosige Licht funkelte auf Ästen und Laub und Steinen. Jeder Grashalm war wie aus Smaragd gemeißelt, jeder Wassertropfen ein Diamant. Blumen und Pilze trugen Mäntel aus Glas. Selbst die Schlammlachen glänzten braun. Im schimmernden Grün waren die Zelte seiner Brüder mit einer Eisglasur bedeckt.

Es gibt also doch Magie jenseits der Mauer. Plötzlich dachte er an seine Schwestern, vielleicht, weil er in der Nacht von ihnen geträumt hatte. Sansa würde es Zauberei nennen, und ihr würden angesichts dieses Wunders Tränen in die Augen treten, derweil Arya herumtollen und lachen und schreien und alles anfassen wollen würde.

»*Lord Snow?*« hörte er. Leise und demütig. Er drehte sich um.

Auf dem Felsen, der ihn während der Nacht geschützt hatte, hockte die Kaninchenzüchterin, die in einen schwarzen Mantel gehüllt war, in dem sie fast zu verschwinden schien. *Sams Mantel,* erkannte Jon sofort. *Wieso trägt sie Sams Mantel?* »Der Dicke hat mir gesagt, ich würde Euch hier finden, M'lord.«

»Wir haben das Kaninchen gegessen, falls du deswegen gekommen bist.« Das Geständnis weckte eigentümliche Schuldgefühle in ihm.

»Der alte Lord Krähe, der mit dem sprechenden Vogel, hat Craster eine Armbrust geschenkt, die hundert Kaninchen wert ist.« Sie legte die Hände auf die Wölbung ihres Bauches. »Ist es wahr, M'lord? Seid Ihr ein Bruder des Königs?«

»Ein Halbbruder«, antwortete er. »Ich bin Ned Starks Bastard. Mein Bruder Robb ist König des Nordens. Warum bist du hier?«

»Der Dicke, dieser Sam, hat gesagt, ich soll zu Euch gehen. Er hat mir den Mantel gegeben, damit Ihr mir glaubt.«

»Wird Craster nicht wütend auf dich sein?«

»Mein Vater hat gestern nacht zu viel von dem Wein von Lord Krähe getrunken. Er wird den ganzen Tag schlafen.« Ihr Atem hing in kleinen nervösen Wölkchen in der Luft. »Die Leute sagen, der König spricht Recht und beschützt die Schwachen.« Sie kletterte unbeholfen von dem Felsen und rutschte auf dem glatten Eis aus. Jon fing sie auf und setzte sie sicher auf den Boden. Die Frau kniete auf der gefrorenen Erde nieder. »M'lord, ich bitte Euch –«

»Bitte mich um gar nichts. Geh zurück in die Halle, du solltest gar nicht hier sein. Wir haben Befehl, nicht mit Crasters Frauen zu sprechen.«

»Ihr braucht nicht mit mir zu sprechen, M'lord. Nehmt mich nur mit Euch, wenn Ihr aufbrecht, um mehr bitte ich nicht.«

Um mehr also nicht. Als wäre das nichts.

»Ich werde – ich werde Euer Weib sein, wenn Ihr wollt. Mein Vater hat neunzehn Frauen, eine weniger wird ihm nicht schaden.«

»Schwarze Brüder dürfen keine Frauen haben, weißt du das nicht? Und außerdem sind wir Gäste deines Vaters.«

»*Ihr* nicht«, erwiderte sie. »Ich habe genau aufgepaßt. Ihr habt nicht an seiner Tafel gespeist und nicht an seinem Feuer geschlafen. Euch hat er das Gastrecht nicht zugestanden, daher seid Ihr auch nicht daran gebunden. Ich will doch nur wegen des Kindes fort.«

»Ich kenne nicht einmal deinen Namen.«

»Goldy nennt er mich. Nach Goldlack, der Blume.«

»Das ist hübsch.« Sansa hatte ihm einmal geraten, dies zu antworten, wenn ihm eine Dame ihren Namen verriet. Er konnte dem Mädchen nicht helfen, aber vielleicht würde ihr die Höflichkeit gefallen. »Hast du Angst vor Craster, Goldy?«

»Wegen des Kindes, nicht meinetwegen. Wenn es ein Mädchen wird, ist es ja gut, dann wird sie groß werden und ihn heiraten. Aber Nella sagt, es wird ein Junge, und sie hatte schon sechs und kennt sich mit solchen Sachen aus. Die Jungen gibt er den Göttern. Wenn die weiße Kälte kommt, tut er das, und in letzter Zeit kommt sie oft. Deshalb hat er ihnen schon die Schafe überlassen, obwohl er so gern Hammelfleisch ißt. Jetzt sind alle Schafe weg. Als nächstes sind die Hunde dran, bis ...« Sie senkte den Blick und strich sich über den Bauch.

»Was für Götter?« Jetzt erinnerte sich Jon: außer Craster hatte er kein einziges männliches Wesen in der Halle gesehen.

»Die kalten Götter«, antwortete sie. »Die Götter der Nacht. Die weißen Schatten.«

Plötzlich befand sich Jon wieder im Turm des Lord Commanders. Eine abgetrennte Hand kletterte an seiner Wade hoch, und als er sie mit der Spitze seines Schwertes entfernte, lag sie da und zuckte mit den Fingern. Der tote Mann erhob sich auf die Beine, in seinem aufgeschlitzten, geschwollenen Gesicht leuchteten blaue Augen. Fleischfetzen hingen aus der Wunde in seinem Bauch, obwohl kein Blut zu sehen war.

»Welche Farbe haben ihre Augen?« fragte er.

»Blau. So hell wie blaue Sterne, und genauso kalt.«

Sie haben sie gesehen. Craster hat gelogen.

»Nehmt Ihr mich mit? Nur bis zur Mauer –«

»Wir reiten nicht zu Mauer, sondern nach Norden, zu Mance Rayder und diesen Anderen, diesen weißen Schatten. Wir suchen sie, Goldy. Dein Kind wäre bei uns nicht sicher.«

Die Angst stand ihr offen ins Gesicht geschrieben. »Aber Ihr kommt doch zurück. Wenn der Krieg vorbei ist, kommt Ihr wieder hier vorbei.«

»Vielleicht.« *Falls dann noch jemand von uns lebt.* »Das muß der Alte Bär entscheiden, der, den du Lord Krähe nennst. Ich suche unseren Weg nicht aus.«

»Nein.« Er hörte die Niedergeschlagenheit in ihrer Stimme. »Es tut mir leid, wenn ich Euch Ärger gemacht habe, M'lord. Ich wollte nur ... Die Leute sagen, der König sorgt für die Sicherheit der Menschen, und ich dachte ...« Verzweifelt lief sie davon, und Sams Mantel blähte sich hinter ihr auf wie große schwarze Flügel.

Jon sah ihr nach, und mit ihr verschwand die kleine Freude, die ihm die morgendliche Schönheit der Landschaft beschert hatte. *Verflucht soll sie sein,* schoß es ihm durch den Kopf, *und doppelt verflucht soll Sam sein, der sie zu mir geschickt hat. Was hat er sich dabei gedacht? Was kann ich denn für sie tun? Wir sind hier, um gegen die Wildlinge zu kämpfen, und nicht, um sie zu retten.*

Die anderen Männer krochen ebenfalls aus ihren Unterkünften, gähnten und reckten sich. Die Magie war fast schon vergangen, der eisige Glanz verwandelte sich im ersten Licht der Sonne in gewöhnlichen Tau. Jemand hatte Feuer gemacht; er roch den Rauch, der durch den Wald trieb, den Duft von Speck. Jon zog seinen Mantel von dem Felsen, schlug ihn gegen den Stein und zerbrach die dünne Eiskruste, die sich während der Nacht gebildet hatte, dann nahm er Longclaw und schob den Arm durch den Schulterriemen. Ein paar Meter entfernt erleichterte er sich in einem gefrorenen Busch. Seine Pisse dampfte in der kalten Luft und schmolz das Eis, wo immer sie niederging. Anschließend knüpfte er seine Hose zu und folgte dem Duft.

Grenn und Dywen hatten sich zusammen mit anderen Brüdern um das Feuer versammelt. Hake reichte Jon einen ausgehöhlten Kanten Brot, in den gebratener Speck und Stücke von gesalzenem Fisch gestopft waren, die im Fett aufgewärmt worden waren. Während Jon Dywens Prahlereien lauschte, der es in der Nacht angeblich mit drei von Crasters Frauen getrieben hatte, schlang er sein Frühstück hinunter.

»Hast du nicht«, erwiderte Grenn mit finsterem Blick. »Ich hätte dich gesehen.«

Dywen schlug ihm aufs Ohr. »Du? Gesehen? Du bist so blind wie Maester Aemon. Du hast nicht einmal Bären gesehen.«

»Welchen Bären? Wo war ein Bär?«

»Irgendwo ist immer ein Bär«, verkündete der Schwermütige Edd in seinem ewig niedergeschlagenen Tonfall. »Einer hat meinen Bruder getötet, als ich noch klein war. Danach trug das Vieh seine Zähne an einem Lederband um den Hals. Und das waren gute Zähne, besser als meine. Mit meinen Zähnen habe ich immer nur Ärger gehabt.«

»Hat Sam heute nacht in der Halle geschlafen?« fragte Jon ihn.

»Schlafen würde ich das nicht nennen. Der Boden war hart, die Binsen haben gestunken, und meine Brüder haben fürchterlich geschnarcht. Ihr könnt euch gern über Bären unterhalten, aber keiner hat je so fürchterlich geknurrt wie der Braune Bernarr. Wenigstens war mir warm. Ein paar der Hunde sind während der Nacht auf mir herumgekrabbelt. Mein Mantel war fast wieder trocken, da hat mir einer von ihnen draufgepißt. Oder vielleicht war es der Braune Bernarr. Habt Ihr bemerkt, daß der Regen in dem Augenblick aufgehört hat, als ich ein Dach über dem Kopf hatte? Wenn wir weiterziehen, fängt es bestimmt wieder an. Götter und Hunden gefällt es wohl, auf mich zu pissen.»

»Ich sollte mich wohl am besten zu Lord Mormont aufmachen«, sagte Jon.

Der Regen mochte zwar aufgehört haben, dennoch war der Hof noch immer ein Morast aus seichten Seen und schlüpfrigem Schlamm. Schwarze Brüder bauten überall ihre Zelte ab oder fütterten ihre Pferde, während sie auf Streifen von Trockenfleisch herumkauten. Jarmen Buckwells Kundschafter zogen bereits ihre Sattelgurte fest und machten sich zum Aufbruch bereit. »Jon«, grüßte Buckwell vom Pferderücken aus, »halt dein Bastardschwert schön scharf. Wir werden es bald brauchen.«

Wenn man Crasters Halle aus dem Tageslicht betrat, war sie eine düstere Halle. Die Fackeln der Nacht waren so gut wie abgebrannt, und man mochte kaum glauben, daß die Sonne bereits aufgegangen war. Lord Mormonts schwarzer Rabe erspähte Jon zuerst. Mit drei lässigen Flügelschlägen hatte er ihn erreicht und ließ sich auf dem Heft von Longclaw nieder. »Korn?« Der Vogel zupfte an Jons Haar.

»Beachte diesen Bettelvogel gar nicht, Jon, er hat gerade die Hälfte von meinem Speck gefressen.« Der Alte Bär saß an Crasters Tafel und frühstückte gemeinsam mit den anderen Offizieren: geröstetes Brot, Speck und Wurst. Crasters neue Axt lag auf dem Tisch, die goldenen Intarsien glänzten schwach im Fackellicht. Ihr Besitzer lag in tiefem Schlaf oben auf dem Schlafboden, aber die Frauen waren schon auf und bedienten die Grenzer. »Was für ein Tag erwartet uns draußen?«

»Kalt, doch es regnet nicht mehr.«

»Sehr gut. Sorg dafür, daß mein Pferd gesattelt ist. In einer Stunde will ich losreiten. Hast du schon gegessen? Crasters Speisen sind zwar einfach, immerhin wird man davon satt.«

Ich werde Crasters Essen nicht anrühren, entschied er plötzlich. »Ich habe schon mit den Männern gefrühstückt, Mylord.« Er verscheuchte den Raben. Der Vogel hüpfte auf Mormonts Schulter, wo er prompt schiß. »Das hättest du auch bei Snow machen können«, knurrte der Alte Bär. Der Rabe krächzte.

Sam entdeckte er hinter der Halle bei dem aufgebrochenen Kaninchenstall, wo Goldy ihm gerade in seinen Mantel half. Als sie

Jon bemerkte, schlich sie davon. Sam warf ihm einen gekränkten Blick zu. »Ich dachte, du würdest ihr helfen.«

»Und wie?« erwiderte Jon scharf. »Sollen wir sie mitnehmen, unter deinem Mantel versteckt? Wir haben Befehl, nicht –«

»Ich weiß«, unterbrach ihn Sam voller Schuldgefühle, »aber sie hat Angst. Ich weiß, wie das ist. Ich habe ihr gesagt . . .« Er schluckte.

»*Was?* Das wir sie mitnehmen?«

Sams Gesicht wurde dunkelrot. »Auf dem Heimweg.« Er wich Jons Blick aus. »Sie bekommt ein Kind.«

»Sam, hast du den Verstand verloren? Wir kehren vielleicht gar nicht auf diesem Weg zurück. Und falls doch, glaubst du, der Alte Bär läßt zu, daß du eine von Crasters Frauen entführst?«

»Ich dachte . . . vielleicht würde mir bis dahin etwas einfallen . . .«

»Für so etwas habe ich keine Zeit, ich muß die Pferde satteln.« Verärgert und wütend ließ Jon seinen Freund stehen. Sams Herz war ebenso groß wie sein Bauch, aber trotz seiner Bildung war er manchmal so dumm wie Grenn. Es war unmöglich und außerdem unehrenhaft. *Warum schäme ich mich dann so?*

Jon nahm seinen gewohnten Platz an Mormonts Seite ein, als die Nachtwache an den Schädeln vorbei durch Crasters Tor hinausritt. Sie folgten einem verschlungenen Wildpfad in Richtung Norden und Westen. Schmelzendes Eis tropfte mit leiser Musik auf sie herab, wie ein verlangsamter Regen. Nördlich des Anwesens führte der Bach Hochwasser und schwemmte Laub und Holz mit sich fort, aber die Kundschafter hatten die Furt gefunden, und die Kolonne überwand das Hindernis mit Leichtigkeit. Das Wasser reichte den Pferden bis an den Bauch. Ghost schwamm hindurch. Am anderen Ufer tropfte sein weißes Fell vom schlammigen Wasser, er schüttelte sich, und Tropfen spritzten in alle Richtungen. Mormont sagte nichts, doch der Rabe kreischte.

»Mylord«, sagte Jon leise, während der Wald sich wieder um sie schloß. »Craster hat keine Schafe. Und keine Söhne.«

Mormont antwortete nicht.

»Auf Winterfell hat uns eine der Mägde immer Geschichten erzählt«, fuhr Jon fort. »Die Wildlinge, so sagte sie, würden sich mit den Anderen paaren und halbmenschliche Kinder gebären.«

»Ammenmärchen. Sieht Craster vielleicht nicht menschlich aus?«

»Er setzt seine Söhne im Wald aus.«

Langes Schweigen. Dann: »Ja.« Und der Rabe murmelte: *»Ja. Ja, ja, ja.«*

»Habt Ihr das gewußt?«

»Smallwood hat es mir gesagt. Vor langer Zeit. Jeder Grenzer weiß es, doch nur die wenigsten sprechen darüber.«

»Wußte mein Onkel es auch?«

»Alle Grenzer wissen es«, wiederholte Mormont. »Du denkst, ich sollte es verhindern. Ihn notfalls töten.« Der Alte Bär seufzte. »Wenn es nur darum ginge, daß er ein paar hungrige Mäuler loswerden will, so würde ich mit Freuden Yoren oder Conwys schicken, damit sie die Jungen abholen. Wir könnten sie aufziehen und die Wache mit ihnen verstärken. Doch diese Wildlinge dienen grausameren Göttern als du und ich. Crasters Jungen sind Opfer. Seine Gebete, wenn du so möchtest.«

Seine Frauen sind zu ganz anderen Gebeten verdammt, dachte Jon.

»Woher weißt du das eigentlich?« fragte der Alte Bär ihn. »Von einer seiner Frauen?«

»Ja, Mylord«, gestand Jon. »Ich möchte Euch lieber nicht sagen, von welcher. Sie hatte Angst und suchte Hilfe.«

»Die Welt ist voller Menschen, die Hilfe brauchen, Jon. Ich wünschte nur, manche von ihnen würden den Mut finden, sich selbst zu helfen. Craster liegt jetzt besinnungslos auf seinem Schlafboden und stinkt nach Wein. Auf seinem Tisch unter ihm liegt eine neue, scharfe Axt. Wäre ich an Stelle der Frauen, so würde ich diesen Umstand als Antwort auf meine Gebete betrachten.«

Ja. Jon dachte an Goldy. An sie und ihre Schwestern. Neunzehn waren sie, und Craster nur einer. Dennoch ...

»Für uns wäre es ein schlimmer Tag, wenn Craster sterben

würde. Dein Onkel könnte dir von den Zeiten erzählen, als Crasters Bergfried für unsere Grenzer die Rettung vor dem sicheren Tod bedeutete.«

»Mein Vater . . .« Er zögerte.

»Raus damit, Jon. Sag, was du sagen wolltest.«

»Mein Vater hat mir einmal gesagt, daß manche Männer keine Hilfe wert sind«, sprach Jon weiter. »Ein Vasall, der brutal ist oder unrecht tut, entehrt seinen Lehnsherrn ebenso wie sich selbst.«

»Craster ist sein eigener Herr. Er hat uns keinen Eid geleistet. Zudem ist er kein Untertan unserer Gesetze. Dein Herz ist edel, Jon, aber diese Lektion solltest du lernen. Wir können diese Welt nicht besser machen. Das ist nicht unsere Aufgabe. Die Nachtwache kämpft auf anderen Schlachtfeldern.«

Andere Schlachtfelder. Ja. Das darf ich nicht vergessen. »Jarmen Buckwell hat gesagt, ich würde vielleicht bald mein Schwert brauchen.«

»Tatsächlich?« Das schien Mormont nicht zu gefallen. »Craster hat heute nacht so etwas Ähnliches geäußert und noch mehr. Er hat meine ärgsten Befürchtungen so sehr bestätigt, daß ich eine schlaflose Nacht auf seinem harten Boden verbracht habe. Mance Rayder versammelt sein Volk in den Frostfangs. Deshalb sind die Ortschaften verlassen. Das gleiche hat Ser Denys Mallister von diesem Wildling gehört, den seine Männer gefangengenommen haben, aber Craster hat uns noch verraten, *wo* dieser Ort liegt, und das bedeutet einen großen Unterschied.«

»Baut er eine Stadt, oder versammelt er eine Armee?«

»Nun, genau das ist die Frage. Wie viele Wildlinge sind es? Und wie viele davon sind Krieger? Keiner weiß es mit Gewißheit. Die Frostfangs sind unwirtlich und hart, eine Wildnis aus Stein und Eis. Eine größere Gruppe Menschen wird dort nicht lange überleben. Ich sehe darin nur einen einzigen Zweck. Mance Rayder will nach Süden in die Sieben Königslande vorstoßen.«

»Wildlinge sind auch früher schon ins Reich eingefallen.« Jon kannte die Geschichten von Old Nan und Maester Luwin. »Raymun Rotbart hat sie zu Zeiten des Großvaters meines Großvaters nach Süden geführt, und vor ihm gab es einen König namens Bael der Barde.«

»Und lange vor ihm waren es der Gehörnte Lord und die Bruderkönige Gendel und Gorne, und in den alten Tagen Joramun, der ins Horn des Winters stieß und die Riesen weckte. Jeder von ihnen ist an der Mauer gescheitert oder spätestens jenseits davon an der Macht von Winterfell . . . aber heute ist die Nachtwache nur mehr ein Schatten ihrer selbst, und wer bleibt außer uns, um den Wildlingen Widerstand zu leisten? Der Lord von Winterfell ist tot, sein Erbe marschiert mit seinem Heer nach Süden, um gegen die Lannisters zu kämpfen. Ich habe Mance Rayder kennengelernt, Jon. Er ist ein Eidbrüchiger, ja . . . dennoch hat er Augen im Kopf, und kein Mann hat es je gewagt, ihn Hasenherz zu nennen.«

»Was werden wir unternehmen?« fragte Jon.

»Ihn suchen«, antwortete Mormont. »Gegen ihn kämpfen. Ihn aufhalten.«

Dreihundert, dachte Jon, *gegen die entfesselte Wut der ganzen Wildnis.* Seine Finger öffneten und schlossen sich.

THEON

Unleugbar handelte es sich um eine Schönheit. *Aber dein erstes Schiff ist immer eine Schönheit,* dachte Theon Greyjoy.

»Nun, das ist mal ein hübsches Grinsen«, sagte eine Frauenstimme hinter ihm. »Dem Lord gefällt, was er sieht, nicht wahr?«

Theon drehte sich um und schenkte der Frau ein beifälliges Lächeln. Ihm gefiel tatsächlich, was er sah. Auf den Iron Islands geboren, das erkannte er auf den ersten Blick; schlank und langbeinig, kurzgeschnittenes schwarzes Haar, wettergegerbte Haut, kräftige, geschickte Hände, ein Dolch an ihrem Gürtel. Ihre Nase war zu groß und zu scharf für das schmale Gesicht, aber ihr Lächeln wog das auf. Sie mochte einige Jahre älter sein als er, jedoch höchstens fünfundzwanzig. Und ihren Bewegungen zufolge war sie es gewöhnt, ein Deck unter den Füßen zu haben.

»Ja, ein lieblicher Anblick«, sagte er, »wenn auch nicht halb so lieblich wie Ihr.«

»Oho.« Sie grinste. »Ich sollte mich hüten. Des Lords Zunge trieft von Honig.«

»Probiert sie und findet es selbst heraus.«

»Demnach trügt mich mein Verdacht nicht?« erwiderte sie und betrachtete ihn kühn. Auf den Iron Islands gab es Frauen – nicht viele, aber immerhin einige –, die zusammen mit ihren Männern auf Langschiffen anheuerten, und es hieß, Salz und Meer veränderten sie und weckten einen mannhaften Appetit in ihnen. »Wart Ihr solange auf See, Lord? Oder gab es dort, wo Ihr herkommt, keine Frauen?«

»Frauen genug, doch keine glich Euch.«

»Und woher wollt Ihr das wissen?«

»Meine Augen können Euer Gesicht sehen. Meine Ohren hören Euer Lachen. Und mein Gemächt ist so hart wie ein Mast.«

Die Frau trat vor und legte eine Hand in seinen Schritt. »Nun, ein Lügner seid Ihr nicht«, sagte sie und drückte zu. »Tut es sehr weh?«

»Fürchterlich.«

»Armer Lord.« Sie ließ ihn los und trat zurück. »Leider bin ich eine verheiratete Frau, und zudem jüngst schwanger geworden.«

»Die Götter sind gütig«, sagte Theon. »Auf diese Weise kann ich Euch keinen Bastard anhängen.«

»So oder so, mein Gemahl würde es Euch nicht danken.«

»Nein, aber Ihr vielleicht.«

»Und aus welchem Grund sollte ich das tun? Lords hatte ich schon zuvor. Sie sind aus dem gleichen Holz geschnitzt wie andere Männer auch.«

»Hattet Ihr schon einmal einen Prinzen?« fragte er. »Wenn Ihr runzlig und ergraut seid und Eure Brüste Euch bis zum Bauch hängen, könnt Ihr den Kindern Eurer Kinder erzählen, daß Ihr einst einen König liebtet.«

»Oh, jetzt reden wir schon von Liebe? Und ich dachte, nur von Gemächt und Scham.«

»Steht Euch der Sinn nach Liebe?« Er entschied, daß ihm dieses Mädchen gefiel, wer auch immer sie sein mochte; ihr scharfer Witz war eine willkommene Abwechslung zu der feuchten Düsternis von Pyke. »Soll ich mein Langschiff nach Euch benennen, und die Harfe für Euch spielen, und Euch im Turmzimmer meiner Burg einsperren, wo Ihr nur Juwelen tragen dürft, ganz wie jene Prinzessin aus den Liedern?«

»Ihr solltet das Schiff tatsächlich nach mir nennen«, gab sie zurück und ging auf den Rest nicht ein. »Schließlich habe ich es gebaut.«

»Sigrin hat es gebaut. Der Schiffsbauer meines Vaters.«

»Ich bin Esgred. Ambrodes Tochter, Sigrins Frau.«

Er hatte nicht gewußt, daß Ambrode eine Tochter hatte oder

Sigrin ein Weib ... aber dem jüngeren Schiffbauer war er nur einmal begegnet, während er sich an den älteren kaum noch erinnerte. »Wenn Ihr bei Sigrin lebt, ist das eine Verschwendung.«

»Oho. Sigrin sagt, dieses schöne Schiff an Euch zu geben, sei Verschwendung.«

Theon fuhr auf. »Wißt Ihr, wer ich bin?«

»Prinz Theon aus dem Hause Greyjoy. Wer sonst? Sagt mir die Wahrheit, Mylord, wie groß ist Eure Liebe für Eure neue Braut? Sigrin möchte es wissen.«

Das neue Langschiff roch nach Pech und Harz. Sein Onkel Aeron würde es morgen segnen, aber Theon war von Pyke herübergeritten, um es sich vor dem Stapellauf anzuschauen. Es war nicht so groß wie Lord Balons *Krake* oder die *Eiserner Sieg* seines Onkel Victarion, immerhin sah es schlank und schnell aus, wenn es auch noch auf dem Strand lag; der schwarze Rumpf war gute dreißig Meter lang, ein einzelner Mast reckte sich in die Höhe, fünfzig Ruder fanden unter Deck und hundert Mann auf Deck Platz ... und vorn am Bug eine große Eisenramme in Form einer Pfeilspitze. »Sigrin hat mir gute Dienste geleistet«, gab er zu. »Ist es so schnell, wie es aussieht?«

»Schneller – wenn der Kapitän sein Handwerk versteht.«

»Ich bin schon seit einigen Jahren nicht mehr auf einem solchen Schiff gesegelt.« *Und noch nie zuvor habe ich eines befehligt, um bei der Wahrheit zu bleiben.* »Trotzdem, ich bin ein Greyjoy und ein Eisenmann. Das Meer liegt mir im Blut.«

»Und Euer Blut wird ins Meer fließen, wenn Ihr so segelt, wie Ihr redet«, sagte sie.

»Eine so holde Jungfrau würde ich niemals falsch behandeln.«

»Holde Jungfrau?« Sie lachte. »Eher ist sie eine Seehure.«

»Da, nun habt Ihr den Namen gefunden. *Seehure.*«

Das belustigte sie; ihre dunklen Augen funkelten. »Und Ihr wolltet sie nach mir benennen«, erwiderte sie und legte Gekränktheit in ihre Stimme.

»Das habe ich auch getan.« Er ergriff ihre Hand. »Helft mir,

Mylady. In den grünen Landen glaubt man, eine Frau, die ein Kind trägt, bringe jedem Mann Glück, der mit ihr ein Bett besteigt.«

»Und was wissen sie dort über Schiffe? Oder über Frauen, was das betrifft? Außerdem habt Ihr Euch das ausgedacht.«

»Wenn ich es Euch gestehe, werdet Ihr mich dann noch lieben?«

»Noch? Wann habe ich Euch je geliebt?«

»Niemals«, gab er zu, »aber ich gebe mir alle Mühe, diesen Mangel zu beheben, meine holde Esgred. Der Wind ist kalt. Kommt an Bord meines Schiffes und laßt Euch von mir wärmen. Morgen wird mein Onkel Aeron den Bug mit Meerwasser bespritzen und dem Ertrunkenen Gott ein Gebet schicken, doch lieber würde ich sie mit der Milch meiner und Eurer Lenden segnen.«

»Dem Ertrunkenen Gott könnte das mißfallen.«

»Soll der Ertrunkene Gott sich doch selbst ... Ach, wenn er uns Schwierigkeiten macht, werde ich ihn einfach noch einmal ersäufen. In vierzehn Tagen ziehen wir in den Krieg. Wollt Ihr mich in die Schlacht schicken, nachdem ich vor Sehnsucht kein Auge zutun konnte?«

»Mit Freuden.«

»Welch grausame Maid. Mein Schiff trägt den richtigen Namen. Falls ich es in meiner Verzweiflung auf die Klippen steuere, müßt Ihr Euch die Schuld geben.«

»Wollt Ihr damit steuern?« Esgred strich abermals über das Vorderteil seiner Hose und lächelte, während ihr Finger die eisenharten Umrisse seiner Männlichkeit nachzeichneten.

»Kommt mit mir nach Pyke«, schlug er plötzlich vor und dachte: *Was wird Lord Balon sagen? Ach, wen kümmert das? Ich bin ein erwachsener Mann, und wenn ich mit einem Mädchen das Bett teilen möchte, geht es niemanden etwas an.*

»Und was soll ich in Pyke tun?« Ihre Hand verharrte, wo sie war.

»Mein Vater speist heute abend mit seinen Kapitänen.« Das tat er jeden Abend, solange sie auf die Nachzügler warteten, doch wozu sollte Theon ihr das erklären.

»Würdet Ihr mich für heute nacht zu Eurem Kapitän ernennen,

Mylord Prinz?« Ein derart verderbtes Grinsen hatte er noch bei keiner Frau gesehen.

»Das könnte sein. Wenn Ihr wüßtet, wie Ihr mich sicher in den Hafen steuert?

»Nun, ich weiß, welches Ende eines Ruders man in die See taucht, und niemand kennt sich besser mit Tauen und Knoten aus.« Mit einer Hand öffnete sie die Schnüre seiner Hose, grinste und wich ein wenig zurück. »Zu schade, daß ich eine verheiratete Frau bin und ein Kind trage.«

Errötend knüpfte Theon seine Hose wieder zu. »Ich muß zur Burg zurückkehren. Wenn Ihr mich nicht begleiten könnt, verirre ich mich unterwegs noch vor Kummer, und die Insel würde einen großen Verlust erleiden.«

»So etwas darf man nicht zulassen . . . leider habe ich kein Pferd, Mylord.«

»Ihr könntet Euch des Tiers meines Knappen bedienen.«

»Damit Euer Knappe den weiten Weg nach Pyke zu Fuß gehen muß?«

»Dann teilt Euch den Sattel mit mir.«

»Das würde Euch gewiß gefallen.« Wieder dieses Lächeln. »Nun, würde ich vor Euch oder hinter Euch sitzen?«

»Sitzt, wo immer Ihr mögt.«

»Am liebsten oben.«

Wo war dieses Mädchen bloß mein Leben lang? »Die Halle meines Vaters ist düster und feucht; Esgred würde die Feuer aufflammen lassen.«

»Des Lords Zunge trieft wahrlich von Honig.«

»Haben wir nicht an dieser Stelle begonnen?«

Sie warf die Hände in die Höhe. »Und hier werden wir auch enden. Esgred gehört Euch, süßer Prinz. Bringt mich zu Eurer Burg. Zeigt mir Eure stolzen Türme, die sich aus dem Meer erheben.«

»Ich habe mein Pferd beim Gasthaus abgestellt. Kommt.« Seite an Seite gingen sie den Strand entlang, und als Theon den Arm um sie legte, entzog sie sich ihm nicht. Ihm gefiel die Art, wie sie ging;

in ihren Schritten lag Verwegenheit, halb schlenderte sie, halb wiegte sie sich, und genauso verwegen würde sie sich auch unter der Bettdecke erweisen.

Lordsport war so dicht bevölkert, wie er den Ort noch nie erlebt hatte. Dort trieben sich Mannschaften der Langschiffe herum, die auf dem Kiesstrand oder draußen im Wasser vor der Brandung lagen. Eisenmänner beugten das Knie oft noch gern, aber Theon fiel auf, daß die Ruderer und Stadtbewohner verstummten, wenn sie vorbeigingen, und respektvoll den Kopf vor ihm neigten. *Endlich wissen sie, wer ich bin,* dachte er. *Das wurde auch höchste Zeit.*

Lord Goodbrother von Great Wyk war in der vergangenen Nacht mit seiner Hauptstreitmacht, fast vierzig Langschiffen, eingetroffen. Seine Männer, die man leicht an den gestreiften Ziegenhaarschärpen erkennen konnte, waren überall. Über das Gasthaus sagte man, daß Otter Gimpknees Huren von bartlosen Knaben mit Schärpen krummbeinig gestoßen wurden. Soweit es Theon betraf, konnten die Jungen sie ruhig haben. Eine üblere Höhle voller Schlampen hatte er nie zuvor gesehen. Seine gegenwärtige Gefährtin war mehr nach seinem Geschmack. Daß sie mit dem Schiffsbauer seines Vaters verheiratet und gerade erst geschwängert worden war, verlieh ihr nur zusätzlichen Reiz.

»Haben Mylord bereits begonnen, eine Mannschaft zusammenzustellen?« fragte Esgred auf dem Weg zum Stall. »Ho, Blauzahn«, rief sie einem der vorbeigehenden Seefahrer zu, einem großen Mann in Bärenfelljacke und Helm mit Rabenschwingen. »Wie geht es Eurer Braut?«

»Wird dick vom Kind und redet von Zwillingen.«

»Jetzt schon?« Esgred setzte dieses verderbte Lächeln auf. »Ihr habt Euer Ruder rasch ins Wasser getaucht.«

»Aye, und gerudert, gerudert, gerudert«, brüllte der Mann.

»Ein großer Kerl«, bemerkte Theon. »Blauzahn, nanntet Ihr ihn? Sollte ich ihn vielleicht mit auf die *Seehure* nehmen?«

»Nur, wenn Ihr ihn beleidigen wollt. Blauzahn hat ein eigenes Schiff.«

»Ich war zu lange fort, um alle Männer zu kennen«, entschuldigte Theon sich. Er hatte nach einigen der Freunde gesucht, mit denen er als Kind gespielt hatte, doch entweder waren sie unauffindbar, tot oder zu Fremden geworden. »Mein Onkel Victarion leiht mir seinen Steuermann.«

»Rymolf Sturmtrinker? Ein guter Mann, wenn er nüchtern ist.« Sie sah weitere bekannte Gesichter und rief drei Männern zu: »Uller, Qarl. Wo ist Euer Bruder, Skyte?«

»Der Ertrunkene Gott braucht wohl einen kräftigen Ruderer, fürchte ich«, erwiderte der stämmige Kerl mit den weißen Streifen im Bart.

»Er meint, Eldiss hat zuviel getrunken und sein fetter Bauch ist geplatzt«, sagte der rotwangige Junge neben ihm.

»Was tot ist, kann niemals sterben«, sagte Esgred.

»Was tot ist, kann niemals sterben.«

Theon murmelte die Worte mit ihnen. »Ihr scheint recht bekannt zu sein«, bemerkte er, nachdem die Männer vorbeigegangen waren.

»Jeder Mann mag die Frau des Schiffsbauers. Das sollte er auch, wenn er nicht will, daß sein Schiff sinkt. Wenn Ihr Männer für Eure Ruderbänke braucht, könntet Ihr Euch schlechtere aussuchen als diese drei.«

»In Lordsport mangelt es nicht an kräftigen Armen.« Theon hatte sich über diese Frage noch nicht viele Gedanken gemacht. Er wollte Krieger und Männer, die ihm treu ergeben waren, und nicht seinem Vater oder seinen Onkeln. Im Augenblick spielte er die Rolle eines pflichtbewußten Prinzen, zumindest so lange, bis Lord Balon ihm alle seine Pläne offenbarte. Sollte sich dann jedoch herausstellen, daß ihm diese nicht gefielen, nun . . .

»Kraft allein genügt nicht. Die Ruder eines Langschiffs müssen sich wie eins bewegen, wenn es seine größte Geschwindigkeit erreichen soll. Wählt Leute aus, die schon früher zusammen gerudert haben. Das wäre weise.«

»Danke für den Rat. Vielleicht könntet Ihr mir helfen, die richtigen zu finden.« *Mag sie ruhig glauben, mir wäre an ihrer Meinung gelegen, Frauen schmeichelt das.*

»Gewiß. Wenn Ihr mich gut behandelt.«

»Wie denn sonst?«

Theon beschleunigte seine Schritte, als sie sich der *Myraham* näherten, die am Kai im Wasser schaukelte. Der Kapitän hatte schon vor zwei Wochen versucht, in See zu stechen, doch Lord Balon gestattete es ihm nicht. Keinem der Kaufleute war erlaubt worden, Lordsport zu verlassen; sein Vater hatte nicht gewollt, daß Nachrichten über die versammelte Flotte das Festland erreichten, bevor man zum Überfall bereit war.

»Mylord«, rief eine flehende Stimme vom Bug des Handelsschiffs. Die Tochter des Kapitäns beugte sich über die Reling und schaute ihm nach. Ihr Vater hatte ihr verboten, an Land zu gehen, aber wann immer Theon nach Landsport kam, sah er sie einsam auf dem Deck umherwandern. »Mylord, einen Augenblick, wenn es Mylord gefällt . . .«

»War sie . . .«, fragte Esgred, derweil Theon an der Kogge vorbeieilte, ». . . Mylord zu Gefallen?«

Er sah keinen Sinn darin, sich vor ihr zu zieren. »Eine Zeitlang. Jetzt möchte sie mein Salzweib werden.«

»Oho. Nun, ein wenig Salz könnte ihr nicht schaden. Sie ist zu weich und mild. Oder täusche ich mich?«

»Nein.« *Weich und mild. Genau. Woher wußte sie das?*

Er hatte Wex aufgetragen, im Gasthaus zu warten. Der Schankraum war so überfüllt, daß Theon sich durch die Tür hineindrängeln mußte. An Bänken und Tischen war kein einziger Platz mehr frei. Seinen Knappen sah er auch nicht. »*Wex!*« rief er über den Lärm hinweg. *Wenn er sich mit einer dieser verseuchten Huren eingelassen hat, ziehe ich ihm das Fell über die Ohren*, dachte er, bevor er den Jungen entdeckte. Er würfelte am Kamin und gewann offensichtlich sogar, wenn man den Stapel der Münzen vor ihm betrachtete.

»Zeit zu gehen«, rief Theon ihm zu. Da der Junge nicht auf ihn achtete, packte Theon ihn am Ohr und zog ihn vom Spiel fort. Wex schnappte sich eine Handvoll Kupferstücke und folgte ihm ohne ein Wort des Widerspruchs. Diese Eigenschaft mochte Theon am liebsten an ihm. Die meisten Knappen hatten lose Maulwerke, Wex hingegen war stumm geboren worden ... was ihn nicht daran hinderte, genauso schlau zu sein wie jeder andere Zwölfjährige. Er war der uneheliche Sohn eines der Halbbrüder von Lord Botley. Ihn als Knappen in seinen Dienst zu nehmen, war Teil des Preises, den Theon für sein Pferd bezahlt hatte.

Wex erblickte Esgred und machte große Augen. *Man möchte meinen, er habe noch nie eine Frau gesehen.* »Esgred reitet mit uns nach Pyke. Sattle die Pferde, und beeil dich.«

Der Junge war auf einem Pony aus Lord Balons Stall hergeritten, aber Theons Reittier war von einer ganz anderen Sorte. »Wo habt Ihr denn dieses Höllenpferd gefunden?« fragte Esgred, als sie es sah, doch an der Art, wie sie lachte, erkannte Theon, daß sie beeindruckt war.

»Lord Botley hatte es letztes Jahr in Lannisport gekauft, aber ihm war es offensichtlich zu temperamentvoll, und deshalb hat er es mir mit Vergnügen verkauft.« Die Iron Islands waren zu felsig und karg bewachsen, um gute Pferde zu züchten. Die meisten Inselbewohner waren allenfalls mäßige Reiter und fühlten sich an Deck eines Langschiffs wesentlich wohler als im Sattel. Selbst die Lords ritten nur kleine Pferde, und Ochsenkarren waren verbreiteter als Kutschen. Das gemeine Volk war für das eine wie das andere zu arm und mußte den Pflug selbst durch den dünnen, steinigen Boden ziehen.

Aber Theon hatte zehn Jahre in Winterfell verbracht, und er beabsichtigte nicht, ohne ein gutes Reittier in den Krieg zu ziehen. Lord Botleys falsche Einschätzung des Pferdes war sein Glück: das Temperament des Hengstes war ebenso schwarz wie sein Fell, er war größer als ein Jagdpferd und doch nicht ganz so riesig wie die meisten Streitrösser. Da Theon kleiner war als die meisten Ritter, kam ihm das nur gelegen. In den Augen des Tieres loderte Feuer.

Als es seinen neuen Besitzer kennengelernt hatte, hatte es die Lippen zurückgezogen und wollte Theon beißen.

»Hat er einen Namen?« fragte Esgred, während Theon aufstieg.

»Smiler.« *Lächler.* Er reichte ihr die Hand und zog sie vor sich hinauf, damit er sie beim Reiten mit den Armen festhalten konnte. »Ich kannte mal einen Mann, der mir sagte, ich würde über die falschen Dinge lächeln.«

»Hatte er recht?«

»Nur aus der Sicht derjenigen, die über gar nichts lächeln.« Er dachte an seinen Vater und seinen Onkel Aeron.

»Lächelt Ihr jetzt, mein Prinz?«

»Oh ja.« Theon langte um sie herum und ergriff die Zügel. Im Sitzen war sie fast so groß wie er. Ihr Haar hätte eine Wäsche vertragen können, und auf dem hübschen Hals zeichnete sich rosa eine verblaßte Narbe ab, doch ihr Duft gefiel ihm: Salz und Schweiß und Frau.

Der Ritt zurück nach Pyke versprach wesentlich interessanter zu werden als der Hinritt.

Nachdem sie Lordsport hinter sich gelassen hatten, legte Theon eine Hand auf ihre Brust. Esgred packte sie und zog sie weg. »Ich würde die Hände nicht von den Zügeln nehmen, sonst wirft uns Eure schwarze Bestie noch ab und zertrampelt uns.«

»Das habe ich ihm abgewöhnt.« Belustigt benahm sich Theon eine Weile lang anständig, plauderte über das Wetter (grau und wolkenverhangen, seit er eingetroffen war, mit gelegentlichem Regen) und erzählte ihr über die Männer, die er im Flüsterwald getötet hatte. An der Stelle angelangt, wo er beinahe sogar gegen den Königsmörder gekämpft hatte, legte er seine Hand wieder auf ihren Busen. Ihre Brüste waren klein, aber ihm gefiel ihre Festigkeit.

»Das solltet Ihr lieber nicht tun, Mylord Prinz.«

»Oh, aber ich tue es.« Theon drückte leicht zu.

»Euer Knappe beobachtet Euch.«

»Mag er. Er wird kein Wort darüber verlauten lassen, das schwöre ich.«

Esgred zog seine Finger von ihrer Brust, diesmal mit Nachdruck. Sie hatte kräftige Hände.

»Mir gefallen Frauen mit hartem Griff.«

Sie schnaubte. »Das hätte ich kaum gedacht, angesichts dieses Mädchens am Hafen.«

»Ihr dürft mich nicht nach ihr beurteilen. Sie war die einzige Frau auf dem Schiff.«

»Erzählt mir von Eurem Vater. Wird er mich freundlich auf seiner Burg willkommen heißen?«

»Warum sollte er? Er hatte selbst mich kaum willkommen geheißen, den Erben von Pyke und den Iron Islands.«

»Seid Ihr das?« fragte sie milde. »Es heißt, Ihr habt Onkel, Brüder und eine Schwester.«

»Meine Brüder sind schon lange tot, und meine Schwester ... nun, man sagt, ihr Lieblingskleid sei ein Kettenhemd, das ihr bis über die Knie hängt, und darunter trägt sie gehärtetes Leder. Trotzdem macht sie das Gewand eines Mannes noch lange nicht zum Mann. Ich werde sie verheiraten, um ein Bündnis zu besiegeln, nachdem wir den Krieg gewonnen haben, falls ich einen Mann für sie finde. In meiner Erinnerung hat sie eine Nase wie ein Aasgeier, fürchterlich viele Pickel und eine Brust wie ein Knabe.«

»Eure Schwester könnt Ihr verheiraten«, wandte Esgred ein, »aber nicht Eure Onkel.«

»Meine Onkel ...« Theons Anspruch hatte Vorrang vor dem der drei Brüder seines Vaters, aber die Frau hatte den Finger nichtsdestotrotz auf einen wunden Punkt gelegt. Auf den Inseln hatte man durchaus schon erlebt, daß ein starker, ehrgeiziger Onkel seinen Neffen um sein Recht brachte und ihn dabei für gewöhnlich ermordete. *Aber ich bin nicht schwach. Und ich beabsichtige, noch stärker zu sein, wenn mein Vater stirbt.* »Meine Onkel stellen für mich keine Bedrohung dar«, verkündete er. »Aeron ist trunken von Heiligkeit und Meerwasser. Er lebt nur für seinen Gott –«

»*Seinen* Gott? Nicht den Euren?«

»Natürlich ist es auch meiner. Was tot ist, kann niemals sterben.«

Er lächelte dünn. »Solange ich mich fromm genug zeige, wird Feuchthaar mir keine Schwierigkeiten machen. Und mein Onkel Victarion –«

»Lord Kapitän der Eisernen Flotte ist er, und ein furchterregender Krieger. Ich habe gehört, wie sie ihn in den Bierschenken preisen.«

»Während der Rebellion meines Vaters ist er nach Lannisport gesegelt, wo er zusammen mit meinem Onkel Euron die Flotte der Lannisters niederbrannte«, erinnerte sich Theon. »Der Plan stammte allerdings von Euron. Victarion ist ein großer Ochse, kräftig und unermüdlich und pflichtbewußt, doch wird er vermutlich niemals ein Rennen gewinnen. Ohne Zweifel wird er mir genauso treu dienen wie zuvor meinem Hohen Vater. Ihm mangelt es sowohl an Verstand als auch an Ehrgeiz, um ein Komplott zu schmieden.«

»Euron Krähenauge fehlt es nicht an Verschlagenheit. Ich habe üble Dinge über ihn gehört.«

Theon rutschte im Sattel hin und her. »Meinen Onkel Euron hat man auf den Inseln seit fast zwei Jahren nicht mehr gesehen. Vielleicht ist er längst tot.« Wenn das stimmte, wäre es das beste. Lord Balons ältester Bruder hatte die alten Sitten und Gebräuche niemals aufgegeben, nicht einmal für einen einzigen Tag. Seine *Schweigen* mit den schwarzen Segeln und dem dunkelroten Rumpf war in allen Häfen von Ibben bis Asshai berüchtigt.

»Möglicherweise ist er tot«, stimmte Esgred zu, »und wenn nicht, hat er soviel Zeit auf See verbracht, daß man ihn hier wie einen Fremden betrachten wird. Die Menschen von den Iron Islands würden keinen Fremden auf dem Meersteinstuhl sitzen lassen.«

»Das glaube ich auch nicht«, erwiderte Theon, ehe ihm einfiel, daß man ihn ebenfalls als Fremden bezeichnen könnte. Er runzelte die Stirn. *Zehn Jahre sind eine lange Zeit, aber jetzt bin ich zurück, und mein Vater wird noch eine Weile leben. Mir bleibt genug Zeit, mich zu beweisen.*

Er überlegte, ob er nochmals Esgreds Brust streicheln sollte, doch vermutlich würde sie seine Hand erneut zur Seite schieben, und dieses Gerede über seine Onkel hatte ihm irgendwie die Lust verdorben. Außerdem würde sich ihm in der Abgeschiedenheit seiner Gemächer ausreichend Gelegenheit dazu bieten. »Ich werde mit Helya sprechen, sobald wir Pyke erreicht haben, und dafür sorgen, daß man Euch auf dem Fest einen ehrenvollen Platz zuweist«, sagte er. »Ich muß auf dem Podest sitzen, zur Rechten meines Vaters, doch nachdem er die Halle verlassen hat, werde ich mich zu Euch gesellen. Der alte Mann hält meist nicht lange aus. Sein Magen macht das Trinken nicht mehr mit.«

»Es ist schmerzlich, wenn ein großer Mann alt wird.«

»Lord Balon ist nur der Vater eines großen Mannes.«

»Welche Bescheidenheit Ihr an den Tag legt, Mylord.«

»Nur ein Narr demütigt sich selbst, wo es in der Welt von jenen wimmelt, die das für ihn tun möchten.« Er küßte sie sanft in den Nacken.

»Was soll ich zu diesem großen Fest tragen?« Sie griff nach hinten und schob sein Gesicht weg.

»Ich werde Helya auftragen, Euch behilflich zu sein. Eines der Kleider meiner Hohen Mutter sollte genügen. Sie ist auf Harlaw, und niemand rechnet im Augenblick mit ihrer Rückkehr.«

»Die kalten Winde haben ihr zugesetzt, habe ich gehört. Werdet Ihr sie nicht besuchen? Harlaw erreicht man an einem Tag, und gewiß sehnt sich Lady Greyjoy danach, ihren Sohn ein letztes Mal zu sehen.«

»Ich wünschte, das wäre möglich. Doch leider habe ich hier zu viel zu tun. Im Frieden vielleicht . . .«

»Eure Gegenwart könnte ihr Frieden bringen.«

»Jetzt hört Ihr Euch an wie eine Frau«, beschwerte sich Theon.

»Ich gestehe es: Ich bin eine . . . und ich trage seit kurzem ein Kind.«

Dieser Gedanke erregte ihn. »Das behauptet Ihr, aber Eurem Körper läßt es sich nicht anmerken. Wie wollt Ihr es beweisen? Bevor ich Euch glaube, muß ich sehen, wie Eure Brüste anschwellen, und von der Muttermilch kosten.«

»Was wird mein Gemahl dazu sagen? Eures Vater Vasall und treuer Diener.«

»Wir geben ihm so viele Schiffe zu bauen, daß er Eure Abwesenheit nicht einmal bemerken wird.«

Sie lachte. »Welch grausamer Lord hat mich da in seine Gewalt gebracht. Wenn ich Euch verspreche, Euch eines Tages beim Stillen zuschauen zu lassen, werdet Ihr mir dann mehr über Euren Krieg erzählen, Theon aus dem Haus Greyjoy? Noch liegen viele Meilen vor uns, und ich würde gern etwas über diesen Wolfskönig erfahren, dem Ihr gedient habt, und über die goldenen Löwen, die er bekämpft.«

Natürlich wollte Theon ihr zu Gefallen sein, und so kam er ihrem Wunsch nach. Der Rest des langen Ritts verflog im Nu, während er ihren hübschen Kopf mit Erzählungen über Winterfell und den Krieg füllte. Manches an seinem Bericht erstaunte ihn selbst. *Man kann so wunderbar mit ihr sprechen, die Götter mögen sie segnen,* dachte er. *Ich fühle mich, als würde ich sie schon seit Jahren kennen. Falls dieses Mädchen beim Spiel zwischen den Kissen nur halb so begabt ist wie ihr Verstand, darf ich sie nicht mehr hergeben.* Er dachte an Sigrin den Schiffsbauer, einen fetten, dummen Kerl mit flachsblondem Haar, und schüttelte den Kopf. *Was für eine Verschwendung. Tragisch.*

Und schon hatten sie die große Außenmauer von Pyke erreicht.

Das Tor stand offen. Theon gab Smiler die Sporen und ritt im raschen Trab hindurch. Die Hunde stimmten ein wildes Gebell an, als er Esgred aus dem Sattel half. Mehrere stürmten mit wedelndem Schwanz auf sie zu. Sie schossen an ihm vorbei und hätten seine Begleiterin fast umgeworfen, sprangen an ihr hoch und leckten ihr die Hände. »Weg!« brüllte Theon und trat vergeblich nach einer großen braunen Hündin, aber Esgred lachte nur und rang spielerisch mit den Tieren.

Ein Stallbursche rannte den Hunden hinterher. »Nimm das Pferd«, befahl Theon, »und schaff diese verfluchten Viecher fort –«

Der Mann zollte ihm keinerlei Beachtung. Auf seinem Gesicht zeigte sich ein breites Lächeln. »Lady Asha. Ihr seid zurück.«

»Seit gestern abend«, antwortete sie. »Ich bin mit Lord Goodbrother von Great Wyk gekommen und habe die Nacht im Gasthaus verbracht. Mein kleiner Bruder war so freundlich, mich auf seinem Pferd von Lordsport mitzunehmen.« Sie küßte einen der Hunde auf die Nase und grinste Theon an.

Der stand mit offenem Mund da und starrte sie an. *Asha. Nein. Das kann nicht Asha sein.* Plötzlich wurde ihm bewußt, daß es in seinem Kopf zwei Ashas gab. Die eine war das kleine Mädchen, das er in seiner Kindheit gekannt hatte. Von der anderen hatte er nur eine vage Vorstellung, in der sie ihrer Mutter glich. Keine der beiden hatte jedoch Ähnlichkeit mit dieser ... dieser ...

»Die Pickel sind verschwunden, als ich Brüste bekam«, erklärte sie, während sie sich mit einem der Hunde balgte, »aber den Geierschnabel habe ich noch immer.«

Theon fand endlich seine Stimme wieder. »*Warum hast du mir das nicht gesagt?*«

Asha ließ den Hund los und richtete sich auf. »Ich wollte zuerst sehen, wer du bist. Und das habe ich gesehen.« Sie verneigte sich spöttisch vor ihm. »Und nun, kleiner Bruder, entschuldige mich bitte. Ich muß baden und mich für das Fest umkleiden. Ich frage mich, ob ich das Kettenhemd wohl noch habe, das ich immer über meiner Lederunterwäsche trage?« Sie grinste ihn boshaft an und überquerte die Brücke mit diesem Gang, der ihm so gut gefallen hatte, halb schlendernd, halb wiegend.

Als er sich umdrehte, feixte Wex ihn an. Er versetzte dem Jungen eine kräftige Maulschelle. »Das ist für deine Schadenfreude.« Und eine zweite, härtere Ohrfeige folgte. »Und das dafür, daß du mich nicht gewarnt hast. Nächstes Mal läßt du dir eine Zunge wachsen.«

Seine Gemächer im Gästeturm waren ihm nie zuvor so kalt vorgekommen, obwohl die Kohlenpfannen brannten. Theon schleuderte seine Stiefel durch den Raum, ließ den Mantel zu Boden fallen, schenkte sich einen Becher Wein ein und erinnerte sich an ein schlaksiges Mädchen mit krummen Beinen und Pickeln ... *Sie hat meine Hose aufgeschnürt,* ging es ihm wütend durch den

Sinn, *und sie hat gesagt . . . oh, Götter, und ich habe gesagt . . .* Er stöhnte. Einen größeren Narren hätte er kaum aus sich machen können.

Nein. Sie war es, die mich zum Narren gemacht hat. Diese gemeine Hure muß sich die ganze Zeit köstlich amüsiert haben. Und wie sie mir dauernd zwischen die Beine gegriffen hat . . .

Er nahm seinen Wein, setzte sich auf die Fensterbank und blickte hinaus aufs Meer, derweil draußen die Sonne unterging. *Hier gibt es keinen Platz für mich,* überlegte er sich, *und Asha ist der Grund dafür, mögen die Anderen sie holen!* Das Wasser unten wandelte sich von grün zu grau zu schwarz. Dann hörte er von ferne Musik, und er wußte, daß er sich jetzt für das Fest umziehen mußte.

Er wählte einfache Stiefel und ein noch einfacheres Gewand in düsteren Grau- und Schwarztönen, um seiner Stimmung Ausdruck zu verleihen. Kein Schmuck; schließlich hatte er nichts mit Eisen erkauft. *Ich hätte diesem Wildling, den ich getötet habe, um Bran Stark zu retten, etwas abnehmen können, aber er hatte nichts Wertvolles bei sich. Das ist mein verfluchtes Schicksal, ich töte die Armen.*

Die lange, rauchgefüllte Halle war von den Lords und Kapitänen seines Vaters bevölkert, als er eintrat; insgesamt hatten sich fast vierhundert versammelt. Dagmer Spaltkinn war noch nicht mit den Stonehouses und Drumms von Old Wyk zurückgekehrt, doch der Rest von ihnen war erschienen – Harlaws von Harlaw, Blacktydes von Blacktyde, Sparrs, Merlyns und Goodbrothers von Great Wyk, Saltcliffes und Sunderlys von Saltcliffe, und Botleys und Wynches von der anderen Seite Pykes. Die Hörigen schenkten Bier aus, und Fiedeln und Trommeln sorgten für Musik. Drei kräftige Männer führten den Fingertanz auf, wobei sie Äxte mit kurzem Griff nacheinander schleuderten. Der Trick bestand darin, die Axt zu fangen oder darüberzuspringen, ohne aus dem Takt zu kommen. Fingertanz hieß dieser Reigen, weil er gewöhnlich dann endete, wenn einer der Tänzer einen davon verlor . . . oder zwei, oder fünf.

Weder die Tanzenden noch die Trinkenden schenkten Theon

große Beachtung, als er sich zum Podest begab. Lord Balon saß auf dem Meersteinstuhl, der aus einem riesigen Block glatten schwarzen Felses gemeißelt war und die Form eines großen Kraken besaß. Der Legende zufolge hatten die Ersten Menschen ihn bei ihrer Ankunft auf den Iron Islands an der Küste von Old Wyk gefunden. Zur Linken seines Vaters hatten Theons Onkel Platz genommen. Asha hatte man zur Rechten seines Vaters gesetzt, auf den Ehrenplatz. »Du kommst spät, Theon«, bemerkte Lord Balon.

»Ich bitte um Verzeihung.« Theon setzte sich auf den Stuhl neben Asha. Er beugte sich zu ihr hinüber und zischte ihr ins Ohr: »Du sitzt auf meinem Platz.«

Sie wandte sich ihm mit unschuldigem Blick zu. »Bruder, du irrst dich. Dein Platz ist in Winterfell.« Ihr Lächeln traf ihn tief. »Und wo sind deine hübschen Kleider? Mir wurde gesagt, du trügest Samt und Seide.« Sie selbst hatte ein einfach geschnittenes Kleid aus weicher grüner Wolle angelegt, welches ihren schlanken Körper betonte.

»Dein Kettenhemd ist offenbar verrostet, Schwester«, entgegnete er. »Wie schade. Ich würde dich zu gern in Eisen sehen.«

Asha lachte lediglich. »Das wirst du vielleicht noch, kleiner Bruder ... falls du der Meinung bist, deine *Seehure* könnte mit meiner *Schwarzer Wind* mithalten.« Einer der Hörigen seines Vaters trat mit einem Krug Wein hinzu. »Trinkst du heute abend Bier oder Wein?« Sie neigte sich zu ihm heran. »Oder möchtest du deinen Durst noch immer mit meiner Muttermilch löschen.«

Er errötete. »Wein«, sagte er zu dem Diener. Asha wandte sich ab, schlug auf den Tisch und verlangte lauthals ein Bier.

Theon schnitt einen Laib Brot in zwei Hälften, höhlte eine davon aus und rief einen Koch, der sie ihm mit Fischeintopf füllte. Der Geruch der dicken Suppe verursachte ihm Übelkeit, aber er zwang sich zum Essen. Dabei trank er genug Wein für zwei Mahlzeiten. *Wenn ich mich übergebe, dann wenigstens auf sie.* »Weiß Vater, daß du diesen Schiffsbauer geheiratet hast?«

»Weder er noch Sigrin selbst.« Sie zuckte mit den Schultern.

»*Esgred* war das erste Schiff, das er gebaut hat. Er hat es nach seiner Mutter benannt. Es ist schwer zu sagen, wen von beiden er mehr liebt.«

»Du hast mich also mit jedem Wort belogen?«

»Nicht mit jedem Wort. Erinnerst du dich, daß ich sagte, ich möchte am liebsten oben sitzen?«

Das fachte seinen Zorn nur noch weiter an. »Aber daß du verheiratet und schwanger bist, war nicht die Wahrheit . . .«

»Oh, das stimmt fast.« Asha sprang auf. »*Rolfe*, hier«, rief sie einem der Fingertänzer zu und hob die Hand. Er bemerkte sie, drehte sich, und plötzlich löste sich die Axt aus seiner Hand und wirbelte durch das Fackellicht. Theon blieb gerade noch Zeit, den Mund aufzusperren, als Asha die Axt aus der Luft schnappte und sie in den Tisch krachen ließ, wobei sie seinen Teller spaltete und seinen Mantel mit Fischsuppe bespritzte. »Hier ist mein Hoher Gemahl.« Seine Schwester griff in ihr Kleid und zog einen Dolch zwischen ihren Brüsten hervor. »Und hier ist mein süßes kleines Kind.«

Er konnte sich nicht vorstellen, wie er in diesem Moment aussah, doch plötzlich hörte Theon Greyjoy das schallende Gelächter in der Großen Halle, das allein ihm galt. Sogar sein Vater grinste, mögen die Götter verdammt sein, und sein Onkel Victarion kicherte. Und er war nur zu einer einzigen Erwiderung imstande, zu einem unbehaglichen Lächeln. *Wir werden ja sehen, wer am Ende lacht, Miststück.*

Begleitet von Pfiffen und lautem Grölen zog Asha die Axt aus dem Tisch und warf sie den Tänzern zu. »Du solltest beherzigen, was ich dir über die Auswahl einer Mannschaft gesagt habe.« Ein Diener hielt ihnen eine Platte mit gesalzenem Fisch hin, und sie spießte ein Stück mit ihrem Dolch auf und aß es von der Klinge. »Hättest du dir die Mühe gemacht, etwas über Sigrin zu erfahren, hätte ich dich niemals auf den Arm nehmen können. Zehn Jahre lang warst du ein Wolf, dann landest du hier und hältst dich für den Prinzen der Inseln, dabei weißt du nichts über sie und kennst die Menschen hier nicht. Warum sollten Männer für dich in den Kampf ziehen und sterben?«

»Ich bin ihr rechtmäßiger Prinz«, sagte Theon steif.

»Den Gesetzen der grünen Lande nach vielleicht. Aber wir haben hier unser eigenes Recht, schon vergessen?«

Mit finsterer Miene richtete Theon seinen Blick auf den zerbrochenen Teller vor ihm. Bald würde ihm die Suppe auf den Schoß tropfen. Er rief einen Hörigen herbei, um den Tisch zu säubern. *Mein halbes Leben habe ich meine Heimkehr ersehnt, und wofür? Spott und Mißachtung?* Dieses Pyke war nicht mehr das, woran er sich erinnerte. Oder täuschte er sich? Man hatte ihn in so jungem Alter als Geisel entführt.

Das Festmahl war eine dürftige Angelegenheit, neben der Fischsuppe und schwarzem Brot wurde fader Ziegenbraten gereicht. Am besten schmeckte Theon noch der Zwiebelkuchen. Bier und Wein flossen weiter, nachdem der letzte Gang längst wieder abgeräumt war.

Lord Balon erhob sich von dem Meersteinstuhl. »Trinkt aus und begleitet mich in mein Solar«, befahl er seinen Gefährten auf dem Podest. »Wir müssen über unsere Pläne beraten.« Ohne ein weiteres Wort ging er mit zwei seiner Wachen hinaus. Theon machte Anstalten, sich zu erheben und ihm zu folgen.

»Mein kleiner Bruder hat es aber eilig.« Asha hob ihr Trinkhorn und verlangte mehr Bier.

»Unser Hoher Vater wartet.«

»Das tut er schon seit vielen Jahren. Und ein paar Minuten länger werden ihn nicht schmerzen . . . wenn du jedoch seinen Zorn auf dich lenken willst, renn ihm hinterher. Du solltest ja keine Schwierigkeiten haben, unsere Onkel zu überholen.« Sie lächelte. »Der eine ist trunken von Meerwasser, der andere ein großer grauer Ochse mit so schwachem Verstand, daß er sich vermutlich verirren wird.«

Theon richtete sich verärgert auf. »Ich renne niemandem hinterher.«

»Männern nicht, aber wie steht es mit Frauen?«

»Ich habe dir nicht an den Schwanz gegriffen.«

»Ich habe auch keinen, oder? Dafür hast du mich ansonsten ausgiebig betätschelt.«

Erneut stieg ihm die Röte ins Gesicht. »Ich bin ein Mann mit dem Appetit eines Mannes. Was für ein widernatürliches Wesen bist du?«

»Nur eine schamhafte Jungfrau.« Asha griff hinüber und drückte sein Gemächt. Theon wäre beinahe aufgesprungen. »Was, willst du mich nicht in deinen Hafen steuern, Bruder?«

»Heiraten ist nichts für dich«, entschied Theon. »Sobald ich auf dem Thron sitze, werde ich dich zu den Schweigenden Schwestern schicken.« Er stand auf und trat unsicheren Fußes den Weg zu seinem Vater an.

Es regnete, als er die schwankende Brücke erreichte, die hinaus zum Seeturm führte. Sein Magen rumorte wie die Wellen unter ihm, und wegen des Weins war er wackelig auf den Beinen. Theon biß die Zähne zusammen, und während er die Brücke überquerte, packte er das Seil mit festem Griff und stellte sich vor, es sei Ashas Hals, den er umklammerte.

Im Solar war es so feucht und zugig wie immer. In seiner Robe aus Seehundfell saß sein Vater vor dem Kohlebecken. Seine Brüder hatten rechts und links von ihm Platz genommen. Victarion redete bei Theons Eintritt über Gezeiten und Winde, doch Lord Balon gebot ihm mit einem Wink Schweigen. »Ich habe meine Pläne bereits gemacht. Es ist an der Zeit, daß Ihr sie hört.«

»Ich habe einige Vorschläge –« warf Theon ein.

»Sollte ich deinen Rat brauchen, werde ich dich darum bitten«, erwiderte sein Vater. »Von Old Wyk ist ein Vogel eingetroffen. Dagmer kommt mit den Stonehouses und Drumms. Wenn der Gott uns gute Winde beschert, werden wir in See stechen, sobald sie hier sind . . . oder besser gesagt, du. Du sollst den ersten Schlag führen, Theon. Mit acht Langschiffen ziehst du nach Norden –«

»Acht?« Sein Gesicht wurde rot. »Was kann ich mit acht Schiffen schon ausrichten?«

»Du sollst das Stony Shore plündern, die Fischerdörfer überfallen und jedes Schiff versenken, auf das du stößt. Vielleicht kannst du damit ein paar Lords des Nordens aus ihren Mauern hervorlocken. Aeron wird dich begleiten, und außerdem Dagmer Spaltkinn.«

»Möge der Ertrunkene Gott unsere Schwerter segnen«, sagte der Priester.

Theon fühlte sich, als habe man ihm eine Ohrfeige versetzt. Er wurde losgeschickt, um die Arbeit des Schnitters zu übernehmen, er sollte die Hütten der Fischer niederbrennen und ihre häßlichen Töchter vergewaltigen, und dennoch traute ihm Lord Balon nicht einmal dies zu. Schlimm genug, daß er Feuchthaars finstere Miene und seine Ermahnungen ertragen mußte. Wenn Dagmer Spaltkinn ebenfalls mit von der Partie war, würde er nur dem Namen nach der Befehlshaber sein.

»Asha, meine Tochter«, fuhr Balon fort, und Theon sah, als er sich umdrehte, daß seine Schwester in aller Stille eingetreten war, »du führst dreißig Langschiffe mit ausgewählten Männern nach Sea Dragon Point. Lande nördlich von Deepwood Motte. Schlagt rasch zu, und du hast die Burg eingenommen, bevor sie euch überhaupt bemerkt haben.«

Asha lächelte wie eine Katze, die in die Sahne gefallen ist. »Ich habe mir schon immer eine Burg gewünscht«, antwortete sie honigsüß.

»Dann nimm dir eine.«

Theon biß sich auf die Zunge. Deepwood Motte war die Feste der Glovers. Da Robett und Galbart im Süden Krieg führten, war sie vermutlich nur schwach bemannt, und wenn sie einmal gefallen war, hatten die Eisenmänner einen sicheren Brückenkopf im Herzen des Nordens. *Ich sollte derjenige sein, der Deepwood erobert.* Er kannte Deepwood Motte, weil er die Glovers zusammen mit Eddard Stark mehrmals besucht hatte.

»Victarion«, wandte sich Lord Balon nun an seinen Bruder, »an dir wird es sein, den Hauptstoß auszuführen. Nachdem meine

Söhne zugeschlagen haben, muß Winterfell handeln. Du dürftest auf keinen großen Widerstand treffen, wenn du nach Saltspear segelst und von dort den Fever hinauffährst. Von der Quelle aus werden es nur noch zwanzig Meilen bis Moat Cailin sein. Der Neck ist der Schlüssel zum Königreich. Wir beherrschen bereits das Meer im Westen. Wenn wir erst in Moat Cailin sitzen, wird der Welpe nicht in der Lage sein, den Norden zurückzuerobern ... und falls er dumm genug ist, es trotzdem zu versuchen, werden seine Feinde ihm von hinten in den Rücken stoßen, und dieser Knabe Robb wird wie eine Ratte in der Falle sitzen.«

Theon konnte nicht länger schweigen. »Ein verwegener Plan, Vater, aber die Lords in ihren Burgen –«

Lord Balon schnitt ihm das Wort ab. »Die Lords sind alle im Süden bei dem Welpen. Jene, die zurückgeblieben sind, sind Feiglinge, alte Männer und unerfahrene Jungen. Entweder ergeben sie sich oder fallen einer nach dem anderen. Winterfell mag uns ein Jahr lang widerstehen, gut, und wenn schon? Der Rest wird uns in die Hände fallen, die Wälder, die Felder, die Hallen, und wir werden das Volk zu unseren Hörigen und die Frauen zu unseren Salzweibern machen.«

Aeron Feuchthaar hob die Arme. »Und die Fluten des Zorns werden steigen, und der Ertrunkene Gott wird sein Reich über die grünen Lande ausdehnen.«

»Was tot ist, kann niemals sterben«, verkündete Victarion. Lord Balon und Asha wiederholten seine Worte, und Theon blieb nicht anderes übrig, als sie ebenfalls zu murmeln. Damit war die Versammlung beendet.

Draußen regnete es inzwischen heftiger. Die Hängebrücke drehte und wand sich unter seinen Füßen. Theon Greyjoy blieb in der Mitte stehen und betrachtete die Felsen unter sich. Die Wellen brüllten und tosten, und er spürte die salzige Gischt auf den Lippen. In einer plötzlichen Windböe rutschte er aus und landete auf den Knien.

Asha half ihm auf. »Wein kannst du auch nicht vertragen, Bruder.«

Theon lehnte sich auf ihre Schulter und ließ sich von ihr über die glatten Bretter führen. »Esgred hat mir besser gefallen«, sagte er vorwurfsvoll.

Sie lachte. »Das ist nur gerecht. Ich habe dich auch lieber gemocht, als du noch neun warst.«

TYRION

Durch die Tür hörte er den sanften Klang der Harfe, in den sich trillernde Flöten mischten. Die Stimme des Sängers wurde durch die dicken Wände gedämpft, aber Tyrion kannte den Vers. *Ich liebte ein Mädchen, war blond wie der Sommer,* erinnerte er sich, *mit Sonnenschein im Haar . . .*

Ser Meryn Trant bewachte heute abend die Tür der Königin. Sein gemurmeltes »Mylord« erschien Tyrion widerwillig, nichtsdestotrotz öffnete er die Tür. Das Lied brach sofort ab, als er das Schlafgemach seiner Schwester betrat.

Cersei hatte sich auf einen Stapel von Kissen zurückgelehnt. Ihre Füße waren nackt, ihr goldenes Haar kunstvoll zerzaust, die Robe aus schwerer, golddurchwirkter grüner Seide schimmerte im Licht der Kerzen. Sie blickte auf. »Liebe Schwester«, sagte Tyrion, »wie schön du heute abend aussiehst.« Er wandte sich an den Sänger. »Und Ihr ebenfalls, Vetter. Ich hatte keine Ahnung, welch liebliche Stimme Ihr besitzt.«

Angesichts dieses Kompliments schmollte Ser Lancel; vielleicht fühlte er sich verspottet. Seit der Junge den Ritterschlag erhalten hatte, schien er um drei Zoll gewachsen zu sein. Lancel hatte dichtes aschblondes Haar, die grünen Lannisteraugen und weichen blonden Flaum auf der Oberlippe. Im Alter von sechzehn Jahren war er mit der Sicherheit der Jugend geschlagen, bar jeder Spur von Humor oder Selbstzweifel, und mit jener Arroganz vermählt, die jenen, die blond und stark und stattlich geboren wurden, so natürlich zufällt. Seine jüngste Beförderung hatte das alles nur noch verschlimmert. »Hat Ihre Gnaden nach Euch rufen lassen?« wollte der Junge wissen.

»Nicht, daß ich mich erinnerte«, gestand Tyrion. »Es betrübt mich, Eure Lustbarkeiten zu stören, Lancel, doch leider hat sich die Notwendigkeit ergeben, eine wichtige Angelegenheit mit meiner Schwester zu besprechen.«

Cersei beäugte ihn mißtrauisch. »Falls du wegen dieser Bettelbrüder hier bist, Tyrion, erspare mir die Vorwürfe. Ich lasse nicht zu, daß sie noch länger ihre Unflat in den Straßen verbreiten. Sie können sich gegenseitig im Kerker Predigten halten.«

»Und sich dabei glücklich schätzen, weil sie eine so freundliche Königin haben«, fügte Lancel hinzu. »Ich würde ihnen die Zungen herausschneiden.«

»Einer wagte sogar zu behaupten, die Götter würden uns bestrafen, weil Jaime den rechtmäßigen König ermordet hat«, verkündete Cersei. »Solche Lügen werde ich nicht dulden, Tyrion. Ich habe dir ausreichend Gelegenheit gegeben, dieser Läuse Herr zu werden, aber du und dieser Ser Jacelyn, ihr habt nichts dagegen getan, daher habe ich Vylarr befohlen, sich dieser Sache anzunehmen.«

»Das habe ich wohl bemerkt.« Tyrion hatte es tatsächlich geärgert, daß die Rotröcke ein halbes Dutzend dieser Schandmäuler von Propheten in die Verliese gesperrt hatten, ohne ihn zuvor davon in Kenntnis zu setzen, aber sie waren nicht wichtig genug, um deswegen Streit anzufangen. »Zweifelsohne ist die Ruhe auf den Straßen für uns alle besser. Deswegen bin ich nicht hier. Ich habe Neuigkeiten, die du gewiß gern erfahren möchtest, Schwester, aber am liebsten würde ich sie unter vier Augen mit dir besprechen.«

»Sehr wohl.« Der Harfespieler und der Flötist verneigten sich und eilten hinaus, derweil Cersei ihren Vetter mit einem keuschen Kuß auf die Wange verabschiedete. »Verlaßt uns, Lancel. Mein Bruder ist harmlos, wenn er allein ist. Hätte er seine Haustierchen mitgebracht, würden wir sie schon riechen.«

Der junge Ritter bedachte seinen Vetter mit einem bösen Blick und ließ die Tür hinter sich ins Schloß knallen. »Habe ich dich eigentlich wissen lassen, daß ich Shagga vor vierzehn Tagen zu einem Bad überredet habe?« fragte Tyrion.

»Du bist ungeheuer zufrieden mit dir, nicht wahr, warum?«

»Warum nicht?« erwiderte Tyrion. Tag und Nacht hallte die Stählerne Gasse von den Hämmerschlägen wider, und die große Kette wurde länger und länger. Er hüpfte auf das Himmelbett. »Ist Robert in diesem Bett gestorben? Du hast es behalten? Das überrascht mich.«

»Es sorgt für süße Träume«, antwortete sie. »Jetzt spuck aus, was du auf dem Herzen hast, und troll dich, Gnom.«

Tyrion lächelte. »Lord Stannis ist von Dragonstone aufgebrochen.«

Cersei sprang auf. »Und du sitzt hier und grinst wie ein Erntefestkürbis? Hat Bywater die Stadtwache in Alarmbereitschaft versetzt? Wir müssen sofort einen Vogel nach Harrenhal schicken.« Jetzt lachte er. Sie packte ihn bei den Schultern und schüttelte ihn. »Hör auf. Bist du verrückt? Oder betrunken? Hör auf!«

Es gelang ihm, einige Worte hervorzustoßen. »Ich kann nicht«, keuchte er. »Es ist zu ... zu komisch ... Stannis ...«

»*Was ist?*«

»Er ist nicht auf dem Weg zu uns«, brachte Tyrion heraus. »Er belagert Storm's End. Renly marschiert gegen ihn.«

Die Fingernägel seiner Schwester krallten sich in seinen Arm. Einen Augenblick lang starrte sie ihn ungläubig an, als würde er plötzlich in Zungen reden. »Stannis und Renly bekämpfen sich gegenseitig?« Auf sein Nicken hin begann Cersei zu kichern. »Bei allen guten Göttern«, keuchte sie, »ich glaube langsam, Robert war der klügste von den dreien.«

Tyrion warf den Kopf in den Nacken und brüllte. Sie lachten zusammen. Cersei zog ihn vom Bett, wirbelte ihn im Kreis und schloß ihn sogar in die Arme. Einen Moment lang gebärdete sie sich wie ein kleines Mädchen. Schließlich ließ sie ihn los, und Tyrion war außer Atem und benommen. Er taumelte zur Anrichte und stützte sich mit einer Hand daran ab.

»Glaubst du wirklich, sie werden sich eine Schlacht liefern? Wenn sie zu einer Vereinbarung gelangen –«

»Bestimmt nicht«, widersprach Tyrion. »Sie sind zu verschieden und sich gleichzeitig zu ähnlich, und keiner von beiden kann den anderen ausstehen.«

»Und Stannis fühlte sich schon immer um Storm's End betrogen«, sagte Cersei nachdenklich. »Der alte Sitz des Hauses Baratheon gehörte dem Rechte nach ihm ... du ahnst nicht, wie oft er zu Robert kam und sich in seiner gekränkten Art darüber beschwerte. Als Robert die Burg an Renly gab, hat Stannis so heftig mit den Zähnen geknirscht, daß sie beinahe geborsten wären.«

»Er hat es vermutlich als Herabsetzung aufgefaßt.«

»So war es auch gemeint«, sagte Cersei.

»Wollen wir einen Becher auf die brüderliche Liebe heben?«

»Ja«, antwortete sie atemlos. »Oh, bei den Göttern, ja.«

Er wandte ihr den Rücken zu, während er zwei Becher mit süßem Roten füllte. Es war die leichteste Sache der Welt, eine Prise feinen Pulvers in den ihren zu schütten. »Auf Stannis!« sagte er und reichte ihr den Wein. *Harmlos, wenn ich allein bin? Tatsächlich?*

»Auf Renly«, erwiderte sie und lachte. »Möge die Schlacht hart werden und lange dauern, und mögen die Anderen sie beide holen!«

Ist dies die Cersei, die Jaime sieht? Als sie lächelte, fiel ihm auf, wie schön sie wahrhaftig war. *Ich liebte ein Mädchen, war blond wie der Sommer, mit Sonnenschein im Haar ...* Fast hatte er ein schlechtes Gewissen, weil er sie vergiftet hatte.

Am nächsten Morgen beim Frühstück traf ihr Bote ein. Die Königin sei unpäßlich und könne ihre Gemächer nicht verlassen. *Wohl eher: kann ihr Klosett nicht verlassen.* Tyrion ließ eine angemessen mitfühlende Antwort ausrichten und beschwor seine Schwester, sich auszuruhen. Er würde mit Ser Cleos wie geplant verfahren.

Der Eiserne Thron von Aeron dem Eroberer war ein Gewirr häßlicher Widerhaken und scharfkantiger Metallzähne. Man mußte ein Narr sein, glaubte man, darauf bequem sitzen zu können, und schon auf den Stufen verkrampften sich seine kurzen Beine, während er an den absurden Anblick denken mußte, den er gewißlich bot. Eins durfte man über den Thron jedoch sagen: Er war *hoch.*

Die Wachen der Lannisters in ihren blutroten Mänteln und den Halbhelmen standen schweigend auf der einen Seite des Saales. Ser Jacelyns Goldröcke hatten auf der anderen ihren Platz gefunden. Die Stufen zum Thron flankierten Ser Preston von der Königsgarde und Bronn. Höflinge füllten die Galerie, in der Nähe der hohen Türen aus Eiche und Bronze drängten sich Bittsteller. Sansa Stark sah heute morgen besonders liebreizend aus, wenngleich auch ihr Gesicht bleich wie Milch war. Lord Gyles hustete, während der arme Vetter Tyrek seinen Bräutigamsmantel aus Feh und Samt trug. Seit seiner Heirat mit Lady Ermesande vor drei Tagen nannten ihn die anderen Knappen »Amme« und fragten ihn ständig, welche Art von Windeln seine Braut in der Hochzeitsnacht getragen habe.

Tyrion blickte auf sie alle herab, und stellte fest, daß ihm das gefiel. »Laßt Ser Cleos Frey vortreten.« Seine Stimme hallte von den Steinwänden zurück und trug durch den ganzen langen Saal. Auch dies gefiel ihm. *Zu schade, daß Shae das nicht miterleben kann.* Sie hatte darum gebeten, ebenfalls erscheinen zu dürfen, doch war dies unmöglich.

Ser Cleos brachte den Weg zwischen den Goldröcken und den Rotröcken hinter sich und sah weder nach links noch nach rechts. Als er niederkniete, bemerkte Tyrion, daß sich das Haar seines Vetters lichtete.

»Ser Cleos«, sagte Littlefinger, der am Tisch des Rates saß, »habt Dank für die Übermittlung des Friedensangebotes von Lord Stark.«

Grand Maester Pycelle räusperte sich. »Die Königliche Regentin, die Rechte Hand des Königs und der kleine Rat haben die Bedingungen bedacht, welche dieser selbsternannte König des Nordens stellt. Leider sind sie nicht akzeptabel, und diese Antwort müßt Ihr den Nordmännern überbringen, Ser.«

»Hier sind *unsere* Bedingungen«, sagte Tyrion. »Robb Stark muß das Schwert niederlegen, uns die Treue schwören und nach Winterfell zurückkehren. Er muß meinen Bruder unverzüglich freilassen und sein Heer unter dessen Befehl stellen, damit es gegen die Rebellen Renly und Stannis Baratheon marschieren kann. Jeder der Stark-Vasallen muß uns einen Sohn als Geisel überstellen. Eine Tochter wird dort angenommen, wo es keine Söhne gibt. Sie werden gut behandelt und erhalten einen hohen Rang am Hofe, solange ihre Väter sich nicht abermals des Hochverrats schuldig machen.«

Cleos Frey war sichtlich erschüttert. »Mylord Hand«, erwiderte er, »diesen Bedingungen wird Lord Stark niemals zustimmen.«

Das haben wir auch nicht erwartet, Cleos. »Sagt ihm, wir haben in Casterly Rock ein neues großes Heer ausgehoben, welches bald von Westen her auf ihn zumarschieren wird, derweil mein Hoher Vater von Osten heranzieht. Er steht allein und darf auf keinerlei Hilfe hoffen. Stannis und Renly Baratheon führen Krieg gegeneinander, und der Prinz von Dorne hat sich entschlossen, seinen Sohn Trystane mit Prinzessin Myrcella zu vermählen.« Freudiges Murmeln und Worte der Verblüffung wurden auf der Galerie aus dem hinteren Teil des Saales laut.

»Was meine Vettern betrifft«, fuhr Tyrion fort, »so bieten wir Harrion Karstark und Ser Wylis Manderly zum Austausch gegen Willem Lannister an, und Lord Cerwyn und Ser Donnel Locke für Euren Bruder Tion. Sagt Stark, daß zwei Lannisters in jedem Fall vier Nordmänner wert sind.« Er wartete ab, bis sich das Gelächter gelegt hatte. »Die Gebeine seines Vaters soll er als Zeichen von Joffreys gutem Willen umsonst erhalten.«

»Lord Stark fordert auch seine Schwestern und das Schwert seines Vaters«, erinnerte Ser Cleos ihn.

Ser Ilyn Payne stand stumm da, und das Heft von Eddard Starks Schwert ragte aus der Scheide, die er auf dem Rücken trug. »Ice«, sagte Tyrion. »Er wird die Waffe bekommen, sobald er Frieden geschlossen hat, eher nicht.«

»Wie Ihr wünscht. Und die Schwestern?«

Tyrion blickte zu Sansa und empfand plötzlich Mitleid für sie.

»Solange mein Bruder Jaime nicht freigelassen wurde, bleiben sie unsere Geiseln. Wie gut sie behandelt werden, hängt allein von Lord Stark ab.« *Und falls die Götter uns wohlgesonnen sind, findet Bywater Arya lebendig, ehe Robb erfährt, daß sie verschwunden ist.*

»Ich werde ihm Eure Botschaft überbringen, Mylord.«

Tyrion zupfte an einer der verdrehten Klingen der Armlehne des Throns. *Und jetzt der eigentliche Stoß.* »Vylarr«, rief er.

»Mylord.«

»Starks Männer reichen zweifelsohne aus, um Lord Eddards Gebeine zu eskortieren, aber ein Lannister sollte von Lannisters begleitet werden«, verkündete er. »Ser Cleos ist der Vetter der Königin, und zudem der meine. Wir würden ruhiger schlafen, wenn Ihr persönlich für seine sichere Rückkehr nach Riverrun sorgen würdet.«

»Wie Ihr befehlt. Wie viele Männer soll ich mitnehmen?«

»Nun, alle.«

Vylarr erstarrte, als hätte man ihn in Stein verwandelt. Schließlich erhob sich Grand Maester Pycelle und stieß hervor: »Mylord Hand, das kann nicht ... Euer Vater, Lord Tywin selbst, hat diese Männer in unsere Stadt geschickt, damit sie Königin Cersei und ihre Kinder bewachen ...«

»Die Königsgarde und die Stadtwache sind Schutz genug. Die Götter mögen Euch eine rasche Reise bescheren, Vylarr.«

Am Ratstisch lächelte Varys wissend, Littlefinger gab sich gelangweilt, und Pycelle schnappte bleich und verwirrt nach Luft wie ein Fisch auf dem Trockenen. Ein Herold trat vor. »Wenn jemand der Anwesenden der Rechten Hand des Königs eine weitere Angelegenheit vorzutragen hat, so laßt ihn jetzt sprechen.«

»Ich will gehört werden.« Ein schlanker Mann in schwarzer Kleidung drängte sich zwischen den Redwyne-Zwillingen vor.

»*Ser Alliser!*« rief Tyrion. »Ich hatte keine Ahnung, daß Ihr an den Hof gekommen seid. Ihr hättet mir Bescheid geben sollen.«

»Das habe ich getan, wie Ihr sehr wohl wißt.« Thorne war ein hagerer Mann von fünfzig Jahren mit einem scharfgeschnittenen

Gesicht, harten Augen und harten Händen. Sein schwarzes Haar war mit grauen Strähnen durchsetzt. »Man hat mich wie einen gemeinen Dienstboten gemieden, ignoriert und warten lassen.«

»Wirklich? Bronn, das war nicht recht. Ser Alliser und ich sind alte Freunde. Wir sind schon zusammen auf der Mauer gewandelt.«

»Werter Ser Alliser«, murmelte Varys, »Ihr dürft nicht zu schlecht von uns denken. So viele ersuchen um Joffreys Gnade in diesen unruhigen und aufrührerischen Zeiten.«

»Unruhiger als Ihr glaubt, Eunuch.«

»Wenn er dabei ist, nennen wir ihn *Lord* Eunuch«, witzelte Littlefinger.

»Auf welche Weise können wir Euch behilflich sein, guter Bruder?« fragte Grand Maester Pycelle beschwichtigend.

»Der Lord Commander hat mich zu Seiner Gnaden dem König geschickt«, antwortete Thorne. »Die Angelegenheit ist zu ernst, um sie mit seinen Lakaien zu besprechen.«

»Der König spielt mit seiner neuen Armbrust«, erwiderte Tyrion. Um Joffrey loszuwerden, hatte er ihm bloß eine klobige Armbrust aus Myr schenken müssen, die drei Bolzen zugleich abschoß, und natürlich wollte der König sie auf der Stelle ausprobieren. »Ihr müßt mit seinen Lakaien vorlieb nehmen oder schweigen.«

»Wie Ihr wünscht«, sagte Ser Alliser, und in jedem seiner Worte schwang Unwillen mit. »Ich wurde geschickt, um Euch zu berichten, daß wir zwei Grenzer gefunden haben, die seit langem vermißt wurden. Sie waren tot, und wir haben ihre Leichen hinter die Mauer geschafft, wo sie in der Nacht zu neuem Leben erwachten. Einer tötete Ser Jaremy Rykker, der andere hat versucht, den Lord Commander zu ermorden.«

Irgendwo hörte Tyrion jemanden kichern. *Will er mich mit diesem Unfug verspotten?* Er rutschte unbehaglich auf seinem Sitz hin und her und sah hinunter zu Varys, Littlefinger und Pycelle. Welche Rolle spielten sie in dieser Geschichte? Ein Zwerg genoß nur einen geringen Grad an Würde. Sobald Hof und Königreich einmal begannen über ihn zu lachen, war sein Schicksal besiegelt. Und dennoch ... und dennoch ...

Tyrion erinnerte sich an eine kalte Nacht unter Sternen, in der er neben dem jungen Jon Snow und dem großen weißen Schattenwolf auf der Mauer am Ende der Welt gestanden und hinaus in die Dunkelheit geblickt hatte. Er hatte etwas gespürt, doch was? Einen Schrecken, der ihn durchfuhr wie der frostige Nordwind. In dieser Nacht hatte ein Wolf geheult, und dieser Klang hatte ihm einen Schauder über den Rücken laufen lassen.

Sei kein Narr! schalt er sich selbst. *Ein Wolf, ein Wind, ein dunkler Wald, das hat nichts zu bedeuten. Und dennoch ...* Er hatte während seines Besuchs auf Castle Black Gefallen an dem alten Jeor Mormont gefunden. »Ich hoffe, der Alte Bär hat den Angriff überlebt.«

»Das hat er.«

»Und Eure Brüder haben diese, äh, diese Toten getötet?«

»Das haben sie.«

»Seid Ihr sicher, daß sie diesmal wirklich tot sind?« fragte Tyrion milde. Als Bronn daraufhin schnaubend lachte, wußte er, wie er weiter vorgehen mußte. »Wirklich, wirklich tot?«

»Sie waren bereits beim ersten Mal tot«, fauchte ihn Ser Alliser an. »Bleich und kalt, und sie hatten schwarze Hände und Füße. Ich habe Jareds Hand mitgebracht, die der Wolf des Bastards ihm abgebissen hatte.«

Littlefinger rührte sich. »Und wo ist dieses hübsche Geschenk?«

Unbehaglich runzelte Ser Alliser die Stirn. »Sie ... ist verrottet, während ich ungehört warten mußte. Jetzt sind nur mehr Knochen übrig.«

Kichern hallte durch den Saal. »Lord Baelish«, rief Tyrion Littlefinger zu, »kauft unserem tapferen Ser Alliser hundert Spaten, die er mit zur Mauer zurücknehmen kann.«

»Spaten?« Ser Alliser kniff mißtrauisch die Augen zusammen.

»Wenn Ihr Eure Toten begrabt, werden sie nicht herumlaufen«, erklärte Tyrion ihm, und der Hof lachte schallend. »Spaten werden Eure Schwierigkeiten lösen, und ein paar kräftige Kerle, die damit schaufeln. Ser Jacelyn, laßt den guten Bruder Männer aus den Verliesen aussuchen.«

Ser Jacelyn Bywater erwiderte: »Wie Ihr wünscht, Mylord, aber die Kerker sind fast leer. Yoren hat die meisten Männer schon mitgenommen.«

»Dann verhaftet weitere«, forderte Tyrion ihn auf. »Oder verbreitet das Gerücht, auf der Mauer gebe es Brot und Steckrüben, dann gehen sie freiwillig.« Die Stadt mußte zu viele Hungrige füttern, und die Nachtwache brauchte immer Männer. Auf Tyrions Zeichen hin beendete der Herold die Audienz, und der Saal begann sich zu leeren.

Ser Alliser Thorne ließ sich nicht so einfach abweisen. Er wartete am Fuß des Throns auf Tyrion. »Glaubt Ihr, ich sei den weiten Weg von Eastwatch-by-the-Sea hergesegelt, um mich von jemandem wie Euch verhöhnen zu lassen?« Er kochte vor Zorn und verstellte Tyrion den Weg. »Das ist kein Scherz. Ich habe sie mit eigenen Augen gesehen. Ich sage Euch, die Toten wandeln umher.«

»Ihr solltet versuchen, sie gründlicher zu töten.« Tyrion drängte sich an ihm vorbei. Ser Alliser wollte ihn am Ärmel packen, aber Preston Greenfield stieß ihn zur Seite. »Keinen Schritt näher, Ser.«

Thorne war nicht so dumm, einen Ritter der Königsgarde herauszufordern. »Ihr seid ein Narr, Gnom«, schrie er Tyrion hinterher.

Der Zwerg drehte sich um. »Ich? Wirklich? Weshalb haben dann alle über Euch gelacht, frage ich mich?« Er lächelte matt. »Ihr seid gekommen, weil Ihr Männer braucht, nicht wahr?«

»Die kalten Winde erheben sich. Die Mauer muß gehalten werden.«

»Und dazu braucht Ihr Männer, welche ich Euch zugestanden habe ... wie Ihr vielleicht bemerkt habt, wenn Eure Ohren außer Beleidigungen noch etwas zur Kenntnis genommen haben. Sucht sie Euch zusammen, bedankt Euch bei mir und verschwindet, bevor ich Euch Beine mache. Überbringt Lord Mormont meine besten Empfehlungen ... und auch Jon Snow.« Bronn griff Ser Alliser am Ellbogen und führte ihn resolut aus dem Saal.

Grand Maester Pycelle war bereits davongeeilt, aber Varys und

Littlefinger hatten die Auseinandersetzung beobachtet. »Ich bewundere Euch von Tag zu Tag mehr, Mylord«, gestand der Eunuch ein. »Ihr besänftigt den Stark-Jungen mit den Gebeinen seines Vaters und nehmt Eurer Schwester ihre Bewacher, und beides mit einem Streich. Ihr gebt dem schwarzen Bruder die Männer, die er sucht, und befreit die Stadt von hungrigen Mäulern, und trotzdem laßt Ihr es als Spott erscheinen, so daß niemand dem Zwerg nachsagen kann, er fürchte sich vor Snarks und Grumkins. Oh, geschickt eingefädelt.«

Littlefinger strich sich durch den Bart. »Wollt Ihr wirklich Eure ganze Wache fortschicken, Lannister?«

»Nein, nur die Garde meiner Schwester.«

»Die Königin wird das nicht zulassen.«

»Oh, ich denke doch. Ich bin schließlich ihr Bruder, und wenn Ihr mich erst länger kennt, werdet Ihr lernen, daß ich alles so meine, wie ich es sage.«

»Sogar die Lügen?«

»Vor allem die Lügen. Lord Petyr, ich habe das Gefühl, Ihr seid ein wenig unglücklich über meine Entscheidung.«

»Nicht mehr als sonst, Mylord. Dennoch finde ich keinen Gefallen daran, mich zum Narren halten zu lassen. Wenn Myrcella Trystane Martell heiratet, könnt Ihr sie wohl kaum auch noch mit Robert Arryn vermählen, nicht wahr?«

»Nicht ohne einen großen Skandal zu verursachen«, stimmte Tyrion zu. »Ich bedaure meine kleine List, Lord Petyr, doch als wir uns darüber unterhalten haben, konnte ich nicht wissen, ob man in Dorne mein Angebot annehmen würde.«

Littlefinger war noch immer nicht besänftigt. »Ich mag es nicht, wenn man mich belügt, Mylord. Aus Eurem nächsten Täuschungsmanöver haltet mich bitte heraus.«

Nur, wenn Ihr das gleiche auch für mich tut, dachte Tyrion und betrachtete den Dolch an Littlefingers Gürtel. »Sollte ich Euch beleidigt haben, tut es mir ausgesprochen leid. Jeder weiß, wie sehr wir Euch schätzen, Mylord. Und wie sehr wir Euch brauchen.«

»Dann vergeßt das nicht.« Damit verließ Littlefinger sie.

»Begleitet mich ein Stück, Varys«, sagte Tyrion. Sie gingen durch die Tür des Königs hinter dem Thron hinaus, wobei die Pantoffeln des Eunuchen leise über den Steinboden schlurften.

»Lord Baelish hat recht, die Königin wird niemals zustimmen, wenn Ihr ihre Garde fortschicken wollt.«

»Das wird sie schon tun. Darum werdet Ihr Euch kümmern.«

Ein Lächeln verzog Varys' volle Lippen. »Werde ich das?«

»Oh, ganz gewiß. Ihr werdet Ihr sagen, das gehöre zu meinem Plan, Jaime zu befreien.«

Varys strich sich über die gepuderte Wange. »Dabei werdet Ihr sicherlich diese vier Kerle ins Spiel bringen, die Euer Bronn so eifrig in den heruntergekommensten Vierteln der Stadt zusammengesucht hat. Einen Dieb, einen Giftmischer, einen Schauspieler und einen Mörder.«

»Steckt sie in rote Mäntel und Löwenhelme, und sie werden sich nicht von den anderen Wachen unterscheiden. Ich habe lange nach einer List gesucht, wie ich sie nach Riverrun hineinschmuggeln könnte, bis mir einfiel, sie dadurch zu verstecken, daß ich sie offen zeige. Sie werden unter den Bannern der Lannisters durchs Haupttor einreiten und Lord Eddards Gebeine begleiten.« Er lächelte schief. »Vier Männer allein würden aufmerksam beobachtet werden. Vier unter hundert können sich davonstehlen. Daher muß ich die echte Garde mitschicken ... und so werdet Ihr es auch meiner Schwester erklären.«

»Um ihres geliebten Bruders willen wird sie trotz ihrer Bedenken zustimmen.« Sie gingen eine verlassene Kolonnade entlang. »Dennoch wird der Verlust der Rotröcke sie beunruhigen.«

»Ich mag es, wenn sie beunruhigt ist«, erwiderte Tyrion.

Ser Cleos Frey brach noch an diesem Nachmittag auf und wurde von Vylarr und einhundert Mann der Lannistergarde eskortiert. Die Männer von Robb Stark gesellten sich vor dem Königstor für den langen Ritt nach Westen zu ihnen.

Tyrion fand Timett in der Kaserne, wo er mit den Burned Men

würfelte. »Komm um Mitternacht in mein Solar.« Timett starrte ihn mit seinem einen Auge an und nickte knapp. Er machte niemals viele Worte.

An diesem Abend speiste er mit den Stone Crows und den Moon Brothers im Kleinen Saal, obwohl er diesmal auf Wein verzichtete. Er wollte seinen Verstand nicht trüben. »Shagga, welche Mondphase haben wir?«

Wenn Shagga die Stirn runzelte, konnte man es mit der Angst zu tun bekommen. »Schwarz, glaube ich.«

»Im Westen nennen sie das einen Verrätermond. Betrinkt Euch heute nacht nicht zu sehr und achtet darauf, daß Eure Axt scharf ist.«

»Die Axt eines Stone Crow ist immer scharf, und Shaggas Axt ist die schärfste weit und breit. Einmal habe ich einem Mann den Kopf abgeschlagen, und er hat es erst gemerkt, als er sich kämmen wollte. Dabei ist er runtergefallen.«

»Kämmst du dich deshalb nie?« Die Stone Crows heulten vor Lachen und stampften mit den Füßen, wobei Shagga selbst am lautesten brüllte.

Um Mitternacht herrschten in der Burg Stille und Finsternis. Zweifellos hatten ein paar Goldröcke gesehen, wie die Männer den Turm der Hand verließen, doch hatte sie niemand angerufen. Er war die Rechte Hand des Königs, und wohin er ging, war allein seine Sache.

Die dünne Holztür splitterte unter Shaggas kräftigem Fußtritt. Die Trümmer flogen nach innen, und Tyrion hörte den Angstschrei einer Frau. Shagga räumte die Reste der Tür mit drei Axthieben aus dem Weg und trat hindurch. Timett folgte ihm und dann Tyrion. Das Feuer war bis auf ein paar glühende Kohlen niedergebrannt, und das Schlafzimmer lag im Schatten. Als Timett die schwere Decke vom Bett riß, starrte ihn ein Dienstmädchen mit weitaufgerissenen Augen an. »Bitte, Mylords«, flehte sie, »tut mir nichts!« Sie wich vor Shagga an die Wand zurück, errötete und versuchte ihre Reize mit den Händen zu verdecken, wobei ihr eine fehlte.

»Geh«, befahl Tyrion ihr. »Auf dich haben wir es nicht abgesehen.«

»Shagga will sie haben.«

»Shagga will jede Hure in dieser Stadt der Huren haben«, beschwerte sich Timett, Sohn des Timett.

»Ja«, erwiderte Shagga ohne einen Anflug von Scham. »Shagga würde ihr ein kräftiges Kind machen.«

»Wenn sie ein kräftiges Kind will, weiß sie, an wen sie sich wenden muß«, beendete Tyrion den Streit. »Timett, bring sie raus . . . und bitte sanft.«

Der Burned Man zog das Mädchen vom Bett und zerrte sie aus dem Zimmer. Shagga blickte ihnen mit traurigen Augen nach wie ein Welpe. Die junge Frau stolperte über die Trümmer der Tür hinaus in den Gang, und Timett half mit einem kräftigen Schubs nach. Über ihren Köpfen krächzten die Raben.

Tyrion zog die weiche Decke vom Bett und brachte Grand Maester Pycelle darunter zum Vorschein. »Sagt mir, Maester, heißt die Citadel es gut, wenn Ihr Euch mit den Dienstmädchen einlaßt?«

Der alte Mann war ebenso nackt wie das Mädchen, obgleich er einen deutlich weniger hübschen Anblick bot. Zum ersten Mal sah Tyrion die sonst unter gesenkten, schweren Lidern halb verborgenen Augen weit aufgerissen. »W-was hat das zu bedeuten? Ich bin ein alter Mann, Euer ergebener Diener . . .«

Tyrion setzte sich aufs Bett. »So ergeben, daß Ihr einen meiner Briefe an Doran Martell meiner Schwester überreicht habt.«

»N-nein«, kreischte Pycelle. »Nein, das ist die Unwahrheit, ich schwöre, ich war es nicht. Varys, es war Varys, die Spinne, ich habe Euch vor ihm gewarnt –«

»Lügen alle Maester so erbärmlich schlecht? Ich habe Varys erzählt, ich würde Prinz Doran meinen Neffen Tommen als Mündel überlassen. Ich sagte Littlefinger, ich hätte vor, Myrcella mit Lord Robert von der Eyrie zu vermählen. Niemandem hingegen habe ich anvertraut, daß ich Myrcella in Dorne angeboten habe . . . dies stand allein in dem Brief, den ich Euch anvertraute.«

Pycelle griff nach einer Ecke der Decke. »Vögel können verloren gehen, die Botschaften werden gestohlen oder verkauft ... Varys war es, ich könnte Euch Geschichten über diesen Mann berichten, daß Euch das Blut in den Adern gefrieren würde ...«

»Meiner Lady gefalle ich heißblütig besser.«

»Täuscht Euch nicht, für jedes Geheimnis, welches Euch der Eunuch ins Ohr flüstert, hält er sieben zurück. Und Littlefinger ...«

»Ich weiß alles über Lord Petyr. Ihm darf man fast so wenig Vertrauen schenken wie Euch. Shagga, schneide ihm seine Männlichkeit ab und verfüttere sie an die Ziegen.«

Shagga packte die riesige Axt mit der Doppelklinge. »Halbmann, hier gibt's keine Ziegen.«

»Laß dir etwas einfallen.«

Brüllend sprang Shagga vor. Pycelle kreischte und näßte sein Bett; Urin spritzte in alle Richtungen, während er zu flüchten versuchte. Der Wildling packte ihn am Ende seines wallenden weißen Bartes und trennte mit einem einzigen Hieb der Axt drei Viertel davon ab.

»Timett, glaubst du, unser Freund wird sich zuvorkommender verhalten, nachdem er sich nun nicht mehr hinter seiner Gesichtszierde verstecken kann?« Tyrion wischte sich mit dem Bettlaken die Pisse von den Stiefeln.

»Bald wird er die Wahrheit sagen.« Die leere Höhle von Timetts ausgebranntem Auge war ein finsteres Loch. »Ich kann riechen, wie er nach Angst stinkt.«

Shagga warf die Handvoll Haare auf die Binsen am Boden und griff nach dem Rest des Bartes. »Haltet still, Maester«, drängte ihn Tyrion. »Wenn Shagga wütend ist, zittern seine Hände.«

»Shaggas Hände zittern nie«, widersprach der riesige Mann, hielt Pycelle die halbmondförmige Klinge unter das bibbernde Kinn und säbelte Pycelle ein paar weitere Bartsträhnen ab.

»Wie lange spioniert Ihr schon für meine Schwester?« fragte Tyrion.

Pycelle atmete flach und in kurzen Stößen. »Was ich getan habe, geschah nur zum Wohle des Hauses Lannister.« Schweiß bedeckte die Stirn des alten Mannes, und weiße Haare klebten auf seiner runzligen Haut. »Immer . . . schon seit Jahren . . . fragt Euren Hohen Vater, ich war stets sein treuer Diener . . . ich war es, der Aerys veranlaßt hat, die Tore zu öffnen . . .«

Das überraschte Tyrion allerdings. Er war noch ein häßlicher Junge auf Casterly Rock gewesen, als die Stadt fiel. »Die Plünderung von King's Landing war somit Euer Werk?«

»Für das Reich! Nachdem Rhaegar tot war, fand der Krieg ein Ende. Aerys war verrückt, Viserys zu jung, Prinz Aegon ein Säugling, aber das Reich brauchte einen König . . . ich betete zu den Göttern, sie sollten Euren guten Vater dazu machen, aber Robert war zu mächtig, und Lord Stark hat zu schnell gehandelt . . .«

»Wie viele habt Ihr verraten, frage ich mich? Aerys, Eddard Stark, mich . . . König Robert ebenfalls? Lord Arryn, Prinz Rhaegar? Wo fängt es an, Pycelle?« Wo es endete, wußte er.

Die Axt kratzte über den Kehlkopf des Grand Maesters, strich sanft über die weiche Haut am Kinn und schabte die letzten Haare ab. »Ihr . . . wart nicht hier«, keuchte er, während die sich Klinge zu seinen Wangen hinaufbewegte. »Robert . . . seine Wunden . . . hättet Ihr sie gesehen . . . gerochen, Ihr hättet keinen Zweifel gehabt . . .«

»Oh, ich weiß, daß der Keiler Euch die Arbeit abgenommen hat . . . aber er hat sie nicht ganz erledigt, und so mußtet Ihr zweifelsohne nachhelfen.«

»Er war ein miserabler König . . . eitel, trunksüchtig, lüstern . . . er wollte Eure Schwester verstoßen, seine eigene Königin . . . bitte . . . Renly wollte die Jungfrau aus Highgarden an den Hof bringen, die seinen Bruder verführen sollte . . . bei den Göttern, es ist die Wahrheit . . .«

»Und was plante Lord Arryn?«

»Er wußte Bescheid«, sagte Pycelle, »über . . . über . . .«

»Ich weiß, was er wußte«, fauchte Tyrion, der nicht erpicht darauf war, daß Shagga und Timett es ebenfalls erfuhren.

»Er hat seine Gemahlin zurück auf die Eyrie geschickt und seinen Sohn als Mündel nach Dragonstone . . . er wollte handeln . . .«

»Deshalb habt Ihr ihn zuerst vergiftet.«

»*Nein!*« Pycelle wehrte sich schwach. Shagga knurrte und packte seinen Schädel. Der Mann hatte so riesige Pranken, daß er den Schädel des Maester wie eine Eierschale hätte zerdrücken können.

Tyrion schnalzte abfällig mit der Zunge. »Ich habe die Tränen von Lys unter Euren Tränken entdeckt. Und Ihr habt Lord Arryns eigenen Maester fortgeschickt und den Mann selbst behandelt, damit Ihr seines Todes auch ganz sicher sein konntet.«

»Eine Lüge!«

»Rasier ihn noch ein bißchen«, schlug Tyrion vor. »An der Kehle.«

Die Axt glitt wieder nach unten und schabte über die Haut. Pycelles Speichel bildete Bläschen auf seinen Lippen. »Ich habe wirklich versucht, Lord Arryn zu retten. Ich schwöre es –«

»Vorsichtig, Shagga, jetzt hast du ihn geschnitten!«

Shagga grunzte. »Dolf hat einen Krieger großgezogen, keinen Barbier.«

Als der alte Mann das Blut spürte, das an seinem Hals hinablief, erzitterte er, und die letzten Kräfte verließen ihn. Er wirkte geschrumpft, kleiner und gebrechlicher. »Ja«, winselte er, »ja, Colemon hat ein Brechmittel benutzt, deshalb habe ich ihn hinausgeschickt. Für die Königin war es wichtig, daß Lord Arryn starb, doch sprach sie es nicht laut aus, denn das war ihr unmöglich, weil Varys lauschte, er lauschte immer, aber ein Blick in ihr Gesicht genügte mir. Trotzdem habe nicht ich ihm das Gift verabreicht, das schwöre ich.« Der alte Mann weinte. »Varys wird es Euch bestätigen, es war der Junge, der Knappe, Hugh hieß er, bestimmt war er es, fragt Eure Schwester, fragt sie.«

Tyrion wandte sich angewidert ab. »Fesselt ihn und bringt ihn fort«, befahl er. »Werft ihn in eine der schwarzen Zellen.«

Sie zerrten ihn durch die zerbrochene Tür hinaus. »Lannister«, jammerte der Maester, »es geschah alles im Namen des Hauses Lannister . . .«

Nachdem er fort war, durchsuchte Tyrion die Gemächer des alten Mannes und nahm einige weitere Gefäße vom Regal. Die Raben murmelten derweil über seinem Kopf eigentümlich friedfertig vor sich hin. Er würde jemanden finden müssen, der sich um die Vögel kümmerte, bis die Citadel Ersatz für Pycelle geschickt hatte.

Er war der einzige, von dem ich hoffte, ich könnte ihm vertrauen. Varys und Littlefinger waren keine Spur verläßlicher, vermutete er . . . nur gingen sie vorsichtiger zu Werke, was sie um so gefährlicher machte. Vielleicht sollte er es so halten, wie sein Vater es getan hätte: Ilyn Payne rufen und alle drei Köpfe über dem Tor aufspießen lassen, und damit Schluß. *Und wäre das nicht ein hübscher Anblick,* dachte er.

ARYA

Angst schneidet tiefer als Schwerter, redete sich Arya ein, trotzdem vertrieb das die Furcht nicht. Diese war jetzt genauso Teil ihres Lebens wie das altbackene Brot und die Blasen an den Füßen nach den langen Märschen über die harte, zerfurchte Straße.

Sie hatte geglaubt, zu wissen, was Angst bedeutete, aber in dem Lagerhaus am God's Eye hatte sie sich eines Besseren belehren lassen müssen. Acht Tage hatte sie dort verbracht, bevor der Reitende Berg den Befehl zum Aufbruch gab, und jeden Tag hatte sie jemanden sterben sehen.

Der Berg kam stets nach seinem Frühstück ins Lagerhaus und suchte sich einen der Gefangenen aus, um ihn zu verhören. Die Dorfbewohner schauten ihn nicht an. Vielleicht glaubten sie, wenn sie ihn nicht beachteten, würde er sie ebenfalls nicht bemerken ... aber sie entgingen ihm nicht, und er wählte denjenigen aus, der ihm gerade in den Sinn kam. Nirgends konnte man sich verstecken, keine List half, und Sicherheit gab es nicht.

Ein Mädchen teilte in drei aufeinanderfolgenden Nächten das Bett mit einem der Soldaten; am vierten Tag holte der Berg sie, und der Soldat sagte nichts.

Ein lächelnder alter Mann flickte ihre Kleidung und plapperte ständig über seinen Sohn, der bei den Goldröcken in King's Landing diene. »Ein Mann des Königs ist er«, wiederholte er ständig, »ein Getreuer des Königs wie ich, wir sind alle für Joffrey.« Er sagte das so oft, daß die anderen Gefangenen ihn am Ende Alle-für-Joffrey nannten, wenn die Wachen nicht zugegen waren. Alle-für-Joffrey wurde am fünften Tag ausgewählt.

Eine junge Mutter mit Pockennarben im Gesicht bot ihnen an,

alles zu verraten, was sie wisse, wenn sie nur ihrer Tochter nichts zuleide taten. Der Berg verhörte sie; am nächsten Morgen holte er die Tochter, um sich zu versichern, daß die Frau wirklich nichts für sich behalten hatte.

Die Verhöre fanden vor den anderen Gefangenen statt, damit sie sahen, welches Schicksal Rebellen und Verrätern blühte. Ein Mann, den die anderen den Kitzler nannten, stellte die Fragen. Wegen seines unauffälligen Gesichts und seiner einfachen Kleidung hatte Arya ihn zunächst für einen der Dorfbewohner gehalten, ehe sie ihn bei der Arbeit erlebte. »Kitzler läßt sie heulen, bis sie sich in die Hose pissen«, erklärte ihnen der bucklige Chiswyck. Das war der Soldat, den sie hatte beißen wollen und der sie niedergeschlagen hatte. Manchmal half er Kitzler. Dann wieder übernahmen andere diese Aufgabe. Ser Gregor Clegane stand reglos daneben, beobachtete alles und hörte zu, bis das Opfer gestorben war.

Die Fragen waren stets dieselben. War irgendwo im Dorf Gold versteckt? Silber? Edelsteine? Gab es noch weitere Vorräte? Wo befand sich Lord Beric Dondarrion? Welche Dorfbewohner hatten ihm geholfen? Wo war er hingeritten? Wie viele Männer hatten ihn begleitet? Wie viele Ritter, Bogenschützen, wie viele Bewaffnete? Womit waren sie ausgerüstet? Wie viele Pferde hatten sie? Gab es Verwundete unter ihnen? Welche anderen Feinde hatten sie gesehen? Wie viele? Wann? Welche Banner hatten sie geführt? In welche Richtung waren sie gezogen? War irgendwo im Dorf Gold versteckt? Silber? Edelsteine? Wo befand sich Lord Beric Dondarrion? Wie viele Männer begleiteten ihn? Am dritten Tag hätte Arya die Fragen selbst stellen können.

Sie fanden ein wenig Gold, ein wenig Silber, einen großen Beutel mit Kupfermünzen und einen verbeulten Kelch, der mit Granaten verziert war und wegen dem sich zwei Soldaten beinahe geprügelt hätten. Sie erfuhren, daß Lord Beric zehn Hungergestalten bei sich hatte oder auch hundert Ritter; er war nach Westen geritten, oder nach Norden oder Süden; er hatte den See in einem Boot überquert; er war stark wie ein Auerochse oder von der Blutgrippe geschwächt. Niemand überlebte das Verhör des Kitzlers; kein Mann, keine Frau, kein Kind. Bei den Kräftigsten dauerte es bis zum Einbruch der Dunkelheit. Ihre Leichen wurden abseits der Lagerfeuer für die Wölfe aufgehängt.

Als sie endlich aufbrachen, wußte Arya, daß sie keine Wassertänzerin war. Syrio Forel hätte sich niemals von ihnen niederschlagen oder das Schwert abnehmen lassen, und er hätte auch nicht tatenlos danebengestanden, während sie Lommy Grünhand ermordeten. Syrio hätte nicht stumm in diesem Lagerhaus gesessen, und er wäre auch nicht widerstandslos zwischen den anderen marschiert. Der Schattenwolf war das Wappen der Starks, aber Arya fühlte sich wie ein Lamm, umgeben von einer Herde anderer Schafe. Sie haßte die Dorfbewohner dafür, und sich selbst auch.

Die Lannisters hatten ihr alles genommen: Vater, Freunde, Heim, Hoffnung. Einer hatte ihr Needle gestohlen, während ein anderer ihr Holzschwert über dem Knie zerbrochen hatte. Sie hatten ihr Geheimnis enthüllt. Das Lagerhaus war groß genug gewesen, um sich zum Wasserlassen eine stille Ecke zu suchen, aber unterwegs war das nicht mehr möglich. Sie beherrschte sich so lange wie möglich, am Ende mußte sie sich doch neben einen Busch hocken und die Hose vor allen herunterlassen. Sonst hätte sie sich einnässen müssen. Heiße Pastete starrte sie mit seinen großen Mondaugen an, sonst jedoch hatte niemand einen Blick für sie übrig. Schafsmädchen oder Schafsjunge, Ser Gregor und seine Männer kümmerte das nicht.

Ihre Wächter verboten ihnen das Sprechen. Eine aufgeplatzte Lippe brachte Arya zu der Erkenntnis, lieber zu schweigen. Andere lernten es nicht. Ein dreijähriger Junge wollte nicht aufhören, nach seinem Vater zu rufen, also zertrümmerten sie ihm das Gesicht mit einer stachelbewehrten Keule. Dann fing die Mutter des Jungen an zu schreien, und Raff der Liebling tötete sie ebenfalls.

Arya sah sie sterben und tat nichts dagegen. Was für einen Sinn hätte Tapferkeit gehabt? Eine der Frauen hatte versucht, beim Verhör tapfer zu sein, doch war sie ebenso wie die übrigen schreiend krepiert. Auf diesem Marsch gab es keine Tapferkeit, nur Wunden und Hunger. Die meisten Gefangenen waren Frauen und Kinder. Die wenigen Männer waren entweder sehr alt oder sehr jung; der Rest war an dem Galgen geendet und Wölfen und Krähen überlassen worden. Gendry wurde nur verschont, weil er zugab, den gehörnten Helm selbst geschmiedet zu haben; Schmiede, auch Lehrlinge waren zu kostbar, um sie zu töten.

Sie wurden verschleppt, um Lord Tywin Lannister auf Harrenhal zu dienen, erklärte der Berg ihnen. »Ihr seid Hochverräter und Rebellen, deshalb dankt Lord Tywin für diese Gnade. Von den Gesetzlosen dürft ihr das nicht erwarten. Gehorcht und dient, dann werdet ihr überleben.«

»Es ist nicht gerecht, nein, das ist es nicht«, hörte sie eine alte Frau jammern, nachdem sie sich zur Nachtruhe gelegt hatten. »Wir haben niemanden verraten, alle sind einfach gekommen und haben sich genommen, was sie wollten, genauso wie dieser Haufen hier.«

»Immerhin hat uns Lord Beric keine Gewalt angetan«, flüsterte ihr Freund. »Und der rote Priester bei ihm hat sogar für alles bezahlt, was sie sich holten.«

»Bezahlt? Er hat mir zwei meiner Hühner gestohlen und mir ein Stück Papier mit einem Zeichen in die Hand gedrückt? Kann ich zerfetztes Papier essen, frage ich dich? Legt es Eier?« Sie blickte sich um, aber es waren keine Wachen in der Nähe, und so spuckte sie dreimal aus. »Einmal für die Tullys, einmal für die Lannisters und einmal für die Starks.«

»Es ist eine Sünde und eine Schande«, zischte ein Greis. »Der alte König hätte so etwas nicht zugelassen.«

»König Robert?« fragte Arya.

»König *Aerys*, die Götter mögen ihn segnen«, erwiderte der Greis, doch zu laut. Die Wache schlenderte herüber, um sie zum Schweigen zu bringen. Dabei verlor der alte Mann seine beiden letzten Zähne, und die Unterhaltung war für diese Nacht vorbei.

Neben den Gefangenen führte Ser Gregor ein Dutzend Schweine, einen Käfig mit Hühnern, eine magere Milchkuh und neun

Wagen mit gesalzenem Fisch mit. Der Berg und seine Männer hatten Pferde, die Gefangenen hingegen mußten zu Fuß gehen, und jene, die zu schwach waren, wurden getötet, ebenso wie jene, die dumm genug waren, die Flucht zu wagen. Des Nachts zerrten die Soldaten Frauen mit sich in die Büsche; die meisten von ihnen schienen das zu erwarten und folgten widerstandslos. Ein besonders hübsches Mädchen mußte jede Nacht mit vier oder fünf Kerlen gehen, bis sie schließlich mit einem Stein auf einen von ihnen einschlug. Ser Gregor zwang alle, dabei zuzuschauen, wie er ihr den Kopf mit einem einzigen Hieb seines zweihändigen Schwertes abschlug. »Laßt die Leiche für die Wölfe liegen«, befahl er und reichte das Schwert seinem Knappen, damit der es säubere.

Arya warf einen verstohlenen Blick auf Needle, welches ein schwarzbärtiger Glatzkopf namens Polliver am Gürtel trug. *Gut, daß sie es mir abgenommen haben,* dachte sie. Ansonsten hätte sie vermutlich auf Ser Gregor eingestochen, und die Wölfe würden sie ebenfalls fressen.

Polliver war nicht ganz so gemein wie die anderen, auch wenn er Needle gestohlen hatte. In der Nacht, in der man sie erwischt hatte, waren die Lannisters namenlose Fremde für sie gewesen, die unter ihren Helmen mit Nasenschutz einer dem anderen glichen, inzwischen jedoch kannte sie einen jeden von ihnen. Man mußte sich merken, wer faul war und wer brutal, wer klug und wer dumm. Man mußte bedenken, daß der, den sie Dreckschnauze nannten, zwar die schmutzigsten Ausdrücke benutzte, die ihr je zu Ohren gekommen waren, aber einem dennoch ein zweites Stück Brot gab, wenn man ihn darum bat, während der fröhliche alte Chiswyck und der leise Raff eine solche Frage mit einer Ohrfeige belohnten.

Arya beobachtete sie und lauschte ihnen und pflegte ihren Haß, wie Gendry früher seinen Helm gepflegt hatte. Dunsen trug diesen nun, und dafür haßte sie ihn. Sie haßte Polliver wegen Needle, und sie haßte den alten Cheswyck, weil er sich für komisch hielt. Und Raff den Liebling, der Lommy den Speer durch die Kehle getrieben hatte, haßte sie mehr als alle anderen. Sie haßte Ser Armory Lorch wegen Yoren, sie haßte Ser Meryn Trant wegen Syrio, den Bluthund, weil er den Schlachterjungen Mycah umgebracht hatte, und Ser Ilyn und Joffrey und die Königin wegen ihres Vaters, und wegen Desmond und den anderen, und sogar wegen Lady Sansas Wolf. Der Kitzler flößte ihr fast zuviel Furcht ein, um ihn zu hassen. Manchmal vergaß sie seine Anwesenheit beinahe. Wenn er keine Verhöre führte, war er nur ein gewöhnlicher Soldat, ziemlich ruhig zudem, und sein Gesicht unterschied sich nicht von tausend anderen.

Jede Nacht sagte Arya ihre Namen auf. »Ser Gregor«, flüsterte sie in den Stein, der ihr Kissen bildete, »Dunsen, Polliver, Chiswyck, Raff der Liebling. Der Kitzler und der Bluthund. Ser Armory, Ser Ilyn, Ser Meryn, König Joffrey, Königin Cersei.« Zuhause in Winterfell hatte Arya mit ihrer Mutter in der Septe und mit ihrem Vater im Götterhain gebetet, doch auf der Straße nach Harrenhal gab es keine Götter, und diese Namen waren das einzige Gebet, das sie sich merken wollte.

Jeden Tag mußten sie marschieren, jede Nacht sagte sie die Namen auf, bis endlich der Wald lichter wurde und einer Landschaft mit sanften Hügeln, mäandernden Bächen und sonnenbeschienenen Feldern wich, aus der die Hülsen niedergebrannter Burgen wie verfaulte Zähne aufragten. Noch einen Tagesmarsch dauerte es, bevor sie einen ersten Blick auf die Türme von Harrenhal werfen konnten, die sich in der Ferne dicht am blauen Wasser des Sees abzeichneten.

In Harrenhal würde es besser werden, versicherten sich die Gefangenen gegenseitig, allerdings war Arya sich dessen nicht so sicher. Sie erinnerte sich an Old Nans Geschichten über die Burg, die auf Furcht erbaut worden war. Harren der Schwarze hatte Menschenblut in den Mörtel gemischt, erzählte Old Nan immer und senkte die Stimme dabei, so daß die Kinder sich vorbeugen mußten, um sie zu verstehen, aber Aegons Drachen hatten Harren und seine Söhne im Inneren der riesigen Steinmauern verbrannt.

Arya kaute auf der Unterlippe, während sie einen schwieligen Fuß vor den anderen setzte. Nicht mehr weit, sagte sie sich; die Türme waren nur noch ein paar Meilen entfernt.

Dennoch sollte noch ein ganzer Tag verstreichen, und der größte Teil des nächsten, bis sie endlich die Vorposten von Lord Tywins Armee erreichten, die westlich der Burg in den verkohlten Ruinen einer Stadt hausten. Harrenhal täuschte den Beobachter aus der Ferne, weil es so riesig war. Seine kolossalen Außenmauern erhoben sich am See, nackt und steil wie eine Felswand, während oben auf den Wehrgängen die Reihen von Skorpionen aus Holz und Eisen so klein wirkten wie die Spinnentiere, nach denen sie benannt waren.

Der Gestank des Lannisterheeres stieg Arya in die Nase, lange bevor sie die Wappen auf den Bannern entlang des Seeufers erkennen konnten. Dem Geruch nach mußte sich Lord Tywin bereits eine Weile lang hier aufhalten. Die Latrinen um das Lager flossen über und waren von Fliegen umschwärmt, und sie sah schwachen grünen Flaum auf vielen der angespitzten Pfähle, die die Schutzzäune bildeten.

Das Torhaus von Harrenhal war so groß wie Winterfells großer Bergfried; die Steine waren gesprungen und verwittert. Von außen waren nur die Spitzen der riesigen Türme hinter den Mauern zu erkennen. Der kleinste von ihnen war doppelt so hoch wie der größte von Winterfell, aber er schien gar nicht wirklich in die Höhe zu streben. Arya erinnerten die Türme an die knotigen Finger eines alten Mannes, die nach einer vorbeiziehenden Wolke greifen. Sie dachte daran, daß Old Nan ihr erzählt hatte, der Stein sei geschmolzen und die Stufen hinuntergeflossen wie Kerzenwachs, als würde er glühendrot nach Harrens Versteck suchen. Arya glaubte ihr jetzt jedes Wort; jeder der Türme wirkte grotesk und unförmig, verbogen und zerlaufen.

»Ich will dort nicht hinein«, kreischte Heiße Pastete, als sich die Tore vor ihnen öffneten. »Da drin gibt es Gespenster.«

Chiswyck hörte ihn, doch diesmal lächelte er nur. »Bäckerjunge, du hast die Wahl: Gesell dich zu den Gespenstern oder werde selbst eins.«

Heiße Pastete ging mit den anderen hinein.

Im hallenden Inneren eines Badehauses, das aus Balken und Steinen gebaut war, mußten sich die Gefangenen ausziehen und sich in Wannen mit brühendheißem Wasser abschrubben. Zwei furchterregende alte Frauen führten die Aufsicht und unterhielten sich über die Neuankömmlinge wie über Esel. Dann war Arya an der Reihe, und Gevatterin Amabel schnalzte angesichts des Zustandes ihrer Füße entsetzt mit der Zunge, während Gevatterin Harra die Schwielen an ihren Händen befühlte, die vom Üben mit Needle herrührten. »Die hast du vom Butterstampfen, möchte ich wetten«, sagte sie. »Ein Bauernmädchen, nicht wahr? Nun, macht nichts, Mädchen, hier kannst du es zu mehr bringen, wenn du hart arbeitest. Und wenn du faul bist, bekommst du Schläge. Wie heißt du?«

Arya wagte ihren richtigen Namen nicht zu verraten, doch Arry taugte nun auch nicht mehr, denn das war ein Jungenname, und hier im Bad war ihre Weiblichkeit nicht zu übersehen. »Wiesel.« Das fiel ihr als erstes ein. »Lommy hat mich Wiesel genannt.«

»Ich verstehe, warum«, schnaubte Gevatterin Amabel. »Dein Haar sieht zum Fürchten aus, da nisten bestimmt schon die Läuse drin. Wir müssen es abschneiden, dann kommst du in die Küche.«

»Ich würde mich lieber um die Pferde kümmern.« Arya mochte Pferde, und vielleicht konnte sie im Stall eins stehlen und fliehen.

Gevatterin Harra schlug ihr so heftig ins Gesicht, daß ihre geschwollene Lippe abermals aufplatzte. »Und halt den Mund, sonst setzt es was Schlimmeres. Niemand hat um deine Meinung gebeten.«

Das Blut in ihrem Mund schmeckte salzig. Arya senkte den Blick und erwiderte nichts. *Wenn ich Needle noch hätte, würde sie sich das nicht trauen,* dachte sie verdrossen.

»Lord Tywin und seine Ritter haben Stallburschen und Knappen, die ihre Pferde versorgen, und sie brauchen niemanden wie dich«, erklärte Gevatterin Amabel. »Die Küche ist gemütlich und sauber, dort brennt stets ein warmes Feuer, an dem man schlafen kann, und genug zu essen gibt es auch. Du hättest dich dort gut gemacht, wenn du ein kluges Mädchen wärst, aber ich sehe schon, das bist du nicht. Harra, ich glaube, wir sollten sie Weese überlassen.«

»Wenn du meinst, Amabel.« Sie reichten ihr einen Kittel aus grauer grober Wolle und ein paar Schuhe, die ihr schlecht paßten, und schickten sie weg.

Weese war der Unterhaushofmeister des Klageturms, ein gedrungener Mann mit einem dicken Karbunkel auf der Nase, einer Ansammlung feuerroter Pusteln in einem Mundwinkel und dicken Lippen. Arya war eine von sechs, die ihm überstellt wurden. Er betrachtete sie scharf wie ein Luchs. »Die Lannisters erweisen sich jenen gegenüber, die ihnen dienen, großzügig, eine Ehre, die keiner von euch verdient hat, aber während des Krieges muß man mit dem vorlieb nehmen, was sich bietet. Arbeitet hart und vergeßt nicht, wo euer Platz ist, und eines Tages steigt ihr vielleicht soweit auf wie ich. Falls ihr jedoch glaubt, ihr könntet die Güte Seiner Lordschaft ausnutzen, werdet ihr mich kennenlernen. Verstanden?« Er schritt vor ihnen auf und ab und erklärte ihnen, daß sie den Hochgeborenen niemals in die Augen blicken dürften und nicht zu sprechen hätten, solange man sie nichts fragte. »Meine Nase hat mich noch nie betrogen«, prahlte er. »Ich rieche Trotz, ich rieche Stolz, ich rieche Ungehorsam. Und sollte ich eines davon wittern, werdet ihr euch dafür verantworten. Wenn ich an euch schnüffle, will ich nur Angst riechen.«

DAENERYS

Auf den Mauern von Qarth schlugen Männer Gongs, um ihre Ankunft zu verkünden, während andere in eigentümliche Hörner in Form großer bronzener Schlangen stießen. Eine Kolonne Kamelreiter strömte als Ehrengarde zu den Toren hinaus. Die Reiter trugen kupferne Schuppenpanzer und Helme mit Schnauzen, die kupferne Hauer aufwiesen, und sie saßen auf Sätteln, die mit Rubinen und Granaten verziert waren. Ihre Kamele waren mit Decken in hundert verschiedenen Farbtönen verhüllt.

»Qarth ist die größte Stadt, die es je gab und jemals geben wird«, hatte Pyat Pree ihr noch in den Ruinen von Vaes Tolorro erklärt. »Es ist der Mittelpunkt der Welt, das Tor zwischen Nord und Süd, die Brücke zwischen Ost und West, älter als jede Erinnerung der Menschheit, und so prächtig, daß Saathos der Weise sich die Augen ausstach, nachdem er Qarth zum ersten Mal erblickt hatte, da er wußte, alles, was er hernach schauen würde, müsse im Vergleich dazu schäbig und häßlich sein.«

Dany hielt die Worte des Hexenmeisters für eine Übertreibung, obwohl man die Erhabenheit der großen Stadt nicht leugnen konnte. Drei starke, mit vielerlei Steinmetzarbeiten gestaltete Mauern umfaßten Qarth. Die äußere bestand aus rotem Sandstein; sie war dreißig Fuß hoch und mit Tieren geschmückt, Schlangen, Drachen, Fische, die sich mit Wölfen, gestreiften Pferden und riesigen Elefanten abwechselten. Die mittlere Mauer, vierzig Fuß hoch, war aus Granit und stellte kriegerische Szenen dar: Schwerter und Schilde krachten aufeinander, Speere und Pfeile flogen, Helden standen im Gefecht, Kinder wurden niedergemetzelt, große Haufen von Toten wurden verbrannt. Die innerste Mauer hatte eine Höhe von fünfzig

Fuß und war aus schwarzem Marmor errichtet, und ihre Reliefs ließen Dany erröten, bis sie sich sagte, sie sei eine Närrin. Schließlich war sie keine Jungfrau mehr; wenn sie also die Mordszenen der grauen Mauer betrachten konnte, warum sollte sie dann die Augen vor Bildern von Männern und Frauen verschließen, die sich dem Vergnügen hingaben?

Die äußeren Tore waren mit Kupfer beschlagen, die mittleren mit Eisen, die inneren mit Gold. Alle öffneten sich vor Dany. Während sie ihre Silberstute in die Stadt lenkte, bestreuten Kinder ihren Weg mit Blüten. Sie trugen goldene Sandalen und bunte Farben auf der Haut, sonst nichts.

Die Farbenvielfalt, die sie in Vaes Tolorro vermißt hatte, fand sie bei ihrem Einzug nach Qarth; um sie herum drängten sich Gebäude in einem Fiebertraum aus Rosa, Violett und Umbra. Sie ritt unter einem Bronzebogen hindurch, der wie zwei sich paarende Schlangen gestaltet war; ihre Schuppen bestanden aus Jade, Obsidian und Lapislazuli. Schlanke Türme ragten höher auf, als Dany es je gesehen hatte, und prächtige Brunnen in Form von Greifen, Drachen und Mantikors schmückten jeden Platz.

Die Qarthener säumten die Straßen und beobachteten sie von grazilen Balkonen aus, die zu zerbrechlich wirkten, um das Gewicht von Menschen zu tragen. Sie waren ein großes hellhäutiges Volk, in Leinen und Samt und Tigerfell gekleidet, und in Daenerys' Augen war ein jeder von ihnen ein Lord oder eine Lady. Die Gewänder der Frauen ließen eine Brust frei, derweil die Männer mit Perlen bestickte Seidenröcke bevorzugten. Dany kam sich in ihrer Löwenfellrobe und mit dem schwarzen Drogon auf der Schulter schäbig und barbarisch vor. Ihre Dothraki nannten die Qarthener »Milchmenschen«, weil sie so bleich waren, und Khal Drogo hatte stets von dem Tag geträumt, an dem er die großen Städte des Ostens plündern würde. Sie warf einen Blick auf ihre Blutreiter, deren dunkle Mandelaugen keinen Hinweis auf ihre Gedanken preisgaben. *Sehen sie nur die Beute?* fragte sie sich. *Wie wild müssen wir diesen Qarthenern erscheinen.*

Pyat Pree führte ihr kleines *khalasar* durch einen großen Bogengang, wo die uralten Helden der Stadt in dreifacher Lebensgröße auf Säulen aus weißem und grünem Marmor dargestellt waren. Sie durchquerten einen Basar in einem höhlenartigen Gebäude, dessen Gitterwerkdecke Tausenden bunter Vögel ein Heim bot. Bäume und Blumen wuchsen auf den Terrassen über den Ständen, derweil unten das Angebot an Waren so groß war, daß Dany meinte, die Götter hätten die ganze Welt zum Ausverkauf freigegeben.

Ihr Silberner scheute, als der Kaufmann Xaro Xhoan Daxos zu ihr aufschloß; das Pferd mochte es nicht, wenn Kamele ihm zu nahe kamen, hatte sie festgestellt. »Wenn Ihr hier etwas findet, das Euer Herz begehrt, o schönste aller Frauen, so sprecht nur, und es ist Euer«, rief ihr Xaro von seinem edlen Sattel herab zu.

»Qarth selbst gehört ihr, was braucht sie da noch diesen Flitter«, erwiderte der blaulippige Pyat Pree von ihrer anderen Seite. »Es soll sein, wie es Euch versprochen wurde, *Khaleesi.* Begleitet mich zum Haus der Unsterblichen, und Ihr werdet Wahrheit und Weisheit trinken.«

»Wozu benötigen wir den Palast des Staubs, wenn ich ihr Licht und süßes Wasser und Seidenbetten bieten kann?« hielt Xaro dem Hexenmeister vor. »Die Dreizehn werden ihr eine Krone aus schwarzer Jade und Feueropalen auf den lieblichen Kopf setzen.«

»Der einzige Palast, nach dem es mich verlangt, ist die rote Burg in King's Landing, Mylord Pyat.« Dany war des Hexenmeisters müde; die *maegi* Mirri Maz Duur hatte ihr die Freude an jenen, die sich mit Zauberei beschäftigten, gründlich verdorben. »Und wenn die Großen von Qarth mich mit Geschenken bedenken möchten, Xaro, so sollen sie mir Schiffe und Schwerter geben, damit ich zurückerobern kann, was rechtmäßig mein ist.«

Pyats blaue Lippen kräuselten sich zu einem gütigen Lächeln. »Es soll geschehen, wie Ihr befehlt, *Khaleesi.*« Er ritt davon und schwankte mit den Bewegungen seines Kamels, während seine lange Robe hinter ihm herwehte.

»Die junge Königin ist weiser, als man ihrem Alter nach erwarten würde«, murmelte Xaro Xhoan Daxos von seinem hohen Sattel herab. »In Qarth gibt es ein Sprichwort: Das Haus eines Hexenmeisters ist auf Knochen und Lügen gebaut.«

»Warum senken die Menschen dann die Stimme, wenn sie über die Hexenmeister von Qarth sprechen? Im ganzen Osten wird ihre Macht und ihre Weisheit bewundert.«

»Einst waren sie mächtig«, stimmte Xaro zu, »aber heutzutage sind sie so lächerlich wie ein gebrechlicher alter Soldat, der mit den Heldentaten seiner Jugend prahlt, nachdem ihn seine Kräfte verlassen haben. Sie lesen in ihren zerknitterten Schriftrollen, trinken Abendschatten, bis ihre Lippen blau werden, und lassen Anspielungen auf ihre entsetzlichen Kräfte fallen, dabei sind sie leere Hülsen im Vergleich zu ihren Vorgängern. Pyat Prees Geschenke werden sich in Euren Händen zu Staub verwandeln, ich warne Euch.« Er gab seinem Kamel einen Schlag mit der Peitsche und jagte davon.

»Die Krähe nennt den Raben schwarz«, sagte Ser Jorah in der Gemeinen Zunge von Westeros. Der verbannte Ritter ritt wie immer zu ihrer Rechten. Für den Einzug nach Qarth hatte er sein dothrakisches Gewand ausgezogen und statt dessen die Rüstung der Sieben Königslande angelegt, die eine halbe Welt von hier entfernt waren. »Es wäre besser für Euch, wenn Ihr diese Männer meidet, Euer Gnaden.«

»Die Männer werden mir zu meiner Krone verhelfen«, erwiderte sie. »Xaro besitzt großen Reichtum, und Pyat Pree –«

»– behauptet, große Macht zu besitzen«, ergänzte der Ritter schroff. Auf seinem dunkelgrünen Überrock stand der grimmige schwarze Bär des Hauses Mormont auf den Hinterbeinen. Jorah wirkte nicht weniger furchteinflößend, während er die Menschenmenge im Basar mit finsteren Blicken betrachtete. »An Eurer Stelle würde ich nicht lange hier verweilen, meine Königin. Mir mißfällt sogar der Geruch dieses Ortes.«

Dany lächelte. »Vielleicht riecht Ihr die Kamele. Die Qarthener duften in meiner Nase sehr süß.«

»Süßer Duft wird manchmal benutzt, um fauligen Gestank zu überdecken.«

Mein großer Bär, dachte Dany. *Ich bin seine Königin, doch gleichzeitig werde ich immer nur das kleine Mädchen für ihn sein, welches er stets beschützen möchte.* Das gab ihr ein Gefühl der Sicherheit, dennoch verspürte sie auch Traurigkeit. Sie wünschte, sie könnte ihm mehr Liebe entgegenbringen.

Xaro Xhoan Daxos hatte Dany für die Dauer ihres Aufenthalts in der Stadt die Gastfreundschaft seines Hauses angeboten. Sie hatte wohl ein prächtiges Gebäude erwartet, jedoch keinen Palast, der größer war als mancher Marktflecken. *Dagegen sieht Magister Illyrios Anwesen in Pentos aus wie die Hütte eines Schweinehirten,* ging es ihr durch den Kopf. Xaro schwor, in seinem Haus würden bequem all ihre Untertanen und Pferde Platz finden, und tatsächlich nahm es sie mühelos auf. Ihr wurde ein ganzer Flügel überlassen. Sie hatte einen eigenen Garten, ein Marmorbecken zum Baden, einen Wahrsagerturm und ein Hexenmeisterlabyrinth. Sklaven würden sie mit allem versorgen, was sie benötigte. In ihren Gemächern waren die Böden mit grünem Marmor ausgelegt und die Wände mit bunter Seide behängt, welche bei jedem Lufthauch schimmerte. »Ihr seid zu großzügig«, sagte sie zu Xaro Xhoan Daxos.

»Für die Mutter der Drachen ist mir kein Geschenk zu teuer.« Xaro war ein eleganter Mann mit kahlem Kopf und großer Hakennase, die mit vielen Rubinen, Opalen und Jadesplittern geschmückt war. »Morgen werdet Ihr Pfau und Lerchenzungen speisen, und Musik hören, die der schönsten aller Frauen würdig ist. Die Dreizehn kommen, um Euch zu ehren, und dazu die wichtigsten Männer von Qarth.«

Die wichtigsten Männer von Qarth kommen, um meine Drachen zu sehen, dachte Dany, gleichwohl dankte sie Xaro für seine Freundlichkeit, ehe sie ihn hinausschickte. Pyat Pree verabschiedete sich ebenfalls und schwor, bei den Unsterblichen um eine Audienz zu bitten. »Eine solche Ehre wird so selten gewährt, wie es im Sommer schneit.« Bevor er ging, küßte er ihre nackten Füße mit seinen bleichen blauen Lippen und drängte ihr ein Geschenk auf, ein Gefäß mit einer Salbe, die, so versprach er, sie die Geister in der Luft sehen lassen würde. Als letzte der drei Sucher verließ sie Quaithe die Schattenbinderin. Von ihr erhielt Dany nur eine Warnung. »Hütet Euch«, sagte die Frau unter der rotlackierten Maske.

»Vor wem?«

»Vor allen. Sie werden Tag und Nacht erscheinen, um das Wunder zu bestaunen, welches dieser Welt wiedergeboren wurde, und was sie sehen, wird ihre Gier wecken. Denn Drachen sind fleischgewordenes Feuer, und Feuer bedeutet Macht.«

Nachdem Quaithe ebenfalls gegangen war, sagte Ser Jorah: »Sie spricht die Wahrheit, meine Königin . . . obwohl sie mir nicht besser gefällt als die anderen.«

»Ich verstehe sie nicht.« Pyat und Xaro hatten Dany von dem Moment an, in dem sie die Drachen zum ersten Mal erblickt hatten, mit Versprechungen überschüttet und sich zu ihren ergebensten Dienern erklärt, aber Quaithe hatte nur wenige, geheimnisvolle Worte geäußert. Und es beunruhigte sie, daß sie niemals das Gesicht der Frau gesehen hatte. *Vergiß Mirri Maz Duur nicht*, mahnte sie sich. *Vergiß den Verrat nicht.* Sie wandte sich an ihre Blutreiter. »Wir werden eigene Wachen aufstellen, solange wir hier sind. Ohne meine Erlaubnis darf diesen Flügel niemand betreten, und vor allem die Drachen sollen niemals unbewacht gelassen werden.«

»So soll es geschehen, *Khaleesi*«, antwortete Aggo.

»Wir haben nur die Teile von Qarth gesehen, die Pyat Pree uns zeigen wollte«, fuhr sie fort. »Rakharo, du wirst dir den Rest der Stadt anschauen und mir Bericht erstatten. Nimm gute Männer mit – und Frauen, welche jene Orte aufsuchen, die Männern verboten sind.«

»So soll es sein, Blut meines Blutes«, sagte Rakharo.

»Ser Jorah, Ihr geht zum Hafen und findet heraus, was für Schiffe dort vor Anker liegen. Seit einem halben Jahr habe ich keine Neuigkeiten aus den Sieben Königreichen gehört. Vielleicht haben die Götter einen guten Kapitän aus Westeros hierher verschlagen, dessen Schiff uns in die Heimat bringen kann.«

Der Ritter runzelte die Stirn. »Damit würden die Götter uns keine Gunst erweisen. Der Usurpator wird Euch töten, so sicher, wie morgen die Sonne aufgehen wird.« Mormont hakte die Daumen in seinen Schwertgürtel. »Mein Platz ist an Eurer Seite.«

»Jhogo kann mich genausogut beschützen. Ihr kennt mehr Sprachen als meine Blutreiter, und die Dothraki mißtrauen dem Meer und denen, die darauf segeln. In dieser Angelegenheit könnt nur Ihr mir von Nutzen sein. Geht zu den Schiffen und unterhaltet Euch mit den Mannschaften, erfahrt, woher sie kommen und wohin ihre Reise sie führen wird, und was für Männer sie befehligen.«

Widerwillig nickte der Verbannte. »Wie Ihr wünscht, meine Königin.«

Nachdem sie alle gegangen waren, zogen ihre Dienerinnen ihr das staubige Reisegewand aus, und Dany setzte sich in das Marmorbecken, welches im Schatten eines Portikus angelegt war. Das Wasser war angenehm kühl, und kleine Fische bevölkerten es und knabberten neugierig an ihrer Haut. Sie mußte kichern. Es war schön, einfach die Augen zu schließen, dazuliegen und zu wissen, hier konnte sie solange ausruhen, wie sie wollte. Sie fragte sich, ob Aegons Red Keep ein ähnliches Bad hatte, und ob es in den Gärten dort ebenso wunderbar nach Lavendel und Minze duftete. *Bestimmt. Viserys hat immer gesagt, die Sieben Königslande seien wunderbarer als jeder andere Ort der Welt.*

Der Gedanke an die Heimat beunruhigte sie. Wenn ihre Sonne, ihre Sterne noch lebten, hätte er sein *khalasar* über das giftige Wasser geführt und ihre Feinde hinweggefegt, aber seine Kraft hatte die Welt verlassen. Ihre Blutreiter waren ihr geblieben, jedoch kannten sie den Kampf nur, wie man ihn bei den Pferdelords ausübte. Die Dothraki plünderten Städte und Königreiche, aber sie regierten sie nicht. Dany hatte nicht die Absicht, King's Landing in eine verkohlte Ruine voll ruheloser Geister zu verwandeln. Sie hatte genug von Tränen. *Mein Königreich soll schön sein, ich möchte fette Männer und hübsche Frauen und lachende Kinder als Untertanen. Mein Volk soll lächeln, wenn es mich vorbeireiten sieht, so, wie es für meinen Vater lächelte.*

Zuvor mußte sie jedoch ihr Königreich erobern. *Der Usurpator wird Euch töten, so sicher, wie morgen die Sonne aufgehen wird.* Das hatte Mormont gesagt. Robert hatte ihren ritterlichen Bruder Rhaegar getötet, und einer seiner Helfershelfer hatte das Dothrakische Meer durchquert, um sie und ihren ungeborenen Sohn zu vergiften. Es hieß, Robert Baratheon sei stark wie ein Bulle und furchtlos in der Schlacht, ein Mann, der nichts mehr liebte als den Krieg. Und ihm standen die großen Lords zur Seite, die ihr Bruder die Hunde des Usurpators genannt hatte, Eddard Stark mit den kalten Augen und dem gefrorenen Herzen, und die goldenen Lannisters, Vater und Sohn, die so reich, so mächtig und so heimtückisch waren.

Konnte sie hoffen, solche Männer zu besiegen? Als Khal Drogo noch lebte, hatten Männer vor ihm gezittert und ihm Geschenke gemacht, um seinen Zorn zu besänftigen. Taten sie es nicht, nahm er ihre Städte, ihre Reichtümer und Frauen. Aber sein *khalasar* war riesiggroß gewesen, ihres hingegen war winzig. Ihr Volk war ihr durch die rote Wüste gefolgt, während sie dem Kometen nachjagte, und es würde ihr auch über das giftige Wasser folgen, dennoch würde es allein niemals genügen. Sogar die Drachen waren vielleicht nicht genug. Viserys hatte geglaubt, das Reich würde sich für seinen rechtmäßigen König erheben ... doch Viserys war ein Narr gewesen und hatte närrische Dinge geglaubt.

Ihre Zweifel ließen sie erschauern. Plötzlich wurde ihr das Wasser zu kalt, und die kleinen Fische waren lästig. Dany stand auf und stieg aus dem Becken. »Irri«, rief sie, »Jhigui.«

Während die Dienerinnen sie abtrockneten und in eine Seidenrobe hüllten, schweiften Danys Gedanken zu den drei, die sie in der Stadt der Knochen aufgesucht hatten. *Der Blutende Stern hat mich aus einem bestimmten Grund nach Qarth geführt. Hier finde ich alles, was ich brauche, wenn ich nur die Kraft habe, das anzunehmen, was man mir anbietet, und die Weisheit besitze, Fallen und Schlingen auszuweichen. Wenn die Götter mich für diese Eroberung erwählt haben, werden sie mich mit allem versorgen und mir ein Zeichen setzen, und wenn nicht . . . wenn nicht . . .*

Es dämmerte bereits und Dany fütterte gerade die Drachen, da trat Irri durch die Seidenvorhänge und teilte ihr mit, daß Ser Jorah vom Hafen zurückgekehrt sei . . . und nicht allein. »Schick ihn herein, und wen immer er mitgebracht hat ebenso«, sagte sie neugierig.

Bei ihrem Eintritt saß sie auf einem Berg von Kissen. Die Drachen hockten um sie herum. Der Mann, der Ser Jorah begleitete, trug einen Mantel aus grünen und gelben Federn und seine Haut war so schwarz wie polierter Jett. »Euer Gnaden«, grüßte der Ritter, »ich möchte Euch Quhuru Mo vorstellen, Kapitän der *Zimtwind*, aus der Stadt Tall Trees.«

Der schwarze Mann kniete vor ihr nieder. »Es ist mir eine große Ehre, meine Königin«, sagte er; nicht in der Sprache der Summer Isles, die Dany nicht kannte, sondern im flüssigen Valyrisch der Neun Freien Städte.

»Die Ehre ist ganz meinerseits, Quhuru Mo«, erwiderte Dany in der gleichen Sprache. »Kommt Ihr von den Summer Isles?«

»So ist es, Euer Gnaden, aber zuvor, nicht ganz ein halbes Jahr zurück, legten wir in Oldtown an. Von dort bringe ich Euch ein wunderbares Geschenk.«

»Ein Geschenk?«

»Das Geschenk einer Nachricht. Drachenmutter, Sturmgeborene, ich verkünde Euch: Robert Baratheon ist tot.«

Draußen senkte sich die Dunkelheit über Qarth, aber in Danys Herzen ging die Sonne auf. »Tot?« wiederholte sie. Auf ihrem Schoß zischte Drogon, und heller Rauch stieg vor ihrem Gesicht auf wie ein Schleier. »Seid Ihr sicher? Der Usurpator ist tot?«

»So hieß es in Oldtown und Dorne und Lys, und in allen anderen Häfen, die wir angelaufen haben.«

Er hat mir vergifteten Wein geschickt, und doch ist er tot, und ich lebe.

»Auf welche Weise kam er ums Leben?« Auf ihrer Schulter flatterte Viserion mit den cremefarbenen Flügeln und wühlte die Luft auf.

»Ein riesiger Keiler hat ihn während der Jagd im Wald zerrissen, hörten wir in Oldtown. Andere behaupten, die Königin habe ihn verraten, oder seine Brüder, oder sogar Lord Stark, der seine Hand war. Immerhin stimmen die Geschichten in einem überein: König Robert ist tot und liegt im Grab.«

Dany hatte das Gesicht des Usurpators nie gesehen, trotzdem war selten ein Tag vergangen, an dem sie nicht an ihn gedacht hatte. Seit der Stunde ihrer Geburt, als sie inmitten von Blut und Sturm in eine Welt gestoßen wurde, in der es für sie keinen Platz mehr gab, hatte sein Schatten auf ihr gelegen. Und gerade hatte dieser Fremde den Schatten von ihr genommen.

»Der Knabe sitzt nun auf dem Eisernen Thron«, sagte Ser Jorah.

»König Joffrey regiert«, stimmte Quhuru Mo zu, »aber die Lannisters herrschen. Roberts Brüder sind aus King's Landing geflohen. Gerüchten zufolge beanspruchen sie die Krone für sich. Die Hand ist gestürzt, Lord Stark, der König Roberts Freund war. Man hat ihn wegen Hochverrats eingekerkert.«

»Ned Stark ein Verräter?« Ser Jorah schnaubte. »Höchst unwahrscheinlich. Eher würde der Lange Sommer zurückkehren, als daß dieser Mann seine Ehre beflecken würde.«

»Was für Ehre kann er schon besitzen?« entgegnete Dany. »Er hat seinen wahren König verraten, genauso wie die Lannisters.« Es gefiel ihr, daß die Hunde des Usurpators sich jetzt untereinander bekriegten, obwohl sie es nicht überraschte. Etwas Ähnliches war bei Drogos Tod geschehen, als sein großes *khalasar* in kleine Teile zerfallen war. »Mein Bruder ist ebenfalls tot, Viserys, der wahre König«, erzählte sie dem Mann von den Summer Isles. »Khal Drogo, mein Hoher Gemahl, hat ihn mit einer Krone aus geschmolzenem Gold getötet.« Wäre ihr Bruder ein wenig weiser gewesen, wenn er gewußt hätte, daß die Rache, um die er so lange gebetet hatte, so kurz bevorstand?

»Dann trauere ich mit Euch, Drachenmutter, und auch um das

blutende Westeros, das seines rechtmäßigen Königs beraubt wurde.«

Unter Danys sanfter Hand starrte der grüne Rhaegar den Fremden mit Augen an, die wie geschmolzenes Gold leuchteten. Als er das Maul öffnete, glänzten seine Zähne wie schwarze Nadeln. »Wann kehrt Euer Schiff nach Westeros zurück, Kapitän?«

»Erst in einem Jahr, fürchte ich. Von hier geht unsere Fahrt erst in Richtung Osten, um die Handelsrundfahrt durch die Jadesee zu vollenden.«

»Ich verstehe«, sagte Dany enttäuscht. »Ich wünsche Euch günstige Winde und gute Geschäfte. Ihr habt mir wahrlich ein kostbares Geschenk gemacht.«

»Dafür wurde ich reichlich entlohnt, große Königin.«

Diese Bemerkung verwirrte sie. »Wie das?«

Seine Augen strahlten. »Ich habe die Drachen gesehen.«

Dany lachte. »Und eines Tages werdet Ihr hoffentlich noch mehr von ihnen sehen. Kommt zu mir nach King's Landing, wenn ich auf dem Thron meines Vaters sitze, und dann erwartet Euch eine große Belohnung.«

Der Mann versprach es und küßte ihr zum Abschied sanft die Hand. Jhigui führte ihn hinaus, während Ser Jorah Mormont zurückblieb.

»*Khaleesi*«, begann der Ritter, als sie allein waren, »an Eurer Stelle würde ich nicht so offen über Eure Pläne sprechen. Dieser Mann wird sie überall verbreiten.«

»Mag er nur«, antwortete sie. »Soll die Welt meine Absichten erfahren. Der Usurpator ist tot, was macht es da noch aus.«

»Nicht jedes Seemannsgarn entspricht der Wahrheit«, mahnte Ser Jorah, »und selbst, wenn Robert tatsächlich tot ist, regiert nun sein Sohn. Das ändert eigentlich gar nichts.«

»Das ändert *alles*.« Abrupt erhob sie sich. Kreischend bäumten sich die Drachen auf und breiteten die Flügel aus. Drogon flatterte auf und krallte sich in den Sturz über der Tür. Die anderen huschten über den Boden, wobei ihre Flügelspitzen über den Marmor scharrten. »Vor Roberts Tod waren die Sieben Königslande wie Drogos *khalasar,* einhunderttausend Mann, durch einen vereint. Jetzt sind sie zu Scherben zerbrochen, so wie das *khalasar,* nachdem mein *khal* gestorben war.«

»Die hohen Lords haben schon immer ihre Kriege geführt. Sagt mir, wer gesiegt hat, und ich werde Euch sagen, was es bedeutet. *Khaleesi,* die Sieben Königslande werden Euch nicht wie ein reifer Pfirsich in den Schoß fallen. Ihr braucht eine Flotte, Gold, Armeen, Bündnisse –«

»Das alles weiß ich.« Sie ergriff seine Hände und blickte in seine mißtrauischen dunklen Augen. *Manchmal betrachtet er mich als das Kind, das er beschützen muß, manchmal als die Frau, zu der er sich gern legen möchte, aber hat er in mir schon einmal wirklich seine Königin gesehen?* »Ich bin nicht mehr das verängstigte Mädchen, das Ihr in Pentos kennengelernt habt. Gewiß, ich habe erst fünfzehn Namenstage erlebt . . . und dennoch, ich bin so alt wie die Greisinnen im *dosh khaleen* und so jung wie meine Drachen, Jorah. Ich habe ein Kind geboren, einen *khal* verbrannt, und ich habe die rote Wüste und das Dothrakische Meer durchquert. In mir fließt das Blut der Drachen.«

»In Eurem Bruder floß es ebenso«, beharrte er.

»Ich bin nicht Viserys.«

»Nein«, gab er zu. »In Euch steckt mehr von Rhaegar, glaube ich, doch sogar Rhaegar konnte man töten. Das hat Robert am Trident bewiesen, und er brauchte dazu nur einen gewöhnlichen Kriegshammer. Selbst die Drachen können sterben.«

»Drachen sterben.« Sie stellte sich auf die Zehenspitzen und küßte ihn sanft auf die unrasierte Wange. »Aber die Drachentöter auch.«

BRAN

Meera drehte sich wachsam im Kreis, das Netz baumelte lose in ihrer linken Hand, den schlanken Froschspeer mit den drei Spitzen hielt sie in der Rechten. Summer folgte ihren Bewegungen mit den goldenen Augen und reckte den Schwanz steif in die Höhe. Beobachtete sie, beobachtete sie ...

»Yai!« rief das Mädchen und stieß mit dem Speer zu. Der Wolf glitt nach links und sprang, ehe sie die Waffe zurückziehen konnte. Meera warf das Netz, das sich vor ihr ausbreitete. Summer sprang mitten hinein. Er zerrte es mit sich, als er gegen ihre Brust prallte und sie umwarf. Der Speer fiel ihr aus der Hand. Das feuchte Gras dämpfte die Wucht ihres Aufpralls, dennoch bekam sie einen Augenblick lang keine Luft mehr. Der Wolf hockte auf ihr.

Bran johlte. »Du hast verloren.«

»Sie hat gewonnen«, sagte ihr Bruder Jojen. »Summer hat sich verfangen.«

Damit hatte er recht. Der Wolf strampelte und knurrte und wollte sich losreißen, doch verstrickte er sich dadurch nur immer mehr. Und die Fäden konnte er auch nicht durchbeißen. »Laß ihn raus.«

Lachend umarmte das Reed-Mädchen den gefangenen Wolf und wälzte sich nach oben. Summer winselte mitleiderregend und trat mit den Pfoten nach den Stricken, die ihn fesselten. Meera kniete sich hin, machte hier einen Knoten auf, zog dort an einem Faden, zupfte mehrmals vorsichtig, und plötzlich war der Schattenwolf frei.

»Summer, hierher.« Bran breitete die Arme aus. »Paßt auf«, sagte er, kurz bevor der Wolf ihn umwarf. Er klammerte sich mit aller

Kraft fest, während Summer ihn durchs Gras zerrte. Sie rangen und rollten umher und hingen aneinander, der eine knurrend und schnappend, der andere lachend. Am Ende lag Bran obenauf und der Schattenwolf unter ihm. »Guter Wolf«, brachte er keuchend hervor. Summer leckte ihm das Ohr.

Meera schüttelte den Kopf. »Wird er denn niemals wütend?«

»Nicht auf mich.« Bran packte den Wolf an den Ohren, und Summer schnappte heftig nach ihm, aber es blieb ein Spiel. »Manchmal zerreißt er mir die Kleider, aber richtig gebissen hat er noch nie.«

»Dich nicht, meinst du. Wenn er an meinem Netz vorbeigekommen wäre . . .«

»Er hätte dir nichts getan. Schließlich weiß er, daß ich dich mag.« Alle anderen Lords und Ritter waren einen oder zwei Tage nach dem Erntefest abgereist, doch die Reeds waren geblieben und inzwischen Brans ständige Gefährten geworden. Jojen war stets so ernst, daß Old Nan ihn »kleinen Großvater« nannte, Meera hingegen erinnerte Bran an seine Schwester Arya. Sie hatte keine Angst davor, sich schmutzig zu machen, und sie konnte fast so gut rennen und kämpfen und werfen wie ein Junge. Allerdings war sie älter als Arya, bald sechzehn und damit schon fast eine erwachsene Frau. Beide waren älter als Bran, obwohl sein neunter Namenstag endlich gekommen war, dennoch behandelten sie ihn nie wie ein Kind.

»Ich wünschte, ihr wäret unsere Mündel anstatt der Walders.« Er kroch auf den nächsten Baum zu. Sein Schlängeln und Winden war schwer mitanzuschauen, als Meera jedoch zu ihm trat und ihm helfen wollte, sagte er: »Nein, das schaffe ich allein.« Er rollte sich unbeholfen herum und schob sich mit den Armen nach hinten, bis er mit dem Rücken an einer hohen Esche lehnte. »Siehst du.« Summer ließ sich bei ihm nieder und legte den Kopf in seinen Schoß. »Ich habe noch nie jemanden gesehen, der mit einem Netz kämpft«, erzählte er Meera, derweil er den Schattenwolf zwischen den Ohren kraulte. »Hat euer Waffenmeister euch das beigebracht?«

»Wir haben es von unserem Vater gelernt. In Greywater gibt es keine Ritter und keine Waffenmeister. Und auch keine Maester.«

»Wer kümmert sich dann um eure Raben?«

Sie lächelte. »Raben finden Greywater Watch nicht, genauso wenig wie Feinde.«

»Warum nicht?«

»Weil es sich von Ort zu Ort bewegt«, erklärte sie ihm.

Von einer Burg, die sich bewegte, hatte Bran noch nie gehört. Er blickte sie unsicher an, konnte aber nicht recht entscheiden, ob sie ihn nur necken wollte oder nicht. »Ich wünschte, ich könnte euch dort besuchen. Glaubt ihr, euer Hoher Vater würde mich nach dem Krieg willkommen heißen?«

»Ganz gewiß, mein Prinz. Entweder dann, oder auch jetzt.«

»*Jetzt?*« Bran hatte sein ganzes Leben auf Winterfell verbracht. Er sehnte sich nach fernen Orten. »Ich könnte Ser Rodrik fragen, wenn er zurückkehrt.« Der alte Ritter war nach Osten unterwegs, wo er Schwierigkeiten ausräumen mußte. Roose Boltons Bastard hatte Lady Hornwood bei ihrer Rückkehr vom Erntefest entführt und sie noch in derselben Nacht geheiratet, obwohl er jung genug war, um ihr Sohn zu sein. Dann hatte Lord Manderly ihre Burg besetzt. Um die Ländereien der Hornwoods vor den Boltons zu schützen, hatte er geschrieben, dennoch war Ser Rodrik auf ihn beinahe genauso wütend wie auf den Bastard. »Ser Rodrik würde mich vielleicht reisen lassen. Maester Luwin bestimmt nicht.«

Jojen Reed saß mit untergeschlagenen Beinen unter dem Wehrholzbaum und betrachtete ihn ernst. »Es wäre gut, wenn du Winterfell verläßt, Bran.«

»Wirklich?«

»Ja. Und je eher, desto besser.«

»Mein Bruder hat den Grünen Blick«, sagte Meera. »Er träumt Dinge, die noch nicht passiert sind, die jedoch manchmal wirklich geschehen.«

»Nicht *manchmal*, Meera.« Sie sahen sich an; er traurig, sie trotzig.

»Sag mir, was passieren wird«, verlangte Bran.

»Das tue ich«, erwiderte Jojen, »wenn du mir von deinen Träumen erzählst.«

Im Götterhain wurde es still. Bran hörte das Laub rascheln, und irgendwo planschte Hodor in den heißen Tümpeln. Er dachte an den goldenen Mann und die dreiäugige Krähe, erinnerte sich an das Knirschen der Knochen, die von seinen Kiefern zermahlt wurden, und an den Kupfergeschmack des Blutes. »Ich träume nicht. Maester Luwin gibt mir Schlaftrünke?«

»Helfen sie?«

»Meistens.«

Meera sagte: »In Winterfell weiß jeder, daß du nachts oft schweißgebadet und schreiend aufwachst, Bran. Die Frauen reden am Brunnen darüber, und die Wachen in ihren Quartieren.«

»Sag uns, was dir so große Angst macht«, forderte Jojen.

»Ich will nicht. Das sind doch nur Träume. Maester Luwin meint, Träume können etwas bedeuten oder auch nicht.«

»Mein Bruder träumt auch wie andere Jungen, und diese Träume können alles mögliche bedeuten«, erwiderte Meera, »aber die Grünen Träume sind anders.«

Jojens Augen hatten die Farbe von Moos, und manchmal, wenn er jemanden anblickte, schien er etwas ganz anderes zu sehen. So wie jetzt. »Ich habe von einem geflügelten Wolf geträumt, der mit grauen Steinketten an die Erde gefesselt war«, erzählte er. »Es war kein Grüner Traum, darum weiß ich, daß er wahr ist. Eine Krähe wollte die Kette durchpicken, aber der Stein war zu hart, und der Schnabel hackte nur winzige Splitter ab.«

»Hatte die Krähen drei Augen?«

Jojen nickte.

Summer hob den Kopf von Brans Schoß und starrte den jungen Pfahlbaumann mit seinen dunkelgoldenen Augen an.

»Als ich klein war, wäre ich fast am Greywaterfieber gestorben. Da kam die Krähe zu mir.«

»Zu mir ist sie gekommen, nachdem ich gestürzt war«, platzte Bran heraus. »Ich habe lange geschlafen. Sie hat gesagt, ich müsse fliegen oder sterben, und dann bin ich aufgewacht, bloß war mein Körper zerschmettert, und ich konnte gar nicht fliegen.«

»Du kannst es, wenn du willst.« Meera hob ihr Netz auf, löste die letzten Knoten und legte es locker zusammen.

»*Du* bist der geflügelte Wolf, Bran«, sagte Jojen. »Als wir hier ankamen, war ich mir dessen nicht sicher, doch inzwischen bin ich es. Die Krähe hat uns geschickt, damit wir deine Ketten lösen.«

»Ist die Krähe am Greywater?«

»Nein. Die Krähe hält sich im Norden auf.«

»Auf der Mauer?« Bran hatte die Mauer immer schon sehen wollen. Sein Bastardbruder Jon diente dort in der Nachtwache.

»Jenseits der Mauer.« Meera Reed hängte sich das Netz an den Gürtel. »Als Jojen unserem Hohen Vater erzählte, was er geträumt hat, hat er uns nach Winterfell geschickt.«

»Und wie soll ich die Kette sprengen?« wollte Bran wissen.

»Öffne dein Auge.«

»Sie sind offen. Bist du blind?«

»Zwei.« Jojen zeigte darauf. »Eins, zwei.«

»Ich habe nur zwei.«

»Du hast drei. Die Krähe hat dir ein drittes geschenkt, doch du willst es nicht aufmachen.« Er sprach die ganze Zeit so langsam, daß Bran sich dabei wie ein kleines Kind fühlte. »Mit zwei Augen siehst du mein Gesicht. Mit dreien könntest du mein Herz sehen. Mit zweien siehst du die Eiche dort. Mit dreien könntest du die Eichel erkennen, aus der sie gewachsen ist, und den Stumpf, der eines Tages von ihr bleiben wird. Mit zwei Augen siehst du nur bis zu euren Mauern. Mit dreien könntest du bis zum Sommermeer im Süden schauen und über die Mauer im Norden hinaus.«

Summer stand auf. »So weit brauche ich nicht zu sehen.« Bran lächelte nervös. »Dieses Gerede über Krähen langweilt mich. Reden wir lieber über Wölfe. Oder über Eidechsenlöwen. Hast du schon einmal einen gejagt, Meera? Bei uns gibt es keine.«

Meera holte ihre Froschspeere aus dem Gebüsch. »Sie leben im Wasser. In langsam fließenden Bächen und tiefen Sümpfen –«

Ihr Bruder unterbrach sie. »Hast du von Eidechsenlöwen geträumt?«

»Nein«, sagte Bran. »Ich will nicht mehr über –«

»Aber von einem Wolf?«

Er machte Bran wütend. »Ich muß keinem meine Träume erzählen. Ich bin der Prinz. Ich bin der Stark in Winterfell.«

»War es Summer?«

»Sei still!«

»In der Nacht des Erntefests hast du geträumt, du seist Summer, hier im Götterhain, nicht wahr?«

»Hör auf!« schrie Bran. Summer schlich geduckt auf den Wehrholzbaum zu und fletschte die Zähne.

Jojen beachtete ihn nicht. »Als ich Summer berührt habe, habe ich dich in ihm gefühlt. Genauso wie jetzt.«

»Wie denn? Ich war im Bett und habe geschlafen.«

»Du warst im Götterhain.«

»Das war nur ein böser Traum ...«

Jojen stand auf. »Ich habe dich gespürt. Ich habe gespürt, wie du gefallen bist. Hast du davor Angst, zu fallen?«

Vor dem Fallen, dachte Bran, *und vor dem goldenen Mann, dem Bruder der Königin, vor ihm habe ich auch Angst, aber am meisten vor dem Fallen.* Trotzdem sprach er es nicht aus. Wie könnte er? Nicht einmal Ser Rodrik und Maester Luwin hatte er es sagen können, und bei den Reeds erging es ihm ebenso. Wenn er nicht darüber redete, würde er es vielleicht vergessen. Er hatte sich niemals daran erinnern wollen. Möglicherweise war es gar keine richtige Erinnerung.

»Fällst du jede Nacht, Bran?« fragte Jojen leise.

Ein leises, grollendes Knurren löste sich aus Summers Kehle, und diesmal lag nichts Spielerisches darin. Er pirschte sich heran, mit blitzenden Zähnen und glühenden Augen. Meera trat mit dem Speer in der Hand zwischen den Wolf und ihren Bruder. »Halt ihn zurück, Bran.«

»Jojen macht ihn wütend.«

Meera schüttelte ihr Netz zurecht.

»Es ist deine Wut, Bran«, sagte ihr Bruder. »Deine Furcht.«

»Nein. Ich bin kein Wolf.« Und doch heulte er des Nachts mit ihnen, schmeckte er in seinen Wolfsträumen Blut.

»Ein Teil von dir ist Summer, und ein Teil von Summer bist du. Und das weißt du sehr gut, Bran.«

Summer sprang vor, doch Meera versperrte ihm den Weg und stieß mit dem Froschspeer nach ihm. Der Wolf wich aus und umkreiste sie lauernd. Meera wandte sich Bran zu. »Ruf ihn zurück.«

»Summer!« schrie Bran. »Hierher, Summer!« Er schlug sich mit der offenen Hand auf den Oberschenkel. Seine Hand kribbelte, doch in seinem toten Bein spürte er nichts.

Der Schattenwolf stürzte abermals nach vorn, und wieder stieß Meera mit dem Speer zu. Summer duckte sich und zog sich zurück. Im Gebüsch raschelte es, und eine schlanke schwarze Gestalt trabte mit gefletschten Zähnen hinter dem Wehrholzbaum hervor. Der Geruch war stark; sein Bruder hatte seine Wut gewittert. Bran merkte, wie sich seine Nackenhaare aufstellten. Meera stand neben ihrem Bruder und war von den Wölfen eingekreist. »Bran, ruf sie zurück!«

»Ich kann nicht.«

»Jojen, klettere auf den Baum.«

»Das brauche ich nicht. Heute ist nicht der Tag, an dem ich sterbe.«

»*Mach schon!*« brüllte sie, und nun stieg ihr Bruder den Wehrholzbaum hinauf, wobei er das Gesicht als Haltegriff benutzte. Die Schattenwölfe kamen näher. Meera ließ Speer und Netz fallen, sprang in die Höhe und ergriff den Ast über ihrem Kopf. Shaggys Kiefer schnappten unter ihrem Knöchel zusammen, während sie sich hinaufschwang. Summer hockte sich auf die Hinterläufe und heulte, derweil Shaggydog das Netz mit den Zähnen packte und hin und her schüttelte.

Erst jetzt erinnerte sich Bran daran, daß sie nicht allein waren.

Er legte die Hände an den Mund. »Hodor!« rief er. »*Hodor! Hodor!*« Plötzlich hatte er fürchterliche Angst und schämte sich. »Hodor werden sie nichts tun«, versicherte er seinen Freunden auf dem Baum.

Einige Augenblicke verstrichen, bevor sie ein unmelodisches Summen hörten. Hodor erschien halbnackt und von seinem Besuch bei den heißen Tümpeln schlammbespritzt, aber Bran hatte sich noch nie so sehr gefreut, ihn zu sehen. »Hodor, hilf mir. Verscheuch die Wölfe. Verscheuch sie.«

Hodor machte sich sofort freudig an die Arbeit, fuchtelte mit den Armen, stampfte mit den riesigen Füßen auf und schrie »Hodor! Hodor!«, wobei er zunächst auf den einen und dann auf den anderen Wolf zulief. Shaggydog floh dorthin, von wo er gekommen war, und knurrte nur noch ein letztes Mal. Als Summer genug von der Hetzjagd hatte, kehrte er zu Bran zurück und legte sich neben ihn.

Meera ließ sich zu Boden fallen und hob sofort Speer und Netz auf. Jojen ließ Summer nicht aus den Augen. »Wir werden uns bald wieder unterhalten«, versprach er Bran.

Das waren die Wölfe, nicht ich. Er wußte auch nicht, weshalb sie so wild geworden waren. *Vielleicht hatte Maester Luwin recht, sie im Götterhain einzusperren.* »Hodor«, sagte er, »bring mich zu Maester Luwin.«

Die Kammer des Maesters unter dem Rabenschlag war einer von Brans Lieblingsplätzen. Zwar konnte Luwin einfach keine Ordnung halten, aber das Durcheinander von Büchern und Schriftrollen und Fläschchen war Bran ebenso vertraut und tröstlich wie der kahle Fleck auf des Maesters Kopf und die flatternden Ärmel der weiten grauen Robe. Und die Raben mochte er auch.

Luwin saß auf einem hohen Hocker und schrieb. Da Ser Rodrik nicht da war, lag die ganze Last der Verwaltung auf seinen Schultern. »Mein Prinz«, sagte er, als Hodor eintrat, »Ihr seid früh zum Unterricht erschienen.« Jeden Nachmittag widmete er Bran, Rikkon und den Walder Freys einige Stunden, um sie zu unterrichten.

»Hodor, bleib stehen.« Bran ergriff einen der Fackelhalter an der Wand und zog sich daran aus dem Korb. Einen Augenblick lang hing er dort, bis Hodor ihn zu einem Stuhl trug. »Meera behauptet, ihr Bruder habe den Grünen Blick.«

Maester Luwin kratzte sich mit dem Federkiel an der Nase. »Ach ja?«

Er nickte. »Ihr habt mir erzählt, die Kinder des Waldes hätten den Grünen Blick. Ich kann mich daran erinnern.«

»Manche behaupten, diese Gabe zu besitzen. Ihre weisen Männer wurden *Grünseher* genannt.«

»War das Magie?«

»Nennt es ruhig so, denn mir fehlt ein besseres Wort dafür. Eigentlich war es eine bestimmte Art von Wissen.«

»Was?«

Luwin legte die Feder hin. »Das kann niemand genau sagen, Bran. Die Kinder sind aus der Welt verschwunden und mit ihnen ihre Weisheit. Es hat etwas mit den Gesichtern in den Bäumen zu tun, nehmen wir an. Die Ersten Menschen glaubten, daß die Grünseher durch die Augen der Wehrholzbäume sehen konnten. Deshalb haben sie die Bäume gefällt, wann immer sie gegen die Kinder Krieg führten. Vermutlich hatten Grünseher außerdem die Macht über die Tiere des Waldes und über die Vögel in den Bäumen. Sogar über Fische. Haben die Reeds behauptet, sie besäßen solche Kräfte?«

»Nein, nein. Aber Jojens Träume würden manchmal wahr werden, sagt Meera.«

»Jeder von uns hat Träume, die manchmal wahr werden. Ihr habt im Traum Euren Vater in der Gruft gesehen, lange bevor wir von seinem Tod erfahren haben, nicht wahr?«

»Rickon auch. Wir hatten den gleichen Traum.«

»Nennt es den Grünen Blick, wenn Ihr wollt ... nur vergeßt nicht die zehntausend Träume, die nicht wahr geworden sind. Erinnert Ihr Euch daran, was ich Euch über die Kette der Maester erzählt habe?«

Bran dachte einen Moment lang nach. »Ein Maester schmiedet seine Kette in der Citadel von Oldtown. Es ist eine Kette, weil Ihr schwören müßt zu dienen, und sie wird aus verschiedenen Metallen hergestellt, weil Ihr dem Reich dient und das Reich aus verschiedenen Sorten von Menschen besteht. Jedesmal, wenn Ihr etwas gelernt habt, bekommt Ihr ein Glied hinzu. Schwarzes Eisen für die Rabenzucht, Silber für die Heilkunst, Gold für Zahlen und Rechnen. An alle kann ich mich nicht mehr erinnern.«

Luwin schob einen Finger unter die Kette und drehte ihn langsam, Zoll um Zoll. Er hatte einen kräftigen Hals für einen so kleinen Mann, und die Kette saß eng. »Dies ist valyrischer Stahl«, erklärte er, als das dunkelgraue Metall auf dem Kehlkopf zu liegen kam. »Nur ein Maester unter hundert trägt ein solches Glied. Es bedeutet, daß ich in der Citadel das studiert habe, was dort die *höheren Mysterien* genannt wird – Magie, weil ich kein besseres Wort dafür kenne. Eine faszinierende Beschäftigung, jedoch von wenig Nutzen, was vermutlich der Grund ist, weshalb sich kaum ein Maester damit abgibt.

Jeder, der die höheren Mysterien studiert, versucht sich früher oder später auch mit der Zauberei. Ich bin dieser Versuchung ebenfalls erlegen, muß ich gestehen. Nun, ich war ein Knabe, und welcher Knabe wünscht sich nicht heimlich, verborgene Kräfte in sich zu entdecken? Ich habe für meine Bemühungen nicht mehr erhalten als tausend Jungen vor mir und tausend nach mir. Es ist zwar traurig, aber Magie funktioniert nicht.«

»Manchmal doch«, protestierte Bran. »Ich hatte einen Traum, und Rickon hatte denselben. Und im Osten gibt es Magier und Hexenmeister . . .«

»Es gibt Männer, die sich Magier und Hexenmeister nennen«, sagte Maester Luwin. »Ich hatte einen Freund in der Citadel, der konnte Euch eine Rose aus dem Ohr pflücken, nur mit Magie hatte das nichts zu tun. Oh, gewiß, viele Dinge entziehen sich unserem Verstand. Die Jahre verstreichen zu Hunderten und Tausenden, und jeder Mensch sieht in seinem Leben bloß einige wenige Sommer und einige Winter. Wir betrachten die Berge und nennen sie ewig, und so scheint es auch – aber im Laufe der Zeiten erheben sich Berge und stürzen zusammen, Flüsse ändern ihren Lauf, Sterne fallen vom Himmel, und große Städte versinken im Meer. Sogar die Götter sterben, nehmen wir an. Alles verändert sich.

Möglicherweise war die Magie einst eine mächtige Kraft in der Welt, heute jedoch ist sie das nicht mehr. Was übrigbleibt, ist nicht mehr als der dünne Rauchschleier, der nach einem großen Brand noch in der Luft hängt, und selbst der wird verweht. Valyria war die letzte Glut, und Valyria ist verschwunden. Es gibt keine Drachen mehr, die Riesen sind tot, die Kinder des Waldes mit all ihrem Wissen sind vergessen.

Nein, mein Prinz. Jojen Reed hatte vielleicht den einen oder anderen Traum, von dem er glaubt, daß er wahr geworden ist, aber gewiß hat er nicht den Grünen Blick. Kein Mensch besitzt heute diese Kraft.«

Bran erzählte dies Meera Reed, als sie in der Dämmerung zu ihm kam, sich auf die Fensterbank setzte und beobachtete, wie draußen die Lichter angingen. »Es tut mir leid, was die Wölfe getan haben. Summer hätte nicht versuchen dürfen, Jojen anzugreifen, aber Jojen hätte auch nicht all das über meine Träume sagen sollen. Die Krähe hat gelogen, und dein Bruder auch; ich kann nicht fliegen.«

»Vielleicht irrt sich dein Maester.«

»Nein. Sogar mein Vater hat auf seinen Rat vertraut.«

»Dein Vater hat ihm zugehört, daran zweifele ich nicht. Am Ende hat er seine eigenen Entscheidungen getroffen. Bran, darf ich dir den Traum erzählen, den Jojen von dir und deinen Mündelbrüdern hatte?«

»Die Walders sind nicht meine Brüder.«

Sie beachtete seinen Widerspruch nicht. »Du hast beim Abendbrot gesessen, aber statt eines Dieners brachte dir Maester Luwin das Essen. Er servierte dir die Königsscheibe vom Braten, das Fleisch war roh und blutig, aber es duftete so köstlich, daß allen das Wasser im Munde zusammenlief. Den Freys hingegen brachte er altes, graues, totes Fleisch. Dennoch hat ihnen ihr Essen besser geschmeckt als dir das deine.«

»Das verstehe ich nicht.«

»Du wirst es verstehen, sagt mein Bruder. Und dann reden wir weiter.«

An diesem Abend hatte Bran beinahe Angst, zum Essen zu gehen, doch dann wurde ihm nur eine Taube aufgetischt. Alle aßen das gleiche, und er bemerkte nichts, was mit den Speisen der Walders nicht stimmen könnte. *Maester Luwin hatte recht,* sagte er sich. Mochte Jojen träumen, was er wollte, nach Winterfell kam nichts Böses. Bran war erleichtert . . . allerdings auch enttäuscht. Solange es Magie gab, war so vieles möglich. Geister könnten umherwandeln, Bäume könnten sprechen, und verkrüppelte Jungen könnten zu Rittern werden. »Aber es gibt keine Magie«, sagte er laut in die Dunkelheit seines Schlafzimmers hinein. »Es gibt keine Magie, und die Geschichten sind nur Geschichten.«

Niemals würde er gehen können, fliegen können, ein Ritter sein.

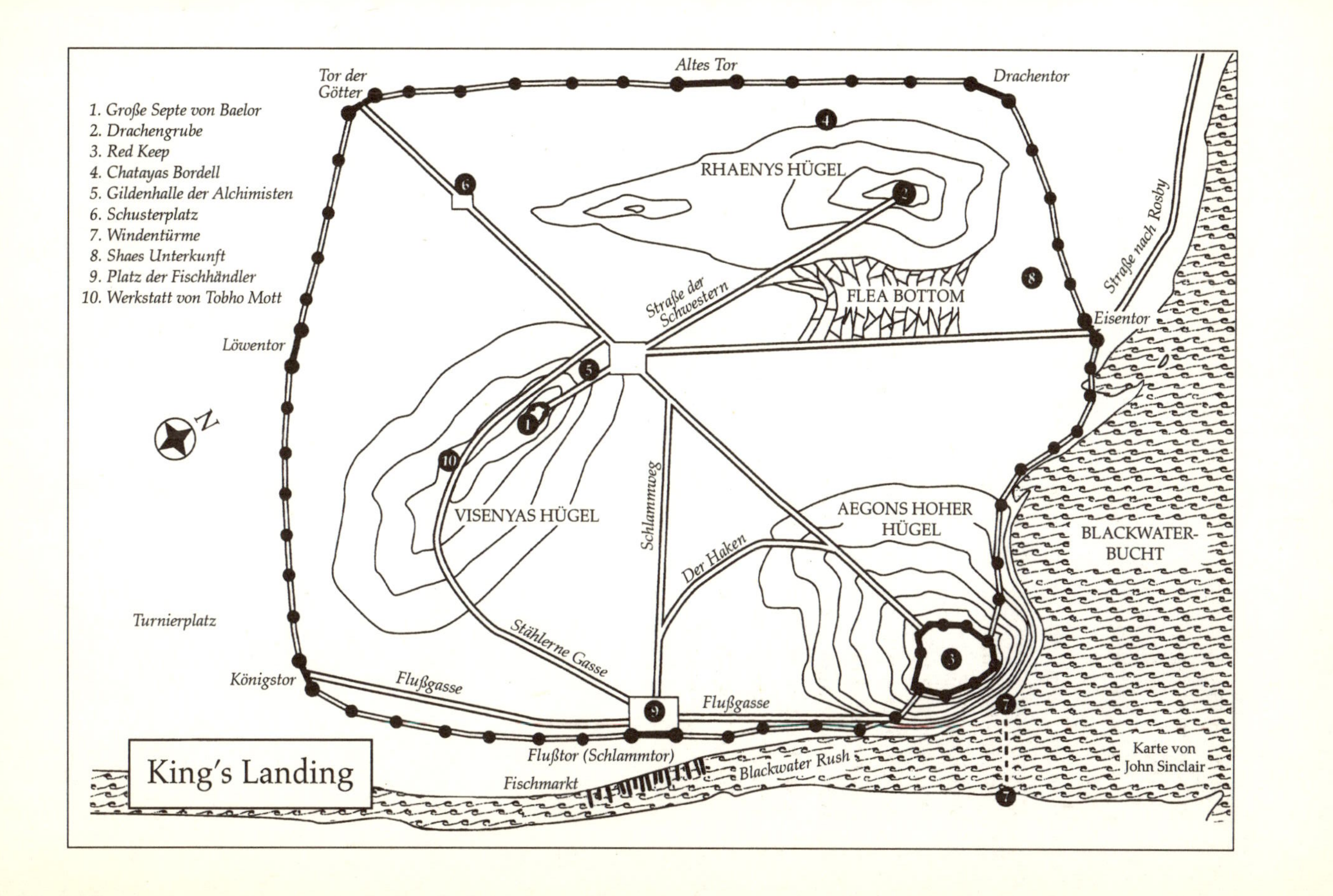
King's Landing
1. Große Septe von Baelor
2. Drachengrube
3. Red Keep
4. Chatayas Bordell
5. Gildenhalle der Alchimisten
6. Schusterplatz
7. Windentürme
8. Shaes Unterkunft
9. Platz der Fischhändler
10. Werkstatt von Tobho Mott
N
Tor der Götter
Altes Tor
Drachentor
Straße nach Rosby
Eisentor
Löwentor
Königstor
Turnierplatz
RHAENYS HÜGEL
FLEA BOTTOM
Straße der Schwestern
VISENYAS HÜGEL
Schlammweg
Der Haken
AEGONS HOHER HÜGEL
BLACKWATER-BUCHT
Stählerne Gasse
Flußgasse
Flußgasse
Flußtor (Schlammtor)
Fischmarkt
Blackwater Rush
Karte von John Sinclair

Anhang

Der König auf dem Eisernen Thron

Joffrey Baratheon, der Erste Seines Namens, ein dreizehnjähriger Junge, ältester Sohn von König Robert I. Baratheon und Königin Cersei aus dem Hause Lannister,

- seine Mutter, Königin Cersei, königliche Regentin und Beschützerin des Reiches,
- seine Schwester, Prinzessin Myrcella, ein neunjähriges Mädchen,
- sein Bruder, Prinz Tommen, ein achtjähriger Junge, Erbe des Eisernen Throns,
- seine Onkel väterlicherseits:
  - Stannis Baratheon, Lord von Dragonstone, der sich selbst zum König Stannis I. ernannt hat,
  - Renly Baratheon, Lord von Storm's End, der sich selbst zum König Renly I. ernannt hat,
- seine Onkel mütterlicherseits:
  - Ser Jaime Lannister, genannt »der Königsmörder«, Kommandant der Königsgarde, ein Gefangener auf Riverrun,
  - Tyrion Lannister, Vertreter der Rechten Hand des Königs,
    - Tyrions Knappe, Podrick Payne,
    - Tyrions Wachen und treuergebene Gefolgsleute:
      - Bronn, ein Söldner mit schwarzem Haar und schwarzer Seele,
      - Shagga, Sohn des Dolf, von den Stone Crows,
      - Timett, Sohn des Timett, von den Burned Men,
      - Chella, Tochter des Cheyk, von den Black Ears,
      - Crawn, Sohn des Calor, von den Moon Brothers,
    - Tyrions Konkubine, Shae, eine Prostituierte, achtzehn,

- sein Kleiner Rat:
  - GRAND MAESTER PYCELLE,
  - LORD PETYR BAELISH, genannt Littlefinger, Meister der Münze,
  - LORD JANOS SLYNT, Kommandant der Stadtwache von King's Landing (die »Goldröcke«),
  - VARYS, ein Eunuch, genannt »die Spinne«, Meister der Flüsterer und Ohrenbläser,
- seine Königsgarde:
  - SER JAIME LANNISTER, genannt »der Königsmörder«, Lord Commander, Gefangener auf Riverrun,
  - SANDOR CLEGANE, genannt »der Bluthund«,
  - SER BOROS BLOUNT,
  - SER MERYN TRANT,
  - SER ARYS OAKHEART,
  - SER PRESTON GREENFIELD,
  - SER MANDON MOORE,
- sein Hof und Gefolge:
  - SER ILYN PAYNE, des Königs Richter, ein Henker,
  - VYLARR, Hauptmann der Leibwache der Lannisters in King's Landing (die »Rotröcke«),
  - SER LANCEL LANNISTER, vormals Schildknappe König Roberts, seit kurzem zum Ritter geschlagen,
  - TYREK LANNISTER, vormals Schildknappe König Roberts,
  - SER ARON SANTAGAR, Waffenmeister,
  - SER BALON SWANN, zweiter Sohn des Lords Gulian Swann von Stonehelm,
  - LADY ERMESANDE HAYFORD, ein Säugling,
  - SER DONTOS HOLLARD, genannt »der Rote«, ein Trunkenbold,
  - JALABHAR XHO, ein verbannter Prinz von den Summer Isles,
  - MOON BOY, ein Narr,
  - LADY TANDA STOKEWORTH,
    - FALYSE, ihre ältere Tochter,
    - LOLLYS, ihre jüngere Tochter, eine Jungfer von dreiunddreißig Jahren,

- Lord Gyles Rosby,
- Ser Horas Redwyne und sein Zwillingsbruder Ser Hobber Redwyne, Söhne der Lords von Arbor,

- Das Volk von King's Landing,
  - Die Stadtwache (die »Goldröcke«):
    - Janos Slynt, Lord von Harrenhal, Lord Commander,
      - Morros, sein ältester Sohn und Erbe,
    - Allar Deem, Slynts Oberster Sergeant,
    - Ser Jacelyn Bywater, genannt »Eisenhand«, Hauptmann des Flußtores,
  - Hallyne, der Pyromantiker, ein Weiser aus der Gilde der Alchimisten,
  - Chataya, Besitzerin eines teuren Bordells,
    - Alayaya, Dancy, Marei, einige ihrer Mädchen,
  - Tobho Mott, ein Meister der Waffenschmiedekunst,
  - Salloreon, ein Meister der Waffenschmiedekunst,
  - Eisenbauch, ein Schmied,
  - Lothar Brune, ein fahrender Ritter,
  - Ser Osmund Kettleback, ein heruntergekommener Ritter mit zweifelhaftem Ruf,
    - Osfryd und Osney Kettleback, seine Brüder,
  - Symon Silberzunge, ein Sänger.

König Joffreys Banner zeigt den gekrönten Hirschen der Baratheons, schwarz auf Gold, und den Löwen der Lannisters, golden auf Purpurrot.

Der König von der Meerenge

Stannis Baratheon, der Erste Seines Namens, der ältere der Brüder von König Robert, vormals Lord von Dragonstone, zweitgeborener Sohn von Lord Steffon Baratheon und Lady Cassana aus dem Hause Estermont,
- seine Gemahlin, Lady Selyse, aus dem Hause Florent,
  - Shireen, ihr einziges Kind, ein zehnjähriges Mädchen,
- seine Onkel und Vettern:
  - Ser Lomes Estermont, ein Onkel,
    - dessen Sohn Ser Andrew Estermont, ein Vetter,
- sein Hof und Gefolge:
  - Maester Cressen, Heilkundiger und Hauslehrer, ein alter Mann,
  - Maester Pylos, sein junger Nachfolger,
  - Septon Barre,
  - Ser Axell Florent, Kastellan von Dragonstone und Onkel von Königin Selyse,
  - Flickenfratz, ein Narr ohne Verstand,
  - Lady Melisandre von Asshai, genannt die Rote Frau, eine Priesterin des R'hllor, dem Herz des Feuers,
  - Ser Davos Seaworth, genannt der Zwiebelritter und gelegentlich Kurzhand, vormals Schmuggler und heute Kapitän der *Schwarze Betha,*
    - dessen Gemahlin Marya, die Tochter eines Zimmermanns,
    - ihre sieben Söhne:
      - Dale, Kapitän der *Lady Marya,*
      - Allard, Kapitän der *Gespenst,*
      - Matthos, Erster Offizier der *Schwarze Betha,*

– Maric, Rudermeister der *Zorn*,
– Devan, Knappe von König Stannis,
– Stannis, ein neunjähriger Knabe,
– Steffon, ein sechsjähriger Knabe,
– Bryen Farring, Knappe von König Stannis,
– seine Vasallen und getreuen Ritter,
– Ardrian Celtigar, Lord von Claw Isle, ein alter Mann,
– Monford Velaryon, Lord der Gezeiten und Meister von Driftmark,
– Duram Bar Emmon, Lord von Sharp Point, ein vierzehnjähriger Knabe,
– Guncer Sunglass, Lord von Sweetport Sound,
– Ser Hubbard Rambton,
– Salladhor Saan aus der Freien Stadt Lys, Prinz der Meerenge,
– Morosh von Myr, ein Söldner-Admiral.

König Stannis hat sich das feurige Herz des Herrn des Lichts zum Banner gewählt; ein rotes Herz, umrahmt von orangefarbenen Flammen in hellgelbem Feld. Innerhalb des Herzens befindet sich der gekrönte Hirsch des Hauses Baratheon in Schwarz.

Der König in Highgarden

Renly Baratheon, der Erste Seines Namens, jüngerer Bruder König Roberts, vormals Lord von Storm's End, drittgeborener Sohn von Lord Steffon Baratheon und Lady Cassana aus dem Hause Estermont,

- seine junge Braut, Lady Margaery aus dem Hause Tyrell, ein Mädchen von fünfzehn Jahren,
- seine Onkel und Vettern:
  - Ser Elden Estermont, ein Onkel,
    - Ser Eldons Sohn, Ser Aemon Estermont, ein Vetter,
      - Ser Aemons Sohn, Ser Alyn Estermont,
- seine Vasallen:
  - Mace Tyrell, Lord von Highgarden und Rechte Hand des Königs,
  - Randyll Tarly, Lord von Horn Hill,
  - Mathis Rowan, Lord von Goldengrove,
  - Bryce Caron, Lord der Marschen,
  - Shyra Errol, Lady von Haystack Hill,
  - Arwyn Oakheart, Lady von Old Oak,
  - Alester Florent, Lord von Brightwater Keep,
  - Lord Selwyn von Tarth, genannt der Abendstern,
  - Leyton Hightower, Lord vom Port,
  - Lord Steffon Varner,
- seine Regenbogengarde:
  - Ser Loras Tyrell, der Ritter der Blumen, Lord Commander,
  - Lord Bryce Caron, der Orange,
  - Ser Guyard Morrigen, der Grüne,
  - Ser Parmen Crane, der Purpurne,

– Ser Robar Royce, der Rote,
– Ser Emmyn Cuy, der Gelbe,
– Brienne von Tarth, die Blaue, auch genannt Brienne die Schöne, Tochter von Lord Selwyn, dem Abendstern,
– seine Vasallen und getreuen Ritter:
  – Ser Cortnay Penrose, Kastellan von Storm's End,
    – Ser Cortnays Mündel, Edric Storm, ein Bastardsohn König Roberts mit Lady Delena aus dem Hause Florent,
  – Ser Donnel Swann, Erbe von Stonehelm,
  – Ser Jon Fossoway, von den Grünapfel-Fossoways,
  – Ser Bryan Fossoway, Ser Tanton Fossoway und Ser Edwyd Fossoway, von den Rotapfel-Fossoways,
  – Ser Colen von Greenpools,
  – Ser Mark Mullendore,
  – Red Ronnet, der Ritter von Griffin's Roost,
– sein Haushalt:
  – Maester Jurne, Berater, Heilkundiger und Hauslehrer.

König Renlys Wappen ist der gekrönte Hirsch des Hauses Baratheon von Storm's End, schwarz auf goldenem Feld, das gleiche Banner, welches sein Bruder König Robert führte.

Der König des Nordens

Robb Stark, Lord von Winterfell und König des Nordens, ältester Sohn von Eddard Stark, Lord von Winterfell, und Lady Catelyn aus dem Hause Tully, ein fünfzehnjähriger Junge,
- sein Schattenwolf Grey Wind,
- seine Mutter, Lady Catelyn, aus dem Hause Tully,
- seine Geschwister:
  - Prinzessin Sansa, ein zwölfjähriges Mädchen,
    - Sansas Schattenwolf {Lady} wurde auf Burg Darry getötet,
  - Prinzessin Arya, ein zehnjähriges Mädchen,
    - Aryas Schattenwolf Nymeria wurde vor einem Jahr vertrieben,
  - Prinz Brandon, genannt Bran, Erbe von Winterfell und dem Norden, ein achtjähriger Junge,
    - Brans Schattenwolf Summer,
  - Prinz Rickon, ein vierjähriger Junge,
    - Rickons Schattenwolf Shaggydog,
  - sein Halbbruder Jon Snow, ein Bastard von fünfzehn Jahren, Mann der Nachtwache,
    - Jons Schattenwolf Ghost,
- seine Onkel und Tanten:
  - {Brandon Stark}, Lord Eddards älterer Bruder, wurde auf Befehl von König Aerys II. Targaryen getötet,
  - {Lyanna Stark}, Lord Eddards jüngere Schwester, gestorben in den Bergen von Dorne,
  - Benjen Stark, Lord Eddards jüngerer Bruder, ein Mann der Nachtwache, wird jenseits der Mauer vermißt,

- Lysa Arryn, Lady Catelyns jüngere Schwester, Witwe von {Lord Jon Arryn}, Lady der Eyrie,
- Ser Edmure Tully, Lady Catelyns jüngerer Bruder, Erbe von Riverrun,
- Ser Brynden Tully, genannt Blackfish, Lady Catelyns Onkel,

- seine getreuen Ritter und Kampfgefährten:
  - Theon Greyjoy, Lord Eddards Mündel, Erbe von Pyke und den Iron Islands,
  - Hallis Mollen, Hauptmann der Garde von Winterfell,
    - Jacks, Quent, Shadd, Gardisten unter Mollens Befehl,
  - Ser Wendel Manderly, zweiter Sohn des Lords von White Harbor,
  - Patrek Mallister, Erbe von Seagard,
  - Dacey Mormont, älteste Tochter von Lady Maege und Erbin von Bear Island,
  - Jon Umber, genannt der Smalljon,
  - Robin Flint, Ser Perwyn Frey, Lucas Blackwood,
  - sein Knappe, Olyvar Frey, achtzehn,
- der Haushalt in Riverrun:
  - Maester Vyman, Berater, Heilkundiger und Hauslehrer,
  - Ser Desmond Grell, Waffenmeister,
  - Ser Robin Ryger, Hauptmann der Wache,
  - Utherydes Wayn, Haushofmeister von Riverrun,
  - Rymund, der Reimer, ein Sänger,
- der Haushalt in Winterfell:
  - Maester Luwin, Berater, Heilkundiger und Hauslehrer,
  - Ser Rodrik Cassel, Waffenmeister,
    - Beth, seine junge Tochter,
  - Walder Frey, genannt Grosser Walder, ein Mündel von Lady Catelyn, acht Jahre alt,
  - Walder Frey, genannt Kleiner Walder, ein Mündel von Lady Catelyn, ebenfalls acht,
  - Septon Chayle, Hüter der Burgsepte und der Bibliothek,

– JOSETH, Pferdemeister,
  – BANDY und SHYRA, seine Zwillingstöchter,
– FARLEN, Hundemeister,
  – PALLA, ein Mädchen, das sich um die Hunde kümmert,
– OLD NAN, eine Geschichtenerzählerin, einst Amme, heute bereits im hohen Alter,
  – HODOR, ihr Urenkel, ein einfältiger Stalljunge,
– GAGE, der Koch,
  – TURNIP, ein Küchenmädchen,
  – OSHA, eine Wildlingsfrau, die im Wolfswald gefangengenommen wurde, dient als Küchenmädchen,
– MIKKEN, der Schmied,
– HAYHEAD, SKITTRICK, POXY TYM, BIERBAUCH, Gardisten,
– CALON, TOM, Kinder der Gardisten,
– seine Vasallen und Kommandanten.
– (bei Robb in Riverrun:)
  – JON UMBER, genannt der GREATJON,
  – RICKARD KARSTARK, Lord von Karhold,
  – GALBART GLOVER, aus Deepwood Motte,
  – MAEGE MORMONT, Lady der Bear Islands,
  – SER STEVRON FREY, ältester Sohn von Lord Walder Frey und Erbe der Twins,
    – Ser Stevrons ältester Sohn, SER RYMAN FREY,
      – Ser Rymans Sohn, BLACK WALDER FREY,
  – MARTYN RIVERS, ein Bastard von Lord Walder Frey,
– (bei Roose Boltons Heer nahe der Twins)
  – ROOSE BOLTON, Lord von Dreadfort, Befehlshaber des Hauptteils des Nordheeres,
  – ROBETT GLOVER, aus Deepwood Motte,
  – WALDER FREY, Lord vom Kreuzweg,
  – SER HELMAN TALLHEART, von Torrhens Square,
  – SER AENYS FREY,
– (Gefangene von Lord Tywin Lannister):
  – LORD MEDGER CERWYN,

- Harrion Karstark, einziger verbliebener Sohn von Lord Rickard,
- Ser Willis Manderly, Erbe von White Harbor,
- Ser Jared Frey, Ser Hosteen Frey, Ser Danwell Frey und ihr Bastard-Halbbruder Ronel Rivers,

- (im Felde oder auf ihren Burgen):
  - Lyman Darry, ein achtjähriger Junge,
  - Shella Whent, Lady von Harrenhal, die von Lord Tywin Lannister ihrer Burg enteignet wurde,
  - Jason Mallister, Lord von Seagard,
  - Jonos Bracken, Lord von Stone Hedge,
  - Tytos Blackwood, Lord von Raventree,
  - Lord Karyl Vance,
  - Ser Marq Piper,
  - Ser Halmon Paege,
- seine Vasallen und Kastellane im Norden:
  - Wyman Manderly, Lord von White Harbor,
  - Howland Reed von Greywater Watch, ein Pfahlbaumann,
    - Howlands Tochter Meera, ein fünfzehnjähriges Mädchen,
    - Howlands Sohn Jojen, ein dreizehnjähriger Junge,
  - Lady Donella Hornwood, eine Witwe und trauernde Mutter,
  - Cley Cerwin, Lord Medgers Erbe, vierzehn,
  - Leobald Tallheart, jüngerer Bruder von Ser Helman, Kastellan auf Torrhens Square,
    - Leobalds Frau Berena aus dem Hause Hornwood,
    - Leobalds Sohn Brandon, ein vierzehnjähriger Junge,
    - Leobalds Sohn Beren, ein zehnjähriger Junge,
    - Ser Helmans Sohn Benfred, Erbe von Torrhens Square,
    - Ser Helmans Tochter Eddara, ein neunjähriges Mädchen,
  - Lady Sybelle, Gemahlin von Robett Glover, während seiner Abwesenheit Herrin von Deepwood Motte,
    - Robetts Sohn Gawen, drei, Erbe von Deepwood,
    - Robetts Tochter Erena, ein einjähriger Säugling,

– Larence Snow, Bastardsohn des Lord Hornwood, zwölf Jahre, Mündel von Galbart Glover,
– Mors Krähenfresser und Hother Hurentod aus dem Hause Umber, Onkel des Greatjon,
– Lady Lyessa Flint, Mutter von Robin,
– Ondrew Locke, Lord von Oldcastle, ein alter Mann.

Das Banner des Königs im Norden bleibt das gleiche wie seit Tausenden von Jahren: der graue Schattenwolf der Starks von Winterfell, der über ein eisweißes Feld läuft.

Die Königin jenseits des Meeres

Daenerys Targaryen, genannt Daenerys Stormborn, Mutter der Drachen, *Khaleesi* der Dothraki, Erste Ihres Namens, einziges verbliebenes Kind von König Aerys II. Targaryen mit seiner Schwester/Gemahlin Königin Rhaella, mit vierzehn Jahren bereits Witwe,

- ihre jüngst geschlüpften Drachen Drogon, Viserion, Rhaegar,
- ihre Brüder:
  - {Rhaegar}, Prinz von Dragonstone und Erbe des Eisernen Thrones, getötet von König Robert am Trident,
    - {Rhaenys}, Rhaegars Tochter mit Elia von Dorne, ermordet während der Plünderung von King's Landing,
    - {Aegon}, Rhaegars Sohn mit Elia von Dorne, ermordet während der Plünderung von King's Landing,
  - {Viserys}, der sich selbst zum König Viserys ernannt hatte, der Dritte Seines Namens, genannt der Bettlerkönig, getötet in Vaes Dothrak von Khal Drogo,
  - ihr Gemahl, {Drogo}, *khal* der Dothraki, starb am Wundbrand,
    - {Rhaego}, totgeborener Sohn von Daenerys und Khal Drogo, von Mirri Maz Duur noch im Mutterleib ermordet,
- ihre Königinnengarde:
  - Ser Jorah Mormont, ein verbannter Ritter, einst Lord von Bear Island,
  - Jhogo, *ko* und Blutreiter, die Peitsche,
  - Aggo, *ko* und Blutreiter, der Bogen,
  - Rakharo, *ko* und Blutreiter, der *arakh*,
- ihre Dienerinnen:

- Irri, ein Mädchen der Dothraki,
- Jhiqui, ein Mädchen der Dothraki,
- Doreah, eine Sklavin aus Lys, vormals eine Hure,

- die drei Sucher:
  - Xaro Xhoan Daxos, ein reicher Kaufmann aus Qarth,
  - Pyat Pree, ein Hexenmeister aus Qarth,
  - Quaithe, eine maskierte Schattenbinderin aus Asshai,
- Illyrio Mopatis, ein Magister aus der Freien Stadt Pentos, der die Heirat zwischen Daenerys und Khal Drogo arrangiert hat und sich mit Viserys verschwor, damit dieser den Eisernen Thron besteigen sollte.

Das Banner der Targaryens ist jenes von Aegon, dem Eroberer, der sechs der Sieben Königslande eroberte, seine Dynastie begründete und den Eisernen Thron aus den Schwertern seiner besiegten Feinde schmiedete: ein dreiköpfiger roter Drache in schwarzem Feld.

Weitere große und kleine Häuser

Haus Arryn

Haus Arryn unterstützt bei Ausbruch des Krieges keinen der Rivalen um den Eisernen Thron und widmet sich ganz dem Schutz der Eyrie und des Grünen Tals von Arryn. Das Wappen des Hauses zeigt Mond und Falke, weiß in himmelblauem Feld. Die Worte der Arryns lauten *Hoch Wie Die Ehre.*

Robert Arryn, Lord der Eyrie, Hüter des Grünen Tals, Wächter des Ostens, ein kränklicher Junge von acht Jahren,

- seine Mutter, Lady, Lisa aus dem Hause Tully, dritte Gemahlin und Witwe von {Lord Jon Arryn} – bis zu seinem Tode Rechte Hand des Königs –, und Schwester von Catelyn Stark,
- sein Haushalt:
  - Maester Colemon, Berater, Heiler und Lehrer,
  - Ser Marwyn Belmore, Hauptmann der Wache,
  - Lord Nestor Royce, Haushofmeister des Grünen Tals,
    - Lord Nestors Sohn Ser Albar,
    - Mya Stone, ein Bastardmädchen in seinen Diensten, leibliche Tochter von König Robert,
    - Mord, ein brutaler Kerkermeister,
- seine Vasallen:
  - Lord Yohn Royce, genannt Bronze Yohn,
    - Lord Yohns ältester Sohn Ser Andar,
    - Lord Yohns zweiter Sohn Ser Robar, der in Diensten von König Renly steht, Robar der Rote von der Regenbogenwache,
    - Lord Yohns jüngster Sohn {Ser Waymar}, ein Mann der Nachtwache, der jenseits der Mauer vermißt wird,

- Lord Nestor Royce, Bruder von Lord Yohn, Haushofmeister des Grünen Tales,
  - Lord Nestors Sohn und Erbe Ser Albar,
  - Lord Nestors Tochter Myranda,
- Ser Ilyn Corbray, ein Freier von Lady Lysa,
  - Mychel Redfort, sein Knappe,
- Lady Anya Waynwood,
  - Lady Anyas ältester Sohn und Erbe Ser Morton, ein Freier von Lady Lisa,
  - Lady Anyas zweiter Sohn Ser Donnel,
- Eon Hunter, Lord von Longbow Hall, ein alter Mann und Freier von Lady Lisa.

Haus Florent

Die Florents von Brightwater halten Highgarden die Treue und folgten den Tyrells darin, sich für König Renly zu erklären. Gleichzeitig sind sie jedoch auch in einem der anderen Lager vertreten, da Stannis' Gemahlin eine Florent ist und ihr Onkel auf Dragonstone den Titel des Kastellans trägt. Das Wappen des Hauses Florent zeigt einen Fuchskopf in einem Kreis aus Blumen.

Alester Florent, Lord von Brightwater,
- seine Gemahlin, Lady Melara aus dem Hause Crane,
- ihre Kinder:
  - Alekyne, Erbe von Brightwater,
  - Melessa, verheiratet mit Lord Randyll Tarly,
  - Rhea, verheiratet mit Lord Leyton Hightower,
- seine Geschwister:
  - Ser Axell, Kastellan von Dragonstone,
  - {Ser Ryam}, der bei einem Sturz vom Pferd starb,
    - Ser Ryams Tochter Königin Selyse, verheiratet mit König Stannis,
    - Ser Ryams ältester Sohn und Erbe, Ser Imry,
    - Ser Ryams zweiter Sohn, Ser Erren,
  - Ser Colin,
    - Colins Tochter Delena, verheiratet mit Ser Hosman Norcross,
      - Delenas Sohn Edric Storm, ein Bastard, der von König Robert gezeugt wurde,
      - Delenas Sohn Alester Norcross,
      - Delenas Sohn Renly Norcross,

– Colins Sohn MAESTER OMER, in Diensten auf OLD OAK,
– Colins Sohn MERRELL, ein Knappe,
– seine Schwester RYLENE, verheiratet mit Ser Rychard Crane.

Haus Frey

Mächtig, wohlhabend und zahlreich sind die Freys, Gefolgsleute des Hauses Tully. Sie sind durch Eid an Riverrun gebunden, doch nicht immer erfüllten sie ihre Pflichten wirklich gewissenhaft. Als Robert Baratheon am Trident auf Rhaegar Targaryen stieß, erschienen die Freys erst, nachdem die Schlacht geschlagen war; von diesem Tag an nannte Lord Hoster Tully Lord Walder stets »den Späten Lord Frey«. Lord Frey stimmte erst zu, die Sache des Königs im Norden zu unterstützen, nachdem Robb sich seinerseits mit einem Verlöbnis einverstanden erklärte und versprach, nach dem Krieg eine seiner Töchter oder Enkelinnen zu ehelichen. Lord Walder hat bereits seinen einundneunzigsten Namenstag hinter sich, doch vermählte er sich jüngst mit seiner achten Frau, einem Mädchen, welches siebzig Jahre jünger ist als er. Es heißt von ihm, er sei der einzige Lord der Sieben Königslande, der eine Armee aufstellen kann, die allein seinen Lenden entsprungen ist.

Walder Frey, Lord vom Kreuzweg
- von seiner ersten Gemahlin {Lady Perra aus dem Hause Royce}:
  - Ser Stevron, Erbe der Twins,
    - aus der Ehe mit {Corenna Swann}, welche an Schwindsucht verschied,
    - Stevrons ältester Sohn, Ser Ryman,
      - Rymans Sohn Edwyn, vermählt mit Janyce Hunter,
        - Edwyns Tochter Walda, ein achtjähriges Mädchen,
    - Rymans Sohn Walder, genannt Schwarzer Walder,
    - Rymans Sohn Petyr, genannt Petyr Pimple,
      - vermählt mit Mylenda Caron,

– Petyrs Tochter PERRA, ein fünfjähriges Mädchen,
– aus der Ehe mit {Jeyne Lydden}, die bei einem Sturz vom Pferd starb,
– Stevrons Sohn AEGON, ein schwachsinniger Knabe, genannt GLÖCKCHEN,
– Stevrons Tochter {MAEGELLE}, die im Kindbett starb,
– vermählt mit Ser Dafyn Vance,
– Maegelles Tochter MARIANNE, eine junge Frau,
– Maegelles Sohn WALDER VANCE, ein Knappe,
– Maegelles Sohn PATRICK VANCE,
– aus der Ehe mit {Marsella Waynwood}, die im Kindbett starb,
– Stevrons Sohn WALTON, Witwer von Deana Hardyng,
– Waltons Sohn STEFFON, genannt DER SÜSSE,
– Waltons Tochter WALDA, genannt BLONDE WALDA,
– Waltons Sohn BRYAN, ein Knappe,
– SER EMMON, vermählt mit Genna aus dem Hause Lannister,
– Emmons Sohn SER CLEOS, vermählt mit Jeyne Darry,
– Cleos' Sohn TYWIN, ein elfjähriger Knappe,
– Cleos' Sohn WILLEM, Page in Ashemark,
– Emmons Sohn SER LYONEL, vermählt mit Melesa Crakehall,
– Emmons Sohn TION, ein gefangener Knappe in Riverrun,
– Emmons Sohn WALDER, genannt ROTER WALDER, Page in Casterly Rock,
– SER AENYS, vermählt mit {Tyana Wylde}, die im Kindbett starb,
– Aenys' Sohn AEGON BLOODBORN, ein Gesetzloser,
– Aenys' Sohn RHAEGAR, vermählt mit Jeyne Beesbury,
– Rhaegars Sohn ROBERT, dreizehn,
– Rhaegars Tochter WALDA, ein zehnjähriges Mädchen, genannt WEISSE WALDA,
– Rhaegars Sohn JONOS, ein achtjähriger Knabe,
– PERRIANE, vermählt mit Ser Leslyn Haigh,
– Perrianes Sohn, SER HARYS HAIGH,
– Harys' Sohn, WALDER HAIGH, ein vierjähriger Junge,

- Perrianes Sohn SER DONNEL HAIGH,
- Perrianes Sohn ALYN HAIGH, ein Knappe,
- von seiner zweiten Gemahlin {LADY CYRENNA}, aus dem Hause Swann,
  - SER JARED, ihr ältester Sohn, vermählt mit {Alys Frey},
    - Jareds Sohn SER TYTOS, vermählt mit Zhoe Blanetree,
      - Tytos' Tochter ZJA, eine junge Frau von vierzehn,
      - Tytos' Sohn ZACHERY, ein zehnjähriger Junge, der in der Septe in Oldtown ausgebildet wird,
    - Jareds Tochter KYRA, vermählt mit Ser Garse Goodbrook,
      - Kyras Sohn WALDER GOODBROOK, neun,
      - Kyras Tochter JEYNE GOODBROOK, sechs,
  - SEPTON LUCEON, in Diensten der Großen Septe des Baelor in King's Landing,
- von seiner dritten Gemahlin {LADY AMAREI} aus dem Hause Crakehall:
  - SER HOSTEEN, ihr ältester Sohn, vermählt mit Bellena Hawick,
    - Hosteens Sohn SER ARWOOD, vermählt mit Ryella Royce,
      - Arwoods Tochter RYELLA, ein fünfjähriges Mädchen,
      - Arwoods Zwillingssöhne ANDROW und ALYN, drei,
  - LADY LYTHENE, vermählt mit Lord Lucias Vypren,
    - Lythenes Tochter ELYANA, vermählt mir Ser Jon Wylde,
      - Elyanas Sohn RICKARD WYLDE, vier,
    - Lythenes Sohn SER DAMON VYPREN,
  - SYMOND, vermählt mit Betharios von Braavos,
    - Symonds Sohn ALESANDER, ein Sänger,
    - Symonds Tochter ALYX, eine Jungfrau von siebzehn,
    - Symonds Sohn BRADAMAR, ein zehnjähriger Junge, der in Braavos von Oro Tendyris, einem reichen Kaufmann, als Mündel aufgezogen wird,
  - SER DANWELL, vermählt mit Wynafrei Whent,
    - {mehrere Tot- und Fehlgeburten},
    - MERRETT, vermählt mit Mariya Darry,

- Merretts Tochter AMAREI, genannt AMI, eine sechzehnjährige Witwe, vermählt mit {Ser Pate vom Blauen Arm},
- Merretts Tochter WALDA, genannt FETTE WALDA, ein fünfzehnjähriges Mädchen,
- Merretts Tochter MARISSA, dreizehn,
- Merretts Sohn WALDER, genannt KLEINER WALDER, ein achtjähriger Junge, der auf Winterfell als Mündel von Lady Catelyn Stark aufgezogen wird,

- {SER GEREMY}, ertrunken, vermählt mit Carolei Waynwood,
  - Geremys Sohn SANDOR, ein zwölfjähriger Junge, Knappe von Ser Donnel Waynwood,
  - Geremys Tochter CYNTHEA, ein neunjähriges Mädchen, Mündel von Lady Anya Waynwood,
- SER RAYMUND, vermählt mit Beony Beesbury,
  - Raymunds Sohn ROBERT, sechzehn, in Ausbildung in der Citadel von Oldtown,
  - Raymunds Sohn MALWYN, fünfzehn, in Ausbildung zum Alchimisten in Lys,
  - Raymunds Zwillingstöchter SERRA und SARRA, junge Frauen im Alter von vierzehn,
  - Raymunds Tochter CERSEI, sechs, genannt KLEINE BIENE,

- von seiner vierten Gemahlin {LADY ALYSSA aus dem Hause Blackwood}:
  - LOTHAR, ihr ältester Sohn, genannt LAHMER LOTHAR, vermählt mit Leonella Lefford,
    - Lothars Tochter TYSANE, sieben,
    - Lothars Tochter WALDA, vier,
    - Lothars Tochter EMBERLEI, zwei,
  - SER JAMMOS, vermählt mit Sallei Paege,
    - Jammos' Sohn WALDER, genannt GROSSER WALDER, ein achtjähriger Junge, der auf Winterfell als Mündel von Lady Catelyn Stark aufgezogen wird,
    - Jammos' Zwillingssöhne DICKON und MATHIS, fünf,

- SER WHALEN, vermählt mit Sylwa Paege,
  - Whalens Sohn HOSTER, zwölf, Knappe von Ser Damon Paege,
  - Whalens Tochter MERIANNE, genannt MERRY, ein elfjähriges Mädchen,
- LADY MORYA, vermählt mit Ser Flement Brax,
  - Moryas Sohn ROBERT BRAX, neun, Page auf Casterly Rock,
  - Moryas Sohn WALDER BRAX, sechs,
  - Moryas Sohn JON BRAX, ein Kind von drei Jahren,
- TYTA, genannt TYTA, DIE JUNGFER, eine Jungfer im Alter von neunundzwanzig Jahren,

- von seiner fünften Gemahlin {LADY SARYA aus dem Hause Whent}:
  - keine Nachkommenschaft,
- von seiner sechsten Gemahlin {LADY BETHANY aus dem Hause Rosby}:
  - SER PERWYN, ihr ältester Sohn,
  - SER BENFREY, vermählt mit Jyanna Frey, einer Kusine,
    - Benfreys Tochter DELLA, genannt TAUBE DELLA, drei,
    - Benfreys Sohn OSMUND, zwei,
  - MAESTER WILLAMEN, in Diensten auf Longbow Hall,
  - OLYVAR, ein Knappe in Diensten Robb Starks,
  - ROSLIN, eine junge Frau von sechzehn,
- von seiner siebten Gemahlin {LADY ANNARA aus dem Hause Farring):
  - ARWYN, eine junge Frau von vierzehn,
  - WENDEL, ihr ältester Sohn, dreizehn, als Page auf Seagard,
  - COLMAR, elf,
  - WALTYR, genannt TYR, ein zehnjähriger Junge,
  - ELMAR, Verlobter von Arya Stark, neun,
  - SHIREI, ein sechsjähriges Mädchen,
- von seiner achten Gemahlin LADY JOYEUSE aus dem Hause Erenford:
  - bislang keine Nachkommenschaft,

- Lord Walders leibliche Kinder von verschiedenen Müttern:
- WALDER RIVERS, genannt BASTARD WALDER,
  - Bastard Walders Sohn SER AEMON RIVERS,
  - Bastard Walders Tochter WALDA RIVERS,
- MAESTER MELWYS, in Diensten in Rosby,
- JEYNE RIVERS, MARTYN RIVERS, RYGER RIVERS, RONEL RIVERS, MELLARA RIVERS und andere.

Haus Greyjoy

Balon Greyjoy, der Lord der Iron Islands, führte einst eine Rebellion gegen den Eisernen Thron an, die von König Robert und Lord Eddard Stark niedergeschlagen wurde. Obwohl sein Sohn Theon, der in Winterfell aufwuchs, zu Robb Starks Gefolgsleuten gehörte und einer seiner engsten Freunde war, hat sich Lord Balon den Nordmannen nicht angeschlossen, als sie gen Süden ins Flußland marschierten.

Das Wappen der Greyjoys zeigt einen goldenen Kraken auf schwarzem Grund. Ihre Worte lauten: *Wir Säen Nicht.*

Balon Greyjoy, Lord der Iron Islands, König von Salz und Fels, Sohn des Seewinds, Lord Schnitter von Pyke, Kapitän der *Großer Krake,*

- seine Gemahlin Lady Alannys aus dem Hause Harlaw,
- ihre Kinder:
  - {Rodrik}, gefallen bei Seagard während Greyjoys Rebellion,
  - {Maron}, gefallen bei Pyke während Greyjoys Rebellion,
  - Asha, Kapitän der *Schwarzer Wind,*
  - Theon, ein Mündel von Lord Eddard Stark auf Winterfell,
- seine Brüder:
  - Euron, genannt Krähenauge, Kapitän der *Schweigen,* ein Gesetzloser, Pirat und Plünderer,
  - Victarion, Lord Kapitän der Eisernen Flotte, Meister der *Eiserner Sieg,*
  - Aeron, genannt Feuchthaar, ein Priester des Ertrunkenen Gottes,
- sein Haushalt auf Pyke:

- Dagmer, genannt Spaltkinn, Waffenmeister, Kapitän der *Gischttrinker*,
- Maester Wendamyr, Heilkundiger und Berater,
- Helya, Haushofmeisterin der Burg,

- Leute aus Lordsport:
  - Sigrin, ein Schiffsbauer,
- seine Vasallen:
  - Lord Botley von Lordsport,
  - Lord Wynch von Iron Holt,
  - Lord Harlaw von Harlaw,
  - Stonehouse von Old Wyk,
  - Drumm von Old Wyk,
  - Goodbrother von Old Wyk,
  - Goodbrother von Great Wyk,
  - Lord Merlyn von Great Wyk,
  - Sparr von Great Wyk,
  - Lord Blacktyde von Blacktyde,
  - Lord Saltcliffe von Saltcliffe,
  - Lord Sunderly von Saltcliffe.

HAUS LANNISTER

Die Lannisters von Casterly Rock sind die bedeutendsten Gefolgsleute König Joffreys, um seinen Anspruch auf den Eisernen Thron zu unterstützen. Ihr Wappen zeigt den goldenen Löwen in rotem Feld. Die Worte der Lannisters lauten: *Hört Mich Brüllen!*

TYWIN LANNISTER, Lord über Casterly Rock, Wächter des Westens, Schild von Lannisport und Rechte Hand des Königs, befehligt das Heer der Lannisters bei Harrenhal,

- seine Gemahlin {LADY JOANNA}, eine Kusine, die im Kindbett verschied,
  - SER JAIME, genannt »der Königsmörder«, Wächter des Ostens und Lord Commander der Königsgarde, Zwillingsbruder von Königin Cersei,
  - KÖNIGIN CERSEI, Witwe von König Robert, Zwillingsschwester von Jaime, Regentin und Beschützerin des Reiches,
  - TYRION, genannt GNOM, ein Zwerg,
- seine Geschwister:
  - SER KEVAN, sein ältester Bruder,
    - Ser Kevans Gemahlin DORNA aus dem Hause Swyft,
    - Lady Dornas Vater SER HARYS SWYFT,
    - ihre Kinder:
      - SER LANCEL, vormals Knappe von König Robert, nach dessen Tod zum Ritter geschlagen,
      - WILLEM, Zwillingsbruder von Martyn, Knappe, wurde im Flüsterwald gefangengenommen,
      - MARTYN, Zwillingsbruder von Willem, Knappe,
      - JANEI, ein zweijähriges Mädchen,

- GENNA, seine Schwester, vermählt mit Ser Emmon Frey,
  - Gennas Sohn SER CLEOS FREY, wurde im Flüsterwald gefangengenommen,
  - Gennas Sohn TION FREY, ein Knappe, wurde im Flüsterwald gefangengenommen,
- {SER TYGETT}, sein zweiter Bruder, starb an den Pocken,
  - Tygetts Witwe DARLESSA aus dem Hause Marbrand,
  - Tygetts Sohn TYREK, Knappe beim König,
- {GERION}, sein jüngster Bruder, verschollen auf See,
  - seine uneheliche Tochter JOY, elf,
- sein Vetter SER STAFFORD LANNISTER, Bruder der verstorbenen Lady Joanna,
  - Ser Staffords Töchter CERENNA und MYRIELLE,
  - Ser Staffords Sohn SER DAVEN,
- Seine wichtigsten Ritter und Vasallen:
  - SER ADDAM MARBRAND, Erbe von Ashemark, Kommandant von Lord Tywins Vorreitern und Kundschaftern,
  - SER GREGOR CLEGANE, genannt »der reitende Berg«,
    - POLLIVER, CHISWYCK, RAFF DER LIEBLING, DUNSEN und der KITZLER, Soldaten in seinen Diensten,
  - LORD LEO LEFFORD
  - SER ARMORY LORCH, Hauptmann des Nachschubs,
  - LEWYS LYDDEN, Lord vom Deep Den,
  - GAWEN WESTERLING, Lord von Crag, wurde im Flüsterwald gefangengenommen und wird in Seagard festgehalten,
  - SER ROBERT BRAX und sein Bruder SER FLEMENT BRAX,
  - SER FORLEY PRESTER vom Golden Tooth,
  - VARGO HOAT, aus der Freien Stadt Qohor, Hauptmann der Söldnerkompanie der Tapferen Kameraden,
  - MAESTER CREYLEN, sein Berater.

Haus Martell

Dorne war das letzte der Sieben Königslande, das dem Eisernen Thron die Lehnstreue schwor. Dem Blute, den Sitten und der Geschichte nach unterscheidet sich Dorne stark von den anderen Königslanden. Nach dem Ausbruch des Erbfolgekriegs hüllte sich der Prinz von Dorne in Schweigen und trat keiner der Parteien bei.

Das Banner der Martells zeigt eine rote Sonne, die von einem Speer durchbohrt wird. Ihre Worte lauten: *Ungebeugt, Ungezähmt, Ungebrochen!*

Doran Nymeros Martell, Lord von Sunspear, Prinz von Dorne,
- seine Gemahlin Mellario aus der Freien Stadt Norvos,
- ihre Kinder:
  - Prinzessin Arianne, älteste Tochter, Erbin von Sunspear,
  - Prinz Quentyn, ihr ältester Sohn,
  - Prinz Trystane, ihr jüngerer Sohn,
- seine Geschwister:
  - seine Schwester {Prinzessin Elia}, vermählt mit Prinz Rhaegar Targaryen, wurde während der Plünderung von King's Landing getötet,
    - Elias Tochter {Prinzessin Rhaenys}, ein junges Mädchen, wurde während der Plünderung von King's Landing ermordet,
    - Elias Sohn {Prinz Aegon}, ein Säugling, wurde während der Plünderung von King's Landing ermordet,
  - sein Bruder Prinz Oberyn, die Rote Natter,
- sein Haushalt:
  - Areo Hotah, ein Söldner aus Norvos, Hauptmann der Garde,

– Maester Caleotte, Berater, Heilkundiger und Hauslehrer,
– seine Ritter und Vasallen:
  – Edric Dayne, Lord von Starfall.

Zu den wichtigsten Häusern, die durch Eid an Sunspear gebunden sind, gehören Jordayne, Santagar, Allyrion, Toland, Yronwood, Wyl, Fowler und Dayne.

Haus Tyrell

Lord Tyrell von Highgarden unterstützte König Renly, nachdem dieser seine Tochter Margaery geheiratet hat, und führte seine wichtigsten Vasallen für Renlys Sache in den Krieg. Das Wappen der Tyrell zeigte eine goldene Rose in grasgrünem Feld. Ihre Worte lauten: *Kräftig Wachsen.*

Mace Tyrell, Lord von Highgarden, Wächter des Südens, Hüter der Marschlande, Hochmarschall über die Weite und Rechte Hand des Königs,
- seine Gemahlin Lady Alerie aus dem Hause Hightower in Oldtown,
- ihre Kinder:
  - Willas, ihre ältester Sohn, Erbe von Highgarden,
  - Ser Garlan, genannt der Kavalier, ihr zweiter Sohn,
  - Ser Loras, der Ritter der Blumen, ihr jüngster Sohn, Lord Commander der Regenbogengarde,
  - Margaery, ihre fünfzehnjährige Tochter, die kürzlich mit Renly Baratheon vermählt wurde,
- seine verwitwete Mutter Lady Olenna aus dem Hause Redwyne, genannt die Dornenkönigin,
- seine Schwestern:
  - Mina, vermählt mit Paxter Redwyne, Lord von Arbor,
    - deren Kinder:
      - Ser Horas Redwyne, Zwillingsbruder von Hobber, verspottet als Horror,
      - Ser Hobber Redwyne, Zwillingsbruder von Horas, verspottet als Schlabber,

- Desmera Redwyne, ein sechzehnjähriges Mädchen,
  - Janna, vermählt mit Ser Jon Fossoway,
- seine Onkel:
  - Garth, genannt der Grobe, Lord Seneschall von Highgarden,
    - seine unehelichen Söhne Garse und Garrett Flowers,
  - Ser Moryn, Lord Commander der Stadtwache von Oldtown,
  - Maester Gormon, ein Gelehrter aus der Citadel,
- sein Haushalt:
  - Maester Lomys, Berater, Heilkundiger und Hauslehrer,
  - Igon Vyrwel, Hauptmann der Garde,
  - Ser Vortimer Crane, Waffenmeister.

Die Männer der Nachtwache

Die Nachtwache beschützt das Reich und ist verpflichtet, in Bürgerkriegen und bei Thronfolgestreitigkeiten keine Partei zu ergreifen. Traditionell ehren sie in Zeiten der Rebellion alle Könige und gehorchen keinem von ihnen.

Castle Black

Jeor Mormont, Lord Commander der Nachtwache, genannt der Alte Bär,
- sein Bursche und Knappe Jon Snow, der Bastard von Winterfell, genannt Lord Snow,
  - Jons Schattenwolf Ghost,
- Maester Aemon (Targaryen), Berater und Heilkundiger,
  - Samwell Tarly und Clydas, seine Burschen,
- Benjen Stark, Erster Grenzer, verschollen jenseits der Mauer,
  - Thoren Smallwood, Obergrenzer,
  - Jarmen Buckwell, Obergrenzer,
  - Ser Ottyn Wythers, Ser Aladale Wynch, Grenn, Pypar, Matthar, Elron, Lark, Männer von den Three Sisters, Grenzer,
- Othwell Yarwyck, Erster Baumeister,
  - Halder, Albett, Baumeister,
- Bowen Marsh, Lord Verwalter,
  - Chett, Verwalter und Hundemeister,
  - Eddison Tollett, genannt der Schwermütige Edd, ein mürrischer Knappe,

- Septon Celladar, ein trinkfreudiger Frömmler,
- Ser Endrew Tarth, Waffenmeister,
- Brüder auf Castle Black:
  - Donal Noye, einarmiger Waffenschmied,
  - Drei-finger Hobb, Koch,
  - Jeren, Rast, Cugen, Rekruten in Ausbildung,
  - Conwy, Gueren, »Wanderkrähen«, die Waisenjungen und Verbrecher für den Dienst an der Mauer rekrutieren,
  - Yoren, älteste »Wanderkrähe«,
  - Praed, Cutjack, Woth, Reysen, Qyle, Rekruten auf dem Weg zur Mauer,
  - Koss, Gerren, Dobber, Kurtz, Beisser, Rorge, Jaqen H'ghar, Verbrecher auf dem Weg zur Mauer,
  - Lommy Grünhand, Gendry, Tabber, Heisse Pastete, Arry, Waisenjungen auf dem Weg zur Mauer.

Eastwatch-by-the-Sea

Cotter Pyke, Kommandant von Eastwatch,
- Ser Alliser Thorne, Waffenmeister,
- Brüder in Eastwick:
- Daeron, Verwalter und Sänger.

Shadow Tower

Ser Denys Mallister, Kommandant von Shadow Tower,
- Qhorin, genannt Halbhand, ein Obergrenzer,
- Dalbridge, ein alternder Knappe und Obergrenzer,
- Ebben, Stonesnake, Grenzer.

Danksagung

Mehr Details, mehr Teufel.

Walter Jon Williams, Sage Walker, Melinda Snodgrass und Carl Keim waren die Engel, die mir bei diesem Buch halfen, die Teufel in Schach zu halten.

Des weiteren gilt mein Dank meinen geduldigen Lektoren und Verlegern: Anne Groell, Nita Taublib, Joy Chamberlain, Jane Johnson und Malcolm Edwards.

Und schließlich meine Verehrung für Parris, deren magischer Kaffee der Treibstoff für die Erbauung der Sieben Königslande wurde.

»So muss Fantasy sein!«

Michael Peinkofer

Roman. 368 Seiten. Originalausgabe

ISBN 978-3-442-24420-1